U0782331

三晋百部长篇小说文库

科学遴选 权威论证
高峰展示山西长篇小说创作实绩
久经考验 再度锤炼
全面囊括中国当代小说山西经典

孙涛 / 著

龙族

山西出版传媒集团

北岳文艺出版社
SHANXI LITERATURE & ART PUBLISHING HOUSE

图书在版编目(CIP)数据

龙族 / 孙涛著. —太原:北岳文艺出版社,2018.1
ISBN 978-7-5378-5309-5

Ⅰ.①龙… Ⅱ.①孙… Ⅲ.①长篇小说—中国—当代
Ⅳ.①I247.5

中国版本图书馆CIP数据核字(2017)第204673号

书　　名　龙族
著　　者　孙　涛
责任编辑　赵　勤
装帧设计　张永文

出版发行　山西出版传媒集团·北岳文艺出版社
地　　址　山西省太原市并州南路57号
邮　　编　030012
电　　话　0351-5628696(发行部)
　　　　　0351-5628688(总编办)
传　　真　0351-5628680
网　　址　http://www.bywy.com
E－mail　bywycbs@163.com
经 销 商　新华书店
印刷装订　山西万佳印业有限公司

开　　本　710mm×1000mm　1/16
字　　数　422千字
印　　张　29.75
版　　次　2018年1月第1版
印　　次　2021年1月山西第2次印刷
书　　号　ISBN 978-7-5378-5309-5
定　　价　78.00元

《三晋百部长篇小说文库》组织机构

策划

杜学文　张明旺　王宇鸿　梁宝印

专家审读小组

主任:杨占平

副主任:续小强

成员:吕新　晋原平　张石山　王西兰

毛守仁　王春林　孟绍勇　王保忠

编辑出版办公室

主任:杨占平

副主任:续小强

成　员:古卫红　陈学清　闫珊珊　王保忠　潘培江

序：现代化进程中的山西文学

杜学文

从传统社会向现代社会的转化是人类发展进程中的重大课题。每一个国家、每一个民族都将面对，难以回避。个人，作为社会的组成细胞，也同样如此。这并不以我们自己的意志来转移。综观世界各国，在这种转化的进程中，都有了不同的选择，并表现出各异的特色。但总的来说，还是目前我们称之为"发达国家"的率先实现了现代化。其成功的转化有诸多原因，但从文化的角度来看，与其自然环境的特殊性、农耕文明的不发达，以及突出的个人奋斗精神、重利思想、实用主义等有极大的关系。而目前世界上的欠发达国家或发展中国家，则在向现代化转化的历史进程中，又表现出各自不同的特色。就中国而言，在其漫长的历史进程中，农耕文明得到了充分发展，并达到了最为繁荣的境界。现在的发达国家在转型早期的生存压力等表现得并不明显，从而一种自给自足、自得其乐的生活方式逐渐固化。向现代化转型的原生性动力并不强大。从某种意义来看，中国实际上进入了一种人类最美好的发展境界，那就是，依靠劳动来创造财富，与大自然和谐共处，有剩余的时间来体验人生的乐趣等等。中国从传统社会向现代社会的转化主要靠外部的强力推动。就是说，因为先发国家对财富、权力、欲望的强烈追求，在吸纳了东方文化，其中非常重要的是中国文化之后，骤然表现出突飞猛进的发展状态。其商业首先得到了快速的发展。特别是依靠对海外市场的分割，使过去形成的传统的世界市场在大航海时代变得更加活跃。同时，工业技术得到了快速的进步。人类的新发明成几何级数增长。新技术的出现使社会生产力得到了空前的解放，物质生产表现出前所未有的丰富。而与之相应的是社会制度的进一步变革。一种能够服务新的生产力发展的社会管理系统逐渐建立，并在血与火之中不断完善。在这样的变革转型中，东方古老的中国受到了西方先发国家的强烈冲击。传统的农耕文明与新发的工业文明之间出现了严重了错位，并引发了控制、占有与反控制、反占有的残酷斗争。中国从农耕文明的辉煌顶峰跌落，中国人开始睁开眼睛看世界，并反思自身文明存在的问题。在外力的冲击下，中国不自觉地开始了向现代化转化的历史进程。一代又一代的中国人筚路蓝缕、奉献牺牲，前赴后继、求索奋斗，就是要重新找到国家独立、发展、进步的正确道路，实现民族的复兴。在不同的历史时期，他们承担了不同的历史使命。不同的人们从自己所从事的事业中为这样一个艰难而宏伟的目标做出了自己的贡献。而中国的文学，同样没有疏离民族的历史追求，甚至在许多关键的历史时刻，承担了开启民智、传播思想、激发斗志、重塑文明的历史重任。在这样一个艰难的充满了探索的转型进程中，中国人民表现出了自己最大的智慧与韧性。一直到新中国的建立，才基本形成了主权统一、独立自主的现代国家形态，并以超人的勇气与奋斗精神、惊人的创造力与发展速度迈向现代化。在这样一个伟大的转化进程中，中国虽然经历了失败、屈辱、挫折，但终于创造了他人所没有的成就。而我们的文学，正是这一历史的亲历者、推动者、表现者。就山西文学来说，是中国文学的重要方阵，当然也是这一历史的组成部分。其努力与贡献非常突出。

首先是推动了现代汉语的大众化，为现代汉语从知识阶层走向普通民众，并使二者有机结合做出了积极的贡献。在中国追求现代化的进程中，经历了一个从"器"到"道"的转变。所谓"器"，就是中国人在最初以为是西方发达国家的技术、器物先进，因而倡导"洋务运动"，开办现代工厂，引进西方设施，等等。这些努力从历史发展的必然来看，当然是非常重要的。但是，事实很快证明，仅仅引进西方的先进技术并不能解决问题。之后发生了制度层面的改革，包括推翻清王朝，建立立宪政权，仿效欧美三权分立及选举制度等等。但是，这种形式上的制度变革没有使中国强大起来，反而使中国成了一盘散沙，四分五裂。于是，更多的人开始反思中国的文化。一方面，对中国传统文化中的落后部分进行批判；一方面引进国外的思想如无政府主义、新村主义，包括马克思主义等等。新文化运动成为当时风生水起的社会思潮。从今天来看，其对中国传统文化的批判有许多过激之言。但是如果我们回到具体的历史场景，就会感到这些批判背后所表露的急切心情及历史合理性。在新文化运动中，一个最为突出的问题，也是最为重要的成果就是把中国人使用了数千年的文言文转化为白话文。从文化发展传承的角度来说，以文言文为代表的中国书面语言具有其重要的历史价值、文化价值、文明意义。可以说，文言文的简洁、精炼、典雅，以及其表情达意的丰富性，是世界上任何语言都难以企及的。这也正是其生命力之所在。但是，从历史发展的现实来看，文言文也具有非常严重的局限性，难以适应现代社会的发展要求。首先是缺乏精确性。由于中国传统文化中思维追求整体感、人文感、艺术感，中国的语言缺少对事物的准确表述。这种特点虽然具有非常强烈的人文色彩，以及超越了具体现象的整体感，但是与现代工业技术发展中对事物精确性表达的要求有很大的距离。语言的背后体现的是思维方式。如果语言难以体现精确性要求，人们的思维同样将不能适应时代发展的要求。其次是书面语言与口头语言的分离。虽然任何语言都会表现出书面与口头的差别，也就是说，人们不可能把口头语言照搬为书面语言。但这种差别在汉语中表现得尤为突出。这就是作为书面语言的文言文与口头语言的"白话"之间的区别。这种区别使更多的普通民众与书面书写脱离，对开启民智、提升大众的文化素养产生了障碍。而现代化的实现并不仅仅是少数"文化人"的事，而是全民族的事。因此，语言的变革，使之更能够适应现代化的需要就成为一种时代的必然。20世纪的新文化运动，除了其在价值观方面的追求如"科学""民主"等之外，对语言的解放也是一种非常强烈的期待。一些有识之士率先放弃了对古代汉语的使用，积极采用白话文来构建现代汉语。这其中，出现了许多具有代表性的人物，如鲁迅、胡适等。今天我们仍然能够感受到鲁迅的语言中存留有古代汉语的元素。这是中国语文从古代汉语向现代汉语过渡的典型表现。而胡适等人则努力使自己的书面语言更加通俗化、口语化，也显示出某种过分倾向于白话的特点。另外一些具有欧美留学背景的人则企望借鉴外来语言对中国的语言进行改造，因而出现了许多非常欧化的表达方式。就中国现代汉语的成熟完善来说，这些努力都是非常珍贵的。但是，真正使新生的现代汉语从古代汉语中出走，并吸纳了民间语言的丰富、生动的特质，使之成为一种既有古代汉语的节制、典雅，又有民间口头语言的生动、活泼，从而使现代汉语能够成为一种具有完整的语法体系、鲜活的表现力，以及体现民族语言特色的"现代汉语"形态，则是以赵树理为代表的作家们做出了重要的不可忽略的贡献。

就赵树理个人的创作而言，其早期也是走欧美语法特色浓重的路线。但是当他发现这条路难以被普通民众接受后，其语言表达发生了转化，开始更加注重民族语言与现代性的融合。他的语言生根于中国古代汉语与民间语言的丰厚土壤。在保持语言典雅品格的同时，至少从这样两个方面进行了努力。一是更多地吸收了民间语言的表达方式，使普通民众能够走进这样的语言，使用这样的语言。也正因此，他的语言表现出非常鲜活、生动的状态，使语言的活力大大增强，表现力得到了拓展甚至突破。二是他的语言在规范性方面进行了重大的努力。一方面剔除了民间语言、方言中粗俗的、生僻的元素，使之更加典雅、庄重，另一方面，他保持并强化了以北方方言为主的结构形式，使之在语法形态方面更加完善严谨。所以，今天我们读赵树理的作品，其语言的流畅、生动、鲜活仍然非常突出。可以说，在中国现代汉语出现、发展、完善的进程中，赵树理做出了不可跨越的贡献。当然，这种贡献不可能是他一个人完成的，而是在特定历史条件下，由包括他在内的一大批作家共同努力，并在一代又一代作家的接力中实现的。赵树理丰富了现代汉语的表现力，并使这种获得新生的语言成为广大民众自己的语言。这后一方面的贡献更为重要。因为如果一种新生的语言难以得到民众的认可，其生命力是非常值得怀疑的。可以这样说，如果没有这些作家的努力，中国的现代汉语很可能成为一种"精英"的语言。也就是说，很可能成为一种少数有"文化"的知识分子的语言。这不仅将使语言的普及受到阻碍，也将因为得不到大众的认可而导致中国现代化的迟滞。

山西的作家受赵树理的影响甚深。除了创作理念、题材选择等方面外，在语言的运用上也同样如此。这也就是说，从赵树理以来的几代山西作家不仅坚持了赵树理的创作方向，也共同为中国现代汉语的进一步完善、发展做出了努力。尽管今天我们可以说，这些作家个人的成就不同，在语言表达方面风格各异，但是他们有一个共同的特点，即在坚持语言的民族化方面都进行了非常积极的实践。进入新时期，随着改革开放的不断深化，各种创作观念竞相显现。山西作家虽然与全国的创作相比更多地表现出固守的姿态。但是新的创作手法、元素等也在自觉不自觉地借鉴当中。其中就语言表达的追求而言，大体表现出两种特点。一种是仍然坚持语言表达的民族风格，并随着时代的发展变化使之更加丰富生动起来。他们的语言，不仅缘于题材选择的民间性、地域性，以及人物、故事的原生性，更缘于吸纳了民间语言的鲜活元素，在叙述、描写等诸多方面更多地体现了植根于本土的语言活力。另一种虽然也注重题材的地域性选择，但在语言表达中更多地呈现出一种开放的意识，比较侧重吸纳外来语言中的合理成分。如修辞的繁复，语句的长结构，象征意象的频繁使用等等。虽然这两种追求表现出各自不同的倾向，但他们随着时代的发展而推动现代汉语不断进步的努力是一致的。

需要我们重视的是，山西作家在自己的创作中表现了中国文化的原生态及其变化。这种原生态不是指文化最初形成的形态，而是指数千年来一直呈现出来的未经现代化浸染、改变的文化。从某种意义来看，它已经成为生活在这样的历史环境中每一个人不自觉的潜在意识，并支配着人们的思想与行为。文学的表达虽然是语言与形象的表达。但是隐藏在语言与形象背后的却是生成这种语言与形象的文化。如果一种文学性的描写没有隐晦地展示出某种文化及其价值观，我以为就是一种表面性的甚或肤浅的描写。山西作家在自己的创作中表现出一个非常突出的特点，即对自己生活的土地、家园有一种执着的关注。而就山西这一地域来说，其文化又具有某种典型性。这就是生根于黄土高原的农耕文化。在中国现代化的进程中，一个非常艰难的任务就是要改变这种文化，使之蜕变为一种新的文化：现代化。这一过程是非常艰难的，也是非常痛苦的。数千年的农耕劳作，已经形成了一种自足的完善的文明体系。但是，就在这种文明体系达到顶峰的时刻，我们突然发现她已经不能适应现代化的要求。于是，开始不自觉地改变自己。这一过程伴随着战争、灾难、屈辱、失去国土与家园等等。在经受这种外在考验的同时，还有我们内在的情感、思想、精神等诸多方面的考验。一方面，救亡与重生成为一种时代的必然使命。另一方面，精神与文化的重建、新生也面临着更大的挑战。就前者而言，山西作家的创作并不是真正的重点。而后者却是其在描写社会变革进步中隐藏的中心。山西是中国最早开始工业化、现代化建设的地区。但是我们很少能够看到山西作家所描写的这方面的作品。而曾经作为抗日战争敌后根据地中心的山西，实际上也没有太多的文学作品来表现。反倒是有许多作品在这样的社会背景下来描写当时的人们如何生活，并参与了这一影响世界文明进程的历史。可以说，这些作家们表面上看起来对社会变革更关心。但是一到拿起笔的时候，就情不自禁地流露出他们对于特定文化及其价值观的不自觉的关注。这实际上成就了他们，也局限了他们。如果就当代文学而言，最早的表达在于农民群体的觉醒。他们感受到了时代的变化，并参与、推动了这样的变化。比如小二黑，虽然具有了杀敌英雄的身份，但作家所要说的却是旧的文化观念，以及由此形成的生活方式对人性的伤害——当然是从爱情的角度切入的。作家的贡献不仅在于表现了时代变化中人性尊严的重新确立，更重要的是，作家生动地再现了这种旧的文化制约在人们劳动、生产、生活、情感，以及社会关系诸多方面的表现。也就是说，作家不是把一个关于追求自由恋爱、自主婚姻的故事作为一种孤立的现象展示出来，而是生动地表现了这种文化观念在旧的生活方式中的普遍性，以及其荒谬性。也就是表达了必须改变这种文化观念的必然要求。这当然是非常符合时代需要的，也是中国在现代化进程中必须跨越的。在山西作家的创作中，相当多地表现了劳动者——当然主要是农民，以及农民出身的、具有农耕文化背景的其他身份的人们对劳动的热爱，对土地的执着，对家庭的重视等等。从历史的层面来看，这些内容都构成了农耕文明的重要组成部分，也是这一文明能够发展、生长的原动力。但是从时代的要求来看，这种文化又成为那些最终必然要离开土地，不再是农民的人们内心世界与精神领域的时代痛苦。比如在改革开放之后，工业化的浪潮漫卷一切。在最具现代化特点的大型露天煤矿当工人的吴福却难以适应这种快节奏的标准化的生活方式。他无限怀恋地回到了自己的家乡。但是家乡已经不再是曾经的家乡，吴福也不再是过去的吴福。他身跨两界，无所归依，内心充满了痛苦。这是一种时代转换、文明更替的痛苦，是一种具有重大典型意义的内心再现。而在现代化程度日益加深的历史时期，农村也已不再是传统意义的农村。农民也不再是仅仅从事农业生产的农民。更大的市场与财富吸引了更多的农民，城市成为新的生活中心。虽然从某种意义来看，城市化可以作为现代化程度的一种标志。但是城市化也同时带来了传统文化的消失、传统生活方式的改变，以及传统人际关系的新建。老甘，这个仍然坚守在内心世界的"过去的农村"中的农民，痛苦地怀恋着昔日活色生香的农村及农村的生活。但是，过去的一切似乎已经义无反顾地过去了。他的农村已然不再。如果说这样的农村随着市场化程度的提高有新生的希望的话，也与过去的农村大不一样。老甘的痛苦同样是一种时代的痛苦，是我们在走向现代化进程中不可回避的痛苦。当然，山西的作家也描写了这种进程中人们的希望、新生，以及由此而来的快乐、自信。宋老大进城送公粮时那种发自内心的自豪感、主人感，那种终于直起了腰板的幸福感将永远感动我们。而在首都打工并学会说普通话的小雪也动人地透露出新一代农民美好的未来。

山西的作家们也企图从比较宏大的层面来揭示中国文化的品格，以及由此而反映出来的中国精神。这些描写不在意于对现实生活具体人事的再现，而是企图通过某种具象化的人事具有隐喻意味地表达作家对民族性的理解。他们营造的人物生活环境不太具体，而是具有某种概括性，超越了具体的、实指的时间、空间。其中人物的行为，以及由这种行为所表现出来的文化内涵、价值选择体现出一种超越了具象的恒久性。由此可以使我们领略一种民族的生存状态与价值操守。其中的一部分作品甚至具有进行人生意义、价值意义探求的哲学性努力。这时，作家关注的不再是现实生活中具体的人事，以及其中透露出的社会文化内涵，而是超越其上的价值追寻。在临危受命的戴夫人身上，作者赋予她民族人格最为优秀的内涵。她不仅具有一般人所可能具有的大局观，以及人性的智慧，而且作为生命个体，她具有了一种古人所言的"浩然之气"。她在漫长艰难的商旅途中，没有感受到生命的渺小，而是站在太行山顶吟诵前人的诗篇。她感受到的是生命的博大、伟岸，以及大自然的神奇、浩渺，是一种天人合一、物我两忘的至高境界。这不仅是她个体生命的壮美华章，也是民族文化中价值体系的完美内化。张马丁的遭遇则从另一种角度表现了不同文化短兵相接所引发的一系列事件，以一种宏阔的视野描写了文化境遇背后各异的价值体系之间的交锋、错位、融合。还有许多作品通过对具体人物生命境遇的描写，表现了具有历史意味的在潜意识中特定价值观支配下的民族精神世界。

读山西作家的作品，事实上也可以看到中国从农耕文明的顶峰跌落到重新崛起，实现现代化的历史进程。在当代文学中为数不多的抗日战争题材的作品中，我们可以看到以中国北方农民为主的人们如何从屈辱中觉醒、抗争，并取得了历史性意义的胜利。抗日战争的胜利，不仅仅是军事的胜利，而且是中华民族在经历了无数的失败、屈辱之后终于走向独立、自主，重新以一个文明民族的形象自立于世界民族之林的标志；也是中国在经历了种种探索，尝试了不同发展道路之后，终于表现出走向正确发展道路，迈出实质性转型步伐的标志。尽管一直以来我们都有这方面的创作，但是具有宏观性、历史深刻性的作品还不多。新中国的建立是中华民族终于在百余年的努力之后有了自己独立政权的大事，也是中国开始以超人预料的成就向现代化迈进的起点。山西的作家以自己敏锐的笔触描写了这一关键时刻中国普通人内心世界的喜悦、自豪，以及对未来的憧憬。还是在1949年10月1日，诗人高沐鸿就创作了诗歌《这是我们人民自己的胎生》，为新中国的建立而欢歌。之后的一系列文学作品生动地表现了站起来的普通民众内心世界的巨大变化，特别是其人格世界的变化。他们实实在在地感受到了新社会的进步，以及当家做主的自豪。他们不仅在经济上得到了解放，在政治上得到了翻身，而且在精神世界上发生了积极的蜕变。一个新的时代带来了新的发展与进步。也正是这些作品成就了这个新文学史上一个最具典型意义、产生重大影响的文学流派——"山药蛋派"。他们有共同的创作追求，有共同的题材选择，有以赵树理为代表的领军人物。这个流派出现的意义，不仅仅是属于文学的，更是属于中国文化的。他们在尊重并表现中国优秀传统文化价值观的前提下，呈现在这种价值体系影响下中国民众，主要是农民如何生活、生产、思考、发展。读这些作家的作品，不仅使我们能够了解到特定历史时期中国发生的事情，而且将使我们了解中国人是怎样的一种生活方式，中国人在新的历史时期发生了怎样的变化。在20世纪70年代末、80年代初，山西的作家们非常敏锐地感受到时代将要发生的巨变。这种感受不是源于理性的分析研究，而是源于他们对现实生活的关注与热爱，是他们从具体的生活中感受、发现了时代变革的动力。其中有他们对极"左"路线的批判，以及对中国变革发自内心世界的呼唤。这首先是已经成名的一批被称为"老作家"的人们走上了历史的舞台。而另一批将在中国文学园地表现出勃勃生机的作家以自己的敏锐发现了生活的变化。至20世纪80年代中期，以《当代》发表一组山西作家的作品为标志，文学"晋军崛起"成为中国文坛的一个重要事件，引起了广泛关注。这批作家一进入文坛即表现出不俗的活力，显得生龙活虎，风生水起。他们首先成为对极"左"路线的批判者。通过一系列生动的、充满生活意蕴的人物形象来揭示中国曾经走过的弯路，以及即将出现的变革。而后，出现了一系列呼唤改革的优秀作品。一些小说被改编为影视作品，在当时传媒欠发达的条件下产生了极大的轰动效应，甚至有万人空巷之叹。其中的朱克实、李向南、李高成等成为新的历史条件下拨乱反正、推进改革的典型人物。这些作品既是文学的，更是时代的、历史的。它们表达了中国人内心深处希望变革的期待，也呼唤着一个新的历史时期的到来！

中国的改革是中国从传统的农耕文明出走，迈向现代化的重大事件。随着改革开放的不断深化，中国表现出强劲的发展态势。同时，也遇到到了许多需要解决的问题。一方面是现代化程度的不断提高，另一方面是这一进程的艰难演进。一个时期，那种充满浪漫主义色彩的乐观情调被现实生活中的艰难前行所生发的复杂性代替。改革并非一帆风顺，充满了困惑、曲折，有许多困难需要智慧与勇气来克服。这一时期，山西的文学创作沿两条主线展开。一方面是直面现实，表现新的发展时期人民的智慧力量，及时代的进步，如农村改革，国企改革，全球化背景下的商业博弈，以及反腐倡廉、环境保护、民主选举、基层生活、重大事件等等。总的来说，山西文学表现出社会的艰难进步，这种进步首先是积极的、正义的、人民的力量战胜了消极的、不义的、损害人民利益的力量。同时也表现出了中国传统社会在时代的发展进步历程中逐渐变化：如传统农村的式微与新盛；农村人口向城镇的转移；土地的工业化、商业化等等；商品经济的蔓延，城镇化的发展；以及身处其间人们内心世界的彷徨、痛苦、选择；人对土地以及建立其上的生产生活方式的依恋；对改革进程中传统国有企业的情感等等。从这些作品中，我们可以观察、感受到中国正在发生的翻天覆地的变化。另一方面，许多作家企图从超越现实的具有形而上意味的层面来探求中国的民族精神。一些作品甚至具有了某种哲学性品味。他们可能借助于某一历史事件，或者设计一个与现实生活隔离的故事来表现自己理解的民族精神。这一类作品可能表面上与现实生活没有直接的关联，但是对我们认识民族文化、民族品格具有积极的意义。事实上这些作品为我们提供了一种思想文化资源，是对现实生活中剧烈变革引发人的价值观的迷茫进行的某种文化性指引。它不涉及现实问题，不为我们思考感受现实生活提供具体的形象。但是，为我们提供观照现实、解决现实问题的精神力量、价值选择和思想资源。这其中也有一个如何认识人生、如何认识民族、如何面对个人价值的问题。

总之，不论是对现实生活的直接表现，还是以隐晦的笔法对现实生活提供精神资源，都可以看到山西作家对社会生活、人生价值的一种积极的态度。他们试图以自己的描写来表达某种具有积极意义的思想内涵，为今天的人们提供精神力量，以推动中国社会的发展、进步，以及在历史蜕变中人的完善。这些努力也可以视为是在现代化进程中对民族精神的一种回顾与追寻。读山西作家的作品，可以使我们从一个侧面感受到中国走向现代化的历史进程。

山西作家在艺术创造上也进行了积极的努力。就山西文学的当代面貌来看，表现出一种从一元向多样的发展态势。当代山西文学受以赵树理为代表的"山药蛋派"影响甚重。一代一代的作家不仅受到这一流派作家关注现实生活、关注社会民生的创作理念的影响，而且在表现手法上也多承续这一流派。因此，直至改革开放前，山西文学基本呈现出一种"山药蛋派"式的一元状态。但是，进入改革开放的新时期后，这种局面开始发生变化。一些人更注重语言描写、心理表达等等。不同于

"山药蛋派"风格的作品开始大量出现。首先是题材选择表现得更加多样，其次是表现手法更加多样，再次是创作观念也呈现出多样化的格局。山西文学终于形成了从一元走向多样的创作态势。那些坚持以农村为主要创作题材的作家们也积极地吸纳了其他的表现手法，使农村生活的表现领域大大拓展。另一方面，山西也出现了典型的所谓"现代派"小说。心理结构、借鉴侦探小说手法的"悬念"结构、无情节结构、意象结构、寓言式结构等等次第登场，宏大叙事与个人化叙事并存一体。这些作品有的已经产生了比较大的影响。无论如何，他们都是山西作家对文学自身进步的积极探索。

从某种角度来看，山西文学似乎为我们呈现出了中国走向现代化的百年变迁史。这不仅表现在人们广为关注的小说创作之中，同时也更加丰富地表现在文学的其他领域，如诗歌、散文、戏剧，以及逐渐从散文文体中独立出来的报告文学及传记文学之中。当我们追寻这种变迁的历史时，不能割断由山西而表现出来的中国五千年文明史。山西是华夏文明的主要发祥地，从远古以来，这一文明代代相传，承续不绝，其中涌现出众多的仁人贤士。作为个人，他们有自己所处的具体的历史环境、成长条件，对人类文明的进步做出了自己的贡献。但是，作为一种文化现象，他们似乎勾勒出中国文明发展进程的历史脉络。在他们身上体现了中华文明的历史贡献、价值选择，以及思维模式。对他们进行研究，并用传记的方式表现出来，使今天的人们了解并感受他们所具有的闪光的人文价值，不仅对今天的改革发展具有积极的意义，对我们现代化进程中的文明重建同样具有非常重要的意义。这将首先使我们看到历史发展进程中文化的影响力，进而使我们能够进一步确立文化的自信心与自觉性。在这些如星光一般闪烁的先人身上，我们将体会到中华文化的魅力、价值和绵延不绝的生命力。承续山西文学的精神品格，创作出新的能够表现时代精神的优秀作品，是我们这一代人的使命。而对五千年文明发展进程中那些曾经做出突出贡献的英杰才俊进行文学式的描述，也将是我们传承民族精神的一种努力。因此，组织编辑出版山西文学"双百工程"，有着非常积极的现实意义。

这一"工程"包含两个序列三个方面的内容。一是"百部长篇小说"，其中一部分是已经发表出版并产生了较大影响的现当代小说。通过集中编辑出版，可以使我们比较全面地回顾审视山西文学某一方面的成就与贡献。另一部分是新创作的长篇小说。其目的是推动山西长篇小说的不断繁荣。把它们列入这一工程，即是对文学发展的新推动，也可以延续已有的成果，使人们看到山西文学创作的最新成就及更加生动的面貌。二是"百部山西历史文化名人传记"。山西的报告文学近些年来表现出非常活跃的态势。不仅参与创作的作家比较多，出现的作品比较多，而且产生的影响也比较大。其中一些作家应该说是中国报告文学领域的领军人物。同时山西也是华夏文明的重要发祥地，在五千年的文明发展历程中涌现出许许多多的对中华文化发展进步做出重大贡献的英杰先贤。以传记的方式把这些先人在中华文化发展进程中的贡献表现出来，有助于我们重新认识中华文明对人类的重大贡献，有助于我们进一步追寻中华文化的精神、操守、品格，并使我们从先人的风采中找到自己前行的楷模和动力，激励我们推动中国的改革发展进步。所以，这也就成为我们的一种责任。相信通过这一努力，既将促进山西文学的进一步繁荣，也将进一步增强我们的文化责任，重塑我们的文化形象，展示中华民族在漫长发展历程中表现出来的精神力量与智慧，为实现民族复兴的中国梦做出积极的贡献。

人的欲望构成了人类社会不断前进的原动力，同时也构成了人类不断堕落的原罪。既节制某些欲望，又使这种原动力纳入道德的规范，便成了人类文明进程中的永久话题。食欲、性欲、名欲、利欲，均是如此。

——作者题记

序　章

　　已经是腊月二十三了,龙城的大街小巷,时不时地响起了爆竹。春节的气氛越来越浓,春运开始后更繁忙的飞机和火车,将种种客人送出龙城的同时,也将种种客人送进了龙城。

　　从广州飞抵龙城的班机正点到达。

　　一位身穿毛料大衣的中年男子在走出机场后,坐一辆出租车来到了龙城最好的宾馆金龙大酒店。在服务台报出自己的姓名后,一位服务小姐就将他引入电梯,把他送到了预定好的总统套房。这位中年男子简单地收拾了一下行装,又洗了把脸,便又离开了这家酒店。

　　他在街头拦了一辆出租车,对司机说,请送我去龙山湾。

　　司机挠挠头说,现在?

　　他点头说,是现在,我要包你的车,今晚还得回来。

　　那……这么晚了……你出多少钱?

　　司机看来不想揽这笔生意。已经是下午四点多了,去龙城市最偏远的龙山湾跑一个来回,钱少了,他可不想下这种辛苦。虽然现在修下油路了,他还想早点回家,帮老婆准备过年的那许多事儿呢。

　　你出个价吧。那男人对出租车司机说。

司机想都没想就说,四百呢。

按正常计价算,这几乎就是跑龙山湾一个来回两倍还要多的价钱。司机的本意是吓走这个主儿了事,没想到这位男子根本没有讨价还价,就坐进了他这辆出租车。没等车开,便从兜里摸出两张纸币,递到了司机手中。

司机接过来一看,是两张百元面额的美元。

这些年来龙城的海外人士多得很,出租车司机一般全能辨认出外币。他接过这两张美元来不由一惊,知道自个儿今日是遇上财神爷了。

你要四百,我给你二百行吗?

那男人微笑着问司机,这回,司机二话没说,就踩动了油门。

天擦黑时,这位男人就来到了龙山乡的乡政府。

乡政府大院里空落冷清,只有两三间屋子里还亮着灯。伙房里还热闹,加班的干部们正在里面吃饭。有人从伙房里出来问他:喂,你找谁呀?

我找温乡长,他说。

那人便指了指一间亮灯的屋子说,在那间屋里,她大概还没有走哩。

龙山乡的女乡长温玉倩确实还没有下班。她正和工程队的一位队长说话。工程队的人们要急着回家过年,她希望他们再坚持几天,把预定的工程土方量完成再走。无非是报酬再增加一些,多算几个加班费。土方工程要干不完,春节过后就会延误下面的工作,温玉倩可不能眼看着出现这种局面。

从龙城赶来的那位男人推开乡长的办公室时,温玉倩一下子惊呆了。那人没有说话,默默地在一张沙发上坐下。温乡长急忙站起来对工程队的队长说,你的要求我全同意了,明儿一早,我到工地上具体和你谈好不好?

工程队队长便离开了乡长的办公室。

温玉倩望着突然出现的不速之客,缓缓地重新坐到了自己的椅子上。良久才说,你……你怎么这个时候来了?

那位男人脱下大衣,将大衣放到另一张沙发上,指指自己的左臂。温玉倩便看到了他的左臂上箍着一圈黑布。

我……我这回来,是生怕工地上出事……

出事？你是怕工地上出事？温玉倩听了纳闷。

男人又说，我知道工地上土方量很大，我是怕……怕埋在地下的一件宝贝随着运走的土方，再给弄丢了。

温玉倩眨着眼望着这位男人，她还是蒙在鼓里。

男人从衣兜里摸出一盒磁带递给温玉倩，然后说，这是父亲临终的遗言，也是我们家族的秘密，对你，我不想保留任何秘密。你一听就明白了。

在乡政府里加班的其他干部们，包括伙房里的李老汉，只知道有人来找他们的乡长，只知道这个人是坐出租车来的，在乡长办公室里坐了有两个多时辰才走。这人是谁？天黑，他们全没有看清。这人找乡长干啥？他们更不多问。成天价有多少人找乡长呢，大伙儿都想为乡长分担点工作上的压力呢，乡长不说，那一定是这人要办的事儿除乡长以外，别人帮不上忙。

第二天一早，温玉倩就来到了土方工地上。

在和工程队的队长谈完加班费的问题后，女乡长提出一项附带的小事，让工人们在一处废弃的旧井处，用掘土机掘开这处废井。女乡长说这里面有一件文物，让工程队的队长务必小心，不要弄坏了。

这处废井离土方工地不远。掘土机掘开了土井，快到井底时，在温玉倩和工程队队长的监督下，工人们开始人工淘挖。离地面很远的井底下，土并未冰冻，且还往出渗水，工人们简直就是在往外淘泥浆了。

终于，有人喊叫起来：淘见了！淘见了！

是一颗石刻的观音头。

此事很快通过新闻媒介传遍龙城，家喻户晓。连龙城市的著名作家曾华，也跑到龙山湾，先看了那颗被市里的文物管理委员会派人看护的观音头，又和温玉倩聊了好长时间。记者们来得更多，就这颗重现人间的石刻观音头，有的记者也问过温玉倩，问她怎么就知道这宝贝藏在那口枯井里？温玉倩说这一切全是偶然，是工人们挖土方时挖出来的。在这方面做不出文章的记者们也就不再追问了。电视里报道，报纸上介绍，只能照温玉倩乡长的话说。而龙山湾的乡亲们却另有说法。都说那个晚上他们的女乡长串过好几户人家，专门和年纪大的老人们说话，问询龙山湾有几口不用了的枯井。老百姓们传说,他们的女乡长就是日能哩,一定是观音菩萨给她托了梦,要不然,丢了多少年的观音头,怎么能让他们的女乡长找回来呢?

龙山古代石刻中丢失的观音头,在龙山湾重现人间。

发生在龙山开发区的这条珍闻,在春节过后,还常常被龙城的男女老少茶余饭后不断地提起。

这期间,曾华却没有对此事写出片言只语。

由失而复得的这个观音头引发出的许多历史的、现实的故事,正在他的心底酝酿着。

第一章

1

一个普普通通的九月。

一个普普通通的周末。

在这个秋高气爽的丰收季节里,龙城市最后一个不通公路的龙山乡,开通了一条油路。

这天一早,龙城市的市委市政府,还有市人大市政协的头头脑脑们,以及龙城市的各界代表、新闻界的记者们,乘坐各种车辆正从龙城市沿着新开通的油路,赶往龙山乡的乡政府所在地龙山湾村,参加这个乡告别封闭、庆贺油路通车的祝捷大会。龙城市的副市长兼城建委主任程国庆,作为这条油路建设指挥部的总指挥,在这个祝捷大会上可以说是最风光的人物。据说,龙城市的市委书记要升迁到省城去就任要职,龙城市市委市政府的班子要进行调整,直接抓这条公路建设的程国庆副市长,极有可能在市长顶替市委书记以后,坐上市长的交椅。他在会上做了专题讲话,反复提到了这项工程在龙城的划时代意义,而这项具有划时代意义的工程,无论从当初的立项,还是如今的胜利通车和隆重庆典,谁不晓得全是程国庆一手承办的呢？更使这个祝捷大会锦上添花的事,是省报和《龙城日报》同时刊发了龙城市作家曾华题为《为打通一块封闭地区而废寝忘食的人民公仆》的文章。这位作家几次深入修路工地,又几次采访过副市长程国庆,为这条新油路的开通撰写的这篇报告文学中,多次提到了龙城市副市长程国庆的开拓精神和胆识。从省城和龙城赶来的记者们,全为这个祝捷大会带来了当天的报纸。于是,在龙山乡的历史上,第一次有了能看到当天报纸的事情。虽然也有人对程国庆心里耿耿于怀,可面对平展展的油路,面对满面春风的程国庆,面对几乎和过大年一般迎候这个祝捷大会的龙山乡的乡民们,谁也不得不认可程国庆在这件事上的功绩,同时也为曾华这篇文采斐然、寓意深刻的文章感动。

龙山乡自古没有一条通向外面的路,实在怨不得这里的乡民也怨不得龙城市的历届头头脑脑们。

龙山乡的封闭似乎是一种天意。大自然造就了这种封闭,谁又能任意改变大自然的造化呢?

绵延百里,巍峨挺拔的龙山,在龙山湾突然驻足,穿越龙山后水流湍急的龙河,在龙山湾这块平缓的地面上刚刚喘了口气,就又跌进了一片纵横的峡谷之中。几经跌宕,才重新缓缓流进了龙城所在的盆地,继续向南而去。这样一个地形地势,自古以来无路可通也就不足为怪了。生活在龙山湾的村民们,以及以龙山湾为轴心,散落在四周山庄窝铺里的龙山乡的乡民们,至90年代尚未见过汽车,更不知火车为何物者大有人在。龙山乡无路,上级从来没有给乡政府配过车,乡政府也从来不需要汽车。路都没有,要车干啥?

龙山湾在龙山乡是穷中之最,但龙山湾却有价值连城的宝贝。

那宝便是龙山上的石刻和佛龛。

在龙山湾突然驻足的龙山,山势直立,山崖陡峭。这里的石刻和佛龛,给整个龙山湾涂抹了一层浓厚的历史文化氛围。从东魏、北齐开始,到隋、唐之后,历朝历代的石刻佛龛遍布山崖之上。特别是建于唐代的那座释迦牟尼大佛龛,更是昭示着龙山湾曾经有过的昔日辉煌。而今,支撑这座大佛龛的木结构早已全部毁坏不见了,但石刻的大佛和观音、文殊、普贤三大菩萨,却栉风沐雨,依旧风度翩翩,屹立在龙山上的高崖上不肯离去。高大而肃穆慈祥的释迦牟尼大佛,端坐在莲花宝座之上,宝座之下,观音菩萨居中合掌而立,身披璎珞,透体的轻纱似在随着微风荡起。

然而,这神态逼真动人的观音,却是一尊无头的菩萨。

还好,在无头观音的两边,另两尊菩萨和大佛一样,还没有受到伤残。普贤菩萨居右,座下的六牙白象正欲听从菩萨调遣;文殊菩萨居左,乘四眼青狮刚刚云游归来。山下的庙院里,有碑文记载,说当年唐王李渊从晋源起事,其子李世民途经龙山时梦中曾受过菩萨指点,后夺得天下,其子李世民继承皇位,终于开创了大唐的贞观盛世。这位大唐天子坐上龙廷后下诏,在龙山修筑超过历朝历代的大型石刻,其因盖出于此。

观音菩萨的头哪里去了?

在龙山湾有一个无法考证的传说,说是这菩萨的头,是被龙山湾一个胆大不要命的恶人砍掉了。仅仅是传说而已,实际上,谁也说不清那一个胆大不要命的人,怎么就敢生生地割掉了观音菩萨的头!而且谁也不肯承认这个恶人当年就生在龙山湾。那么,救苦救难的观音菩萨,那颗长着慈眉善目的脑袋,究竟被谁割去的? 又将这颗菩萨头拿到哪里去了呢?

那是一个扑朔迷离的传说。

那是一个随着日月的流逝,人们无法解开也不再想去解开的谜。

改革开放以后,龙城市市委市政府虽将龙山定为旅游区,但来此旅游者却极少,龙山乡并未沾了这些石刻大佛和菩萨们的什么好处。这里山高林密景色好,龙山湾村又处于龙山前面十分平坦的地势上,只可惜路不通,游人便少。虽然这里被定为旅游区,而在乡政府的所在地龙山湾村,却依旧没有饭店,没有旅馆,也没有电信设施和邮政点。

这一切,将伴随着一条油路的开通很快变成历史。

而改变这个历史的总指挥是程国庆。

这条油路穿越了十分复杂的地形,投资大,施工难,在龙城市的市委常委会上,在龙城市市政府的市长办公会上,几番提起又几番放下。当去年秋上副市长程国庆主动向市委和市政府请缨,要将这个担子挑在自个儿肩上时,他手中并没有一分钱的资金。但现在,他成功了。这条路结束了龙山乡无路的局面,也使龙城市结束了一直有一个乡未通路的局面。而这种局面的存在,曾使龙城市的头头脑脑们在省里的许多会议上感到脸上无光。所以,改变了这种历史的程国庆,从筹备这次庆典到庆典会后去老乡家里吃饭,一直到现在舒适地坐在小轿车里,心里的感觉特别好,简直好得没法子提了。

参加完龙山公路通车庆典的车队已经返回了龙城,车队开始混入了龙城周末下班高峰的车流中,司机们已按首长们不同的家庭住址进入了不同的路线。夏秋之交,这个时间正是华灯初上之时。路灯尚未统一打开,而路边的商店和饭店,酒家和舞厅歌厅,以及种种大小门脸儿,早将各色霓虹灯和各色彩灯亮成了一片片五颜六彩的斑斓,用以招揽顾客,同时也显示着自己生意的兴隆。程国庆用一种十分舒服的姿势躺在小车后面的沙发上。他微闭双目,大脑中活跃的细胞还停留在龙山湾,还没有回到他十分熟悉的龙城市。

也真难为龙山乡的乡党委书记和女乡长温玉倩了。乡党委书记今年就五十七岁了,三十七岁上被上级任命到龙山乡担任乡党委书记,一干就干了二十个年头。这二十年来,与他搭班子的乡长来来去去走了五个,温玉倩是与他搭班子的第六个乡长。第一个与他搭班子的乡长比他年龄大十来岁,干了几年,对他说,我年纪大了,得活动活动调走,你还年轻,就不要和我争着走了。上级来人,他便说,我还年轻,可以再在这里多干几年,让乡长先调走吧。第二个乡长和他同岁,干了几年,吃不了这里的苦,也没和他打招呼,就活动上面调走了。因为在全市最艰苦的乡里干过,成了资本,调回区上还提了职务。第三个乡长倒是比他小好几岁,到任后他便想,这一回可该着我离开龙山乡了。没想到那个比他年轻的乡长没干半年,实在受不了在这里工作的苦,就请了病假回家,一回去再没有回来。后来人家办了个停薪留职的手续,办公司当经理,发自个儿的大财去了。第四个乡长又来了,他这个当党委书记的想,和这个乡长好好拧成一股劲,想法子修路吧。没想到这位乡长冲他说,修路?拿啥钱修路?你就安心些能做啥做点啥吧!那乡长是个花花心,在这山高皇帝远的地方做官,尽找村子里的大闺女小媳妇们开心,终于被一个小媳妇的男人从炕头上捉住,挨了两个耳光不说,弄得臭烘烘的再没法子干下去了。他只好去找上级替这位乡长说情,总算让这位乡长背了个小处分调走了事。第五个乡长来了,是个部队上下来的转业干部,起先倒是想和他一道给龙山乡修条路,但区上跑过了,市里跑过了,省里也跑过了,上面的立项太多,需要资金的地方更多,省里和市里倒是答应给点资金,但啥时能立项到位,却是遥遥无期的事儿。那位乡长的妻子虽然也是农村妇女,但人家的家在平展展的另一个县里。跑到这里来看丈夫,一到这里就打消了和丈夫把家安到这里的想法。那位乡长在部队是个副团级,转业到龙城只落下个乡长的职务,还是在这号没路行没车坐的鬼地方,叫妻子一闹,设法跑钱修路的积极性一落千丈。后来妻子写来信,说你就是调回来当农民也行,只要调回来,咱俩就还是夫妻;如果你还要在龙山乡当你的乡长,咱俩就只好打离婚了,想叫我到你那里安家,你就盖上被子好好地做梦去吧。事情到了这个地步,这位转业干部最后也调回老家,和妻子团圆去了。二十年送走了五任乡长,乡党委书记便想,看来我哪一天不退休回家,哪一天就非得在这龙山乡干下去不可。他给上级反映,是不是就地解决一个乡长的候选人?选拔一个本地干部当乡长,也许他自己就能早一天离开这里。出于多种考虑,上面还果真听了他的话,把龙山乡的乡妇联主任温玉倩一下子提拔成了乡长。也就在这个节骨眼上,龙城市的副市长程国庆担任了打通龙山乡的公路建设总指挥。他没法子再提调走的话了,和女乡长温玉倩一道,没明没夜地泡在了修路工地上。路是修通了,可龙山乡五十七岁的乡党委书记却累病了。累病了也得把这个通路大庆典搞好。别的好说,不用他和温玉倩去张罗,可庆典会上那么多的头头脑脑要来,中午的饭怎么办?为这事,他和温玉倩真是发了愁。

龙山湾里的第一家饭店倒是快修好了,可要是在庆典会上使用却不可能。桌椅板凳还没有配齐呢,就是请来最好的大师傅,在没有完工的饭店里叫人家怎么给开席？

干脆开罢会，一应到会的人员全打道回区上，或者回龙城吃一顿算了。乡党委书记先是这个意见，可温玉倩贵贱不同意他这个意见。温玉倩口口声声说我们龙山乡再穷，再偏远，也不至于就管不起一顿饭。这么多的贵客，以前想请怕是还请不来呢。老百姓们见了这么多贵客喜欢还喜欢不过来呢，怎么能让大伙儿不吃饭就走？依她的意见，就照老百姓们办红白大事时的做法，选个地方，搭起帐篷，筑起炉灶，从各家各户借些桌椅板凳，猪肉炖粉条，油糕打卤面，多好！老书记心想，这么着也行，偏程副市长一下子来了个新的主意，说这么办好是好，但太麻烦，还是让所有的首长和来宾们，全到老百姓家吃一顿派饭吧。都是人民的公仆，路也修通了，大庆典一搞完，就分别去老百姓家吃吃老百姓的家常饭，也算是我们的领导们深入群众，加强干群关系的一次具体活动。这主意真好，乡党委书记和女乡长一致点头赞同。无非是提前做好村民们的组织工作，在这种大吉大利的日子里，还怕哪家村民会亏待了上门做客的干部们？

程国庆和他的司机，是被一位近六十岁的老大娘领回家的。老大娘的老伴不在了，和儿子儿媳在一道生活。全家人真像是过节呢，饺子面早就揉好，饺子馅也早就拌好，就等客人一进门，要给贵客现包饺子现下锅呢！说实话，程国庆还真想吃点杂粮，进门看到这户人家包饺子的阵势全部就绪，也不好再挑拣，只好和司机一道盘腿坐到炕上，主动要当下手。老大娘哪里能容许这两位贵客动手，冲了两碗糖水塞到他俩手上，一边和儿子儿媳包饺子，一边瞅瞅程国庆的司机，又对程国庆说，我说你这位干部年龄比他大些，是在区公所里上班吧？司机听了就笑，想说什么，见程副市长给他使眼色，便只是笑，再不说啥。

老大娘的儿媳妇喊了声妈，对婆婆说，啥区公所区公所的，你总是改不了口，是区委、区政府。

儿子也对老母亲说，人家这位干部在会上讲话时，你就没好好听？大喇叭里全介绍来，人家是给咱们修路的总指挥，龙城市的副市长，是管区委区政府的大官哩！

老大娘就怔怔地望着程国庆，半晌，才说，青天，真是青天大老爷呀！没想到我这一辈子能在自个儿家里，见到这么好的青天大老爷呀！这一位……这一位……

儿子看看母亲，又看看司机，不知道该怎么介绍了。

程国庆忙说，他是给我开车的司机。

老大娘便神秘地瞅了瞅司机说，我算是开了眼，活了这么大，算是看见小汽车了。你会开那玩意儿，真不简单呢！你一定是比这位青天大老爷官儿还大的青天大老爷吧！

司机便解释，说自己是个轿夫。老大娘却想不通，说旧社会的轿夫我可是见过，那是在地下走呢，你是在车里坐着，我看得真真切切，开车的全是坐在小车的前面，坐在小车前面的青天大老爷，能比坐在后面的青天大老爷的官儿还小吗？

老大娘这话让大伙儿全笑得腰疼。

那顿饭，程国庆吃得真是舒服极了。饺子的味道不错，老大娘口口声声叫他青天，那味道比饺子的味道更好。现在，已经快到吃晚饭的时间了，可程国庆的肚子里，确确实实一点也不饿。

程国庆回到家里时，他的妻子赵新华正坐在客厅里等着他呢。

赵新华的年龄比程国庆只小几天，是同龄人。女人总比男人显老得快些，与程国庆在一起，赵新华分明老相了一些。但这对夫妻至今却恩爱不减当初。多年来，只要这一对夫妻之间不管谁因公出差，夫妻间总是心心相印地要安排一个很好的周末。很好的周末可以有许多许多的内容：去看一场电影，去舞厅消磨两个时辰，或去找一家餐馆，共进一顿可口的晚餐。虽然两个人全是挣工资的干部，但儿子在北京读大学，花销不小，两个人的工资还不能任意去开支。加上他们在这种周末的生活中，从不利用职务之便，总是自己掏腰包，那些认识程副市长的饭店酒家经理们，那些认识赵新华的影院舞厅经理们，对程副市长两口子全留下一个很好的口碑。周末玩累了，每逢星期天的黎明，赵新华总要多睡一阵子。平时她总是比丈夫要早起半个小时，待丈夫起床后，可口的早点已经做好，然后两个人一道洗漱,一道吃罢早点,七点二十分,丈夫出门下楼,专用的桑塔纳小轿车会正点开来,接副市长去上班。赵新华简单收拾一下家务,再下楼骑上自行车去上班。她是龙城市文化局的纪检委书记,论级别是副局级,让局长副局长们的小车顺路接送一下,本也顺理成章,无可非议。文化局和市政府在同一个大院里,她如果让丈夫的小车捎上自己去上下班,凭这些年程国庆的政绩和为人,在政府大院也不会招来多大的意见。可赵新华却坚持骑自行车上下班。局长多次对她说过,可以让局里的小车一道接她上下班,她却坚决摇头。那太不方便了,我下了班还要买菜呢,不像你们男人们,回家里像是住店,有吃有喝,啥也不操心。再说,我怕胖,每天骑自行车上班,等于练减肥呢!有她这番话,局长也就再没有提过让她坐小车上下班的事儿,但在局里的党政联席办公会上,局长对办公室有过明确指示,纪检书记工作上用车,一定要优先安排。赵新华在机关是个好干部,在家里是个好妻子,这一点,程国庆无论是作为龙城市副市长,还是作为赵新华的丈夫,对这个女人真的是无可挑剔。

刚刚进门的程国庆脱掉了西装上衣,起身来到丈夫身旁的赵新华就接过丈夫的上衣来,挂到了客厅的衣架上。

开个庆典会,就能在龙山湾待上一天?

赵新华问这话时,依旧站在丈夫身边,十分含情地望着丈夫。

就这,那里的干部和乡亲们还舍不得让走呢。

程国庆说这话时,很想把今儿的事好好和妻子叙谈叙谈。今儿的庆典会开得如何热闹,会后到老百姓家里吃的那顿饭如何可口,一下午龙城市的几大班子分别召开了区、乡领导的汇报会,召开了龙山湾村干部和老百姓代表们的座谈会,会上那种上下级关系和干群关系如何融洽……可是,望着妻子动人的面孔上那一对含情的眼睛,他突然克制了要说这些的欲念。

他读出了妻子眼中有内容,却又一时没有读懂这些内容。

他记得今儿是周末。他还记得今儿早上临出门时对妻子说过,今晚如何活动听从她的安排。莫非是妻子要急切地告诉自己她对这个周末的安排？

你要再晚点回来，我都要生气了，妻又说。

可我，没有误什么事吧？程国庆看看手表，刚刚过了七点，也就是说，从龙山湾五点钟出发，七点就到家了，要没有那条新修好的油路，怎么会有这种速度和这种奇迹？

他向妻子抱歉地笑一笑，说：要没有那条路，我现在真还怕回不来呢！

路！路！你就记得你修的这条路！路是修通了，可你把咱们的事儿全忘了是不是？妻埋怨他，在埋怨中带着一种嗔怒。

啥事？他问。

妻就反问：今儿是啥日子？

是周末呀。他说。

再想想看？

他抓耳挠腮，却一下子就是想不出来这个周末和别的周末有啥区别。

今天，是咱俩的结婚纪念日呀！

赵新华终于点明了。

也就在她点明这一点的同时，她被丈夫紧紧地拥在怀里，接着，程国庆用那有力的双臂，将赵新华抱起来，当地转了好几个圈子。妻笑着，叫着，让他放下她。还说你当心点，也不看看咱俩是多大年纪的人了！

他终于放开了妻，任妻子伏在他的怀里。他能听到妻子微微地在喘，也能感到自己微微在喘。在他和赵新华结婚的那一天，客人们走了以后，他就是这样抱起了这个将要属于自己的女人，在新房里转着，转着，一直转到了这个女人真正属于了他的那张大床上。

那时，程国庆是解放军一支野战军的营教导员，赵新华是这支野战军里毛泽东思想文艺宣传队的宣传干事。再往后，两个人在部队里又都受到提拔，在70年代末，又一道转业来到了龙城。在龙城这十多年，程国庆终于成了市委常委和副市长，赵新华也成了局一级的领导干部，无论是留在部队的战友，还是当年一道转业后分散在全省各地的战友，说起程国庆和赵新华来，谁不羡慕这两口子恩爱的生活？谁不佩服这两口子在地方上一帆风顺的仕途？

这个周末，我们哪里也不去，就在自己的家里好好地待着。赵新华从丈夫的怀里挺起身来，见丈夫也正望着她，又说，饭菜我早就准备好了，吃完饭，咱们好好洗个澡，今晚上，我要你好好地陪陪我。

就像咱俩结婚那晚上一样。

程国庆用这句话，概括了妻子期望的全部内容，再次将妻子紧紧地拥在了怀里。两个人相拥着，热吻着，这个晚上，这对中年夫妻仿佛又回到了结婚时的那个夜晚。

两个人都起得很迟。程国庆难得有个星期天，更难得在星期天睡一个懒觉。他虽然在早上六点半就准时醒来了，却没有起床，揉揉眼，侧过身子，动情地看着睡在身边的妻子赵新华。

他感到妻子真美。

此时，赵新华依旧酣睡着，脸上露出一种淡淡的笑容。昨晚她与丈夫尽情尽兴地恩爱着。她感到自己依旧十分年轻，同时也感到丈夫依旧如结婚那晚一般勇猛善战。她将这种感觉告诉了丈夫，丈夫说他与她的感觉完全相同。人世间，只有在真诚的，彼此都从未有过第三者的恩爱夫妻之间，随着岁月的流逝和年龄的增长，也不能改变这种美妙的感觉。

程国庆望着身边娇美的爱妻，真想撩开妻子的被子，再次将属于自己的这个女人拥在怀中，睡一个难得的黎明觉。偏这时，床头的电话响了。

他不想接，但被惊醒的妻子说怕是市委市政府有啥急事呢，催他去接。他只好从妻子身边侧过身子，抓起了电话。

我是程国庆，您是哪位？

他听到从电话里传出一位女士的声音，称他程副市长，十分客气地说这么早打电话打扰领导真是对不起。程国庆已经听出来了，对方是龙城电视台那位十分活跃的女记者艾云。

艾云在连声的客气中直奔主题。

她说今年的国庆节眼看就要来到，电视台要围绕国庆搞一组节目；她说她要搞一组共和国同龄人的系列报道，第一位想找个领导干部，去市委办公厅打听，在市里的几大领导班子中，只有程副市长是1949年10月份的生日；她说听办公厅的人讲，程副市长的爱人也是共和国的同龄人，能采访他们这样的夫妇，节目一定能编得很好。艾云喋喋不休地说程副市长平时工作很忙，所以想请程副市长利用星期天接受一下她的采访；她说她九点钟要准时和摄像记者一起赶到程副市长家，在家里还可以顺便采访一下文化局的纪检委赵书记。一对夫妇全是共和国的同龄人，又都是龙城的领导干部，这样画面和内容完全可以搞得更加丰富些。她最后说这么早打电话，是想请程副市长夫妇在九点以前准备一下，最好能从程副市长主持修通龙山公路这个话题说起，因为这个话题是目前龙城市的焦点内容。

几乎容不得程国庆说话。几乎就是在向程国庆布置任务。程国庆认识电视台这位模样俊美，气质很好的女记者。他的头上还只有城建委主任的一顶官帽时，这位艾云就采访过他。他的头上增加了市委常委和副市长的官帽后，这位艾云采访他的事儿就更多了。要是程副市长的下属用艾云这种口气和他讲话，程副市长早就打断对方的话了。他会提出不同的意见，显示出自己的地位和高于下属的思想。可他对艾云却不能也不愿意这样。他十分尊重艾云这样的无冕之王，更何况这位女记者给他的机会和向他建议的话题，又正是他求之不得的呢？他甚至在刹那间已经想好了，在接受采访时，话题自然是要从龙山公路谈起，但内容要加上老百姓叫自己是青天大老爷这个真实的故事，这个故事的意义实在太大了，从中可以阐释出的深刻命题实在是太多了。

程国庆是一个善于在场面上做大文章的大手笔，何况，他确实让自己拥有了大量的素材呢？

放下电话后，程国庆和妻子再恩爱一回的欲望早已消失了。他告诉了妻子电话里艾云要来的事儿，催妻子一道起床，一道准备准备。他最后又在妻子脸上狠狠地吻了一口，大声说，咱俩是共和国的同龄人，咱俩不会老，我会给我自己继续创造前程，也会给你也继续创造前程的！

2

龙城社科院的副研究员林森，绝没有想到新分配来的女大学生王红，会主动在他的脸上印下一个红红的吻印。

王红是去年从龙城大学中文系毕业后,分配到龙城社科院的。她被安排在科技信息部,其时,科技信息部的通海科技信息咨询有限公司,正在副研究员林森的领导下,取得了很好的社会效益和经济效益。在社科院这种纯学术的研究部门,由各部室自办公司,开创经济实体,是近年来的事儿。当教授卖馅饼的新闻被各种传媒炒得轰动整个社会以后,龙城社科院的领导既没有鼓励自己的科研人员停薪留职去下海经商,也没有对社会上经济大潮的不断高涨置若罔闻。院领导提倡各个部室结合自己的科研选题创办公司,一下子使社科院的面貌发生了巨变。一向被人们视为清水衙门的龙城社科院,一向只会年年向政府要科研经费的学者教授们,如今靠自己的科学知识,也能自个儿给自个儿发大笔的奖金了。

年初报研究选题,林森报的是"市场经济中科技信息的管理和运用"这样一个题目。他在信息部里吵吵说,材料倒是很多,整它个十几万字的专著不成问题,弄好了还是本有实用价值的畅销书呢。就是给大伙挑头儿张罗公司,事儿多,怕是不像以前那样,有整块儿的时间了。偏刚刚分配来的大学生王红接上话茬,说我刚走向社会,还没有想下个好选题呢。林老师我给你当助手行不行呀?反正我也不在你的书上署名,只想学点东西,你在前言或后记里想提就提我一句,不提我也绝没有意见的。王红这话说得认真实在,办公室的同仁们全说好,林森想想有这么一个助手帮自己,也没有坏处。当下就点头同意,还认认真真地对王红说,你要参加,就不必客气,啥助手呀?干脆就是咱俩合作算了,既然一道劳动了,怎么能不署名呢?

王红便跟上林森了。

林森是公司的经理,公司有门脸儿,林森在公司也有一间经理办公室。王红住单身,有时她叫上林森到自个儿的单身宿舍去说话,有时她跑到公司,也不管林森忙不忙,坐到一边看林森谈业务。王红从没有去过林森家,只知道林森的妻子艾云是龙城电视台的记者。有一次晚上和林森在办公室加班前,正赶上看龙城电视台的节目。里面播出艾云和一个采访对象的画面时，林森告诉王红那个记者就是他的妻子。从此王红与艾云便常在电视里相见。每次这种见面，她总要拿电视里出现的艾云和自己好好比一比，越比，越觉得自己并不比那个女人差。王红和林森常来常往，在单位并不避开大伙儿，信息部的同仁们全知道两个人有一个合作的选题，谁也没有朝别处去想。谁不知道林森有一个好妻子呢？谁不知道林森的妻子，是龙城电视台那位有名的记者艾云？再说，谁也没听说林森以前有过啥花花事儿，人家挑头给部里操持公司多辛苦，王红主动给林森当助手，这么好的事儿，怎么能朝歪处想呢？

可现在，王红却将她那红红的、十分性感的双唇，印在了林森的面颊上。事情发生得那么突然，林森事前一点儿也没有想到。

这个周末的下午，林森安排完公司的工作，敲开了王红的单身宿舍。并没有什么特别的事儿，只是想把一份题为《藤田田和他的麦当劳》的报纸剪样给王红送去。1971年的7月20日，在日本东京银座开了第一家麦当劳汉堡店，经理藤田田是日本麦当劳社的社长。十几年后，藤田田的日本麦当劳成了拥有几百个分销店，拥有一千多亿日元财富的大企业。林森曾和王红说起过日本这个企业的成功史，其中就有对市场信息的管理和使用的经验。王红对林森的这个话题很感兴趣，说这个资料在他们合作的书中一定能派上用场。当时这份资料不在手边，林森答应尽快找到给王红送来。

他敲门。门开了，他看到王红的脸色不对，似乎刚刚抹过了眼泪。

你怎么了？他问。

王红说没有什么，又抹了一下眼睛，林森分明看到了她眼中的泪痕。

你怎么了？他又问。

王红催他坐下，林森刚在椅子上坐下，王红就从床上拿起一张当天的省报递给了林森。又指了指上面的一篇文章说，这篇文章是曾华写的，你看看，是说我们龙山湾通车的事儿的。

林森接过报纸，扫了一眼王红让他看的那篇文章的标题，笑着说，这个曾华，这回算是跑到艾云前头去了。

王红瞪大眼就问，你和艾云老师也认识曾华？

林森说，龙城有多大？文化圈里的人，谁不认识谁呀？

曾华是龙城大学中文系黎萍老师的丈夫，王红还在学校上学时，系里就请龙城文联的专业作家曾华，给大学生们讲过创作体会。这位王红心目中的大作家，竟会是林森和艾云的朋友，且林森说到曾华时，用的又是那种绝对和对方摆平的语气，为此，她倾心敬慕的林森，在她眼中又增加了一轮光圈。

曾华常在我家艾云面前说，他们摇笔杆子的，面对电视这种现代化传播手段的速度和覆盖面，永远是望尘莫及了。可没有想到这回他倒领了先。艾云一早就去了龙山湾，说今儿要开龙山公路通车庆典，说市委市政府的头头脑脑全要去露面的。当个电视台记者，头头脑脑们走到哪儿，就得跟到哪儿，说起来，我那口子成天在电视里露脸，采访完这个采访那个，也真够辛苦的。

听林森一个劲地说起了自个儿的妻子，王红突然不想听了，催他说，我让你看曾华的文章呢！看了曾华的文章，你晚上再看艾老师拍的新闻时，也好留意些。

林森并没有理解了王红的话，更不明白曾华的这篇文章，和妻子艾云今晚的新闻节目，有什么特别值得自己留意的内容。许多许多年以前，他曾去过龙山湾，那时他还不认识王红。他是和妻子艾云以及其他几个朋友去龙山野游的。为的是寻访龙山的青山绿水和观赏龙山的石刻大佛。如今龙山通了路，于林森，只是想到日后再想去龙山玩时会方便许多。但他知道王红是龙山湾人，父母全在龙山湾。龙山湾通路了，对一位从这个封闭的小山村里走出来的大学生而言，其意义也更具体和更现实。

他想，王红让我读曾华这篇文章，也许是想让我分担她的喜悦呢！

林森很喜欢王红。和这样一位刚刚离开校园的大学生在一起，能让林森感受到一种青春，感觉到一种朝气。他不能让面前的王红失望。他必须按王红的希望看一看曾华的文章。他要在曾华的文章中找到与王红共同的话题，分享王红的喜悦，成了当务之急。

他开始读报纸，认认真真地读完了曾华的那篇文章。

程副市长挑头办的这件事,是得民心、顺民意的大好事。曾华给程副市长这样的干部写文章,也是对那些当官不为民办事的大小干部们一个警策。林森抬起头来,向王红谈出了自己的这些读后感。

曾华还写了龙山乡的干部呢,王红启发林森。

林森点头说,对、对,曾华提到了龙山乡的两位主要领导,那事儿也挺感人的。党委书记陪伴了好几任乡长,人家全调走了,可他一直在那么个苦地方待着,上级不提拔这种干部,也真是瞎了眼。不过,现在的干部要想提拔,光实干也不行,曾华该在这一点上稍稍再写得深刻一些,触及一下时弊才好。

还有呢?王红问,似乎并不想多谈题外的社会问题。

曾华还写到龙山乡的一位女乡长,笔墨不多,可让人感到这位女乡长挺能干的。你们龙山湾出了这么一位女乡长,也真是不简单呢。

林森说这话时,便看到王红的双眼中,闪过了一丝让他难以描述的神情。他一时难以琢磨出那眼神的内涵。

林老师,王红盯着林森,突然说,那位女乡长,是我的妈妈。

这回轮到林森吃惊了。

王红的家在龙城最苦的龙山湾,林森知道,信息部的其他同志也知道。但王红的妈妈是那个乡里的乡长,林森却不知道。他想,部里的其他同事都知道这个女大学生的父亲,是一位老实巴交的农民,恐怕别人也和我一样,谁也不知道她的母亲还是一位乡长呢。

王红的父亲林森见过,信息部的其他同事也见过。王红分配来社科院以后,行政科给她安排了一间单身宿舍。第一个月领下工资,王红就回了一趟龙山湾,把父亲接到了龙城。她让父亲在自己的那间宿舍里住了整整一个星期,自己也请了一个星期的假,天天陪着父亲上街、逛公园、串商店、看电影、游动物园,龙城好玩的地方几乎全去过了。这位老农民快六十岁了,一辈子还没有来过龙城。见了王红的同事们,也只是憨憨一笑,没有多少话说。有一天傍晚,林森从公司下班要回家,在公司门口正好碰上王红陪父亲上街回来。林森便十分热情地邀老人到公司坐一坐。王红正要客气,她的父亲倒先说话了,说不用了不用了,我们不进去买东西了。王红叫声爸,说这公司是我们部里搞起来的,人家林老师在这里负责呢,叫咱进去坐坐,可不是叫咱进去买东西。接着又告诉林森,说今儿上街想给老人买一身衣服,在一家服装店门口被老板热情地让了进去,里面衣服太贵,又没有挑下件合身的,老人就要走,不料那老板一下子不高兴了,竟冲着她父亲骂了一声土老帽。还说你们既然没钱买东西,进来穷转个啥呀?王红说,我当下就和那个家伙一顿好吵,要不是我父亲紧拉我,要不是我怕惊吓了老人,我非把那老板拉到消费者协会让他好好受受教育才行!听女儿说起这件不愉快的事,王红的父亲在一旁只是叹了口气,并没有多说什么。后来父女俩进了公司,林森和老人聊时,才聊出老人一句实话来。老人说,我女儿和人家吵,我倒不怕,太阳红红的哩,周围人也多哩,他骂了人就没理,还怕他再打人?我是怕我给女儿丢人哩!我女儿是大学生,和你们一样,站在人前人后,也是体面人。可我,唉,走到哪儿,人家也看出我一身土气!王红听他父亲这么说,就顶了他父亲一句,说我可没有嫌你土气,我是你生的你养的,走到哪里你也是我爹,我也是你女儿,别人骂你,我能让了他?

可谁能想到,这位老农民的妻子是一位乡长,且是被曾华描述得十分精明强干的女乡长呢!

林老师,你见过我的父亲,可你还没有见过我的母亲。你看看,曾华把我的母亲描写得多好!今晚艾云老师拍的新闻里,一定也有我母亲的镜头。我母亲一定也和市里区里的那些头头脑脑们一道,坐在台上,保不住她还要代表全乡的父老乡亲们发个言,讲个话呢。可我,可我,真为她难受,也真为我那老父亲难受!林老师,你说,说说看,为什么我母亲和我父亲会结合在一起呢?他们本不该在一起,本不该在一起呀!

对林森而言,这是一个突兀而至的话题。

对王红而言,这却是一个长期以来藏在心底无处倾诉的话题。

在看完曾华的文章后她就又想到了这个话题。如果不是林森来访,而是别的同事来访,她可能会继续将这个话题深埋在心底。可偏偏在她为心底这个话题难受,偷偷流泪之时,林森出现了。

深藏在心底的话题必须有一个倾诉的对象,连王红也弄不明白,为什么当她一看到林森进来,就想把多年来深深埋在心底的这个话题,倾诉给面前的这个男人。她已经不是在龙山湾里最讨人喜欢的小姑娘了。她已经大学毕业,读过海明威读过毕加索也读过曹雪芹和川端康成了。她有了自己的事业观也有了自己的爱情观,尽管她尚未建树起自己的事业也没有涉入过爱情的港湾,但她绝不能容忍自己如父亲那样生活一辈子,更不能容忍自己如母亲那样生活一辈子。没有人让她必须如父亲那样去生活,也没有人让她必须如母亲那样去和一个父亲那样的人过一辈子。包括她的父亲和母亲都没有。父母亲全希望唯一的女儿有一个十分美满的前程,同时有一个十分美满的家庭。父亲的爱,表达的方式是无言的。自打王红上小学开始,父亲就天天去送她,去接她,直到六年级毕业,天天如此,风雨无阻。王红上中学了,中学在区上。她长大了,说啥也不让父亲去送她了。父亲虽然不去送她了,可一遇上个阴雨天,还是要到村外山路边去接她。父亲没有给她讲过过去与母亲的事,母亲也没有给她讲过过去与父亲的事。她考上大学了,接到录取通知书的那一天,在乡里当妇联主任的母亲和她谈到了过去也谈到了未来。母亲说,你赶上好年月了,可不要误了自己的前程。在人生路上,上大学是一个转机,恋爱和婚姻是另一个转机,你也成人了,可千万不能像妈妈这样一辈子没有出息呀!她于是第一次面对慈爱的母亲,提出了自己无法解开的谜:妈妈,当年,你怎么就能和爸爸结合到一起呀?她看到慈爱的母亲震惊了,看到慈爱的母亲眼中,一下子浸出泪花儿来了。母亲盯着她,严肃地问,你是不是看不上你的父亲?你是不是不爱你的爸爸?你给妈说实话,看着妈的眼睛说实话。在母亲的直视和逼问下,她摇了摇头,坚决地否定了母亲的提问。她和母亲都打住了这个话题,小心地绕过了这个话题,但这个话题却在她的心底越埋越深了。大学毕业了,她有了工作了,而且是文化层次极高,在社会上也极体面的工作。在大学,她的身边不乏男孩子的追求,她却一个也看不中。她心目中设计和想象出的白马王子和未来的如意郎君,是一个年龄比她要大,文化层次比她要高，又要有一定经济实力或者说在市场经济中能自由沉浮的人。起小在家中，她能看到比母亲年龄大许多的父亲对母亲那种充满宽容的爱，这是她确定第一个标准的坐标。而另外两条标准，也是起始于自己父亲这个坐标的反面，又从自身和社会的实际出发而制定的。自从分配到社科院，林森的谈吐、学识，以及信息部因为林森出任公司的总经理，在全院众多部室中，这个部人员经济效益名列前茅的事实，使她渐渐感到天天见面的林森，正是符合她心目中那三条标准的男人。

只可惜林森有那样一位可心的妻子！

由于艾云的存在，王红无法向林森表白心底的爱慕，但这种爱慕却不因无法表白而消失，甚至随着两个人工作上的合作，在她的心底埋得越来越深了。

对这一切，林森全然不知。

对王红突然用那样的口气，提到了自己的父亲和母亲，林森也全然没有一点儿应答的准备。面对王红那张充满了伤感的面孔，副研究员一时寻不到准确的答案了。

王红就是在这时候突然嘤嘤地哭起来的。

是曾华那篇文章，引发了她对父母的重新审视，是突然来找她的林森，引发了她要向心目中这位白马王子倾诉许多心里话的欲望。她开口了，开了口却又后悔，自己怎么能提出那样一个命题来让林森回答，后悔完又恼恨，林森怎么会那样不理解她，只会呆呆地望着她呢？嘤嘤地哭泣中，更带出了无限的伤心。她爬到了自己的床上，一头扎在枕头下，索性大哭一场算了。

这突变让林森顿时觉得手足无措，甚至有些莫名其妙。只过了一两秒钟或者四五秒钟，林森终于如大哥哥一般走到了床前，坐到了王红的身边。他轻轻地扳动王红的双肩，轻轻地说，王红，王红，你别哭，你别哭呀。你怎么了？你到底怎么了？

王红坐起身子，抹掉了泪水。林森的双手还搭在她的双肩上，王红一转身就钻进了林森的怀中。

我有好多好多的话想和你说呀！她哽咽着，喃喃着。整个身子随着哽咽起伏着，真像一个充满了委屈的女孩子。

你怎么了？你到底怎么了？林森继续问着，双手从王红的肩上落到了她的背上。王红依然哽咽着，喃喃着林森一时听不懂的话语。林森拥着王红，却又不知该如何劝她。

就在这时，王红抬起了头。

林森看到了她那张伤感的脸上，两颗多情的眸子正在放光。

也就在这时，王红将一个热热的吻，落在了林森的脸上。

事情就这样突然地发生了！

事后林森竟想不起来，他是如何回答王红那些问话的。更想不起来自己是如何走出王红那间屋子的。他只记得在慌乱中，他摸出那张《藤田田和他的麦当劳》的剪报放在了王红的桌子上，王红还说了些什么和他还向王红说了些什么，事后已是全都记不起来了。在这个世界上，他只和一个女人接过吻。那个女人便是他的妻子艾云。他爱他的妻子，从未想到除自己的妻子以外，还会再有别的女人。可是，这个周末，他竟然拥抱了另外一个女子，而这个女子，还给了他一个那般突然又那般热烈的吻。

林森匆匆地回到了公司的办公室。自从搞起了公司，信息部的办公室他不常去，这里倒成了他主要活动的地方。他照了照镜子，看到了脸上那个明显的唇印。小心翼翼地擦掉了这个唇印，在写字台后面坐定，林森才来得及思索刚刚发生的事情。

他却只能清晰地回忆事情的结果，而丝毫思索不出任何原因。

对副研究员来说，这无疑是一种痛苦。

周末的这个晚上，他便是怀着这种痛苦回到家里的。

妻子艾云还没有回来，女儿也不在。要在以往，他会为这母女俩着急，甚至会给电视台打个电话，问问妻子是不是值班。或者到学校看看去，周末的下午学校总是放学很早，女儿怎么还不回来呢？可今天他坐到客厅里却啥也没有想，只觉得很累，很烦。就这样默默地坐着，等着妻子和女儿。

艾云其实早该回来了。

龙山公路通车的庆典大会是一条重要的新闻,为了在当天的龙城新闻节目中播出这条消息,艾云在老乡家里吃过午饭后,就招呼随她一道下来的记者和司机,从龙山湾赶回了龙城。没有回家,也赶不上回家,一到电视台就钻进了编辑部的机房,一鼓作气地将拍回的毛片编成了节目。在审看当天的新闻节目时,新闻部主任和台长对这条节目十分赞赏,可以说,从一大早出门,到完成当天的任务后,回到新闻部坐到自己的办公桌上,艾云这才算是喘了一口气。她早已十分习惯这种紧张忙碌的电视记者生涯了,与电视台别的部门相比,新闻部是一个十分重要的部门。每天半个小时的《龙城今日新闻》栏目,全得有新内容。既不能拿过去的节目来重新播放,也不能把中央台和省台的新闻节目拿来充数,新闻的时效性,决定了新闻部的记者们每天都不能空着手回来。艾云是新闻部的老记者了,虽然刚刚三十出头,却在新闻部干了整整十个年头。十年来,她年年是先进。台里的先进当过,龙城市的先进当过,全省新闻战线的先进也当过。龙城电视台一成立她就在新闻部,在龙城,几乎没有她没有跑过的战线,各条战线上的头头脑脑没有她不认识的,他们也十分熟悉电视台这位能干的女记者。当分配到新闻部的年轻记者们嫌工作太累,想调换个部门时,部主任和台长总是对他们说,你们就不能学学人家艾云?面对任劳任怨的艾大姐,领导又总是拿这么一个活生生的榜样作为尺子,就把年轻的记者们量住了,直比得一个个哑口无言,再不能提换换岗位的话。

　　艾云活得很滋润。有一个体贴她、爱她的丈夫,这丈夫还是社科院的副研究员,出版过专著,在龙城文化界也算是一位名人。国家搞起市场经济来了,都说开头颅的比不上剃头的,造导弹的比不上卖鸡蛋的,刚摘了臭老九帽子香了没几年的文化人,似乎一下子又不吃香了。可丈夫在单位支持下,又办起公司当上了经理,每月的工资不但不比过去少,这奖金那奖金的更多了。艾云也是个女人,就在电视台这个小圈子里,有许多女人的丈夫,论文化档次和经济实力,就远远比不上林森。林森还有一个许多男人通常没有的优点,对艾云的社交一点也不干涉。艾云来往密切的朋友中,便有如曾华这样的男性公民,林森从不反对妻子与男性公民来往。用他对艾云的话说，这叫信任度。他常对艾云说，夫妻之间的信任度是夫妻关系能否永久和谐的关键，彼此怀疑，或者暗中背叛，岂不是同床异梦，形同路人了吗？除了这样一个好丈夫，还有一个好女儿，听话，懂事，学习又好。如此三口之家，艾云即使工作上累一些，一回到家里，那一身疲累，就在丈夫和女儿面前统统化解了。

周末女儿放学要早一点，艾云在新闻部喝了半杯茶，稍事休息，就准备去接女儿，答应国庆节要给女儿买一身新衣服呢，一直没有抽出时间来，今儿早点下班，正好办这事。有同事找她，约她晚上去跳舞，也有外单位的朋友打来电话，邀她做舞伴一道度过周末。艾云全婉言谢绝了。平时晚上的活动她可以去参加，但周末晚上她一般不外出活动。忙忙碌碌的一周之后，她总要和丈夫和女儿一道待在家里，过一个团聚而又充满温馨的周末之夜。

艾云和女儿一道回来时，屋门闭着，却未上锁。母女俩推门进来，客厅里很暗，艾云打开灯，见林森正一个人默默地坐在沙发上。屋里有烟味，茶几上的烟灰缸里，有好几个烟头。林森平时极少吸烟，莫非是他刚送走客人？

有客人来过？她问。

林森摇摇头。

艾云便看出丈夫的脸色不好。

女儿毕竟还小，进门就打开妈妈的包，拿出妈妈给她买的新褂子和新套裙来穿在身上，喊着爸爸，让爸爸看看是不是合身。见爸爸只是应酬似的说了几个好字，便一个人跑到穿衣镜前，自己看自己，自己美气自己去了。

你怎么了？不舒服？艾云坐到另一张沙发上，瞅着丈夫，又问。

林森又摇摇头，脸上堆出笑容来说，没事，没事，我是有些累了。

艾云便不再问，起身进厨房，开始忙周末的晚餐。临起身又撂下一句话：你回屋躺下歇一歇吧，等会儿一道吃饭。今晚上的活儿，我一个人包了。

林森却没有回卧室，依旧坐在沙发上，又点燃了一支烟。

女儿不高兴了，冲他说，又抽！又抽！爸爸你是在搞污染呢，是在让我和妈妈被动吸烟呢！

林森只好将那支烟在烟灰缸里摁灭。

在妻子回来以前，他本想把今儿和王红之间发生的事儿，向艾云一吐为快的。可后来又否定了自己的想法。全不是我主动的，妻子一定能相信，可为什么会发生这种事儿呢？妻子要追问，我能说清吗？以前常和妻子说到夫妻之间的信任度，现在我和王红出事了，不管程度如何，总是出事了。我将这事儿说给妻子听，是为了表白那个信任度呢？还是要让妻子心里产生妒意，产生不安呢？王红绝不是坏女孩。事出有因，我还没有弄清事情的因果关系呢。我向艾云的坦诚，岂不是对王红的出卖？艾云并不认识王红，她将会如何看王红？如何看待我？可不向艾云说出今儿的事情，我岂不是对妻子的一次背叛？岂不是没有堵住我与王红继续交往下去的路子？可我和王红过去是一种正常交往，将来怎么就不能再恢复正常的交往呢？

林森思来想去，拿不定主意。

后来，艾云就做好了丰盛的晚餐。在全家人一道用餐时，林森特意打开了龙城电视台的频道。在播送艾云在龙山公路通车典礼上拍的新闻节目时，他特意问妻子哪一位是龙山乡的女乡长。他甚至在那位女乡长的脸上，看到了王红的模样，却没有把这种感想告诉一道进餐的妻子。

这天晚上，当女儿在自己的小屋里睡熟以后，当洗浴过后已经躺在被子里的艾云等丈夫一道就寝时，从卫生间里洗浴罢回到卧室的林森，如一头雄狮般地扑到了床上，以一种负疚的心情勇猛地、发疯地施展着自己全身的力气，在妻子身上全方位地亲吻着、爱抚着。艾云幸福地迎候着林森，用自己的身体，用自己的心和一阵一阵的呢喃：

我还当你病了呢……你没病，你没病，刚回家时看你那脸色，我还以为你真的病了呢……你没病……许多年了，你……你怎么突然又和刚结婚时一样了？

勇猛的雄狮没有回答,什么也没有和妻子说。

快感的享乐完毕。在爱意的沐浴下终于沉入梦乡的艾云,并不曾想到丈夫今晚对她超负荷的付出,全部缘起于另一个女子突然间印到她丈夫脸上的那一个热吻。她睡得十分香甜。直到黎明时醒来,给程国庆副市长打去电话,才在身边依旧睡着的丈夫的耳边轻声说,你昨晚太累了,多睡一会儿吧。

电视台的小车将会准时来接艾云。

家是个温暖的巢穴。

一旦离开这个巢穴,在采访程副市长时,艾云便又是一位气质高雅,言谈敏捷的新闻记者了。

3

当所有的来宾全部走了以后,如往日一般的冷清就又回到了龙山乡政府的那个小院。

夕阳正在被不远处的山峰吞没。山里黑得早,温玉倩打开办公室的电灯,对坐在她对面的乡党委书记说,无论如何,你得去区上,要不就去市里,好好地看一看你的病了。

还在当乡里的妇联主任时,温玉倩就十分敬重乡里的这位党委书记。她早已习惯了在这位领导手下工作,从没有想过会和这位领导一道搭班子,共同担负起领导龙山乡的重任来。当区上的领导找她谈话,提到要让她出任龙山乡的乡长,且说到这种提议最早出自龙山乡的党委书记时,温玉倩简直不敢相信这会是真的。乡长,我怎么可以当得了乡长呢?十八岁时来到龙山湾插队,从此就做了龙山湾的农民,不是不想离开,不是不想回城,是她自个儿走的路让她自个儿不能离开这里也不能回城了。是这位乡党委书记把她提到了乡里,当了乡里妇联会的主任。她从一位普普通通的农民变成国家的干部了。于她,这是一种转换天地的变化。可与她一道插队的那些同学们,人家回城后有的早当了比乡妇联主任大许多许多的官儿,有的早成了学者教授,不但有了著作,还在各种名人典籍里挂上了名儿,还有的早发了大财,做了挎着女秘书、出入酒楼歌厅的经理和企业家了,与人家相比,她的这种变化又算得了什么?可她却没有这么想。人比人气死人,何况,路都是自己走出来的,她做人、做事,要对得起自己的良心。她在妇联主任位子上努力工作,从未想过再去做比这个职务还要大的官儿。可现在,上级要让她当乡长了。对温玉倩而言,这真是意想不到的事儿。

与做妇联主任一样,她在乡长的位子上仍然努力工作。大事小事,有老书记在前头顶着哩,就是办错了啥事,也有老书记在前头护着哩。她怎么能让老书记离开她呢?

可老书记病了,成天价咳嗽,脸色也越来越不好看。路算是修通了,庆贺会也算是开过了,她心疼老书记,敬爱老书记,她必须先一个人挑起龙山乡党委和政府一班人这个班长的担子,必须催老书记好好休息,认真看病。如老书记再不答应她,她想好了,只能去找区上,请组织出面调老书记回区上工作,给龙山乡派一名年轻的书记来。

老书记连声咳嗽着,坐在女乡长的对面,喘定了,用拳头轻轻擂着自己的双膝,终于做出了让温玉倩放心的表示。

我答应你了,先回区上请个假,到医院好好看看我这病。至于我这个位子嘛,我现在还不想给别人腾出来。

温玉倩等待着,等待着老书记说下去。

我这么大年纪的人了,提拔没指望,退休又不到点,回区上请组织重新安排,那不是给组织出难题吗?这是其一。我在龙山乡干了这么多年,五个乡长和我搭过班子,你是第六个。在咱俩手上,龙山乡总算是通了路,老百姓日后致富,算是打开门路了,和五个乡长搭班子我全没啥政绩,好不容易以后可以有点儿政绩了,我不在龙山乡干到光荣退休,还能半途而废?这是其二。其三嘛,我就是占着茅坑不拉屎,也比给你派来个捣蛋鬼好。都说这龙山乡穷,可想到这地方做八品芝麻官,好拿这地方做跳板的主儿,我闭上眼睛,也能从区上那些部门里,给你数出好几个来!有了路,条件变了,打开致富的局面也容易多了,换上个人来,一旦和你合不来,闹得你没法子工作且不说,还不是又害了这里的老百姓?

老书记这话，真是把一颗心给温玉倩全端了出来。

她不知道还该说什么话。

老书记又说，明儿一早，我就回区上去看病，要是没啥大病，吃几副药，在家住上十天半月，不咳了，不喘了，就回来上班。要是万一有了啥不好治的毛病，这个冬天怕是就要天天和医生打交道了。乡里的工作，你大胆地干，出了啥问题，我是书记，有我顶着就是。

说着说着老书记就又连声地咳嗽起来，喘不上气，脸上憋得很难受。温玉倩心想，他是真该去医院好好看一看病了。自打市里定下要修路，他几乎就没有休息过一天呢。过去是催他去看病，可现在想到明儿他就要走了，乡里的许多工作，就要由自个儿做主了，心里又极不踏实。

外面天色越来越黑，屋里便显得更亮。乡里的干部们，能回家的，半下午就都走了。乡政府的小院里，眼下除了两位乡里的头头，还有多年来兼任传达员清洁工炊事员的老光棍李老汉屋里还亮着灯。那老汉过来，在窗外问书记和乡长，看晚饭做点啥吃？温玉倩隔着窗户安顿李老汉，说自个儿要回家去吃饭，让他给书记单另做点就行。又转身问书记想吃点啥？书记还在那儿喘气咳嗽说不出话来，李老汉倒先在窗外开了口，说温乡长你就放心吧，他的口味我全晓得，别的事我做不了他的主，他想吃啥？这事儿我可是能做了他的主。南瓜稀饭，再烙上两张焦脆焦脆的饼，炒个萝卜丝，待会儿你问问他，看他满意不满意？

终于喘定了的老书记便连声说满意满意。

他又对温玉倩说，要不，你也一道吃？

温玉倩摇摇头。老书记就对她说，那就再坐坐，你再和我坐坐。

他似乎还有许多话想说。

窗外的李老汉走了，忙着去给自个儿和书记做晚饭去了。乡党委书记用审视的目光看了一眼温玉倩，藏在心里的话该不该说？心里还是拿不定主意。

温玉倩望着他，等着。

你和王九斤，真要过一辈子？

他终于开口了，尽管声音极低。

温玉倩没有想到乡党委书记会又和她提起这个话题。许多年前，当他要提拔她当乡里的妇联主任时，乡党委书记如此问过她。其时的情景她至今记忆犹新。她当时沉默了一阵，反问说，如果我和他过一辈子，是不是就失去当妇联主任的这个机会了？书记便摇头，她便继续说，我至今还没有想过要和他离婚的问题。乡党委书记就再没有问她，直到今天在她的办公室里重提此话。但她明白乡党委书记话中的含义。当时就明明白白，今天更是明明白白。今天下午给区里和市里的领导们汇报完工作后，不知是谁提议，要到她家里去看一看。她的家就在龙山湾村，上级领导来了，到她的家里去坐一坐，看一看，人家是表示一份人情，无可非议。她只好领上那些头头脑脑们去家里转了一圈。洁净的小院，明亮的屋子，但她的丈夫却不在家里。除了乡里的干部们，凡是外面有客人来，她的丈夫总是尽量躲在外面。以前他可不是这样。以前家里也没有啥外面的客人。但自打她当上乡里的妇联主任，家里就有了外面的客人。也自打那时候，她的丈夫就开始尽量地躲避外面的客人了。她刚刚当上妇联主任那阵子，有一回市里妇联下来两位科长检查工作。乡党委书记与她一道接待了这两位上面下来的干部，表示了对她的支持。中午饭后，那两位市里的干部提出，要到她家里去坐一坐，看一看。还说看完以后就直接上路，不再回乡政府了。乡党委书记没事，权当送客，就陪上两位客人，随温玉倩一道回家。进了温玉倩的小院，她的丈夫王九斤出来迎接客人。那两位市妇联下来的干部，打量一下王九斤，其中一个就问温玉倩说，这位是不是你公公呀？一句话，弄得温玉倩夫妇两个全成了大红脸。亏了乡党委书记就在一边，解围说，这位是咱们温玉倩的男人。你们城里人说话现在全有了港味儿了，看看电视里那些港台片，女人叫自个儿的男人，开口闭口老公长老公短的！我们乡下人可这么叫不出口来。男人就是男人，可不叫老公。乡党委书记这么一遮掩，那两位市里来的干部自知失言，虽不再开口多问，但温玉倩和王九斤两张大红脸，还是觉得没处搁。

见温玉倩没有回答，乡党委书记又说，要不，就给王九斤在乡办企业里安排个干的吧。这事儿,你不好出面,我出面。

温玉倩还是没有说话。

乡党委书记突然后悔了。真不该和温玉倩提起这个话题,他甚至觉得自己真混!怎么能和人家温玉倩提起这个话题呢?他想缓和一下眼前的气氛,急忙换了一个话题。

你给我拉上个曲儿吧,他说。

这要求并不过分。在龙山湾,谁不知道她有个小提琴,且能在那个洋玩意儿上拉出一曲曲好听的曲儿来呢?

温玉倩起身打开了她的文件柜,从里面取出了她那把小提琴。琴已经很旧了,但保护得还不错。她没有再坐下,走到了窗前,默默地举起了琴,抬起了弓。于是,从琴弦上就传出了一阵悠长而动人的乐声。老书记并不懂音乐,但他知道这是温玉倩最喜欢拉的那首名曲,曲名儿叫《梁祝》。他仔细地听着,虽听不出这好听的曲儿,和他熟知的梁山伯和祝英台的故事有啥关联,却依旧仔细地听着,那好听的曲儿毕竟很能打动人。

悠悠的曲儿从温玉倩的心底里流到弓弦上,她拉着,拉着,突然想哭。在最初怀着女儿时,她在拉这首曲儿时有过这种感觉,这种感觉已经好久好久不复存在了。可现在她又有了想哭的欲望。如果能面对老书记,或者干脆一头扎在这个如兄长般的男人怀里,好好地哭上一场,也许心里会好受些。许多许多年了,她已经不想再倾诉什么。当了妇联主任,又当了乡长以后,她更不能再想去找一个人去倾诉什么。她要听别人的倾诉,要帮别人去解决思想问题和实际问题。如果在她周围让她找一个她愿意对其倾诉什么的人,那人只有一个,就是现在坐在她的办公室里,正在她的背后听她拉琴的这个男人。可在倾诉过后,她又期盼着得到什么呢?不去期盼得到什么,又何必去倾诉什么呢?

悠悠的曲儿又从弓弦上流回了温玉倩的心底。

她拉着,拉着,一支好听的《梁祝》终于拉完了。

乡党委书记一直没有说话。

李老汉在窗外喊乡党委书记去吃饭。乡党委书记起身对温玉倩说,你也该回家了。临出门，又说，明天我一早儿就走，你可千万不要再打个早儿起来送我。

温玉倩点点头，把那把琴重新放回文件柜里，拉灭灯，锁好办公室的门，这才踏着朦胧的夜色，走出了乡政府小院。

此刻，龙山湾这个偏远的小山村笼罩在一片夜幕之中。没有路灯，只有星落的院落和院落里向暗夜里闪烁出的灯光。80年代初这里才通了电。在没有电的那些日子里，温玉倩早就踩熟了这里的每一条小路。从星落的小院里，不断飘出炊烟，偶尔还有阵阵狗吠。劳作了一天的乡民们全回到了自个儿的家中，街上空落无人。庆典会的日子确定以后，温玉倩就给女儿去过信，希望她今天能回来，就是请假也一定要回来。但事实是女儿并没有回来，只给她来过一封信，讲了许多理由，说她不能在庆典大会时回来了。现在，属于她的那个家就在面前。面对那熟悉的小院，熟悉的房屋，她多么希望女儿正在里面等着她呀！女儿一定会回来的。女儿是想避开所有的客人，在天黑前再回来。不知为什么，她觉得女儿一定是这么想的。她不会责备女儿一句。她会和女儿好好地度过这个周末。

然而，当温玉倩轻轻推开了自己小院的门以后，她失望了。小院角落的牛棚里，那头老黄牛正在香甜地咀嚼着料草。她的丈夫王九斤正默默地蹲在牛棚前，那一明一暗，闪烁出亮点儿的旱烟锅子，证明了院子里男主人的存在。

温玉倩关上院门往屋里走。王九斤从牛棚前站起来，抬起脚，在鞋底上磕净了旱烟锅子，将旱烟锅子装进兜里，也跟着刚下班的妻子往屋里走。

咱红儿……没有回来。

温玉倩听见丈夫在身后这么说，但她没有吭声，只是轻轻地推开了屋门。一溜五间正房，土坯墙，沙灰顶，在村里这些年不断翻新着的住宅中，不算最好的，也不算最差的。一间女儿住，一间放杂物兼做灶房，另外三间，一明两暗，是温玉倩和丈夫住。她看见屋子里已经摆好了饭桌，饭桌上的四个碟子上全扣着碗，那是细心的丈夫怕炒好的菜凉了。

我熬了稀饭，蒸了馒头，全在火边上热着呢。

王九斤说着,取来暖水瓶,在脸盆里倒上热水,又将脸盆放到脸盆架上,让妻子洗手。在温玉倩洗手的工夫,他已经跑到灶房里,将稀饭和馒头全端过来了。

洗罢手的温玉倩打开了电视机。是一台十四寸的黑白电视机。她要等省台的新闻和龙城台的新闻。这两个台都会播龙山公路通车庆典的新闻,那些记者们扛着机器来了又扛着机器走了,人家不会白来的。

王九斤也开始洗手。自从和温玉倩成了夫妻,他已经习惯了起床后刷牙,睡觉前洗脚,饭前先要洗手这一套城里人生活中的程式。即便有时他和妻子不在一盘大炕上睡觉,他也会早起刷牙晚上洗脚;有时妻子和女儿不在,他自个儿一个人吃饭时,也要先洗洗自个儿那两只爬满厚厚老茧的大手。

温玉倩揭开了扣在菜上的碗,先给丈夫盛上了热烘烘的稀饭。然后与这个比她整整大十八岁,相貌已显得十分苍老的男人一道共进晚餐。

你就没去会场上看一看? 她问。

看了看了,远远地看了一眼,那车,那人,真是多哩。

市里,区里的领导们,还来咱家看了看呢,她又说。

我听说了。

可你……

他抬起头来,给了妻子一个憨憨的笑。

你就是不去会场,也该待在家里。

他没有吭气,只是埋头吃饭。

温玉倩将碟子里的菜挟到了丈夫的碗里,又说,咱红儿没有回来,你炒下这么多菜,你多吃点。

她能看出来,她的丈夫吃得很香。快六十岁的人了,他还很能吃,也很有力气,无论是干活,还是她让他睡在自己身边时,他身上的肌肉很健壮,舍得用力气,而且力气总是用不完。

省台的新闻节目开始了,果然第一条新闻就是龙山公路通车的消息。王九斤放下筷子,不再吃饭,两眼瞪得老大,认真地瞅着电视上的画面。

瞧！瞧！玉倩你快瞧呀！他突然用手指着电视，两只眼睛中闪出无比兴奋的光。电视里，正出现了温玉倩讲话的镜头。温玉倩其实早就瞧到了，她甚至想到了当时摄像机对着她时的情景。她看到了电视里那位女乡长正在讲话，神态很自然，模样也很年轻。那是自己吗？可那不是她温玉倩又能是谁呢？省台的这条新闻不长，但对于龙山乡，对于龙山乡的乡长来说，能上了省台的新闻节目，还是第一次。

这个节目完了，但王九斤似乎没有看过瘾，温玉倩似乎也没有看过瘾。这对夫妻依旧盯着电视，恋恋不舍而又分外遗憾地盯着电视里的其他节目。

还演不演了？王九斤问。

温玉倩起身按动电视频道键，换上了龙城电视台的节目。正是点歌时间，一个披着长头发的男歌星正在摇着麦克风，嗲声嗲气地唱着流行歌曲。温玉倩看看表，说快了快了，这个节目一完就是龙城的新闻节目，等着吧，市台播咱们的节目，一定比省台用得时间长。

还有没有你？王九斤问。

有哩，有哩，咋就能没有呢？在那么多人的大会上讲话，又对着那么多的领导，当时我还真有点心慌哩。温玉倩说着，又问丈夫，你看我刚才在电视里自然不自然？

王九斤就回头看自个儿的妻子，连声说，自然自然，你做官一点也不比别人差哩！

温玉倩笑一笑说，就你说我好。

我一个人说你好不行，是别人全说你好呢。乡亲们说你啥，你当我就不清楚？你当我就一句也听不见？

人家骂我你也能听见？

骂你？能骂你啥呢？要我说，他们只能骂你傻。

我傻？

也骂我傻。

王八对乌龟，是谁把咱俩全当成二百五了？温玉倩望着丈夫，假装生

036

了气的模样。

王九斤急了,忙说,你可甭当真,你要当真,我可就不说了。

你说,你说,温玉倩就笑,说我在外面当乡长,回了家不还是你老婆?人家骂咱俩的话,你不告我,谁还能告我?

王九斤说,其实人家有人骂咱傻,也是为咱好呢。

温玉倩双手支在饭桌上,托着腮帮子,盯着丈夫,听他说下去。

说你傻,是说你都当乡长了,我还是个农民,每天种地,以后想谋个吃供应粮的差事,怕也晚了。说我傻,是说我……

你想不想到乡里谋个差事呢?温玉倩问。丈夫的话题,让她想到了乡党委老书记提到过的同样话题。

要说想,也想,要不,我太给你丢人。要说不想,也不想,种了一辈子地了,务庄稼,我是个好把式,可给公家当差,我这料,能做个啥呢?再说,再说,保不定啥时候……

王九斤突然不往下说了。

你说呀!温玉倩催他。

王九斤叹口气,渐渐低下头,喃喃说,我下面的话,和人家说你傻是一个意思。

温玉倩已经明白了,却一直望着丈夫,等他说下去。

人家说你现在是乡长,将来不定还能当啥更大的官儿呢。现如今,女干部提拔起来,比男人们容易。再说,再说……

他又"再说"不下去了。

温玉倩突然觉得面前的这个男人十分可怜。这个男人自从做了她的丈夫,就一直依着她,顺着她,在依着她,顺着她的同时,也将心里对她的百般爱恋给了她。最初,是她打心里觉得配不上这个男人,认定这个男人是世间上最好的男人。可后来,她最初的那种思想就换位于这个男人了。现在是这个男人觉得配不上她,觉得会被她甩掉,常生出一种这个过去曾充满爱的家,将被打碎,两个人一道曾避过人世间风霜雪雨的爱巢,将被倾覆的感觉。

我是不是太傻？即便别人不这么议论她，她也常常在暗夜中一个人扪心自问。时代早已变了。过去的年代已一去不复返，女儿也大学毕业，能够单独生活了。我为什么就不能重新选择一次生活？重新安排一下生活呢？可听着身边丈夫那熟悉的鼾声，闻着身边丈夫那熟悉的汗味儿，她又感到自己的这种想法太自私也太可耻。她当了干部，难免晚上有开会的事儿。起初晚上开会回来，她怕惊动他休息，就到另一间屋里去睡。可后来，她发现就是晚上没有开会，他也主动和她分开来睡，一人占一间屋子。她好久没有听到他那鼾声，闻到他那汗味儿了。这一段工作太忙，也太累，对丈夫的这种细微变化，她竟然习惯了，并没有看出丈夫心灵中渐渐增加的负重。特别是今天，这样大的活动，这样大的场面，龙山湾的男女老少，有谁还出村去干活儿呢？她是乡长，她在大会上讲话，她的丈夫却避开了和客人们见面的机会。她怎么就没有想到这种负重，让这个属于她的男人是何等的痛苦呢？

温玉倩突然感到是她实在对不起自己的男人。

我太傻，我确实是太傻了。她在心里暗暗地责备着自己。我不是因为没有甩掉他太傻。我没想到冷落了他，他那么难受我还不知道，做个女人，我不是太傻了是啥？

龙城电视台的新闻节目开始了。播音员用十分好听的声音播出内容提要，第一条就是龙山公路通车，庆典大会在龙山湾隆重举行。

快看，快看，又要演你了。

王九斤抬头对妻子说这句话时，却看见妻子站了起来，走到了他的面前。他一时竟不知妻子要干啥？

温玉倩却将身子一歪，一屁股坐到了王九斤的怀里，两只手臂一抬，就勾紧了丈夫的脖子。

我要你抱着我看，她说。

这……这……王九斤慌乱了，连声说，小心，人……叫人撞见哩，这……这……

她抬起头说，院门早关了。

这……这……

这啥？你是我男人，我是你老婆，怎么，你不想抱我？

她便感到丈夫那两只胳膊猛地搂紧了自己。

她开始幸福地闭上了眼睛。

可，可你现在是乡长……是王九斤在喃喃。

乡长回到家，也是你老婆。

温玉倩将"家"和"老婆"说得很响很重。她觉得丈夫搂得她更紧了，且觉出了一张她十分熟悉的男人的唇，正向着她的唇紧紧地贴上去。

电视里，龙城电视台艾云拍制的新闻正在播出。有龙山湾盛大的庆典场面和不同角度拍摄下的种种画面。画面多，解说词也多，这条新闻占据的时间，比省电视台同一条新闻播出的时间要长许多。

可惜龙山乡的女乡长和她的丈夫，并没有看到什么，也并没有听到什么。两个人紧紧地相拥着，王九斤只听到怀里的这个女人，正用嘴贴着他的耳朵对他说：今晚，咱俩一个屋里睡……

第二章

4

李小海敲开曾华的家门前,曾华正坐在他的写字台前,检索他录入电脑的许多文件。曾华的妻子黎萍这天上午正好没课,也在家里,钻在另一间屋子里看书。曾华已经习惯了"文件"这个词儿。与这个词儿相适应的另一个词儿是"菜单"。用手拿一支笔在稿纸上写作时,"文件"与"菜单"这两个词,与现在电脑所赋予的概念完全不同。那时他甚至有些讨厌这两个词。文件是官场上通用的一种文体,菜单是酒楼饭店里通用的另一种文体。他是作家,已经很长时间没有看过什么文件了,官场的文件上,总要标明发至什么什么级,作家是不沾这种什么什么级的。他兜里也没有更多的钱请朋友们去豪吃痛饮,往往去酒楼饭店时总是在做陪客,既不做东,菜单也不必拿在手里细读。自打买下电脑,曾华必须重新认识"文件"和"菜单"这两个词的全新含义。他无论写什么东西,即便仅仅是记录下一点素材,也必须编成一个"文件",且给这个"文件"起一个英文名儿以备检索。而操作这台电脑,又一时也离不开中文"菜单"上的提示。

曾华不断地检索着电脑里的文件,想找出点过去录入的素材来。80年代初期作家在社会上吃香,靠一两篇小说有的就能打得很响。那阵子曾华羡慕省城的作家们,可惜龙城文联那时还没有专业作家的编制。龙城文联后来也搞起专业作家来了,而当上这种角色的曾华却越来越有一种失落感。全国的文学刊物发行份数都在锐减,出版社出本书又那么困难,勉强出了也就是印上三四千册保本,如此少的读者,你就是发表或出版多少作品,又有谁会能知道你呢?他记得起初陪艾云去龙山公路采访时,和程国庆副市长第一次见面,艾云介绍他是文联的作家,程副市长就问他出版过啥书?他老老实实将自己过去出版的那两本长篇小说的名字说给程副市长听,程副市长却一本也没有看过。岂止没有看过,连听也没有听说过。现代人可看的东西太多了,谁还有兴趣看一本砖头来厚的小说?

不写东西无事可干难受,写出东西来出版不了难受,没有好的素材激不起创作欲望来,那种滋味儿更难受。

李小海就是这时敲门进来的。

李小海是龙城大学中文系的毕业生,黎萍是龙城大学中文系的讲师,可李小海敲开曾华的家门,却不是来找他上大学时的老师,而是来找曾华。

在龙城,如果说曾华能算得上文化圈里的一位名人的话,李小海则是可以突破龙城文化圈的准名人。这小伙子高个子,长发,给人一种不修边幅的艺术家形象。毕业后先是分配到市文化局艺术科当干事,干了没有两年,就辞掉工作,到社会上开始自个儿闯荡。李小海的妻子乔惠在市里城建委当会计,和他分居好几年了,两个人离不了婚,又不在一道好好过日子。据说乔惠有条件,要离婚,李小海必须给她十万块钱。这个传闻,曾华夫妇也听到过。

李小海甩动着他的长发,大大咧咧地坐进了曾华家的客厅,开口便问:黎老师不在?

曾华说,你要找她,我可就忙去了。

李小海忙说,别走别走,我是专门来找你的。

黎萍听出李小海的声音,从里屋走出来,冲李小海说,我要是不在,你是不是又要给曾华说你近来的桃色事儿?你就不怕污染了我家曾华,我找你去算账?

李小海嘻嘻笑着说,不怕不怕,那种事儿,可不是人人都能学来的,你们这种大知识分子,一没有权,二没有钱,就是有点贼心吧,还没有长下个贼胆呢!

黎萍佯作生气状,说,你这个小海,出言不逊,小心我轰你出去,再不认你这个学生。

李小海继续嘻嘻笑着,站起身向黎萍深深鞠了一躬,连声说,好我的黎老师呢,你今儿就是再轰我,我也不走,天底下的人我都能忘记,也不敢忘了你是我的老师呀! 我啥时都想着你和曾老师呢!

曾华说,你一年了都没有登过我的门,还亏你敢说啥时都想着我们呢!

唉! 李小海长长地叹了一口气说,这一年多我也真忙呀,广州待了小半年光景,又到香港玩了几天,这不,回到龙城,筹备的大事没有办成之前,哪敢上门来请曾老师出山呀!

曾华夫妇还是不知道这李小海云天雾罩地要说啥。

李小海这时从口袋里摸出一张名片,双手捏着,恭恭敬敬地递向曾华,说曾老师你先看看学生我现在的头衔是啥?

曾华接过名片,黎萍也探头去看。

只见名片上两行头衔,第一行是:雕塑家、画家、书法家、诗人。

在龙城大学中文系读书时,李小海的艺术才华就常常显示出来,报刊上常有他的小诗发表,毛笔字也写得好,还参加过龙城和省里的青年书法展览,那时他就通过黎萍认识了曾华。曾华在市文联,帮李小海牵牵线,搭搭桥,市里的作家协会和书法家协会便吸收李小海入了会。他一参加工作,名片上就印上了书法家和诗人的头衔。天晓得他现在怎么又成了雕塑家和画家了?

黎萍先就笑了起来,冲她的这位学生嚷道,你啥时又成了雕塑家和画家了呀?

李小海嘿嘿笑着说,我这是工作需要嘛,书画同源,我有写字的功底,提笔来几下大写意,那还算个事儿? 不识五线谱的人还当歌星呢,我怎么不能当个画家？至于雕塑家嘛，你们往下看我的具体头衔，为了我从事的事业，我现在正在研究雕塑呢！实践不多，理论在肚子里可装了不少。

曾华和黎萍仔细再看，原来李小海名片上第二个头衔是中国龙山现代摩崖石刻委员会总干事长。

你不开歌厅？不办公司了？曾华问。在他的记忆中，李小海以前是皇后歌厅的老板，还是什么公司的总经理和董事长来着，怎么突然又变成个总干事长了？而且还是个中国龙山现代摩崖石刻委员会的总干事长，这又是个什么机构呢？

你瞧瞧，我这个识字分子，把你们两个大知识分子唬住了是不是？我这个龙山现代摩崖石刻委员会，可不是什么学术团体，是一个地地道道的带有艺术细胞的经济实体。我这个总干事长呢，说穿了，就是董事长，总经理。

李小海这么一神吹，真让曾华夫妇更不明他的底细了。

他继续神侃起来。

你们听说过美国的拉什莫尔山没有，那山上刻着美国四个大总统的石刻头像，那才叫与山河同在，与日月齐辉呢。对了，反正咱们都没有去过美国，咱还是说中国吧。中国人发了财想干啥？想一千条一万条，有一条他最想，那就是扬名。温州地区改革开放得早，老百姓中百万元户的主儿，一抓一大把，有了钱干啥？修坟。那地方我可去过，人还没有死呢，坟地就修起来了，有的坟修得比他妈的咱们住的房子还大，还好。为啥？还不就是为了死后扬名？让后人说看人家谁谁谁，死了都占那么大一块地呢！还有那些有了钱的企业家们，拿上钱没有地方花了，大把大把地给报纸，给刊物，我就见过个发了财的老板，花钱让人写了篇吹捧他的文章登在一家刊物上，又花钱买了许多本那一期的刊物，四处寄给亲戚朋友。他当年不定是怎么坏的一个坏小子，现在想用这种手段给自己正名呢！海外华人中有钱的主儿可比大陆多，他们想啥？情系故土，叶落归根，越是年纪大了，这一点，就越是他们心中一个难解的情结，能在大陆一个风景名胜区建一座生祠，日后归天，让后代儿孙们把他的骨灰弄点儿埋放在自个儿的生祠里，你说是不是他们求之不得的事儿？

曾华夫妇算是听出点名堂来了。

咱们龙城的龙山是啥地方？别的不说，光这名字，在海外就值钱呢。龙山上又有历代留下的那么多石刻，咱再给龙山上增加点现代石刻，愿意给咱们投资的主儿还能少了？

曾华说，闹了半天，你是要在龙山上给有钱人修墓呀。那不把龙山的风景和名胜给破坏了？

黎萍也说，小海呀小海，亏了你能想下这么个发财的缺德办法。

李小海便摇头说，错了错了，我一开始筹备成立这个委员会时，文化局的头儿们也是这种看法。

曾华说，那你究竟要干啥？

干啥？李小海说，对海外华人中那些大款们，咱们现在有个说法，早不说人家是资本家了，说人家是离乡背井，艰苦创业。人家几十年，甚至一代又一代的创业敬业精神，正是咱们建设具有中国特色的社会主义，需要弘扬的一种民族精神呢。所以，我这个龙山现代摩崖石刻委员会的宗旨，就是要在龙山上给具有这种精神的海外华人建立塑像，刻制石碑，当然，他们死后，也可以在自己的塑像和石碑前后左右建坟。放骨灰也行，建衣冠冢也行。但主要是在他们生前给他们在龙山立像供人瞻仰，制碑宣扬他们的创业精神。我们这么一搞，龙山上的石刻就在我们手里有了延续。龙山作为一处名山，也就有了新的历史景观。对改善我们龙城的旅游环境和投资环境，是有百利而无一害的善举呀！

李小海这一番话，真是言之有理，冠冕堂皇。

谁给你投资呢？曾华问。

黎萍也说，看来你这几年是挣下大钱了，要不，敢揽这么大的活儿？

李小海哈哈大笑，笑得浑身发颤了，才说，你们呀，真是钻在书斋里脑子全锈了，怎么还没有听明白呀？我这是无本求利，三年不开张，开张吃三年，真正想干点儿事业呢！下海这几年，也挣过，也赔过，最后选这个项目，也是动了脑子的呀。建多大的像，塑多大的碑，标准不一样，开价也不一样,你就是想在龙山选个山头,刻个像乐山大佛那么大的像也行,只要你肯拿一个亿,还怕我干起来没有赚头?

黎萍说,你这买卖我现在听明白了,可我家曾华又不会雕塑,他能帮上你啥忙?

李小海说,真要动工搞起雕塑来,我去找石匠呢,还能请曾老师去山上干活?我是来请曾老师出山,出任我们《龙族》杂志的主编呢。编刊物的活儿,对曾老师来说,还不是闭上两只眼儿也能干得了的营生?

曾华又听不明白了,问李小海说,你怎么还要编刊物呢?

李小海真像是抖包袱,这才说,我这个委员会,既要搞成一个具有艺术性的经济实体,总要成龙配套才行吧。我这个委员会下面,还有一个《龙族》杂志社,凡要在我这个委员会投资,要在龙山塑像建碑的主儿,在我这个杂志上还可以出一本关于他本人或者家族的专刊。一般的海外华人咱还不要呢。没有几千万或者上亿元家资,在海内外经济界没啥影响的人,就是主动和咱们联系,想在龙山塑像建碑,咱也不能随便答应。咱身价定低了,怎么和人家身价高的打交道呀?特别是一开始,必须是有大名堂大身份的人才行。有了大名堂大身份的人领头,咱们的事业起点才能高,影响才能大。龙山上的事儿我就不说了,咱们的刊物,有一个主儿拿钱就出上一期,不塑像不立碑,想单另先在咱的刊物上宣传宣传也行,说实话,一本刊物集中版面宣传一个人,和出书效应一样,还愁没人上钩?当这号刊物的主编,我不请曾老师,还能请谁?

黎萍看看丈夫,曾华似在思索,没有对李小海的话立即做出反应。

她便又转向她的这位学生,问李小海这些设想全办下手续来了没有?

我这么长时间没来看你们,忙啥呢?还不就是忙着办这些手续?龙山这个旅游点,也眼看着就要真正开放了,就原先那点破破烂烂的石刻,一个新景点也没有,能行?我这报告呀,是给文化局的头头们瞌睡时递上去个枕头,他们能不批?有了委员会这么个机构,我自个儿当社长,到省里跑了几趟,刊物登记证啥的文件,全领下来了,连图章都刻好了。

你自个儿要当社长?曾华问。

我自个儿不干社长，那些个零零碎碎的日常行政事务，让谁去处理呀？

李小海这话，曾华听了倒觉得有理。照李小海的说法，这本《龙族》杂志，每期主要是对一个人进行宣传报道，且是有偿行为，又不定期，有社长全面负责，自己当主编，既可以拿一笔外快，还有机会接触一下自己以往未曾接触过的世界呢。

他有点动心了。

李小海又说，曾老师，你答应不答应出山，帮我干一番事业，你可以想一想再给我答复。但有句话，我得先亮明底牌。

见曾华和黎萍全注意地听着，他才一字一顿地说，社会效益我就不说了，有你当主编，这杂志我一百个放心。可经济效益我得说明白，我这个社长只对你这个主编负责，你再雇谁干活我不管。开始工作时的垫底资金我拿，但你不拿固定工资，拿的是效益工资，你甭眨眼，我这是为你好呢，拿一份固定工资那才几个钱呀？我说的效益工资，也就是说，每期刊物的利润，我这个当老板的拿一半，你和你雇的人分一半，怎么分那是你的事儿。在商言商，曾老师和黎老师可不要怪学生这么说话。

曾华便看黎萍。

黎萍说，你甭看我，我这位学生，这回是冲你来的，你干不干，你拿主意就是。反正在家里待着也是待着，有个事儿干，比没事干强。

这话再明白不过了，曾华点了点头，对李小海说，那好吧，我就当你《龙族》的主编，给你这个老板干上一段，看胜任不胜任？

李小海一听，当下就乐了，一脸堆笑，连声说曾老师你可不敢叫我啥的老板呢！我算屌个啥的老板？我去广州跑了跑，看看人家那里的老板是啥光景？我算个啥呀？你多会儿也是我的老师，你是当老师的扶持我这个学生干事业呢，我这个当学生的能请你出山，我都不知道该怎么感激你呢！

他的嘴就是这么甜。

黎萍打断李小海的话，在我们家里，你快把你嘴里的冰糖蛋儿吐了好不好？我还得敲打你一句，你在外面弄你的花花事儿我不管，可你要是污染了我家曾华，可小心我找你算账！

这回不等李小海说话，曾华就冲妻子说，连李小海都把我看透了，我这个人，是有贼心没贼胆，莫非你还不放心？

黎萍就抿着嘴笑。

曾华又想到了一个具体问题，问李小海说，谁帮你在国外联络呀？我可在国外给你找不下一个关系。

李小海说，曾老师是在考察我的可行性哩，是不是？那我就给曾老师露个底儿吧，我在香港，已经建了一个点，有一位很能干的女士，做我这个委员会的全权代理呢！我家又没有个海外关系，单靠我，哪能和海外的大亨们联系上呀？

你怎么和香港女人也有了瓜葛了？黎萍问。

李小海嘻嘻笑着说，黎老师，你也知道，我这人，在学校时就讨女学生们喜欢，没办法，没办法呀。对两位老师，我是有啥说啥，香港那位女人，不管她是我的情人也好，朋友也好，咱有了阵地，她给咱牵线弄钱就行，剩下写文章的事儿，还能难住咱们曾老师？

他不再多说在香港那边的事儿，又追问曾华说，曾老师，咱可说定了，你要干，我可就再不找其他人了。

曾华又想了想，说，你既然在香港有那么一位女士帮忙，成败在她呢，只要有米，还愁我给你下不到锅里？这事儿，我算是答应你了！

李小海此行，马到成功。

5

香港新界的一套高层公寓里，在一个大单元里住着姐妹二人，姐姐叫贺晓春，妹妹叫贺晓燕。这姐妹俩人样儿生得全很标致，姐姐出门，总是开上自个儿的德国大宝马轿车，那红色的大宝马，便越发衬托出女主人的豪华和不俗的地位和身份。妹妹尚未成婚，在南洋杨氏集团股份有限公司总经理的办公室做秘书，虽说在香港还没有公寓也没有私车，但有姐姐的公寓和私车，活得也还自在。

姐妹俩全能说一口流利的英语。

在不需用英语社交的场合，她们说出的粤语，几乎能让所有与她们打交道的港人,认为她们是地地道道的广东人。

可以说,在香港这姐妹俩涉猎的社交圈里,除了南洋杨氏集团股份有限公司的总经理杨儒荫先生以外,几乎没有人知道她俩的底细。

这姐妹俩全来自远在大陆腹地的龙城。她俩的父亲,曾是龙城赫赫有名,妇孺皆知的贺振!

贺振曾是中共龙城市的市委书记。在血与火的战争年代,贺振曾经有过传奇般的历史。他本是一介书生,因参加过一二·九运动,且是一位小头目,之后成了反动政府的通缉要犯,离开了北京。多年后贺振成了抗日前线八路军中的一员战将,战场的拼杀中,他负了重伤被送回后方,几经转折,到了延安。伤好后贺振本想再度回前线杀敌,却被组织派到龙城,开始了地下党组织的秘密活动。他曾带人潜入日军驻龙城的驻军司令部,枪杀日军驻龙城司令部魁首野村一郎,同时对日军龙城军火库进行了大爆炸,从此他也被日军侵华总司令部称之为"龙城有一条难以消灭的龙"。也就在这次行动中,他的原配妻子死在了敌人的冷枪流弹下。龙城一经解放,贺振就出任了龙城市的市委书记。他二次成婚,这位妻子给他生下了两个女儿。"文革"中贺振受难,他的第二个妻子也在一次被斗中,因不承认自己有罪,叫造反派从身后猛踢一脚,从正在游街的大卡车上掉入车轮之下,当场惨死在龙城的大街上。"文革"结束,贺振复出,又担任了龙城的市委书记。他老了,要干的事儿也太多了。他的两个女儿,一先一后考入了北京的名牌大学。他没有再婚,只盼着两个女儿大学毕业后,能回到龙城工作,能守在自己身边。

贺振却未能如愿。

贺晓春是第一批到深圳闯天下的淘金者。

她靠着名牌大学的文凭和一口流利的英语,在一家港商独资的大企业求得了一个很好的职位,成了老板的秘书。

老板是一个精瘦精瘦,比她大二十岁的老头子。老板有雄厚的资产,还有一位地地道道的金发碧眼的英国夫人,这位夫人为他生下了一位同样是金发碧眼的女儿。那位夫人带着她的女儿来过深圳,贺晓春替她的老板接待过她们母女俩。老板的女儿几乎与她同龄,而老板的那位夫人比起她的丈夫来,大约要超过十岁。贺晓春弄不明白,精明的老板,当初是怎样看上这位英国洋大姐的。

起初她弄不明白,也不想弄明白老板的家庭生活是否幸福。她只是想努力工作,追求自己的人生价值。与所有到深圳闯天下的淘金者一样,她也把人生价值的坐标,定在了拥有财富的数额上。

她陪老板社交,出入酒楼舞厅。老板从没有对她有过非分之举,她也在帮老板完成一桩桩的经济谈判后,心安理得地接过老板私下递给的红包。贺晓春在用自己的劳动不断地积累着自己的财富。她开始留意起周围的许多男人们来了,并且开始在心底暗暗勾画着未来的白马王子,从具体的形象,到具体的财富。她已经快三十岁了。或许两个人结合起来去创业,前程才更加美妙。

然而有一天……

那一天的情形如钢打铁铸般地印在了贺晓春的心底。

正是夏末。老板从香港刚刚回到深圳。她看出老板很疲惫,精神也不好,她格外小心地坐在与老板一门之隔的写字间里,认真处理完老板上班后交代的事情,随时等候着老板的电话吩咐。一下午过去了,眼看就到了下班的时间。她看看表,如果老板再没有吩咐的事情要做,她准备按时下班。

老板就是那时打过电话来的。

如以往一般,老板先称她一句贺小姐,然后说,下班后,请你到我这边来一下,我有事想和你谈谈。

她便准时推开了老板的门,来到了老板的写字间。她看到精瘦精瘦的老板坐在写字台后,两眼盯着她,嘴唇似在抖动着,想说什么却又一时难以开口。她如以往那样轻轻地坐在了老板的对面,等待着。可老板依旧那样望着她,嘴唇颤抖着,似有许多许多话无从谈起一般。老板从来没有这样过。无论是以前对她吩咐工作,还是让她陪着去谈生意,老板妙语连珠,且说起话来十分干脆利落,从没有这般局促过。

老板终于开口了。

贺小姐,你能耐心地听我说说自己的心病吗?

她没有想到一贯对下属颐指气使的老板,会用这种口气和她说话,且说出这样一句话来。老板那种乞求的眼神和乞求的语气,使贺晓春无法说出一个不字来。老板知道面前美丽端庄的女秘书已经默许了,遂开始了突发的,也许是蓄谋已久的倾诉。

贺小姐,我太太的病确诊了,是不治之症,是正在向其他器官扩散的宫颈癌。无法医治了,就是有神仙下凡也无法医治了。她已经感觉到了我和医生都在向她隐瞒着她的病情,我说不清,可怕的死神哪一天会来迎候她。贺小姐,请你不要在意我会和你说起我的太太。你见过她,所有见过她的人,都会暗中笑我,笑我怎么会和那么一位英国老太太是一对夫妻。她年轻时还不是这样,但她没有隐瞒我,她的年龄比我整整要大九岁,在我们结婚前她就告诉过我她的年龄,但我还是同意了,同意和她结婚,同意一辈子和她在一起,在教堂里,面对神圣的神甫,我是起过誓的。我越过了太太大我九岁的障碍,是为了感激她的父亲,也是为了她父亲的财产。贺小姐,请你无论如何听我说下去,我当时的心理可能很卑鄙,但对一个失去了祖国的流浪汉而言,我毕竟靠了这门婚姻在国外站起来了。我是在内陆反右之后,偷渡到香港的极右分子。那时我还是广州一所著名大学经济系的助教,就因为我在讲课中提到市场经济是一种经济模式,而不是一种社会制度的标志,我就成了十恶不赦的阶级异己分子。我怕去住大狱,与我同时打成右派的教师,有的已经被公安局送进大狱去了。我偷渡成功,在香港当过搬运工,当过洗碗工,后来进了一家英国华裔办的公司,做了职员。我太太的父亲是华人,母亲是英国人。我太太的父亲是公司的董事长,他提携了我,看出了我经商和管理的才干,向我提出要让他的女儿嫁给我。他希望他的女儿能为他生一个更像中国人的外孙子,可我的太太却为她的父亲生了一个更像英国人的外孙女。我的女儿你也见过,她身上英国人的血统似乎太浓了一些。

贺晓春默默地听着,看出她的老板嘴有些发干了。她从冰箱里取出一罐可乐,轻轻地放到了老板的面前。

谢谢,谢谢。老板没有喝,继续说下去。老板的心理障碍由于方才的倾诉而彻底消失了,神态也自然了一些。

"文化大革命"时,我在国内的双亲全死了,我是事后才知道的,两位老人全死在批斗会上。

贺晓春看到老板的眼里噙出了些许泪花。她一下子便联想到了那个年代里自己的母亲的惨死。这种联想是一种最简单的沟通,反而使她听老板叙述下去的渴望,由被动变为主动了。

也就在那个时期,我先后送走了我的岳父和岳母。两位老人是虔诚的基督教徒,他们进入了天国,将他们的公司最后交给了我。我有了一个扎实的基础,在这个基础上我不敢有半点儿懈怠,使公司的资产逐年翻番。贺小姐,也许你不会相信,我在各种灯红酒绿的场合中谈生意,但我一次也没有进过红灯区,除了我的太太,我竟不知道别的女人是何滋味。可我的太太却患病了,我不知道她还能伴我几年,但我必须有一个女人,真正的中国女人,在我的太太离我而去以后和这个女人结婚,生一个真正的中国儿子。贺小姐,你能听懂我的意思吗?

贺晓春于是就看到了老板的那双眼。那双眼中,有一种勇敢的神色正射向她。她突然间觉得浑身有些颤抖了,自己的两只眼,竟躲避开了老板的目光。一切太突然,突然得让贺晓春无法思索,更无法决断自己该说什么?抑或该怎么说才好?

还有让贺晓春始料未及的情况,紧接着在老板的写字间里突兀而至。她的老板从写字台后面猛地站了起来,绕过了写字台,扑通一声跪到了贺晓春的面前,伸出两只手臂,紧紧地抱住了女秘书的双腿,将头蒙在她的双腿间,在她的大腿上、双膝上、小腿上亲吻着,不时地喃喃着。贺晓春浑身麻木,整个大脑里出现了一片空白。她完全凝固在那张座椅上。那张座椅平时她不知坐了多少遍,在那张座椅上她接受老板的种种指示,在那张座椅上她向老板汇报种种指示的完成结果。而现在,平时她所敬重所服从的老板,却跪在了她的面前,她短裙下裸露的双腿,正被老板拥在怀中。这个男人是在求她呢。这个男人是在继续倾诉呢。她麻木的大脑,听不清伏在她两腿间的老板还在说啥,可她明白这个男人所有的用心了。她没有起身,下意识地也伸出了自己的双手,捧住了深藏在自己双腿间的这个男人的头颅。这个男人从她面前站起来。这个男人用双臂紧紧地将她拥在怀里。这个男人在她的脸上落下了一个又一个的吻,又用舌尖开启了她的双唇,那舌尖将贺晓春完完全全地征服了。

这个晚上,贺晓春第一次坐进了老板的那辆红色大宝马轿车,老板亲自开车,与她在深圳最好的酒店里共进晚餐。老板不让她说话。老板说贺小姐你啥也不要说,我不希望你现在说同意或者说不同意。她便与老板相对而坐,默默地用餐。她的心里其实如深圳湾里大海的浪涌,正反复地对老板在写字间里的那番话打出一百个问号,又反复将这一百个问号一笔勾销。这个男人吻她拥她的感觉还不能从她的心里消失。她想不出该对老板做怎样的回答。这个男人不让她说话正好。她可以从容地再想一想,然而心里很乱,偏理不出一个头绪。晚餐后她又坐进了老板那辆红色的大宝马。她任由老板驱车而去,滨海城市的夜风吹进了没有关上玻璃窗的车内。贺晓春不时侧目身边驾车的老板,心里还是理不出一个头绪来。

车停了。贺晓春认出了外面的高楼,这楼上有一套老板栖身的公寓。以前为公司里的紧急业务,她来过老板的住所找过老板。那一回老板在自己的住所请她喝过茶,如长者般十分客气。潜意识中突然冒出了以往的一个想法,以往在构想自己未来的如意郎君时,她曾想到那个男人最好能像自己的老板一样富有。现在,一个富有的男人正希望得到她。反过来说,她毫不费力地就可以得到身边这个富有的男人,但却是一个年龄要比她大二十多岁,患病的妻子目前还没有进入天国的有妇之夫。

老板的话打断了她的思维。

老板说,如果贺小姐不愿意随我一道上去再坐一坐的话,我可以马上送贺小姐回你的住处去。

我们为什么不可以再坐一坐呢?

她用这句得体的话,满足了身边这个男人的意愿。她来到了老板的寓所，一进门就被这个精瘦精瘦的男人再次拥进了怀里。

晓春，晓春……这个男人喃喃着，不再称她贺小姐，开始直呼其名了。你还不晓得，你一定不晓得，我在见你第一面时就被你吸引了。可我一直压着我的这种阴暗心理，不敢向你有任何的表白。要不是我的太太患了病，要不是我和我的太太还没有一个儿子，也许我会自己最终克服掉自己的这种，这种阴暗心理的。晓春，我是第一批来深圳投资的外商，我的太太根本就不同意我到大陆来投资。她骂过我，说我是还没有在大陆受够，还想在大陆遭罪受呢！可这一回我做了主，我非要做主不行。你知道……不……你不会知道的，我是个中国人，一辈子却只能和一个外国女人睡觉，我……我都不知道中国的女人是什么样子了……

他的双臂顺着贺晓春的双肩向下滑动，通过了腰部和臀部，再次跪到了贺晓春的面前。贺晓春身上那薄薄的短衫和短裙已无法再成为一种包装，给她增加无限风韵的这种包装，渐渐被她的老板一层一层地全部剥去，露出了她真实的，更加诱人的充满曲线的胴体。她再不能自持，被重新站起来的老板抱到了床上。男人如一辆老掉牙的旧车，喘息如轰鸣的马达，马力显出不足。这辆旧车在她的身上反复地辗过，贺晓春就是在这辆破车的辗压下，在老板的这张床上，完成了一个大龄女孩子向一个女人的转变。她浑身早已麻木，双眼紧闭中，感到那轰鸣着马达的车头正从她的脸部，再次缓缓地向着她的腹部退去，退去。

晓春，我的晓春，你见红了，我真幸福，我是头一个得到你的……她又听到了这个男人在她的小腿处狂喜着，喃喃个不停。她觉得那男人正如一头贪婪的狼，在疯狂地，专一地舔着她流血的泉眼。

当天晚上，贺晓春不断地听着老板对她的承诺。

她相信了这种承诺，因为她在拿到了老板这间寓所钥匙的同时，拿到了一张老板签字的巨额现金支票。一个从内陆龙城到深圳的淘金者，一夜之间，由靠打工为生的打工族成员，成了拥有不少财富的小富婆。

她依旧去公司上班，但那仅仅成了形式。公司的其他职员们终于发觉了贺晓春与老板的关系，在内容上已发生了深刻的变化，这种变化并没有影响了其他员工的生计,公司依然在老板的带领下全速发展着。

那阵子,贺晓春的妹妹也从北京揣着一张名牌大学的毕业证和分配证,风姿绰约地被分配回了龙城。贺振正在努力地站好最后一班岗,他并不想让小女儿离开龙城,但忠实的秘书满足了市委书记小女儿的要求,贺晓燕没有在龙城上一天班,就到了省城,在省外贸口当上了外事翻译。远在南国的姐姐不能回父亲身边尽孝,贺晓燕逢节假日就赶回龙城家中,在父亲身边厮守一天。贺振那阵子还顾不上考虑小女儿的婚事,正不断地命令秘书,给大女儿在龙城寻找一位他未来的乘龙快婿,以期将大女儿拉回身边,晚年时好有儿女能陪伴左右。秘书认真寻访,且不断地替书记代笔,将一封封装着不同小伙子照片的信寄往深圳。初时还能得到贺晓春简单的回绝信,之后秘书的辛苦便总是泥牛入海,再不见半点回音。贺振起初以为是秘书在这事上不给他尽职尽力,待到严厉责问,得知秘书这一段功不可没,而全怨自个儿的女儿对一封封龙城飞鸿不予理睬时,不由得拍案大怒。莫非她在深圳已经找下主儿了?再改革再开放,你做女儿的找下主儿也得给你老子通报一声吧!想到自己当年沙场上能够指挥一个团队所向披靡,想到自己当年在日寇鼻子底下能把野村一郎的司令部炸个一塌糊涂,现在连女儿的情况都弄不清楚还成何体统?贺振自己和自己生罢气,就又给秘书下了一条死命令,让他即刻出差深圳,一来呼吸一下特区的空气,好提高自身的素质,二来必须亲自探明贺晓春在特区的具体情况。市委书记特别指出,军情紧急,任务重大,第一要排除万难完成任务,第二回来后不得谎报一句军情。秘书亲赴深圳,沿途观光之后,果然探明贺晓春做了一位港商暗中的填房和包妾。权衡再三,自个儿是在贺振手下做事,详细军情,不得不向书记做个明确交代。

你见到她了没有?贺振按下心中怒火,连声追问。

秘书说,我和她谈了一个时辰,是我请她出来吃早茶时谈的。

她冲你放了些啥屁?贺振又问。

她说……她说……秘书嗫嚅着。

你照实说,贺振表现得威而不怒。

秘书只好照实说了。说晓春对父亲很想念，只是怕父亲生气不想写信也不想回来。说晓春对自个儿的选择并不后悔，等老板的那个洋大姐夫人一死，她就要和老板正式成婚去香港定居。最后又说让父亲放心，说她已经走到这一步了，重新选择生活已不可能，但对目前的生活还是能把握住的，如今科技手段先进，虽然她的老板一直想让她先生个孩子，但她自有主意，不和老板正式结婚，她是绝不会让自个儿做母亲，让父亲做姥爷的。

事已至此，贺振的一腔怒火只好火辣辣地憋在自个儿心中，除却秘书，只能把这门子心事向小女儿晓燕诉说诉说。秘书听他诉说总是诺诺连声，或者陪着书记，也十分廉价地叹上几口长气。而贺晓燕却往往任着性子，要与父亲唱几句反调。

现在都啥年代了？我姐找个啥男人，那是她和人家过日子呢，她愿意，你当老子的给她成天价操哪门子心呀？这年头，要不有权，要不有钱，你一辈子了，眼看就退休，才熬了个龙城的市委书记，我和我姐要像你这么个熬法，怕是熬成两个老太婆，也熬不出个自个儿的前程来！

你……你怎么能这么说话？父亲质问他的二丫头。

可我是说真话！

你……你……

晓燕嘴快，又说，社会崇尚金钱总比崇尚权力好得多！我姐姐富了有啥不好？要不是靠你的权，单靠你的工资，你能住大房子？你能有小轿车？你习惯了的就认为是对的，我姐姐要当个大干部的小老婆你总不敢说啥，当个香港老板的情人你就觉得不舒服，我给你找个贫困地区的农民，或者找个发不了工资的工厂，给你划拉个劳力工人做女婿，看你高兴不高兴？

虽说小女儿的话不中听，一听心里就有气，但贺振还是忍一忍不说话了。想到自个儿马上就要退休，一旦把小女儿也惹得远走高飞，岂不是自己自找下的孤单？有时他也对晓燕的婚事表现出关心，谈到这个话题，晓燕倒不顶他，只是嘻嘻一笑说，我都不急，爸爸你急啥呀？找个男人还不容易？现在我想找的话，一找就是一大把，你要急，我先给您老人家领上一半个回来？

贺振又没法子说话了。

龙城市的这位老市委书记，是在退休后第五年头上得病去世的。据医生说是心脏病，是忧郁过度引发的。贺晓春那时正忙，忙着往香港办签证。她的老板和重返英国伦敦的妻子关系越搞越紧张。患了宫颈癌的那位英国女人在中英两国确定了香港1997年回归的时间后，执意不再在香港多待一天，死也要死在英国本土。这倒不要紧，要紧的是她非要让丈夫把在港的全部资产抽走，与她一道回英国去。她的丈夫最后不得不屈从了。在这种屈从中，她的丈夫加进了自己的如意小算盘，在拆迁资产的同时，帮贺晓春正式迁居香港，且暗中将他和太太的那套公寓转到了贺晓春名下。在深圳他是最早的投资者，钱早已赚够，公司依旧留着就是。在香港他又注册了一家香港艺术精品开发有限公司，让贺晓春做董事长，将一笔资金瞒过太太，偷偷地注入了这个公司。虽然和太太迁返伦敦，但继续与香港商界做生意太太并不反对。他常常飞抵香港，在改换了户主的原公寓里，享受着贺晓春给他的无限春色。

贺晓春没有等到老板太太的下世，却等来了老父亲的病故。她是以香港艺术精品开发有限公司董事长的身份返回龙城的。贺振的治丧委员会在迟迟等不回她的情况下，已决定将贺振的遗体火化，且开过了追悼会。贺晓燕也一人做主，先将她那死于战争年代的第一个母亲的遗骨从坟中取出，又将她生身母亲存在火葬场骨灰存放处的骨灰取出，与父亲的骨灰一道，运回父亲祖籍，合葬在一起。贺晓燕并没有责怪迟赶回来的姐姐，姐妹两个在父亲的遗像前抱头痛哭一场后，姐姐问妹妹今后的打算，贺晓燕只有一句话：

我也要离开这片土地！

她拿出了自己的护照给姐姐看。她在省外贸做外事翻译时，早已和巴黎的一家时装公司老板建立了关系，一口娴熟的英语和法语，使那家公司的业务部一直给她留着一个位置。

贺晓春再度离开龙城飞返香港后不久，她的妹妹贺晓燕也很快办妥了一切手续，离开了她不愿继续留下去的土地，飞到了花都巴黎。

贺晓燕的命运似乎不如她的姐姐,很快就遇到了麻烦。她在和自己负责的客户谈生意时,惯用了在大陆时学下的手段,不断地向客户索取大量回扣,岂不知这一招毁坏了公司的声誉,同时也使与她有过床笫之欢的老板,下决心辞退了她这位美丽的雇员。

　　在文明古城巴黎,贺晓燕失业了。

　　她不愿意惊扰她的姐姐。靠兜里有限的金钱支付着房租,日日奔波,寻求新的生路。在国内做外事翻译时,贺晓燕多次陪官方半官方乃至民间的种种商业代表团出访,到过许多西方的先进国家,她选中了巴黎是经过了比较。那时不管是陪什么样的代表团出访,她都是团里的重要角色。住过各种各样的豪华酒店,出席过各种各样的豪华盛宴,也在有的代表团团长的暗中相邀下,领他们逛过海外的裸浴海滩色情场所以及大小赌厅。她梦幻中的生活是以巴黎作为定居地,继续如做外事翻译那般,往来于世界各地,住豪华酒店,吃豪华盛宴。她绝没有想到出国后首战败北,竟栽在一个法国佬的手下!

　　她去饭店打工,干了几天便没法再干那种洗碗的苦营生了。她去找华人社团求助,人家帮她找的工作薪水之低,又使她无法满足,每每干上一段就自行离去。在这时,她才理解了在没有铁饭碗的资本主义,一个像她这样会两门外语的年轻小姐,求得一份理想的工作并不太容易;她的账单越来越多,可支配的存款却越来越少。那一天黄昏,贺晓燕推开了一家酒吧的门,要了一杯巴黎的红葡萄酒,想用酒冲去心中的烦恼。酒的度数并不高,可她从没有喝过这么多的酒,酒流进她的心里,她的心里更平添了一份忧伤。她从酒吧里走出来,天色已黑,夜风吹过,激活了她血管中正在向全身弥漫的酒精。贺晓燕漫步街头,不想回自己的寓所去。她现在忍受不了那间租来的小屋里的冷寂和清静,也不想听房东老太太隔着她的房门,不时地催着她交房租的叨叨声。就这样无目的地走着,她竟然走到了布列涅公园的入口处。这一带是有名的妓女非法区,有许多形形色色的女人,在无法谋生或不愿费力谋生时,便来这儿做起了皮肉生意。

　　贺晓燕做梦也想不到自己来到巴黎后,也会落到弹尽粮绝,几乎无法谋生的地步！

　　早在大学二年级时，贺晓燕就失去了自己最宝贵的贞操。她与同班的两男一女四个同学在周末去舞厅跳舞，其中一个家住北京的男生说跳来跳去的实在没劲，就邀大家去他家看录像，说有绝对刺激的片子比跳舞来劲得多。那位男生的父亲是一家大公司的经理，在一处高层公寓里早就买下了供儿子单独住的房子。贺晓燕这个晚上算是开了眼。在最直观的刺激下，年轻人体内的动物性在一刹那中，彻底冲破了正常人的理性。那晚上，他(她)们模仿黄色录像里男女混合交欢的镜头，如梦幻般地也彼此进行了混合交欢。贞操就这样地失去了。心理上对性的文明的防线就这样被冲垮了。从那个晚上开始，贺晓燕认定自己已经彻底开放。在以后的日子里，她在任何场合仍然是那般彬彬有礼和温文尔雅，却常常挑选对自己有用的和自己敬慕的男人，作为性伙伴。

　　现在，她依旧信步沿着面前的林荫通道继续往前走。

　　她甚至看到了绿荫深处那些勾肩搭背的浪男和靓女。

　　也就是在这个时候，她听到身后有人似乎在冲她问话。

　　哈罗！是大陆的留学生吗？

　　贺晓燕回过身子，看到了一位高个子黄皮肤的男人正向她走来。从那纯正的发音上，她断定这是一位华人。那男人的年龄已经超过了四十，身材很好，面部棱角分明，借着远处昏暗的路灯，在贺晓燕对面站住了。他的两只眼睛正上下打量和审视着贺晓燕。

　　贺晓燕一时拿不定主意该怎么回答这个男人。她也打量和审视着对方，极力想在最短的时间内，确定这个男人的身份，以及他和她主动搭讪的动机和下一步的内容。

　　如果小姐是一位大陆留学生，愿意把这个晚上交给我吗？

　　那个男人说着，同时盯着她，似在等待她的态度。

　　她想，好一个没有出息的中国人，在这个地方想泡个妞，还不敢去找个洋妞来解解馋，我倒要看看你是个什么主儿？

　　贺晓燕微微一笑，算是对这位男人两次问话的一种表示，笑毕，才问，先生您是从大陆来的吗？是官员？还是经理或者总裁？

他没有回答，偏继续问她说，这么说，你是大陆的留学生了？来这里，是因为缺钱？

她不得不点了点头。

那么，你愿意把这个晚上交给我吗？

站在这样一个地方，话再次说得如此明白，那男人分明在等她开价钱呢，贺晓燕已经无法再回避这个实质性的话题了。

一刹那间，前大陆官方的外事翻译如受到了难以忍受的侮辱，对面前正等待她开价的男人充满了敌意。有过不少床上经历的贺晓燕，还从来没有一次被对方如此赤裸裸地摆到了卖方的位置上。与那些她挑中的男人们做爱，她自认为没有吃过什么亏。即使没有得到金钱和物质上的实惠，起码得到了她看得起的男人付与她的快感，以往同异性的接触和交往，与买与卖是两回事情。就是那个将她推上现今绝路的法国佬，在她初到巴黎，在他的服装公司业务部就职后，每一次私下向她求爱，又有哪一回不是在鲜花的陪衬下，对她的句句话儿都充满了柔情蜜意呢？而现在，面前的男人又能算个啥东西？弄不好，只是个大陆这些年发了财的乡镇企业家！是的，他一定是这种角色。要不然，来非法妓女区寻春，怎么没有胆量花大价钱去找个洋妞儿呢？

这种思维让贺晓燕有了一种堕落感，她不是妓女，她压根儿就没有瞧起过那种靠自己的肉体现买现卖的风尘女子。她抬起头来，望着眼前这位高高的男人，笑了，笑得很好看，也笑得很瞧不起对方。

你以为我是妓女？她说。

那男人摇摇头说，我希望你是大陆的留学生。

你以为大陆的留学生就便宜，就可以给个低价就跟上你走？先生，我倒想听听，你在大陆是个干什么的？

那男人显然很愿意听她说下去，却不做任何回答。

贺晓燕又挑衅地问，你愿意出多少钱呢？

那男人从口袋里摸出一沓钞票递给了贺晓燕。就着远处的灯光，贺晓燕将接在手里的钞票一点，竟是十张面额为一百元的美元。她有些吃惊了。如果这个男人果真如她方才估摸的身份一样，恐怕不会如此大方的。

对不起，我耽误了你的一点时间。如果你不想和我就方才的话题再聊下去的话，我们可以互道一声晚安了。这点钱，可以算作你方才和我说话的报酬。

那男人如此说完就直勾勾地盯着贺晓燕，似在等她决断。

可是……可是……我们仅仅是说了几句话，这钱……这钱……贺晓燕这一回被这个男人给弄糊涂了。

你如果愿意陪我再聊聊的话，我还可以为你付出的时间付钱的。

贺晓燕能听出来，这个男人的话说得十分傲慢也十分诚恳。也许，这个与她一个民族的男人，能给她这个原本十分寂寞的夜晚带来其他快乐。为什么不可以和他再找个地方好好聊聊呢？

她拿定主意了，便说，我们难道就站在这里，这么一直聊下去吗？

这一回，那个男人笑了，将弯曲着的一只胳膊伸给贺晓燕，又说，你还等什么呢？在巴黎，是没有夜晚的。

贺晓燕就挽住了这男人的胳膊，微微将身子倚在了这男人的身上，随着这位她尚不知来自何方，姓啥名谁的男人，返身离开了布列涅公园的林荫通道。男人拦住了一辆出租车，她随这男人上了车，这男人用极不熟练的法语说出了一处酒店的名称，出租司机便开动了小车。一路上这男人和贺晓燕再没有说话，但贺晓燕从他方才向司机报的去处得知，那是一处五星级的豪华酒店。在国内当官方的外事翻译时，她随一个级别很高的官员代表团，曾在这家豪华的大酒店中下榻过。

贺晓燕没有想到，那男人将她领进了一间总统套房。

她突然感受到了身边这个男人身上的神秘气息。

那男人请她坐进了一间会客厅，又从冰箱里取出了各色冷饮和水果放到了她的面前。男人极随便地对她说，我的随员住在隔壁，但他们是绝对不会来干扰我们的。如果您愿意，也可以先去冲个热水澡。

她坐着没动，暗暗思忖着这个男人的身份。

这个男人却在她身边的另一张沙发上坐了下来,望着她,良久才说,在这么好的环境里,你怎么反而不开口了呢?

贺晓燕看着他,反问说,您到底在国内是个什么身份?

他笑了,说,您怎么就一直认定我非是国内什么身份的人呢?

莫非您是华侨?

那男人摇摇头,说,我是什么人并不重要,这并不影响我们今晚随便聊下去的。

聊?你难道不是为了和我上床?

那男人又摇摇头,说,一切全取决于你,真的,我绝不食言,更不会强迫你做一点你不愿意做的事情。即使你现在就走,我也会派人送你回去的。

贺晓燕对这个男人的神秘感越浓了。

她随便喝了点饮料,又问,我怎么称呼先生?

你就叫我杨先生吧,那男人说。

我姓贺,叫贺晓燕,贺兰山的贺,拂晓的晓,小燕子的燕。她报出了自己的姓名,又直视着身边的杨先生说,先生想和我聊点什么话题呢?

随便聊聊大陆的事情吧,比方说,你知道的人,你知道的事,请贺晓燕小姐放心,我可绝不是台湾派出的特务。

这个男人的幽默让贺晓燕不由得笑了,说,杨先生如果是想获取大陆情报的话,我可拿不出什么货色来,再说,我要是知道大陆什么重要机密的人物,恐怕也不会随随便便跟上杨先生到这里来了。

那男人也笑了,说,这里挺好的,你,我,这不是谈得开始投机了吗?

那么说,杨先生找我,是为了打发这个寂寞的夜晚?她问。

贺小姐在巴黎的那么一个公园闲逛,难道不也是为了打发这个寂寞的夜晚吗?杨先生分明用反问首肯了贺晓燕刚才的提问。

可我是为了钱,贺晓燕决心用直率对付面前的男人。

但我相信你不是妓女,我知道,有的大陆留学生,是不得已才用你今晚的方式来获取一点生活费用的,确实有,但绝不是全部。

看来,这位杨先生是把贺晓燕果真当作留学生了。

他看着贺晓燕,又问,贺小姐是自费出来的?父母干什么工作?

贺晓燕这一回改用英语回答说,我在这个世界上已经没有父母了,我已经独立生活,自然一切全是自费。

那男人惊喜地看着她,也连声用英语说,想不到贺小姐有一口如此流利的英语!

贺晓燕便断定这晚她邂逅的这个男人,一准是久居海外的华侨,也许,他真是在异国想找一位同乡来排遣一下寂寞呢。

能请教一下杨先生的祖籍吗?她问。

我的出生地在吉隆坡,祖籍是福建泉州,不过,也可以说还有一个故乡。杨先生说着便报出了贺晓燕出生的那个省份。

这次贺晓燕是真正地吃惊了。但她却一点也听不出她起小听惯了的那种乡音,即使是残存的一点点乡音,她也听不出来。果然是一位华侨,她想。不知为什么,她没有告诉对方,自己正是来自那个偏远的内陆省份。她开始信口说起了那个内陆省份历史上曾经发生过的一些大事,坐在身边的男人听得很认真,话题于是由此开始,且信马由缰地自由发展下去。

夜深了。那男人起身从冰箱里取出点心。

我来陪小姐共进夜宵吧!那男人说着,分开了点心,又给贺晓燕换上了新的饮料。那男人始终没有再提上床的事,贺晓燕已渐渐快活起来,甚至觉得这个男人很有意思。虽然她还一直没有弄清这个男人的身份,但这个男人在她眼中颇具绅士风度,没有一点让她讨嫌的地方。

她吃完了,他也吃完了。

他说,请贺小姐冲个澡吧。

说着,他指了指一个浴室的门,自己便走进了另一间浴室。

得享受时便享受吧,贺晓燕如此想着,也走进了那男人指给她的浴室。浴室里有世界上最好的设备,自从扔掉了外事翻译的公差,以新的身份进入巴黎后,她还从没有进过这种大酒店,也一直没有使用过这种最好的设备。她选用了充满浓香的泡泡浴,将自个的整个身体埋进了乳白色的泡沫中。泡沫下,潜流着的水柱冲击着她身体上的任何一个部位,这种冲击如轻柔的按摩,让她十分愉快。她甚至不再想洗浴过后那男人会和她干什么? 更不再想自己这一段生活中种种烦恼的境况了。

她终于将浑身洗浴得冰清玉洁,每一个毛细血管中都在散发着由水中渗入皮肤的香味。她在特备的装置下烘干了自己的身体,穿上衣服,轻轻地拉开了浴室的门。她看到对着这间浴室,不知何时放了一张沙发,身披睡衣的那个男人,正脸冲着她用过的浴室,舒服地半躺在那张沙发上。

他分明是在等她。

不容她说话,他便起身一把将她抱在怀里。她没有拒绝,似乎这一切全在意料之中。

他说,你真美,真的,真美。

她能觉出这男人的双手很有力量,她也伸出自己的双手,用力勾住了这男人的脖子说,我绝不是在出卖自己,但我想得到你的帮助。

他松开一只手,从自己的睡衣口袋里摸出一张支票,缓缓地举到了贺晓燕的面前。她于是看清楚了,那是一张三千美金的现金支票,上面有用英文拼写成的一个杨字的签名。待她看清了,那男人才把这张支票缓缓地塞进了她的上衣口袋。

贺晓燕实在有些惊喜了。这个夜晚,至目前为止,她已在没有任何付出的前提下,获得了四千美金!

我绝不是要买你上床。我知道你目前遇上了困难,就算我资助你渡过眼前的难关吧! 如果你不愿意,你可以在另一间屋子里休息,或者等我穿好衣服,喊人去送你离开这里。

男人这么说着,两只手却正在用更大的力气抱紧了贺晓燕。

她不再说什么,只是将自个儿的嘴紧紧地贴在男人的胸脯上,用双唇传递着一个女人无声的信息。

那男人低下头,在她的脸上,落下了这个晚上见面以来第一个热吻。她感到那男人正抱着她移动,自己似乎正偎在一个轻轻移动着的港湾里。那男人终于将她放到了一张柔软的大床上。她迎候着,准备迎候随之而来的爱的巅峰和涌浪。

晓燕,晓燕,你真是一只可爱的小燕子,你是从哪里飞来的?你的老家在哪里?你为什么要一个人飞到巴黎来?你究竟遇上了什么困难?你为什么不可以全告诉我呢?

男人在她的乳沟处喃喃着,又抬起头来,温柔地望着她。

她想,这是一个要在做爱过程中进行全方位交流的男人。她正是喜欢与这种男人做爱。这种男人比那种只会粗鲁地进行种种动作的男人,更让她能充满一种不是出卖的感觉。

她不想再隐瞒他了,说出了那个偏远的内陆省份的名字,又说,杨先生,我正是从那里来的。

男人分明有一种意想不到的惊喜,遂问她说,你说的是真话?

她娇喘着,说,我不想再和杨先生捉迷藏了,我是龙城人。说毕就闭上了双眼,等候着男人帮她褪去所有的衣服。

那男人一下子便从她的身上爬了起来,坐在她的身边,看着她,直弄得她有些莫名其妙了。

你真是龙城人?他问。

她没有动,睁开眼,依旧平展展地躺在男人的身边,只是点了点头。

那男人似乎陷入了一种沉思。良久,才说,照贺小姐这个年龄,或许听说过一个人吧,他和你同姓。

她等待着,不知他在问一个什么人物。

贺振,在龙城当过市委书记的贺振,你知道这个人吗?他盯着她,等她回答。他看到这个美丽的年轻女子脸上,突然冒出了一种惊诧。

她欠起身子,那高耸的双乳更加诱人,而男人分明没有再注意她这诱人的双乳,眼睛一直盯着她的眼睛。

你认识他?她问。

他摇摇头,说,不不,我早已忘掉他的模样了,但他的名字,我一直没敢忘记。贺小姐,你一定知道他的情况,你说说,你怎么不给我说说呢?

贺晓燕重新躺下了身子,叹口气说,他应该属于过去的那个年代,他已经死了。

她看到男人的眼睛中充满了欲探个究竟的目光。

他是我的父亲。

她说得很平静。甚至伸出双臂想勾住这个男人的脖子。她没有料到，这个方才正欲与她做爱的男人，却躲开了她的双臂。

她不知为什么。她的父亲曾是一位赫赫有名的人物，在那个内陆省份，凡有头有脸的人物，都应该知道父亲的名字。这位杨先生怎么会知道父亲的名字现在于贺晓燕已不重要了。父亲在位时曾接待过各种各样去龙城访问的代表，天晓得这男人是不是许多年前访问故土时，受过父亲的接见呢？她现在需要的是体内被这男人点起的火继续燃烧，需要的是这男人将她拉入爱河后，进一步掀起爱的波涛，她可不希望正在燃起的火一下子熄灭，正在浪涌的河一下子断流。

然而她看到那个男人从她的身边站起来了，先系住了自己睡衣上早已解开的纽扣，又将她的上衣轻轻捡起来递给她，然后缓缓地后退着，对她说，我们俩，是不是先穿好衣服，再好好聊聊？

不容她回答，那男人已经走入另一间屋子，片刻后衣冠楚楚地出来，坐到了他们曾经坐过的客厅里，轻轻地喊她，请她过去。她明白一定发生了什么问题。她也穿好了上衣，再次来到了那间客厅，坐到了男人对面的沙发上。

那男人的沉默让她火了。

杨先生，你应该给我讲清楚，你是什么人？你怎么认识我的父亲？她打破了寂寞，冲这个她至今尚不知名字和职业的男人吼着，吼声中充满了怨气也充满了哀求。

他不说话，从口袋里摸出一张名片，又从口袋里拿出一支钢笔，在名片的后面留下了一个英文签名，然后欠起身子，双手递了过去。

她接过来，看清楚了。这男人叫杨儒荫，头衔是南洋杨氏集团有限公司的总经理。名片上还印着公司的两处地址，一处在马来西亚的吉隆坡，一处在香港。这一回，轮到贺晓燕吃惊了。她瞪大眼，望着名片，又看看面前的男人，张着嘴说不出一句话来。曾担任过外事翻译的贺晓燕，曾因工作需要接触过不少海外的大小公司,对海外著名的华人公司也有一些了解。虽说没有和南洋杨氏集团有限公司打过交道,但从一份美国关于全球百名大公司的资料中,她曾读过对海外华人公司的介绍。南洋杨氏集团有限公司不但榜上有名,且在海外的华人巨富的排名中,也名列在前。

杨先生,我……我真没有想到……

贺晓燕想说点什么,起码应该表示一点什么才好。

杨儒荫却打断了她的话说,我们的相识是一种缘分,请贺小姐千万将今晚所有不愉快的事全忘掉吧。

她知道他在指什么。可她此时在得知这男人的身份后,更后悔的是她这个晚上并没有得到这个男人。

窗外,巴黎的黎明正在取代着夜色。

真对不起,我今天就要飞离巴黎了。我已经知道贺小姐是一个人来巴黎谋生的,真佩服贺小姐的才干和勇气。我也知道贺小姐一定在谋生中遇到了一些难处,请恕我直言,要不然,贺小姐昨晚是不会在那种地方……(他想了想,似在斟酌用一个什么词语)徘徊的。贺小姐如果能舍得离开巴黎这个美丽的城市,或者说,贺小姐愿意去香港谋生的话,我愿意给贺小姐在我的公司安排一个很好的职位。

贺晓燕不甘心一切就这样结束。面对一个有如此身份的男人,她希望能得到他。时间还来得及,在巴黎的夜生活中,黎明正是夜晚的良宵。她用多情的目光望着这个男人,且起身走到了他的身边。

我们……

那男人却轻轻地,也是坚决地推开了她伸向他的双臂,同时伸手拿起了电话,按动了号码。

贺晓燕听见杨儒荫正在给什么人交代,让对方过来给他去送一位客人。她知道,这个内容太多太多,而她一点也没有向这个男人付出什么的美好的夜晚正在结束,尽管留下了许多她无法解开的谜,但她已不可能在这个黎明到来之时,再和杨儒荫继续谈点什么或者继续去做点什么了。

通宵没有合过眼的贺晓燕,竟然一点也不累。她在上午就给刚刚起床的姐姐挂通了电话。她将目前的处境,以及遇上杨儒荫的事儿,全盘向姐姐做了倾诉。甚至连几乎和杨儒荫上了床的细节也告诉了姐姐。她只是隐瞒了那个法国佬辞掉她的原因,说是她炒掉了老板,因为那个法国佬的公司正面临倒闭的局面。姐妹两个在电话上认真分析了半天,也分析不出赫赫有名的华人巨富杨儒荫先生,和她们过世的老爹曾经有过什么瓜葛。针对妹妹在名城巴黎一时难以找到高枝攀附的现实,姐姐在电话里劝妹妹还是先飞来香港住上一段,也许,杨儒荫正是一处求之难得的高枝呢。做妹妹的心里清楚,拿杨儒荫和姐姐那位并不合法的未来丈夫相比,那位娶了个英国洋大姐的老板,其资产恐怕还不及南洋杨氏集团有限公司的一个零头!能占据这样一处高枝谋求发展,前程岂可估量?

就这样,心气比姐姐还要高的妹妹,这回听了姐姐的话,来到了香港。

杨儒荫没有失约,在贺晓燕求见的当天,就安排她就任总经理办公室秘书的高职,同时当面对办公室主任做了交代,让他好好关照这位新来的职员。

6

李小海在龙城有家不回,自有另一处栖身之所。

李小海有各种各样的身份,有的并不印到名片上。他在金龙大酒店附近开着一处皇后歌厅,歌厅经理的身份,他在社交场合却一般不用。李小海太忙,岂能成天价蹲在歌厅里经营这种小生意?这里自有他任命的经理助理给他守摊子。经理助理时间长的能干一年半载,少则三五个月,且全是李小海在社会上找来的女孩子。那女孩子先得做他的情人,才可当经理助理。说是助理,一应钱财收入全能当家。歌厅里几乎全是现金收入,助理和经理如何结账?一般来说,刚当助理时的情人,对李小海还不敢多收少交,时间长了,难免暗中截流。李小海掌握住这条规律,不断更换情人的同时,也不断更换着替他掌管歌厅的助理,既保证了这个小生意财源不断,又能让身边总有新人陪伴,真正是一举两得。他的歌厅里有全封闭的小包间,自有那种有钱的主儿,愿意领个女伴,在这种小包间里自行方便。歌厅里还有另一间全封闭式的屋子,装潢得很好,且有空调和隔音设备,虽是全封闭,门一关连个透气的窗户也没有,但里面光线柔和,空气流动,写字台,席梦思,冰箱彩电,还有真皮大沙发,样样俱全,人待在里面,十分舒服。

和妻子乔惠长期分居的李小海,这里便是他的另一个家。

歌厅里,上午一般没有客人,李小海如果没事,总要躲在这里自自在在地睡个懒觉。他现在的经理助理,一个二十四五岁的女孩子,刚刚从经理的被窝里钻出来,给经理闭住屋门,洗了一把脸,坐到歌厅小前厅的吧台后,先冲了一包方便面,在等泡面的工夫,对着镜子开始描眉画眼,将一双眼睑画成乌青色,又把两片子嘴唇染得血红血红。

她正对着镜子得意,就见一个人猛地推门撞了进来。

先生这么早就来唱歌啦?是几位呀?怎么就先生一个人呀?经理助理站起身急忙招呼客人,见这来人胡子拉碴,衣服也不太讲究,心想,看你也不是个有钱的主儿,莫不是走错门了?

那人却不答话,冲吧台后的女人瞪了一眼,就往歌厅里面走。

吧台后的这位助理急了,走出台口,跟在这男人身后连声说,这位先生请坐呀,我先给先生打开音响,要什么饮料,我马上就给先生送来。

不料那人脚步没停,只回头冲身后的女人来了一句:我不是来唱歌的!

经理助理这下子可急了,紧赶两步,身子一转,就直挺挺地站到了客人面前,也不客气,冲来人便说,我们还没有开门呢,你不是唱歌的,进来干啥?这里又不是商店,你进来转悠啥呀?

那人只好解释,说他是来找人的,是来找李小海的。

你是他什么人?经理助理打量着来人,问。

那人说,算是门子亲戚吧。

经理助理弄不清深浅了,换一副笑脸说,您先随便坐坐,我去给您通报一声,我们经理还没有起床呢。可您,您是他的啥亲戚呀?

那人分明嫌麻烦了,冲站在面前的小姐吼一声说,这里又不是啥的大机关大衙门,通报个屁呀?起开,起开,我自己会找他的。

说着,推开这位小姐,几步穿过厅内,就去推李小海栖身的那间屋门。来人把闭着的屋门一把推开,大大咧咧往沙发上一坐,冲着那张席梦思就喊:李小海,起床吧!

睡意蒙眬的李小海爬起身来,揉揉眼,这才看清楚坐在沙发上的不速之客是刘亮,便对还站在门口发呆的经理助理连声吩咐说,你怎么还愣着不动呀?快去弄两瓶好饮料来,对了,甭忘了再拿一盒好烟!

助理转身去照办,这位新近才做了经理情人和助理的女孩子,心里觉得莫名其妙,瞧这位不起眼的客人,保不住真是经理的啥金贵亲戚呢!

刘亮并没有动这位女孩送进来的饮料。待这位女孩子转身出去,等李小海穿衣起床的工夫,他打开女孩子送进来的那一盒红塔山香烟,取一支点着,吸一口,才对李小海说,怎么?又换了一位?

李小海一边收拾凌乱的床铺,一边说,哪里,哪里,人家是我新聘来的经理助理。

也在你的床上助理?刘亮鄙视着李小海,问。

啊呀呀,你这个司令怎么能这么说话呢?叫人家一个大姑娘听见了,还不过来撕你的脸?李小海已经把床铺收拾好了,也顾不上洗脸刷牙,坐到客人对面,又说,一归一二归二,你可不要乱扯。

刘亮把脚尖一勾又一踢,地毯上扔着的一条女人半透明的短裤,就被挑到了李小海的怀里。

你怕我乱扯,怎么不叫她下床后早点把这些脏东西收起来呀?他妈的要是在我还当司令的那几年,看我不叫人把你先游了街再说!

见刘亮火气挺大,李小海也不生气,先把那条女人的短裤掖进床底下,才满不在乎地说:

你这些话可就犯原则错误了,你红火热闹的那阵子,叫阶级斗争,叫无产阶级专政,我这种事儿要叫人抓住把柄,叫乱搞男女关系,扣上顶流氓的帽子,那还不叫打翻在地,再踏上一万只脚,永世不得翻身?可现在是啥年头?搞上个把情人,一个愿打,一个愿挨,你就是去告公安局,看公安局待管不待管?我说刘哥哟,你那老皇历,现在不能用了!

这李小海,确实得叫刘亮一声刘哥呢。不是因为刘亮比他大,而是因为刘亮是他妻子乔惠的表哥。乔惠父母全是老实巴交的工人,就一个宝贝姑娘。乔惠没有哥哥也没有弟弟，从小就把舅舅的儿子刘亮当亲哥哥。李小海和乔惠结婚前就认下了这位大兄哥，也知道这位刘亮不是个好惹的主儿。"文革"期间李小海还是个刚刚记事的小不点儿，但那时就晓得龙城有个鼎鼎大名的刘司令。刘亮那时虽然还是龙城一中的中学生，可"文革"一开始就扯旗造反，且将矛头直指省委书记。一个小小的中学生，竟能把到龙城开会的省委书记揪住，在市委大礼堂拼了整整一天刺刀，那场面，支持者能把巴掌拍肿，反对者也能把牙根咬碎，全省各地，那些年谁不知道龙城红造兵团最敢革命，也最敢造反呢？而红造兵团的司令，就是刘亮。

刘亮现在不想和油嘴滑舌的妹夫扯皮，遂一本正经地说，我找你，你也知道是啥事，咱们就敞开谈吧。

那当然，那当然，你的买卖怎么样了？有啥能赚钱的事儿要我帮忙，你就直说吧，别的人有事我可以不管，你有事我能不管？刘哥你本来是个做官的，一改朝换代，官做不成了，也经起商来了，是不是又有啥买卖给做砸了？要我帮啥忙，只管说，只管说。

李小海其实是在故意装糊涂呢，一番话说得颠三倒四，可句句全砸到了刘亮心上。刘亮"文革"后期确实做过官，"文革"一结束，他就开始接受审查，就"文革"中当过派头头一条，以后做官的路就断了，审查结束，被安排到一家工厂做了工人。前两年，刘亮在的那个厂效益不好，他就辞了工作，和几个朋友办起了公司。当时刘亮手头没钱，跟早下了海的表妹夫借过钱。那钱虽然早还清了，可毕竟他落过李小海的人情。和朋友们一道办公司时，全没想到挣了赔了怎么办，办着办着朋友之间就有了意见。便分家，各自重起炉灶。刘亮搞起个文化书店，也经营音像制品，他守法经营，利润不大，倒也比在工厂时强了许多。书店和音像制品是特种行业，办执照时还得在文化局里特批一下。他的身份特殊，怕批不下来，又请在文化局待过的表妹夫帮帮忙。其实李小海帮他去批时，承办人员并没有因为刘亮过去当过司令，就另眼相看，或者要卡一卡，手续齐全，人家照批不误。可事儿办完，李小海就给刘亮吹，说要不是他出面去办，就冲刘亮的历史问题，这执照刘亮一准办不下来。不知情的刘亮，心里对李小海还真领情。

李小海方才的话把这些事儿全数点到,无非是警告刘亮,说话时不要太放肆。他心里明明白白,刘亮今儿来找他,一定又是替乔惠来充当说客。

刘亮果然是为这事来的。乔惠的父母一直为女儿的事儿犯愁,没法子和女婿谈,只好请刘亮出面。

刘亮知道李小海猪鼻子插葱,装象呢,心想,索性把他鼻子上的两根葱拔掉再说。于是正色说,我这人经商没你有本事,没发了大财,你不说,我也承认,你以前帮过我,你不提,我也记在心里不敢忘记。可我今天找你,别的不说,是来说你和乔惠的事情的。

李小海眨眨眼,不屑地说,她要离婚,我也同意了,还有啥事?我俩又没有孩子,离了再各找各的不就完了?

可总得有个协议吧?乔惠跟你开口要十万,你不同意,可你多少也得给她一些吧!给多少?你说个数,我给乔惠再做做工作,这么一直拖着,对你们双方都不好吧?你说呢?

李小海当即顶了回去:我早就说过了,要离可以,要钱不给!

可你们毕竟夫妻一场……

房子归她,家具归她,我姿态够高了!

她和她爹妈不全是工薪阶层吗?不是有的连工资也发不了了吗?你就不能……

我不能啥?发不了工资找政府去,找我干啥?

你……你……

你急啥?乔惠她不就是嫌我在外面有女人吗?现在能守身如玉的处男,叫她找一个试试看呀?她不离?不离就拖着,她想不想男人我不管,反正你也看见了,我又不愁女人!我是男的,她是女的,咱看看谁怕拖老了。

你这话就不对了,一夜夫妻还百日恩呢……

刘哥,你看你又旧脑瓜了不是?现在啥叫爱情?一朝拥有就是爱,明日分手不回头,要是上过一次床就记一百年,那活得累不累呀?

刘亮不想和他扯这种歪理,又劝他说,小海,不管怎么说,你的经济状况比乔惠要好得多,两个人都不要再赌气,都让让步,既然过不下去了,好说好散还不行？

行呀！我又没和她吵架，我有钱，那钱是我一个人挣下的，我俩是闹离婚呢，政府又没规定离婚时男方就得扶贫。

刘亮真想好好揍一顿这个目前还是他表妹夫的男人。可李小海说的也全是真话，他还真没法子反驳。人家就是这么个活法，谁叫自家的表妹当初瞎了两眼，认定李小海英俊能干，又新潮又海派呢？

李小海不理刘亮那一套，刘亮也不理李小海那一套，谁也说服不了谁。没有办法可想的刘亮，只好悻悻而去。李小海也不送他，反而高声喊他的助理来帮他收拾屋子，分明专门气他的这位大兄哥。

刘亮把皇后歌厅的大门一摔，走到大街上，一肚子恶气还是没地方出。这个当年龙城赫赫有名的造反司令只好叹口气，踏入人流，向自己的那个小书店走去。没有一个行人能想到，这位衣冠不整的男人，当年也是跺跺脚龙城就要地震一阵子的人物哩！

第三章

7

　　程国庆一上班,秘书就说市长正等着他呢。他推开市长的办公室时,没想到市委书记也在。莫非是有什么较大的人事变动涉及了自己?这是他脑海中闪过的第一个念头。早有官方的和非官方的渠道,传出市委书记到省里去荣升的消息。市长本是市委的第一副书记,去接替市委书记留下的空缺,既符合惯例,也无人非议。可市长留下的空缺位子由谁来递补?那人选可就多了。以副市长程国庆的年龄能力加上近来的政绩,他自信可以挡得住所有竞争者去接替这个位置。或许,今儿书记和市长正是要和我私下吹吹风呢?

　　两个人邀他就座,程国庆便也坐到了沙发上。

　　市长很含蓄地开门见山,说龙山公路上你是功臣,没有动用财政上的一分钱,给咱们龙城市填补了一项空白,就因为一个龙山乡没有通了公路,我这个市长当到卸任时脸上也不光彩呀!

　　程国庆微微笑着说,说实话,我当初给你市长拍了胸膛,要真是凑不起修路的钱来,丢我的人倒不怕,是怕老百姓骂咱市政府吹下牛皮不落实呢。

他说着看看书记，希望书记接着开口谈到人事问题。

没想到市长却接着说，这下好了，这条公路一通，没想到一下子就引来个金凤凰，要在咱龙山乡落窝呢。

市长说那个要来落窝的金凤凰，是南洋杨氏集团。市长说这个集团在海外很有影响也很有实力，这个集团设在深圳的办事处近日致函龙城市市政府，表示了他们董事长和总经理想在龙山乡投资的意向。市长说这么好的事情，市委昨夜专门召开了书记紧急碰头会，做了三条决定。市长看看市委书记，接着告诉程国庆，第一条决定是市政府立即回函，诚恳欢迎南洋杨氏集团来龙山乡投资；第二条是借助这个海外华人大财团来投资的东风，市政府牵头，由龙山乡政府具体配合，成立龙山开发区指挥部；第三条是碰头会决定，由副市长程国庆出任龙山开发区的总指挥。

市长又看看市委书记，对程国庆说，你要没有啥意见的话，市政府马上就下个文，你就得走马上任了。

这么好的事情又落到了自己肩上，程国庆立即感到了在所有副市长中，自己高于他们的分量。

这种担子，怎么能推托呢？

他却没有想到市长又谈到了他的问题。市长说，昨天的书记碰头会上，也议到了你的一些问题，虽然对这些问题，我作为市长已经全部承担了责任，但对这些个问题，书记和我还是决定和你个别谈一谈。

程国庆心中那种受信任被抬举的感觉，随着市长话题的急转弯而顿时消失殆尽。

问题，市长竟然用了"问题"这个词儿！

我会有问题？我会有什么问题？是谁在背后射我暗箭？副市长努力压着心中的不快，瞪大两只眼，目光从市长的脸上，移到了市委书记的脸上。

现在，当程国庆回到自己办公室，一屁股坐到自个儿写字台后那张高背皮椅上时，市委书记的那些话，还在心口里窝着驱逐不走。

市委书记说龙山公路的审计工作已经结束了，在整个工期中，由他程国庆亲自批准开支的饭费和礼品费用,就高达四十多万元。是的,这数字他相信不是假的,别的不说,在市长办公会上主动挑起要修龙山公路的担子后,第一顿设宴请客,就在财务上还没有进一分钱的情况下,透支了三万六千元。堂堂龙城市的副市长,要向这些年发了大财的民营企业集资,要将龙城市的本地民营企业家,以及驻地民营企业家请到金龙大酒店,以一杯清茶的方式座谈,那不是太丢人太寒酸了吗?三千多块钱一桌,一下子包了十桌,近五十位老板和近五十位老板的司机,十张桌子坐得满满的。程国庆一桌一桌地敬酒,一位一位地和那些老板们套近乎,比年龄,称兄道弟,这顿酒宴后的第一批龙山公路集资款,就靠这些大老板们掏腰包,进项达到了两千多万元。谁不知道修一条好油路,就等于拿上十块钱的人民币,一张一张挨着往路面上铺呢?龙山乡的老百姓对修路倒有积极性,可靠他们能行?自个儿还没有脱贫呢,能帮助政府往出拿钱?修路是政府的事儿,人家这些纳税人再往出拿钱,是支持政府呢,也是有我程国庆的面子呢。人家拿的是自己的钱,我从人家拿的钱里支个零头,给人家再买点贵重些的礼品,又有什么错误呢?

可市委书记和市长都说,这一点我们也知道,要不,这些问题我们怎么不当成个问题来对待呢?

市委书记还特意强调了一句说,我都和纪检委打过招呼了,让他们出面弄个报告,有个别人给你提出的那些问题,我们也好在市委和市政府的班子里,瞅个机会给你说明一下。你好好干,可不要为这事背包袱哟!

程国庆心想,说到底,还是我有了问题!

他又开始解释那些饭和那些礼的事,市委书记连声说你甭解释了,这种事儿,我们心里也明白。不过嘛——市委书记又说,也可以用其他方式嘛!有些事,不一定就非要在摆上酒席以后才说嘛!

话是说得绝对正确,可人家那些老板并没有往出拿这笔钱的义务,不在平时进行感情投资,不靠酒席上使用感情做杠杆,你能撬开人家的保险柜?我是端了酒杯了,可酒杯一端,我的政策并没有放宽呀!可他不愿顶撞市委书记,市委书记毕竟和他这个副市长的仕途前程关系太大了,何必呢?

市委书记还说到了其他问题。材料上的某些浪费啦,个别施工单位的质量较差啦,等等。当然了,这样大的一项工程,有点这样那样的问题,是不足为怪的,问题是……

程国庆最烦的就是左一个问题,右一个问题,说是不算啥问题,但问题长问题短的,不算啥问题又算啥呢?

但面对两位领导,他只能保持沉默。

市委书记继续在谈着问题:

……问题是不该居功骄傲呀,程副市长同志。龙城电视台采访你的那个专题片,我和市长都看到了,其他常委们也都看到了。老百姓说我们是清官,那好啊,要叫老百姓自己说,可不能用你的嘴去说呀!我也相信你不是在胡编瞎扯,肯定那天去老百姓家吃饭时,老百姓跟你说过这种话。可你在记者采访你时,借上老百姓的话来自己说自己,让咱们班子里的其他同志怎么看你?你是干了不少工作,可你这么一说,好像自个儿把功劳全记到自个儿身上了,不管你动机如何,效果是这样嘛。

市委书记只是点到为止,但程国庆知道,肯定是市委和市政府的班子里,有工作上不如他的人暗中给他下了绊子。他怎么能怕这些呢?他知道,如果市委书记和市长也认为他有问题,也如其他人那么看他的话,龙山开发区总指挥的人选,绝不会落在他的头上的。当时他正是想到了这一点,也明白两位领导全是一片好心,才没有说更多的牢骚话。现在回到自个儿的办公室里,程国庆细细地回想方才的谈话结束后,他向两位领导说的那些表态话,还是很谦虚很得体也一定让两位领导很满意的。

他此刻很想驱走从市长办公室出来时,被自己隐藏在心底的那些不快,集中思维想一想龙山开发区的工作。市长说南洋杨氏集团在海外很有影响也很有实力,他们要投多少资金呢?他们怎么会选中龙山湾?在龙山湾又想搞什么事业呢?谈话结束时,市长说对方很快就会派人来洽谈,让他全权代表市政府抓好这项工作,要通过这一只金凤凰再引来更多的金凤凰,所以一定要让这一只金凤凰在龙山湾落户,千万不能让这只金凤凰飞来绕一圈再飞走。市委书记还补充了一句，说该吃饭照样得吃饭，该碰杯照样得碰杯，只要咱们两袖清风，刚才说你的那些个问题，我看都不会真成了啥问题。现在咱们这些做官的，怕就怕自己屁股下面不干净啊！

这话是什么意思？是一种警策？还是一种暗喻？

要光是书记和市长说的那些问题，我怕个屁！可要是在审计中，有人趁机抓住我的啥小辫子了呢？今儿市长和市委书记全没谈人事问题，他们给我一个龙山开发区的差事，是看我能干，要提拔我的前奏呢？还是鞭打快牛呢？

程国庆这么一考虑，便觉得市委书记的话里，怕是还有其他意思。莫不是果然有啥的小辫子，在审计中被人抓住了？

他一下子就想到了那台价值三千多元的红外线微波炉！

想到这里，心底的那些不快，又添加了些许不安。

就在这时，掌握着副市长办公室另一把钥匙的秘书，轻轻地打开了他的屋门。

有个客人……

他当即生气地打断了秘书的话：怎么搞的？我不是说过，谁也不见吗？

可她说……

我现在谁也不见！副市长再次瞪了秘书一眼。

可她，她是乔惠，我想，有些事儿，让她直接和你说说比较好。

秘书这话让程国庆立即改变了态度。他有时很讨厌秘书太能琢磨透他的心态，有时又很喜欢秘书的这种本事。乔惠是城建委的会计，龙山公路的资金，程国庆全是委托乔惠来代管。乔惠现在来找他，一定是为了审计中的事儿，这个秘书，他怎么就能猜到我现在正在想审计中的事儿呢？

他本想让乔惠现在就进来，略一思忖，觉得还是先不直接和会计谈话更主动些，就对秘书说，她来要说什么事儿？

秘书走到程国庆的写字台前，将一张表格放到副市长面前，说市里审计后纪检委也派人去找过乔惠，让她提供龙山公路工程中赠送礼品的清单，乔惠并不掌握具体赠送清单，只掌握每一笔购买礼品的金额，乔惠来，就是说这事儿的。

程国庆心里顿时极不愉快，纪检上派人来查礼单，他们想干什么？是想弄清楚所谓的问题，帮我找个说法呢？还是想弄出个所谓的问题，给我闹个说法呢？

秘书说着指了指放在副市长面前的那张表格，请程国庆审看一下，说纪检委的人如果找到这儿来，有这表格在，礼品往来，一清二楚。

程国庆几乎就要生气了！那批红外线微波炉，秘书给他家里送去一个，他有些过意不去，最后也让秘书自个儿留了一个，这事儿起先他也不知道，秘书办了，也是一片好心，下不为例就得了，怎么能反映在表格上呢？

秘书似乎又琢磨到了副市长的心思，指指表格，提醒程国庆说，请市长主要看看这一份。

原来秘书已将那批微波炉礼品的赠送名单，逐一开列在第一张表格上了。程国庆细细看时，那名单中并没有他和秘书的名字。他抬起头来，疑问地看着秘书，分明是让秘书解释。

秘书指了指名单上一个名字说，这个公司给咱们捐了四十多万呢，老板是我的表哥，我和他打了个招呼，纪检委的人真要去调查，他就说拿了三套。

这……这……这不是弄虚作假吗？程国庆望着秘书说。

本来……可是……有些人想抓你的小辫子，总不能让他们称心如意吧。再说，现在把东西再退出来，影响更不好。

秘书说着，望着副市长，等程国庆表态。程国庆皱皱眉头，最后说，也好吧，这些小事，就随你去处理好了。

秘书又问说，你还见不见乔惠？

程国庆想了想说，你跟她了解些情况，我就不见她了。你要告诉她，对她的工作，我是十分满意的，对她本人，我也是十分信任的。以后有啥事，让她多来通个气，我忙，你就接待她嘛。审计是正常的工作程序，所有开支，全是我这一支笔批的，就是真有点什么问题，她是会计，我是主管首长，甭说天塌不下来，就是天塌下来，也有我撑着呢，怕啥？

秘书高兴地起身走了。

程国庆还想集中精力考虑些工作，偏心里觉得一阵比一阵麻烦。他想，我这是怎么了？为了龙山公路，没明没夜地忙了一年多光景，奖金没多拿一分钱，不就是一台微波炉嘛！

他突然觉得一阵委屈。

这种委屈在副市长的心中升腾而起，其他的工作，他便一点儿也考虑不到心上了。

8

马来西亚首府吉隆坡一年四季绿色长驻，面临大海的杨氏别墅庭院内外，无论春夏秋冬，更是绿荫遍地，鲜花盛开。花工们将一片片草坪和花圃，整修得充满生机，使这里的空气伴着大海的潮汐更加湿润、清新。

近半年来，杨氏集团的董事长杨飞鸿老人的身体不佳，一直处在令他的家人和他自己都十分担忧的状态。他的肠胃功能出了毛病，时而便秘，时而腹泻，医生说是植物神经紊乱，虽然几经治疗，但那紊乱的植物神经总未能重新恢复有序。半年多的疾病，让老人明显地消瘦了，也憔悴了许多。但他的精神还好，虽然自病倒后就没有再过问过集团的事务，大事小事全靠到了自个儿的儿子肩上，可担任杨氏集团总经理的杨儒荫，断不了从香港飞回吉隆坡，看望养病的亲爹，同时汇报一下集团的重大决策和事务，董事长对集团的情况，依旧一直了如指掌。

每天早上，杨飞鸿老人在吃过早餐后，便由一位从香港请来的按摩大师给他进行一次全身按摩。这种按摩是对肠胃病人的保健治疗，等按摩完毕，杨飞鸿就躺在睡椅上，面对大落地玻璃窗外蔚蓝色的海湾，沐浴着阳光，听秘书给他读一大堆报纸和文件的标题。这些报纸有当地的大报，也有集团驻深圳办事处为他订的大陆的各种报纸。在这些报纸中，有一份《龙城日报》，是多年来在他的指令下，深圳办事处年年必须订的。谁也不清楚大陆腹地的这一份地方性报纸，为什么董事长天天必看不可。

大陆的这些报纸每隔一周，由办事处派人专程坐航班送往吉隆坡。这天，秘书先给杨飞鸿老人读了几个由杨儒荫签发的文件标题，他听了摆摆手,秘书就不再念那些文件的内容,开始拿起新送来的大陆报纸,先一条条地给董事长读标题。如果杨飞鸿要想听具体内容,他自会告知秘书的。

可惜前几份报纸上的标题,全没有引起杨飞鸿老人的特别关注。

秘书这回拿起了《龙城日报》,告诉董事长要读这张报纸的标题了。

闭目养神的杨飞鸿老人没有睁眼,等秘书继续读下去。

秘书便读到了头版上的一条标题:《为打通一块封闭地区而废寝忘食的人民公仆》。

秘书看一眼董事长,看见董事长微闭的双目睁开了,盯着他问,是什么内容?

秘书说,这是一篇写龙山公路的报告文学,标题中的封闭地区就是指这个叫作龙山乡的地方。

你念,全文给我念。

董事长下了指令,对这篇文章的题目表现出莫大的兴趣。他几乎一字不差地听秘书读完了这篇文章。只顾一心念文章的秘书,都不知道董事长啥时已从睡椅上坐了起来,看来,这篇文章引起了董事长足够的关注。

文章已经念完了,坐在睡椅上的老人似乎还陷在沉思之中,又对秘书说,你念呀,往下念呀。

秘书说这篇文章全念完了。

老人突然说,不念了不念了,今天就到此为止,你让我好好想一想,不要让别人来干扰我。

秘书收拾好文件和报纸,轻轻退出了老人住的这间大屋子。

外面的阳光通过落地大玻璃窗,洒到了这间屋子的地毯上。南洋杨氏集团的董事长杨飞鸿老先生从睡椅上下来,慢慢地走到了窗前,眺望着不远处静谧的海湾里蔚蓝色的海水,他的心绪再不能平静了。

一直守候在门外的秘书,对董事长今天的异常行为感到不安。他轻轻地进来,轻轻地走到了董事长的身边,轻轻地对董事长说,您在这里站得太久了,是不是休息一下才好?

老人轻轻地转过身来,大声地对秘书说,是时候了!请你马上代我给深圳办事处发一个电传,让办事处代表集团,给大陆龙城市政府马上发一个电传,表明我们杨氏集团要在龙山湾投资的意向。

董事长的声音很洪亮,此刻一点也不像一位久卧病榻的病人。秘书感到一阵惊讶。董事长怎么突然会冒出这么一个决定来呢?这似乎很不符合董事长以往的工作作风。这样一个大的决策,即使不开董事会,也应该和总经理碰个头再通知深圳的办事处行动的。自从董事会决定杨儒荫出任杨氏集团的总经理之后,作为董事长的私人秘书,他还没有见过董事长如此擅作主张的事,何况,又是在久已不问集团具体业务的养病期间呢!

是不是需要通知总经理一下?秘书问。

董事长点点头说,对了,你给儒荫打个电话,请他尽快回来一趟。不过,这件事不必等他回来商量,你就照我的意思去办吧。

秘书再次轻轻地退出了这间屋子。

三天后,杨儒荫从香港飞到了吉隆坡。

他回到了自己的家,走进了爷爷留给父亲的那间大屋子。他已经从父亲的秘书口中,得知了父亲三天前做出的那个决定。他一点也弄不清父亲这个决定的意图。怎么会想到要向大陆腹地那么一个闭塞的地方投资呢?他坐到了父亲的面前,父亲的决定将要由他去具体操作,作为儿子,他无法违背父亲的任何意愿。但作为南洋杨氏集团的总经理,他必须弄清董事长这一决策的含义。是多大的资金投入?是什么样的项目投入?可预测到的利润是多少?在没有详细的考察和预算前,他奇怪父亲怎么如此草率地做出决定,要往那么一个地方投资!

从窗外射来的阳光,使这间十分豪华的大屋子里一片灿烂。阳光照在父子二人的身上,同一血脉,造就了酷像的身板,酷像的面孔,只是一个显出了虚弱、憔悴和苍老,而另一个则显出中年人的健壮、旺盛和年轻。

对我的决定没有必要再做解释,你去执行吧。做父亲的封了口。

可是……

父亲不容儿子"可是"下去,对儿子说:地理环境是差了一些,但投资的前景一点问题也没有。大陆自改革开放后,汽车的增长率很高,而我们杨氏集团的优势是橡胶工业,你就在龙山湾,建一个大陆最大的橡胶轮胎生产基地。

可是……

儿子的第二句"可是"又被父亲打断了。

你听着,建那样一个基地,投资港币起码得三个多亿。人三鬼四,好了,我们就定成四个亿吧。

杨儒荫真奇怪老父亲怎么用了"人三鬼四"这么个不吉利的词儿。

他听见父亲继续说,前期两个亿,得派一个好的业务经理,当然,未来的厂长,日后可以和那边的政府共同选定。

杨儒荫明白,父亲连派出人员都构想好了。

果然,父亲又问他:你说,贺晓燕那个丫头怎么样? 她对龙城熟悉,业务上有这么一个人,我们也放心。

杨儒荫点点头,父亲的话都说到了这个份上,他还有啥意见呢? 以往,他在聘用一般的职员时,从未向父亲做过报告,但在安排了贺晓燕之后,有一次他回到吉隆坡,在和父亲闲聊时,故意装作不经意般提到了这件事情。没想到,父亲对这件事表现出一种异常的惊讶。怎么? 你说龙城的那位贺振书记已经不在了? 你收留了贺振的女儿? 你再详细说说,这究竟是怎么一回事? 父亲一句接一句地问他,显然,这件事勾起了父亲许多回忆。他便讲了和贺晓燕在巴黎的相遇,只是没有说他和这个女孩子几乎上了床。随后又讲到这女孩子到了香港后,他如约安排了她。父亲听他讲完就再没有说话,只是让他好好对待贺晓燕。他知道,父亲之所以这么叮嘱他,全和当年送他去龙城上学有关。现在,父亲又提到了贺晓燕,一定也是出于这个原因。

他很想弄个明白。

这件事,是不是和你当年送我去龙城上学有关? 是不是因为你的儿子在龙山湾有过一段屈辱的历史,你要以德报怨,为来世积德?

儿子突然向父亲提出了这么一个问题。

他看到自己的父亲脸上一怔。当得知父亲要向那个地处大陆腹地的龙城投资,且是在龙城最偏远的龙山湾兴建项目后,他就联想到了这个问题。可为什么当年父亲会送他去龙城上学,这个少年时积在心底的谜,他至今也没有得到谜底呀!

他望着父亲。他真希望从父亲那张越来越显出苍老的脸上,看出一个他期盼了多年的答案来。

以德报怨?为来世积德?你……你怎么能说出这种话来?你……

老人似乎被激怒了,大声喘着,几乎吓坏了儿子。

父亲喘着,不说话了,喘势弱了,也没有再往下说什么。

儿子望着父亲,也不敢再开口说一句话。他看见父亲的脸上,凝起了无限风云变化。那变化着的风云,又终于渐渐平息,平息得无影无踪。

于是儿子便生出一种预感,那谜底,又一次被父亲深深地藏在了心里。

你一直记恨那件事吗?父亲望着儿子,问。

杨儒荫真不知道该如何回答父亲。

父亲又说,儒荫,你给我说实话。

儿子想了想,对父亲说,那已经是一个久远的回忆了。我不会记恨父亲,因为我相信父亲的决定,一定包含着我恐怕至今也无法理解的原因,以及至今不愿让我知道的深刻内容。父亲给我增加的那一段人生阅历中,给过我新奇和欢乐,给过我贫穷和痛苦,也给过我精神和力量。那段人生阅历在我的一生中间,永远会是一个无法磨灭的反差,正是有了这种反差,我在重新回到父亲身边以后,才十分珍爱父亲给予我的地位和财富,我才知道应该用加倍的努力,在保持真情真爱和辛勤的创造中,走完我的人生。

老人被儿子的话感动,那平息了无限风云变化的脸上,渐渐露出了欣慰的笑容。

可是——儿子突然转换了语气说,是爷爷在这间屋子里,和我谈到了要送我去龙城上学的决定,是爷爷亲自到飞机场,送我和你上的飞机,而在我重新回到这间屋子里时,我却再也不能见到我的爷爷了,父亲,我亲爱的我敬重的父亲呀,我那时还小,爷爷那时没有和我讲完的话,你现在为什么还不和我说个明白呀?

他看到父亲脸上的神色渐渐黯然，又微微闭上了双眼。

是的，老人在回忆。

……那时，是他领着刚满十六岁的儿子，来见爷爷的。

他的父亲当着他的面，对自己这个唯一的孙子说出了那个决定。他记得儿子眨眨眼，问爷爷龙城在哪里？问龙城是不是比吉隆坡还有好玩的地方？问为什么要让他离开家，到一个好远好远的地方去上学？儿子还说，他们有的同学被父母送到伦敦上学去了，为什么自己要去龙城而不是伦敦？

儿子那时已知道伦敦是英国的首都，却对自己即将要去的龙城没有任何概念。是的，在马来西亚乃至整个东南亚地区的岛国华人中，事业有成的人家，将子女送往英国、美国，或者荷兰去读书，希望后代去接受西方的教育，进一步濡染良好的文明和吸取先进的科技知识，是并不奇怪的事情。当他的父亲要将孙子送往大陆上学，且是一个不知名的龙城去读书，并不可挽回地把这个决定告诉他时，他十分惊讶，决计要问个明白。但他的父亲当时没有说，也留下了一个让他无法解开的谜。

如今天他的儿子杨儒荫所说的话一样，他当时也认定父亲的决定中，包含着他恐怕一时无法理解的原因，以及父亲不愿让他知道的深刻内容。面对父亲的决定，他只有服从，决不能再做选择。

他的父亲是在临终的前几天，才在病床上将深藏于心底的谜底，原原本本地端给他的。要不是他做出了在龙城投资的决定，这段日子躺在病榻上，也曾多次想过，是不是该把自己父亲讲述给自己的那一切，再原原本本地讲给儿子了？这种念头在他的心中多次萦绕难去。但他决不相信病魔这一回能夺去他的生命，他觉得还有许许多多的事情没有做完。他的父亲曾做出了让他吃惊的决定，将自己的孙子送到了龙城去读书。如果他现在向儿子说出爷爷那个决定的原因，又有什么意义呢？他记得父亲临终时说过，让儒荫去龙城读书，是想让儒荫将来在龙城做点儿事情。记住历史是重要的，但更重要的应该是开创新的历史。也正基于这种一辈子养就的思维,和这种思维指导下他做人做事的价值取向,他才在得知龙山公路开通后,刹那之间用父亲留给他的灵光,做出了让阴间的父亲一定也满意的决定!

杨氏集团要在龙山湾投资,而且这件事,要在父亲的孙子、他的儿子杨儒荫的手中办成!

对自己的儿子来说,他现在只希望他别无选择地去服从。

久远的往事,此时也在杨儒荫的心头闪过。

……就在这间大屋子里,爷爷向他说出那个决定后,第三天,他就离开了生他养他的吉隆坡。他才十六岁,还从来没有离开过家,离开过父母的身边。他看见送他的母亲在哭,在偷偷地抹眼泪。他看见送他的爷爷眼睛也红了,但做出这个决定的爷爷没有当着他的面抹眼泪。他不知道龙城在何方?他只有一种要出门的新奇感觉,就和节假日父亲和母亲领他去郊游的感觉一样。他跟着父亲乘上了飞机,那是他第一次坐飞机,新鲜感让他忘记了方才母亲的泪和爷爷红红的双眼。

飞机起飞了,飞过大海。

飞机又降落了,降落在一个有很多很多高楼的地方。

父亲告诉他,他们来到了香港。他住在父亲给他安排的酒店里,父亲说,房间是预定的,等会儿爷爷和妈妈会给他打来电话的,让他等着。果然,电话响了,他接到了爷爷和妈妈的电话。爷爷和妈妈让他到了龙城要好好学习,要自己学会管理自己,要吃好,要睡好。还是送他上飞机前的那些话,说了一遍又一遍。可就是不说为啥要让他去龙城上学。

他说,你们等我去了龙城,再给我打电话。

可爷爷和妈妈都说,到了龙城,他们就没法子给他打电话了。

果然,那次他和爷爷和妈妈通电话,竟成了他同他们分手后唯一的一次通话。

父亲领他去了广州,又坐上了飞机,父亲说,他们将飞往北京。父亲领他在北京住了好几天,领他玩了北京的许多好地方,看了天安门,还看了故宫。他在北京买了一张地图,在地图上找到了龙城。龙城也有北京这么好玩吗?他问父亲。父亲摇摇头,没有回答。你去过龙城吗?他又问父亲,父亲还是摇摇头,没有回答。父亲领着他离开北京了,是坐上了火车离开的。火车开呀开,窗外什么也没有了,只留下了一片无尽的黄色,和由这种黄色染成的一座又一座大山。父亲告诉他,火车正行驶在中国的黄土高原上,龙城正是这片高原之上的一个古老城市。

咣当咣当的火车声太单调了。白天过去,夜晚来临。他终于疲累了,当他正沉在香甜的梦中时,父亲叫醒了他。火车停了,父亲说,龙城到了。父亲领他找到了一个叫作贺振的叔叔,那叔叔对他很亲切,请他和父亲吃饭,又亲自把他送到了一个学校。那是龙城大学附属中学,父亲和贺振叔叔告诉他,这学校是龙城最好的学校。他于是有了自己的班主任和新的同学,他住在学校的学生宿舍里。父亲说,父亲要走了,他突然感到一种遥远和陌生正向他袭来。他真不想让父亲走,甚至想同父亲一道走。但他明白那是不可能的事。父亲指指贺振叔叔,说你以后有事,可以去找贺叔叔,贺叔叔会常来看你的。事后,他才知道贺叔叔是龙城最大的官,那官叫市委书记。

这一切,早已成了一种久远的记忆。

可是,父亲为什么一直不说明爷爷选中了龙城,让他去读书的初衷呢?

杨飞鸿老人重新睁开了双眼,他默默地看着儿子,从容光焕发的儿子的脸膛儿上,似乎又看到了许多年前镜子里的自己。儿子正值中年,逝去的阅历已演化成宝贵的经验,积聚的能量正等待着不断的爆发,他希望儿子能干许多许多事,发展杨氏集团的事业。那么,何必这时去打扰儿子呢?

老人开口了,对儿子说,我还得好好对付身上的病,有些事,怕帮不上你了。你是杨氏集团的总经理,你要干的事还太多太多,以后有时间,我会把你爷爷的事好好地告诉你的。

老人再次面对落地大玻璃窗外的灿烂阳光,重新微微闭上了双眼,任那一片金色洒满全身。

杨儒荫知道,他该离开这间爷爷留给父亲的大屋子了。

9

在副市长程国庆那个和睦的家里，因为儿子的一封来信，闹得夫妻两个这个晚上冷脊背对了冷脊背。

儿子的来信本来是一件大好事。信是寄给母亲的，严父慈母，在程国庆的家里，这一条普通人家的规律照样存在。儿子在信中谈了这个学期的学习成绩和日常生活，在这些例行的汇报之后，儿子谈到了大学毕业后，要去美国继续读书深造的事。儿子想去美国留学的念头并非始于今日，他上大学不久，就向父母亲谈到了这个志向。程国庆夫妇完全没有异议，一致赞同儿子这种好学上进的劲头。为人父母，又是国家干部，程国庆和赵新华谁不知道儿子大学毕业后，能到美国再攻读一下博士，于父母于国家于儿子本身，全是一件好事呢？但以往说到这事时，仅仅是涉及儿子的一种精神和人生走向，而现在却面临着一种具体的物质问题了。儿子明年夏天就要毕业，已经通过自己同学的关系，直接和美国一所专业对口的著名大学联系好，甚至和选定的导师都通了信。由志向到一步步实施，儿子可以自己去办，并没有让做父母的操心。但在实施志向的最后一步，儿子却不得不向父母亲求助。儿子在信中开列了种种无法再缩减的费用，请父母为他尽快筹措四万块钱，以便他最后敲定这件事情。

四万块钱！家里的全部存款数赵新华清楚，就是全部取出，也不及儿子期求的一半。

赵新华没有将家里的这个难题告诉丈夫。她一个人琢磨着如何给儿子凑足这笔钱。毕竟在龙城工作多年了，她和丈夫在各条战线都有一些相处极好的朋友，她先把丈夫的朋友除外，和这些朋友张口借钱，一定能借到，但因此会让丈夫欠下对方的人情，她生怕对方因了这人情，会找丈夫办不该办的事儿，这岂不是给丈夫找下了麻烦？她在自己的朋友中，也排除了工作上常有关系的对象，跟这种对象借钱，难免会让人家想到工作上的关系。细心的赵新华这几天已经付诸行动了，她找了几个朋友，说到了儿子的事，提到了自己的难处，开了向对方借钱的口。她细心的挑选和平时的为人，使她得到了这些朋友的真诚许诺，众人拾柴火焰高，一个朋友帮一点,困难便可解决了。

除了向朋友借,她还想到了家中那台微波炉。

丈夫的秘书将这件东西送来时,说是福利品,她便让秘书把这件福利品放到了儿子空着的那间屋里。也曾想过用用这新鲜的现代化灶具,但已经习惯了煤气灶,平时就是两口子的饭,讲这种排场干啥?手一懒,这件高档福利品就一直放着没有动用,连包装都没有开封。

将这个玩意儿退掉,不又是三千块钱吗?

这个晚上临睡前,她和丈夫提到了微波炉的事。

我想叫你的秘书帮忙办个事,她已经躺下了,对着丈夫说。

正就着壁灯看报纸的程国庆放下报纸,问妻子是啥事?

帮咱把那台微波炉退了吧。

程国庆一惊,忙问:怎么?你听到什么说法了?

赵新华嘻嘻笑着说,看你那神态,倒像那是你贪污下的东西或者是接受下的贿赂似的。

可有人就是想把它当成贪污整我呢!

丈夫这话和愤愤然的口气,让赵新华感到奇怪,便问说,究竟是怎么回事呀?那不是市里的领导人人一份?怎么能说成是贪污呢?

程国庆叹口气说,要真是给市长副市长和常委们人人一份,我看也就堵住他们的嘴了!

怎么?那不是福利品?赵新华又问。

程国庆说,算了算了,事情都过去了,甭提它了。又对妻子说,那玩意儿听说一点污染也没有,咱留着用吧,退它干啥?

赵新华就从枕头下面拿出儿子的来信,递给了丈夫。

程国庆就着壁灯看完来信,半晌不吭声。

妻子把信重新掖到枕头下面,劝起自个儿的丈夫来,说你别急,我都想下法子了。接着把找人借钱的原则,和自己这几天找人借钱的情况,给丈夫说了一遍,又说如果把那台微波炉一退,儿子要的钱也就凑得差不多了。她是在宽慰自个儿的丈夫呢,没想到程国庆的脸上却依旧黑沉沉的。

她急了，冲丈夫说，你倒是说话呀！家里的事儿我一点不让你操心，就是背上点债，我给你过日子节省点，也不用你发愁，你倒是说话呀。

程国庆心里烦，也冲妻子说，有啥好说的！我好歹是个副市长呢，谁知道连给儿子凑这么一笔钱，都他妈的自个儿穷得拿不出来！可有人还对老百姓叫我一声青天有看法，为了工作我吃顿饭，送点礼，也有人想见缝缝下蛆，早知这样，政府有多少钱我干多少事，何苦费上劲儿找人集资修啥的龙山公路呢？留下人情，只要我开开口，三五万块钱，还愁没人给我送上门来？要不是秘书脑子灵，那台微波炉，还真要叫人家给我说成个变相贪污呢！

丈夫这一番出气的话，赵新华有的听明白了，有的还不知道是怎么回事。想到这几天丈夫回来总有点闷闷不乐，原以为是工作上有啥事，自个儿也不好过问，又忙着给儿子凑钱，倒没有好好问问丈夫究竟是出了啥事。想到这里，她一翻身爬到丈夫胸前，双手捧住程国庆的面颊，充满柔情地说，你心里到底有啥气？在外面不能说，还不能和我好好说说？

程国庆无法阻止这似水的柔情，便把那天市长和市委书记和他个别谈话的事儿，以及纪检委要查他送礼名单的事儿，和妻子详详细细说了一遍。末了又说，我也是怕你替我心里麻烦呢，这些事就没告诉你。

说毕，他正想搂紧妻子，不料赵新华却将他的双臂一推，返身坐了起来，对丈夫说，别的事全不是事儿，吃饭的钱不少，送礼的钱也不少，但全可以归于正常的工作往来。集资修路，这一条曾华在文章中是当成经验来肯定的，省报登了曾华的文章，这一点就更加肯定了，白手起家，在工作范围内开支点饭钱礼钱，从我们纪检工作的角度来说，这全不能算啥的问题。

程国庆笑了，看着妻子说，好像我是让你来断案似的。

赵新华却继续认真地说，微波炉是你代表修路指挥部，给集资的企业家们送的礼，你也留一份本身就不对，在赠送名单上又反映不出来，这不是贪污是什么？

这么说，你倒也要揭发我了是不是？程国庆对妻子的话很不以为然。

我是和你说正经话呢。

我不是听着嘛。

咱们好歹每个月的工资国家全保证呢，有的工厂连工资也发不了，咱们再穷，比那些工人也要好多了。

你怎么能这么比呢？

一台微波炉三千元，在效益不好的厂，顶一个工人一年的工资呢！

你看你，又来了是不是？

可我是为你好呢。

也不看看啥年头了，你干纪检干得都快有职业病了！

咱自己不干净，人前怎么说人？

你怎么能这么说话？

要不为你好，我还不这么说呢。

反正那东西已经放家里了，你叫我怎么办？

这一回，赵新华再无话可说。

程国庆又将一肚子火气和怨气全洒向了妻子：你就会讲大道理，你也不替我想想，把责任全推到秘书身上，我还算个人吗？交上去？退回去？那不是我自己拿上根绳子，递给人家让往死里吊我自己吗？

是呀，事情已经成了这个样子，真要交上去，退回去，事情反而越弄越说不清了呢！丈夫是个副市长，拿了东西先做假，查起这事儿来了又往出拿，事儿传出去，让他的脸往哪儿搁呀！赵新华想到这里，呆呆地坐在被窝里，替她的丈夫发起愁来了。价值三千元的问题，是完全可以立案的呀！

平时做人做事都清清白白的赵新华，经常面对的工作，是处理文化局系统的党内的那些违纪人员。她有时很不理解，那些人，有时怎么那么眼小，见了点小利就能利欲熏心，为了捞大钱就能忘乎所以，做人，怎么能那样做呢？在她眼中，丈夫是一个完美无缺的男人，这个男人，既是她生活中的伴侣，也是她精神上的偶像。那天，龙城电视台的女记者艾云到家里采访完丈夫，也让她对着话筒说几句话时，她想了想说，我们国家正处在一个历史的转型时期，我和我的丈夫一样，也是党培养出来的干部，党的利益和人民的利益，永远是一致的。在这个转型时期，我们怎么才能和人民的利益保持一致，最重要的就是清清白白做人和清清白白做事，只有这样，我们才能不被这个时代，和这个时代的人民所抛弃。我的丈夫能做到这一点，我也一定能做到这一点。

这些话，可全是赵新华的心里话。

程国庆看了儿子的信，心里的不痛快更加一筹，和妻子话不投机，就觉得自个儿的老婆也太那个了，你是在文化局当纪检书记呢，你又不是市委的纪检书记，操我的心干啥呀？

想到市里的纪检上正过问他的事儿呢，心里就更窝火。就觉得妻子真不该干上这号差事，整天见风就是雨的让人心烦。

程国庆不再理赵新华，一转身，睡了。

赵新华还想和丈夫再说一说自己的看法，人前要教育人呢，自个儿怎么能做见不得人的事儿？她在文化局就处理过这种事儿。前些日子给一个电影院的经理背了个党内警告的处分，事实就是三千多块钱的一台电视机。电影院要扩建一个录像厅，经理名义上是招标呢，实际上把这项工程照顾了一家外地的工程队。不为别的，就因为包工头儿给他家里搬去一台电视机。她没有想到，自己家里也会出现这种不明不白的东西。转念一想，又觉得丈夫的那些话，虽然带着气，也有一定的道理。这三千多块钱的东西，就是往回交，往回退，也不能现在办。现在办，那不是自己往自己脸上抹黑吗？不管怎么说，这东西先搁着吧，用这玩意儿退上三千多块钱的主意，赵新华想也不敢再想。她觉得憋气，生气，又自己没法子给自己消气。看着丈夫的脊背，心想，事儿是你的事儿，我是怕你犯错误，帮你出主意呢，你倒有了理了，你倒来了气了！这事儿现在不好处理，放一放也行。可儿子是咱俩的儿子，儿子的事也是咱俩的事吧！我一个人想了几天，跑了几天了，也把信给你看了，也把话给你说了，你倒好，没事似的睡了！

真想擂醒丈夫出出气，又一阵心疼。你逼着他说话，叫他再说个啥？你逼着他给儿子拿钱，家里的钱全是你管着呢，他能叫天上给你掉下钱来？赵新华自个儿在心里反问了自个儿一顿，找不到答案，索性也一翻身，拉起被子来，给了程国庆一个冷脊背。

10

这个周末,贺晓燕真是太高兴了。

她的写字台紧靠着写字间的窗口,平视窗外那些高高低低的楼群,再俯视被楼群挤压的马路上流水般的车辆和熙熙攘攘的人群,贺晓燕突然觉得自己又获得了一个机遇。

她可是最懂得抓住机遇的人。

就在这个周末的下午,一上班,她就被总经理叫去了。在总经理那间宽大豪华的写字间里,杨儒荫坐在他的大写字台后面,对着坐在他面前的贺晓燕,说出了自己的决定并宣布了对她的任命。

她几乎惊呆了。

她将作为南洋杨氏集团派往大陆龙城的投资项目经理,下周启程,先行去龙城,与当地政府具体洽谈在龙山湾两亿港币的前期投资业务。

无论是作为杨飞鸿的独生儿子,还是作为杨氏集团的总经理,杨儒荫忠实地执行了集团董事长的意图。对在龙山湾那么一个地方投资的背景,他还没有弄明白。对父亲提出让贺晓燕去承办这项投资,他也没有弄明白原委。他只是感到这里面有一种内在的背景而已。

而任务十分明确,执行,是不需要弄明白那些他想弄明白的事情的。

对贺晓燕,杨儒荫说不上有什么好感,也说不上有什么恶感。这位小姐来投奔他了,他也收留她,安排她了。不是为了在巴黎那一夜未成事实的床上风流债,只是为了她是贺振的女儿。

贺晓燕在公司上班以后,工作上很认真,很恪尽职守,可有两次,这位小姐竟然对总经理主动发起了进攻。

一次是她刚上班后不久。快下班了,杨儒荫叫贺晓燕来办公室处理一个文件。贺晓燕站在他的写字台前,听他交代完事情了,却没有转身离去。贺晓燕突然绕过了写字台,走到了他的身边。

杨先生,她叫着他,伸出一只手去揽他的脖子,整个身子也倾斜着,要往他的怀里坐。

他明白她要干什么了,轻轻地推开了她。

她还要往他身边靠，他却起身，站到了自己的高背大皮转椅旁边，手扶转椅的高背，顺势一转那把转椅，用转椅隔开了和贺晓燕的距离。总经理的这一招，贺晓燕没有料到。

你该下班了！他对她说。

他看见她眼中含着一丝委屈，盯着他说，杨先生，你为什么不再理我？

他没有解释。

总经理——你——

他再次对她说，贺小姐，你该下班了。

贺晓燕只好离去。

她走了，他只能望着她的背影叹气。

另一次，是在一个商务谈判之后。那一回因为工作上的需要，谈判时他带了贺晓燕做记录。谈判是在晚餐的饭桌上开始的，晚餐后他带着贺晓燕，又与对方一行人到了一处夜总会，继续进行谈判。那场商务谈判达成共识后，时间已过了午夜。他不想回去了，就住在那一家夜总会里。当然，他也给陪他工作了多半夜的贺晓燕另外安排了一间很舒适的房间休息。他冲了个热水澡，穿着睡衣正要上床，没想到贺晓燕开门进来了。

他望着她。

只见她也身穿一件睡衣，一头乌发，如黑色的瀑布，在肩后飞泻而下，浴后画过淡妆的漂亮面孔，神采焕发也分外诱人。仅仅拦腰扎一根绸带的睡衣，令她的双乳几乎半露着，睡衣下两条洁白的，好看的腿，也是赤裸着。

他是健康的男人，健康的男人这种时候最能理解女人的意图。

她还要走近他。

他说，请你站住。

她便在他面前站住了。

你怎么能这样呢？他责问她。

我是你的秘书呀，我向服务台要你房间的钥匙是天经地义呀！她笑眯眯地对他说。

这一回和在他的写字间里不同，她没有向他直冲冲地走去，而是轻步移向一张沙发,坐上去,任身上的睡衣将她的身子多处裸露,跷起了一条腿压到另一条腿上,脚尖冲他微微摆动。五个涂成红色的脚指甲和雪白的脚趾、雪白的脚、雪白的小腿和大腿,以及在睡衣中多处裸露出的雪白,正在明白无误地告诉他说,杨先生,你就来吧,今晚,我的一切全是你的!

杨儒荫并不是读不懂贺晓燕无声的语言,也不是对眼前这具鲜活的躯体视而未见。他的身份,他的地位,他的金钱,他有时长期外出,不论商务谈判的成败与否,事后与平常健康男人一般的孤独,都给了他寻找女人的机会。在同女人的交往中,他有自己的信条,在妻子以外的女人中,要么是普通的同事和朋友,要么是肉体与金钱的一种交换。他绝对不去搞什么情人。情人则在交往中渗入了感情,而这种渗入会使情人干预他的工作和生活。他是商人,商场如战场,在这种战场上,女人在扮演情人时,也往往会出任多种角色。而交换法则用在男女关系中,则不同于和情人的往来。交换是换来一时片刻的情绪欢娱和肉体欢娱,事情过后则彼此不再相关,更不会因为感情,去承担什么良心上道义上的责任。

他想,这个女人是想做我的情人呢?还是想与我进行一种交换?

他几乎就无法抵挡这个女人向他展示的诱惑了。

不!不!他提醒自己。

现在他面对的是贺晓燕,他从不接纳异性做自己的情人,更不能同她去做交换,那样做,他如何对得起九泉下的贺振?

他终于将面前的诱惑驱逐出了脑海。于是面对几乎赤裸着玉体的贺晓燕,缓缓地背过了身子。

杨先生!

他听见贺晓燕继续用那种乞求和怨恨的语调责问他:你为什么一直这样对待我呢?你为什么对我好,却又不愿意和我真正地好上一回呢?你说,你给我说呀!

他没有回身,生怕看到面前这具鲜活的躯体后改变了主意。

他听见身后的贺晓燕从沙发上站起来了。

他相信这个女人正不顾一切地向他扑来。

他于是猛地转过了身体。

贺晓燕以为他要迎候她了，却没有想到他十分恼怒也十分威严地瞪着她，那神色，一下子将贺晓燕吓呆了，竟呆呆地站在了他的面前。

我是总经理，你是我的下属和职员！

贺晓燕一听到这话就害怕了。

她猛地想到了那个将她炒了鱿鱼的巴黎法国佬，心里顿时乱成了一团。她是怀着必胜的信心推开杨儒荫的房门的，想不到世界上竟有这样的男人，面对她的肉体而拒之千里。她真的害怕了，心想：也许这个男人的下一句话，就是宣布让我离开公司，去别处另谋高就的决定呢！

她的身体，竟微微颤抖了起来。

贺晓燕的神色和突然颤抖起来的身体，让杨儒荫心软了，不由得收回了自己的怒气。他开始用另一种语气，对面前这位下属开始了劝说：

你只要好好干，你的位置还会不断地得到提升，你还年轻，还要结婚、成家，你不能也不该放纵自己。你放心，对你今晚的无礼，我不会责怪你也不会为此而为难你的，但这必须是最后一次！你还要记住，我们在巴黎那个房间里的事，对你，对我而言，都是应该忘记的历史，而且是永远也不会重复的一页历史了！

他在说这番话时，看见贺晓燕下意识地拢住了几乎敞开着的睡衣。惊慌失措的神情，也渐渐趋于平静。

你听明白了吗？他又问。

贺晓燕点点头，默默地转身离去。

从那一次以后，贺晓燕工作得依旧很好，一直没有再表现出对他的那种意思。他真希望她好，就在今天下午，在他对她委派了去龙城的一切任务后，他还说了一些鼓励她的话，作为杨氏集团的派出项目经理，他希望她注意自己的形象和集团的形象。

形象，你知道这两个字的全部含义吗？他问她。

她说，我知道我的形象与公司有关，我一定努力工作。

他没有再多说什么。

杨儒荫委任贺晓燕去龙城，是执行了父亲的意见。他并没有对贺晓燕透露这个意思。如果按他的想法，那要派别人去。贺晓燕的父亲曾是龙城的市委书记，仅就这一点，对贺晓燕在龙城的工作，就可能是利弊各半。贺晓燕却没有杨儒荫想得那么多。她先是感到一阵惊喜，对她，这分明是一个重任。她将带着两个亿的港币回到龙城，且是支配这两个亿的项目经理，那将是一种怎样令人无法想象的荣归呀！她只想总经理选中她是因为她来自龙城，只会如此，岂有别的原因？她在那次几乎赤身裸体地被总经理当面教训完之后，也曾害怕过，怕眼下这个从天上掉下来的好位置丢掉。事后一切如故，总经理不但没有对她表现出什么，还委派了她这么一个重任，她便想，一定是自己的父亲当年对总经理有过什么好处。她的思维早已形成一种自己的定势。这个世界，没有交换就没有一切，经过交换就能获得一切。从法国来到香港，被总经理安排下来后，她断断续续听到同仁们讲到过总经理的些许往事。并没有更多的内容，有一条是说总经理小时候，曾被父亲送到大陆龙城读过书，为何如此？总经理在龙城什么学校待了几年？同仁们又说不明白。她不想弄清为什么了，管他呢，反正那阵子父亲是龙城的市委书记，要不是父亲当年对总经理有过好处的话，总经理怎么能收留我，且对我这么好呢？交换，只有交换才能说明这一切。我的父亲早死了，他欠我父亲的债，让我来接受又有何不好？至于父亲究竟给过他什么好处？他不想说，那就由他去吧！

　　思维至此，坐在写字台后面的贺晓燕便笑了。

　　生前没给我带来过什么好处的父亲，却在死后多年，给我带来了眼下的好处，我怎么能不好好地再抓住这个人生的机遇呢？贺晓燕顺着方才的思维继续往下想，便觉得她十分幸运。她能坐在香港这座高层楼房的写字间里，在一个海外颇有影响的集团里做高级职员，领取一份在内地绝不敢想象的丰额薪金，并且将以海外商人的身份重赴大陆代表总经理去做业务，放在几年前，怎么能想到呢？窗外高高的楼群，还有那如陷在深谷谷底的马路，以及马路上挤在人行道上川流不息的人们，顿时让贺晓燕产生了一种自己正高居于芸芸众生之上的感觉。

即便在香港,在这个荟萃财富也充满竞争的地方,我也会用超人的速度获得成功的!

她在心里暗暗为自己鼓劲。

她以前可从来没有过这种感觉。

现在,贺晓燕期盼快点下班。她要将自己的喜事和目前的这种感觉,在下班后快点倾诉给姐姐听。

11

自从贺晓燕来到香港,住到属于姐姐的那套公寓里以后,她才真正认识了那位名不正言不顺的"姐夫"。那"姐夫"有时来香港住上几天,对"妻子"让妹妹与她同住并未反感。一来他不愿因自己的"家"里住上"小姨子"显出不高兴来,让自个儿的心肝宝贝贺晓春生气;二来有了这位"小姨子"陪伴贺晓春,他对远离自己的这个年轻女人也就更为放心。有妹妹在一起,你贺晓春就是春心萌动,怕也不敢将别的什么野男人领回来。

贺晓燕也充分利用了姐姐的公司。"姐夫"给姐姐留在香港的那个艺术精品开发有限公司,本来没有多赚钱的意思,无非是想让贺晓春有点事做,排除寂寞。可由于妹妹的原因,贺晓春的这个小公司,倒一下子有了许多可观的业务。杨氏集团的生意圈极大,和世界各地大小集团或公司的业务往来甚多。礼尚往来是商界的本分,在杨氏集团,每年的礼品支出便可高达几百万元。贺晓燕是总经理办公室的秘书,按总经理的意图定做种种礼品是最正常也最本分的业务。在巴黎公然捞回扣的教训太深,姐姐正好办着一个对口的公司,这笔业务,贺晓燕便常常关照了姐姐。这种关照让贺晓春的公司有了固定的财源,按姐妹俩的协定,利润对半分,对杨氏集团来讲,贺晓燕没有任何越轨行为,她通过姐姐从杨氏集团变相拿到的好处,既方便又保险。

"姐夫"生得又瘦又矮又苍老,贺晓燕背后就叫他"大马猴"。"姐夫"常年不在,她当着姐姐的面,提到姐姐的这个男人时就是这么个叫法。以前在龙城时,听说姐姐在香港找了个男人,她还真为姐姐暗中高兴过。父亲对姐姐的行为不高兴,不知生了多少气,她也不知为这事替姐姐说话,顶撞了父亲多少次。那时,她曾叫姐姐寄回张照片来,也好让她和老父亲认认人。偏姐姐就是不寄。没正经结婚呢,还是同居呢,她就以这个理由解释姐姐不寄照片的原因。她有时在心里描摹自己未来的白马王子时,也想到了姐姐的这个男人,为这个她尚未见过面的男人勾画出许许多多的影像。姐姐看中的男人,一定坏不了。年纪大些不要紧,有钱,有地位,有风度就行。一个少妇,陪一位风度翩翩的白发长者,也真是一副绝美的人生景致呢!真没有想到她后来见到的这个"姐夫",却与她想象中的那个男人差异太大,大到没有一丝可重叠的部分。她真恨姐姐不成气,为了钱财,总不能一点儿也不顾人才了吧!天底下那么多男人,怎么就选了这么一个"大马猴"?

那次"大马猴"从香港返回伦敦后,贺晓燕就对姐姐说,你这一辈子,真的就跟上这么个人了?

姐姐叹口气说,也怕是我的命呢。

妹妹又说,他那个老婆说是不行了不行了,怎么就是死不了?

姐姐说,我也打听过,那女人有病是真的,她还有一口气,我就只好等着呗。都和人家算是过到一起了,人家对我也不错,就走一步说一步吧。

听了姐姐的话,贺晓燕连声叹气,说姐姐你也是一表人才呢,真是自个儿委屈了自个儿了。

姐姐叹口气说,认命吧。

她又低声问姐姐说,你真的就这一个男人?

姐姐说,你都和我住在一起了,我要是还有别的男人,瞒你说的那个"大马猴"可以,还能瞒过你?

那阵子,贺晓春还真是没有别的男人呢。

远在伦敦的"大马猴"决然没有想到,正是在"小姨子"的陪伴下,他的"老婆"贺晓春,后来就把一个男人领回来了,且领到了原本属于他和贺晓春的那张床上。

那是今年春末发生的事情。

当时贺晓燕要去广州出差,替杨氏集团与广州几家大公司处理一批业务。贺晓春就把公司的事儿安顿给下面的雇员,陪着妹妹一道来到广州,妹妹有事要干,她却是来散散心。

姐妹二人住进了白天鹅宾馆。

妹妹的事儿挺忙的,白天晚上不得闲。

姐姐无事,原本就是想轻松几天,便约了几个当初在广州认识的朋友,进酒楼,下舞厅,玩得十分痛快。

有天晚上,极偶然的机会,贺晓春便认识了李小海。

与朋友们在一家舞厅玩,在几位朋友中,有一位生面孔。朋友给她介绍,说这位李老板是从龙城来的,舞跳得极好。那李老板当即恭恭敬敬给她递上一张名片,她便从名片上知道了这位长相极帅气的小伙子叫李小海,且是诗人、书法家、画家、雕塑家。贺晓春也是念过大学的人,只是到广州打工后,和商界的各类人物接触多了,和文化圈里的人渐渐便没有了来往。看到那么帅气的小伙子名片上这四个头衔,对李小海先就有了几分好感。李小海又是标准的北方人形象,别的不说,仅那宽宽的肩膀和高高的个头,与那几位广州本地生本地长的男士朋友相比,便更让贺晓春看他如鹤立鸡群一般。更因为这个李小海又来自龙城,她的心中对这个小伙子的几分好感中,又平添了几分亲切。偏她又一时弄不清李小海名片上第二种头衔里,那个什么摩崖石刻委员会是个什么机构,于是在对李小海的好感和亲切中,还增加了些许神秘。

李小海在与贺晓春相识后相对一笑的眼神中,便看出了这位穿着讲究且气质高雅的女人,对他有一种靠第六感觉传递而来的亲近。凭着这种感觉,他在乐曲声一起就彬彬有礼地去邀请贺晓春,将这位女士带进了舞池中。邀请是彬彬有礼的,而进入舞池后他却拥紧了贺晓春,搭在贺晓春后背上的那只手,迫使这女人的双乳,紧紧地贴到了他的前胸上。

贺小姐,你是我遇到的最好的舞伴,不知为什么,我觉得有许多许多的话想和你说。朋友们已经告诉我了,说你也是龙城人,我真为龙城能出你这样的精英女士而自豪,更为我们的相识后一见如故而高兴。你说,你有没有这种感觉?

她点点头。

李小海又说，贺小姐，我是搞艺术的，可我方才一看见你，就觉得天底下所有的艺术品，全变得黯然失色了。面对你这个天地造化成的艺术品，我真怀疑我以后还能不能再提起搞艺术的勇气来？

"大马猴"可从来不会这么赞美她。

李老板太过奖了，她说。

不，不，在你面前，我怎么敢称老板呢！你就叫我小海吧，我永远永远是向着你潮汐奔涌的一汪小海。

可惜，我现在除了写合同，看股票行情，已经不再写什么文章，不再看什么书了。贺晓春说的是真心话，面对李小海头上那些艺术家的帽子，她有一种羡慕，也有一种失落。

不。一件真正的艺术品不仅仅是外形，还包含着一种内在的神韵。

贺晓春静静地听着。

你的神韵在你本身内在的气质。李小海开始喋喋不休，让自己的胸膛轻摩着她的双乳，用一种最动听最美丽的语言，把一支支赞歌和一首首赞美诗，献给了怀里的这个女人。

这个晚上，李小海就没有让别的朋友再和贺晓春跳一次，他几乎垄断了朋友们给他介绍的这位香港女士。在一次次胸脯紧贴胸脯的轻歌曼舞中，在一回回伴着轻歌曼舞的互诉衷肠中，贺晓春已经了解了李小海那个委员会的含义，并且愉快地答应了担任他的海外总代理。而李小海也弄清了他最希望弄清的问题，那就是这个女人的那位先生，是一位英国籍的华人。仅这一条，他就觉得这个女人对他大有用处。

舞会散场时，李小海执意要替他的朋友们送一送贺晓春。在当地朋友们的告别声中，李小海拦住一辆出租轿车，先请贺晓春坐进后座，然后自己也一侧身子，不但坐到车内，且和贺晓春紧紧地挤在一起，那样子，一定让出租车司机认定了这是一对恋人。司机问明了去处，沿着珠江边那条直通白天鹅宾馆的专用立体公路，将车一直开到了宾馆的门前。当宾馆门前的服务生替他们打开车门时，李小海跳出车外，又向贺晓春伸出了一只胳膊，挽住了钻出小车的这位香港女士。他甚至没有征求一下贺晓春的意见，就随着贺晓春走入宾馆，且挽着贺晓春双双进入了电梯。隔壁贺晓燕的屋门紧闭着，天晓得她是还没有回来呢？还是已经回来睡下了呢？贺晓春没有惊动自个儿的妹妹，她打开了自己的房门。她很想和李小海再聊聊，晚上跳舞时和这个小伙子聊了那么多，可依然觉得有很多话没有聊完。她在广州时，朋友圈里并没有同乡。定居香港后，在那种除却物质享受外，显出孤寂而又无事可做的日子里，她常常在心底泛起一种思乡之情。今晚李小海的突然出现，让她埋在心底的思乡之情突然萌发。不论是关于龙城的什么话题，在这个小伙子口中，都显得那么新鲜，那么让她愿意听下去。她并没有请身边的李小海进屋，李小海却跟着她，走进了她住的这间屋子。

这么晚了，还劳你送我回来，小海，我真不知该怎么谢你呢？她想对李小海表示一下。

李小海笑笑说，相见恨晚，我巴不得和你再聊上一个通宵呢。只是我怕贺小姐今儿玩得尽兴，有点儿累了。

我是有点儿累了，不过有你陪我聊天，那点儿累，倒真不知跑到哪儿去了呢。

李小海猛地俯下了身子，伸出双手，捧住了贺晓春的脸，这闪电般的动作让贺晓春猝不及防，想躲，但她的脸已被那两只手牢牢地捧定。李小海的嘴紧接着落到了她的嘴上。两只手松开了，顺势将贺晓春一把抱了起来。贺晓春还想躲避，那只是刹那间的想法。刹那间过去，她便如面鱼般地进入了李小海的怀中。在李小海的怀里，贺晓春感到这男人十分有力。

在她的那位"大马猴"怀里，她从没有过眼下这种感觉。

紧紧地抱着她的这个小伙子那般强健，她似在云海中沉浮，似在朦胧中旋转，似在一种新的爱海爱涛中接受新的洗礼。

"大马猴"决然没有如此的力气，也决然没有如此的勇猛。

她的心悬起来了，悬得令她在胆怯中又充满了愉悦和快感。

她不知何时被李小海放到了床上。她不知道世上竟有如此能令她兴奋异常的男人。与"大马猴"那种机械的、短暂的做爱相比，她第一次尝到了长时间的、一阵儿高于一阵儿的进攻。她开始陷入了被男人征服后忘我的那种境界。"大马猴"是微风和细雨，而现在摆布着她的这个男人是暴风和骤雨。"大马猴"是乞求她的爱，即便在他掀动的微风和细雨中，她感到他也是在乞求和等待着她的爱。这个男人不是。他用暴风和骤雨掀动了她那爱的风帆，在爱欲中他让她不停地死去活来。他不等待她，他在一次一次地调动她，给予她，或让她高卧于爱之峰巅，或让她跪伏于爱之沙丘，或让她两腿直插云端，或让她双臂拨动浪花。在不间断的死去和活来之后，贺晓春终于用双臂紧紧地搂住了这个欲离她而去的男人。

她太需要他了。她现在一点也不想让他离她而去了。

要是"大马猴"，这时会喘如老牛。可现在这个男人知道贺晓春还在期盼什么。李小海再次如鼓足风帆的航船，冲向了贺晓春向他裸露着的港湾。高耸的桅杆不倒，航船的动力不减，贺晓春在自己的港湾中沉没了，她呼唤着，呻吟着，让李小海长久地与她交融于一起。

第二天早上，在贺晓燕约姐姐一道去吃早茶时，在姐姐的房间里，她结识了李小海。聪明的妹妹从姐姐的脸上，立刻明白了昨晚上姐姐和这个男人所做的一切。她审视了一下李小海，相信这个高大的靓仔，一定让姐姐尝到了"大马猴"没有能力给予姐姐的甜头。在一道去吃早茶的路上，贺晓燕就一口一个小海长小海短地接纳了姐姐这位朋友。

贺晓燕在广州还有许多事要办。她忙，她的姐姐和李小海也忙。在以后的几天中，妹妹索性不再打扰姐姐，无论早出还是晚归，再不进姐姐那间客房。几天后，姐姐主动来找她，告她说已托人给李小海办妥了一张临时过境签证，要先行回香港，再陪李小海好好在香港玩玩。等妹妹从广州办完公务回到香港时，贺晓春刚刚把李小海送回了大陆。

怎么能让"小姐夫"这么快就走了呢？她和姐姐开着玩笑。

小心我撕烂你的嘴。姐姐笑着骂她。

她便再次替姐姐惋惜说，可惜离得太远了呀，牛郎织女，鹊桥相会，相见时难别也难，小心姐姐你愁肠万般，梦断相思路呀……

贺晓春当真举起手来，要去撕妹妹的嘴，姐妹两个便笑着，互相胳肢着,抱成了一团。

贺晓春在龙城搁着个李小海,这个周末听妹妹回来说,要以杨氏集团龙城投资项目经理的身份回龙城,她比妹妹还要高兴。便急着问妹妹何时起程。

妹妹就笑着说,那个李小海不是让你当他的什么海外总代理吗?这一次,你跟我一道去不就得了?

我跟你一道去?

贺晓燕便说,我现在手里替总经理拿着四个亿呢,你是我姐姐,你怎么就不想想这个优势?在龙山给我们总经理塑什么摩崖石刻,那种事儿我是不敢做主,天晓得我们总经理想到他死后往哪儿埋来没有。可要支出些正常的广告费用,几十万的个事情,平时我承办时都不用请示,现在手里有了这么个权,还不是顺顺当当的事儿?

贺晓燕在广州和李小海短短的接触中,也听李小海说过他那个什么委员会和办什么杂志的计划。当时并没有多想啥,可现在,这不正是自个儿的姐姐可以做点文章的机会吗?

贺晓春被点开窍了,说,你是说我给李小海的杂志拉广告?

贺晓燕点点头说,咱得说明白,我可不认他李小海,除非你能甩掉你那位"大马猴",把李小海娶到香港来做你的老公。

贺晓春急了,说,你又胡说八道个啥呀?

贺晓燕说,你听着呀!要是让李小海直接对了我,我给他出了广告费,又从他那里拿回扣,事情叫我们总经理知道了,不把我炒了鱿鱼?李小海那个人呀,我看一张嘴巴蛮好的,怕就是走风漏气地合不严呢。

那好办呀,我是他的总代理,全走我的账不就得了?

贺晓燕见姐姐明白了,又说,我往出打钱时,打得多点,你往下扣时,扣得狠些,大陆上李小海那样的小老板,胃口本来也不大,给他点甜头就行了。这种生意,是只赚不赔的好买卖,你是中间人,你不陪我走一趟,能行?

贺晓春说,你放心,赚下的,咱俩还是一人一半。

贺晓燕乐了,说我不放心别人吧,还不放心自家的亲姐姐?

贺晓春又想到李小海说过,他们那个什么委员会要办的《龙族》杂志,要介绍一个海外大老板,跟人家要了广告费,杂志就要拿出很大的篇幅来介绍人家的。便问妹妹说,我这个中介人好当,可人家要介绍你们总经理,还要全面介绍杨氏集团,问我情况,我又说不出个子丑寅卯,不还得向你采访?你要说不全,人家要找你们总经理,会不会给你添麻烦?

贺晓燕哈哈大笑。

姐姐忙问,你笑啥?

妹妹说,我办公室里,香港的那些报纸上、杂志上,写杨氏集团的文章、采访我们总经理的文章,多着哩。走时我不会剪上些报纸杂志带上?我那"小姐夫"要写,让他照上葫芦画瓢去呗!

贺晓春说,只是到了那边,你可不要成天价"大马猴"长呀,"小姐夫"短呀的,让我的脸没处放。

贺晓燕说,姐姐看你说到哪里去了?我也是见过世面的人,还能不分场合地乱说?我倒是想提醒你呢,到了龙城,不要一见了我那"小姐夫",你就又云天雾地的啥也听上他的,不按咱们今儿商量好的办了。你要真那样,就是说破天,我也不会答应用广告费资助他李小海的!

这话可说绝了。

好在贺晓春深深了解妹妹的脾性,也不介意。

在这姐妹俩中,要说厉害,还是妹妹厉害,正如妹妹心里对姐姐的评价一样,贺晓春总想吃现成的,有时就急功近利,就感情用事。可妹妹的心计就比姐姐多,办事情也灵活得多。对妹妹来说,交换是原则,而这个原则的实现又必须是她自己能得到最大的好处。如果是她遇上李小海,在没有达成交换的原则和共识之前,或者说在没有判明这个男人确实能给自己带来好处之前,怎么能轻而易举地和他上床呢?感情?感情几分钱一斤?感情值个屁!

第二天,姐妹俩就去预定了直飞龙城的机票。

她俩是近年来从龙城出去的,知道国庆节前,龙城行政部门的事儿多。按她们的要求,航空售票处给她们留下了十月份第一趟班机的机票。

第四章

12

　　龙山乡已正式被龙城市市委市政府确定为一个新开发区,龙山乡的女乡长被任命为开发区的副总指挥。当事人温玉倩,是所有的副总指挥中,最后一个看到这个文件的人。

　　早上一上班,温玉倩就接到区委的电话,让她赶快到区上去,说有重要的事儿。她问是啥事,办公室那部老式手摇电话就开始嗡嗡响,这早该淘汰的玩意儿,总是在说话说到重要的时候就嗡嗡响,她说的话对方听不清楚,对方的话她也听不清楚了。温玉倩撂下电话,就想到了在区上医院住院的乡党委老书记。莫非……她实在不敢往下想了。龙山乡到市里不通公共汽车,到区上也不通公共汽车。温玉倩怕误了事,出门拦了一辆老百姓拉片石的拖拉机,搭顺路车赶到了区上。她没有去区委,而是风尘仆仆地直奔区医院。还好,乡党委老书记躺在病床上没事儿,她才呼哧呼哧地喘了口气。

　　是区委叫你来的吧?

　　老书记问她,挣扎着要坐起来。温玉倩忙按住他,一边点头,一边让他躺着说话。

你是不是还没去区委呀？老书记又问。

温玉倩说，也没听清是有啥急事，我还当是你……

老书记便哈哈大笑说，闹了半天，你当是我不行了，让你来帮我家属处理后事来了对不对？咱们乡要再不换程控电话，以后保不住还会在电话里来回打岔，闹啥的笑话呢！

看来老书记的情绪还好，只是说着说着便又喘了起来。

喘定，他才告诉温玉倩区上让她来的原因。先说了龙山乡要搞开发区，又说了温玉倩要当开发区副总指挥的事儿。这事儿来得突然，温玉倩一时觉得不可置信。

好事儿呀！真是天大的好事儿呀！乡党委老书记感叹着，又说，你甭看我躺在这儿，比坐在咱们乡里，各种信息要灵得多呢。修通龙山公路真是个好起点，再往后呀，咱龙山乡不定要多红火哩！

乡党委老书记的病没有减轻，但情绪很好。他说他的病没啥，既来之则安之，听医生的话再治上一段，乡里的工作，实在帮不上忙了。说着，就催温玉倩快去区委，不要误了工作上的事儿。

这事儿看来是真的，没听到准信儿，老书记从不会和她乱说。温玉倩又劝慰了老书记几句，让他安心看病，才离开了医院。

她在区委书记的办公室里，这才看到了由市委和市政府联合下达的那份文件。副总指挥的名单中，最后一名是温玉倩，是她，白纸黑字，一点没错。两个显示出权力和威严的大红印章，确定了她新的身份。区委书记还告诉她，明天上午八点整，由副市长兼龙山开发区总指挥程国庆负责，在市政府小会议室召开龙山开发区总指挥部第一次工作会议，让她不要误了这个重要的会议。

区委书记一边介绍情况，一边不断地鼓励着龙山乡的女乡长。而龙山乡的女乡长一边听区委书记的种种指示性谈话，一边却在想：明儿的会不能误，可我怎么进城哟？

女乡长想的不能不说是一个最实际的问题。龙山公路是通了，但还没有通公共汽车;走这条油路,是比原先那不断翻沟过山,毛驴才能走的路要好走多了,可龙山乡是全区唯一没有汽车的穷乡,原先有车也派不上用场呀!明天去龙城市里开会,从龙山湾沿着新公路走到通公共汽车的旧公路上,怕就得走三个小时呢,万一等公共汽车时间一长,第一次开这么重要的会岂不是迟到了?她本想向区委借部旧吉普车,想了想,这话还是没有开口。自个儿刚刚当上个由市领导牵头的副总指挥,就跟区委书记要车坐,叫人家领导怎么看自个儿呢?你说是怕误了开会,领导还说你一下子就摆起架子来了呢!还是自个儿想办法吧。明儿和市领导说说,保不住公共汽车很快就能通了呢。

平时来区上的次数也不多,明儿要去市里呢,开罢会,她还想抽空看看女儿小红去,得给女儿买点东西才成。市里有的是大商店,但她怕没有时间去商店,还是趁今儿到了区上,提前买下好。区委所在地是龙城市郊的一个大镇,商店也有好几家。温玉倩不去逛镇里的小摊,挑一家国营大商店,进去转了一圈,买了一条大红色的羊毛围巾。冬买单,夏买棉,这样同样的货就能便宜些,温玉倩就是这种观念。过日子,里里外外都要往出省才能过好。装好毛围巾,拣处干净些的小吃摊,吃了两碗西红柿炸酱面,然后到路口,又是拦了一辆老百姓拉片石的拖拉机搭个顺车,返回了龙山湾。

已过了下午上班的时间,她没有先回家,直接回到了乡政府。虽说是个穷乡、小乡,但其他乡里有的机构这里也有。干部缺,种种战线上有的就没有专职干部而只有兼职的干部。这样也好,人不多,开会也不用去会议室。女乡长马上召开了一个紧急会议,副乡长,工青妇的头头,派出所所长,还有其他各部门的负责人,倒也把她的办公室挤得满满的。温玉倩没有说自己头上那个新的职务,只是把市里在龙山乡搞开发区的决定告诉了大家,让大家对今后的工作加重些紧迫感。又说明儿她要去市里开会,请各位从现在开始就动动脑筋,看在这种新形势下怎么才能适应时代的要求。乡长带回来的消息太好了,乡里的干部们一个个听了都咧开嘴笑,大伙儿的情绪,反过来也感染了温玉倩。

开罢会,她就赶紧回家。明儿要去市里开重要的会,她得准备准备。

王九斤正在小院里晒枣，一处扫得干干净净的地面上，正被主人铺满新打的枣儿。那一地枣红色，给这小院里又添了一份农家的景观。

温玉倩一进院门，就走到蹲在地上摆弄红枣的丈夫身后，双手托住丈夫的肩膀嚷道：我明儿要去市里呢，你想想，咱还给红儿捎点啥？

王九斤回过头来问，你要去市里？要去看咱红儿？

温玉倩点点头，也蹲到丈夫身边，又说，是要去开会，顺便去看看咱们的红儿。

听说是去开会，王九斤就不再多问了。

你怎么就不问问我是去开啥的会呀？怎么就不问问我从区上带回啥好消息来了呀？

王九斤憨憨一笑，还是没说话。

你说话呀！

见妻子追问，王九斤只好开口说，你现在是乡长，是公家的人，成天要给公家办事哩，我是个老百姓，公家的事，不好多打听。

温玉倩说，你呀，我这个乡长，整天干的又不是啥机密事儿，还怕你打听呀？我告诉你，咱龙山乡成了市里的一个开发区了，开发区就是特区，就好比深圳一样，以后呀，咱龙山湾就是龙城市的小深圳哩。

王九斤只是听，没吭声儿。

还有呢。温玉倩又对丈夫说，有件事，我还没有和乡里的干部们说呢，先让你高兴高兴，市里让我当这开发区总指挥部的副总指挥呢，咱们乡成了开发区我高兴，可让我干这副总指挥，我心里真有点发毛，怕干不好呢。

王九斤有些吃惊了，问：那副总指挥，是不是比乡长的官儿还大？

温玉倩说，要论担子的分量，论工作上的责任，我看都比这乡长要重，要大。

王九斤几乎是脱口就问，这么说，你是要调到区上？还是调到龙城？

温玉倩哈哈笑道，你呀，我这个副总指挥，是个兼职，不会调走的，就是调走，我把你也带走不就得了？

王九斤忙摇头说，我不走，我可不走。

作为妻子,温玉倩立刻听出丈夫的话中有几分难言的伤感。她不想再提这个话题了,起身说,我去找几件衣服,咱们今晚早点吃饭,早点休息,明儿得赶早上路才行,要不,怕误了开会呢。晚饭后,你帮我去串上几家,看谁家的拖拉机一早去送片石,也好说定了搭个顺路车。

王九斤没有说话,开始埋头一颗一颗地挑起地上的红枣儿来。

晚饭时,王九斤从门外提回一个大提包,对妻子说,明儿把这包枣儿给咱红儿带上吧,全是我一个个挑出来的。

温玉倩说,城里也有卖枣儿的,是不是就——

王九斤马上打断了她的话说,卖的归卖的,可这是我一颗颗给咱红儿挑出来的!

那是一种不容置疑和回绝的口气。

王九斤从来不用这种口气和他的妻子说话,这种口气让温玉倩有些吃惊。她本来是考虑到自己开罢会才能去看女儿的,带上这么一包红枣儿,开会时往哪儿搁?刚才那说法,不过是个托词。听了丈夫用那种口气坚持要她给女儿带这包红枣,她不能再回拒丈夫。那一颗颗红枣是丈夫对女儿的一颗颗心意,怎么能不答应替丈夫带去这些心意呢?温玉倩没有再多说什么,起身将那包红枣放到了门口的小柜顶上,那小柜顶上放着她准备好的一个小皮提包,里面有圆珠笔和工作笔记本,还有她为女儿买的那条红羊毛围巾。

今儿从区上得到龙山乡要成为开发区的消息,对温玉倩来说,比市里让她当那个副总指挥还要高兴。吃晚饭时,她真想把心里的高兴和丈夫再好好聊聊。自打把自己的命运和这个男人连在一起后,他分享过她的多少痛苦和幸福啊!可今儿,她觉得自打从区上回来,丈夫对她的话题就一直没有表现出与她同样的高兴来。即便是吃饭中间听她说话,也没有反应,只是埋头吃,似聋子一般。

你怎么了?吃过饭,她问丈夫。

丈夫说,没啥。

她去洗碗,丈夫就蹲在外间地上抽旱烟。

她都洗完碗了,他还在那儿蹲着抽旱烟。

她说,你该去串个门了,帮我看看谁家的拖拉机早走。

他还是蹲着,说算了吧。

她问他,是不是身子不舒服?

他摇摇头说,不用去麻烦别人了。

那我——她有些急了,心想,这种求人的事儿,不该让他去,是该我去才对。

不料王九斤却说,明儿我赶牛送你。

她真没想到丈夫打的是这主意。

明儿一早我叫你,啥事也误不了的。王九斤说着,起身将暖水瓶里的水倒在脸盆里,把脸盆端到妻子面前说,你快洗一洗,早些去睡吧。

那脸盆里的热水冒出来的一股股热气,直热到了温玉倩的心口里。

第二天一早,村里还没有传出第一声鸡叫,温玉倩就被丈夫推醒了。她起床洗梳完,王九斤就将一碗热气腾腾的荷包鸡蛋面端到了她的面前。

你吃过了?她问。

他点点头,先出了门。

王九斤将自家那头黄犍牛牵出牛棚,在牛背上搭上一条褥子,在褥子上又搭上一条毛毯,默默地等着妻子。天色还黑着,满天的星星眨着眼,山外的晨曦还没有出现。温玉倩跟着丈夫出了院门,丈夫把院门一锁,拍拍牛背,让妻子坐上去。温玉倩托住丈夫的肩,王九斤双手护住妻子的腰,一用劲,温玉倩就顺势稳当当地坐到了牛背上。王九斤牵着牛,那牛听话地迈着大步,往村外走去。等踏上新修的龙山公路的油路路面,龙山湾的第一声鸡鸣,才在这对夫妇身后划破了暗夜。

这条通往外面世界的油路,过沟绕山,蜿蜒起伏,在这黎明前的静夜中,没有车流,也没有行人。四周的大山和峭壁,伴着牵牛的王九斤,也伴着坐在牛背上的温玉倩。在修这条公路时,温玉倩不知在这山沟山洼里走了多少回,也不知在不断延伸的路面上走了多少回,可同自己的患难丈夫一道,在这条油路上结伴而行,还是第一回。她望着牛头前丈夫那宽宽的后背,一种异样的感情突然在心底升腾而起……

……她正在向奔涌不息的龙河河崖上走去。已经有好几回了,她一个人来到了那高高的崖头上,遥望着山外面的世界,也俯视着崖下奔涌的河水。她依旧渴望着山外面的世界,却明白外面的世界再容不得她了。龙山湾的老百姓们说,龙山湾本来是个风水好的地方啊,只可惜好风水没有了。身后不远处的龙山上,自打那尊救苦救难的观世音菩萨被砍去了脑袋,龙山湾里的好风水就随着菩萨的脑袋而丢失了。不管龙山湾的风水好与坏,她是决计不再留在龙山湾了。这里不属于她,外面的世界也不属于她。既然命运让她从外面的世界来到了这个地方,那么就让龙河水淹没她曾经美好的人生,也同时结束她正蒙受屈辱的人生吧!

可是,结束生命的决心好下,等到要具体实现时,往往又变得犹豫不决。她曾一次次地走向了那个崖头,一次次地临风坐在那个崖头上,可她又一次次地回来,回到了龙山湾的知青点上。

她想死,是为了逃脱人生。

她又不能死,是为了人生的责任。

而人生的责任,又注定了她日后无法逃脱的屈辱,和这种屈辱中更难以承受的责任。

那是怎样的一种难以消解的痛苦啊!

也有好心的老乡和知青劝慰她,她能接受那些好心,却无法想象和接受未来的现实。她总是在逃脱人生的驱使下走向崖头,也总是在人生责任的重压下离开崖头。

每一回都是生与死的碰撞,也是生命在炼狱中的一种熬煎。

不知啥时候,村里那个没爹没妈的王九斤也迷上了她常去的崖头。他是个放牛的,生产队的牛全归他放牧。他是龙山湾最老实的村民,有时去知青点上讨要半盒火柴,或者是半墨水瓶煤油,也十分木讷地不好意思向知青们开口。他晚上要给牛喂料,队里只给了他一盏煤油灯,而没钱给他去打煤油。他也抽烟,却从不像那些精明的村民,总是变着法儿在知青点上，和知青们混支纸烟，好改变一下抽旱烟的滋味，或者跟知青们要点废书废报纸，好供自己裁成纸条儿去卷旱烟。温玉倩和这个老实的光棍汉几乎没有说过什么话。只记得有一次她往队里背大田里割倒的高粱，山路上那捆高粱散了，顺路而过的这个光棍汉帮她重新扎好捆，且自己背了起来。

她感激地看着他。

他却一直干活几乎没有看她一眼。

她跟着他走了几步，说，还是我背吧。

他没言语。

她又说，还是我背吧。

他掂掂腰，她的那捆高粱还在他背上。她的话他似乎听不见，没理她。她急了，竟冲他大声喊：人家跟你说话呢，你没听见？

他于是把牛鞭递给了她，说，你帮我拿上这个。

她便拿着牛鞭，跟着他，他的前面是回村的牛。牛哞哞叫着，她与他却再没有话可说了。

她能记住的，大约就和王九斤说过这么一次话！

王九斤任牛在坡上吃草，一个人坐在崖头上。与她常去的地方不远，也是一个人呆呆地坐着，从没有和她说过一句话。她来了，那男人坐着。她走了，那男人还坐着。她选中了这个地方，是想遥望外面的世界，是想让失去生命力的躯体能顺流而下，离开这个曾给过她欢乐，而现在正用痛苦煎熬她的地方。她有时也想和这个光棍汉说句话，问问他坐在那里在想些什么？可是她终于没有和他去说话。一个女人的苦处，怎么能去向一个与自己毫不相干的男人去诉说呢？何况，一个放牛的，他又能懂得什么？

那天公社又开对敌斗争大会。那个年代，这种会议是比任何会议都重要的会议。各个生产队的"地富反坏右"全被集中到了台前，一个个老老实实被挂上牌子且老老实实地低下了狗头。不老实不行。稍不老实就会遭到被打翻在地，再被踏上一只脚的后果。她也站在台前那挂牌子的行列里。牌子上，大约是为了显示对敌斗争的成果，在"破鞋"的头衔前又加上了一个"大"字。不知是从哪个村子里来的纠察队员，又给她的脖子上吊上了一双破烂的还往外散发着臭气的女人穿过的破鞋。

她便是在这次会后的那个黄昏，再次走上了那个崖头。

她又看到了坐在那里的王九斤，在呆呆地望着远处。

她甚至感到这个男人的无趣和无聊了。一个放牛的，一个从没有到过外面世界的山里人，即便坐在这高处，又能看到什么？又能想到什么？

她于是视这个客观存在的男人为虚无了。

在人生和人生的责任面前，她不得不选择了最后的逃遁。在那一双破鞋散发出的臭气的刺激下，她并没有听见那些口号的内容，和千篇一律式的发言内容，只是想通了人生的责任应该伴随人生，连人生都不想要了，还要为责任牵挂什么？

这一回她没有在崖头坐下。她默默地站在崖头上，闭上了双眼。

她听见了崖下的龙河流水声。

她听见了崖上的山风回旋声。

让风声托起我的灵魂，让河水托起我的躯体，让我永远地离开这个无法容忍我高尚人格的世界吧！

她依旧紧闭双眼，向着崖下猛地纵身而去……

……前面有坡，你坐稳。

牵牛的丈夫回头对妻子说。

晨光让天际成了一片鱼肚白，山巅后，正在往外蒸腾着隐约可见的七彩云霓。温玉倩看见回过头来的丈夫脸上，充满了对她的无限关切。她太熟悉丈夫的这种神情了。

九斤，你猜猜我现在想啥？

坐在牛背上的妻子问丈夫。

王九斤又回头憨憨一笑说，赶路哩，能想啥呢？

你猜猜看嘛，她说。

想咱红儿？

她摇摇头。

想乡里的工作？

她又摇摇头。

是想你那啥的开发区啥的指挥部的事儿吧？

她不再摇头，嘿嘿冲丈夫笑起来。

你到底想啥哩嘛？丈夫问她。

我在想，你那一回要是没有把我从崖头上一把抱住，我没有今天，咱俩也没有红儿这么个让人想起来就心疼的宝贝丫头呢！

看你，这是胡想个啥哩？

说实话，我那时只想红儿呢，真没想到，和你的日子能这么越过越好……

……她记得很清楚，一辈子也不会忘记。

当她纵身向崖下一跃，准备以彻底解脱的方式，解决人生的痛苦和生命责任的负重时，她竟被王九斤拦腰抱住了。她睁开了双眼，不知这个男人啥时会站到了她的身后，更不知这个男人为什么要不许她死。她挣扎，想从这个男人格外有力的臂膀中挣扎出来，结果却被这个男人抱着离开了崖头。她用尽力气了，再次回过头来，这回看到的，就是这个男人脸上那种对她充满无限关切的神色。

从那以后，她在这个男人的脸上，便常常能看到这种神色了。正是这种关切，使她抛掉了死的欲望，也正是在这种关切中，她得到了生命中的再生。而当时，她记得很清楚，她怨恨他，怨恨这个不让她去死的男人。

你为什么不让我死？

他无语。

你为什么要管我的事呀？

他还是无语。

你说呀！你说话呀！

他轻轻地放开了她，让她站到了他的面前。面对他脸上的那种神色，她不再说话了，而开始低下头，嘤嘤地哭泣。

我们是人，再苦，也得活下去。

她听见这个男人在向她说话。

可我——

你别说了，我全知道。以后，我不许别人再欺负你！

她抬起头来，不知为什么，竟猛地伏在这个男人的怀里，号啕大哭起来。她突然觉得，她是太需要找一个人听她如此地号啕大哭一场！心底太多的悲愤和幽怨，在这号啕中获得了释放，而以前，她竟没有权力这样做，也找不到这样一个人让她这样做。她感到这个男人的双手又落到了她的背上，正那般笨拙又那般胆怯地抚摸着她。她继续哭着，哭声随崖上的风飘去，哭声随龙河的水流去。

她终于停止了哭泣，轻轻推开了这个男人，重新坐到崖上。男人也坐到了她的身边，不过，离得她很远。

男人又开口了，还是那句话：我们是人，再苦，也得活下去。

你不懂，你不懂。她冲那男人吼。又说，我是个女人，你知道女人的难处吗？我舍不下我肚里的孩子，我不想死；可我一想到我苦，还得让肚里的孩子跟我苦下去，就想死，一死了之，你懂吗？你不懂！你不懂！

你别说了，我全知道。村里的婆姨们说，看你走路，就知道你有了。就为了这，你更不能死！

她不再说话，呆呆地望着他。她看到的，还是那种诚实的、关切的眼神。他望着她，良久，木讷地说，你，你不能再干重活了，你……你得搬到我的屋里去。

她一下子惊呆了。

她不知道这个男人在想什么。

你要不愿意，就做我妹妹，我做你哥，我有一口饭，就饿不着你。你不能再下地干活了……

接着，她又听到了他那句话：以后，我不许别人再欺负你！

她是不能再干重活了，她是太需要在生活中得到真正的帮助了。她无可选择地答应了这个男人。那以后，这男人果然如保护神一般，使她得到了一个男人真正的保护。再往上翻几代，王九斤也是最革命的红五类。没有人能奈何一个不怕丢掉什么，所以也什么都不怕的光棍汉。

一年后，她终于将自己的命运，完完全全交给了这个值得她尊敬和信赖的男人……

流光溢彩般的霞光，正将山背后的一轮红日渐渐托出了山巅。

王九斤牵着牛，他的妻子坐在牛背上，霞光将新的一天送来了。新修的油路上已经有了车，是那些进山和出山的拖拉机，或装满片石，或装着别的什么东西。路通了，以后的日月，不定还会怎么大变呢。

温玉倩很想和丈夫聊聊。她告诉他，回来时就不用他来接她了，也许能拦上个顺路车呢，就是搭不上顺路车，走这段路也没啥，回家早与晚，又误不了啥大事情，她还告诉他，以后龙山乡成了开发区，外国人都要来呢，龙山湾不定会怎么热闹呢，到那时，老乡们过的日子，和城里人也没啥区别了。她说了许多许多，王九斤只是听，头也不回地听，温玉倩有些不高兴了，冲丈夫说，你怎么不说话呀？

王九斤回头说，我在听着哩。

你在想啥呀？她问。

这回，王九斤没有回头，低声说，我想，我怕是……让你委屈了半辈子，现在，我怕是我配不上你呢。

你呀！刚才还说我胡想个啥哩，你看看你，你这是胡想个啥哩嘛！

王九斤不吭声了。可温玉倩说过这话，心里一下子觉出丈夫方才那话里有话呢。她心里直骂自己，骂自己这一段工作太多，事儿太忙，对自个儿的男人想得太少说得太少，体贴得更是太少了。他那话，不是这阵子才装在肚子里的，早了，怕是很早以前，他肚子里就寻思下这种想法了呢！他是有点儿怕了，怕他配不上我，怕我和他过不到白头到老呢。

这个男人呀！她想。

那是在乡里的党委老书记找她谈话，让她到乡里当妇联主任以后。她回到家，把这事儿告诉了男人。男人半晌没有出声，最后问她说，你点头了？

她说已经答应了。

男人又问说，那以后，你就是公家的干部了？

她说，还得到区里组织部办手续呢，办过了，就是挣公家钱的干部了。

他就说，那好，那好，你本来就该出去当干部的，村里的知青们，全走光了，全到外面干大事去了，就留下个你。唉，怨我，怨我让你受苦了……

她记得当时自个儿就一下子扑到了男人怀里，问他说，你呀，你怎么能这么说话？要不是你……要不是你……

男人却捂住她的嘴，不让她再往下说，她不说了，男人却说，我不拖你的后腿，我只是怕……怕……

她追问男人究竟怕啥，问急了，男人才喃喃说，我是怕我以后配不上你了呢。

她当时就咯咯笑了，笑着抬起头在男人的脸上亲了好几口说，你配不上我了，我就飞呀，飞呀，飞得远远的，让你看也看不见了，逮也逮不着了，气坏你！

她只当是男人和她开玩笑呢，她也那样和男人开了一顿玩笑，男人那句话她压根儿就没有往心里放。

后来她又当乡长了，现在又是啥的副总指挥了，名字在文件上和副市长还有市里的那么些头头脑脑们排在一起呢，男人这时又和她说起这话来了，男人这话是心里话，看来不是啥的玩笑呢！

温玉倩的心里觉得苦，觉得酸，觉得真不是味儿，有一种对不起这个男人的感觉。

她记起来了，自从她去乡里上了班，当上乡妇联主任那天，晚上回家，就见男人把他的铺盖搬到了另一间屋子里。她问他怎么回事？他说晚上要出去喂牛，怕她睡不好，影响了白天上班的事儿呢。对男人这话，她也没有在意。都老来大的人了，夫妻间的那种事儿，又不是和年轻夫妻一般，天天夜里要做。她到了乡里，确实忙起来了，会多，事多，有时晚上回来得也晚，丈夫躺下了，她上炕，丈夫总要醒的。丈夫说是怕影响了她，也许是丈夫因了她晚上常常开会，回来得迟，才搬到另一间屋子去睡呢。自打丈夫搬过去，她不叫他，他从不晚上到她睡的屋里去找她。虽然她叫他时，他依旧过来，依旧认认真真做那种事，让她满足了再离她而去，但现在想起来，她已经很长时间没有和丈夫同床而眠了。他也是个男人呀，我怎么就没有为他想一想呢？我怎么就没有想到他是在躲我呀？温玉倩十分自责，为自己这一段太忙于工作，竟没有发现丈夫心中滋生出的那种自卑感，从而使丈夫心中受了委屈而难过。我还是个女人吗？我怎么能忘了自个儿的男人呢？他有一个我这么鲜活的妻子，可我却让他去另一间屋子里去享受孤独，我怎么能让自个儿的男人心中藏下了不好受，而自个儿竟视而不见呢？

她突然从牛背上一个翻身跳到了公路上。

王九斤吓坏了，忙问她，你怎么了？你这是怎么了？

她走到了男人身边，一伸手揽住了男人的臂膀，身子紧紧依着男人说，我坐累了，就是想下来走走。

你……

王九斤侧过脸来奇怪地看着自个儿的女人。

看啥？她冲男人说，咱俩就和城里的两口一样，手挽着手，一道压压马路吧。

可这……

王九斤为妻子的举动吃了一惊。

她不容丈夫抽出胳膊，紧挽着自个儿的男人说，以后咱龙山湾就要和城里一样热闹了，我和你出来，也这样，看他们谁敢说你配不上我？

一股暖流一下子从王九斤的心底，流遍了全身。

温玉倩就这样和丈夫走着，大步走着，赶到了这条新路和旧路衔接处的市郊长途汽车站。很快，一辆公共汽车就出现在公路尽头。温玉倩让丈夫回去，又爬在男人耳朵上说，你回了家，就把你那铺盖给我搬回咱俩的屋里去！听见没有？你要不搬，我今晚回去也得给你搬过去！

公共汽车过来了，停了，温玉倩跳到车上，又回头对牵着牛的男人吼了一句：我要你办的事儿，你可记住！

是第一班车。车里的客人不多，售票员眨眨眼，大概没有弄清这位赶车的女人，和路边那位牵牛的老汉会有啥事，值得她这么叮嘱。

温玉倩坐的这趟班车开进龙城后,她抬腕看看表,才七点四十分。即将上任的龙山开发区女副总指挥这才放了心。通知说八点开会,她无论如何也能准时赶到。

13

副市长程国庆一干起工作来就风风火火,家中的那点不愉快便全忘在了脑后。

今天,他以副市长和龙山开发区总指挥的身份,要召开总指挥部的第一次工作会议。前些时,程国庆亲自点将,请市里的规划局局长,公交公司经理,电信局局长,房地产开发公司总经理,旅游局局长,文化局局长,商业局局长和城建委副主任,计委副主任等各路诸侯,担任龙山开发区的副总指挥。他没有想到,市委常委会在审批这份名单时,市委书记又提议让龙山乡的女乡长温玉倩,也出任一位副总指挥。文件下来了,程国庆对增加这样一位人物,心里便觉得有些画蛇添足。不是对温玉倩本人,而是对市委书记这种做法。修龙山公路时,他和温玉倩多次打过交道。他很敬佩这位基层女干部的工作能力和工作干劲,可将一个正科级别的干部,和他提名的这些县团级干部们排在一起,他总觉得别扭。别扭归别扭,增加了这么一位副总指挥,足见市委对龙山乡女乡长的信任和重视,程国庆也没有对市委的这个提名表示异议。

遵照程国庆的安排,秘书早就电话通知了各位副总指挥。秘书汇报通知的情况时,问程国庆是不是设法和温玉倩本人再通个气?电话不通,还用不用派个人专门跑一趟?他连声说算了,算了,又说既然和区上说了,就让区上想法子通知她吧。在他看来,这次会即便温玉倩来不了也没啥。只要其他副总指挥到会,不要误了他安排工作就行。

为了开好这个会,他还专门让秘书邀请了两位客人。一位是文联的专业作家曾华,一位是龙城电视台的女记者艾云。曾华为他写过文章,艾云为他拍过专题。以前在部队时,有一条最高指示常挂在嘴上,那就是枪杆子、笔杆子,干革命靠的就是这两杆子。现在是搞经济建设的年代了,有人不重视舆论工作了,可程国庆不。曾华的文章和艾云的电视专题,对他来说，他认为不是够了多了，而是还不够还不多。虽然那次市委书记和市长和他谈话时，提到了电视采访中他的话有些"那个"，但他事后并不以为然。

哼！无非是嫉妒罢了！他这么想，也这么安慰自己。

龙山开发区的工作，程副市长依然要搞得轰轰烈烈。

在这种轰轰烈烈中，他依然需要曾华继续给他写文章，需要艾云继续采访他，让他在电视中露脸。

他需要知名度。这也是一种为自个儿的仕途晋升铺路的方式。市长的位子一旦空下，他要让上上下下都取得共识，递补市长位子的，舍我其谁？

七点五十分时，程国庆第一个来到了市政府的小会议室。

他做梦也没有想到，八点钟准时来到小会议室的，竟是龙山乡的女乡长温玉倩。

程国庆能想到她今儿为了开会，一定起了个大早。他被感动了，亲自给温玉倩倒了一杯开水，端到她面前的茶几上，又指了指她放在地下的那个包，开玩笑地说，路远的先来了，路近的要迟到了，我说温乡长呀，你来开会，怎么鼓鼓囊囊地还带了一个包呀？

温玉倩连声说着谢谢，又指指脚下说，是一包枣。

啊呀呀，咱这会是一杯清茶哟，亏你想得出给大伙儿带来些新枣，来，我先尝尝鲜。

温玉倩便打开包，给程国庆捧了一把红枣，搁到了副市长座位前的茶几上面。其他的副总指挥们，这时正陆陆续续地进来，有的认识龙山乡的这位女乡长，见了红枣，也不多问，自个儿就去她的包里往出拿。有的不认识温玉倩，程国庆就给大伙儿介绍，又说，礼轻人意重，人家温乡长大老远的给大伙儿背来这一包红枣，你们先吃着，聊着，人一到齐，咱马上就开会。

这下可好，王九斤一颗一颗给女儿挑拣出来的一包新枣，顿时成了会上的佳肴。不过，看着大伙儿一个劲地说这枣儿好香好甜，温玉倩的心里反而觉得十分开心。

副总指挥们全到齐了。曾华和艾云也到了。艾云带着摄像机，还带着一名助手。一进来,她就和助手找电源,接插头,准备在会上拍镜头。看看该到的人全到齐了,程国庆便宣布开会。

他先来了一段开场白:

这是龙山开发区总指挥部的第一次工作会议,市委市政府的文件大家一定都见到了,各位都是副总指挥,当然了,除了我们龙城的著名作家和电视台的记者。我请来文化界和新闻界的老朋友,是想让他们在我们开发区的第一次工作会上,就直接介入,这也叫深入生活嘛,未来龙山开发区不定有多少生龙活虎般的生活素材呢,从今天开始,有他们写的,有他们拍的,各位以后可就是他们笔下的人物和镜头前的对象了。我说曾华同志,还有我们的小艾记者呀,你们俩全是无冕之王,我说得对不对呀?

程国庆在别人全不经意间,便把曾华和艾云的位置抬了起来。

曾华便说,我很乐意参加这样的会,龙山公路已经给我提供了一个巨大的生活场景,龙山开发区的兴建,会使我们面对的生活场景更加开阔,作为作家需要深入这样的生活,作为记者,也需要深入这样的生活。艾云,你说呢?

扛着摄像机的艾云忙说,你都说了,我还说啥?

这个会本来是程国庆主持的龙山开发区总指挥部工作会议,到会的除温玉情外,都是市里局一级的干部,可程国庆故意在会议一开始,用这种轻松的气氛,让曾华和艾云能再次感受到他对他们的礼遇。他需要他们,更知道文化人大都恪守士为知己者死的信条。他要让他们感到,自己这个副市长,确确实实是他们的知己,唯如此,才能让他并不管属的文化新闻界的作家和记者,心甘情愿地为他所用。

他便是在这种轻松的气氛中,开始了工作安排。

他讲了市委市政府将龙山乡定为开发区的巨大意义。他说,一个龙城市最偏远最贫穷的地区,由于公路的开通,将变为在龙城未来的经济发展和文化建设中,具有战略意义的一个新的地区,而这个新的地区,将在我们的手里,实现它历史上最巨大的一次嬗变。在这种嬗变中,龙山开发区将会成为我们龙城经济进一步腾飞的龙头,我们,就是这舞龙头的人呀!对我们而言,这是怎样艰巨又光荣的历史使命呀!是我们人生拼搏中,怎样难得的一种为人民建功立业的机遇呀!当然,困难是有的。但在这个会议上,我不听诸位谈困难,我只想请诸位在会后立即拿出措施和行动来。

他的话,一句句都富有鼓动性,到会的每一个副总指挥心里,立即从程副市长的讲话中,感受到了一种使命感,和一种不大显身手则会失去机遇的冲动和力量。

做领导的,最重要的就是组织和调动,让下属义无反顾地去冲锋,程国庆就是有这种本领。

他讲外商将在龙山湾投资,要兴建一座全国最大的橡胶制品厂,为了改善投资环境,继续吸引其他外商加速开发区的建设,目前需要各位副总指挥齐心协力,把开发区的通信建设、交通建设,以及宾馆酒楼舞厅影院等等配套设施的建设,先行列入计划并立即付诸行动搞起来。

富有鼓动性的发言和有条有理的安排,让其他副总指挥们不停地在笔记本上做着记录。这是一场硬仗,程副市长是帅头,他们是将,大战在即,丝毫也不敢有半点松懈。

程国庆没有讲南洋杨氏集团来投资的具体款项。他知道这次会后,关于龙山开发区的消息,会广泛地流传到龙城的每个角落。南洋杨氏集团的代表还没有来,在没有形成有效文件之前,也就是说他和这个投资方没有最后签订协议之前,他不想多讲这号还处在意向阶段的事情。将某种意向宣传出去,一旦有了变化后,别人往往不去想变化的原因,想的却是他程国庆没有办成某件事情。那样,只能形成对他这个副市长形象的损坏。

程国庆的发言快完了,他开始提到了龙山乡。

我们这个指挥部是个实干的班子,级别嘛,就没法子说了。诸位副总们全是县团级的干部,可我们的温玉倩同志是个乡长,官儿没有诸位的大,虽是个正科级,人家却是地主呀,当然,是我们国有土地资源的地主嘛!除了土地,她实际上是个穷地主,我说温玉倩同志,我说你是个穷地主你不生气吧?

温玉倩赶紧说,程副市长说的是事实,通车典礼那天,在座的有不少人去过我们乡,连顿饭也请不起,只好让各位领导到老乡家吃了一顿派饭。

所以嘛,温乡长今天给咱们带来一包大红枣,也算是尽地主之谊吧。程国庆开罢玩笑,又说,我们打仗,总得有在前面冲锋陷阵的,也总得有在后面搞协调搞辅助的,温乡长在这方面,就得多操心啦。要搞开发区,老百姓的利益和国家集体的利益总会发生矛盾,温乡长把这些矛盾解决好了,也就给各位扫清道路了,反过来说,各位都是给龙山乡服务呢,你这一乡之长,以后怕没得清闲觉好睡啦。

众人就笑。温玉倩忙说,以往这么多好事想都不敢想呢,现在盼来了,就我这点能耐,全使上,再累再忙,我心里也乐呢。

到十一点多,龙山开发区总指挥部的第一次工作会议就算是结束了。各位总部指挥全有专车,出了市政府办公大楼,一个个钻进自个儿的小车,屁股后面一冒烟,走了。没专车的,只有一个曾华,一个温玉倩。电视台的记者平时出来就排场,艾云来时又带着摄像机,也坐了一辆小轿车。她和助手把摄像机放到了车里面,看见曾华和温玉倩还站在那里说话,知道这两个是没有专车的主儿,就过去招呼两个人,让他俩坐她的车走。

温玉倩连声道谢,又说她要去看女儿,执意不肯上车。

曾华一旁说,正因为你是去看女儿,这车才能坐,你要是回龙山湾,她艾大记者能专门送你一趟?

艾云便冲曾华说,瞧你,是在激将我吧?温乡长真要回龙山湾,我这就去和司机打个招呼,咱专门跑一趟怎么样?

温玉倩就一把拉住艾云说,可不用,可不用,我这个小乡长,哪儿敢让你专门送一趟呀?

艾云却认真地说,你要真是个局长,你怕是也不用我送,我呢,怕是你想让我送,我还不想送呢。我呀,最讨厌官本位。

曾华附和艾云说,我刚才正和温乡长闲聊,说程副市长在会上,真不该拿她的职务和别人比,什么县团呀,正科呀,说那些干啥?

温玉倩忙说,程副市长说的是实话,我一点也不介意。

艾云一旁说,我拍过程副市长的专题,曾华为他写过文章,这么好个领导干部,潜意识里也有官本位。

曾华说,不仅是潜意识,是存在决定意识。路近的有车,路远的倒没车,一个级别,划出权力范围来可以,可现在权力和享受全混在一起了。

艾云笑道,我说曾大作家,你是发牢骚呢? 还是想发表评论呢?

曾华嘿嘿笑着说,你是无冕之王,我呢,可以叫灵魂工程师呢,多么伟大的称呼,多么重要的职业呀! 别的咱且不说,等人家龙山乡富了,等人家温乡长坐上桑塔纳,我看我还得骑自行车,你呢,除了工作时用用小车,平时上下班,还得和我一个样!

温玉倩说,我可不能和你们比,你们的职业多重要呀。

曾华说,这话我可听得多了。

温玉倩说,我说的可是真心话,培养个乡长局长的,容易,培养个作家记者,难哩。

曾华说,有你温乡长这话,我还真盼望你的官儿越做越大呢。

艾云急了,问两个人说,你俩到底还搭车不搭车了呀?

曾华说,我有自行车,你还是让温乡长坐上走吧。

艾云就问温玉倩女儿在哪里上班? 听说是在市里的社科院,便说,顺路,顺路,我爱人就在社科院上班呢,你快上车吧。

面对热情的艾云,温玉倩恭敬不如从命,过去钻进了小车。

14

在社科院不实行严格的坐班制,王红正在宿舍里看一本海外的华人杂志。都过中午十二点了,她还沉浸在杂志里的一篇美国小说中。小说已经看完,她却瞪着红红的眼睛躺在床上动也不想动。小说中人物的命运在她的心中激起的情感,还在继续揪扯着她。

这部文字并不多的美国小说叫《廊桥遗梦》。

对于这部小说的作者罗伯特·詹姆斯·沃勒先生,王红并不知多少也不想知道多少,但这篇小说她一读就再不能放下。书中那位摄影师罗伯特·金凯和弗洛西丝卡女士之间发生的那场刻骨铭心的婚外恋,深深地打动了刚刚走出大学校园的王红。她为两人的相遇相爱而感动,也为两人终未能成为夫妻,空留下后半生长长的遗恨而惋惜。

温玉倩就是这时推开女儿的房间,进入女儿的单身宿舍的。

起初她甚至吃了一惊,看见女儿眼睛红红的躺在床上,以为是女儿病了。当女儿的也为妈妈的突然到来吃惊,从床上猛地起身,扑进妈妈的怀中,用双手紧紧地搂定了妈妈的脖子。

红儿,想不想妈呀?

女儿说,想,天天想哩。

温玉倩又问女儿,红儿,是不是病了?

王红吻着妈妈的面颊,说,我没病呀? 我怎么能有病呢?

温玉倩推开怀中的女儿,这才伸手捧起了女儿的面孔,仔细地看着,怎么也看不够似的,看着看着就说,还说没病呢? 你的眼睛怎么这么红呀?

那全是因为《廊桥遗梦》,女儿说。

温玉倩没有听明白,打岔说,什么? 你做梦了? 大白天,做啥梦呀?

王红再次扑在母亲怀中咯咯咯地笑个不停了。

你笑啥? 母亲问。

我说的《廊桥遗梦》,是美国人写的一本小说。

你呀,不好好工作,大白天钻在家里看啥的小说呀!

这也是工作呀,涉猎一下当前国外的文学动态,对我的工作没有坏处呀。我们社科院又不是政府,你就是整天坐在办公室里,肚子里没货,就出不来成果,出不来成果,就得淘汰。

温玉倩说,我的女儿怎么会被淘汰呢?

女儿说,当然不会了。

温玉倩又说,你看的那书写了些啥呀? 我以前除了看《红楼梦》流过泪,其他书还没有让我红过眼呢。

女儿说,我一下子也和你说不清,这本书,是对当代美国人爱情生活的一种反省,除了叫人感动,还挺有一种深刻思辨的味儿,能让人引起不少联想,在联想中重新认识生活。

温玉倩说,你别老站着给妈妈上课了好不好? 妈妈大老远地来看你,也不让你妈坐下？

女儿这才发现和妈妈还一直在地下站着呢。

温玉倩坐下后，就给女儿拿出了那条红羊毛围巾。

你围上，让妈看看好不好看？

王红顺手接过那条围巾，却没有往脖子上围，而是又顺手一扔，将围巾扔到了床角。

你不喜欢？温玉倩问。

还不到用围巾的天气呢。再说，城里也不时髦这种特显山气的颜色。

温玉倩的脸上立即露出了一种失望，那是一种自己的爱被女儿不重视甚至遭到否绝后的失望。

聪明的女儿也立即感到自己的话让母亲失望了，急忙又从床角拣过那条围巾来，围在脖子上，又拿起个小镜子照了照，这才将脖子上的围巾拿下来，重新往床角上一扔，用另一种口气说，不过呀，妈妈你给我挑的这条围巾让我一围，倒显得我更深沉了似的。

妈妈知道女儿是哄她呢，又不能再说啥。女儿这么哄她，不就是承认刚才那话和那态度不对了吗？做妈妈的，还能生女儿的气？

你怎么不带爸爸一道来呀？女儿又问。这本是情感中的一句话，问毕，王红又有点后悔了。眼前这么一个人样儿标致，也显得十分年轻的妈妈，身边站上自己那位老爸爸，旁人该怎么看妈妈呀？妈妈总是怕城里人笑话她，才一个人出来的。想到这里就绕开话题说，我都上了班了，都开始挣工资了，以后，你就甭给我乱买东西了。

这回温玉倩倒没有介意。

我是来开会的，还能带你爸？我和你爸说会后我要来看你，你爸忙的，给你一颗颗往出拣新打的枣儿，装了满满一包。

女儿就从妈妈的小提包里翻，却翻出了里面塞着的另一个空包，便问：枣儿呢？

温玉倩就哈哈大笑，就说起一到会上，那包枣儿就叫别人给瓜分一空的情形。王红听了也乐了，说，你倒便宜了那班官僚了，他们倒好口福。

温玉倩顺着话题就讲起了会上的内容,说起了龙山乡成了市里的开发区,说起了程副市长关于开发区工作的种种设想,和在会上的种种布置。王红却对妈妈的这番话题没有生出兴趣,终于打断了妈妈的话。

我说我的妈呀,会上的事儿,你回了你们乡里再传达好不好呀?

温玉倩说,妈是高兴呢,想让你也高兴高兴呢。

女儿一噘嘴说,我都想让你调到城里来工作呢,老在龙山湾当个乡长,有啥意思呀?

温玉倩怔住了。从女儿的这句话中,她感到了女儿心灵上与她的一种陌生感。她还想就这句话和女儿好好谈谈,女儿却起身边换衣服,边对妈妈说,都快十二点四十了,妈,我今儿请你上街好好撮上一顿去。

温玉倩说,食堂还没下班吧,咱俩去食堂就行。

你是怕我没钱请你?

咱母女俩随便吃点就行了,你跟妈摆啥的排场呀?

你看看,咱俩有代沟了是不是? 你大老远来了,我领上你进食堂,同事们见了,一会说我不孝,二会说我抠门儿,你当妈的,是想让我背黑锅呀?

温玉倩这回嘿嘿笑了。

你这张嘴呀! 她说着也起身,跟上女儿走了出去。

王红领着母亲,进了一家门面装潢十分考究的饭店,又要了一个包间,开始点菜。温玉倩再没有说什么,既来之则安之,这顿饭,就随了女儿的意吧。王红果然要了几个高档菜,又要了两听加热咖啡,非要让妈妈和她以这洋饮料代酒,喝个尽兴,吃个尽兴。

小包间里的环境很好,只有母女二人,门一关,这小小的空间,就全部成了母女二人的世界。面对着坐在自己面前的女儿,温玉倩如在欣赏一件人世间最精美最杰出的艺术品,常常忘了吃菜,只是专注地望着女儿。母亲的那种眼神,都让王红有点不自在了。

妈,你怎么了?

我在看你呀。

妈,你吃菜呀!

你长大了,真的,你是长大了。

妈妈继续望着女儿。在女儿那张脸上,妈妈又看到了她十分熟悉的线条、轮廓和难以忘怀的模样。

温玉倩已经好长时间没有见到女儿了。自从女儿上了大学,毕业了,工作了,就如一只离巢的小鸟,飞离了母亲的身边。以往女儿天天守在自己身边,自己天天能见到女儿,作为母亲,竟看不出女儿在长,总感到女儿还没有长大似的。不见的孩子长得快,这话一点儿也不假。好长时间不见女儿了,女儿是长大了。温玉倩在端详自己的女儿时,不由得陷入了一种对久远往事的回忆和沉思。

妈,你说我长得像谁呀?

母亲在女儿提出这个问题时,脱口而出:像你爸,也像我。

不,我就不像我爸!

温玉倩突然一怔。她甚至觉得自己的心猛然打了一个激灵。

她从回忆和沉思中惊醒了。

她看见女儿也在望着她,似乎正欲从她的脸上端详出什么来。

怎么?你不喜欢你的爸爸?她问女儿,那口气是严肃的。

女儿摇摇头。

餐桌上出现了冷寂。

不,妈妈,我爱爸爸,就和爱你一样。

温玉倩提起的心释然了。

妈妈,人们都说女儿像爸爸,儿子像妈妈,女儿恋父,儿子恋母,弗洛伊德的学说就是专门阐述这些问题的。可我,心里是既有恋父情结,又有恋母情结,你说我……

温玉倩便打断了女儿的话说,你又是美国人的小说,又是洋人的学说,你就不怕你妈妈听不懂?

女儿乐了,说,你能听不懂?你是老三届哩,你能听不懂?你要说爸爸他听不懂,还差不多。

听着,我不许你这么说你爸爸。

就是嘛！女儿自有女儿的观点，继续说，我刚才那么说爸爸，并不是我不尊敬爸爸，更不能说我就不喜欢爸爸或者我不爱我的爸爸！承认咱们国家经济还不富裕，还赶不上西方的一些发达国家，就是不爱国？承认我们党在十年动乱中犯了过错，就是反党？妈妈，你可不能为了维护爸爸的尊严，就给我扣帽子呀。

温玉倩笑了，说，你这是哪儿和哪儿的瞎联系呀？

女儿又说，我可不是瞎联系。从情感上说，我爱你和爱爸爸，其深其厚其浓，是没有一丁点儿区别的。我是你们的女儿，是你和爸爸给了我生命，让我来到这个世界，又让我离开了你们，开始要在人世间潇潇洒洒地走一遭了。可从理智上讲，我总觉得……

她不想说下去了。

温玉倩却想弄清女儿的思维，偏催着女儿往下说。

在妈妈的催促下，女儿才用一个女人和女人说话的口气，对温玉倩说，从纯理智的角度而言，妈妈你也是一个女人。一个女人，可能在一种扭曲的时代里，轻率地决定了自己的婚姻，那种婚姻，即便充满了道德，也必然埋藏着不幸，你的丈夫，我的爸爸，也许就是和弗洛西丝卡生活了半辈子的那种男人，假如……

这一回，温玉倩有些生气了。她还没有听懂女儿的后半句话，可前半句她是听懂了。女儿是大了，可大了的女儿怎么能这样来认识她的妈妈和她的爸爸呢？她尽量压制着心中的不快，听女儿讲下去。

假如现在，在妈妈的面前又出现了一个男人，这是一个绝不同于爸爸的男人，你将他的感情点燃了，他也将你的感情引发了，我想，在这些年里，你不是没有遇到过这种男人，而是你在逃避这种男人，怕因此改变了你的人生。我是妈妈的女儿，我看妈妈你如果遇上了这种情况，比弗洛西丝卡还要不幸。

温玉倩必须要弄清楚女儿所说有那个弗洛西丝卡，是个什么玩意儿。要不然，她就是听不明白女儿在说啥。

你那个弗洛……什么什么卡的是个啥意思？她问。

面对妈妈，王红哈哈大笑了。

她开始催妈妈吃菜，用餐。又开始娓娓动听地向妈妈叙述起《廊桥遗梦》中，那对男女主人翁缠绵悱恻的爱情故事。她讲着，讲着，讲到女主人公弗洛西丝卡死后留给儿女们的那份遗书时，她的眼甚至又红了。

这才是最高尚的爱情，也是最遗憾的爱情。王红得出了这样的结论，又问妈妈说，你听明白了吧？妈妈。

不就是一个最简单的婚外恋吗？温玉倩想，这个简单的婚外恋故事，甚至不如我年轻时的那些经历呢！这个女儿，她怎么能把我比作那个什么弗洛什么什么的西卡了呢？她突然笑了，笑女儿的这种比喻。难道说，我的生活中还会出现一个别的什么男人？难道说，在未来的生活中，我还会弃我的王九斤而不顾，再去寻找别的什么男人？

红儿！温玉倩深情地叫了一声女儿的乳名，望着女儿那一汪秋水般的大眼睛说，你爸爸的年龄比起妈妈来，是大了一些；你爸爸的文化比起妈妈来，是低了一些，在过去，那是客观存在。在现在，又多了一层，你妈妈是乡长了，在外面的世界里，比如说，在你的眼里，这职务实在算不得什么。可在咱们龙山乡老百姓的眼中，你妈妈就是个官了，而你爸爸，还是个农民。但你不知道你妈妈和你爸爸结合的基础。我从来不想对你讲，即便我对你讲了，作为另一代人，也是不会理解的。如果说代沟，真正的代沟就是下一代永远无法理解上一代人的某些人生抉择。

她看见女儿望着她，在用心地听。

她又说，如果生活中真有一个什么的罗什么来着？

女儿说，是罗伯特·金凯。

温玉倩接上说，如果妈妈的生活中有过什么罗伯特·金凯的话，那只是以往的一页历史，是一页永远翻了过去，不会再出现的历史了。红儿呀，你这么大了，难道还想让妈妈给你再找个后爸爸吗？

她看见女儿笑了。

她又说，现在的年代多好，你都大学毕业了，都参加工作了，接触的人多了，也到了该考虑自己终身大事的年龄了。妈妈不会再给你找个后爸爸了,可妈妈希望你能给妈妈和爸爸找个好女婿,让你满意,也让我和你爸爸满意的好女婿。

女儿说,妈妈,我是在分析你的人生呢,你怎么把话题又绕到我的事上了呢?

温玉倩说,妈妈不用你分析,妈妈的人生就是这个样子了。龙山乡成了开发区了,妈妈只想好好再干上几年……

你不要给我谈你的工作好不好? 女儿又打断了妈妈的话。

温玉倩只好打住话题。

女儿说,我分析妈妈,是为了我少走弯路呀。

温玉倩倒喜欢听这话,催女儿说,你详细给妈说说看。

其实也没啥,女儿将自己的思维向着妈妈一阵倾诉,陷入了如诗如画的对爱情的描述中。她缓缓地说,人生真正的爱情只能有一次,就像春天有雨,并不一定能浇到等待滋润的土地上;夏天有风,并不一定能吹进含苞欲放的花蕾里;秋天有雾,并不一定能阻挡天下的孤燕回归;冬天有雪,并不一定能冻僵美丽的少女怀春。问题全在于选择,而选择又在于机会和勇气。林黛玉选择了贾宝玉,机会选准了,而她却失去了勇气,所以她是悲剧;弗洛西丝卡选择了罗伯特·金凯,勇气是足够的,而她却选错了机会。再比如爸爸和妈妈的选择吧,如果将你们全放在现在,你们还会对对方做出选择吗?

不许你再拿我和你爸爸做比喻了,温玉倩说。

女儿却自顾说下去,不愿中断自己的思路。

我呢,我有我自己的选择。假如我选中了贾宝玉,我就要有超于薛宝钗百倍的勇气,不管谁也阻挡不住我获得我的贾宝玉。假如我选中了罗伯特呢,我一定要把握住机会,绝不能等到我徐娘半老,有了家室之累后,再让他出现在我的身旁。所以……

妈妈感到女儿太天真,太不了解人生了。林黛玉即便再有勇气,能冲破贾府那个大背景造就的传统力量吗?而女人一生中,哪个又能保证自己的丈夫就是完美无缺的白马王子呢?

她听见女儿继续说,所以,当我一旦认定他是我梦中的白马王子时,我就会勇猛地冲上去,决不让我在生活中错过自己的机会。我不追求完美,但我追求感觉。完美的男人在这个世界上是不存在的,但对一个女人而言,一个能和她的感觉相吻合的男人却是不可多得的。即便他结过婚了,甚至有孩子,那都不是障碍。我绝不能让我在自己的感情中留下遗憾,也绝不能让我如弗洛西丝卡一样,为了某种传统或者说责任,让自己的爱埋在心底。妈妈,你说,我的这些想法对不对?

王红眨着两只大眼睛,盯着她的妈妈。

莫非自己的女儿已经恋爱了?温玉倩心里想。她不想和女儿再就爱情上这些务虚的理论去进行对话和探讨,她想弄明白女儿是不是已经选定了自己的男朋友?

红儿,你是不是已经有了男朋友了?

她看见女儿的脸上闪过了一丝羞涩。

作为母亲,温玉倩为女儿身上这种鲜明的时代特色而高兴。尽管女儿的一些认识还存在着幼稚,还显得脱离了实际,但女儿的生存环境毕竟和自己当年的生存环境不一样了。女儿有对自己生活的认识,当然也有对自己生活的选择。与自己当年不一样,她是应该有更大的选择自由,也更应该有更幸福的生活的权力。在女儿爱情的选择上,温玉倩不愿意再多加进去自己的意见。她能看得出来,越来越成熟的女儿,是把母亲的爱情当成了一个失败的范例。她也能看得出来,越来越成熟的女儿,在分析父母结合时,在遗憾中并没有一点儿对父亲的责怪,相反,她能体味出女儿在为母亲惋惜的同时,又深深地爱着她的父亲,仅这一点,作为母亲,她还能再说些什么呢?!

见女儿不说话了,母亲感到自己的判断是对的。

你能和妈妈说说吗?妈想听具体的。

王红眨眨眼,想了想,对妈妈说,我认为我的机会是对的,勇气嘛,也是足的。但没有最后的结果前,我不想告诉你。

你难道不想听听妈妈的具体意见?

女儿自信地笑了,说,妈妈,你不是说我已经长大了吗?

温玉倩不便再问。女儿有女儿的选择。女儿说她会把握好机会,也会有足够的勇气的,面对女儿的这种自信,何必非要在没有最后结果之前,让女儿给自己一个结果呢?

我和你爸爸要等待你给我们带来一个惊喜,温玉倩说。

她与女儿便一道笑了,笑得很开心,也很愉快。

第五章

15

贺晓燕坐在副市长程国庆的办公室里,感觉特别好。她深知自己的容貌和气质足以让每一个男人动心,更深知面前这位手握龙山开发区权柄的副市长,对她的尊重和折服,更重要的原因是她目前的身份。

她微笑着,相信自己这样微笑时很美,用一种动听的声调说:

我们的谈话很愉快,第一次见面,程副市长给我留下的印象是很美妙的,在我们以后的合作中,我一定能让我常常回想起这第一次见面的情景来。程副市长不知有没有这种体会,第一次见面如果生出不愉快的话,双方以后的合作是很难融洽的。

程国庆点点头,和这样一位既年轻漂亮,又精明通达的香港小姐合作,怎么能想象到以后会生出什么不愉快来呢?

程国庆副市长派秘书去金龙大酒店,将贺晓燕接到自己的办公室时,可没有想到南洋杨氏集团派出的龙城投资项目经理,竟会是一位如此年轻如此貌美的小姐。不但年轻貌美,这位年轻的谈判对手还十分精通业务,在近三个小时的谈话中,关于在龙山湾兴建杨氏橡胶制品基地的种种环节,一个个都考虑得十分周全。第一次和贺晓燕见面,两个人坐在沙发上面对面交谈,双方都觉得谈得很投机,在大的原则问题上都没有什么扯皮的事儿,程国庆对这位香港小姐留下了极好的印象。

贺晓燕记得,副市长只问了一句她的先生在什么地方工作,她说我还没有先生呢,副市长便再没有问贺晓燕个人方面的任何情况,贺晓燕也没有在谈话中涉及一点个人的情况。她讲话用的是那种略带广东口音的普通话,使程国庆认定她是在香港出生长大的女孩子。大致的意向全谈完了,贺晓燕需要汇总一下材料,向集团总经理进行一次汇报,程国庆指指坐在一边一直埋头做记录的秘书,告诉贺晓燕,她可以随时找他的秘书,使用秘书办公室里的传真机,而且一再叮嘱贺晓燕,有事出门,尽管给他的秘书打电话,他已经做了安排,市政府的车队里有一辆车随时都会为她服务的。

第一次见面圆满结束。

按照程国庆事先的安排,中午要吃饭,开发区总指挥部的各位副总指挥,都要作为陪客,在餐桌上和贺晓燕见面。他早让秘书在金龙大酒店订了一个包间。秘书请示过他,是不是把温玉倩也通知来?他说算了,那么老远的,只是礼节性地和贺晓燕见个面,就不必让她再来了。

早在国内时,贺晓燕就接触过各种各样的政府官员。做外事翻译,大至省部级领导,小至县里乡里的村长、乡长,林林总总,各不相同。在和程国庆的初次交谈中,她已经有了一种把握。面前的副市长不是那种滔滔不绝,官话连篇的官员,也不是那种谨小慎微,大事小事都要三思后依旧难以定夺的主儿。这是一位敢负责敢做主,同时也很务实的角色。与这样的官员打交道,他们也难免主观,难免在一些细小的地方很认真,但一旦能牢牢驾驭住对方,这样的官员办起事来却十分痛快。不像那种官话连篇的官员,整日务虚让你陪着拖延时间;也不像那种谨小慎微的官员,和他要想商定一件事情,能让你熬成老太婆。除了这些,程国庆那有棱有角的面孔,那笔直的身板,也让贺晓燕感到他很有男人的气质。她和许多男人有过赤裸裸的床上关系,有白面小生如女人般纤弱的身躯,有大腹便便腰粗腿短,做爱时却显得十分笨拙的身躯,有外国人那遍体多毛用香水压不住腋臭的身躯,也有瘦骨嶙峋皮肤因年老干燥无光,做爱时也老而无用的身躯。她能想到面前的程副市长,在衣服包装下,那种伟男子的身躯一定很健美。

思想上神游至此,她便为自己的这种走神而心里一阵忐忑。

贺小姐,请再喝点茶,随便坐坐,中午我们一道吃点便饭。

程国庆亲自给贺晓燕的茶杯里加了点热水,将加水后的茶杯放到了客人的面前。

还不到吃饭时间,贺晓燕觉得现在可以聊点别的了。

贺晓燕端起了茶杯,能感觉到面前这个男人健壮的气息。口随心想,她不由得问,程市长是不是军人出身?

程国庆笑着点头说,贺小姐真好眼力呀。

秘书一旁说,贺小姐怎么看出来的?

从气质上,比如,程市长坐在沙发上,你的腰,你的背,一直是直挺着,一般人没有经过长久的正规训练,是不会有这种坐相的。

程国庆伸出一只手捋捋一头黑而浓的头发,哈哈笑着说,老了,老了,不过我的身体还好,工作再累,也累不垮我这副身板呀!

秘书一旁说,我们市长可不老,共和国的同龄人,前些时还上了电视呢。从电视上看,我们市长要演个角色,准能比过什么高仓健和什么阿兰德隆,典型的硬派英雄人物。

程国庆嗔笑着瞪了秘书一眼说,你呀,没规矩,对着贺小姐,胡说个啥?

话是这么说,自个儿的秘书当着一位香港来的漂亮小姐如此恭维他,程国庆的心里还是很高兴。

快到下班时间了,贺晓燕随着程国庆和秘书,一道走出了市政府的办公大楼,又在程国庆的一再谦让声中,先钻进了副市长的那辆专用小车。小车在龙城的马路上驶过,从车窗外闪过的街景,一切全都那般熟悉,一切又都那般陌生。父亲死后,她是一个人背着行囊,离开这个生她养她的古城的。没有小车可坐,也没有一个人来送她。当她走上飞机的舷梯时,曾回过头来,面对龙城在心里默默地下定决心,再不回这个已经没有亲人的地方来了。可现在,她不但回来了,而且有龙城市的副市长陪着她,等一会儿,还有许多市政府属下的官员们要陪着她一道吃饭。不为别的,只是为了她的身份,还有她带来的巨额金钱。如果我不是杨氏集团的代表,如果我就是金钱的直接拥有者,就是最直接的投资者呢?我必将受到更热情的礼遇!能作为杨氏集团投资项目的派出经理,对贺晓燕而言,真是一个以往不敢去想,以她在集团的身份也不可企及的职务,天赐良机,她拿定了主意,必须和身边龙城负责这项投资业务的副市长搞好关系!

贺小姐以前来过我们龙城吗?

她听见身边的副市长在问她。

哦,哦,龙城是很不错的。

她做了模棱两可的回答。

她突然觉得应该告诉程国庆,她是贺振的女儿。作为龙城市的副市长,他不会不知道好多年前,在市委主事的老书记名叫贺振。一会儿还有龙城的一些其他干部要与她一道吃饭,他们之中,会不会有她过去见过的熟面孔呢?她立即又否定了自己的想法。这些年,国内提拔了大批年轻干部,父亲当年的部属们全老了,不会再留在领导岗位上了。关于父亲的话题,还是留下做以后与程国庆聊天的内容吧。

这时,坐在司机旁边的秘书回过头来说,贺小姐,龙城再好,也比不上香港呀。

见她点点头,秘书又问,贺小姐还去过什么地方?

她说,除了非洲,其他地方我都去过。

她说的是实话。在她搞外事翻译的那几年,确实去过世界上许多好地方。她看到秘书那张脸上顿时带出了无比的羡慕。

秘书又说,我们程市长的儿子都快出国留学去了,他这当老子的,还没有出过国呢,以后和贺小姐合作共事,我们程市长也得到外面跑一跑才行。

程国庆补充说,有过几次机会,我工作忙,就让给别的领导同志了。

贺晓燕便说,为了搞好我们这个投资项目,在具体工作开展以后,比如说一期工程一完,程市长就是再忙,也得带人出去跑一跑呢。设备的引进啦,管理人员的培训啦,全需要程市长和我最后拍板呢。到那时,出国就是程市长的分内事,再忙,也没法子让给别人啦。

她看得出,程国庆听她说这话时很高兴。

她又顺便问程国庆的儿子去哪个国家留学,程国庆说,也没有最后定下来呢,他想去美国,也只是个想法。

贺晓燕又问说,是公派?还是自费?

程国庆脸上的笑容不见了,遗憾地说,是自费,要是公派,这阵子也不用她妈妈忙着给他张罗,到处筹款了。培养一个孩子,不容易哩。

从副市长的话中,她听出了感叹,也听出了一丝无奈。

不知为什么,贺晓燕突然就想到了她的父亲。有些干部贪污腐化的传闻她听到过不少,但她作为父亲临终时唯一守候在身边的亲人,十分了解父亲那引为自豪的两袖清风。虽然对自己亲生父亲引为自豪的那两袖清风,她那时已有了不同的看法,并和父亲有过争执,但她理解自己的父亲。如果靠父亲的资助,她只能是另一种活法。而身边这位副市长的儿子还在上学,儿子本人不可能有更多的经济实力,从老子方才的话中,资助儿子去自费留学,似乎也不是一件十分轻松,不必挂心的事情。对这位副市长,她便在尊敬中又生出了一丝同情。

秘书的话打断了贺晓燕的思维。

贺小姐,你知道不知道,老百姓都叫我们程市长青天大老爷呢!不像我们市里有些领导,自个儿没能力,就爱挑别人的刺儿。

看来秘书还想说下去,程国庆却阻止了他:

我们干好自己的工作就行了,不要议论别的领导同志了嘛。

程国庆的话很严肃,秘书吐吐舌头,回过身子,不再吭声。

来做陪客的副总指挥们,此时全在金龙大酒店的前厅里等着。当程国庆的小车顺着坡道,在酒店的大玻璃门前缓缓停稳时,那些副总指挥们已经迎了出来。程国庆和贺晓燕先后钻出了小车。程国庆的秘书先行去餐厅等候,程国庆向贺晓燕一一介绍着自己的这些助手,又在这些助手的簇拥下,陪着贺晓燕走进了金龙大酒店。

在门厅外和各位副总指挥一一握手时,贺晓燕没有看到一张她过去熟悉的面孔。她的心头泛起了一种历史的沧桑感。时光如水,龙城毕竟不再是由她的父亲当书记的那个年月了。这种感觉在她的心中并没有停留多久。当大家围坐在豪华包间里的一张大餐桌上时,那些陌生的面孔,在贺晓燕的眼中已经渐渐变得十分熟悉。

觥筹交错中,她听到的是对她的赞美和颂扬。

在这些赞美和颂扬中,她是第一主角,第二主角是程国庆。

那些人在不时地赞美和颂扬她时,也不时地将赞美和颂扬送给了程国庆。她再次感受到了自己的身份,再次感受到了身份的变化给她带来的荣耀。她能得到这种赞美和颂扬,是金钱在做杠杆。而程国庆得到这种赞美和颂扬,是权力在做杠杆。如果失去金钱的杠杆,她能坐在龙城市副市长的身边,接受这种种赞美和颂扬吗?

有人开始向她敬酒。

她从一入席就说自己不能喝酒。她是尊贵的客人,主人们轮流把盏,起初总是让她以饮料代酒。而现在有人向她敬酒了,仗着酒力,主人们不再容许她以饮料代酒举杯相碰。他们要她来点真的。他们说为了未来的合作,也为了能结识她这样一位美丽的小姐,所以她必须来点真的。她求助地看程副市长,却看到副市长也向她端起了酒杯。有人将一杯白酒硬塞到她的手中,她能感觉到主人们的盛情。

盛情难却,再不喝,显然是不礼貌了。

在又一片赞美和颂扬声中,贺晓燕喝下了入席后的第一杯白酒。

她听到了欢呼声。

那是为了她的这一举动,主人们在欢呼。

她的酒杯里又被主人们斟满了白酒。

不行了,不行了。她捂着嘴,连声说我不能再喝了不能再喝了。

贺小姐不愧是见过世面的人呀!

贺小姐能喝呀,原来是在后发制人呀!

贺小姐再请,再请……

她看见程国庆也向她再次举起了酒杯。

她听见在众人的劝酒声中，程国庆在对她说，贺小姐，这杯酒，是为了我能够结识你。

她就又举起盛满白酒的杯子了。

她看着程国庆，心想，这个男人眼中的我是个怎样的女人呢？

她看见程国庆也在盯着她，她用自己的眼眸子向这个男人送去了多情的一笑，咣当一声，两个人的杯子已经碰到了一起。

第二杯烈酒下肚，贺晓燕的血液开始燃烧。

她弄不清自己喝了几杯，只感觉到头昏，眼也花，只看到主人们一个个依旧是笑脸。程国庆又向她举过酒杯。她再次起身和这个男人碰杯。她竟然指挥不动自己举杯的胳膊，那只胳膊猛地碰翻了程国庆面前的菜盘子，盘子里的剩菜，哗啦啦地撒到了副市长那身讲究的西服上。

她看见副市长的秘书急忙掏出手帕，去给副市长抹衣服上的污秽。刹那间贺晓燕便清醒了许多。

失礼了……失礼了……我怎么能这样呢……她想。

她却听见程国庆笑着对她说，不碍事，不碍事的。

清醒的意识告诉她，那酒是绝对不能再喝了。

贺晓燕是被副市长的秘书送回房间的。秘书扶她坐到了沙发上，又给她倒了一杯热茶，端到了她的面前。她呷了几口热茶，又起身去卫生间洗了一阵子脸，对镜自照，真后悔自己为什么不再坚持到底，而是自己打破了自己不喝酒的宣言。自己本来就是从内地出去的，怎么能忘了内地酒宴上你喝了第一杯，便无法阻挡第二杯的规律呢？她其实并不是一点也不能沾酒，但没有想到让好客的主人们弄得几乎要醉倒。她又想起了自己酒席上的失态，急忙擦干净脸，略施淡妆，定定神，虽然头还是昏昏沉沉的极不舒服，还是强打精神从卫生间出来，对副市长的秘书连连表示歉意说，真对不起，方才真不好意思，真不好意思。

秘书并不在意，对她说，酒席上客人喝醉，正说明主人的热情嘛，你没见你一喝酒，大伙儿多高兴！

可我……程市长的衣服……

秘书对她笑着说,没事儿,没事儿,程市长先坐车回去了,说贺小姐不胜酒力,让我留下招呼一下贺小姐。

贺晓燕不好意思地又连声道谢,说自个儿没事了,请秘书回去休息。

待秘书离去,她才重新进了卫生间,将肚子里的东西吐了个干净。吐时难受,吐过却全身显得舒服了一些。她有些累了,从卫生间出来又喝了些茶水。残留的酒劲却又让疲困的身体十分兴奋,她抓起电话,想把住在隔壁的姐姐喊过来聊聊天。电话里却是一阵一阵地空响,贺晓燕恼悻悻地把电话一扔,这才想起自个儿的那个姐姐,此时绝不会待在房间里。早晨分手时姐姐对她说过,上午和李小海有约,这阵子,姐姐不定和那个"小姐夫"钻在啥地方正好活呢,干柴遇烈火,能顾得上中午回来休息?

贺晓燕突然感觉到了一种孤独。

她离开龙城时,金龙大酒店刚刚破土动工,真想不到这酒店里的一切设施和香港的同类酒店比,一点也不逊色。龙城已经没有自己的家了。她将住在这里,而且是较长时间地住在这里,继续受到尊敬和礼遇。

她想恢复那种回到家的感觉,但不行。

这里条件再好也是酒店,不是家。

她无法驱走此时弥漫在心中的那种孤独。

许多年前,在龙城,她也曾体味过一种孤独。

……躺在病榻上的父亲终于与世长辞了。她站在父亲的遗体旁,父亲静静地躺在一面鲜红的党旗下面,四周摆满了鲜花,也摆满了花圈。有悠悠的哀乐在追悼会的大厅里轰响。她无泪,就那么站着,呆呆地站着。有人在致悼词,她听不见悼词里在说些什么。有人不断地从她的面前走过,她机械地伸出一只手,和不断地从她面前走过去的男人女人,老人和年轻人们握手。当一切全完结以后,她被送回家。家中曾有过父母的欢笑声,有过她与姐姐的嬉闹声。现在却什么也没有了,只有她一个人,伴着客厅正面墙上父亲的遗像。

她感到孤独,那孤独日胜一日。

父亲是在春夏之交去世的。此时与他从领导岗位上退休已时隔五年之久。龙城的官场上依旧十分热闹，而这五年来家里的客人却早已渐渐变得稀少。父亲躺在病榻上时，还有人来。有与父亲前后退下来的老同事，有父亲一手提拔起来的新干部，也有遇到节日时，代表组织前来例行公事进行慰问的角色。这一年的春节到了。贺晓燕已经办好了一切出国的手续，新年过后就将成行。她回到家里，成天价坐在父亲的遗像前，等候春节的来临。父亲自打躺到病榻上以后，每年的春节，从初一到初五，她几乎哪里也不去。家里的活儿有保姆来干，但春节期间接待来拜年的客人，她得出面。无非是向客人说点感谢的话，介绍一下父亲近来的病情。特殊一点的故交好友，则带他们去父亲卧室里走一遭，让他们在父亲病榻前和父亲说上几句话。

父亲在世时，特别是手握重权的那些年，春节一早就乘车出门了。父亲一条战线一条战线地去慰问，去拜年，要跑好多好多战线，要到好多好多在第一线值班的人们当中去。父亲说过年这几天休假，他理应去看看那些不能休假的人们。父亲说他出门不在，也可避免应酬那一批批来串门来拜年的人们。母亲在世时，从初一到初五，面对川流不息的客人，几乎从早到晚不能离开客厅。母亲去世后，这差事就由姐妹两个轮班干。后来姐姐去南方闯天下，家里就留下了贺晓燕，这差事就得由她一个人来独撑。

那个除夕的爆竹声彻夜没停。

贺晓燕没有燃放爆竹，一个人包了饺子，给父亲的遗像前敬上一碗煮好的水饺，与父亲的遗像一道度过了那一年的最后一夜。

天明了，孤独伴着晨曦在爆竹声中掠过了龙城。

贺晓燕守在客厅里。她甚至在想谁会是第一个登门拜年的客人。八点了。九点了。十点了。她还坐在客厅里等着。直到中午，客厅里除了父亲的遗像，就是她一个活生生的人。

除夕夜里包好的饺子很香，但中午她却一个也吃不下去。

正月初一就那样冷冷清清过去。

外面的爆竹声依旧不断，贺晓燕的家里却冷寂无人。第二天，第三天，她就那样没出家门一步，在客厅里吃，在客厅里睡，在客厅里陪着无言的父亲呆呆地坐着。

十点钟,她记得十分清楚,是那一年大年初三的十点钟,有人敲响了她的家门。是一位她认识的客人。她还很小很小时就认识了这位客人。这位客人年年春节都要来,总是正月初三上午的十点钟。在以往众多的客人中,他很不显眼,既不在拜年时和相遇的人坐在一起,高谈阔论什么时事和政治,也不与别的什么客人一道坐下,彼此交换龙城的种种人事变动和官场消息。他默默地来,略一逗留,向贺晓燕简单问个好,拜个年,绝不和客厅里其他的客人们多说什么,更不会如一些熟客们一样久坐不去。这一个春节的初三,十点钟,他依旧来了。

他是贺晓燕在那个春节迎来的第一个客人。

进门后,他从贺晓燕的神色上,似乎也看出了什么。

那一天,这个来客破例在老市委书记留下的房间里,和贺晓燕坐了好长好长的时间。那以后,贺晓燕再没有见到过他。

在那个正月里,贺晓燕退掉了父亲住的那处房子,提前离开了龙城。在新的环境中,她几乎忘掉了龙城所有曾经相识过的人们,当然,也包括那一年正月初三,陪她度过一段孤独时光的那个男人。

现在,贺晓燕在一种新的孤独中,突然想到了那个男人。

她其实没有忘记,那个男人叫刘亮。

16

回到家里的程国庆,第一件事就是脱掉了身上的那件西装。然后打开衣柜来回翻腾,想找出一件新的套装来替换。已经在卧室里开始午休的赵新华,听到丈夫回来,急忙起身,要过来帮忙。

你找啥呀?身上这件衣服是最好的,你还找哪一件呀?

站在丈夫身边,就能闻到丈夫身上的酒气。

程国庆还在衣柜里来回找。

赵新华提起丈夫脱下的那件西装上衣,这才发现了前襟上的那一处污渍。再提起裤子一看,上面也有一处污渍。赵新华就有点火了。

我说你这是怎么搞的?新新的一套衣服,又是这么好的料子,怎么能搞成这个样子？

程国庆对妻子赔了个笑脸说，陪外商吃饭，一不小心就……你帮我拿去干洗一下吧。

干洗？弄成这个样子了能干洗？

赵新华看着西装上的污渍，十分心疼这套好衣服。

程国庆已经找出了另一套西装，虽说没有身上褪下来的那一套新，也没有那一套质地好，但还合身，放到一边，关上了衣柜。

他想喝水，自己去冲了一杯茶，就穿着内衣内裤坐到了沙发上。见妻子还提着那套脏了的衣服心疼，便说，你呀，既来之则安之嘛！送到洗衣店，让他们想法子处理不就得了。

赵新华想想也是这个理，只好把丈夫这套西装的口袋，一个一个地翻过，先把里面的钱包手帕等零碎东西拿出来，放到丈夫面前，又把这套弄脏的西服叠好，放到自个儿的包里，准备下午上班路上，就把它送到洗衣店里。想到这些日子手头紧，又得花这么一笔冤枉钱，她不由得叨叨起来：

以后可得节省开支呢，要不，给儿子背下的外债怎么还呀？她叨叨着，开始给丈夫掰着指头，一笔一笔地数说起来。说和谁谁借了一千，和谁谁借了两千，谁谁是个大数，人家一下子给拿了五千。说到后来，叹了口气，又说现在钱已经凑得差不多了，也不知道儿子理解不理解爹妈的难处。真能到美国去留学，也不知道能不能学点本事回来？

你想得倒远，程国庆笑妻子，又说，儿孙自有儿孙福，你能知道咱那儿子将来干啥？

赵新华说，他老子是副市长，他将来能差了？

听着妻子叨叨，程国庆就想到了贺晓燕。便对妻子说，咱儿子要真能出国学下点本事，能和贺晓燕那样，有风度，有见识，还回来干什么？我是个市长呢，除了肩上的责任，连给儿子凑一笔出国的钱都这么难，咱儿子要能干了别的，我看也好。

赵新华就问，谁叫个贺晓燕？

程国庆说，是位小姐，外商代表，要来咱龙城投资，今儿中午我就是陪她一道吃的饭。这小姐跑的地方不少，又在一家大财团做事，以后和人家熟了，我还想请她关照一下咱那去国外留学的儿子呢。

赵新华关切地说，朋友归朋友，工作归工作，可不要叫人家有了错觉，以为你要从人家那里得啥好处似的。

你怎么往歪里想呀？人家是位小姐，还没有结婚呢。

赵新华忙说，我可不是那意思，我是说——

程国庆感到一阵困意袭来，闭上眼睛说，工作上的事，我懂，我懂。

赵新华的话还没有说完呢，又接着说，我想来想去，那台微波炉你还是让秘书退回去好。现在各级部门都自查自纠不正之风呢，叫人家查出来，你是个副市长，我是个搞纪检的，脸往哪儿搁呀？

听妻子又说到了那台微波炉，程国庆也没睁眼，也没说话。

我跟你说话呢，赵新华说。

程国庆驱逐着困意，微微睁开眼说，都过去的事了，你不想用它，就先放着吧，啊呀呀，这点酒，让我好困呀。

说着又打了一个大大的哈欠。

你到里屋睡上一觉去吧，我看你中午怕是喝多了。

赵新华知道丈夫听不进去了，就催丈夫去里屋休息。程国庆也确实困了，起身对妻子说，你下午上班时，一定把我叫醒，下午还有好多工作等着我处理呢。

17

李小海昨晚上就没有睡好。

他昨天下午去和三个朋友搓麻将，玩到了兴头上，晚饭就由赢家做东请客。吃了个东倒西歪，设下牌局的朋友还要玩，反正这主儿的老婆回娘家不在，四个人便又回到他的家里，继续开赌。李小海的手气还不错，虽然前半夜输得一塌糊涂，后半夜却时来运转，连连糊大牌，赢下的百元大钞票，在他面前的桌子上码了一摞。外面的天色已经大亮，输得最惨的一位，嚷嚷着要李小海请客吃早茶，说吃过早茶回来再决个胜负。

李小海的手机就是这时响了起来。他这时听到贺晓春那久违了的声音：

你是李小海吗？我是贺晓春呀！

李小海一时间竟有些惊呆了。

你说话呀，我是贺晓春呀。

他这才连声说，我是李小海，你在哪儿？你在哪儿呀？

我在金龙大酒店，昨天下午一到龙城就给你打电话，到晚上也没有打通。小海，我急着要见到你呀，给你办的事，我都说好了，就是我妹妹在的那家大公司。没和你联系上，昨晚上我连觉也没有睡好，你害得我好苦呀，见了面你不给我赔礼道歉，我可不饶你！

那脆生生、娇滴滴的声音，让李小海都快醉了

你怎么不说话呀？是不是还没有起床呀？

不，不，我已经起来了，你是一个人来的吗？

我是和我妹妹一道来的。

咱们说好，（说着看看手表）七点半，我准时到你那里，（突然又想到了贺晓春说是和妹妹一道来的）不，不，这样吧，还是七点半，咱俩准时在金龙大酒店门口见面。见面后的事儿，我来安排，说定了，咱俩可就说定了啊。

接罢电话，李小海起身就要走。那三人岂能让他就这么轻易脱身，一个个嚷着不让他走。

你们知道是谁的电话？是我香港总代理来了，你们留我，误了我的生意谁赔我呀？说着，把面前那一沓百元大钞往口袋里一装，又嚷道：天底下没有不散的宴席，等我有了空，再请咱这原班人马好好地搓上它一天一夜。

离定好的七点半还有好一阵子呢。李小海离开赌场，拦了一辆出租车，直奔自己的皇后歌厅。歌厅里有两道门，前门反锁着，他便知道新近雇下的那位经理助理还在里面睡着没起。歌厅后面还有一道门，平时不用。他开这道门有特殊的用处，歌厅里有包间，公安局对这种有包间的歌厅查得紧。一旦公安局来查时包间里正好有陪客的小姐，这个外人一般不知道的门，就是这号陪客小姐往外溜的通道。

李小海打开这道特殊的小门，进了自己的歌厅。他推开自己的那间卧

室,果然看见经理助理还躺在席梦思床上没有起来。那女孩子被李小海的走动声惊醒了,揉揉睡眼,看看手表,便撑起上身,一副娇态,要等经理过来。

快起,快起,李小海没有过去,而是直催她起床。

那位助理还在撒娇,李小海却将她扔在沙发上的那一堆衣裤一把抓起,往她怀里一扔,说,你快起,今日我有重要客人要来呢。

那女人只好恼悻悻地边穿衣服,边说,有啥重要客人?是不是你又聘下个助理,不要我啦?

这个客人呀,可比你们这号经理助理重要得多哩!

那助理还想问个仔细,李小海却啥也不肯再多说一句。他站在床前,等她穿好衣服,也不管她还没有梳洗呢,就冲她说,从现在开始,我给你放假。听着,是放假,不是解聘也不是开除。不过有一条,我给你配的BP机,你可得留着点神,我啥时传呼你,你啥时再来找我报到上班。

那助理眨眨眼,琢磨李小海这话里的意思。

李小海从怀里摸出两张百元大钞,往他的助理手里一塞,又说,拿好,放假归放假,工资你照拿。

那女孩子接过这两张钞票,只好离开了这间屋子。李小海又跟出来,叮嘱说,甭开前门了,你就从后门走吧。

待那位助理走后,李小海匆匆收拾了一下他那间卧室,又打开了空调,四周看看,这屋子里还算干净,再拉开写字台的抽屉,见里面还放着几个用玻璃纸包着的没起封的女人短裤,这才一脸满意地推上了抽屉。看看手表,都快七点二十分了,他怀着一种无比急切的心情,依旧从后门走出,向金龙大酒店走去。这段路不长,顶多五六分钟就可走完。

贺晓春从电梯里走出来时,李小海正在前厅里焦急地等着她呢。要不是前厅里还有其他客人,李小海马上就想伸出双臂,把他这位来自香港的天使一把抱进怀里。贺晓春也一眼就看到了李小海,在这种场合,他只能和她握握手。贺晓春感觉到李小海的手里很用力,明白自己的这位男人是在向她传递一种无言的情意。

用你们香港人的话说，咱们一道先去吃点早茶吧。

对李小海的邀请，贺晓春点头应允。

晓燕呢？她怎么没和你一道下来？李小海故意问。

你以为她光是为你那一件小事来的？

李小海眨眨眼，想不出贺晓燕还会有啥事。

她是来和市政府谈大事的，我下来时她已经吃过早点上去了，等着市政府派车来接她呢。

市政府？李小海一脸惊诧问。

我妹妹她这一回是被她们老板派来的，是向龙城开发区投资的项目经理，项目经理，你懂不懂？权大得很呢。

这事李小海可没有想到。

贺晓春又说，你就是现在想和她见面，她也没时间。

李小海真是又高兴又放心了。管你贺晓燕是啥身份？管你还有啥更重要的事儿，他才不待管她的事呢。他现在需要的是和贺晓春在一起而不要受妹妹的干扰。你贺晓燕有啥事，你忙你的去，你姐姐说给我办的事儿办成了，你就是再有别的事儿，还愁你姐姐不安排我和你具体谈判？

他不再提贺晓燕，挽了贺晓春的手，像分别多年的情侣一般，走进了金龙大酒店的餐厅。在龙城，金龙大酒店的早茶品位高价钱也高，李小海要请他的香港总代理一道吃早茶呢，不来这里，岂不显得寒酸？

在一道吃早茶的聊天中，李小海已经明白了贺晓燕代表南洋杨氏集团来龙城的投资项目，也明白了贺晓燕成全了她的姐姐，也成全了他策划的事业。第一期的《龙族》杂志，主要篇幅已经有了可以拿钱的东家，南洋杨氏集团的文字介绍和图片资料，贺晓燕可以全部提供。

钱呢？他急着问这个最关键的问题。

贺晓春说，钱的事没谈妥，我给你说这些开心玩呀？

李小海又问：以广告费算，你妹妹能让他们老板给我打多少？

李小海急切的是钱。他盯着贺晓春那张漂亮的面孔，心想，是五万？还是十万？

贺晓春说，关键是你要把你的杂志印好，纸要高档，印制也要高档，这样我妹妹做了主，也好交代她的老板。

你放心，这方面的事，你放心就是了，我们龙城印刷行业这几年发展得挺快，印刷质量和深圳也差不了多少。只是质量得由经费决定，你也知道，咱们的刊物走的是有偿宣传报道的路子，一开始不能靠发行量挣钱，所以，你得和晓燕说好，钱太少了不行。

说来说去，钱数不知多少，李小海就是不放心。给上个一两万，还不够印刷费呢！

贺晓春笑着说，我和晓燕都商量好了，价钱太多了，她还得请示老板，好在她就负责龙城的投资项目，这方面，你们在杂志上多做点文章，她做了主，将来也好有个交代。

李小海点着头，眼睛瞪得老来大。他等待的，是贺晓春说出究竟能给个什么数，偏贺晓春就是不揭锅盖不露底儿。

她一定是在考虑自个儿的利益呢，这个投奔了资本主义的女人，她和我上床时，要的是我的力气，可一谈别的，她怕是就想的个"钱"字了，李小海心想。

果然，贺晓春提到了利益的分配。

她脸上微笑着，对李小海说，我和你该做的做了，不该做的也做了，按说嘛，不能用钱来衡量我和你的关系，要这么衡量，我也不为了你专门来龙城跑这一趟了。可现在你是老板，我是你的代理……

李小海心想，这真是猪尿泡打人，臊气我呢！就嘿嘿笑着说，我怎么能当你的老板呢？你拔下根汗毛来也比我的腿粗呀。

贺晓春就摇摇头说，要论资产，我是比你强，可咱是就事儿论事儿呢，这件事上，你就是我的老板，我就是给你打工的。按我们香港的习惯，咱们还得把钱的事儿说在明处。

李小海心里不由得暗暗骂一句他妈的，又想，什么香港的习惯，待会儿到了我的床上，你和别的女人一样！

晓春，他索性点破了利益关系，也直来直去地说，你也尽管放心，我可不能亏了你这位香港总代理。你不拿我的工资给我张罗事儿,事成了,我再不报答你,还算个男人?别人的劳务费我最低还给20%呢,对你,不达到30%以上,我以后怎么再见你?何况,我和你的关系……

有邻座的食客似乎在听他说话,李小海点到了意思,打住了话题。

贺晓春这才对李小海吐露了钱数,她说,我和晓燕商量好了,只要你们搞好,叫她就按四十万人民币的价码往过开吧!

四十万!李小海听得明明白白。

他真没有想到面前的这位宝贝女人,一下子就能给他弄来四十万!就是打掉30%,还有二十八万呢!印一本杂志,按五六千册的印数,用最好的纸,加上十个页码的彩印,顶多也不过开支上三四万块钱。这一笔业务,就能赚二十多万,按与曾华谈妥的分法,他一下子就能拿到十大几万呢!而他几乎没有任何付出。他只需要和这个女人去做爱,在给予了这个女人欢乐的同时,自己也从这个女人身上获得欢乐。这种事,对李小海这么一个强壮的小伙子而言,怎么能算是付出呢?

李小海脸上没有笑,但心里美滋滋的,面前这个女人,在他眼中越发楚楚动人了。

晓燕那个公司的老板,同意不同意在龙山给他立碑塑像呢?李小海又问。

贺晓春说,路总得一步一步地走啦。

是的,他想,我急啥呀?创办《龙族》杂志,只是他那龙山现代摩崖石刻委员会的配套工程。在一本杂志上搞有偿服务,只是一种诱饵,或者说,是一种攻关的手段。重要的是让那些海外有钱的大亨们,愿意在龙山留下不朽,留下永恒,留下用石头刻就的历史和当代的景观。那样,便会有更多的钱,源源不尽地流进他李小海的钱包。现在,贺晓春已经为他的成功迈出了第一步。有第一步就会有第二步。他为自己当初的创意而心中暗暗得意。也为上天赐给他这么一个女人做海外总代理,自己为自己有如此的桃花运而喜形于色。我急啥呀?他想,我现在得马上把她领走,领到我的床上去才对呀!

晓春,咱们该走了,你该去看看我那个小窝,那可是个没人干扰的地方。他说着,两眼不离贺晓春的脸。

他看到这女人脸上露出了一种会意的笑,且羞怯怯地说,你真急呀。

我可比不上你,既没有宝马车,也没有你那么大的房子,我能献给你的,只有这里。

他指了指自己的心口,看见贺晓春马上又送给他一个十分会意的笑容。

贺晓春没有想到李小海的卧室竟会在一个歌厅里。当李小海领着她,从皇后歌厅的后门进入歌厅后,贺晓春环视一下歌厅,惊诧地望着她的这位大陆情人,不明白他怎么把她领到了这里。走在前面的李小海回头向她招招手,便推开了他的那间很封闭、很秘密的房间。他又优雅地一弯腰,一手放在胸前,一手用很大的弧度做了一个请的动作,把贺晓春让进了屋内。

贺晓春笑了,回头说,真没有想到,原来是这么一个温馨的小窝!

李小海将门轻轻地关上了。

他背着双手,贴靠在门背上,叹口气说,可惜,这么一个温馨的小窝,却日日夜夜让孤独与失眠和我相伴,晓春呀,你知道我有时是多么恨你吗?

贺晓春完全能体味出他那个“恨”字的另外一层意思,渴望着他说下去。她望着他,一副认真聆听的模样。她与他在广州相识后,他告诉过她,说自己有一个妻子,但感情不那么太好。当时她并不介意他的那些话。一个男人和另一个不是妻子的女人做爱时,怎么能说他与自己的妻子感情甚笃,如胶似漆的话呢?可现在,如果这是李小海的家,那这只能说是李小海这个男人的家而已。在这个家中,贺晓春看不出一点夫妻两个过日子的迹象来。没有厨房,没有女人的梳妆台,没有最简单的女人化妆品,也没有能标明这屋子里有另一位女主人常住的其他摆设。

莫非他的妻子不住在这里?她想。

李小海完全能猜到贺晓春在想啥。

他马上用一种伤感的语调说,晓春,因为有了你,我已经没法子再和我的那位妻子生活在一起了。从香港回来不久,我们就分居了,离婚是迟早的事,你可知道,这一切全是因为你呀!

贺晓春分明被感动了。她被李小海话中的悬念吊起了胃口,想弄清原委的念头再压不下去。这里现在只有她与李小海两个人。她知道接下去他们会发生什么事情,却不明白李小海为什么不急于让事情快点发生。她更想在发生那种事情前,弄清李小海话里更多的内容。对一个女人来说,即便是贺晓春这种有知识且也有财富的女人,在准备委身于丈夫以外的另一个男人时,绝对喜欢听类似李小海编出的这号故事。

　　晓春,说出来你也许没有体会,我是不到新社会不知旧社会的苦呀,我是吃了白馒头才知道糠面窝窝的味呀,我是伴过你这位维纳斯女神后,才知道和我的那个老婆睡在一张床上,简直就是浪费我的感情呀!晓春,今生今世,你就是长驻我心头的绿荫,盛开在我心头的鲜花。晓春,你知道两情若是长久时,又岂在朝朝暮暮吗?可没有与你在广州、在香港的朝朝暮暮,我又怎么能永生永世地想你,爱你呢?

　　这是一段让贺晓春听了心醉神迷的爱的独白。

　　这也是一段让贺晓春急欲得到这个男人拥抱,热吻的加温曲。

　　贺晓春看见李小海正向她伸出了双手。还没容她朝这个男人扑过去,她已经被这个男人用有力的臂膀紧紧地箍进怀里。贺晓春又体味到了在那位"大马猴"怀中无法体味到的感觉。有云和雾正在将她裹袭而去,在这种裹袭中,李小海已帮她甩掉了一件又一件衣服,电流正向全身辐射,贺晓春的整个身子,便酥而麻地被李小海掀起的爱潮一阵一阵地淹没了。

　　李小海却很清醒。

　　他很清醒这个从龙城出去的香港女人,现在需要的是他的力气。他抬起头来,一侧身跪到了自己的床上,双手揉动着贺晓春的双乳说,晓春,我这张床,可比你香港那个家里的床干净,是不是?

　　贺晓春喃喃着说,小海,小海,你都把我抛进海里了,你……你……

　　你那张床上,有你那个英国老公的影子,你和他在那张床上睡过。可我这张床是干净的,晓春,你是我这张床上的第一个,也是唯一的一个女人。这张床是我与你的伊甸园,是我与你的圣床!晓春,你听着,我开歌厅,不是没有女孩子们追我,可我自从有了你,再看到那些冲我的钱搔首弄姿的女人后，我就开始讨厌那号女人，一点也对她们冲动不起来了！拿钱买下的爱，那还叫爱吗？晓春，你说呢？

李小海在向贺晓春叙说这一番即兴编就的故事时，听见这女人在颤动中，与其他女人并无什么异样地在不停地呻吟。贺晓春在呻吟中哼着，应答着李小海的那些故事，并在不由自主的颤动中，点头对他的话表示着赞同。她正陷入这种纯生理的欢娱中，其实一句也没有听清楚他说了些什么。

李小海便想，这阵子，你怎么不和我说钱了呢？你该跟我要钱才对！

如在广州的白天鹅宾馆，也如在香港贺晓春的家中，李小海用自己远远超于"大马猴"的力气，再度将贺晓春送入了天国。绵绵的情话被山崩冲溃了。轻柔的抚摸被海啸淹没了。当贺晓春在广州，在香港，经历了李小海这种山崩海啸的快感后，她那位从伦敦飞回香港的未来丈夫，与她做爱时能给她的爱，便如即将干涸的溪水一般无力，让她实在无法体味跌入爱海，在爱海中长久地沉下再浮上，浮上再沉下的那种快乐。

这种得而复失，失而又得的快乐，让贺晓春渐渐沉入了一种想象。她将在与李小海的合作中，使自己更加富有也使这个男人更加富有。李小海已经和他的妻子分居了。她与那个"大马猴"至今也没有成婚。那么，为什么不可以让能给她这般快乐的李小海，在日后也迁居香港呢？这个念头在李小海不停地将她送往天国的快乐中，越来越强盛。她用自己的双臂，紧紧地箍住了这个男人那宽宽的脊背，又顺着脊背，箍住了这个男人的脖子。她又想到了这个男人进门后和她说的那许许多多的情话。我这些日子想他，他离开我以后也一直在想我呢！除了他，我还没有其他的男人。他说除了我，也再没法子去爱其他的女人了。是的。我是这样，他也是这样。

爱欲泛起的幸福感更加笼罩了贺晓春。

她用嘴回报着他，吻他的脖子，喃喃说，我们全一样，你无法再爱你的妻子了，我也无法再爱我的男人了。小海，我们一道努力，一道争取，我们应该为我们能在香港……长久地生活在一起，去努力，去争取……你……

永远属于我,我也……永远属于你……

李小海很满意。他最愿意听被他征服的女人,向他述说这种刻骨铭心的誓言。

长久的爱欲终于减弱。贺晓春很疲累,一夜几乎没有合眼的李小海也很疲累。李小海拉开一条毛毯,将两个相拥着的裸体塞进了毛毯下面。他对怀中的贺晓春说,你静静地睡一阵子吧,我这里绝没有人来干扰。

贺晓春确实累了,她很快就打起了轻轻的鼾声。

李小海却没法入睡。一种兴奋,使他还在想着贺晓春为他拉就的这一笔生意。自打辞去工作下海后,他看多了大款们的威风,也见多了大款们的派头。他终于想出了向世上的巨富们去聚敛钱财的主意。他先将目光伸向广州,岂知广州的大老板们,并没有因为钱袋里钱多了一点,就愿意请他在杂志上树碑立传,要树吗? 也行,但出的价钱却绝对让他没有多少赚头。至于到龙山搞什么石碑,雕什么塑像,广州的老板们只想活得再滋润些,没有一个主儿愿意花钱到北方为自个儿建这号生祠。是老天爷成全了他,让他认识了贺晓春。也是这个香港定居的女人启发了他,真正的大款,应该是那些经过几十年奋斗后,在海外功成名就而不忘大陆之根的华人大亨们。

我必须尽快安排,让曾华和贺晓春以及她的妹妹见上一面。具体去写文章,去编排刊物,去印刷校对,还得让曾华去一手操作呢。李小海可不想去干那种伏案笔耕的苦差事。

贺晓春还在酣睡着。李小海起身穿好衣服,从写字台上捡起贺晓春那条脱掉的短裤,藏在写字台的一个抽屉里,又从另一个抽屉里取出几个没启封的短裤来,放到了贺晓春的身边。然后他打开冰箱,取出两听咖啡奶,又取出两包饼干和一包火腿肠,这才接通电炉子,坐上了一壶水。

贺晓春被他弄出的响动惊醒了,坐起来,用身上的毛毯遮住了前胸,寻找她的乳罩。又问李小海在干啥?

李小海将乳罩递给贺晓春,指了指茶几上那些东西说,都快中午了,我想你也该饿了,准备点吃的、喝的,一会儿先垫补垫补。

他看见贺晓春在寻她的短裤,便指指那几个包在玻璃纸里的新短裤说,你挑一个试试。我是给自己买的,结果上当了,啥型号的也有,还尽是女式的,你挑个合身的穿吧。

贺晓春说,我的呢?

李小海说,有新的,旧的我扔了。

贺晓春也没在意,在那几包内裤中挑出一条合身的套到身上,紧接着也穿好了衣服。她还沉浸在快感过后的疲累中,坐在沙发上不想动。李小海打开了电视,继续摆弄那些食品。电炉子上的水开了。他烫热了那两听咖啡奶,又切好了火腿肠,还有饼干,一件一件地放到了茶几上。

你天天就这么将就?贺晓春问。

能将就,就能讲究。我们早点吃午餐,早点睡个午觉,晚饭,我们一道出去再好好讲究一下。李小海十分殷勤地说着,又从冰箱里取出两个小匙,递给贺晓春一个。

那好吧,这样倒也别有风味。

贺晓春赞许了这顿午饭的方式和内容。

中午,李小海又以迅猛的进攻,开始与贺晓春第二次做爱。依旧长久,依旧热烈,没有了情话,双方也都不再需要什么情话了。只有肉欲膨胀,使两个人的大脑全变成了一片空白。空白的大脑又指挥着两具躯体,在席梦思上开掘着新的肉欲,如荒原上的奔马般无休止地奔波着,释放着精力,也集聚着疲劳。原先的午休,成了下午的沉睡。外面的天色几乎黑了时,两人才相继醒来,他们一块出去,拣了一处僻静也干净的饭店,吃过了晚饭。贺晓春要回金龙大酒店去,看妹妹的工作下一步如何安排,啥时能抽出时间来,好和李小海还有他的主编、编辑们一道见见面。李小海将贺晓春一直送到金龙大酒店门前,俩人才恋恋不舍地分了手。

这个晚上,李小海回到他的那间小窝后,第一件事就是拿出他有意藏起来的那条女人内裤,翻来覆去地看着,闻着,遐想着。

然后拿出一支碳素笔,在依旧留着那个女人体味的短裤上,一笔一画地写下了三个大字。

那三个字是"贺晓春"。

<h2 style="text-align:center">18</h2>

李小海为贺氏姐妹设宴,陪客是曾华夫妇和林森夫妇。

曾华是《龙族》杂志的主编,李小海自然得邀他。可其他编辑呢?一个杂志社,怎么能就两棵独苗呢?曾华于是就想到把黎萍和艾云两口子拉上凑数。黎萍是龙城大学的讲师,艾云是龙城电视台的记者,林森是龙城社科院的副研究员,他这个主编,有这么三个特约的文字编辑,在龙城也算得上高档次了。他把这主意和妻子一商量,黎萍先就不同意。

这不是哄人吗?我课程排得满满的,哪有时间给你编稿件呀?要是李小海出这馊主意,我不奇怪,他那人,这些年白道黑道,啥道也敢走。可你也这么弄假,还嫌社会上假东西不多是不是?

曾华就解释,说,我又不用你干活,这无非是应酬个场面,好说明《龙族》杂志的编辑人员有水平,素质也高,对李小海的那位香港总代理,还有愿意拿上钱来刊物上做宣传的公司代表,也能给人家增加些对刊物的信任度。具体编起刊物要用的稿件来,你们几个有时间就帮帮忙,没时间,那点活儿我一个人也就干了,干不完,我临时再找人还不行?眼下请别人出面,不如请自己人,事情成了,有点小利益,权当弄点打油买醋钱;事情不成也不怕,自己人不会笑话自己人,更不会互相埋怨。

在曾华的一再劝说下,黎萍想了想,丈夫说的那些道理也没错,但还是不甘心在一个学生手下挂个干事的名儿。便悻悻地说,原先是你一个人给李小海当摆设呢,现在倒给他又多了几个摆设。

曾华说,在咱们龙城,要论文化层次和在文化界的声望,就冲这杂志的社长是他李小海,我这个主编也不能当呀!当初我答应他李小海这件事,也是想除了写东西,另外有点不太费时间的事儿干一干,多点生活层面,又能有点经济收入,仅此而已。说到底,他这个杂志也不是官办的,好则聚,不好则散,你权当是帮我应酬个场面,这还不行?

黎萍这才点头说,那好,我陪上不就得了。

曾华乐了,又说,夫唱妇随,这就对了嘛。

黎萍说,我再随你,也只是一个,艾云和林森那边,还不定人家答应不答应你呢?

曾华说,艾云是忙,要真叫她以后编稿件,她怕是没时间。林森的时间可不那么死。

黎萍说,人家林森现在经济条件比你好得多,你给人家谋划这么个第二职业,人家能看得上?

曾华自信地说,我想他不会不答应的,这里面,不全是个钱字,还有个朋友间的关系呢。

曾华就去了一趟艾云家,又把和黎萍说的那番话翻来覆去说了一遍,说得这两口子也点头同意了。林森还特意表示了个意思,说日后曾华真的需要人手时,艾云的工作太忙,帮不上忙,但他可以帮助找人帮忙,自己也可以帮着搞搞案头编辑工作。有林森这话,曾华更是感激。心想,自己没谈啥报酬的话,人家也没提啥报酬的事,还是多交些这样的朋友值得。

李小海把这顿特殊宴会的时间,放在周末的晚上,地点定在一位朋友开的饭店里。他专门租了两辆出租车,一辆由他坐着去接贺氏姐妹,一辆让曾华夫妇坐着去接林森夫妇。李小海对他主编手下的几位责任编辑很满意。就这三位的身份,也足可以让他在贺氏姐妹面前有个说的,重要的不是贺晓春,而是让她的那位妹妹,不能小瞧了杂志社这批人马的实力。

在这处算讲究的包间里,客人们分别坐定以后,李小海开始介绍每个人的身份。当然得先从自己这方面说起。他先从曾华说起,说曾华在龙城文坛上如何如何有别人无法取代的位置,说曾华哪篇文章和哪篇小说如何如何不但轰动了全省,在全国也怎么热闹了好一阵子。说毕曾华,就挨着往下介绍。从黎萍是他的老师说起,说到艾云在龙城是家喻户晓的名记者,最后说到林森,将林森说成是学者型的企业家,说林森学问如何如何大,主持的公司经济实力如何如何强,说在刊物第一期上,作为配稿要宣传一下当地企业,他在龙城选来选去,除了林森的公司,别的都不够规格。

李小海喋喋不休,从曾华到林森,一个个全觉得在客人面前,李小海对他们的溢美之词太多了。

我这个人没别的本事,就是会用人。李小海轮到介绍他自己了,对贺氏姐妹说,你俩看看,我用的人,一个个全是我要叫老师的大人物,一个好汉三个帮,一个篱笆三个桩,有他们具体操持,这刊物的质量嘛,我就是闭上眼不管不问,还怕你们不放心?

贺晓春没说啥,贺晓燕却先开口了。

李先生呀,你这杂志社可是体现了改革精神呀,上级不给编制,也不给经费,靠这两对夫妇给你操办,你这不是整个儿一个个体户社长吗?

她用调侃的语气,却也不乏一种讥讽的意味。

李小海正要向他的杂志社诸位同仁们介绍贺氏姐妹了,让贺晓燕一插话,弄得极不好意思,忙解释说,我们《龙族》这本刊物,也是在省里新闻出版局做了登记备了案的刊物,你们的情况,你们恐怕不知道,个人还不容许办报纸办刊物呢。

贺晓燕就笑。又说,你们的情况,我也知道一点,报刊分个正式的和内部的,说是内部,不是保密,是非正式刊号。也就是说,在自己系统发行,不走邮局发行。说白了,我看你们的刊物就是第二种,说行话,叫省内刊号,也叫省内期刊准印证。李社长,我说得对不对呀?

李小海无言以对。

曾华夫妇和艾云夫妇也无言以对。他们全知道李小海批下的这个刊物,正是贺晓燕所说的第二种。

贺晓燕说的全是实际情况,贺晓春第一个急了。妹妹为什么要这么说?是要变卦?还是要打什么主意?贺晓春看一眼李小海,李小海也正望着她发呆呢。她便瞅妹妹,妹妹突然插入的这个话题,确实给了她一个闷葫芦。

贺晓燕却不理会姐姐,继续微笑着说,我们公司要在内地做点宣传,得考虑效果,报纸和电视多得很,这种新闻媒体比刊物传播快,覆盖面也大。就是找刊物,也得找一家发行量大的刊物,要不,还不是拿上钱打了水漂漂?

她这时才看了一眼姐姐,又看了一眼李小海和众人,见他们一个个瞪大双眼,脸上全泛起了吃惊和失望的表情,心里可就乐了。

她要的就是这种效果。

不过嘛——贺晓燕把话题一转,又说,李社长聘请的海外总代理是我的姐姐,这事儿办起来,我就非得考虑这一层关系不可。我代表我们公司照顾我姐姐一笔宣传业务,这事儿我这方面倒没啥问题,只是我姐姐的利益,不知李社长是怎么考虑的?

李小海长长出了口气,忙说,我和晓春都谈妥了。

贺晓燕问,多少?

李小海说,最少百分之三十。

贺晓燕说,只要你们谈妥了,我这边一点也不会变的,我姐姐这个人情,我总得给啦。

曾华夫妇和艾云夫妇几乎同时在想,看人家谈到个人利益时多么直率,和我们这些知识分子就是不一样,羞于谈钱,耻于说财,这一点,文化人是得向人家商人学着点呢。

贺晓燕看一眼姐姐,问,咱俩的情况,是你给几位先生和女士介绍呀?还是李社长来介绍呀?

李小海已经被贺晓燕搅得十分被动了,尴尬地说,我来介绍,我来介绍。说着便把贺氏姐妹的身份一一做了介绍。他不甘心让贺晓燕当了主角,步步逼得他失去了主人身份,介绍到最后,也用一种调侃语气说:

我刚才把这两位香港小姐的身份算是介绍完了,一点没错,人家现在是香港人,可早几年,她俩和咱们也一屡个样,全是龙城市市民,比起咱们来,不过有过个好老子罢了。

这姐妹俩脸上就有些挂不住。李小海给这两位以外商自居的小姐一抖底儿,也让贺氏姐妹脸上一阵发烧。

曾华便问贺氏姐妹说,你们的父亲——

贺晓春回答说,家父叫贺振。

原来是贺振书记的女儿。曾华夫妇和艾云夫妇虽说和贺振本人没有交往,但对早年曾在龙城执掌过最高权杖的这位市委书记,他们还是知道的。而现在，姐妹俩那种外商的身份，在他们眼中，远比她们是贺振的女儿更具光环，更能让他们在潜意识中，生出了一种钦羡之情。由此，贺晓春的回答并没有让他们引出特别的反响。

而这一点，贺氏姐妹二人显然感觉到了。

李小海虽然回报了贺晓燕方才对他杂志的嘲弄，心里又觉得那话有点太不给两位小姐面子了，便补充说，资本主义他妈的就是比咱们的初级阶段先进，你们瞧人家两位小姐，虽说也是大学生吧，但论学历，也只能和我划在一个层次，比起曾老师黎老师艾老师林老师你们几位来，我是你们的学生辈，她俩也得喊你们一声老师呢！可瞧人家的风度气质，再瞧人家的经济实力，不瞒诸位老师，单是晓春的那辆红宝马，诸位老师就是再熬上十年，怕是也无法享受上呢。

这话让贺氏姐妹重生的得意取代了尴尬。

这话也让龙城的两对高级知识分子夫妇，再次感受到了与这对姐妹间的某种差距。

从今天开始，大家以后就是朋友啦。我们的事业，以后还得仰仗两位小姐继续帮忙啦！李小海故意用一种广东腔结束了他的介绍，开始给在座的各位斟酒。

贺晓春的话不多，贺晓燕却找个话题，又滔滔不绝谈起了国外的见闻。在这一点上，她确实有优势，这些年，在和国内的客人们打交道时，她常常以自己的这点优势，让国内那些没出过国门，或是只在香港溜过一圈的客人们不得不对她仰目高视。她在侃侃而谈时，便感觉到自己正俯瞰着所有的客人。

曾当过外事翻译的贺晓燕，用一种优雅的手势，时不时地还在话中带出一半句英语来表示一种学识。她谈威尼斯的水城风光，谈巴黎的多彩之夜，谈纽约唐人街上种种高档商品如何物美价廉，谈澳大利亚政府如何将当地土人迁往内陆腹地，以及这些土著中神秘莫测的种种风俗，还谈华盛顿最豪华的大酒店里设备如何让人无法想象，蓝色多瑙河上富豪们的游艇里，酒吧泳池和舞厅让人如何销魂。她将亲眼见到的和曾经听说的，统统变成如自己的直接经历一般娓娓叙述不绝。这些异域的风光民俗，以及她讲述中带出的种种小细节，一旦成为酒席宴上的话题，让作家讲师记者副研究员们，便自然而然地一个个变得无言以对。

人生在世，要一直窝在家里，那可真是白来这世上走了一遭，可要没有钱呀，你就只好窝在家里。

贺晓燕说出自己的这种人生感悟时，又一一俯视过新结识的朋友们，居高临下的目光里充满得意。

人生可以将价值取向和衡量价值的坐标，定在不同的基点上。权力可以作为这样的点，知识可以成为这样的点，金钱也可以定为这样的点。在李小海做东的这桌宴席上，包括李小海在内，全是知识分子。贺晓燕的侃侃而谈，正是将人生价值的坐标，定在了金钱这个点上。在市场经济正取代计划经济的社会转型时期，像曾华和黎萍，艾云和林森这样的夫妇，在这样的坐标点上，他们的劣势，无疑地被贺晓燕推到了极致。

听贺小姐一席话，真是胜读十年书呀，你瞧瞧，你闹得我这几位老师全没有话说了。

李小海打着哈哈，恭维着贺晓燕。

贺晓燕更得意了，又指指姐姐说，我们俩算啥呀？在我们香港，比我们强的大老板满街都是。你们要能见上南洋杨氏集团的总经理，就是我们公司来龙城投资的大老板杨儒荫，看看人家那派头，那花起钱来的架势，还不定会怎么想呢！别的不说，走到哪里，也是住总统套房。你们金龙大酒店的总统套房我看过了，在你们龙城那是最好的，那条件，算个啥呀？甭说和其他地方比了，就连我们香港的一般总统套房也比不上！

说起杨儒荫来，贺晓燕继续口口声声我们香港长、香港短，你们龙城长、龙城短的，一副优越感。

艾云和林森对视一眼，林森却用脚尖踢了他的妻子一下。艾云便压住不快没有吭声。林森也觉得这位贺晓燕说话太张狂了，但作为陪客，他不想弄出不愉快来。

曾华的逆反心理终于让他不能继续缄默。

我说晓燕小姐呀,什么我们你们的,香港难道不是中国的? 你不想把龙城当作故土,那是你的事儿,把香港和龙城分开,我看你这话说到1997年也就到头了。

贺晓燕立即感到曾华的话里有冷冷的刺,正刺入她的脸上。

艾云由不得就表态,连声说是呀,是呀!

贺晓春急了,忙说,咱们今儿全是谈生意,不谈政治,不谈政治。

黎萍正要给丈夫帮腔,被李小海抢了先。李小海生怕别人跟上曾华,再冒出啥不中听的话来,一个劲地嚷嚷说,咱喝酒,喝酒。

紧张的气氛重新变得融洽。

酒席快散时,贺晓燕突然又提起了一件事:诸位,我们还有件小事,想请你们帮个忙呢。

又是李小海第一个说,只要不是上天摘星星,你只管说,在咱们龙城,白道黑道官道,我们全有关系。

贺晓燕嘿嘿一笑,说,不过是个小事,我想打听个人。要是大事,我就去请市政府帮忙啦。

啥人? 李小海问。他就怕贺晓燕出啥难题呢,一听是打听个人,他巴不得卖殷勤了。

贺晓燕说,这人叫刘亮——

话音未落,李小海就惊呼说,是不是"文革"中的那个刘司令呀?

贺晓燕瞧瞧姐姐,问李小海说,怎么? 你认识他?

李小海便打马虎说,要真是他,龙城我这么大以上的人,谁不知道他呀? 要比我小的呀,那可就说不准了。"文革"中才生下的,他们连"文革"是怎么回事都说不清楚,能知道个刘司令?

曾华说,你们说谁是司令呀? 我怎么就不知道?

黎萍冲丈夫说,"文革"中咱俩还在大学里斗私批修呢,龙城"文革"中的事儿,咱怎么能知道?

艾云说,你们要真是说"文革"中那个刘亮,我知道,那阵子我正上中学呢,刘亮特有名气。

林森问妻子:你是说那个造反的司令?

艾云说,你也知道?

林森说,你别忘了我也是老三届呀!

李小海想探明贺氏姐妹找刘亮干啥,然后再决定说不说刘亮和自己的那种特殊关系。他生怕这姐妹俩和刘亮有啥关系,刘亮要抖落出他和乔惠闹离婚的那些内幕来,贺晓春还能和他再好下去?

贺晓燕不想就刘亮再多说别的什么了,又不经意地说,我们和这人也没啥关系,他帮过我父亲,如果打听到了,也就是想看看他。

刘亮与贺氏姐妹的父亲有过啥事儿,李小海一无所知。他不想点明自己和刘亮的关系,便说,听说他现在开着个文化书店,小不点的门脸儿,混碗饭吃的小买卖。

这话却提醒了曾华,就问那书店在哪儿?

待李小海说出地点,曾华不由哈哈笑着说,你们说的就是那个小书店的刘经理呀,我认识他!他那书店虽小,卖的书可全是上档次的,我是他那个小书店的常客呢。我和黎萍有时上街,还专门要进一逛他那个小书店呢。怎么?这人"文革"中还当过司令?

黎萍就说,你们瞧,曾华又逮住创作素材了,他这个人,职业特点,谁和他交往,谁都会成为他笔下的模特儿。

贺晓燕就对曾华说,我说大作家曾先生呀,我和我姐姐是不是也会成为你那本书里的人物呀?

曾华笑着说,那倒很有可能。

贺晓春便问:是正面人物啦还是反面人物啦?

曾华说,这你们就外行了,好人坏人,那是创作中的概念化,写小说的一大忌。人是一种最复杂的生命体,即便是罪犯,他心中也曾有过善的一面,而一个人人赞颂的好人,他心中也一定有过罪恶的念头。所以毛主席说,一个人做点好事不难,难的是一辈子做好事。这话说得多深刻,由此去引申,就可以得出人是一个最复杂的生命体这个结论。

他还要滔滔不绝地讲下去。他感到只有在谈到创作,乃至谈到由创作生发出的种种哲学、社会学、心理学命题时,他才能拣回方才被贺晓燕的话挤走了的人格和自信。

曾华的话却被李小海打断了。他看曾华一眼,心想,你知道刘亮的那个小书店正好,这种替贺氏姐妹跑腿的事儿,还是让你去办吧!我才不想承担这种劳而无功的闲事呢。

曾老师,他说,你就抽空去和那个刘亮打个招呼,就说从香港来了两位小姐,要找他。

贺晓燕却直摆手,又对曾华说,这样吧,劳你给我们说说那个文化书店的具体地方,在龙城,我和我姐姐还是能找到路的。

曾华就把文化书店的具体地点,详细给贺氏姐妹说了个明白。

这顿宴席,就在这最后一个节目中结束了。

贺晓燕起身打开她随身带来的皮包,取出一个卷宗,看看李小海,又看看曾华,说南洋杨氏集团的好些材料全在里面。又说,这些材料你们可以随便摘编,转载也行,你们两位,我给谁呀?

李小海连声给贺晓燕道谢,指指曾华说,这些宝贵的资料,当然得我们主编收下啦。

曾华接过材料,便问说,我们也许转载,也许改编,这里面有没有侵权的问题?

贺晓燕说,反正内陆这方面的法制也不健全,你看着办吧。

这话,让曾华听了很不高兴。

没事没事,天下文章一大抄,这号事儿不用再讨论了。李小海嚷嚷着,觉得曾华未免太啰唆,只要弄到钱,你那文章是改编还是转载,还不是由你哩?他招呼大家离席,又到外面拦了两辆出租车。

他请贺氏姐妹先上了一辆,又指指另一辆对其他人说,委屈你们了,就挤一挤吧。说着就和贺氏姐妹钻进了一辆车,他要亲自送两位小姐回金龙大酒店。

分别上车后,两辆车各奔东西。

车内,曾华说,这顿饭,真是的!

黎萍说,那姐妹俩,算是衣锦还乡啦。

艾云说,我啥人没见过?怎么今晚上一点感觉也找不到?

林森说,不是找不到,是你不愿承认那种感觉。

曾华说,面对权柄能得到的种种好处,我们这些人在厌恶官本位时,难免也生出弃文做官的念头。同样,面对金钱所显示的种种价值时,我们这些人在批判拜金主义时,也往往被自己相对贫穷的现实,弄得有些自惭形秽。我说艾大记者,我说得对不对?

黎萍说,你解剖你自己吧,甭把我们全放在解剖台上好不好?

艾云说,黎老师,曾大作家的话不中听,因为他把咱们四个的潜意识全曝光了。

林森说,我看曾华解剖得好,见了有权的人抬不起头来,见了有钱的人直不起腰来,咱们几个,谁敢说自个儿就没有这种心态?艾云倒是各种场面见得最多的,艾云你说说你有没有这种心态呀?

艾云推了丈夫一把说,你怎么拿你老婆开刀呢?

林森说,黎老师刚才说了,曾华把我们四个全放在解剖台上了,我们四个里,你最有代表性嘛!在咱们龙城,你这个当记者的,多大的官儿你没见过?多大的款儿你没见过?连你都有这种心态,我们三个算啥?

艾云说,我可没承认,这全是你说的。

林森说,我倒是个经理呢,可拿金钱做坐标,在两个内陆外商面前,倒真觉得自个儿低人一等了。

曾华就叫好,连声说,内陆外商,这词儿好!现在有些人,不过是外面转了一圈,弄了个外籍华人的牌子,且不说他们怎么样,许多国人先就把人家当成个神神供起来,咱可不能也这副德行!

出租车司机听了半天,听出这几个人的身份,突然搭上话说,你们几位,又是作家又是记者,又是老师又是经理的,说得都对,又都不对。

大伙一愣,出租车司机继续说,做了官能发财,发了财也能做官,不管做了官还是发了财,就是高人一等,其他感觉咱不敢说,这感觉呀,我看人们永远也变不了。

众人就笑,笑得很沉重。

19

这几天,王红为林森一直躲着她,气得晚上常常一个人掉眼泪。林森总在公司里上班,不到他们部里的办公室去。王红给他打电话,约他,他不是说正谈业务,就是说有事要马上外出,弄得王红气得几乎没了谱儿。

也巧,这天下午她正准备去上班,林森找到她的宿舍来了。

你来干啥? 王红噘着个嘴,坐在床上一副生气的样子。

林森见她那副样子,知道她在生他的气呢,故意说,没事就不能来看看你呀?

王红依旧噘着嘴说,你还来看我? 你不怕我一口吃了你?

她那模样把林森给逗笑了。

笑啥? 有本事你就躲着,藏着,最好掘开个地缝缝钻进去,再不要来见我呀! 冲着林森这么嚷时,王红自己也笑了。

林森说,我找你,是想让你帮我写篇东西。

王红说,咱俩的研究课题是共同合作,什么你帮我我帮你呀?

林森便解释,说不是关于他们合作搞研究课题的事儿,是想请王红写篇文章,介绍一下他们部里如何搞第三产业,如何办起公司,以及公司这几年如何发展的报告文学。

王红高兴了,说,你是想叫我吹嘘你呀?

林森急忙摇头。再次解释,从李小海的什么委员会搞了个《龙族》杂志说起,说到曾华被请去当主编,又从南洋杨氏集团要在龙城投资说起,说到这个集团的总经理杨儒荫派了个全权代理已来到了龙城,说到这里,又对王红说,你知道在啥地方投资呀?

王红说,你不是说就在咱们龙城吗?

林森说,总还有具体地方吧。告诉你吧,就是在你们龙山湾,听说是要投资建一座老来大的橡胶制品厂呢。

你说来说去,这和让我写文章有啥关系呀? 王红问。

林森说,曾华要在《龙族》杂志上拿出主要篇幅来,介绍那家海外有名

166

的南洋杨氏集团呢,自然得有配稿。这配稿,就是我让你写的文章。我太忙,才来找你帮忙的。记住,写公司多点,可不要尽写我这个经理。

见王红听明白了,他就转身要走。

王红却起身一把拦住他说,你真怕我吃了你呀? 你就不能再坐一坐呀?

林森无奈,只好重新坐定。

王红就一本正经地问他说,你是不是很讨厌我? 一点儿也不喜欢我?

对一位如此年轻漂亮的女孩子,林森可不能承认这一点。承认了这一点,心地善良的副研究员生怕伤害了王红的自尊心。他急忙摇头否认说,不,你一点也不令人讨厌,不仅是我,咱们部里的同志们全都挺喜欢你的。可喜欢和爱情是两回事,比如我们两个之间,是不能存在爱情的。

他说得挺严肃的。

王红却嘿嘿笑了起来。

你错了! 她说,对于人生而言,真正的爱情并不会因为婚姻的这种法定框架存在,就不会在已婚的人中再次产生。这是最简单的道理,这种现实古今中外也太多太多,亏你还是个学者呢! 怎么就一语断定我们两个中间就不能存在爱情了呢?

可我们中间,实际情况是并没有存在爱情呀!

你又错了,那是因为你囿于自己是已婚的现实,生怕由于我的存在,打碎你现有的存在。

不,我和艾云结婚至今,还从没有想过要打碎我们的婚姻呢。

林森说这话时,用了很严肃的口气。

面对林森的一脸严肃,王红却毫无顾忌。

我早就说过,我现在并不希求你去打破你已经存在的婚姻,我只希求我们之间的爱情之花能自由地开放。至于你将来是否要打破你已经存在的婚姻,我完全认可你自己的选择。而我,绝不放弃与艾云的这场竞争!

林森真不知道面前的这个女孩子,怎么会如此固执地爱上了他?

小王呀,你不能这样,也不该这样,这样会毁了你自己的。我不能答应你的。真的,我是不能答应你的。再说,你这样做,对于我,对于艾云,全是不道德的。

王红睁大了眼,盯着林森。

只有爱情已经衰败的婚姻继续存在,才是不道德的。我相信你和艾云也曾经有过爱情,不然,你不会用婚姻的框架,封闭了你追求新的爱情的那颗心。可你想过没有,人生并不可能让真正能够相爱的男女,全部融入一种轨迹,如果一个人爱上了另一个人,而两个人彼此又都错过了以往相撞的机会,那么,主动的追求就成了救助对方的神圣职责,对方从既定的框架中获得解脱,文明的社会也绝不能用不道德的字眼去进行谴责。

她直面她心里深深爱恋而一时不可得到的男人,说这番话时,两只眼眸子里闪着被爱火燃起的动情目光,既无比大胆,又无比执着。

王红那两道目光,让林森看出这女孩子的单纯,也看出这女孩子的固执。他想用一个过来人的认识,帮助王红摆脱那种自以为是的歪理,但面对那两只眼里的单纯和固执,正向他频频送来滚烫的妩媚,作为一个男人,他又觉得实在无力抵挡。

她不是一个坏女孩……我应该把她当成我的小妹妹一般……她去爱一个男人,是她这个女孩子自己的权力,可她怎么非要爱我呢……我也爱她吗……我比她年长,可以拒绝这种爱,但不能使拒绝变成一种伤害……她又不听我的拒绝,在不伤害她的前提下,我……我该怎么办呢?林森的心里一时乱极了。

他可没有想到事情突然间又起了变化。

林老师,你……你就让我喊你一声森哥吧!

王红如此说,话中有更多的热烈和急切。

林森还没有反应过来,王红已一下子向他扑来。

坐在那里的林森猝不及防,面前这个女孩子的整个身子,便已经钻进了他的怀中。

森哥,你抱抱我……

一刹那间,林森想站起来,却又浑身软得站不起来。

……你是好人,我也不是坏女孩子……森哥,你就答应我,抱……抱我吧……

　　他想用力把这个女孩子从自己怀里推出去，却又觉得那样做，未免会伤害了她的心。

　　他听见王红在他的怀里埋头嘤嘤地哭泣起来。

　　森哥，森哥，我就是爱你，绝没有其他坏心眼的……

　　她喃喃着，好伤心，也好让人心疼。

　　林森终于紧紧地抱住了她，对她说，别这样，咱们慢慢说，你快起来擦把脸，好不好……

第六章

20

　　原本是龙城长大的贺氏姐妹，按曾华告诉的地址找到文化书店，是一件十分容易的事。而对这个小书店的经理刘亮来说，贺氏姐妹突然如从天降，出现在他这不足二十平方米的小店铺里，那种惊讶，无异于猛然间见到了一对星外来客。

　　作为文化书店的经理，刘亮只有两位雇员。一位是他的妻子，一位是他的女儿。妻子原本是工人，企业不景气，丈夫弄下个书店也需要个帮手，她就办了停薪留职手续，成了刘亮的第一个雇员。女儿高中毕业了，没有考上大学。刘亮本想让女儿再补上一年试试，女儿不干了，对爹妈说，你们挣点钱也不容易，我给你们当帮手吧。刘亮想一想，人间千条道，上大学也不是唯一的一条道，于是就坦然地接收了这第二个雇员。

　　贺氏姐妹来到文化书店时，书店里并没有几个买书的客人。这里是开架售书，客人尽管自己去书架上挑选翻看。刘亮的女儿正在当班，坐在一旁，间或回答客人们的问题，客人如果挑好了要买的书，便与客人当下结账。刘亮正钻在里面的一个小套间里看书。小套间不大，一张行军床、一张办公桌、三把椅子外加一个小保险柜。除此以外,靠墙全是打着包尚未上架的书。经理办公在这里,书店全体员工开会在这里,财会结算在这里,来了客人要洽谈业务也在这里。

刘亮现在趴在桌子上看的,是一本描写伟人私生活的书。

这几年书市上兴起一股伟人热,各类写伟人的书籍,不断从新华书店第一渠道和个体书商第二渠道源源抛上书市。刘亮也能常常接到这类书的订单和样书。对待这类书,刘亮有他自己的一个原则。那就是这类书他这个书店进货不进货,必须他自己看过样书后再定。他正看的这本样书,附带的广告上,介绍文字写得花里胡哨,完全不是介绍一代伟人那种严肃的口气。对这种广告他很反感,但订单说明上那一半的利润折扣又相当诱人,看这本样书时他还想,如果这本书没有出格的内容,就冲那对半的利润,倒也不妨进上一批。但这本样书看了不到三分之一,决不进货的主意他就已经拿定。不为别的,书中对伟人下作的调侃,和几近诬蔑的文字,让刘亮在感情上一点也不能接受。

在香港生活多年的贺氏姐妹,高雅的穿着打扮,立刻使店里的其他买书客显得衣着寒酸了一点。她们身上弥漫出的高级香水味儿,使刘亮的女儿一眼认定这是两个有钱的买主。她微笑着迎上前去,先问她们想买什么书,又一再表示她可以帮助她们挑选。她的热情看来很让贺氏姐妹感动,姐妹俩却没有朝书架前走,而是先打量了她一眼,又四下朝这小小的门脸内打量了一下。

请问刘亮是这里的经理吗? 贺晓春先开了口。

刘亮的女儿点点头。

我们想找刘亮,贺晓燕补充说。

这回,刘亮的女儿重新看看这两位客人,才转身冲着小套间里喊道:爸,有人找你呢!

刘亮就是听到女儿的喊声才走出套间的。

刘亮就是在这种毫无思想准备的情况下,见到了这一对久违的,几乎不敢相认的贺氏姐妹。

他怔怔地看着这姐妹俩。

一位是风韵依旧挽住了青春的少妇，一位是年轻健美浑身洋溢着青春的小姐，在这一对姐妹的身上，哪里还有一点昔日的影子？她们从哪里来？怎么会找到了我的书店？

是啊，刘亮最初认识她们时，贺晓春脖子上已经戴上红领巾了，贺晓燕还是个没有戴上红领巾的小孩子呢！

……时光正退入1966年，也是如现在一般已然入秋的季节。

伴随着《人民日报》社论中要横扫一切牛鬼蛇神的号召，龙城市走出校门的大学生和中学生们，已经把龙城彻里彻外地翻了好几个遭了。大街小巷里所有的店铺门面，全在学生们左一道右一道的勒令下，用油漆刷成了一片红。在龙城的红海洋中，各行各业被揪出的牛鬼蛇神们，或戴纸糊的高帽子，或低着阴阳头，时不时地被学生们押着，在龙城的大街上游斗。

龙城市的市委书记贺振，接见了龙城大专院校和中学的红卫兵代表。他坚决表态，要和革命的红卫兵们站在一起，一道向旧世界造反，一道破四旧，一道横扫一切牛鬼蛇神。他根本无法记住那些代表们的面孔和小将们的名字。更不知道在一次次接见的这些学生代表中，有一位名叫刘亮的学生，日后有一段时间，会和他的命运紧紧地扭结在一起。

刘亮那时是龙城一中高三的学生。

刘亮的学习成绩在班里总是名列前十名。

各科老师一致公认刘亮属于能顺利考入大学的学生。刘亮也暗暗想好了要报考的专业是北大图书馆系。他爱看书，总幻想着日后能天天在一架又一架的图书中穿行，每天能有机会去读那永远也读不完的书，在由书籍组成的知识海洋中，畅游完自己的一生。

一个高中三年级的学生，并不知道如暴风骤雨般而来的"文化大革命"会葬送他和他这一代人的命运。他也造反了，上街了。学校里一下子成立了许多战斗队，他和几个要好的同学也写大字报，也发表宣言，要砸烂一个旧世界，建立一个红彤彤的新天地。刘亮的爷爷是工人，父亲还是工人，一些和他要好的同学成立了红色造反队,让他做队长,他当仁不让。是要领上大家革命呢,这事儿能推?

我们没有赶上二万五千里长征,没有赶上抗日战争和解放战争,但我们赶上了"文化大革命"。我们向前进面对封资修,我们不造反,谁来造反?我们不革命,谁来革命?

这是刘亮那个红色造反队宣言中的誓词,这一段誓词,出自他的手笔。那时,刘亮和所有的中学生一样,心里是一片赤诚。

大街上突然就出现了打倒贺振的大标语。

省报和《龙城日报》上,突然就登出了署名为观察员的大块文章,披露了省委常委紧急会议将龙城市委书记贺振定为野心家、走资派,将贺振开除出党的决定,以及省委派出工作组进驻龙城市委,继续领导"文化大革命"的消息。

龙城轰动了!

在龙城,这无疑成了振动全市的最新消息。几天前,刘亮作为学生代表,在贺振书记亲切接见后,还回学校向他那个战斗队的同学们传达过贺振书记的讲话,那讲话是何等革命,又是何等符合"文化大革命"的精神啊!可怎么转眼间,一个堂堂的市委书记,就能成了野心家,成了走资派,成了被开除出党的坏人了呢?

以往弄不懂的问题,刘亮爱钻在学校图书馆里,从书本里去寻求答案。可如今,答案何在呢?

他与同学讨论,向老师们请教。一个战斗队里的同学们说不明白,没有被扫进牛鬼蛇神行列里的老师也给他说不明白。他对小事情都想弄个明明白白,这么大的事儿,他才不愿意就这么不明白下去呢。以前并没有见过市委书记。作为学生代表见过市委书记后,才知道市委书记是那么一个身材十分精干,面目十分和蔼的领导。这位领导都和他握过手了,说过话了,他不弄明白市委书记为什么一下子就成了坏人,自己就和自己过不去。

高三尚未毕业的准知识分子刘亮,下定决心,要自己去找贺振问个明白。那一天的黄昏,他就是带着这个决心,一个人离开了学校,先到了市委。市委大院里乱哄哄的,到处贴满了大字报,不知从哪里来的许多人——刘亮想,他们或许都是干部?看人家干革命都干得不顾上班和下班了,形势多好啊——在看大字报,也在辩论着贺振是不是野心家和走资派。刘亮听了好一阵,也弄不明白谁是谁非。他向人打听到了市委宿舍的方向,又沿途问了几个路人,总算问到了贺振住的地方。是排房隔成的小院。他按问到的门牌号数,敲响了这个小院紧闭的大门。

他于是听到了脚步声。门开了,两个小女孩,大点的戴着红领巾,小点的大概还没有戴红领巾的资格呢,手拉着手,怯怯地站在他面前,四只眼睛十分紧张地看着他⋯⋯

而现在,贺氏姐妹一派港式打扮,在她们身上,哪里还有一点儿昔日的影子。

面对着早已远走高飞,许多年不知音讯的贺氏姐妹突然出现在自己的小书店里,刘亮在吃惊过后,第一句话就是你们,你们俩是从哪里来的呀?

他看到了姐妹两个脸上善意的微笑中,流露出明显的得意。

贺晓春说,我俩是从香港回来的,回来也没两天。

贺晓燕说,我和姐姐说了,我们要是不找见你,看看你,我们心里就过意不去。还真没有想到,你也成了书店的老板啦。

刘亮讪笑着说,哪里话,哪里话,我这号人,还能成了老板?

贺晓春说,经营个书店,挺高雅的,就是利润小一点。

贺晓燕说,店铺倒是不大。以后往大发展,小老板不就成了大老板啦?

刘亮忙说,靠这小书店,维持个生活罢了。你们俩,在外面有挺大的发展吧?

贺晓燕说,我说刘经理呀,你就让我们姐妹俩和你站在这里说话呀?

刘亮伸手敲敲自个儿的额头,不好意思地说,你们看我,真是一点礼貌也没有了,快请,快请,你们到里面坐。

走到小套间门口,又不好意思地说,条件可是太不好啦,不过把门关上,也还算安静吧。

等把贺氏姐妹让进他那小套间，刘亮又转身安顿了一番女儿，让她能处理的事儿，就在外面处理了，不要进来打扰他。女儿能看出这是两位挺重要的客人，也不多问，懂事地点点头。

刘亮这才进了小套间，把门关上，不好意思地说，你俩请坐，地方不大，快将就着坐下呀。

他又给贺氏姐妹洗杯子，又给冲茶水，忙了好一阵儿，然后才坐到了她俩面前。

你俩猜猜，我刚才猛一下子看见你们两位时，想到啥了？

贺晓春说，总是想到咱们第一次见面的情景了，对不对？

刘亮点头说，就是就是，那阵子，你们俩多小呀。

贺晓燕说，那阵子，你也不大呀。

刘亮又说，你俩全成家了吧？

贺晓燕就嘿嘿笑着直摇头，又看了姐姐一眼。见姐姐没有说话。就替姐姐说，我姐姐有先生啦，你呢？女儿都那么大了，太太做什么生意呀？

她是有意要避开关于姐姐结婚的话题呢。

刘亮叹口气说，孩子她妈厂里不景气，发不了工资，就和我一道开这么个小书店，凑合着活吧。

贺晓燕便明白刘亮的日子不是很好，开一个小书店养全家人，绝成不了先富起来的那一部分人。她安慰他说，不给公家干，给自己干也好。

好啥？国有企业总是搞不好，要能搞好，我还让她回厂里去上班。

姐妹俩可不关心刘亮的太太，贺晓春又提起了刚才的话题。她说，你第一次到我们家，给你开门时我好怕好怕哟。那天我父亲刚被人戴上高帽子游斗回来，我还以为是又有人揪他来了。见只有你一个人，心里才稍稍踏实了一些，那情景，我一辈子忘不了。

贺晓燕也说，我记得我和姐姐挡不住你，只好把你领到客厅里去见爸爸。我们不敢一道进去，一直和妈妈躲在另一间屋子里，不知会发生什么事。

贺晓春打断妹妹的话说，我那时都上六年级了，比晓燕记事。爸爸和你谈了些什么,以后他从没有告诉过我们。我怎么也想不出,爸爸和你说了些啥?怎么一下子就把你和他弄到一条船上去了?

贺晓燕说,他那么大的干部,糊弄个中学生还发愁?

刘亮说,不,不,我至今也不认为他是在糊弄我。如果那晚不是我去,而是别的学生去,我想他也会和他们说那些话的。在那个特定的时候,他需要找人倾诉,更需要有人理解。历史和他们那一代人开了一个大大的玩笑,但他们最后还是全站起来了。历史也和我这一代人开了一个大大的玩笑,我作为这一代人中的特定人物,却是永远无法再站起来了。

刘亮这话中溢出的那种历史感,让贺氏姐妹一阵沉默。

消失的历史,在沉默中浮现了……

21

刘亮还记得,那天他走进市委书记家中的客厅时,贺振将整个身子埋在沙发里,显得十分疲惫和痛苦。

刘亮站在他的面前,厉声说,贺书记,我要问你几个问题!

他看见市委书记抬起头来,惊恐而不安地看着他,又强打精神反问他说,你是谁?

我叫刘亮,龙城一中红色战斗队的队长,你那天在市委大会议厅里接见过我的。

市委书记上下打量着刘亮,实在想不起那天接见的学生中,有这么一张面孔。

你要老实回答我!

市委书记便努力认真地抬起了头。

你究竟是不是野心家?是不是走资派?

他看见市委书记痛苦地看着他,用几乎嘶哑的声音大声说,不!我不是野心家,也不是走资派!

可你的事报上都登了!

不!不!那是诬陷,是个别领导为了不引火烧身,为了保自己才对我进行的诬陷!

贺振的大声否认,让刘亮一时不知再问什么才好。

他看见市委书记又将自己的身子埋进了沙发,且无奈地自言自语说,你不懂这些,我给你再说,你也不会懂的。

这话无意间激起了刘亮的自尊心,也激起了他那种对不懂的事非要弄个明白的劲头。

你走吧!贺振分明是下逐客令了。

他却固执地站在市委书记面前,大声说,我就是要你给我说清楚!

他看见市委书记再次抬起头来,眼中闪过对他的不满和厌恶。

马克思主义的道理,千条万绪,归根结底,就是一句话:造反有理!刘亮对着市委书记,背诵完这条红卫兵们当时奉为信条的语录后,又阐述了自己的主张:你要是野心家,走资派,我们就打倒你,再踏上一万只脚,让你永世不得翻身!可你要真是好人,我们红色战斗队也绝不会放过害你的人。

这话让贺振慢慢地挺起了腰身。

你坐,你坐下说话。

见刘亮坐在他对面的沙发上了,贺振又问,你说你是一中红色战斗队的?你说你叫什么来着?

我叫刘亮。

市委书记好一阵沉思,最终,他还是拿定了主意。

我说刘亮同学,你听我说,在我的事儿上,有个大是大非的问题呀!省里的主要领导这么对我,是怕你们这些红卫兵把握革命的大方向,下一步把斗争的矛头对准他呀!

被冤枉了的市委书记,开始给刘亮一桩事儿一桩事儿地讲了起来。他从自己参加革命讲起,一直讲到担任了龙城市市委书记,成了省委的常委。在讲罢自己红得不能再红了的历史之后,贺振开始讲,工作中存在的种种分歧和斗争。那个晚上,刘亮记得十分清楚,他的脑子里,装满了市委书记给他填入的太多太多的内容,真是剪不断,理还乱。但有一条他是清楚了,贺振书记不是个坏人。

也就是在这个晚上,刘亮将住校的红色造反队的战友们叫来,又指派大家将回了家的战友们也叫来,诸位小将们召开了一个紧急会议。同时,与他们这个战斗队一直并肩战斗的其他战斗队中,也有不少头目和骨干被请来参加了这个会议。刘亮如第一次向战友们传达市委书记召见时的情景一般,认真地传达了他这个晚上,在市委书记家中了解到的情况。在一片热烈的讨论争辩中,这群浑身热血沸腾的中学生们,决定联合成立红色造反兵团,并打响第一个战役。

22

刘亮淡淡一笑说,历史,全都是不堪回首的历史了。对那段日子,他实在不想多想,更不想多谈什么。

贺晓燕却正是为了不堪回首的历史,才拉上姐姐一道来看刘亮的。她感叹地说,我可忘不了历史!这回我一到龙城,你看政府官员们对我的那个热乎劲儿!可我记得清楚,我老爸去世后的那个春节,就你刘亮够朋友!

贺晓春也感叹地说:

父亲去世时,我有事没能回家,那个春节,我有事也没能回家。我听晓燕给我说了那个春节的事,当时她都哭了,我也一个劲陪她掉眼泪。所以这次回来,我们必须来看看你,表示心里的谢意。

这话勾起了贺晓燕的心事,愤愤地说:

虽说龙城市市委市政府的头头脑脑们几乎全换了,可有些在位的,我们也认识,但我和姐姐说了,我们只来看看你,我父亲其他的朋友们,我们是绝不登门拜访的。就是他们来看我们,我们还不一定有时间接待他们呢!

贺晓燕一副愤世嫉俗的神态,让刘亮感到很不舒服,但他极力去理解贺晓燕的心情,不便多说什么。

贺晓春又说,人一走,茶就凉,我妹妹她是亲身经历了。

贺晓燕漂亮的脸蛋子上便掠过一种世故,一副城府很深的样子说,不经过那个春节,我是不会对这话有深刻体会的。

姐妹俩的这番话中可没有掺入虚假。

刘亮能听得出来,也能看得出来,她俩是在向他表示一种真情,但刘亮却觉得他不应该接受这种感谢。他有自己的思维,有自己对人生的认识。人生是一出戏,他却被导演误导了,扮演了自己原本没有想到的角色。曾梦想做一个图书馆馆员的刘亮,在政治斗争的大旋涡中表现了自我,同时也失去了自我。刘亮那时与贺振的交往,并没有带上个人的功利主义。他为贺振翻案时,并不期求从这位已经被打倒的领导人身上获取什么好处。贺振在整个"文革"中的沉浮,并不因为刘亮最初带着学生们支持他而能彻底改观。刘亮在"文革"中的命运,也不因为他最初支持过贺振,而在贺振重新掌权后有所变化。也正是基于这种没有什么个人目的的交往,刘亮在贺振死后依然去了贺振的家中,他觉得那是应该的,是不值得贺氏姐妹如此表示谢意的。有人生前手中握有权杖,有人生前手中拥有金钱,人间不能没有权杖,也不能没有金钱,但正是这两种东西,又最能剥夺人与人之间的真情。握有权杖的人可以行使权力,拥有金钱的人可以支配财富,人们在与他们交往时,往往是要求助于他们手中的权力和财富。握有权杖的人一旦死去,人们马上关注的,是他原先的权杖会落入谁人之手。同样,拥有财富的人一旦死去,人们马上关注的,是他原先的财富将如何分配。只有在与死者生前的交往中,不曾起因于他的权势,也不曾起因于他的财富者,此时才会去一个心思地关注死者。而那位死者是有负于刘亮的。后来长成大人的刘亮,常常想到贺振与他最初的交往,是贺振先将他制成了一面盾,用来保护自己,然后又将他铸成了一支枪,用来刺向同僚。如果不是因为认识了贺振,他会落个今天的下场吗?他怨而无悔,谁叫命运将他与贺振在那种特定的年代里,突然间连在一起了呢?

可这些,值得再向贺振的两个女儿说吗?

她们那时还小,就是和她们说了,她们能理解吗?

现在想起来,是我的父亲当初害了你。

贺晓春不无感叹地对刘亮说。

刘亮却默默地摇了摇头。

贺晓燕说,你要是当初不为我父亲翻案,你也不会成为什么司令,顶多是个小战斗队的队长,也许以后还会顺顺当当进入大学的。

刘亮叹口气说，可历史就是历史。

贺晓春说，那个时代，一个市委书记，不管是先倒后倒，最后总得被打倒的。可参与造反的学生，却并不是每个人全像你一样，落得个今日的下场。从这个角度来说，我的父亲确确实实当初是害了你。

刘亮说，可我是自己找上门去的。

贺晓燕说，他完全可以让你不管他的事。

刘亮说，那不可能。

贺晓春说，你也完全可以不管他的事。

刘亮说，那也不可能。

贺晓燕又问刘亮说，你恨过我的父亲吗？

没有！刘亮说得很坚定。

可是，在他重新掌权后，正是在他又得到权力之后，他却没有保护你，贺晓春说。

刘亮说，他可以不那样做，但他那样做，我能想得通。

"四人帮"被打倒后，刘亮这样的人物一个个被清理出来。当时，刘亮只有一个请求：能不能再给我一个上学的机会？专案组请示贺振，贺振的回答是没有人能剥夺他考大学的权力。刘亮被打发到一个小工厂，他果然报了名，以一个大龄报考者参加了一次高考。他报的是图书馆专业。可惜他早已不是1966年的应届毕业生了。学业的荒疏，让他的得分与录取线相差遥遥。从那以后，直到贺振年高退休，刘亮与贺振的关系，只留下了年年春节去拜一次年的内容。

23

这些往事是让人伤感的，贺氏姐妹似乎觉得应该换个话题了。

贺晓燕拿起了刘亮扔在床上的那本书，翻了翻，问他，这类书好销吗？

刘亮说，可能好销，但我从不进这类书的。

他从这本书上找到了新的话题，开始滔滔不绝地发表自己的意见。

贺晓燕听了一会儿，将手中那本书扔到了一边。她从来不想去想那些与自身此时的事无关的任何问题，自从出国以后，她更是处处事事以实用为目的。谈那些没有一点经济内容的话有啥意思呢？她于是打断了刘亮的话。

她说，那个春节的初三，我就听你说过这些话。

……贺振正躺在病榻上。医院再次向贺晓燕下达了病危通知书。她伏在父亲的枕头边，眼中已经没有了泪花儿。她不是第一次接到这种病危通知书了。她知道死神正在一步步地走近自己的父亲。

爸爸，你还有啥话，你就对我说吧。

她尽量大声，尽量让自己的父亲能够听得见。

贺振的嘴唇微微动着，喘息的声音已经极低，说话也十分困难了。

燕儿，我这一回看来是要走了，是要去看你两个可怜的妈妈去了，燕儿，你姐姐怎么就没有回来一趟呢？

爸爸，她忙，她忙啊。贺晓燕只能如此说，别的不能再多说什么了。那时贺晓春正忙着迁居香港，她和姐姐通过电话，怕姐姐担心，并没有详细告诉姐姐父亲的病情如何。

燕儿，上次组织上派人来，爸已经和他们谈了。爸一走，不搞追悼会，不给组织添任何麻烦。咱们家里，家具都是公家的，你要退掉大房子，留间小房子就行了，公家的家具，不该留的千万不能留。你和晓春日后回龙城，有个地方落脚就行。燕儿，你听见了吗？

贺晓燕大声对父亲连声说听见了。

还有……我有一笔存款，你妈留下的，我……就留给你吧。就算是爸爸给你将来成家时的一笔资助吧……贺振喃喃着，告诉了贺晓燕他那笔存款单放在什么地方。

要说父亲曾留下什么遗嘱的话，这便是父亲给她留下的最后遗嘱。

几天后，病魔便夺走了贺振的生命。

那几天，贺晓燕几乎没有离开过父亲的病房。父亲的后事处理完了，在贺晓燕孤身一人重新回到家中，大睡一场睁开双眼后，她想到了父亲留给她的那笔钱。她甚至做了种种可观的假设，那是一笔多大数额的款项呀？父亲是级别很高的干部。在那个年代,父亲的工资是很令一般的工人和干部们羡慕的。家中并没有什么负担。父亲一定积攒了一笔数目可观的存款。这笔钱是经妈妈之手,一笔一笔积攒下来的。爸爸是这么说的,那么,这笔钱便有了更早的积攒历史。也就是说,它是一笔多年的积累。有了这笔父母亲多年积累下的巨资,我将怎么使用它们呢？是不是需要和姐姐分开享用呢？

贺晓燕当时的思想早已不是上中学时的思维了。她已见多了省城的大款,见多了金钱的作用。社会已进入了80年代的中后期。贺晓燕已深深地明白金钱的伟大,更深知在实施自己的出国梦前,能得到任何一笔金钱,都是一件可喜可贺的事情。

不用去做一丁点儿付出,她马上就可以得到一笔巨款了。这是父亲留下的遗产,是合理合法地属于她的一笔巨款呀！有多少呢？七八万,那不大可能。一两万,那又有点太少了。以父母亲一年存两千,这是可信的事实,以十年历史而计,最少就是两万。加上利息,加上她对这个数目的保守算法,贺晓燕认定她马上就可以得到最少三万元的遗产了。用这笔钱加盟她已有了一定数额的小金库,在出国的那些年轻男女中,她简直就可以算是个小小的富妞儿了呢！

贺晓燕就是怀着这种喜悦,从父亲和母亲一道共同枕过的那个大枕头里,取出了一个小牛皮夹子。

父亲所说的那笔钱,就在里面的存单上。

可是,当她小心地打开那个牛皮夹子,小心地取出里面仅有的一张存单,再小心地打开存单,辨认上面的数目时,她几乎惊呆了！

那是一个数目只有六百元的存单。

她不相信这个事实。她重新把那个小牛皮夹子翻了一遍,又重新把那个枕头翻了一遍,哪里还有别的存单呢？

莫非是我记错了？她回想,记得十分清楚,父亲临终时就是说到了枕头,说到了枕头里有一个皮夹子,里面有一笔存款要留给她的。她又去翻父亲的其他遗物,继而把家里能翻到的旮旮旯旯全部翻了一遍,直到精疲力竭,直到大汗淋漓,直到重新相信这六百元,就是刚死的父亲和早就死掉的母亲一辈子的全部积蓄,才浑身无力地坐到了沙发上。

她在省里的外贸口做外事翻译,无论是因公还是因私,那些头头脑脑们,那些大款大腕们,花六百元去吃一顿饭,那还不是一件常事?花六百元去点一首歌,那还不也是常事?我的老爸,就是给我留下了一顿饭钱?!我的老爸,就是给我留下了点一首歌的歌钱?!老爸呀老爸,你怎么就不想一想,你给我留下这点钱,够我做什么呢?

她要出国。

她那时是急需要用钱的。

要不是父亲病重病危,她或者就会拍拍屁股走了的。但她没有那么做。她为了照顾父亲,一次次推迟了出国。她要尽孝道。母亲不在了,姐姐远在南国不能回来,她再没有兄长也再没有弟妹了。她必须给父亲送终。那时她相信父亲会给她留下一笔钱的,除了她,父亲还能再给谁呢?所以她从不向父亲提起钱的事。她等着父亲给她说。她果真就等到了。可她等到的却是远不及她想象中的一张存单!

那个春节的初三,她和刘亮说到了这件事情。她的话中流露出无限的怨恨和不理解。然而刘亮却被这件事情深深地打动了。

刘亮那天劝她,说这正是一笔可贵的遗产。

她以为刘亮在开玩笑。

不,刘亮说,我可不是开玩笑。你的父亲是一位老干部,不管仕途如何大起大落,也不管人生如何大悲大喜,更不管为政做官时某件大事小事处理上的成败得失,仅仅作为一个曾经执掌过龙城最高权杖的官员,只留下六百元,两袖清风而去,这就是一种难能可贵的精神呀!

你不觉得你这话有些过时了?贺晓燕反问刘亮。

刘亮说,搞经济建设是对的,让老百姓们富起来,更是一点也没有错。问题是当整个社会以阶级斗争为纲,转向以经济建设为主以后,人们必然会由崇尚权力转而崇尚金钱。挥霍,浪费,贪污,腐化,权钱的结合和权钱的转换,也会由一股股潜流带着的病毒,变成可怕的流行病。你的父亲是在重新掌权后退下来的。他在退下来之前,整个社会上这种流行病已经侵入了官场,以你父亲退下来之前的权势,他只需小用一下手中的权杖去做一点小小的交易,暗中得几万块钱还算个事情?可他清清白白地交出了自己的权杖,清清白白地退出了官场,最后又清清白白地离开了人世。晓燕,你说你要出国了,你说你永远不想再和父母亲一样,一辈子克勤克俭厮守在龙城了,你说你要去开创一个新的天地,过另外一种日子了,这些我全赞成。但是,作为一个人,无论是从政还是下海经商,清清白白做人做事的精神,那才是一种永久的人格呀!

贺晓燕冷冷地笑了。

说教,你这是历史留给你的印痕,是一种如今已显得十分苍白的精神万能论,那是你们曾经有过的信仰和属于你们的理论,当然也包括我的父亲在内。我需要奋斗。我没有可依赖的权势能让那区区可怜的六百元钱,变成六千、六万。资本的原始积累,是无法讲究什么精神和人格的。我现在需要的是钱,而不是父亲的什么精神。

当时贺晓燕坚决地否定了刘亮的话。

现在,贺晓燕听见面前的刘亮正说到了对钱的认识。

要是单纯为了金钱,别的办法不用多说,只要我多进些这类乌七八糟的坏书,还有那些非法印制的黄书(他指了指被贺晓燕扔到一边的那本书),来钱还不容易?在我们这号开个体书店的人中,为了多挣点钱,也是可以丢弃人格的。

贺晓燕嘲笑说,如果一个乞丐具备了再高尚再伟大的人格,那人格又能有什么价值呢?

刘亮也不让步,咄咄逼人地说,那人格就使他比百万富翁浑身上下要干净了许多。

贺晓燕嘻嘻一笑说,又是你的精神万能论?

要是换上别的客人说这种话,刘亮会驱其出门。但面前坐着的是贺氏姐妹二人,他只能忍住心中的不快,不再说什么。

贺晓燕却继续开导起刘亮来：

现在的时代，是一个以金钱作为价值的时代。要不然，那些有权的人为啥要用手中的权去追逐金钱呢？这就说明根深蒂固的官本位，正在渐渐被时代所动摇。这也说明以金钱作为价值的时代，比以权力作为价值的时代是一个进步。你应该看到这一点，不然，你搞这个小书店的意义就太单薄了。旧梦难圆，你应该去做新梦才对。

刘亮对这个当年何其纯朴的小燕子，便产生出一丝更大的不快。

贺晓春已经看出了刘亮神色中的不愉悦，她不能让妹妹再向刘亮漫天乱扯下去。客人的话让主人不高兴，她觉得这有失礼貌。

贺晓春开始谈到了想帮助刘亮的意思。

她说没有想到刘亮办起了书店，但看这书店的规模，一定是资金不足。她说刘亮如果愿意，她可以和刘亮一道，共同做点儿生意赚钱。她说刘亮可以再搞点精品礼品的代理和推销，她完全可以用最优惠的价格，给刘亮做这种新业务的后盾。

我姐姐这个主意不错，贺晓燕补充说，你干脆在龙城弄个与我姐姐合资的公司算了，有我们两个帮你一把，还怕弄不成？

贺晓燕的话里带出一种施舍的口气，这种口气，刘亮极不愿接受。他摇摇头说，你俩的好意我心领了，可我现在只想经营我的这个小书店，其他的活儿，我现在一点也不想多干。

贺振书记已经死去多年了。眼前的贺氏姐妹，那气度，那派头，一副在香港发了迹的样子。刘亮在和贺振交往的过程中，并不曾想到过有什么回报，现在为什么要让贺氏姐妹回报自己什么呢？如果不是贺氏姐妹，而是别的什么人愿意和他合作，他是可以考虑这种合作的。而现在他面对的是贺振书记的两个女儿，她们是在施舍他，是在一种对昔日的关照中同情他，他为什么要接受这种施舍和同情呢？他也知道她们对他是真心，但他感到与这种真心并存的，是一种人格上的不平等。特别是在和姐妹俩的这番闲聊中，他感到与她们有许多格格不入的地方。姐妹两个与他合作的话，对他是一种引诱，但他却用一句话就封了口。

第七章

24

又是一个周末。下午。

贺晓燕提着一个印制精美的购物纸袋,走进市政府办公大楼时,心里对自己今天的行动,还在不断地打着问号。程国庆副市长能不能接受她的馈赠,她还说不准,但她今天这么做,自认为是选了一个好时机。

今天早上八点半,她给香港挂通了电话。她能想象出杨儒荫坐在宽大的写字台后面,与她通话的情形。她从总经理的话音中,能听出杨儒荫对她的工作十分满意。杨儒荫说已全部看过了她传真过来的文件。杨儒荫甚至在电话里嘱咐她要注意休息。对待下属一贯要求工作作风快捷、高效的总经理,平时只是安排任务,听取汇报,一般是不会提醒下属注意休息的。提醒某位下属注意休息,几乎就是总经理对这位下属工作结果十分满意的一种表扬。可贺晓燕却不能休息,她一个人去龙城最好的购物中心逛了一趟。没有叫上姐姐一道去。贺晓春又去找李小海了,她不想打扰姐姐和"小姐夫"的约会。她没有和程国庆相约,下午一上班就直接来到市政府。今天要告诉程国庆一个好消息,同时她也要将自己和这位副市长的个人关系,向一个新的阶段推进。

贺晓燕先推开程国庆秘书的屋门。

在市政府办公大楼内,副市长们全在这一层楼内办公。秘书们的办公室里总是很忙。客人们不论因公因私,要找副市长们总是要先经过秘书办公室。在程国庆秘书的办公室里,此时正有几位客人,或向秘书诉说着什么事情,或默默地坐在一边,等待着副市长召见。

程副市长有客人吗?

秘书一眼看见了推门进来的贺晓燕,脸上立即如拂过了春风。秘书撇开了所有的客人,急忙起身迎向这位目前最重要的客人,堆着一脸笑容说,请贺小姐稍等一下,我马上安排。

秘书转身出去了。

秘书很快又回来了。

贺小姐请吧,秘书说。

贺晓燕便跟着秘书返身走出去。她看见有两个客人正从程国庆的办公室里走出来。

一个低声说,真是的,咱是例行公事呢,看他那火气!

另一个也叨叨说,咱只好下次再来谈吧。

贺晓燕心想,这两个倒霉蛋,也不知有啥急事,叫我给弄得谈不成了。走在前面的秘书,这时已亲自推开了程国庆办公室的门,又向她伸手做了个请进的姿势。

贺晓燕在进门前,挺摆谱儿地安顿了秘书一句:

今天我们的事挺多的,你不要再安排别的客人了。

站在门口的秘书点点头。待贺晓燕刚进门,他就随手扣上了副市长办公室门上的暗锁。

程国庆已经在写字台后面站了起来,又绕过写字台,走到了贺晓燕面前。他的脸色不太好看,分明还留着方才的怒气,善于察言观色的贺晓燕,立即断定这一切和刚刚离去的那两位客人有关。

您不舒服吗?她微笑着问。

咱坐下谈,坐下谈。程国庆请贺晓燕坐到沙发上,自己也坐到贺晓燕对面的沙发上。

是不是我打断你的重要公事了?贺晓燕又问。

程国庆叹口气说,再有天大的事,也没有咱们的事当紧。

我今天来,没有事先约好,真有点对不起。

听贺晓燕道歉,程国庆忙说,那有啥呀?你就是不来,我也正想赶走刚才那两个家伙呢!你瞧我多忙,都周末了,可汇报工作的,找我办事的,一个接一个,往这办公室里一坐,你想闲也闲不下来哟。不过,找我麻烦的也不少!你瞧刚才那两个,市里纪检委的,一个科长,一个副处长,官不大,倒和我打官腔,有些事情在你们那边,管保没事,可在我们这儿,唉……

能耐心地倾听别人向你叙述心中的不快,是最能拉近两个人关系的机会。有这种机会,贺晓燕岂能错过?

她关切地问,你遇上什么麻烦事了?

这种关切的语气,加上贺晓燕眼里那种能加重这种关切的目光,使程国庆急于要得到一种同情,得到一种理解的欲望火速加强。

他愤愤地说,不是我遇上了麻烦事,是别人硬想找我的麻烦呢。

以程市长的身份和地位,也能遇上麻烦事?

贺晓燕提出这种疑问时,显得关切更甚。

程国庆叹口气说:你从小生活在外面,内地的事儿,叫我怎么跟你说呢?

贺晓燕却不依他,一副娇态说:你就给我说说嘛,我要和你一道工作呢,你的经验,对我十分宝贵呢。

面对这位娇美的香港小姐,听着她那娇滴滴的声音,程国庆不由得说起了自己心中的怨气。

修龙山公路,我费了多大劲!吃了点饭,送了点礼,纪检上查起来就没完没了的,你要是不干工作,屁事没有。

贺晓燕就嘿嘿笑了。

程国庆说,你看看,让你见笑了是不是?

贺晓燕说,以后你再请我吃饭,我可不敢去了。

程国庆哈哈笑着说,你看你,我不说,你要问,我说了,吓着你了不是?纪检是查我们这些党内干部呢,你是港商,他们和你可沾不上边儿。

贺晓燕噘着小嘴说,可我还想送你件小礼物呢,你这么一说,吓得我都不敢开口了。

程国庆说,没事没事,礼尚往来,人之常情,等咱们的事儿最后定下来,我还想请贺小姐到我家里认认门呢。

贺晓燕说,那我可就谢谢你了,不过,我这件小礼物你要是不收下,我可绝不登你这大市长的门槛。

她说毕,从购物纸袋中取出一个精致的盒子,放到茶几上。

程国庆一眼就看出了那纸盒上的标志。那是一身皮尔卡丹名牌西装。

他马上就想到了被贺晓燕弄上秽物的那身西装。那身衣服,赵新华给他拿去洗衣店,还没有取回来呢。

你多心了吧?

他瞅瞅那盒子,没说谢谢的话,也没有立即表示拒绝。

可你知道我为什么要送你这身衣服呢?

依旧是甜甜的声音。

是为了我们第一次见面的午餐?

贺晓燕又笑了,且笑着说,你真坏,还记着我的失态!

程国庆觉得贺晓燕很天真。

我要告诉你一个好消息呢,我今儿一早和我们杨先生直接通话了,他对我们的前期工作很满意,投资款已经打出来了,先打过来一半,两个亿呢!他本人也要很快来龙城一趟。

真的?

贺晓燕不容置疑地点点头,又说,你和我们杨先生见面,你这身西装,可就显得有些款式过时呀。

确实,程国庆现在身上穿的这身西服,是好几年前买的,那式样,是有些过时了。

贺晓燕已经打开了包装盒,取出了那身高档西服的上装,且提着这件上装,走到了程国庆的身边。

程国庆想谢绝,可是一只手已被贺晓燕拉住,便不由自主地站了起来。

怎么?你是怕我这个港商代表贿赂你?

可这……这……

纪检委再厉害,也管不了我们私人之间的事情。

可这么贵的衣服……

在龙城,算是贵一点,可在香港,这算啥呀?

我不能……

你要请我去家里吃饭,我要不去,你心里怎么想?

贺晓燕瞪着眼,一副生了气的娇态。

程国庆不知再说什么好。

贺晓燕的一只手就去帮程国庆往下脱身上的西装上衣。

程国庆有点急了。

怕回家和太太说不清?贺晓燕嗔笑着问。

不,不,我是说……

贺晓燕打断了他的话,根本不容程国庆往下说。

人家是一番好意,你快穿上让人家看看嘛!

程国庆无法拒绝了。他只好脱下自己的西装上衣,又在贺晓燕的帮助下,穿上了这身新上衣。

真合身呢,你这身材,真是架衣服呢。

贺晓燕说着,前后左右围着程国庆转,不时地给他揪揪下摆,抻抻肩膀,又站到他的面前,帮他扶扶领带,正正衣领。

程国庆再不言声了,贺晓燕浑身向外散发着的女性气息,一阵阵地通过他的感官,渗入了他的躯体,让他觉得身上正在从里往外地发热。特别是贺晓燕胸前那领口很大的紧身上衣,让他能看得见她微露的乳沟,能感觉到她高耸的双乳,更激发了他体内的冲动。

这真是一个讨人喜欢的女孩子,他想。

再试试裤子吧，贺晓燕又从盒子里取出了裤子。

这一回，程国庆没有再拒绝。他抽出腰上的皮带，套到新裤子上，又脱下旧裤子，穿上了新裤子。

贺晓燕一直看着他重新穿好，又把他一把从沙发上拉过来，走近看几眼，又退后看几眼，十分满意地笑了。

程国庆伸开胳膊看看身上这身新西装，不知该说什么好。

你呀，穿这么一身衣服，多精神，可脸上怎么又回到旧社会了？我又不是个阶级敌人，只是个外商代理，连资本家都不够格呢，和你交个朋友，看把你吓的，还当市长呢！

贺晓燕重新在沙发上坐好，望着程国庆，话中露出许多调侃。

程国庆也重新坐下说，我要不把你当朋友，敢穿你这身衣服？

贺晓燕多情地望着程国庆说，我呀，要有你这么个当大哥的，多好！

你没有兄长？程国庆问。

只有个姐姐，也定居香港了。

这么说，你是后来从内陆过去的？

贺晓燕叹了口气说，说起来，我的父亲你应当是知道的。

你父亲是——

我父亲是贺振，"文革"前和"文革"结束后，都当过龙城的市委书记。

这一回，轮到程国庆吃惊地瞪大眼了。

怎么样，没想到吧？贺晓燕问。

你……你原来是贺书记的女儿？

贺晓燕点点头。

你，你怎么不早说？我从部队分配回龙城后，贺书记已经退下来了，贺书记没有领导过我，可没想到，我能和老书记的女儿合作。

贺晓燕微笑着说，这下更放心了吧，一个老布尔什维克的后代，尽管出了国，又回来做了外商的代表，但和你一道工作，交个朋友，没有阶级敌人的嫌疑了吧？

程国庆也嘿嘿乐了，连声说真想不到，真想不到。

贺晓燕又说，你儿子要出国留学，你堂堂副市长却为给儿子筹措点经费发愁，你呀，跟我父亲那阵子一样。

程国庆不想谈这事，没有接话。

程市长，你猜一猜，我父亲去世时，给我留下多少钱？

程国庆没有吭声，等她说下去。

六百！一个市委书记，死后就给我留下六百元人民币！他老人家倒是两袖清风地走了，可我出国的费用，除了那六百元，全得自个儿凑啊！程市长，我能看得出来，你也是个好官，清官，就这么一身衣服，看你刚才那模样，生怕那就是我射出的糖衣炮弹似的！我出去也好多年了，和外国人打过交道，也和中国人打过交道，彼此赠送点礼物，那算个啥呀？光是我们杨氏集团，每年赠送礼品的费用，就得两三百万呢！内陆的领导都要和我那老爸和你一样，还给外商们省钱呢！杨先生马上就要来了，你和杨先生见面，能就是一杯清茶？人家两个亿都马上要进你指定的账户了，你能不为杨先生设宴？这些要都成了事儿的话，那就让专爱查这些事儿的人去搞经济建设去算啦！

要是别人敢在程国庆面前如此乱弹，必挨副市长一顿好训。而现在向他如此乱弹的是两个亿的投资者派出的项目经理，是程国庆没有相处过的一位老前辈的女儿，是高雅漂亮的一位香港小姐，是他刚接受了对方馈赠，且承认对方口口声声与他朋友相称的贺晓燕。

程国庆没有反驳。

程市长，我现在已经定居香港，在商言商，不问政治了。政治上的事儿我说错了你也不要见怪。但你儿子的事，我得过问。帮不上大忙，小忙我也得帮一把。你和我爸爸是一类人，我不能让你的儿子和我当年一样，带上心灵的创伤去出国。我现在是杨氏集团本部的高级职员，我还没有成家，经济上比你这个副市长要宽余得多。你就让我向我那个没有见过面的小侄儿，表示一点我的心意吧。

程国庆没有想到贺晓燕绕到了这个话题上。

她要资助我的儿子？

她说得很诚恳,可我该不该接受呢?

他一时拿不定主意了。

这些天来,每每回到家中,妻子赵新华总要和他提起给儿子筹款的事。对此,程国庆早已听够了,他想找个企业界的朋友,把要用的钱一下子解决了,偏妻子又不同意,非要自己去想法子借不可。借你就去借吧,回到家又要为这事儿叨叨,程国庆听着,心里也烦够了。他曾经想到请贺晓燕以后关照一下自己的儿子。仅仅是想过而已。和贺晓燕刚刚合作,这位小姐一直给他留下了很好的印象,那尚未向人家表示的意思,无非是儿子留学那几年可能碰到的种种问题。啥问题他也说不明白,更不可预测,但和这位海外华人大财团的高级职员贺晓燕有了一种个人之间的交往,儿子在外面有了事,就完全可以求她帮忙。这不过是个想法。或许说,是他做父亲的,对儿子的一点心意。这心意甚至起源于经济上对儿子的负疚。

程国庆绝没有想到,贺晓燕现在会提出要资助他儿子的事来。与这位特殊的合作者先好好合作进而变成朋友,对程国庆,还只是一种想法。事情会进展得如此之快,他现在不但穿上了贺晓燕赠送他的一套名牌西装,而且听到了贺晓燕要帮助他儿子的一番心意,真是始料不及。

我必须做出判断来!程国庆在心里这样对自己说。

是接受呢?还是谢绝?

她是投资方的代表,是我工作上的合作者,冲这种关系,我与她之间不应该有一点私人之间的经济往来。

可她是贺振书记的女儿呀,也是从龙城踏出国门的,她理解我的困难,要帮助我的儿子,又不是出于坏心。

她拉我下水干什么?我又不是在和她本人做生意!我怎么要把人家想成那么坏呢?

一个这么单纯可爱的女孩子,我真不该把人家想成那么坏!

程国庆的心里一时理不出个头绪了。

似乎看出了程国庆的想法,贺晓燕笑着说,我说程市长呀,是不是我的话又吓着你啦?

程国庆不好意思地笑了,心想,她可真是个善解人意的女人呢。

　　我对你可没有其他所求。

　　贺晓燕说着,开始用两束火辣辣的目光射向程国庆。她相处过的男人太多了。她知道此时自己的目光,能让男人们平稳的心绪产生迷乱。果然,她看到程国庆躲避开了她的目光。

　　我只是对你有一种好感,如果你不是一位有妇之夫,你几乎就是我梦中多年来反复勾勒和描绘的最完美的男子汉,真的,在香港,男人们身上不是铜臭味儿就是脂粉气儿。请你不要嘲笑我对你说这些话……

　　程国庆急忙将目光射向贺晓燕,又急忙再次避开了她的目光,仅仅表示出一句话:贺小姐,不,不会的,我不会的。

　　你呀,怎么总是小姐长小姐短的,这又不是我们正式谈判的场合,你就叫我小燕吧,我可不想让你总把我当成个洋小姐。

　　那好,那好。贺小姐……不,小燕,我就这么叫你,挺好的。

　　他很想听贺晓燕继续说下去。

　　而她,更知道现在需要的,是深深地打动这个男人的心。

　　……自从我一见到你,我就对你有了一种特别的好感。这是一个年轻女人独有的,无法表述的,靠第六感官得到的一种感觉。我知道,像你这样的领导干部,办起事来是很谨慎的,但认准了的事,办起来又是很果断的。我如果不告诉你我的父亲是贺振,你可能对我的那种天然戒备还不会解除,总以为和我交往,时不时地总会让你们的纪检委来找麻烦似的。你不要笑,不管我说得对不对,反正我一见到你,就有一种特别想为你做点什么的冲动,你有自个儿的妻子,但这不应该是我们正常交往的障碍。我出国时,尝够了经济拮据的苦处,我想帮助你的儿子一把,尽管是杯水车薪,也是我的一点心意,你可不能拒绝我。你如果拒绝我,你会伤害了我的心的!

　　真是让任何人听了都会感动的表白。

　　贺晓燕说着便从口袋里摸出了一个信封,放到了程国庆的面前。

　　这是两万元现金,她说。

　　她的那两道目光一直没有离开程国庆的面孔。她能看到面前这个男人脸上的肌肉在微微颤动。她看到这男人的目光又和她相遇了。

你如果不愿接受这点私人馈赠，可以给我打一个借条。你儿子一旦毕业，在国外谋个好点的职业。挣这点钱，那太容易了。

她看到程国庆的目光渐渐地移到了那个信封上。

信封里的内容太诱人了。妻子不就是整日为这一笔钱发愁吗？儿子不就是整日在盼着父母的答复，能给他寄去足够的费用吗？人家贺晓燕是一片好心。她是怕我心里有了负担，才让我打个借条的。

我为什么不可以打个借条呢？妻子也是在向别人借，我干脆一下子借了，也再省得妻子劳心费神还不好？再说，贺晓燕又不是当地的企业家，又没有非求我办的事儿，我怕啥呢？

这样吧，程国庆终于拿定主意，对贺晓燕说，我感谢贺小姐借我这点钱帮助我解决一时的难题，我就给你打个借条吧。

他站起来，走到写字台旁，扯下一张便条，开始给贺晓燕打借条。

望着程国庆的背影，贺晓燕在心里暗暗地喘了一口长气。

程国庆转过身来，重新走到沙发旁，将那张借条递给了贺晓燕。贺晓燕看也没看，就将那纸条塞进了口袋。她站起身来，提起了那个购物纸袋，对程国庆说，我该告辞了，有什么事，咱们随时保持联系吧。

她向程国庆伸出一只手，程国庆也伸出一只手握住了她的那一只手。贺晓燕一改交际场上与男人们握手时，小姐女士一点也不用力的方式，而是稍稍用了点力气。同时，对程国庆说：你是个好男人，这一点，留给我的印象是太深太深了。

她便再次看到程国庆的双眼中，露出了一种男人特有的迷离神色。

程国庆拉着贺晓燕的手说，贺小姐，谢谢您的过奖。

你怎么又叫我小姐了？贺晓燕妩媚地一笑说，咱们不是都说好了吗？非正式场合，你就叫我小燕嘛！

程国庆就改了口，连声说小燕你走好，走好。

贺晓燕这才从这个男人手中抽出了自己的手，又以随便的口气认真地说，不过，你可千万不要像我那老爸一样，那样的人生，太缺少色彩了。

程国庆没有对这话表示什么。

贺晓燕却相信自己的许多话,已刻进了对方的心里。

她在打开门以后,出乎程国庆的意料,伸手从口袋里取出了那张借条,几下子撕成粉碎,将碎片扔进了门旁的痰盂里。

你的儿子,该叫我阿姨呢,你说,我留这条子干啥?

程国庆还想说什么,贺晓燕已经迈出屋门,扭动着轻盈的步子和好看的腰肢,向电梯走去。

25

这个周末,温玉倩又是拖着疲累的身子离开乡政府。

龙山公路修到了龙山湾,也将种种想不到的热闹带进了龙山湾。这一段日子,别的且不说,龙山湾开发区总指挥部的各位副总指挥,带着他们各自的先头部队来商定他们各自负责的工程,就让温王倩忙得喘不过气来。电信局邮电所的设点地址要与她商量,公共汽车站的建站事宜要与她确定,综合服务大楼的划地问题要与她讨论,旅游部门要从龙山湾当地招几位十八至二十岁,且是初中文化程度以上的女孩子,作为日后龙山风景区的导游员进行培训,这事儿也得经过乡政府,自然少不了先得与温玉倩谈妥……

除了这些正常的公事,还有意想不到的事儿也得她出面。龙山湾成了开发区的消息,使龙城和省里的一些大款们也开动了脑筋,琢磨着在这个开发区里,自己该进行何种发财生意才好。首先便是要来这里看看,这些主儿们有的是小车,有了龙山公路,从龙城到这里,连上跑路带上玩,一天时间绰绰有余。这些人有的并不打扰乡政府,可有的却一副大派头,也要到乡政府里来,方方面面地打问一番。有时人家指名道姓地要找乡里的头儿说话,温玉倩也得出面介绍一下情况。从外面源源不断涌入龙山湾的事儿就够多了,龙山湾自个儿的事儿也一下子一个又一个地冒了出来,许多麻烦,便也一下子涌入了乡政府。这里的老百姓并不傻,过去只是因为封闭,很多外面的老百姓能干的事儿,他们就不敢想也不能干罢了。现在可不同了,外面的老百姓能干的,他们也能干。公路边出现了做小生意的,卖自个儿种下的瓜果梨桃大红枣,卖煮好的鸡蛋,卖婆娘们绣上花的鞋垫子,卖自个儿炒下的五香瓜子儿。一有汽车开来,还未停稳,这些勇敢的练摊者就一哄而上,开始向客人们兜售自己的生意,有的甚至拉住客人,非让人家掏钱不可,有两位副总指挥,就遇上了这样的卖主。对这些做小生意的村民们进行管理和教育,提高乡民们的素质,也成了温玉倩不得不考虑的事情。还有呢,有的地方要搞建设占地,在有关地面上,乡里的干部陪着龙城下来的干部们刚走了走,刚指划了指划,这块地的承包户就找到乡政府,说他的房子如何值钱,说他那块地里种的那几棵树,明年就要挂果,无非是要让乡里先答应下来,政府要占那块地,你就得先许下我个好价钱。对这种思想倾向,温玉倩不能不作为一个重要问题,先提到乡党委会上进行讨论和研究,看下一步如何做好乡民们的工作。外面的文明涌进龙山湾后,乌七八糟的东西也会一拥而进,一手抓经济建设,一手抓精神文明建设,这两手一齐抓,两手都要硬,绝不再是一句空话。

乡上的事儿比过去的多起来,区上的事儿也一件又一件往下压,让温玉倩应接不暇。龙山乡原先是全区最穷也最封闭的一个行政点,有时区上开会常常忘了通知这个乡,就是通知到了,乡里的头头不去也没啥。现在可不行了。就拿这个星期说吧,区上开了三个会,全是点名非让温玉倩去发言。一个是计划生育会,龙山乡现在是全市的开发区,计划生育搞不上去能行?温玉倩得去发言表态;一个是养猪规划会,龙山乡要搞开发区了,养猪规划又是区长亲自抓的,龙山乡不搞个典型能行?温玉倩也得亲自去领回任务来落实;第三个是区委书记抓的建设精神文明誓师会,会前区委书记还亲自来龙山乡跑了一趟,听了温玉倩的汇报,说你说的这些事儿,全属于精神文明建设方面我们要抓的范围,但你在会上发言得换上个角度,不能尽摆问题,要拿出些硬措施来才行。老书记住院不在,大大小小的事儿,真让她天天能忙得昏天黑地。

温玉倩走出自己的办公室时,天色已经擦黑。乡政府的院子里,有的办公室里还亮着灯。明天是星期天,但乡里不休息,眼下各个口上的事儿一件堆一件,那些家不在龙山湾住的干部,又要加班,就索性不回家,在自个儿的办公室里忙着。

李老汉正在给不回家的干部们准备晚饭。他从窗户上看见温乡长出来了,两手在围裙上擦了擦,从伙房里跑出来,挡住了温玉倩。

说起来,这个大院里他可是个资格最老的人物,历经了人民公社,革命委员会,乡政府,头头脑脑轮着换,干部们来回调,只有他这个临时勤杂工没处走。又没有老婆,这院子里就是他的家。在这个偏远的乡里,端铁饭碗的待不长,偏他这个端泥饭碗的,这碗饭却能一直吃下来。

平时,温玉倩就挺敬重这个老人,见他拦住了自个儿,便也站住问他,你有啥事?

不是我的事儿,我是想说说咱龙山湾的事儿呢。

李老汉说得一本正经,温玉倩可不能怠慢了这位长者,就说,要不,回我办公室去说?

李老汉忙说,不用了不用了,就几句话,我站这儿给你反映反映就成。

温玉倩点点头说,你有啥事儿,直管说吧。这些天来咱们乡里的事儿多,你要是对我工作上有意见,也直管说。

李老汉又在围裙上擦擦手,这才开了口:

温乡长,你来咱龙山湾也不是一天两天了,你还没有听说呢,村子里的老人们私下都说,你是观音菩萨转世,自个儿受了苦,可给龙山湾带来大福气了呢。你瞧瞧,这路一修通,咱龙山湾说变就要变呢。

一听这话,温玉倩可急了。

好我的李大叔呀,这话可说错了,龙山湾能修通油路,能成了开发区,那是市委市政府对龙山湾的关怀,是上级领导的功劳,我个人当这个乡长,是跟上好形势沾光呢,老百姓把账记到我这个乡长名下,这不是要活活折杀我吗?还观世音菩萨转世呢,老百姓那是讲迷信哩,可你在乡政府干了这么多年,也算是咱乡政府的工作人员呢,你不给老百姓们解释,还跟上别人也这么说,我可得批评你呢。

李老汉却固执地要说下去:

温乡长,要论讲迷信,那是不对,我在咱政府部门里做事,我还能跟上他们一般老百姓讲迷信？咱后山上的观世音菩萨自从叫人给割了脑袋，咱龙山湾的福气就没了，外面也倒霉时，咱龙山湾倒霉没说的。可这些年外面世道多好，咱龙山湾就是摘不掉个穷字，那还不全是因为后山的观音菩萨，叫人给割了脑袋？自打你当上乡长，咱龙山湾又有了好运气，人们说你是观世音菩萨转世，那也是好话。以往咱们多穷，别的不说，这乡政府的事我可知道，闹得这头头脑脑们总是待不长……

温玉倩听李老汉又叨叨地转了话题，对他说，咱老书记不就待长了？

提到老书记，她又想起这段太忙，一直没顾上抽空去看看这位在区上养病的老领导。乡亲们背后那么说她，毕竟让她心里觉得暖烘烘的，这里的乡亲们实在是太好了，大伙儿把对党的感情，对政府的感情，全记到她这个乡长的头上了。面对这样的乡亲们，她还能有一点儿离他们远走高飞的想法吗？

待李老汉和她说完话，温玉倩才走出了乡政府大院。

此刻，女乡长的丈夫正在家里等着她呢。

王九斤已经和好面，调好馅，等着妻子和女儿回来一道包饺子。今儿是周末，明儿是温玉倩的生日。女儿王红今晚一定也要赶回来的。一家人先吃顿团圆饭，明儿又过星期天，又给妻子过生日，一定要让妻子和女儿高高兴兴地过上一天。王九斤默默地坐在桌子边抽旱烟，等着妻子和女儿回来。

那天他赶着牛送妻子去龙城开会，回家后并没有按妻子的要求，把自个儿的铺盖搬到原来和妻子一块睡的那间屋里。可温玉倩回来后，一见他的铺盖还没有"归队"，二话没说，顾不上洗脸吃饭，先就把丈夫的铺盖卷儿抱到自个儿屋里去了。那个晚上，温玉倩和王九斤说了许多许多贴心的话。千言万语，万语千言，实际上就一个意思，不管这世道再怎么变化，也不管她自个儿的身份再怎么变化，温玉倩让他放心，他是她的老汉，她是他的老婆，这事儿是再也不能改变的事儿！

那个晚上，他面对妻子主动为他脱光的裸体，眼里竟沁出了泪花儿。他不知道妻子是在用这样的方式改正这一段对他的疏忽。他已经好长时间没有和妻子在一起了。妻子是忙,而他却是感到与妻子的距离越来越远。在和这个女人风风雨雨二十来年的生活中,他始终把这个女人当作上天赠给他的珍宝,起初从没有敢想到自己能真正得到这珍宝,而真正得到后,又不时地害怕失去这珍宝。面对着突然间又向他呈现出一身洁白的妻子,王九斤感动了。她还是我的。是我的,是我的呀!

当知青大回城的旋风也刮到闭塞的龙山湾时,他担心过。

当温玉倩进入乡政府做了乡妇联主任时,他担心过。

温玉倩成了乡长了,他担心过。

而那晚将一身洁白呈现给他的,再不是当初将一身洁白呈现给他的那个女知青了。她是乡长,是管着类似他这种庶民百姓的干部。她还是个市里的副总指挥呢!妻子已给他讲过了在市里开会的情景,妻子是和市里的那么多大官坐在一道开会的大官了。对龙山湾的老百姓而言,乡长就是权力挺大挺大的官儿,可现在,他这个当乡长的妻子,一下子越过了区上,直接就到市里当起官儿来了。这样一个官是他的老婆。他刚才紧紧搂着她时,她再一次对他说,她永远永远要做他的老婆。面对妻子那一身洁白,他相信这是真实的。他轻轻地按妻子以往教给他的方式,在那洁白的圣地上反复抚摸,直到那洁白的圣地如地震般开始颤抖。他知道他实在不配做这个女人的丈夫。过去不配,现在更不配。他知道这个女人因为工作要去开会,要去讲话,要去做许多许多在人前露脸的事儿。而他却无法陪着她,在这些场合为她脸上增光。他在电视上看到了外面的世界。妻子本应该是那个世界里的人,可因为他,妻子只能永远地与他住在这龙山湾了。他自责,为自己耽误了妻子的前程。自责时又痛苦万分,生怕妻子最终离他远去,冲向外面的世界而再不回来。

他在这一身洁白上,轻轻地,一处挨一处地落下自己的吻。是妻子教会了他如何做爱,他为了让这洁白的圣地获得欢乐,尽自己最大的努力献上他的爱抚。妻子将他再次紧紧地搂住了。他如勤奋的牛,虽老而健,奋力在这洁白的圣地上耕作。他听到了妻子在轻轻的如仙乐一般的喘息中,再次对他的许诺。这些日子,温玉倩正是用这种对自己私生活反思后的主动行为,表示了自己对丈夫的爱,使王九斤那浮躁的心又渐渐平稳了。

现在,等待妻子回家的王九斤,终于听到了妻子那熟悉的脚步声。

他磕掉了旱烟锅子里依然闪着红色的烟丝,放下烟锅,急忙去开门。

咱红儿没有回来?温玉倩一进门就问。

王九斤摇摇头。

这丫头,说下要回来的嘛,温玉倩不由得责怪起女儿来。

红儿总是忙呢,也许,明儿一早才回来呢,王九斤安慰妻子。

你呀,红儿她说下话敢不兑现,就是知道今儿不回来明儿回来,你这当老子的也不说她半个不字!

王九斤就嘿嘿笑了,不再说啥,只是围着自个儿的妻子转,给她打洗脸水,给她放脱下的外衣。给她递香皂和毛巾。等妻子收拾妥当,他才把案板放到桌子上,和妻子一道包起饺子。

你这馅还调得挺香的,妻子挑起一筷子馅来闻一闻,连声赞赏。

王九斤脸上不由得露出了高兴的样子。他擀不好皮,但包起饺子来十分认真。他一边包饺子,一边盯着妻子看,直到温玉倩感觉到了丈夫的目光。

我都快老了,还有啥看的?

你不老,越看越待见哩。

你也不怕人听见笑话?

在自个儿家里哩,红儿又不在。

咱红儿都上班了,我能不老?

不老不老!

是你觉得不老吧。

不是,你就是不老,耐看。

你呀……

我这辈子,算是修下福气了。

瞧你,自己美自己呢。

她说着,脸上溢出幸福的笑。

王九斤说,你快歇歇吧,把这些皮儿包了,也就够咱俩吃了,今晚上,我看咱红儿怕是不会回来哩。

夫妻俩聊着,饺子已包了整整一篓子。于是就收拾案板,去下饺子,又打开电视,夫妻两个,边看电视,边吃过了晚饭。

夜深了。

外面不时有一两声狗吠。狗吠过后,在夜空璀璨的繁星下,龙山湾更显得寂静。

已经躺到炕上被窝里的温玉倩,等着王九斤刷牙、洗脚。对王九斤来说,每晚给妻子倒掉洗脚水以后,他便开始洗脸、刷牙,然后再洗脚。这已然成为习惯,是否与妻子在一起睡,他现在都不会改变这种习惯。

当初,温玉倩挺着个肚子。带着自己腹中的小生命,搬到王九斤的那间小黑屋里住下时,她并没有想到要将这个男人作为自己终生的依托。那间屋子很小很黑,屋子里弥漫着一个独身男人的汗臭味和烟草味儿。这些她可以容忍,为了肚子里的小生命,她听从了他的话,搬到他的屋子里来了。她在屋子里扯起一道屏障,吊起自己的大床单,将土炕上面与土炕下面分隔成两个空间。王九斤找来两块木板,在床单外面的空间,又支起一张自己睡觉的小床。一天又一天过去,他一直恪守着自己的诺言,晚上从不越雷池一步。

村里的好心人全为她的命运叹息,但也有人眼红王九斤,骂他是王八交了桃花运。村里有好斗的泼皮寻到了王九斤的门上,吼他说,你小子怎么敢把个破鞋弄到家里?他们拿着纸帽子纸牌子,大有要将温玉倩马上揪出来游斗一番的架势。

温玉倩坐在屋子里的土炕上,吓得浑身发抖。

王九斤就操起自家的切菜刀冲出来。

泼皮们全知道这放牛的光棍汉有一身好力气。王九斤那架势先就叫他们的两腿发软。

谁敢再骂她,我就和他一命换一命!

切菜刀一横,分明是一个不要命的护花天王,是一个惹不起的护花凶神。那几个泼皮可奈何不了这个三代赤贫的光棍汉。

村里掌权的干部们,全心疼来这里插队的学生娃呢。公社又搞对敌斗争大会,温玉倩已经是王九斤的人了,一个贫农的女人,怎么能再划进阶级敌人的队伍中去呢? 以前全是有那么几个泼皮嫌斗争地富反坏不过瘾,要斗破鞋子过过瘾呢。现在有了不要命的王九斤,没有人再敢挑头儿去揪温玉倩,这事儿正好作罢。

温玉倩的肚子一天一天地更大了,她的日子也一天一天地安稳了。她原先的人缘儿就好,王九斤更是浑身力气,谁家有事叫一声就去出死力气帮忙的厚道人。他能做出这惊天动地的壮举,事后心地善良的老百姓们,倒公认可怜的温玉倩有了这么一个归属挺好。甚至连那些原先揪斗过温玉倩的泼皮们,也九斤哥长、九斤嫂短地来家里串门,都是祖祖辈辈生活在龙山湾的乡亲,对他们来讲,上面让绷紧的阶级斗争那根弦,面对已经成了九斤嫂的温玉倩时,便一个个再也紧绷不起来了。

村民们除了依旧叫她温玉倩外,那些老辈人也喊她一声九斤家的,与年轻人喊她九斤嫂时一样,她也答应。在村民们眼中,她已全然成了光棍汉王九斤的老婆。只有她自己和王九斤明白,在他们之间,那一道用床单扯起的屏障,还是一道两人谁也没有越过的防线!

她终于临产了。

那是一个黎明,她的肚子开始疼痛,且越来越厉害。王九斤慌了,隔着屏障,问她怎么了? 她呻吟着,告诉他,说自己怕是要生了。王九斤二话没说,就披上衣服往外跑。村里有会接生的女人,跟着王九斤上气不接下气地赶来。王九斤听话地烧开了一锅热水,听着屏障后面温玉倩不停地呻吟,以及那个热心的女人不停地摆布温玉倩的一声声指令。

那一刻,他的心整个地悬到了天上。

温玉倩那一声声痛苦的呻吟,揪扯着屏障外这个男人的心。那呻吟终于换来了一声婴儿响亮的啼哭。那婴儿的啼哭如一道闪电,照亮了王九斤的小黑屋子,也把这个光棍汉悬在天上的心,一下子击回了原处。

九斤,你婆姨给你生下个女娃,和人家温玉倩一样,模样真漂亮哩!

那会接生的女人在屏障里给王九斤道喜,他却听见温玉倩用软软的,无力的声音对他说,九斤,我,我真对不起你呀……

不,不! 他在屏障外大声说,你做了妈妈,我就是爸爸,我要待你好,待咱们俩的闺女好,一辈子不许别人再欺负你,更不许别人欺负咱们的闺女,真的! 真的!!

温玉倩紧紧抱着刚刚脱离了母体的女儿,号啕痛哭起来。母亲的号啕和婴儿的啼鸣,组成了一曲响彻龙山湾的二重唱。这二重唱中,有积蓄的悲愤,也有萌发的快乐。

王九斤果然承担起了一个父亲的角色。在那个年月,即便是一颗鸡蛋,一锅鸡汤,对王九斤这样一个壮劳力而言,也绝不是轻易能弄来的。一个劳动日十个工分,十个工分只值一毛钱。在学大寨的时代,温玉倩知道这个男人早已为了她与她的女儿,在身外筑起了高高的债台。

在她的小女儿八个月头上,王九斤与平时一样收工回来,她与这个男人一道吃过了晚饭,又烧了一大锅热水。她的奶水很足,吃饱的小女儿在屏障内安静地睡熟了,外面的天色也渐渐变黑。

她点亮了油灯。

他要走。每当她烧好水要擦洗身子时,他便躲出去,一个时辰后再回来。可这一次,她叫住了他。

她对他说,你给我好好洗一洗。

你的衣服,孩子的尿布,中午我全洗了,他说。

我是说,洗洗你的身子。

我……他莫名其妙地望着她。

给你,以后你也和我一样,早起晚睡,刷刷牙。

他看见她递过来一个杯子,里面放着她为他新买的牙刷和牙膏。

她又钻进屏障里面去了。

他可从没有自个儿在屋子里洗过自个的身体。龙山湾紧靠龙河,天气热时,可以下河里去洗一洗,干吗要在家里洗呢? 又不是女人家,怕人看见,非在家里洗不行。

从屏障里面又传出一句话:趁热,你快洗呀!

他听出她是在催他呢。他没有多想,听话地把热水倒进大盆里,脱去了衣服,蹲在地上,认认真真地洗起来。洗毕,擦干身子,出门倒掉水,又回来,准备在自个儿那张床上去睡。

你上来呀。

他听见屏障内她在叫他。

从今儿起,你进来睡。

没有错,他一点也没有听错,是她在屏障内和他说话呢。

他却愣了,突然间愣了。

怎么? 你没有听见? 她在催他。

他急了,喃喃说,可我,可我,我起过誓,咱们是兄妹相处的……

她在屏障内就反驳说,可你也说过,我当了妈妈了,你就是爸爸,生咱闺女那天,你亲口说的。

他是说过,那是真心的,从下了决心要保护这个女人起,他也就认定要当这个女人肚子里那个孩子的爸爸了,不论生下是男是女,他就是这个孩子的爸爸。别人夺不走这个女人,也不能夺走这个孩子!

九斤,我不能再委屈你了,从今天起,你就进来吧,九斤,你听见没有?屏障内,温玉倩似乎是在乞求这个男人。

王九斤便伸手撩开了挂着的床单。

一刹那间,他的目光如被电击一般,曾在这个男人脑海中多次飘忽而过的梦境又出现在眼前。他眨眨眼,看清了温玉倩正浑身赤裸着躺在炕上,那一片洁白和好看的曲线,让王九斤浑身的热血猛地燃烧了起来。

来吧,你想干什么就干什么吧……

是呼唤,是真实的,充满了温情的呼唤。

王九斤爬到了炕上,用他那伟岸的身躯,轻轻地,轻轻地覆盖了那一片洁白。

温玉倩和这个男人结合了。

她别无选择地和这个男人结合了。

她做出这个决定之后,就再没有后悔过。人生的选择,有时是不以人的意志为转移的,她既已选择了,就全身心地去爱这个男人。同时,她也得到了这个男人厚重的、诚实的爱情。他伴着她熬过了最难熬的岁月,中国终于掀开了新的历史。就是在这个偏远的龙山湾,老百姓的日子也一天一天地好过起来。王九斤凭着浑身的力气,又让她和女儿有了这幢小院和这排新房。现在的日子和过去比,那是天上地下呀!再往后,只能更好!

王九斤已经洗完了双脚。

他倒掉洗脚水,回到里屋。温玉倩还等着他,见他脱衣上炕后,就撩起了自个儿的被子,同时给丈夫送去一个甜甜的笑。王九斤还没有完全钻进她的被子里,两只有力的胳膊,已经紧紧地抱住了他的脖子。她现在只觉得自己是个女人,是个需要男人爱男人亲男人抚摸的女人。当这个乡的乡长,还有开发区的副总指挥,那和自己应该有个什么样的男人是两回事情。工作上的担子是越来越重了,她需要主持会议,安排工作,甚至去批评村里的干部们,在繁忙的白天,她连自个儿是个女人都快忘记了!现在,她为自己又有了做女人的感觉而高兴。是啊,只有晚上,回到自个儿的家,躺到这个属于自个儿的男人身边,她才可以尽情地享受一个做女人的幸福。这个男人已经知道她需要什么,知道如何才能让她快乐和高潮。他已经不需要她指点了,能熟练地、尽责地满足她生理上的一切需要。一个女人,怎么就算是十全十美地活一辈子呢?谁又能十全十美地活一辈子呢?你应该知足了,她想……

她的思维渐渐停顿。

在这种思维的停顿中,一整天工作带来的疲累,终于被丈夫给她逐出体外,消失殆尽。快感一阵阵地从她的体内涌上,她感到从未有过的舒服。

夜越来越静了。

26

黎萍晚上一进家门,就喊丈夫和女儿,又从包里取出一本书来。

曾华其时正在厨房里做晚饭,妻子下午有课,回来得晚,他就得做一回家庭主妇。他系着围裙从厨房出来时,见女儿正从她的房间出来围着妈妈转,问妈妈拿的是啥书?

不是给你的，是给你爸的，黎萍说。

女儿就不高兴地噘上小嘴走了，还嘟囔着：人家还以为你给人家拿回高考复习题来了呢。

曾华便问妻子拿的啥书？

黎萍说，一本对你有用的书。

曾华接过来看时，是省里文史馆新印出来的一本文史资料。

他说，你让我看这书干啥？

黎萍说，你看看里面的二十九页，一个旅居美国的中国人写的，他老子当过咱们省督军府的骑兵团团长，有件事儿是关于龙山的。

曾华说，那和我有啥关系？

黎萍说，你看看再说嘛。我在学校图书馆找资料，无意中翻到这本书，看了那篇文章，总觉得对你有用，就把书给你借回来了。你给李小海编那本刊物不是要宣传龙山开发区吗？有用没用，你看了再说嘛！

说着便过去解下丈夫的围裙来，往自个腰里一系，替丈夫进了厨房。

曾华按妻子的指点，先打开了书中的二十九页。

文章的题目是《一件历史的遗案》。

编者按中说，作者现旅居美国，是某某大学东方文化研究中心的教授，这篇文章是省文史馆访美代表团访美期间，从这位教授手中得到的。经作者同意刊登这篇文章，不是为了历史的是非功过，而是对遭受破坏的龙山文物增加了一个说明。

文章不长，曾华一行一行地看下去：

家父在大陆解放时，随旧政权逃至台湾，晚年因我已定居美国，家父遂被我接到美国，安度晚年，直到1954年病逝。多年来我虽漂流海外，但由于一直研究东方文化，对龙山石窟也偶有涉猎。特别是几年前有幸回到大陆，访问了不少文化名胜古迹，也到龙山一游。面对那尊大佛和被砍掉头的观音菩萨，心中万千滋味，难以言诉。

家父生前出生于一个行武人家，祖父就是清末的统领。民国后，父亲成了督军府骑兵团的团长,到国民党政权行将崩溃前,军衔直至上将,而当年家父在龙城城外驻防时,曾直接指挥了破坏龙山文物的行径。

家父晚年曾对我说过,没想到他的儿子会在国外研究起国内的文物来,说他当年曾派人潜入龙山,欲将其大佛前的三个菩萨头全锯下来,卖给一位美国神父,此罪恶的结果是使观音菩萨失去了脑袋。我在那次龙山之行中,面对无头的观音菩萨,曾长跪不起,替父亲赎罪。但我知道,这罪是无法赎清的。

有幸的是,我在美国寻访多年,也曾寻到了和父亲有过交往的那位神父,他已垂垂老矣。此人承认与家父当年有过密谋,要将大陆龙山的这三尊菩萨头盗走,由他支付家父一笔巨资,由家父派人潜入龙山具体实施。家父曾亲口告我,是他密令贴身卫士去执行此事,但那卫士一去不回。家父记得很清楚,那个贴身卫士叫小愣。而作案的钢锯是那位神父提供的。家父说他曾救过这个卫士的命,当时绝想不到这事儿会办出差错来。

事后已证明观音菩萨的头是被小愣锯掉了。为什么这位卫士只锯了一个观音头,对文殊和普贤两位菩萨的头没有下手?这个卫士带上锯下的观音头跑到哪里去了?为何一去再不复返?这个谜,家父直到临终也不得其解。

历史给中华大地留下了许许多多宝贵的文化古迹。历史也使这些文化古迹遭到了这样或那样的破坏。有的被盗运至海外,有的散落进历史的谜团中。如今改革开放,使大陆经济振兴的同时,文化也必然振兴。特以此文,再次替九泉之下的家父向世人谢罪,同时也向世人提供以上线索,愿龙山丢失的观音菩萨头这件国宝,能有幸再回到龙山。

黎萍从厨房里往出端菜,问曾华这点资料有用没有?
曾华想了想说,倒是挺有趣的,我看可以编个历史花絮,反正也是属于介绍龙山开发区的内容,放到介绍龙山开发区的版块里,也算多了个角度。

黎萍说,我这个特邀编辑还有用吧,要不,叫他李小海说我是想白挣他的钱呢。

曾华说,这点素材,倒是写小说能用得上。

黎萍就笑,说你还写啥小说呀,你就好好地给人家李小海编那本《龙族》吧,这种钱,还挣得省劲点。

曾华说,想不到咱们两个大知识分子也天天说起钱来了!

黎萍说,倒是想清高呢,可没钱,出门上街,你看看能干啥?快入冬了,连鸡蛋都一个劲涨价,靠咱俩那点儿工资,能行?

曾华叹口气,放下那本书,与妻子一道张罗着摆桌子吃饭。

27

因为下午的那个会,赵新华回到家里后,心里还是一直很烦。她想等丈夫回来后好好谈一谈。她甚至没有进厨房去做晚饭,尽一个妻子先回家后应尽的义务。可电视里的新闻联播已开始了,程国庆还没有回来。

这段日子,她作为一个母亲,心里是极度复杂的。儿子要用钱,儿子为此事而求助于自己的父母。为了给自己的儿子凑足这一笔钱,她真是用了以往从来没有用过的劲头。找人借钱真不是个滋味好的事儿。有挺好的朋友甚至问她是不是装穷?当副市长的老婆呢,何况你自个儿还是个县团级的官儿,真就拿不出几万块钱来?可她确确实实全部积蓄只有两万多元。她和丈夫全没有其他进项,靠工资只能积攒下这么多存款。原先只以为儿子快毕业了,快工作了,怎么就没有想到儿子出国要花钱呢?还有挺好的朋友劝她快不要再干啥党务工作了,你有个当副市长的男人哩,你把那份工作辞了,自个儿弄上个公司,靠你男人的那些关系,还愁发不了大财?拜金主义的思潮让社会上一些人黑了心,种种为钱酿出苦果的报道常常见诸报端。她以前想不通那些人怎么为了钱就能做出种种极端的事情。而现在她才感受到需要钱而钱不够时,当事人的那份难受和尴尬。她当然不会为了这份难受和尴尬去干什么出格的事情,但在好心朋友们的劝说下,这段日子她也闪过是不是辞掉工作弄个公司的念头。

她觉得下午那个会真是开得太及时了。她不知道别人怎么想,对她,那会真是一阵及时雨。

是市纪检委召集各口纪检负责人开的工作例会。市纪检委书记向大家传达了近期中央领导关于反腐败的几条重要指示,然后请市委书记给大家讲话。市委书记说这是纪检上的工作例会,他没有啥准备,和大伙儿随便聊聊。市委书记笑着问大家,有没有不安心在纪检战线上干的人?有没有也想去当大经理大老板急着先去发一笔财再说的人?市委书记说你们不要笑,没人举手并不能说明你们就没有这种思想。甭说你们了,连我也有过这种思想呢!我们国家的市场经济正在确立,我们的时代正处于一个社会转型期,我们的社会上,已经有一些人富起来了,拜金主义的思潮难道能对我们没有冲击吗?没有是假的。问题是我们应该怎样对待我们自个儿的思想问题。毛主席从西柏坡向北京进发时就说过,我们共产党人是要进京去赶考的呀!现在我们共产党人又被历史推向了一个赶考的位置。我们能不能在市场经济的确立中,能不能在经济大潮的冲击下,依旧立于不败之地?

说到这里,市委书记的脸色严肃了。

我们的国家要富强,我们的这个民族要兴旺,这是我们共产党求之不得的事情呀!但党内的腐败是什么?它正是阻挠我们国家富强的毒剂,是破坏我们民族兴旺的癌瘤。你们各位的肩上,担负着清除毒剂和割除癌瘤的重任,无论从历史的角度,还是个人的角度,这种价值,是以多少钱才能衡量出来呢?可能我们的一些同志,在生活中会遇到一些经济方面的困难,有人为了这一点点困难而去犯罪,有人为了这一点点困难就去谋求能让自己发财的职业,作为一名党员干部,这是一种人格的萎缩,是一种责任的沦丧!一个人如果去追逐权力,那权力是无尽的,一个人如果去追逐金钱,那金钱也是无尽的。我们追逐的,应该是历史赋予我们的责任,应该是党赋予我们的责任。我们也是人,不可能尽善尽美,但我们应该以自己的正直、清白、尽职、尽守来回报人民,也回报我们自己!市委书记又联系到市委自身了。他说到了龙山公路。我们前一段修通了龙山公路,全市人民给了我们无数的赞扬,但我们有没有失误?或者说,我们在取得成绩的同时应该怎样对待我们自身呢?市委进行了自查自纠,负责这项工程的主要领导人是功不可没的,在工作中吃饭超标送礼开销过大也是惊人的。这是一个教训。在目前形势下,正常的礼尚往来和铺张浪费,乃至腐败受贿如何区分?经济建设中怎样确保我们的党员干部,特别是领导干部的廉洁和律己,这是我们全党必须解决好的一个新问题,也是你们这条战线要时时遇到的新问题呀!

赵新华如经过了一条思想的炼狱,感到自己清醒多了。

在这种清醒中她却又生出了烦恼。丈夫怎么能对那台微波炉无动于衷,一点也无所谓呢?为了给儿子借钱,自个儿曾生出过错误的念头,丈夫又有过一些啥想法呢?该怎样与丈夫一道,就自个儿曾经产生过的错误念头进行一番认真的清理呢?这些日子,丈夫怎么总是牢骚话不断,他对市委书记说的自查自纠,是不是有抵触情绪呢?

赵新华是个很严于律己的人,包括做妻子这种角色,也生怕因为自己的失职,因为自己没有及时提醒丈夫,而让丈夫生出什么过失来。可是,偏偏今天晚上她想与丈夫好好聊聊时,程国庆却迟迟没有回家。

她想给丈夫办公室里打一个电话,转念又想,程国庆没回来,一定是有要紧的事儿正在处理呢。现在给他打电话,岂不是干扰了他的工作?

此时,程国庆还一个人坐在他的办公室里。

该下班了,他给隔壁的秘书打去一个电话,让秘书先下班回家,又让秘书告诉司机在楼下等他。秘书问他,是不是需要陪他加班?是不是还有事需要自个儿去办?他一概以“不”字做了回答。平时程副市长加班是常有的事,但周末他从来不加班。秘书和司机全知道,周末程副市长总要准时下班回家陪妻子的,这是程国庆的生活规律。程国庆过周末绝不加班,在市政府办公厅也早不是新闻了。有一回省里开电话会议,时间偏偏定在周末,开会前市长就和程国庆开玩笑,说这可不是我不照顾你,是省里不照顾你呀!其他副市长们就笑,就有人说,咱要是找下人家赵新华那么个漂亮能干的老婆,甭说周末不加班了,就是平时也得早点回家呢!市里的头头脑脑们在一块,也断不了开个玩笑,程国庆和赵新华两口子全在市政府机关,又那么般配,同僚们开这种玩笑,倒让程国庆心里觉得美滋滋的。

这个周末程国庆却要一个人加班,秘书和司机便全觉得奇怪。他们不便多问,但心想,副市长准是有啥重要事儿要办呢,不然,能破例加班?

雪亮的吊灯,雪亮的台灯,在一片光明中,程国庆在他的办公室里踱来踱去,连他也不知道这么走了几个来回了。

他刚才脱下了身上那身新西装,又换上了自己原先穿的旧西装。后来又脱下了旧西装,重新把贺晓燕送他的那身名牌西装穿到了身上。穿上这身西装连他自个儿都感到精神,为什么不穿呢? 不敢穿上它回家,莫非这衣服真有鬼了? 人家贺晓燕是一番好意,我接受下人家这番好意又有啥不是呢?

程国庆不由得又想到了贺晓燕。

她说她对我有一种好感,是一种什么好感呢? 她说这话时那眼神,那微微向我暗暗用力的小手,又是让我去想些什么? 或者说是向我暗示什么呢?

他再次提醒自己,你怎么能胡思乱想呢? 你现在应该想一想如何处理那两万元人民币才对!

她给留下的那两万元,就放在写字台的抽屉里!

他不由得又看见贺晓燕了。那女人漂亮的脸盘,腰身扭动时全身好看的曲线,说话时的一颦一笑,总是在他面前闪现,让他无法驱逐。还可以叫回秘书来,让秘书连夜把这两万块钱给贺晓燕送回去。我这样做要说明什么呢? 那不是说明我和她不准备一道共事,一道合作了吗? 我和她合作的事,是关系到开发区经济发展的大事,我怎么能因为个人的小事,影响了全市的大事呢?

想定了这个自认为合理的推论,程国庆又想,这钱不能再送回去。何况,我是借她的。要不是借她的,我怎么能收下这两万块钱呢? 欠债总要还,还了别人的,集中借一个人的,也能让妻子少欠别人的人情。

他便又想到了妻子。

自从和赵新华结合以后,他就再没有和任何女人有过非分的交往。那时妻子还年轻,他在部队上也太忙。后来两口子一道转业了,这么些年也转眼就过来了。到了地方上,比在部队还要忙。没有什么特殊的人事关系,一切全得靠自己去努力,去争取。转业时忙,希望能安置一个好些的工作单位,安置的单位忙,努力工作,做出让上上下下满意的成绩,忙争取提拔,提拔后又忙新的工作。真让人家贺晓燕说中了,忙来忙去这么多年,我生活中也真是太有些缺少色彩了呢!岂止是缺少色彩,为了儿子出国这点钱,贺晓燕一定小看我了!还副市长呢,连给儿子出国的那点钱都拿不出来!想到这里,程国庆就觉得憋气,就觉得贺晓燕的话说得有理。我是新时期提拔起来的干部,我怎么能和她的父亲贺振书记一样呢?天天说要让一部分人先富起来,我怎么就不能先进入这一部分人的队伍呢?都说有了权,就能增加手中人民币的含金量,我怎么非要苛求自己呢?就论我的政绩,就论我这些年为市委市政府出的力,我自己想办法回报一下自己,还怕他纪检委真敢给我立案?我不能再这么活下去了!贺振的亲生女儿,都认为她父亲那一代人的生活太单调,太缺少色彩了,我的生活中是应该增加些色彩才对!看人家贺晓燕,比赵新华年轻得多,可人家那气质,人家那风度,人家跑过的那些地方和人家的阅历!这么一个年轻美丽的香港小姐说我不老,还说我的气质和风度正是她梦寐以求的那种男人,我怎么就不应该活得更充实更有色彩些呢?

她是恭维我吧?

可她恭维我干什么?她是资方的代理人,又不是我要给她投资呢,她恭维我干什么?

她绝不是恭维我。

她说得对,我确实是出类拔萃的人。我其实并不老,四十岁刚刚出头的男人,是伟岸的青松,是成熟的原野,是山花簇拥的大山。前几天报纸上还有人写这种诗歌,赞颂四十岁的男人呢,无聊的文人们其实看问题的眼光还是挺准确的。比如那个曾华,他不是歌颂我在创造业绩的同时,让生命也焕发出人生的光辉了吗?看来,是我自己还没有看出自己的价值来呢。是的,像我这样的男人正是事业有成,前途无可限量的男人,贺晓燕还真是有眼光呢！我在龙城市可以当一个副市长，不，也许不久就是市长了呢。要不然那个贺晓燕怎么会那么说我呢？她眼中见多了香港那些芸芸鄙俗的男人，而我在她眼中是另一种男人，这小妞儿，怕是喜欢上我了……

程国庆突然又觉得自己想得太远了，太不切实际了。

眼下要决定的，是今晚回家如何和妻子说这两万块钱的事儿。当然，还有这身名牌西服的来历也得说。赵新华是个仔细人，连个微波炉那样的小事，都整天和你叨叨没完，这种事儿不说清楚，今天晚上怕是她连觉也不让你好好睡的。不说又不行，这两件事儿是明摆着的。一件衣服穿在身上，两万块钱要拿去还债，不和她说怎么行呢？早知有这两万块钱，当初就不该为儿子要的那笔钱，让她出面去求人才对。

妻子要能和贺晓燕那样活得自在潇洒些多好。

我怎么又把贺晓燕拿来和自个儿的老婆比呢？

就在这时。写字台上的电话响了。

他以为是妻子打来的。不料拿起电话，却听到了贺晓燕甜甜的声音。

程副市长还没有下班呀？

噢……噢……我还有点事。

是有心事吧？

不，不。

电话里就传出贺晓燕一阵好听的笑声。程国庆感到电话那头那只可爱的小燕子，真是把自己的心事全琢磨透了。

贺小姐，你有什么事？

我可没事，刚刚吃过饭，正看电视呢。

那你……

我是怕你有事呢，怕你有事才给你打电话呢。

小燕，我没事。

没事，能现在还不回家？

我——他的话却被打断了。

程副市长呀，明儿是星期天啦，请你叫你的司机十点来接我，我要去你府上做客,你欢迎不欢迎呀?

我……当然欢迎。

那可就说定了,你说不清的事儿,明天我去和程太太当面说清。

小燕,你……

电话里,贺晓燕嘿嘿笑着说,不过,以后咱们要合作的事儿多呢,你可不要老叫我去府上做客,给你的太太解释呀。程副市长,明天的事,咱俩可就一言为定啦!

那边已经放下电话了,可这边的电话还在程国庆手里拿着。良久,他才放下电话。明天接贺晓燕到家里做客,也许这正是今儿晚上,自己久思而不得其策的办法呢!

程国庆决定马上回家。

市政府大楼前,只留下他一个人的专车了。程国庆客气地对从车里下来给他开车门的司机点点头,又十分抱歉地说,真对不起,这个周末,也让你迟回家了。

他知道,这话能让司机肚子里增加一股暖流。

大街上五彩斑驳的霓虹灯,显示出龙城经济腾飞中的繁荣。程国庆的心情开始变好了。他再没有什么压力,也再没有什么别的想法。他甚至为自己能结识贺晓燕这么一位朋友而高兴。是这只可爱的小燕子,使他的思想变得活跃起来。是这只可爱的小燕子,让儿子给他出的难题迎刃而解。他感到自己的能力和不断遇上的好机遇,是上天赐给的。龙山公路一修通,就有外商要来投资,外商派来的项目经理,又是这么一只可爱的小燕子,这只小燕子将伴着他把龙山开发区搞起来,再出国时,他就让这只小燕子陪着,她的英语说得那么好,有她陪上,既方便,也让别人感到自己年轻了呢!只要开发区大功建成,市里调整领导班子时,市长空下的位子,就任你们抢吧!上天有眼呢,最后坐这位子的,舍我其谁?

他带着这种心情回到了自己的家中,进门后就看到了迎上来的妻子那一对惊诧的目光。

怎么样?人配衣服马配鞍,我这身行头怎么样?

程国庆直奔主题,两手在自个儿胸前上下划了几下,那意思是让妻子好好看看自个儿身上的这套西装。

赵新华确实被丈夫身上的这套新西装吸引住了。布料好,做工讲究,颜色也嫩,站在她面前的程国庆真显得精气神儿十足,又年轻,又有派头。

新买的?她问。

程国庆摇摇头。

领导们统一做的?

程国庆又摇摇头。

人送的?

程国庆点点头。

赵新华上前掀开丈夫上衣的前襟,不由得惊叫一声:呀,是这么有名的牌子呀,难怪这么笔挺!

说毕,她就皱起眉头来了。

你又怕我随便接受别人的礼物是不是?你呀!有你这位搞纪检的老婆天天守着我呢,我还能犯错误?

程国庆要用玩笑话制造一种随便的气氛,偏赵新华急于要和丈夫说说下午会上自己的感受,就叨叨说,下午我们纪检口上开会,市委书记讲话中提到你们自查自纠的事了,那台微波炉的事儿还没完呢,你可不要再弄出啥叫人查呀纠呀的事儿来。

程国庆敏感地问妻子,市委书记在会上说了些啥?听赵新华给他学说了一遍后,笑着摇摇头说,我当是有啥大不了的事呢,现在干工作,哪有不吃饭的呀?餐桌上谈工作,有时更见效果。

可我总觉得……

赵新华想和丈夫再说说自个儿的感想,程国庆却一副不想再听的样子说,你就不用给我传达了好不好?叫我去给你们讲话,那些道理照样能给你们讲一大通。来,来,帮我把衣服挂起来,今晚,有好事我要慢慢告诉你呢。

赵新华便不再说什么了。她心想,我这是急啥呀?他刚进门,待会儿啥话不能说？于是就给程国庆挂起西装上衣，又张罗着和丈夫一道吃饭。等程国庆刚坐到餐桌上，她又问丈夫，身上的新西装是谁给的？

程国庆心想，毕竟是个女人家，不问清楚，她就是不放心哩。便说，你知道咱们龙城以前的市委书记贺振不知道？

赵新华怎么能不知道贺振呢？丈夫怎么突然提到了这位早已过世的老市委书记，她却弄不明白。

是贺振书记的女儿送给我的，明儿，我还要请她来咱家做客呢。你明儿早上起来得准备准备，中午好显显你的手艺。

她是新调进市政府的领导？赵新华问。

程国庆哈哈笑着说，人家可不是当领导，人家是在香港工作呢，回龙城给龙山开发区投资呢。在国外待久了，我请人家来家里做客，人家就非送我这身衣服不可，你说，我能不收？我不收，以后还和人家共事不共事呀？

程国庆为自己能突然说出这么有逻辑的话来高兴。

原来是这样，赵新华遂放心了。

程国庆又说，咱儿子要出国的那笔钱，你筹措得怎么样了？

赵新华正想和丈夫说这事儿呢，她一笔一笔地给丈夫数念，谁谁谁名下是多少，有零有整，加上自己家里的积蓄，儿子需要的那笔钱已经凑够了。数念完钱的事，就说开了这一段的思想变化过程，说着说着，就又说到了下午的会议。要不是听了市委书记的报告，我这思想还转不过弯儿来呢。钱这东西，有时真能让你胡思乱想呢。咱俩全是领导干部，社会转型期，咱们可得更有点主心骨……

要在以往，程国庆也许会和妻子一道，就妻子的话题好好聊一聊。可现在他突然觉得妻子的话一点也不中听，遂打断妻子的话说，你怎么在家里也口口声声和我打起官腔来了？

赵新华说，你不知道，市委书记说到市委自查自纠，特别是提到龙山公路修建过程中请客送礼的事时，我的心直为你嗵嗵地跳呢！你今天一台微波炉，明天呢？后天谁知道又能弄回啥来呀？防微杜渐，我这话又有啥不对呀？

程国庆满不在乎地说,我看你也太职业病了,好像我已经变成贪官污吏了似的!给儿子出国的钱我都拿不出来,我是不是清官,你还不知道?

赵新华笑了,开玩笑地说,你要做了贪官,我就不让你再进这个家门。

程国庆也开玩笑说,那好,那好,我这年龄,保不住在外面正好再找个年轻漂亮的女人呢。

他不知道自个儿怎么能说出这种玩笑话来?他的眼前一下子闪过了贺晓燕的面孔和身影。他以前和妻子可从没有开过这类玩笑。

我看你敢!赵新华笑着瞪了丈夫一眼。

程国庆急忙收回心思,换个话题说,新华呀,你是不知道我的难处哟。我干工作,苦些累些不怕,可就怕别人背后搞我的小动作。吃顿饭,送些礼,那些工作上没能力的家伙,就能抓住这些小事,背后给我下刀子。说穿了,我看是有人怕我坐上市长的位子呢。

赵新华便劝丈夫,让他不要这么想。她说人家市委书记还是肯定了他的工作的,只是就当前工作中的一些方式方法,让大家研究和探讨。程国庆没再言声,等妻子劝罢,他才说,我向贺振书记的女儿借了两万元,你先把那些朋友的钱还了吧,反正是借,咱集中到一个人身上算了。

说着,就起身从公文包里,取出那两万元现金,放到了妻子面前。

我不是说好了不用你管这事嘛。

我是你男人哩,我能眼看着你欠下一屁股人情?

可你这……

人家是开发区的投资方项目经理,和我合作可不是一年两年的事,咱以后攒够钱,慢慢还她就是了。

不会影响你的工作吧?赵新华又问。

我都给她打了借条了,你就放心吧。

程国庆看到妻子放心地点了点头。他又想到了自个儿办公室门后痰盂里那些纸浆。他体会到了谎言的作用。

晚上临睡觉前,赵新华把那两万块钱压到了自个儿的枕头底下。她一点也没有怀疑这钱是丈夫借的。明天借给丈夫这钱的朋友要来家里做客呢,她得好好招待人家一下。从这事儿上她觉得丈夫真好,平时不显山不露水的,可是暗中为她着想呢。她不想让他管这事,他还是管了。再熬上几年,一旦儿子有了工作,就她和丈夫两口子,这小日子还有啥可发愁的呢?

她突然觉得自己有时也太多虑了。或许,真像丈夫说得那样,我是考虑问题太有些职业病了呢。这一段,为了给儿子借钱,自己思想上有些波动,怎么就能说丈夫也有波动了呢? 倒是这些日子自个儿太冷落丈夫了。他工作上那么忙,又得应付别人的闲话,我再不疼他,爱他,那不太委屈他了吗? 如赵新华这样的职业女性,一旦钻进丈夫的怀中,也会和其他女人一样,心中奔腾而起的温情便融化了一切。

她现在渴望着得到爱抚。

程国庆却突然看到了赵新华鬓角的皱纹。

还是他熟悉的脸,可以前他竟然忽视了这张脸上的皱纹。他和妻子是同龄人,女人比男人要老得快一些,妻子脸上的皱纹原来竟这么多了!

他还是第一次发现了妻子的老像,以前可没有这种感觉。

我呢? 我也有老像了吗?

不知为什么,程国庆现在并不急于和妻子做爱。他极想听听妻子现在对他的评价。

新华,你看看我。

赵新华便睁开了眼,脉脉含情地望着伏在自己身上的丈夫说,都老夫老妻了,还有啥看的呢?

你看看我老不老吗?

不老,你在我心中永远不老。

你好好看看,我脸上有皱纹了没有?

赵新华就抽出手来捧住了程国庆的脸,认真地看,认真地说,真的,你真不显老像,不像我,眼角早就有皱纹了。

真的?

我哄你干啥? 不信,你问问别人嘛。

程国庆就不再说话了。

他突然想到了贺晓燕。她说我是她多年来在梦中反复勾勒和描绘的最完美的男子汉,她在我的办公室里就是这么对我说的。如此看来,妻子的话没错。我是不显老。贺晓燕的话也没错,我的气质,我的形象,贺晓燕那样描述我也是很客观的。

妻子的那张脸,一下子变成了贺晓燕的脸,还有那乳沟,还有那双乳……程国庆想遏制自己的这种想象,甚至在心里暗骂自己荒唐,可这种幻觉还是无法驱走。

你在想啥呀? 赵新华显然觉出丈夫正在走神。

没……没想啥。

瞧你那眼神,赵新华盯着丈夫的眼,她总感到那对眼中有些异样。

我……没啥呀!

他不敢再与妻子对视了,更不能告诉妻子他此刻的那些幻觉。他重新将一个吻落在了赵新华的脸上,以这种无言的行为结束了妻子对他的审视。赵新华也重新闭上了双眼,再次等待着丈夫即将给予的爱抚。

她等来了,开始沉浸在这种爱抚中。

赵新华无法想见丈夫今天给她爱抚时,脑海中在想些什么。她做梦也想不到她的丈夫在与她做爱时,脑子里正在不断幻化着另一个年轻女人的影子。那影子真让程国庆神志恍惚,他索性也闭上了双眼,让生理上的愉悦,全投入到脑子里幻化出的贺晓燕身上。从妻子躯体上得到的快乐,正被他复制在脑海中的贺晓燕身上。可悲的赵新华全然不知,她的丈夫,此时并没有感觉到她的存在……

第八章

28

我回来啦！

王红刚推开自家小院的门，就冲屋子里大喊一声，待看到出门迎接她的只有父亲一人时，马上生气地问：我妈呢？

王九斤急忙接过女儿手里提着的那盒大蛋糕，又给女儿拍掉身上的那点儿浮土，这才说，乡里不休息，你妈说，她把工作上的事儿安排安排，今儿要早点回来呢。

啊呀呀，当个乡长，真成了大忙人了！

王红说着就四下瞅瞅小院，好多日子没回来了，从已然住惯了的城市，又回到了这满是农村气息的小院里，那种熟悉中的陌生感，让她极想发表一些看法。像是大人物视察似的，王红对爸爸指点起来了。

咱这么大个小院，要放到龙城，光这块地皮就值了钱了，你知道不？搞房地产的这几年全大发了。我得跟妈妈说说，她好歹是个开发区的副总指挥呢，搞规划时，最好把咱们家这小院划进拆迁区，你和我妈也像城里人一样，盖它个楼房住住。

王九斤急了，说咱这小院挺好的，可不能拆呀。

王红就笑，又指着那个牛棚说，我说老爸呀，你可真是个老脑筋，市场经济一起来，就像资本主义早期美国人开发西部一样，对龙城来说，咱这龙山湾就好比是西部，你呀，就好比是个老牛仔，有了楼房，有了汽车，你这老牛仔莫非还想抵制现代文明呀？我看，你还是把它牵到屠宰场算了。

牛棚里那头大犍牛冲着王红哞哞叫。

它一定是认出小主人来了。

王九斤就冲大犍牛吼一声，说，别叫别叫，红儿是和咱说笑话呢，这里再西部，再开发，再文明，我也让你陪着我，不怕，不怕。

王红听着爸爸的话，就哈哈大笑。她过去拍了拍自家那头大犍牛的脑袋，那头大犍牛不叫了。王红就指着牛说，我老爸是老牛仔，有他护着你，你倒是怕个啥呀？

王九斤一步不离地跟着女儿，女儿进门这一通话，弄成了一团疑问，在心里拧着。

红儿，是不是一闹开发区，就非得住楼房不行？是不是公家以后就不让咱养牛了？你妈是乡长，我不跟上带头不行，可要真是那样，这……这……

女儿是大学生，又是在龙城上班的干部，对她的话，王九斤可当真哩。城里那楼房，虽说没有住过，可怎么想怎么不好住，别的不说，把厕所修到家里怎么反而叫卫生呢？还有不让养牛，那更不行。　自个儿以前给集体养牛，现在给自个儿养牛，没有了牛，还算个好庄户人？

见父亲急了，王红才笑着说，好我的老爸呀，你不想住楼房，就住咱这小院吧，谁敢撵你？你想喂牛就喂吧，谁敢不让你喂？我只是给你提个合理化建议，你当真干啥？

好我的红儿呢，我还真以为是……好，好，咱俩回屋吧。一边催女儿进屋一边又往起提了提那蛋糕盒子说，你买这么大个点心干啥？城里人也真是的，点心做下这么大，怎么拿住吃呢？

王红就又笑着说，这是生日蛋糕，给我妈过生日用的，还有小蜡烛呢，点上，和电视里演的那样，又高雅又温馨。

好,好,只要你高兴,我和你妈随你就行。

爸,你又说错了。女儿纠正说,我是为了让妈妈高兴呢。等你再过生日,我给你买一个比这还大的蛋糕,你说好不好?

王九斤应承着女儿,连声说好好好。回屋放下蛋糕,就又忙着给女儿打来了洗脸水。

看着女儿洗脸,王九斤心里美滋滋的。

他可真把王红当成个宝贝女儿了。

从小一把屎一把尿的,一闲下来,就把小女儿架到脖子上,任女儿拍着他的脑瓜儿玩。说也怪,王红刚学说话,先叫他爸,然后才学着叫温玉倩妈。再往后,王红上学了,他没有一天不接送自个儿的小女儿。女儿渐渐大了,也特别孝顺他。那年月家里一日三餐红高粱,偶尔吃顿白面条,他舍不得吃,可女儿总要往他的碗里拨。他不让,女儿就说,爸,你要干活呢,我妈说了,我不孝顺你,就不是好孩子。

那话,让王九斤听了比吃上一碗白面条还舒心。

王红也真给爹妈争气。

从小学上到高中,她的成绩在班里总是前三名。在龙山湾,她是自古以来的第一个大学生。大学生,在旧社会那是举人呢,能考上举人的人,那是文曲星下凡呢,村里的人们都这么议论她。村里的人们只知道过去是考秀才,考举人,人家王红都考上大学了,那不是举人是啥?王九斤也问过她,说你上了大学是不是就算是旧社会的举人了?她就给老爸讲旧社会的科举制和现在的教育制度如何不同。王九斤听不明白,最后说,反正过去考上举人就算是朝廷的人了,现在考上大学就算是公家的人了,成了公家的人爹高兴,只是你不要忘了爹就行。王红就亲亲热热喊声爸说,你是我爸呢,打断骨头还连着筋呢,我大学毕业了要分配到城里工作,就把你和我妈全接进城去。王九斤就摇头,说你以后常回来看看我和你妈就行,都在龙山湾住惯了,我们可不走。王红说,你不走,我就接上我妈走。王九斤就不吭声了。王红看自个说这话老爸不高兴,以后再不和父亲开这种玩笑。

然而,随着年龄的增大,做女儿的,总觉得父亲和母亲站到一块不般配。她对父亲的爱和对母亲的爱是一致的,但这种爱并不能让她以一个成年少女的眼光,来认可这是一对幸福的婚姻。能得到母亲那样一位年轻漂亮的女人做妻子,这样的男人难道不是很男子汉吗?可如母亲这样的一个女人,怎么能把终生的命运,交给父亲那样的一个男人呢?她早已读过了弗洛伊德的书,知道了女孩子更多的是恋父情结。对照自己,她也觉得这种情结与她很浓很浓。很浓的这种情结让她为父亲高兴。可这种恋父情结,并不能让她摆脱成年少女的角度,为母亲做一声叹息。

历史永远不能把两代人放在同一个时空,于是两代人便永远无法共同去思考和抉择人生。对已经成人的王红来讲,她现在只想让父母亲高兴,今天如果不是礼拜天,她也要回来给母亲过生日的。

这周她很忙。和林森的合作选题要收集材料,受林森委托,给《龙族》的专稿要加班撰写。原计划昨天就要回来的,可听说今天从龙城通往龙山乡的长途公共汽车要试运行,便改在今天动身,一早就搭上了这趟试运行的长途公共汽车。总算到家了。洗罢了脸同时也洗去了旅途疲劳,王红更显得风姿绰约,浑身往外荡着一股青春的气息。王九斤又要给女儿去倒洗脸水,王红一把拉住父亲说,不行不行,你快歇歇吧。倒了洗脸水,放好脸盆,见父亲还在围着自个儿转,便把父亲推到椅子上,硬让父亲坐下。

我不累,我不累,你饿不?我给你先做点吃的吧。

王九斤说着就要起身,又被女儿按到了椅子上。

我说老爸呀,你歇歇好不好?

王九斤乐了,连说好,好,我坐,我坐。

我都这么大了,今儿中午的饭,你和我妈全歇着,我一个人进厨房。

这事儿王九斤可不能同意,忙说,饺子馅昨天就调好了,饺子面,刚才我也和好了,昨晚上你没回来,咱今儿还吃饺子。等一会儿,爹和你一块包。

父女俩正在屋里说话,温玉倩也回来了。一见妈妈回来,王红扑上去就抱住妈妈,在温玉倩的脸上亲了一口。又埋怨说,你再不回来,我都要生气了,都像你这么干,咱们的社会主义早就到高级阶段了。

你呀,就会说俏皮话。

温玉倩拉着女儿又好好地看了看,看得王红都不好意思了。

你看啥呀? 你生的,你还不知道是啥模样?

母亲说,女大十八变呢。

再变,我也是你的女儿呀。

我是看我女儿长得俊不俊呢?

俊不俊? 女儿撒娇地问。

俊,俊。真是越长越俊了。

王红高兴得笑,王九斤也高兴得笑。

温玉倩又冲丈夫说,你说呢?

王九斤也说,当然啦,当然啦。

温玉倩说,当然个啥呀?

王九斤认认真真地说,当然长得俊呀。

一家人,全沉在了天伦之乐的悠悠深情中。

王红看看母亲,又看看父亲,眨着一对大眼睛说,你们说,我长得像爸爸? 还是像妈妈?

若在一般人家,儿女们的这种话,总能引出父母各自充满爱的自豪,爸爸会说像自己,妈妈也会说像自己。可偏偏王红在父母身边,从来没有遇过这种情况。

爸爸和妈妈便一下子全不作声了。

温玉倩说,咱们做饭吧,我下午还得去乡政府加班呢。

王九斤就忙着摆桌子拿案板。

王红并不在意,一家人就又热热乎乎地坐在一起,包起饺子来。

在父母身边,王红总有一肚子话要说。说着说着就说到了龙山湾要变成开发区的事儿。

她问母亲,那个来投资的海外华人,怎么就看中了龙山湾?

这事儿温玉倩可说不上来。

还开发区的副总指挥呢,这点情况也弄不明白,你们怎么接待人家呀？王红一副大人模样，批评起她的母亲来。

温玉倩就解释，说自个儿不过是开发区总指挥部的一个配角，给大伙儿搞好服务工作就行，整个大盘子，有市里的程副市长全面抓呢。

我给你们介绍介绍这个投资的大老板吧。

王红一副知情者的模样，使王九斤觉得自个儿的女儿就是见多识广，本来该妻子知道的事，当妈的还不知道呢，女儿倒知道了，自家的女儿，就是了不得呢。温玉倩却莫名其妙地看着女儿，心想，你怎么能知道这些情况呢。王红于是更得意了，能比父母知道更多的事儿，做女儿的心里很高兴。这是一种在父母身边，由啥事也要问大人的孩子，转为可以告诉大人们一些事儿的长大成人的感觉。

王红可不是信口瞎吹，她确确实实看过了一些有关杨氏家族的材料。前两天她去找林森，本来是想和林森谈谈介绍公司的那篇稿件如何构思，不料林森正看一堆报刊剪样，她便也信手翻了起来。那堆剪样，是贺晓燕交给曾华，曾华看过后又转给林森的。无非是想请林森帮助审阅一下，看哪些可以转载，哪些可以摘编。林森有过要帮忙编《龙族》杂志的话，曾华也信得过林森，干这种事儿，没些文字功底的人，还干不了呢。王红就是在那些剪样上，了解到了不少有关南洋杨氏集团的事儿。比如，有的文章上说南洋杨氏集团是马来西亚华人中最有影响也最有实力的巨富，甚至在整个东南亚的经济界，也名列前茅，在世界银行的一份资料中，曾将南洋杨氏集团排进了全球一百家资深大财团的行列。比如，有的文章介绍了这个财团目前由董事长杨飞鸿坐镇吉隆坡，由总经理杨儒荫以香港为基地具体运作，杨氏祖上属马来西亚最早的华人移民，目前杨儒荫是杨氏集团的第七代传人。说杨氏家族世代为商，提倡儒商风范，恪守信义为本，是十分热爱中华民族的海外华人。还有一篇香港记者写的专稿，对杨儒荫的身世做了一番渲染。说杨氏祖籍在内陆福建泉州，杨儒荫学生时代曾被父亲送回内陆读书，而且是选中了内陆腹地较为封闭的龙城。记者在采访杨儒荫时提到此事，杨儒荫点头认可，但当记者追问个中缘由，特别是问到他既回内陆读书，为何不选北京上海广州南京这些大都市，而偏偏选就龙城？当时其父做出这个决定,究竟出自何种原因时,杨儒荫先生只以"无可奉告"四字回绝,不得不让世人对其这段历史,留下种种神秘的猜测。在这一段文字旁,不知是谁画了许多红杠杠。林森告诉她,这些红杠杠全是曾华画的。说曾华说了,真有这事儿的话,他采访杨儒荫时一定想办法弄明白,这样写起杨儒荫的专访来,肯定更有可读性。她问林森,香港记者都问不出来,曾华能问出来?林森说这就是作家和记者的不同之处,一般来说,被采访者对记者都有一种天然的防范性,而和作家交往,则没有这种防范心理。

现买现卖,那些香港报刊剪样上的材料,经王红略一连缀,倒也说得头头是道。

她却没有想到,她在父母面前这番好心的卖弄,闹得王九斤和温玉倩全傻了眼。

你说,他叫杨儒荫?

是温玉倩先沉不住气了,追问女儿。

见女儿点头,她又问是哪三个字?

木易杨,儒家的儒,树荫的荫。

听女儿说得准确无误,温玉倩突然觉得一阵头晕。

她支撑着又问女儿,这些事儿,你怎么知道得这么详细。王红却没说她和林森的事,只说她的单位有人要帮曾华编一份《龙族》杂志,想专门介绍海外华人巨富,和杨儒荫派来的投资项目经理联系后,人家不但同意,还主动提供了些海外报刊上有关杨氏集团的资料。给程国庆写那篇报告文学时,曾华也来龙山乡采访过温玉倩,女儿说得有板有眼,她想这事儿不会有错。

一直没说话的王九斤其实也明白是怎么回事了,更看出了妻子的面色骤然间变得那么难看,便起身扶住妻子,让她去屋里休息。

妈,你怎么啦?女儿不知道妈妈好好的,怎么一下子就病歪歪地变了个模样?

温玉倩说,没事,没事,妈是有点累。

她起身就往里屋走,急坏了王红,给母亲倒了一杯开水送进去,又埋怨地叨叨说,还嫌我说俏皮话呢,这不,加班加得累倒了不是?

没事,没事,我歇一歇就没事了。

温玉倩安慰女儿,让她先去和爸爸把饺子包完。女儿回来给自己过生日,竟然带回来这么个消息,她脑子里太乱了。

王红刚返身出去,温玉倩身子一软就跌到了炕上。

29

杨儒荫呀杨儒荫,难道果真是你吗?

尘封已久的心扉被这三个字骤然撕开。

……温玉倩正坐在龙城大学附中高一年级的教室里。学校刚刚开学,同学们的座位也都安排就绪。那天一上课,班主任就陪着校长,领来了一位要插班的新同学。那同学是跟着校长和班主任走进教室的,显得很拘谨,怯怯地站在讲台前,机灵的眼眸子不住地扫视一排排同学。

班主任说我们今天要欢迎一位新来的同学,他叫杨儒荫,请同学们用掌声表示欢迎。

全班同学就鼓掌。站在台前的新同学就给大家鞠躬。

班主任又说,我先给新同学安排一下座位,然后请校长讲话。班主任扫了一眼大伙儿,最后就叫起温玉倩的同桌来,让从他开始,依次往后退上一个座位。这张课桌在教室居中,又略略靠前,班主任给新来的同学挑了这样一个座位,分明显示出一种关照。

于是温玉倩就有了这样一位同桌。

那天校长的讲话很短,只说杨儒荫的父母全在国外,在马来西亚工作。说杨儒荫从现在起,就要和大家在一起学习,在一起生活了,希望大家和新同学搞好团结,在学习上、生活上,多帮助杨儒荫同学。

仅此而已。

下课后温玉倩就问杨儒荫,你爸爸妈妈是不是驻马来西亚的外交官?

杨儒荫摇摇头说,中国和马来西亚还没有建立外交关系呢。

那你爸爸妈妈在那里干什么? 温玉倩又问。

他们就是那里的人呀!

聪明的温玉倩明白了,这位新同桌的父母是马来西亚的华侨。

那你为啥要来我们这儿读书?

杨儒荫又摇摇头,说不知道。

温玉倩就嘻嘻笑了。心想,世界上有三分之二的人民,还生活在水深火热之中呢,一定是那里的生活不好,他父母亲才想方设法投亲靠友,把他送回来上学。要不,能舍得让他一个人回来?她不再追问,心里对这个新同桌充满了同情感。

你爸爸妈妈是干什么的?杨儒荫开始反问她。

她就告诉他,说她的爸爸是龙城大学音乐系的系主任,她的妈妈是音乐系的讲师。

新同桌就一连声地赞美她说,你真了不起,爸爸妈妈全是音乐家,你长大后也一定是音乐家。

同桌之间,就这样熟悉了。

当时龙城大学附中在龙城是条件最好的中学,高中生一律住校吃食堂。中午吃饭时,杨儒荫就出了洋相。一个学生一碗烩菜,两个玉茭面大窝头,同学们全吃得津津有味,偏杨儒荫说啥也咽不下那窝头去。没法子,他就上街去买了一包动物饼干,放到学校充饥。班干部把这事儿反映给班主任,还口口声声要开会批判杨儒荫的资产阶级坏思想,班主任做了工作,这事儿才算作罢。温玉倩的家就在学校,她出于同情心,断不了邀杨儒荫去家里,让妈妈给做点好吃的,给她和杨儒荫改善改善伙食。温玉倩的父母亲全是高级知识分子,和自己女儿的这位同桌聊了几次,就知道杨儒荫的父母不但是华侨,且家境相当不错,绝非是因为自身处在水深火热之中,才让儿子回来上学的。个中详细原因弄不明白,但两位老音乐家却能暗暗断定,杨儒荫的父母送儿子回内陆读书,是一种情系中华的爱国之举。老两口就温玉倩这么一个独生女儿,杨儒荫是女儿的同桌,又学习用功,成绩优秀,且说起话来彬彬有礼,两位老音乐家也挺喜欢他,每每女儿领他回来作客,总是好吃好喝地要招待一顿。

那年学校的元旦晚会上,温玉倩和杨儒荫合演了一个节目。

她拉小提琴,杨儒荫独唱。一首是中国民歌,一首是马来西亚民歌。中国民歌是温玉倩教给杨儒荫的,马来西亚民歌是杨儒荫教给温玉倩的。她的琴拉得好,他的歌也唱得好,温玉倩的父母坐在台下,和全校的教职员工一道,为这个节目鼓掌鼓得都红了双手。

两个人也常常商量报考大学的事儿。

温玉倩说,我要报中央音乐学院。

杨儒荫就说,你是想将来当音乐家,就和爸爸妈妈一样,对不对?

温玉倩就问,你呢?

杨儒荫说,我还没有定呢,前两天我爸爸来信了,让我报考北大经济类专业,可我更喜欢文学,更想报北大中文系。

那你就报中文系呗,温玉倩说。

杨儒荫就摇头。

你爸爸是不是想让你学了经济,将来好挣钱养活他们?温玉倩问。

杨儒荫说,他们可有钱呢,还用我养活?

他们有钱,怎么还让你到这儿来上学?温玉倩总绕不出自个儿思想上的定势思维。心想,你父母亲要不是生活在帝国主义和资本家的压迫之下,他们让你回中国来干吗呀?

偏她的这些疑问,她的这位同桌就是给她解释不清。

杨儒荫定期能收到父亲给他寄来的生活费。他一收到钱就偷偷上街,给温玉倩买点小礼物。起初温玉倩不收,杨儒荫就说,你要是不收,我以后就不到你家吃饭了。温玉倩不吭声,只好收下那些钢笔呀,小手帕呀,还有笔记本呀什么的小礼品。

终于有一天,杨儒荫又收到父亲寄来的一张包裹单。他太高兴了,为自己想出的这个计谋顺利得逞而暗暗得意。父亲定期给他寄来的生活费,数额卡得很死。精明的父亲十分了解龙城的生活水平,既不让远在天边的儿子受穷,也绝不让儿子在同学中变成不缺钱花的小富翁。杨儒荫琢磨已久要给温玉倩买一个礼品,他跑遍了龙城也没有中意的。要么那玩意儿价钱太低,便宜没好货,价钱太低的他看不上。要么那玩意儿价钱又挺高的,以他自己的积存,那笔钱又一时难以攒够。他给父亲去了一封信,说学校上副课需要那玩意儿,龙城卖的那玩意儿质量都不好,请父亲帮他买一个高质量的寄来。这可不是要钱,这简直就是要学习用具呢!欲善其事,先利其器,当老子的对儿子的要求一点也没有怀疑,立马满足了儿子的要求。

那包裹是一个木箱子,严丝合缝,钉得结结实实。杨儒荫选了个星期天,去邮局扛出这个并不很重的木箱子,直奔温玉倩家。进门先叫声伯伯伯母,说我给玉倩捎来一件小礼物,也不知好不好?

见这个小华侨扛来个长长的,薄薄的木箱子,老两口也不知他是要弄什么名堂。正在里屋做作业的温玉倩也出来了,看看那木箱子,再看看父母,又瞅瞅杨儒荫,不知说什么好。以前杨儒荫给她的那些小礼物,她都小心地藏着,爸爸妈妈还一点也不知道呢。现在杨儒荫又给她扛来这么个木箱子,天晓得里面装的是啥呀?我能收吗?我爸爸妈妈能同意吗?她心里直责怪自己的这个同桌,你也不和我商量商量,这是办的啥事儿呀!

杨儒荫却不急着往开打木箱子。里面是啥?包裹单上写得清清楚楚,他心里更是明明白白。现在他唯一担心的,是温玉倩不收,或者是两位可亲可敬的老人不收。要不收,这玩意儿自个儿又不用,可怎么处理哟? 于是,杨儒荫按一路上想好的办法编故事了。

伯父伯母,这东西可不是我买的,我又不懂音乐,这东西我可没有用。我写信告我父母,说伯父伯母对我好,节假日我常常在伯父伯母家里过,说我和伯父伯母的女儿是同桌,她在学习上也挺帮助我的,你们说我说得对不对?

温玉倩的老父亲忙说,小儒荫呀,你一个人在外,不容易呀,那些事儿,你和父母亲提它干啥?

温玉倩的母亲也说,孩子,咱把事情打个颠倒,玉倩要是去了马来西亚上学,和你又是同桌,你能不帮助她?

杨儒荫心想,有你们这话就行。

他便说,可我爸爸就给玉倩买来这么个小礼物,让我送给玉倩,也让我代他向你们表示谢意。我父亲还在信上说,你们要不让玉倩收下,可就伤了他的心了。

杨儒荫这种谈判才能可真厉害,把两位老人的嘴给堵了个严严实实。他趁这空档就叫温玉倩给他找来钳子改锥,几下子就打开了木箱子。木箱子里面又是一个皮盒子,空间全塞满了海绵,足见寄件人的细微之处。从那皮盒子的形状上,温玉倩的父母和她自己共六只眼睛,马上断定了里面的内容。

那是个小提琴的琴盒!

杨儒荫捧出琴盒,递给了温玉倩。

温玉倩高兴地打开了琴盒,一把漂亮的小提琴便呈现在她的面前。

她的父亲,龙城大学音乐系的系主任,这位一辈子献身圣洁乐坛的老教授在看到这把小提琴的一瞬间,不由得张大了嘴,嘀出了一口长气。老人由不得伸出双手,从女儿手中接过这把小提琴来,端详着,抚摸着,口中不由得啧啧连声。

杨儒荫一时没有弄明白老人的神态,失望地问,伯父,怎么?这琴是不是不好?

老人这才望着杨儒荫,良久才说,这琴,是维也纳施特劳斯琴行的精品,这琴,本身就是一件艺术品,是没法子用金钱来计算的呀!我……我真不敢让玉倩她接收这件礼物呀!

话是这么说,老教授却宝贝似的捧着那把琴,女儿能得到这么一把琴,以前他是连想都不敢想呀!这位老音乐家当年在欧洲求学时,曾漫步在维也纳,也曾在施特劳斯琴行里流连忘返。那个琴行里的小提琴全是高级琴匠单个制作的,每一把都是精品,可惜的是他这位年轻的中国留学生,那时虽有一颗向往着音乐圣坛的心,口袋里却拿不出购买这种精品小提琴的钱来。就是现在,系里的小提琴教研室,也没有一把琴能和手里的这把琴比美。他看一眼自己的老伴,老伴望着他做决断。

你们要不让玉倩收下,我就给我父母亲写信,让他们给我寄饭钱,我在你们家里吃的饭,全得让他们还你们钱。

杨儒荫又用这一招撒手锏来抵挡两位老人,生怕两位老人先替玉倩拒绝了他的礼物。看到两位老人又交换了一下眼神,才冲他点点头,把琴递给了女儿。分明这是默许女儿收下这件礼物,杨儒荫这才放了心。

那天,温玉倩拉琴,杨儒荫唱歌,在一对同桌的要求下,温玉倩的父母也合唱了一支歌。全家人,那个礼拜天玩得真开心。

正在读高中的杨儒荫和温玉倩,那阵子并不懂得爱,但那种爱,却在彼此的心底朦朦胧胧地培育着。杨儒荫早已经和同学们一样,习惯了吃食堂里的窝窝头,习惯了说龙城的方言土语,也习惯了每逢节假日就到温玉倩家中去过,那个家,几乎就成了他的家。马来西亚的热带风光,对他已经成了一种遥远的回忆。对生身父母的思念,也渐渐不像初来龙城时那般难熬,那般让他在梦中醒来彻夜不眠了。他和同学们一道学雷锋,做好事;一道念毛主席语录,用当时那种时髦的活学活用方法,对自己的资产阶级思想进行自我批评。他还把父亲给他寄来的生活费节省下,买了许多毛主席著作的单行本和好多书,在教室里与班干部们搞起一个红书角。据温玉倩悄悄告诉他,班里的团支部让她具体帮助他进步,已经讨论过是不是可以发展他入团的事儿。只是对他的家庭无法调查,这件事只好提交学校团委去研究。龙城市的市委书记贺振隔一段时间便要来看看他。先时是把他叫到校长办公室问长问短,问饥问寒。后来,贺振书记再来时,就选在星期天,直奔音乐系主任家,看到杨儒荫在这个家中生活得很愉快,市委书记十分放心。

就在这批高中生们抓紧最后冲刺,准备迎接高考的那一年,"文化大革命"之风,以势如破竹之势,吹进了龙城,也吹进了龙城大学和附中。校园里,一夜之间就乱了套,学生们纷纷成立战斗队,先破"四旧",再揪老师斗校长,开始横扫一切牛鬼蛇神。温玉倩的父母亲,一下子便成了反动权威和牛鬼蛇神,老两口全被剃成阴阳头,扫地出门,进了牛棚。温玉倩有这种父母,同学们的造反战斗队便不再要她。杨儒荫的情况,更让一些阶级斗争的弦绷得脑袋发胀的同学们,左瞧右瞧要将他视为海外派来的小特务。杨儒荫跟这个战斗队申请,向那个战斗队要求,结果人家就是不给他发个红袖章,让他也戴上革一回命。他发愁了,去找温玉倩商量。两个人倒也商量出个办法。中央"文革"的首长不是说出身不由己，道路可选择吗？别人不让咱们和他们一道造反革命，咱俩就不能自己起来造反革命？热血满腔，说干就干。两个人上街做了两个红袖章，印上了龙大附中南昌起义战斗队的字样，你给我戴，我给你戴，再互相瞧瞧，便都觉得威风了不少。又联合署名写了一张大字报，第一告示全校，南昌起义战斗队正式成立；第二两个人宣布要和罪恶的反动家庭划清界限，一个是不再认音乐系的反动父母，一个是不再认马来西亚的罪恶爹娘。他们要向南昌起义的贺龙一样，向旧世界开火。

好景不长，同学中就有大字报围攻这个南昌起义战斗队。贺龙都是大军阀大叛徒了，这两个狗崽子还要学贺龙呢，真他妈的居心不良！

杨儒荫对温玉倩说，不怕，南昌起义是周总理领导的，咱们不怕。

温玉倩说，毛主席在北京都接见红卫兵了，咱们去找见毛主席，就说咱们也要造反，也要革命，他们不要，请毛主席他老人家直接批准咱们。

杨儒荫说，真要能见上毛主席他老人家，就等于咱这个战斗队毛主席接见过了，看谁还敢说咱们这个战斗队不是革命造反派？

越商量越觉得这是个好主意。好多同学都开始到外地串联，他俩也一道登上了火车，要去北京实现自己的意愿。两个人果然见到毛主席了。两个人挤在天安门广场如潮水般的学生中，拼命地叫，拼命地跳，拼命地喊万岁。叫着，跳着，喊着，两个人全哭了。那是激动的泪水，看到了心中的红太阳，心中的红太阳也向他俩招手了，他们是革命的，在那种人海中，不革命的人能存在吗？两个人从龙城到北京，又从北京到韶山，上井岗，去上海，下广州，赴遵义，奔延安，九百六十万平方公里版图上的革命圣地，能去的地方，全留下了两个人虔诚朝拜的足迹。坐汽车免费，上火车不要票，到处是各地的学生战友们，到处全在如火如荼地闹革命。杨儒荫和温玉倩带着革命大串联的一路风尘，带着曾经见过了毛主席的一腔豪情，带着回到龙城将革命进行到底的无限决心，回到龙大附中后，却在温玉倩的家门口见到了一副白字对联。

上联是：一对反动夫妇共同反革命；

下联是：两个牛鬼蛇神并肩逆潮流。

横批是：自绝人民。

不知被抄过几次的家中一片狼藉。好心的邻居悄悄告诉温玉倩，她的父母在二十多天前，双双跳楼自尽了。

如被雷电击中一般，温玉倩一下子倒在杨儒荫怀中，昏死过去。

再往后，温玉倩和杨儒荫像全变了个人似的，整天沉默不语。杨儒荫告诉温玉倩，他又开始想家了，想得好苦，常常梦中醒来。校长被打倒了，市委的贺振书记被打倒了，除了他们，他不知道该找谁，才能帮他回到老家去。这些话，他只敢告诉温玉倩，而昔日的同桌除了能陪他掉眼泪外，一点忙也帮不上他。工宣队进校了，学生们被集中起来，每天学习，对照毛主席语录，天天斗私批修。第二年春上，就分别编组下乡去插队。温玉倩和杨儒荫被编在一组，分配到龙城最偏远的龙山湾，做了要与贫下中农结合一辈子的新式农民。

除了铺盖卷以外，温玉倩还带上了杨儒荫送给她的那把小提琴。

那把小提琴她一直放在自个儿的集体宿舍里，才免去了家中被抄时遭毁坏的命运。

30

温玉倩躺回里屋，骤然泛起的往事让她心绪难平。

外屋，王九斤的心中也被"杨儒荫"三个字掀动得忐忑不安。

他神不守舍，包饺子时不是馅儿多了挤破了皮，就是皮儿没挤紧露出了馅儿。王九斤人长得粗笨壮实，可干活儿心灵手巧，庄稼地里的活儿自不必说，家里的样样营生，他干起来也是麻利周全，头头是道。王红见自个儿的老爸今天包的饺子那么不顺眼，急了，冲老爸说，你是怎么了？怎么把饺子全包成这模样了？这饺子怎么下锅呀？快快你来擀皮儿我来包吧！

王九斤什么也不能和女儿说，只好换上擀皮的活儿，让女儿去包饺子。偏他擀的皮儿也与原来的水平相差太远，不是不圆，就是太厚，弄得王红哭笑不得。我妈在里屋不舒坦呢，我爸一定是不放心我妈呢。要不，我爸他怎么猛然间就像丢了魂似的呢？想到这里，王红就觉得自己这父母虽然老夫老妻了，但感情还这么深，也真不容易呢。便说，爸，你去陪陪我妈，看她哪儿不舒服？要不要寻点药吃？这点活，我一个人干就行。

可她的老爸动也不动。

女儿带回来的消息，把王九斤的心弄得一团糟。

来龙山湾投资的大老板竟会是杨儒荫！

这么说，杨儒荫是要回龙山湾来了，这事儿可怎么得了？

自个儿现在的妻子、女儿，原本是人家杨儒荫的人呀！

那个小伙子，他现在依然记得清楚。人样子很气派，肩膀宽宽的，个子高高的，两只眼睛也挺有精神。刚来龙山湾时，挑一担水，歪歪扭扭走起来像扭秧歌，可他就是不让别人帮一把。下地干活，连锄头也不会用，头一次锄草锄得尽锄掉了玉茭苗，弄得自个儿满头大汗，在人前抬不起头来。可小伙子人好，见了年长的叫大爷大娘，大伯大叔，要不就是大哥长大姐短的，村子里的人们全喜欢这个小伙子。可后来……

温玉倩听见女儿叨叨，从里屋走了出来，伸手抢过丈夫手中的擀面杖说，来，我来擀，你歇歇吧。

王九斤看一眼妻子，见她的脸色比刚才好了一些。

他啥话也没说，又坐在一边帮女儿包起饺子来。

他记得，自打把温玉倩接到自己家以后，就问过她，那小伙子还回来不回来了？温玉倩要不就不说话，要不就摇摇头说不知道。直到后来，他和温玉倩终于睡到一盘炕上，温玉倩终于把整个身子全交付给他了，他还在想，那小伙子回来可怎么办？他紧紧地搂着怀中的女人，不止一次地问，怀中的女人也不止一次地告诉他，那个小伙子是绝不会回来了。

为什么？他问。

温玉倩说，他是外国人。

他明明是中国人嘛！他不信，以为是妻子诓他。

不，他是华侨。

啥叫个华侨呀？

温玉倩就在他的怀中给他讲华侨的概念和含义。

他似乎听明白了,又问马来西亚在什么地方?是不是很远很远?问他怎么会来,又是怎么回去的?

温玉倩就讲不明白了,捶着他的胸脯说,你甭问了好不好?他绝不会回来了,就是回来,我也是你的人了,你天天晚上搂着我,莫非还不放心?

他是放心了,早就放心了。那小伙子是个外国人,人家回了外国,那里有人家的爹妈,有人家的家哩,人家就是要温玉倩去外国,温玉倩说过也不会去的,如此这般,他还有什么不放心的?再说,都这么多年了,人家还能不结婚成家?恐怕连儿女都和王红差不多一样大了呢!许多年了,当年的往事早如冰雪融化,不见了踪影,又似龙河远去,消失在大山外面。他与温玉倩幸福地生活着,直到女儿长到了这么大。

可现在人家又要回来了。电视里,天天演改革开放的事儿,那些个西装革履的外国大老板,也有中国人模样的,那不就是华侨吗?杨儒荫呀杨儒荫,你回来要干什么呀?

王九斤瞅了一眼女儿,王红正认真地包饺子,见父亲瞅她,就说,你瞧瞧我妈擀的皮儿,就是比你的好。

王九斤似乎突然想通了。杨儒荫回来,不会是冲温玉倩来的,这么多年,他一个外国人,要一直打光棍儿,那才叫见了鬼。对了,他是冲自个儿的孩子来的。他要见了王红,再捅破了和王红的关系,那该怎么办?

我说老爸呀,你这是怎么了?人家和你说话呢,你怎么发呆呀?

女儿冲着父亲喊,王九斤回过神来,忙说,不行,不行,不能让他来。说着,又把正包的那个饺子挤破了。

你和我打啥的岔呀?女儿问他。

一直注视着丈夫的温玉倩,偏这时扔给女儿的那个皮儿没擀好,竟然给擀出一个洞来。

女儿把指头穿到这个洞里,哈哈就笑,笑得弯下了腰,又忍住笑,抬起头来说,你们今儿是怎么啦?皮也不会擀啦,饺子也不会包啦,是看见我回来了全想吃现成的了,是不是?

那饺子也包了不少了,王红就把包好的饺子往厨房端,又说,你俩快歇歇吧,下面的节目听我安排吧。

她干活也真麻利,几下子就把桌子收拾干净。又取出盒子里的大蛋糕放到桌子上,再取出小蜡烛来插到蛋糕上,划支火柴,一一将小蜡烛点着。顿时一簇簇小火苗欢快地跳着,在生日蛋糕上如一个个小精灵般充满了生机。

她干这一切的时候,王九斤和温玉倩果真没有再插手,一道感动地看着女儿的安排,谁也没有说话。

咱们一人许个愿,我给妈妈再唱支歌。现在我先许吧。王红早就想好了要许的愿望,将双手贴在胸前,十分虔诚地说,我祝愿龙山开发区早日建成,好使妈妈和爸爸的后半生,能在一个现代化的生活环境和文化氛围中度过。

她说完了,让爸爸接上说。

这么个过生日法,王九斤还是第一遭经过,见女儿催他,脱口就说,我希望菩萨保佑,谁也抢不走我的女儿。

王红一听就乐了,笑着说,谁能抢走我呀?

温玉倩理解丈夫话里的意思,生怕丈夫再说出更多的心事来,赶紧对女儿说,你爸是怕你将来寻下婆家不孝顺他了呢。

王红就对父亲说,你就好好地放心吧我的老爸,到那时候不但我一个人孝顺你,谁当上我的老公也得让他孝顺你呢。

她又催妈妈许愿,温玉倩看看女儿说,我一是盼你有出息,做个对国家有用的人,二是盼你爸和我身体健康,好好地再过上几十年。

温玉倩这话,王九斤听了高兴。

王红就切开蛋糕,先给妈妈一块,又给爸爸一块,然后自己拿上一块先咬了一口,弄得满嘴白奶油,逗得父母亲全笑了。她坚持一个人去厨房,让父母亲等着。她觉得给母亲的这个生日过得还算有趣,父母亲的心事,一点也没有觉察。

31

贺氏姐妹自来到龙城后,在金龙大酒店一人包了一间高档房,各忙各的,有时两个人一天都不见面。这天是星期天,贺晓燕睡了个懒觉,醒来后就快九点了。她先给姐姐的房间打去个电话，开口就说，我那小姐夫在不在呀？

贺晓春还没有起床呢，已经起来的李小海正在卫生间里。她躺在被子里伸手拿起床头柜上的电话，一听是妹妹打来的，便对着电话骂了一声：小心我过去撕你的嘴。又嘿嘿笑着低声说，你现在可别来打扰我。

贺晓燕便明白那个李小海在姐姐屋里。

她说，今儿我要去程国庆家里做客呢，咱们还是各自安排自个儿的日程吧，你和我那小姐夫说一声，让他给我打个报告。

啥报告呀？贺晓春问。

东吴招亲，你这个刘备忘了大事了吧？

妹妹在电话里调侃姐姐，可比妹妹心地要厚道些的贺晓春，还是没有听明白妹妹说的是个啥报告。这些天来，李小海天天陪着她吃喝玩乐，贺晓春确实有点东吴招亲得遇意中人的感觉，难怪对妹妹的话一时竟不知所指。

听姐姐哑口无言，贺晓燕在电话里又说，你不让我那小姐夫打个报告，我总不能平白无故地给他弄那笔广告费吧？

贺晓春这回听明白了，忙问那报告怎么个打法？是打给市政府？还是打给杨氏集团？

贺晓春说，我是项目经理，叫他打给我就得了。一半天叫他就给我弄好，等总经理一到，这事儿就不好办了。

安顿好姐姐，贺晓燕这才起床洗漱打扮，准备去程国庆家做客。贺晓春刚放下电话，李小海从卫生间里出来，也不穿衣服就又钻进了她的被子，将这个比他大好几岁的女人重新搂进怀里。

于李小海而言，与女人做爱是一种本能，正如他要吃饭要睡眠一样，而绝不是缘于爱情。

迄今为止，李小海只有过一次真诚的爱。如果说与第一个女孩子的性行为是由爱情的升华，最后导致了两性结合的话，他在以后与女性的交往中，便只有一个目的了，那就是占有。占有是一种自私的动物性。对人而言，无情欲的占有便是一种兽性的发作。那是一种病态，一种极难医治的心理病态。

真诚的爱已不复存在。

那时他还是龙城大学的大三学生。同班有一个女同学，家住省城，是从大城市到龙城大学读书的。人样不算太漂亮，但挺有气质，会写诗，据说高中时代就在报纸上发表过十几首诗了。同学们叫她女诗人，女诗人也真配得上戴一顶诗人的桂冠，省里的报刊上常发她的诗，省外的报刊上也断不了选她的诗。在龙大的校刊上，她的诗更是每投必中。这点才华，就让其他同学羡慕。李小海那时根本不会写诗。李小海是从省里偏远的农村考入龙城大学的，在这以前，他最远的地方就是到过县城，最繁华的地方也就是到过县城。对这位女同学，他最初只有仰视的份儿，根本不敢生出去爱人家的私念。

班里有李小海这种从农村考来的同学，也有不少如女诗人那样来自大都市的同学。大都市的学生考入龙城大学，与那些进入北京上海高等学府的同学相比，只有自叹弗如。但与班上那些来自偏远农村的同学相比，又难免生出一丝城市学生的高傲劲头。于是，从农村来的学生，便有暗暗较劲儿的，要与城市学生比个高低。李小海就属于这类学生。他不但学习上努力，也尽量用家里父母从牙缝里省出来寄给他的钱，将自己不断向城市化进军。即便是廉价的西装和廉价的皮鞋，也要熨得尽量笔挺，擦得尽量锃亮。连发形，也渐入时髦，加上本人身材好，模样也不差，在不知情者眼中，也成了一副城里人模样。

他也学着写诗了。凭着聪明，果真也有诗在报刊上发表。一次两次不显山不露水，三次五次，不但别的同学对他刮目相看，连女诗人也主动和他切磋起如何写诗的学问来了。既要切磋就要互相交换诗稿提意见。李小海就开始给女诗人写起情诗，以诗传情，两个人渐渐以一种浪漫的诗人心态，进入了恋爱的里程。

快毕业那一年，班里的同学已经认定了这两个人的关系。他们两个也确实进入了热恋的高峰期。俩人常常晚饭后在校园里散步,或者去龙城公园里休闲。一边彼此交谈学业,一边描绘着未来共同的前程。当然是继续要做诗人。当然是要一辈子献身于诗的圣坛。女诗人已经通过父母的关系,在省城联系了接收单位。省文联、省作协、省报社,还有几家刊物。只有在这些单位,才能不断地去圆终生的诗人之梦啊!女诗人希望李小海也尽快活动,最好也瞄准她活动的那些部门。然而,李小海的父母是只会种地的农民。他在龙大不过是个学生,偌大的省城,他没有一个熟人和关系。

他只能拜托女诗人为他活动。

女诗人要为李小海的事拜托父母,就必须向父母挑明和李小海的关系。离毕业还有一个学期了,刻不容缓,时不待人。为了爱,女诗人决定暑假回省城后,就向父母亲交底儿。

暑假到了。李小海宿舍里的其他同学已全走了。他不急着走,要送走女诗人再走。女诗人的行囊是个大旅行包,去省城的汽车班次多得很,汽车站离学校也不远。但他还是替她背上行囊,表示自己含爱的殷勤。还没出校门就下起了雨,他建议女诗人雨停了再走,女诗人便跟他回到了他的宿舍。那雨上午没停,下午还在下。真是人也留客天也留客,两个人在空空的宿舍里谈情说爱,这间屋子一整天全是他们两个人的世界。雨是在黄昏时停的,女诗人既无法再走,也没有回自己的宿舍,那个晚上,两个人同居了。他提前尝到了禁果,两个人在爱海中沉上浮下,一夜相拥几乎就没有分开,一会儿彼此表示爱意,一会儿互相描画未来。

第二天一早,她让他从她的大旅行包中,替她取出一条新内裤,她脱下那个留着与他做爱时染上血迹的内裤,竟无意识地塞到了他的褥子底下。

你以后帮我扔掉它吧,她说。

他去送她,一直送她上了长途汽车,看着汽车远去了才返回学校。他收拾行李,准备去买火车票回家。他突然觉得神志很恍惚,原来他在收拾行李时又看到了她留下的那条内裤。昨晚的种种情形又在眼前浮起。他不能自持地捧起了那条内裤,女诗人残留在上面的气息,让他的心再次狂跳。这是我新婚之夜的见证!也是我人生升华的见证!我征服了她,拥有了她,也最后得到了她。我将随着她永远地脱离农村,她就是我的爱神,我的缪斯呀!这留下她处女鲜血的见证,我怎么能随意地扔掉呢?他用一块枕巾小心地把它包起来,藏到了自己的褥子里。

那个暑假他在家里过得度日如年。贫困的村子,沉重的体力劳动,绝非他写田园诗歌时那般轻松,那般闲适,那般幽雅。

他盼啊盼,盼着她的来信。分手时说好了,一有好消息,她就会给他来信的。然而开学的日期渐近,他却一直没有收到她的一封来信。一种不祥的预兆开始笼罩在李小海的心头。他甚至常常莫名其妙地和父母亲大发脾气,弄得两位老人不知儿子患了什么病。

还没有开学,他就急急忙忙回到了学校。等啊等,女诗人终于也返校了。他去找她,她却给了他一张陌生的面孔。

你以后别再找我了。

为啥?

不为啥,我就是不想理你了。

为啥呀??

……

为啥呀???

……

那张陌生的面孔就是不理他,更不做任何解释。

与女诗人同宿舍的女生们,全不知道这两个人为何突然反目,形同陌路。一个个瞪大眼看着他与她,内心做思索状。他无法揪出她来,虽然他极想马上揪出她来问个所以然。他莫名其妙地悻悻而去,但绝不甘心如此被蒙在鼓里。就在这天中午,他在去食堂的路上拦住了她。

你得给我说清楚!

她眼一斜说,没啥好说的。

那你……那你……

她便冷笑说,那我就正式通知你吧,我已经订婚了。

那神态绝不是说笑话。那话,如晴天里的炸雷,他不相信。良久,他才逼问她:你说,他是谁?

她便轻飘飘地说出了省城诗坛上一位大才子的姓名。

省城的这位诗歌大才子在一家报社当副主编,自然,女诗人一定在他那里谋到了职位。

为啥? 为啥呀?

他继续逼问她。

他甚至还不相信她告诉他的事实。

她的脸上就露出一种玩世不恭的笑,对他说,啥也不因为,就因为你不如他。

他一时无言了。只有一种失落、痛苦、无奈和被推入深渊的感觉。

我还可以告诉你,暑假里我悟透了一个理,爱情应该是现实的。他是成名的诗人,拿处级干部的工资,是省里的干部子弟,可以说,他是我的台阶。而你呢? 你想想吧!

女诗人昂起那高傲的头,一甩秀发,不再理他,扭身而去。他无法再让她说明什么了。他还不敢称自己诗人,他即便毕业了,刚参加工作的那点儿工资也无法与处级干部的工资匹敌,更重要的,他是农民的儿子,是要借助她做台阶的一个未成功者。她说爱情是现实的,她以这种理论,如扔一只鞋子一样地把他扔掉了。

就是从那一刻起,李小海生出了一种报复欲。

他在心中恶毒地咒骂那位过去曾十分崇拜的诗坛才子。你他妈的算个什么东西? 你不过得到了一个破货! 是老子让你谈对象时就戴上了绿帽子! 咒罢诗坛才子再咒女诗人。他妈的,你不过会写几首破诗,倒以为自个儿是大美人了,天底下的女人,没他妈的一个好东西! 几天后,他晚饭时间一个人出去,找了个酒馆喝了顿闷头酒。只喝得云天雾地,又进了一家下等舞厅。他满口酒气地坐在一个角落,看红男绿女们在半明半暗的彩灯下拥在一起。有一个描眉画鬓的女孩子不知啥时蹭到他身边,开始和他吊膀子。

以前他只听说过在这种地方有鸡,心想,这一定就是一只揽生意的鸡。

多少钱？开价吧。他说。

五十。

你他妈算啥玩意？

你想给多少呀？

砍一半，不愿意就滚。

还得给老板抽成呢，三十吧，保你好玩哩。

你叫啥？

你就叫我花花吧。

他知道那是她的假名。管她呢！他妈的，权当是×女诗人她妈吧！三十就三十！先让老子解解恶气再说。他怀里揣着父母亲刚给寄来的一百元，喝酒花去了四十五，三十块，还掏得起。

他便随着那鸡进了一间昏暗的小包间。他在那鸡身上发泄着兽欲也发泄着仇恨，临毕，又将那鸡的内裤塞进了自己的口袋。当那鸡在昏暗中寻摸内裤的当儿，他扔下了两张大团结，扬长而去。

那晚，他趁同宿舍的同学去上晚自习之机，翻出了褥子里女诗人的那条内裤，在上面写下了女诗人的名字，又写下了那晚与女诗人一夜夫妻的日期。接着，又在今晚得到的这条内裤上，写下了"花花"，又记下了日期。他只想这么做，说不出是为了什么。后来他工作了，各种女人接触得多了，标着女人名字和做爱日期的女人内裤也越攒越多。起先是把对方当作假想中的女诗人，或者是女诗人的母亲或妹妹。他在做爱中咬对方，扭对方的乳房，在欲望的释放中也释放着报复。而渐渐的，他不再做任何假想了。不断地寻找新的性伙伴成了一种嗜好，对女诗人仇恨的淡化，也使他对异性的真情丧失殆尽。他曾在一本杂志上看到一篇性心理的研究文章，对照文章中的例证，他才清楚自己的行为是一种病态，起始于一种性变态心理。变态就变态吧，只要老子高兴，老子就不认为自己有病。

心里老子长老子短，他在人前却总是彬彬有礼。毕业分配前，他开始自己努力，去系领导家里，去有关老师家里，诉说自己希望能留在城里的愿望。他果然感动了好心的黎萍。黎萍请丈夫曾华把李小海介绍到了市文化局,李小海果然留在城市了。虽不是省会,但他一毕业就成了龙城文化局的干部,一个从小生活在偏远农村的小伙子,终于成了城市人。

这样一个李小海,怎么能诚心诚意地喜欢上贺晓春呢?

比李小海大好几岁的贺晓春,现在可是以为爱情的鲜花,正在她与这个棒小伙之间绽开。

她要得到李小海。她想长期地让李小海伴着她,让她有一个真正的男人做名正言顺的丈夫。与大马猴那种不明不白的关系,让她早就烦了。当李小海在这个早上再度让贺晓春几番死去活来以后,沉溺在鲜花绽开的爱情想象中的这个女人,便在她心爱的男人的怀中,提出了这几日萌发出的建议。

你办了离婚手续,我帮你到香港定居吧。

真的?

我都是你的人了,我还哄你?

这么好的建议真是让李小海始料不及,高度兴奋。他一下子坐了起来,如惊梦一般,拍拍自个儿的脸。知道这不是梦。

要真能那样,我就一辈子陪在你的身边,永远做你床上的战将,身边的卫士,生意场上的帮手。让你永远幸福,永远永远……

他动听地说着,再次伏下身子将贺晓春拥在怀里,将一个又一个的吻,印遍了这个女人的全身。

32

与沉湎在李小海怀中的姐姐不同,贺晓燕却始终保持着清醒的头脑。在程国庆家中做客时,她尽量表现得天真而又单纯,口口声声叫赵新华大姐,不断地叙说国外的种种趣闻。赵新华几次想提起她借给两万元的事要表示谢意,都让她打断了。她为这次主动要求到程国庆家中做客,且得到程国庆夫妇的热情招待而高兴。以后,她不但可以直接给程国庆办公室里打电话,作为朋友,她还可以直接给程国庆家中打电话,有了今天这次交往,赵新华不会再见外了。以往的社会经验教会了她,与一个有妇之夫打交道,重要的第一步,就是先要稳定住这个男人家中的老婆。

想夺走这个男人得这样,想利用这个男人也得这样。

下午回到金龙大酒店以后,给贺晓春的房间打了个电话,想约姐姐过来聊一聊,对方没有人接。贺晓春和李小海上街去了,贺晓燕只好作罢。

去卫生间冲了个澡,出来后躺在床上,她开始琢磨起程国庆留给她的种种印象。论对男人的经验,贺晓燕要比她的姐姐强许多。在程国庆的办公室里,她对他那些调情的话语与秋波涌动的目光,并没有弹回猛烈的反应。若是个轻薄的男人,当下便会有反应的。若是个丝毫不近女色的男人,当下也会有反应的。前者会以同样的轻薄对待她,后者则会用坚硬的态度制止她。但程国庆却是在不置可否中,表示出一种愿意接受的态度,她能感觉到,程国庆这个人在对待女人上面,并没有太多的经验。比起那些视女人为玩物的情场老手来,贺晓燕倒更愿意和程国庆这样的男人打交道。程国庆又是一个十分争强好胜的人物,他在饭后还专门寻出那张省报和《龙城日报》来,让她看上面曾华为他写的报告文学,对付这种类型的内陆干部,贺晓燕更懂得不断给他戴高帽子的重要性。而相对的贫困,又给了她征服程国庆的最大机会,那身名牌西服和两万块钱,就足以说明她投石探路已获得了成功。她越想越觉得和程国庆的合作中,她可以做文章的内容太多了。最当紧的,是先给姐姐的账上打去四十万。这事儿在李小海他们面前也应承下来了,宣传杨氏集团在龙城的投资项目,也包含了宣传程国庆呢,先弄四十万大伙儿分一分,也好把那白白扔出去的两万块钱捞回来。

直到晚饭后,贺晓春才回来。她一个人敲开了妹妹的房门。

就你一个?妹妹问她。

他给你炮制那份报告去了,贺晓春说。

姐妹俩坐在沙发上,妹妹对姐姐说,你可小心些,别劳坏了身子。

贺晓春不好意思地笑一笑,问妹妹:你说,小海这个人怎么样?

贺晓燕便顶了姐姐一句:你这些日子整天和他在一起,你还不知道?又不是在广州那回萍水相逢了。

贺晓春说，我是和你说正经话呢。

贺晓燕听出姐姐话中有话，故意说，那我得先听听你的看法。

我看他对我倒是挺真心的。

你是离不开他了吧？

可我……总不能一辈子……

你舍得离开你那个大马猴？

贺晓燕赤裸裸地问姐姐，当姐姐的不能不说出心里话：

按说，他人也不错，对我也是挺真心的。可他年纪也不小了，再拖上我几年，就是日后他明媒正娶，我也不想伴上个老头子，替他养老送终呀。再说，他那个老婆，谁知道啥时候死呀？

贺晓燕很理解姐姐的心情。她那位大马猴的洋老婆不死，她就只能是那位大马猴的情人。那个洋女人谁知道啥时候才命归黄泉呀，她要是再活个十年八年的，姐姐再等个十年八年，还不老啦？

可你就不想一想，李小海比你年轻呀？

年轻不比年老好？

他愿意？

贺晓春点点头。

贺晓燕心想，姐姐也真是命苦，李小海要是真愿意守姐姐一辈子，那倒也挺好的。便问说，你想回龙城？

不，我是想让他也出去。

他到底有多少资产？

……

见姐姐不语，贺晓燕便说，你在香港的那些产业，我那老姐夫反正是拿不走了。你要是变卖了你那些资产回龙城，过得肯定是富日子。可你要带上李小海到了香港，我是怕……

你照直说嘛。

我是怕他到了香港花了心，你拢不住他呢。女人全老得快，再过几年，他还能对你那么好？

247

这是个未来的问题，姐姐还没有好好想过呢。

我说这么办吧，反正我要在龙城待好长时间呢，我好好给你了解了解李小海，他要真是人品不错，你也可以走这一步。要不，你一回香港就又守了寡，老姐夫就是回去一趟半趟，咳嗽气短的，与小姐夫一比，你可就又回到旧社会了。姐姐你甭脸红，我说得不对？

就在这时，电话响了。

贺晓燕拿起电话，是杨儒荫的秘书打来的。对方告诉她，总经理的行期已定，一是请她安排总经理的休息和工作日程，二是请她通知龙城市政府。贺晓燕对着电话，又复述了一遍总经理的行期和航班班次，对方才放下了电话。

杨儒荫就要来了。也就是说，她为姐姐办的那事儿，必须在总经理到来之前办好。杨儒荫是个注重实效，反对花上钱宣传自个儿的人。即便说成是宣传企业，钱数总经理不会问，但那个《龙族》杂志的发行量有多大？是必定要问的。如果了解到这杂志正准备创刊，第一期也印不了几千册，以这种宣传效益，总经理绝不会在上面搞什么宣传。另外，贺晓燕与姐姐同行抵达龙城，并没有让这里的市委市政府知道，也没有让香港的公司内部知道。她有她的打算，这样做，有些费用她就一道开支了。对杨儒荫来说，这点费用不算个啥。但总经理讲的是个规章制度。合理的开支，大点不要紧，不合理的开支，即使是一点，他也不容许。而对贺晓燕来说，在香港沾姐姐的光不少，能在这儿帮姐姐省些，也尽了她对姐姐的心意。所以，杨儒荫要来龙城了，她的姐姐也就该离开龙城了。

她把这意思告诉了姐姐，贺晓春没吭声。虽说现在走有点舍不下李小海，但没有不散的宴席，再说，两个人还名不正言不顺呢，总这么厮守着也不是个长事。妹妹的话有道理，她同意马上定飞往香港的机票，在杨儒荫到龙城之前，离开龙城。

我走后，你要办了那四十万，干脆直接打在李小海的账上吧，咱们该提多少，让他直接提给你就行了。

贺晓春早就把李小海当成心上人了，才向妹妹说这话的。

贺晓燕却摇摇头连声说,不行不行。

姐姐解释说,我是让你省事哩。

省事?该走的程序就得走,要不怎么体现你的作用?对了,你得告诉李小海,他给我的报告,日期得提前,是他通过你这位香港代理,你又在香港转给我的。也就是说,得让程国庆明白,这事儿是我来龙城之前就定好了的。

贺晓春点点头,心想,妹妹办事儿,就是比我精明。

33

陷入了两难境地的副研究员,心里一直很苦恼。

自打王红给他的脸上落下了那个热吻,也就开始把林森推进了无法跳出的深渊。而那一天,当王红突然扑进他的怀中时,他竟然紧紧地抱住了她。他记得很清楚,就在他下意识地将王红搂在怀里时,这个女孩子又在他的脸上落下了无数个吻。他是想躲开,却不能躲开。因为在他搂紧王红的那一刻,这个主动钻入他怀里的女孩子,也紧紧地把他搂住了……

事情过后他无法解释自己,也无法开脱自己。一种犯罪感使他感到压抑,感到既对不住自己的妻子艾云,也对不住那位主动向他坦露心音,继而敞开心扉的女孩子王红。

在经济大潮中,林森也算是一个勇敢的实践者、下海者、成功者,但他不像那种经济上暴发的个体户,也不像那种在国有企业搞短期行为的承包人。对那些开着柔塔纳,手提大哥大,胳膊上挎小秘,公开养情人的所谓企业家们,他一贯嗤之以鼻,不屑一顾。他爱他的艾云,从没有想到会有另一个异性闯入自己平静而又幸福的家庭生活中。

心里的犯罪感使他一回到家里,就不由得要在妻子面前赎罪。做家务不让艾云插手,他一个人全包了。只要妻子愿意,他就在做爱时让妻子尽兴,让劳累一天的艾云,在他的怀中酣然入睡。

有一天晚上,当他又紧紧地拥住自己的妻子时,艾云对他说,这段日子你是怎么了?

他就心慌,像做了见不得人的事被妻子发现了一般。

我……我……他一时竟不知道该怎么说才好。

这段日子,你比过去更模范了,妻说。

他听得出来,艾云是怀着一种幸福感在说这话呢。

都说婚姻是爱情的坟墓,你对这话是怎么认识的?

妻问他,他便一下子又想到了王红。

我和艾云结婚后,爱情的花朵凋谢了吗?他扪心自问,立刻否定了这个观点。

可妻子为什么要和我说这些呢?

他的心里便又感到一阵紧张。

这段日子,你又给了我一种新婚的感觉,对我们来说,婚姻是爱情的延续才对。你更会体贴我了,就是做爱时,你也总是让我获得和刚刚结婚时一样的满足,林森,你真好,我也真幸福。

艾云向他喃喃诉说。

林森心中的犯罪感却更甚。他很想向自己的妻子敞开一切,告诉她王红和自己的事儿。也许把这些全告诉了妻子,心中的包袱才能卸掉。可告诉她什么呢?说我和王红有了事儿?不行。说她吻了我,我也拥抱了她,除此以外,再没有什么事儿了?但照此说,艾云能相信吗?我这不是将一个包袱从自己背上解下来,又背到妻的身上了吗?

你怎么不说话呀?怀里的妻问他。

要是有个人现在向你表白爱时,你该怎么办?他突然这么问妻,让艾云不由得在他的怀里咯咯咯地笑了起来。

现在?有人向我表白爱?你可真逗!我不在你的怀里钻着吗?那你想干什么就干什么吧。

如果是另一个男人呢?

艾云咯咯咯地笑得更厉害了。

可我从没有钻到另一个男人的怀里去呀!

如果你遇上另一个男人喜欢你,且向你表白了他的喜欢,而这个男人也不是那种坏男人,你说你该怎么办?他又问。

艾云说,你这是已婚夫妇的智力测验题吧?

他说,就算是吧。

艾云想都没有想就说出了她的解答:

那太好办了,第一,有别的男人爱我这个已婚女士,当然,首先得按你的界定,这个男人不是那种坏男人,不是对一位已婚女士进行性骚扰。那是人家的权利,但我因为有一个好丈夫,所以我会坚决地表示回绝。第二,我接受这个男人的爱,做他情人的同时,继续做你的妻子。而这样的男人则有坏男人的嫌疑了,这样的女人也在滑向坏女人的行列了。第三,我与这个男人真的相爱了,义无反顾地要和他结合。他如果是已婚者,我们一道离异而重新组合;他如果是个单身,我则只能和你去办离婚手续了。林森,你看我这回答打几分好呀?

满分,满分!

他说要给妻子打满分的同时,心想,艾云的人生观是采取第一条的,我也只能采取第一条。便又说,你其实是赞成第一条的,可你怎么样回绝,才能不给对方形成一种伤害呢?

艾云说,我说的是理论,智力测验题也应该是理论的测试。而你说的这个问题,更多的是如何操作的实践问题。等我遇上这种事,再操作给你看好不好呀?林森,我累了,明儿一早还得去拍个重要座谈会的报道呢。

她说着,长长地打了一个哈欠,很快就在丈夫的怀中发出了轻轻的鼾声。林森却睡不着。他有这么一位气质高雅,人样漂亮,事业有成的妻子。他怎么能扔掉这样的妻子去和王红重新结合呢?王红也不错,是个好女孩。她说她爱我,那是她的权利。可我怎么能扮演双重角色,在做艾云好丈夫的同时,再去做王红的情人呢?

就是在这种道德观念的驱使下,日趋痛苦的林森,感到和王红的事儿不能再拖下去了。

这天晚上林森来曾华家串门儿,正是想求得一种帮助。

他们这样的朋友坐到一起,话题总是无边无沿。林森难得来串门,黎萍把女儿那间屋子的门关上,以便大人们客厅里的闲聊,不影响女儿在屋里学习。他们聊着聊着,林森就提到了心里藏着的那个内容。

黎老师,你的那位学生王红,你和老曾还得帮她个忙呀。

曾华就问:啥忙?

林森说,你们得帮她介绍个朋友。

曾华说,你就可以当红娘嘛,还用得着我们?

黎萍就笑。说王红还用别人给她当红娘?在学校就是个现代派,满脑子超前意识。她找男朋友,还用别人介绍? 她真要是看准哪一个,那一个想跑也跑不了。她要是看不中,你给她介绍一百个,她可以拿一百个白眼对付人家。

曾华听了妻子这话,便说,那不会给她介绍个让她一眼就看中的?

就是就是,林森急忙叫好。

黎萍说,这话是不错,不过,能让王红看得上的男人,那标准挺高的。她在学校时就写过一首诗,我还记得几句,给你们两位大文化人背一背?

曾华说,你快背,让我听听。

林森也点头做出洗耳恭听的样子

你们听着。

黎萍清清嗓子,果真背出几句来:

　　　　你把财富写在脸上,
　　　　我讨厌你拥有金钱的贫穷;
　　　　你把牢骚挂在嘴上,
　　　　我讨厌你直面困境的无能;
　　　　你把文化披在身上,
　　　　我讨厌你甘于清贫的虚伪;
　　　　你把爱情悬在天上,
　　　　我讨厌你夸夸其谈的热情;
　　　　这个世界也太小了啊,
　　　　难怪我们要日日相逢!

这个世界也太大了啊,

完美的至爱让我难以找寻!

曾华叫好说,好一个完美的至爱让我难以找寻,这个王红还真是个理想主义者呢。

黎萍说,她追求的,实际上是你们这号男人,第一有高层次的文化且有丰厚的经济基础,第二有高于她的人生阅历且能带给她一种成熟的爱情。

曾华看看林森笑着说,那我可不行,仅经济基础这一条,我就得淘汰,倒是林森,蛮符合王红的这些苛刻条件。

这玩笑可把林森弄了个大红脸。

曾华又说,可惜具备这些条件的,我看百分之百是已婚的男人呀。

黎萍说,瞧你,不懂现在年轻大学生们那种新观念了吧?别人咱不说,像王红这种年轻女孩子,她那些标准里,可不在乎男人是不是结过婚。可有妇之夫,咱还能给人家当红娘?一般小伙子呢,你俩说说,能达到王红那标准的难找不难找?

黎萍说得可真准,林森听了心里又暗暗叫苦:这种事儿怎么就偏偏叫我给撞上了呢?

林森想与曾华夫妇聊的话题再难聊下去。

这个夜晚,北国的第一场秋风刮进了龙城,呼呼的秋风将街上大树的叶子一片片吹落,预示着寒冬即将来临。

第九章

34

这是金龙大酒店餐厅里的一个小包间,小包间里,只有两位客人。一位是做东的贺晓燕,另一位是程国庆。

下午一上班,程国庆就接到贺晓燕打来的电话,约他晚上共进晚餐。程国庆正想推托,贺晓燕已在电话上和他敲定了地方,又一再强调,她是按香港的习惯要和他谈工作呢,有重要的事儿要在今晚的晚餐上商定。还说事情涉及他们公司总经理来龙城的具体安排,请程国庆不要带其他人。既然是这样,程国庆就尊重了这位港方代表的安排,让司机把他送到金龙大酒店以后,请司机回去吃晚饭,两个半小时后再来接他。

此时,贺晓燕和程国庆面对面地坐着,那张小餐桌上,摆满了她点好的种种菜肴,还有一瓶人头马,使这顿晚餐显出了极高的档次。这种开支全可以拿回公司报销的,根本不用贺晓燕自己掏腰包。

贺晓燕彬彬有礼地劝酒,为程国庆频频夹菜,使龙城市的这位副市长脸上已经微微泛红。他感到面前的这位年轻小姐是那般楚楚动人,是那般善解人意,真有一种相见恨晚的遗憾。

星期天贺晓燕在他家中做客离去后,他曾和妻子聊起过这位小姐。他问妻子对贺晓燕感觉怎么样?妻子略一思索,说出了他不曾料到的一番话。

　　她和你说话时太随便,看你时那双眼睛里好像有火,香港的女人,也有些太开化了。

　　妻子的这话让他听了哈哈大笑。

　　你笑啥?赵新华问他。

　　你呀,虽说大小也是个领导,可总是个女人。

　　我说得不对?

　　人家又不是我的部下,人家与我是一种合作关系,再说,人家要不能干,能出去定居?能被他们的大老板派回来独当一面?你呀,露出女人家的小心眼来了不是?

　　妻便也笑着说,你那么说也有理,这个贺晓燕倒是挺能干的。

　　看看,你也承认了吧。

　　能干归能干,她总是个资本家的代理人,一个老干部的后代,出去甘心替资本家工作,尽管她借钱给你,帮咱们救了急,可她选了这条路,我就是不能理解。

　　你们这些搞纪检的呀,看啥人也能看出点问题来。

　　她还是觉得在国内没奔头,要不,年轻轻的,不在国内奔前程,跑出去干啥呀?

　　年轻人有年轻人的想法嘛!我要是年轻几岁,保不住也辞了这个副市长,到外面去闯一闯呢。

　　你看你,受贺晓燕的影响了吧?

　　他便再没说下去。只是觉得妻子的思想有点太那个了。现在,和贺晓燕单独坐在一起,心中突然生出一种欲望,想听听面前这个可心的女人,又是怎样评价他的妻子的。

　　晓燕,你和赵新华也认识了,你说说,我那位太太怎么样?

　　程国庆用了"太太"二字。用"老婆"二字太俗气。用夫人或对象吧,又太内陆化了。用"太太"二字时髦,有港味。和贺晓燕在一起,他觉得自己

255

说话也得港气一些才行。

贺晓燕冲程国庆莞尔一笑，盯着他，似要看出他这问话中更深的内容。片刻之后，才说，你让我说实话吗？

当然当然，程国庆说。

他突然有点心跳了，面对一个比自己的妻子年轻漂亮的香港小姐，天晓得她会怎么评价赵新华呢。

你那位太太呀，人倒是挺好的。

贺晓燕这话让程国庆放心了。在同事中，他听惯了别人对他妻子的赞美。贺晓燕的话，又让他获得了以往同事们赞美赵新华时，自个儿心中美滋滋的那种享受。

不过，贺晓燕话题一转，又直截了当地说，以我看，她配不上你，程副市长听我这么说，不会生气吧？

贺晓燕会如此评价他与赵新华的婚姻，程国庆可没有想到。贺晓燕又给程国庆的酒杯和自己的酒杯里，倒了浅浅的一点酒，大约只有容量的三分之一，然后往里加了冰块，先举起自个儿的杯子说，人头马一开，好运自然来，咱俩慢慢喝呀！

程国庆只好再次举杯，在嘴里微微呷了一口。

见程国庆认真地听，贺晓燕便具体说开了：

一个女人，在她结识了一位自己尊敬的、喜欢的，或者说十分仰慕和敬佩的男人后，她在潜意识中便会出现两种情况。她首先会想，我要是能得到这个男人多好？

她的眼睛直视着程国庆，虽然是一副闲聊的样子，却让程国庆觉得脸上更燥热了。她又说：

如果这个男人是已婚的呢？她就会下意识地去描画这个男人太太的模样，这或许是女人的一种本能吧。不瞒程副市长，我在没有去你府上做客前，就不止一次地暗暗在心里描画过您太太的形象。可是……

她能感到程国庆正急切地想听她说下去。她却偏偏用细细的三根长指，捏着玻璃酒杯细细的长颈，像是不经意地把玩着，而那双眼睛，一直没有离开程国庆的面孔。

程国庆还从来没有听一位女人当面非议过自己的妻子呢,贺晓燕用这种似乎漫不经心的口吻,更让他想知道得更快一些。

贺晓燕继续用那种漫不经心的语气往下说:

可是你那位太太与我心中暗暗描画的模样,差距可太大了。以你这种气质的男人,可以说是阳刚之气十足,你的太太就应该是更温柔,更贤淑,更有女人味儿一些才好,那样才可以互补。婚姻是什么? 婚姻是爱情的港湾。家是什么? 家是这港湾里的一条船。丈夫如果是船长的话,妻子就应该是这船上船长的卧室。她绝不能是指挥室,也绝不能是什么仪表舱。如果是指挥室,她会影响船长的工作,如果是仪表舱,那显然又太呆板。像你这样的男人,不需要一个女人再去替你思考,或者成天对你指点。你是一位好船长,你的妻子只有做好船长的卧室,才能让船长舒适地休息和思考。

这真是一种引导,程国庆便想到了这一段赵新华对他不断的叨叨。

贺晓燕继续随心所欲地说下去:

以我看,你的太太比你显得老一些,那难以更改了,谁叫你当初要选一个同龄人做妻子呢? 你的太太身上政治性太强,那也难以更改了,人家多年养成的职业习惯嘛。能改变的,只是这种婚姻,可是……啊呀呀,程副市长,你的酒都撒出来了。

程国庆这才发现手中的酒杯已偏了,加冰的人头马流出,已浸湿了餐巾。他一副窘态说,贺小姐分析得太好了,太好了……

贺晓燕又冲他莞尔一笑说:

我虽然还没有结婚,可也是个女人呀,刚才那些话,不过是我作为一个女人的直觉,请程副市长千万不要在意呀。

好,好,咱俩喝干这杯。

程国庆举杯和贺晓燕碰过杯子,将杯中酒一饮而尽。他心里说不出是啥滋味。像是被面前这位可爱的小姐捅穿了一件心事,或是揭露了一处伤疤,而以前这件心事自己竟没有发现,这处伤疤自己也不知怎么形成的。面对贺晓燕,他只能感到一阵尴尬。

贺晓燕真是太善于引导也太善解人意了,让一个男人感到自己的妻子并不是最好的伴侣,便将这个男人的自尊打掉了一半。她要的正是这种效果。

程总指挥呀,我们也该谈谈工作了。她一改称呼,进入了正题。

她便看到程国庆尴尬的神情,被自己这句话抹去了不少。

接着,贺晓燕从旁边的空座上拿起自己的小皮夹子,打开,取出了一页纸,递给了程国庆。那是一份她为杨儒荫到龙城后安排的工作内容。

程国庆看毕这份安排,没有说什么。

贺晓燕说,杨先生订的是往返机票,在龙城实际上就待四天,我只想到些要办的大事,还有啥不周到的地方,程副市长这方面的经验多,你补充吧。至于我们老板下榻的地方,我已预订了金龙大酒店最好的总统套间,生活上的事儿,有我操心,就不劳您多费心了。

程国庆说,请贺小姐放心吧,这些内容,我一定安排好。

贺晓燕便又从她的小皮夹子里取出另一张印着文字的纸片,轻轻推到了程国庆面前,望着程国庆说,这件事,还得请你也签个字。

于是程国庆便看到了李小海打印好的那份报告。

这份报告下面是中国龙山现代摩崖石刻委员会的大红印章,还有《龙族》杂志社的大红印章。最后还附有香港艺术精品开发有限公司的银行账号。在这份报告中点到《龙族》杂志由曾华担任主编,同时附上贺晓春那个公司的账号,报告的日期也提前到了贺晓燕来龙城之前,这全是贺晓燕的主意。为了改动这几条,李小海不得不重新在街上打字店里,把他起草的那份报告重新打印一遍。在这份报告上,贺晓燕已经签注了一行文字:按原商定意见可给该刊物拨四十万元人民币的广告费用。这行文字后面,有贺晓燕的签名,而没有日期。

贺晓燕在这份报告的行文和批注上,真是下了一番功夫。曾华写过程国庆的报告文学,程国庆对曾华有好感,所以要在报告中提到曾华。只点到姐姐的公司和账号,是为了把钱打入香港姐姐的账户,不露出姐姐的名字更加主动。将日期提前,正说明这事儿是在香港定好的。而"按原商定意见"却可以做两种解释。对程国庆而言,有那个日期,可以说是与杨儒荫的原商定意见,对杨儒荫而言,又可说此事是到龙城后与程国庆的原商定意见。如此这般,这笔悄悄越权打出去的广告费,真是滴水不漏了。即便日后杨儒荫责怪下来,已时过境迁,往程国庆身上一推,说成这全是程国庆先同意了的,谅他杨儒荫也不能再说什么。

贺晓燕看见程国庆的目光在这份报告上扫来扫去,没有表态,就说,这事儿我在香港没来得及办,这点钱,就先从到位的投资款中走了吧。

程国庆还在犹豫,望一眼贺晓燕说,这笔钱,是不是从你们公司直接打合适呀?

贺晓燕说,反正这钱也不多,公司的意见就先从投资款中开吧。

说着就摸出自己的钢笔给程国庆递过去,又娇滴滴地说,总经理来了,要知道了这事还没办,总得批评我这种办事拖沓的作风啦。

既然是杨儒荫点过头的,程国庆便在贺晓燕的催促下,在报告上写下了"同意"二字,签上了自己的名字。

贺晓燕又笑了,笑得很甜。

35

这天一上班,艾云就接到一个电话。是一位女人的声音,她很陌生。作为电视台的记者,接到陌生人的电话并不是奇怪事。

我要找艾云。

我就是。

我想约你见个面。

您是谁呀?

您不认识我的。

那您有什么事呀? 不能在电话上先说一说吗?

我想和你当面谈谈,如果你现在没空,咱们约个时间地点见面也行。

你现在来台里行吗? 我可以告诉你我的办公室。

不,我想和你在外面单独见面。

那……艾云正好上午没有采访任务,想了想便说,你说个地方吧。

到广场的街心公园吧。

可我不认识你呀？

你可以在喷泉前等我，我会找你的。半个小时后我们相见吧。

需要带摄像机吗？

不。我请你一个人来，就是想和你单独谈谈。

电话于是就挂断了。

以往她也接到过陌生人打来的电话。有热心的观众看了她采访的节目，会给她直接打电话或赞扬或批评。有热心的观众要提供新闻线索，也会给她打来电话。凡电视台的节目主持人，和常在荧屏上露脸的记者们，接到这种电话的机会，往往比台里的领导还要多。也有她曾经采访过的各种对象，年长日久，彼此已经疏于联系了，可对方突然有事，也会打来一个让她一时感到陌生的电话。但刚才这个电话里的声音，艾云怎么想也想不出是谁的声音。像是一位年轻的姑娘，但确实太陌生了。

她是谁呢？她找我要谈什么呢？

她想不出来。想不出来不要紧，但作为一名记者，她却必须去。也许是一名热心的观众，要向她反映什么问题，却又不愿让别人知道呢。记者的职业能让人养成一种猎奇的习惯。艾云匆匆收拾了一下办公桌，便离开了电视台，跳上了直通广场的公共汽车。

艾云来到广场，步入街心公园，站到了喷泉旁。秋阳明媚，街心公园里的花木正在枯萎。不是节假日，街心公园里游人不多，时不时地从树上飘落的枯叶，让人感到一种秋天的萧肃。艾云四顾左右，并没有发现一个熟人，也没有发现有人向她走来。稀稀落落的游人或匆匆而过，或悠悠漫步，让艾云突然觉得自己是不是有些太认真了？一个陌生的电话就把我弄到了这里，有必要吗？也许，我该在电话上和她好好谈一谈，先弄清情况再说。不知道对方是谁，像搞地下工作一样来接头，不要是一个什么人和我恶作剧吧？她看看手表，从走出电视台到现在，也就是刚刚半个小时。她想，再等上三五分钟吧。这个神秘的女人，她找我到这个地方，到底要说什么呢？

她突然听到身后有一阵轻微的脚步声。

艾记者,谢谢你能准时约会。

是电话里的那个声音。

艾云转过身来,便看到一位年轻的姑娘,正站在她的身后。身段很苗条,脸蛋子也很漂亮,是那种靓妹子,却没有脂粉气,很有一种大学生的气质。艾云以新闻记者的目光打量着这个年轻的女孩子,那女孩子也勇敢地,甚至用含着一种挑战的目光,回视着艾云。

是你给我打的电话吗? 艾云问。

女孩子点点头。

你找我有啥事? 我们现在能谈正题了吗?

艾记者,我想与你站在平等的女性的立场上,谈一件事,我很冷静,我也希望你能冷静地与我谈。嫉妒是女人的天性,一个女人,特别是像你这样的已婚女人,这种天性容易导致暴怒,就是出于这个原因,我才约你到这个地方来谈话。对我们俩来说,这个公园已经很大了,不会有人注意两个女人的矛盾和争执的。

这话可真让艾云有点匪夷所思了。多年的职业记者生涯,她早已养成了一种职业本能。她能在和采访对象接触的最短时间内,窥透对方的内心,掌握对方的脾性。可现在,她却有些莫名其妙。

能先告诉我您的名字和职业吗? 艾云问。

这并不重要,重要的是你能答应我刚才提到的那种前提。

你是说平等的立场和冷静的态度?

女孩子点点头,但那种挑战的目光却没有一点收敛。

我只是一个普通的记者,以直观的感觉,我看得出你也受过良好的教育,你约我,我来了,这不是很平等吗? 面对任何采访对象,记者的冷静是一种职业需要,这你还不放心吗?

艾云以诱导的口气,希望能尽快让这个年轻的女孩子进入正题。

不,我说的立场,含有另一种内容。

艾云望着她,等她解释。

我们都是现代女性,我指的立场,是现代女性平等的立场。那么,在这种立场上的竞争,就是公平的也是平等的。你可能认为这种竞争是不道德的,那你就算不上现代女性,那我就不想和你谈具体的内容。

真是一个有趣的女孩子,艾云想。可她还是没有弄明白这女孩子话中的含意是指什么?

艾记者,你说呀!你承认不承认你也是现代女性?

艾云说,我可以承认。

那好吧,我约你来,就是要和你谈谈林森的事。

这话可让艾云猝不及防。一个陌生的女孩子,约她单独出来,绕了这么多弯子,一下子点到了林森,艾云的心蹦蹦地跳起来了。她感到一种不安。一种丈夫有了什么事儿的不安。

这不安让她迫不及待地追问说,林森怎么了?你说林森怎么了?

我和林森产生了爱情。

什么?什么?

而他现在是你的丈夫。

……

所以我们两个现代女性之间,就有了一场竞争。从世俗的眼光看,我是不道德的,但从爱情的角度讲,我们之间的矛盾又全是崇高的。恩格斯说过,人类最崇高也最自私的感情便是爱情。正因为其自私,我们需要竞争。正因为其崇高,我们才需要赤诚相见。在我们两个现代女性平等的竞争中,我们还得把最后的选择权留给林森。

真是艾云平生想都没有想过,更是闻所未闻的奇谈怪论。她不由得急了,气了,也由不得发怒了。

你是谁?你没有权利和我这么说话!

那女孩子显然有足够的心理准备,依然用那种挑战的目光,脸上还挂上了笑容,对艾云说,你无法承受了是不是?你生气了是不是?你心底那种传统的世俗观念,开始否定了你是现代女性了是不是?

女孩子那挑战的目光让艾云无法接受,但从那淡淡的笑容中,她却又看到了这女孩子藏不住的一种纯真。多年来做记者造就的良好素质,使她很快抑制了心中的愤怒。她暗暗对自己说,你还没有弄清楚事情的本来面目呢,你连她是谁还不知道,她与林森之间到底出了啥事也不明白,你急啥?火啥?又气啥呀?亏你还是个记者呢。

经过心理调节的艾云,决定和这个女孩子好好谈一谈。

你不是说咱们要平等对话吗?可到现在,你都不告诉我你的名字和职业,这能算平等吗?

我……我叫王红,是……龙城社科院的助理研究员。

那女孩子报出了自己的姓名和职业,声音却一下子露出了颤抖。艾云显示出的平静,击破了她原先建立的自信。王红心中突然生出一种胆怯,如在光天化日下正在偷取别人的东西而被主人发现一般。她的脸上出现了一种不安的神态。

原来是丈夫的同事。艾云用急速的扫描扫过了记忆的轮盘。她似乎有了一点儿印象。以前丈夫和她闲聊时,曾提到他们部里新分配来一个女大学生,那名字好像就叫王红。好像丈夫还说过,这个女大学生还要帮他一道搞啥的选题呢。自个儿的丈夫,莫非真和这个王红有了婚外恋?今天这场戏是丈夫策划的?还是这个王红自个儿的行为?她说和林森有了爱情,她和林森之间究竟有了什么事儿了呢?

她要弄明白。她强制自己冷静地开始了采访。

王红小姐,你能谈谈你和林森的爱情状况吗?

不,不。王红急了,说,他没有背叛你,真的,他没有背叛你,可我又爱他,可以说,比你还要爱他。我正陷入一个难以走出的困境,所以,我才找你来的,才希望我不是你嫉恨的那种与你丈夫偷情的女人,而是一个堂堂正正希望得到爱情的现代女性……

不知为什么,艾云突然感到这个年轻的女孩子挺有趣的。要是个坏女孩子的话,还会这样明着来告诉你,说她要偷走你的丈夫吗?解铃还得系铃人,这事儿需要回家去问林森,艾云不想和王红再纠缠下去了。

她望着王红,十分严肃地说:

站在传统的道德观上,你今天找我谈这些是对我的一种侮辱。我不想和你追究这些。因为你有你现代女性的所谓道德法则。在你的道德法则下，你完全可以去爱一个有妇之夫，也完全可以让这个有妇之夫和他的妻子离异而和你结合。所以我再说一遍，我们两个不存在什么竞争。这事情的主动权完全在林森手中。有一点我可以让你放心，我不是当代的秦香莲，如果林森真的有了第二次爱情且真的选择了你，我绝不会哭哭啼啼地挽留他的。同样，如果林森根本不爱你，我也希望你收回这种感情游戏。对不起，我要告辞了。

艾云转身大步而去。

留下王红孤零零地站在喷泉旁。

有落叶又从不远处的树上飘零而下，让王红觉得心里很不是滋味。她是用一种必胜的信心来打这一仗的，可她从来没有想过结果会是怎样？她只想光明磊落地处理这件事，绝不偷偷摸摸地伤害艾云。望着艾云大踏步远去的背影，她此刻并没有得胜的感觉。也许结果就应该是这个样子吧，她会去逼问她的丈夫，她的丈夫会说他的的确确已经爱上了我，不爱我，他那次能那么紧紧地将我抱在怀里吗？然后艾云会如她刚才说的那样，毫不挽留地让丈夫离开她，而我也将顺理成章地得到林森，完成我的爱情追求，写下我的爱情篇章。她如此想着，在街心公园的喷泉前踟蹰着。以她的思维，她正完成了一次虽然自私，却又十分崇高的为爱情而进行的拼搏，艾云和林森将如何，那则是他们的事了。

离下班的时间还早呢，但艾云没有回电视台。

她在路上已经拿定了主意，要和丈夫好好谈一谈。这欲望很强烈，强烈到刻不容缓。艾云是那种眼里容不得歪门邪道的女人。以往从没有想到和林森的生活中会生出这种事端。她必须弄清楚事情的原委。既不能受丈夫的欺骗，也不能受王红的侮辱。她在街旁的公用电话亭给林森打了一个电话。还好，接电话的正是林森。她说有一件急事，让林森马上回家。

林森忙问啥事？

她说，既不是房子着了火也不是家里死了人，但你必须马上回来。

林森还要问个长短,她已把电话放下了。

她站在那里继续思忖,最后决定是不是把曾华也请来?方才已经想好了,和林森谈这种事,最好有一个见证人。曾华是她的朋友,也是林森的朋友,有一位这样的朋友在场,自己可能会更平静一些。她已经做了最坏的打算。如果林森和王红的事情已不可收拾,确如王红所说,两个人已经有了爱情,且早已越过了男女正常交往的界线,有一位她和林森共同的朋友在场也好。她与林森的分手就有了一个见证。是林森背叛了她,她才同意他拆掉这个家的。艾云可不是那种婆婆妈妈的女人。如果林森真的不爱自己了,她还留着这个形同虚设的家干什么?如果林森愿意结束和王红的那种婚外恋情,有曾华这个见证也比她一个人听林森的保证要好。想来想去,还是把曾华也约来为好。

快交钱呀,你愣着干啥?

看公用电话的一位老太太催艾云交费。艾云这才回过神来,又给曾华拨通了电话。曾华不坐班,正在家里。艾云请他马上到她家里来一趟,说有件重要事儿。

曾华和林森一样,忙问啥事?

艾云说我等着你呢,你来了就知道了。

放下电话,付了电话费,艾云叫住一辆黄面的,直奔自己家。林森没有回来,曾华也没有赶来呢。艾云洗把脸,整整妆,冲了一壶新茶,准备面对面地当着曾华,把今儿的事和丈夫谈个一清二楚。

林森和曾华几乎是同时进门的。

见他俩来,艾云啥也没说,只是把泡好的茶斟在三个杯子里,像是要很闲适地和丈夫朋友聚一聚似的,指了指沙发,让他俩坐下。在等丈夫和曾华的这一会儿,她已将自己的心理调节得更加平静。自从与林森相爱到结婚,她常常为自己美满的婚姻而陶醉。可现在,她才知道自己的婚姻正在受到伤害。同时,自己的婚姻也正在经受着考验。事已至此,她准备面对现实。

艾云看一眼丈夫,又看一眼曾华,从容地开了口:

我想和林森谈一件事,请来曾华,因为你是我们的朋友,不是请你来调解这件事,而只是想请你作为一个见证人。因为我的职业,使我有比较大的社会面,认识我的人很多。我还有父母,特别是我的女儿,今天要说的事儿,没有一位我和林森全能认可的见证人,也许日后我会对所有的人全说不清楚今天的事情。

在这从容而平静的口气中,却让曾华隐隐感到话语背后有严重的内容。他看看林森,林森的头上已冒汗了。作为艾云的丈夫,林森预感到妻子刚才话里指的"一件事",必然是指他与王红之间的关系。妻子怎么会知道这一切呢? 没有不透风的墙,难道果真应了这句话?

艾云继续说下去:

我以前一直以为,我和林森的爱如水晶般透明,过去这种透明中没有过杂质,今后也不会出现什么杂质的。现在社会上时髦搞婚外恋,时髦大老板挎个小秘,林森总说他看不惯这种歪门邪道。真没有想到,我一直爱自己的丈夫,像珍惜自己的眼睛一样珍惜我与林森的爱情,可林森他……他竟背着我……林森,今天,咱们就当面锣当面鼓的,把你干的事儿摊开吧!

曾华没有想到艾云会说出这么一番话来。他了解这两口子,林森怎么会做出背叛艾云的事来呢?可艾云要不是抓住了什么把柄,这样一位有修养的女人又怎么会当面向自己的丈夫摊牌呢?或许是一场误会呢,他心中但愿是一场误会才好。

林森的心中更难受。等妻子说完了,他望着妻子说,这件事,也许是我向你说得晚了。但我不想告诉你是有原因的。我……

林森苦笑着,取出烟来,给曾华一支,自己也点上一支,狠狠地吸了一口后,想了想才开了口:

要说艾云说的那事儿压根儿就没有,那不对,要说就有了啥事儿,那也不对。艾云,你甭瞪我,听我慢慢给你说。我们单位有个刚毕业的女大学生,叫王红,她非要和我好,我既没有答应她做我的情人,也没有和她有过什么出格事儿,一句话,我没有背叛我们之间的爱情,更没有做出一点损伤你的事儿。你既然知道了这件事,我可以叫王红来自己和你说个清楚。

艾云冷笑着说：

不用你叫她，给你实说了吧，她今儿给我打电话，约我出来，你和她的事儿，就是她亲口对我说的。还说为了你，要和我平等竞争呢，你是我的丈夫，起码现在还是我的丈夫，她把我摆到啥地方了？她要是遇上个别的女人，人家不当面抽她两个大嘴巴才怪呢！

林森大吃一惊，心想，这个王红，这不是逼我就范吗？他正要解释，艾云又说话了：

我既把曾华叫来，就不怕自己丢人也不怕让你林森丢人。你现在先当着曾华的面说清楚，你和王红究竟发生了什么事儿没有？下一步，你计划怎么办？说吧！

艾云就像个审判官一样，一句一句地逼问着她的丈夫。

事已至此，林森索性从头说起，包括细节，包括当时两个人的对话，包括这些日子他的苦恼，详详细细对着曾华和妻子说了个清清楚楚，明明白白。他爱他的妻子，也能理解妻子的心情。原本藏在心里的那些苦恼现在一下子全甩掉了，心情反而变得十分轻松。他终于说完了，两手一摊说，我就是遇了这么个人，遇了这么些事。我也当着曾华把话说明白吧，如果你艾云认定我是胡说，认定这就是一种背叛，你怎么办我都没有意见。

其实艾云已经听明白了，和林森一道生活了这么多年，还不了解自己的男人？事情并没有原来想象得那么严重，她反而责问起林森来：

我一直听着你说呢，谁说你是胡说来？

艾云这句话，顿时让林森心中的一块石头落了地。

曾华在一边就笑。

我说一句好不好？曾华捏灭烟头，对艾云说：

要我看，林森也真传统真正派，也真对你艾云爱得可以。要遇上个别的男人，那还不和王红先正儿八经地玩玩婚外恋再说？话再说回来，像王红那种现代女青年，要不是林森这样的男人，人家能看上吗？有钱的主儿，玩弄女人的好手，满街上都是，人家王红怎么一个也看不上？再说，真要是林森和王红有了事儿，王红还会找你？还会和你说那么多胡话？所以呀，这事儿我看是事出有因,又没有形成事实,你们俩谁也不要再往心上放。王红可能还会找林森,林森只要能正确对待,一头冷一头热,时间长了,那头的热劲儿也就会慢慢消退。

林森感动地说,还是曾华理解我。

艾云就狠狠瞪了林森一眼。曾华又笑着对艾云说:

男人没邪念,那就不是个男人了。人类的文明进化了几千年,物质上的进步有多惊人呀!可人性呢?一个"文革",人的残忍性全暴露出来了;一个经济大潮,人的贪婪性全引发出来了。男女私欲,那就更不用说了,几千年来,越过道德法则让这种私欲达到满足,从而演出的一幕幕悲剧、喜剧、闹剧有多少?你今晚好好再审一审林森,看他在道德和邪念面前,思想上是怎么斗争的?

林森说,老曾你这话可说得真好,不过,我还是用道德战胜了邪念。

曾华就说,我要是有你这么个好老婆,战胜邪念也容易得很哩。

艾云说,你小心我把你这话全告诉了黎老师。

曾华对艾云说,你瞧你,怎么矛头又对准我了?

显然,两口子的误解已基本消除。

36

就在李小海和贺晓燕送贺晓春登上飞机,离开龙城的第三天,杨儒荫从香港经广州乘班机抵达龙城。

龙城的副市长程国庆陪着贺晓燕,亲自到机场迎接这位来龙城投资的海外华侨巨子,并亲自将这位贵客送到金龙大酒店,安排在这个大酒店最豪华的总统套房里。从走下飞机舷梯,双脚踏上龙城这块土地的那一刻起,杨儒荫的心里就再也抑制不住平静,开始涟漪四起。一路上,他不时地扫视车窗外,却无法寻到与脑海中这个城市残留的信息可以相叠合的东西。坐在他身边的贺晓燕一路上向他说了些什么,他一点也没有记住。直到进入了这间总统套房,他似乎还不相信自己已经到了龙城。当天晚上,龙城市委书记领着市委一班人,和市政府的正副市长们,一道接见了杨儒荫先生,并且设宴为他洗尘。龙城的这些最高决策者们,诚恳地欢迎杨儒荫光临,与他热情地交谈,热情地碰杯。程国庆还不时地向杨儒荫,也是向市委市政府的其他同僚们,夸赞几句作陪的贺晓燕。觥筹交错中,被这番热情逼得不能不连连干杯的杨儒荫,终于渐渐感到有些微微不支了。市委书记和市长全是驾驭这种场面的老手,恰到好处地结束了宴会,使主人和客人彼此全没有失态。

重新回到总统套间的杨儒荫,对陪着他一道进来的贺晓燕挥挥手,说我们都早点休息吧。贺晓燕提出要向他汇报一下工作,这提议也被他否决了。贺晓燕知道总经理的脾气,清楚再说什么就可能会自讨没趣,便给杨儒荫冲了一杯浓茶,转身离去,返回自己房间里休息。

屋子里很安静。

杨儒荫喝了几口浓茶,又冲了个热水澡,昏涨的头脑一下子就又变得十分清醒。

他走到客厅的落地窗前,拉开了窗帘,龙城灯光闪烁的夜景便尽收眼底。他一点也没有睡意。他不想回忆往事,而往事却一个劲地从心底往上翻。他想抑制住自己的情绪,不要让那些如烟的往事飘来,偏那些如烟的往事像大山深处的烟霞,在无数历史的山峰和低谷中涌动着,飘浮着,就是不肯离去。是他的父亲又将他送往龙城来了。不似当年父亲送他来这里上学了。但他却是按父亲的意志再次踏上了龙城这块土地。他想,是一种命运的机缘?还是一种冥冥中的不可知力,将我一次又一次地与龙城联系起来呢?

他无法解释。

作为南洋杨氏集团的传人,杨儒荫现在无论是人生还是事业,都处在十分辉煌的巅峰。他有自己的妻子和一个幸福的小家庭,妻子给他生了一儿一女,儿子才读初中,女儿小学尚未毕业。以他这样的年龄,子女本应该更大一些。可他结婚很晚,局外人便以为他是先立业后成家的典范。对此,他只是默认,从不做更多的解释。他是集团的总经理,集团在各地的事务,需要他不断地以香港为基地,在这个地球上飞来飞去。在种种严肃的商务谈判过后,总有灯红酒绿的宴席和歌舞相伴的娱乐。这种场合,女人是不可少的。无论是逢场作戏,还是久离家中后一种生活的调节,亿万富翁的杨儒荫与多少女人有过交往,连他自己也记不清了。没有情感的肉体交流,就似一杯淡而无味的水,顶多是一杯喝过的残茶,只是为了解渴。饮过了,便倒掉了事,既不会留在记忆中,更不会去咀嚼和想念其中的滋味。

然而,有一个女人他却无法忘记。

最初的情感是纯真的,纯真的情感随着与那个女人的别离,在杨儒荫日后与其他女人的交往中,是再也无法生出来了。

虽然很久远了,但久远才使深埋心中的那一份纯真更醇如老酒。

此时,心底的那老酒,又让杨儒荫沉醉在久远的往事之中。

……那一年的夏天,沉闷得让人无法透过气来。先是春上连续的大旱,龙山湾的男女老少被动员起来,到龙河去挑水抗旱。再以后就是一遍又一遍地去锄地,直锄到满地的高粱和玉米长到了一人高。

乡里的老公安员在龙山湾蹲点。乡里的老公安员天天和大伙儿一道下地,夜夜还要开会。干部会、贫协会、妇女会、知青会、学习会、批斗会,一个接一个的会上,公安员都要讲阶级斗争为纲,讲大批促大干,大干斗大旱,非要斗到老天低下头,斗到龙山湾大丰产。开别的会还没啥,但一开批斗会,人们的心就会提到嗓子眼。那年月,谁都怕自己言行上有个闪失,做了被批斗的对象。

谁都没有想到那一年的夏天会突然下了一场大雨。

对大秋作物来讲,那真是一场及时雨。

云突然就厚了。风突然就来了。日头突然就不见了。天突然就暗了。紧接着,老天爷就哗哗地下起雨来了。没有闪电,没有雷鸣,这雨不是雷阵雨,看来一时半刻不会停。

杨儒荫和温玉倩还有别的社员和知青,正在一块地里锄玉米。老天爷下起雨来了,不用谁招呼谁,大伙儿哗啦啦蹿出庄稼地,就往村里跑。杨儒荫和温玉倩也随着大伙儿蹿出庄稼地,准备往村里跑。

温玉倩突然就站住了。

快跑呀！他催她。

她说，地边还有半袋子化肥呢。

他也想起来了，是有多半袋子化肥还放在地边呢。是他扛来准备追肥的。虽说是塑料袋子，可让雨淋久了，被水冲了、淹了，那半袋子化肥怕就要全毁了。要不是温玉倩提醒，他几乎忘掉了这点集体的财产。

他就和她去寻那半袋子化肥。两个人重新穿过玉米地，找到了那多半袋子放在地埂上的化肥。不远处的土崖下，有以前村民们挖下的小窑洞，秋后看秋时节，这里就是值夜的社员们栖身之所。杨儒荫扛起那半袋子化肥，直奔那个小窑洞。温玉倩跟着他，也钻进了这个避雨的好地方。

外面的雨越下越大。从洞口望去，茫茫的大雨，将天地连成了一片，雨雾中，干渴的大地上无尽的绿色，正迎候着上天赐予的琼浆。

这雨真好。他听见温玉倩在他身边说话。他回头去看她，她的衣服几乎被雨水淋透了，紧紧地贴在身上。那原先在衣服遮挡下美丽的曲线，再也被身上的衣服遮挡不住，分外诱人地暴露在他的面前。

你瞧你，衣服全被淋透了，他关切地对她说。

你不一样？她望着他笑。

他看看自己浑身也没有一点儿干处，笑了。

真冷，她说。

他也感到身上很凉。他看见她将双手环抱在肩上，身子在微微打颤。他却感到无能为力去帮助她。

外面的雨越下越有阵势，大有不把这片干旱的土地浇透绝不罢休之势。

他对她说，咱俩甭站着了，坐下歇一歇吧。

小窑洞里堆着去年看秋的社员留下的玉茭和高粱秸秆，他将那些秸秆往平里摊了摊，想给温玉倩弄个能坐的舒服地方。不料在挪动秸秆时，发现洞壁上有一个凹进去的小洞，在那小洞里面，竟然放着一盒火柴。

啊，快看！

这惊呼让温玉倩也看到了那一盒火柴。她说，一定是去年秋上在这里下夜的社员留下来的。

不亚于哥伦布发现了新大陆,这火种,对两个淋过雨的人来说,是此刻最需要的宝贝呀!杨儒荫立刻行动起来。他先将那些陈年的干秸秆分成两份,一份平铺在洞里,然后在上面坐了坐,那感觉,简直就是坐上了最舒适的沙发。另一份折成短的,堆到了洞口。

你先坐到里面去。去呀!

她便听话地坐到了他为她准备好的"沙发"上。

他又拢出一些秸秆,划着火柴,将这些秸秆点燃。火苗儿呼呼呼地蹿了起来,将烟送向了洞外,将一阵阵暖意留在了洞里。

他听见她在他背后说,我俩成山顶洞人了。

他回头冲她一笑,又用两个人带来的两把锄头斜支在洞壁上,脱下自己的上衣,搭到了上面。

你的衣服也给我拿来。他说,没有回头。

可我……

他明白了。又拿下自己的衣服来,在火上烤。

他的那件上衣终于烤干了。他将自己那件烤干的上衣递给她,然后背转了身子。

他听到一阵窸窸窣窣的声音。

你拿着,她说。

他回头去接。看见她已穿上了他那件上衣,手里正拿着她脱下来的那件湿漉漉的上衣。他接过来,小心地在火堆上给她烤着,又不时地在火堆上加点秸秆,让那火燃得更旺些。她的那件上衣也终于在他的手中被火烘干。外面的雨还在下着,原本就是夏季,因为那堆火,小窑洞里的寒气早被驱尽,洞里的温度让人感到十分舒适。杨儒荫捧着她的那件上衣走到她的面前,蹲下对她说,你换上吧。

她瞅瞅他说,我不许你看。

他说,我闭上眼行不行?

说着他就真的闭上了双眼。洞外面的雨声哗哗响,里面却一片静谧。他又听到了一阵翕动声。他再也无法执行她的命令。他猛地睁开了双眼。他便看到了她身上那炫目的洁白,还有那两个浑圆的高耸的乳房,以及那两个如小红樱桃般的乳头。

你坏你坏,她面对他睁开的双眼说。

她刚刚脱下他的上衣,还没有来得及换上她自己的上衣。

他却忘神地一下子将她抱在自己的怀里。她赤裸的肌肤便与他赤裸的肌肤紧紧地贴在了一起。在他为她铺好的"沙发"上,她没有拒绝,让他将她拥在怀中。他低下头去,她微闭双眼,用自己的唇迎来了他的热吻。那是他与她的第一个吻啊!他早就渴望着这个吻了。她也早就等候着这个吻了。然而,两个人都没有想到,这个迟到的热吻,竟是在龙山湾这样的一个山洞里。

一个是异国他乡的游子。

一个是痛失双亲的孤女。

两个灵魂早就叠合了,叠合在以往的课堂里、串联中,叠合在无数的交谈里、倾诉中。

而两具肉体却是在这个地方才相拥到了一块。

儒荫,我怕,我好怕……

他听见她在他的怀中喃喃着。他无法劝慰她。他知道自己并无法改变两个人眼下的命运。他只是深深地爱着她。他吻着她的脸,吻着她的双乳。他对她说,我也好怕好怕的,可是我爱你,早就爱你,你知道,你一定知道的……

我知道,我知道,她说。

他感到她的身子在他的怀中颤动。那是怕的颤动,在颤动中又分明有一种意想不到的幸福。

我无法回马来西亚了,没有人能帮助我,我也再没有一个亲人了。玉倩,你就是我唯一的亲人呀。

他说着,抚摸着她的全身。她更加用劲地抱紧了这个男人。她也没有别的亲人了。村里的乡亲们对她好,对他也好。可他不能向别人叙述自己的身世,她也不能向别人叙述自己的身世。只有他与她在一起时,他才能向她说说自己思念父母之情,她也才能向他流一掬怀念父母的泪花儿。

儒荫,要不是因为你,好多次,我都不想在这个世界上再活下去了。

不,不,我们得好好活下去。他吻着她说,你的父母全不在人世了,我如果再不爱你,我还算个男人吗?他说这话时突然感到了自己对她负有责任。一种男子汉的豪气便在心中油然升起。

洞外的雨还在下着,洞里真如伊甸园,他就是亚当,她就是夏娃。

他说,玉倩,我们俩就扎根在这龙山湾吧。

她摇头。她说我可能走不了啦,但你不能不走。

为什么?

因为你是华侨。

可我和你一样,也成了插队的知青……

不,总会给你落实政策的,到那时,你就得离开这里,去找你的爹妈。

他拼命地摇头,又用嘴堵上了她的嘴,不让她说下去。她不再言语,他才对她说,就是给我落实了政策我也不走了。我要和你在一起,永远永远地在一起。

她没有点头也没有摇头,现实生活中的痛苦和烦恼已经太多太多,在这个难得的二人世界里,在这种难得的不被任何人干预的天地中,为什么还要再去想那些痛苦和烦恼呢?

他不再说什么,这是一种自我解脱。也是一种苦海中的小憩。这种自我的解脱和意外的小憩,无疑让山洞里的亚当和夏娃吞下了禁果,心中便成了空白,渐渐升华的爱让这对年轻人什么都忘于脑后。当两张嘴唇再次相吻时,他用舌尖开启了她的双唇,她吮吸着他的舌尖,双手箍住了他的脖颈。他的双手开始大胆地去揉动她的双乳,并顺着她的乳沟,向她的胸下慢慢滑去。他的胸中正不断地燃起一堆圣火。她能感觉到他正用灼热的火在慢慢地点燃她的全身。两个人身下的秸秆竟是那般舒适,如两个人的圣床,承接着两具纯洁的身躯在不断地交合。那是杨儒荫平生得到的第一个女人。那种胆怯的冲动和冲动压倒胆怯后重新勃发而起的冲动,那种被积聚既久的爱释放出的情欲,和这种情欲在不断延伸中灵魂得到的快感,还有在这种爱的升华中忘掉一切尘世人寰的宁静和无声的心灵交流，如刀刻斧凿一般印入了他的心间，从此竟是那般不可忘怀。而这种感觉，即便是日后他与妻子的新婚之夜，在那十分豪华的大席梦思床上也无法再度出现。

杨儒荫和温玉倩是在雨停后才走出山洞回村的。那雨在持续地下了六个小时后突然停歇了，那六个小时，对他和温玉倩而言，长如半个世纪，也短如片刻时辰。在小小的龙山湾，并没有谁注意到他俩在村外雨地里待了六个小时。在那个雨天之后，每逢夜色降临，只要不开知青会，他与她就会结伴而行，悄悄地来到那个小小的山洞里，在里面继续营造远离尘世的二人世界，且在这个小小的世界里寻找两个人的欢乐。

有一天晚上，那真是一个太可怕的日子。她约他到老地方去见面。他如约在老地方又见到了她。他摸黑抱紧了她。感到她浑身发抖。

你怎么了？他问。

这个月……我……我没有来……

他一时没有弄清她在说啥。

她又说，我怕是……有了……

有了啥了？

她就将他的一只手一把抓住，按到了她的小肚子上。

什么？你是说我们……

她说，我好怕，我们现在这个样子，怎么能当父母呀？

他说，那我们就结婚吧。

她说，不行，你还想回家呢，我不能拖累你。

他说，那我们怎么办呀？

就在那时，他们听到了外面有脚步声。

那个晚上，乡里蹲点的老公安员吃罢派饭，又要回大队部里准备开会。他今晚吃派饭的那户人家在村边，他走出那户人家的小院后就发现了一个黑影向村外走去。老公安员脑袋里阶级斗争的弦一下子就绷紧了。那身影儿像是杨儒荫。这个学生父母亲全在外国呢，他要干什么？老公安员于是蹑手蹑脚地跟在后面,如侦察员一般地要探明敌情。当杨儒荫钻进他与温玉倩的伊甸园之后,两个人正为面临的难题而犯愁时,就有一道雪亮的光柱突然间划破了洞外漆黑的夜色。老公安员如巍峨的金刚出现在洞口。他手中雪亮的手电筒射出的光柱,正罩住了两个相拥在一起的身躯。

当天夜里蹲点的老公安员就改变了会议的内容。大队部的院子里点起了一盏汽灯。老公安员亲自主持了大批判会议。原先的"地富反坏"全成了陪斗人员,而杨儒荫和温玉倩则成了挨批斗的主要对象。老公安员义正词严地指出,杨儒荫和温玉倩的行为不仅仅是流氓行为,更重要的是一种资产阶级的坏思想正在知青中泛滥。知识青年下乡是接受改造来了,杨儒荫和温玉倩不但没有好好改造自己,反而偷偷摸摸进行了反改造。

第二天,他俩就和村子里其他被专了政的对象们一样,开始被派去干最苦最累的活儿,每天的工分,也被降到了最低线上。

杨儒荫无法忍受这种屈辱了。天赐良机,整天和社员们一道死受的老公安员累倒了。吐血,大口大口地吐血。村子里有经验的老人们说,老公安员怕是不行了。他被送进区上的医院,龙山湾的阶级斗争便失去了一位总指挥。杨儒荫决定逃跑。有一天,他与温玉倩被安排去牲口圈里起粪。在劳动的间隙,他开始和温玉倩商量他的想法。

我们一道跑吧。

去哪儿?

你跟我回马来西亚去。

出国?

不,是回家。

温玉倩不吭声了。是的,对他而言,是回家。可他能回到那遥远的家吗?即便他能回家,她能跟他走吗?这简直就是一个美好的童话,是一个无法实现的天方夜谭啊!

我们先去龙城找贺书记。

他不是早被打倒了吗?

他现在被解放了。

真的？温玉倩似乎看到了一线光明。

杨儒荫就告诉她，前一段他被派在大队部扫院子时，偷偷看过报纸。报纸上有龙城市革命委员会召开重要会议，最后提到参加这个大会的还有贺振同志。

这说明什么呢？我看贺书记又是革命领导干部了，要不报纸上能称他同志？市革委开这么大的会，贺书记要不是被解放了，能让他也参加？我父亲是把我交给他的。他被打倒以后，我不能找他。现在他被解放了，我就得去找他。贺叔叔以前对我那么好，我们要回家，他一定能帮助我们的。

他看见温玉倩摇摇头。

你不想和我一道跑？

不是。

那你为啥摇头？

你想想，我算你的什么人？你怎么能说我们呢？

你……你是我的……要不，我就和你先去办结婚登记。

你真傻。你和我现在是什么人？是专政对象！

他沉默了。

她又说，如果你一个人去找贺书记，他也许能帮助你。可要再加上我，你这不是给他出难题吗？再说，我，我要是跟上你出国，那不成了投敌叛国分子了吗？

那我也不走了，再苦再受罪，我也陪着你。

不，你还是该去试一试。

那你呢？

贺书记要真能帮你回了家，你就忘了我吧。

可我……

你就是应该去试一试。你想想，这么多年，你的父母该多想你？

是呀！在这种屈辱的生活中，他是更想念他的父母了。可如果贺书记真能帮我，我能舍下她一个人走吗？何况，她的肚里……

想到这里,他犹豫了。

温玉倩看出了他的心事,对他说,能一个人不再受罪,总比两个人一道受罪强,儒荫,你听我的,就按你的主意去找贺书记去吧。不管有个啥结果,你好歹给我来一封信,让我知道你的下落就行。要不,咱两个不被斗死,也得这么活活受死呀!

这真是一场生死离别的谈话!就在这天晚上吃晚饭时,温玉倩将自己的晚饭塞给了杨儒荫。那是两个窝窝头。晚饭后杨儒荫一个人偷偷地出了村。他不敢走龙山湾村民们常走的山路,为了避免碰上熟人,就顺着龙河向下游走去。

杨儒荫失踪了。

这是第二天村子里的知青们发现的事情。好心的和怀有恶意的人全来问温玉倩,而她一句话也没说。问急了,就是三个字:不知道。

杨儒荫果然一个人返回了龙城。不能回学校,也没有钱去旅馆投宿。他在改名为市革委的原市委大院门外远远地徘徊着,想着如何能见到贺振书记。贺振原先的家早已不复存在,新的住处他一点也不知道。贺振既然已被解放,他一定会来这里上班的,他想。

他在龙城见到了贺振也可以算是一种缘分。

贺振那天正好被主持龙城革委会工作的军代表召去谈话。那时的贺振还没有彻底复职,也没有专车。军代表找他,正是谈准备让他担任市革命委员会副主任的事儿。谈完话后贺振心情高兴,虽然还没有上任也没有专车,但他从这个大院走出来时,精神头比以前可要好多了。在这个大院里他曾担任过第一把手。虽然现在是让他担任副职,他却从中看到了希望。这种动向对有着多年政治生涯的贺振,一眼就看得明明白白。不是上下班时间,贺振走出革委会的大院门口时,就被在远处徘徊的杨儒荫看见了。他几步迎上去拦住了贺振。

贺叔叔,我正要找你呀!他突然喘息起来,有许多话要说,似乎怕贺振不理会他,又似乎怕有人追来,不许他和贺振继续倾吐下去。

杨儒荫!你是杨儒荫!

贺振马上就认出了这个龙城大学附中的特殊学生。这几年,他自顾尚且不及,这个学生的事儿几乎已经忘了。

你,你……

当年的市委书记不知该问什么才好。在那种年代,一个被打倒后刚刚爬起来的原市委书记,又该向这个年轻的华侨学生问些什么才好呢?而杨儒荫越发急了。他生怕他的这位贺叔叔不再理会他,便说,我爸爸临走时说过,有啥事儿就让我找你。贺叔叔,我想回家,我想回家呀!

贺振便明白杨儒荫最大的困境了。他拉着这个年轻人的手,急速地离开了这个地方。他领他走进了一家小小的餐馆,要了两碗炸酱面,挑个角落坐下。他请小伙子先吃面条,一直看着他将两碗炸酱面条全吞进肚子里,然后才请杨儒荫慢慢诉说。他全听明白了。很简单,当了新农民的杨儒荫想回生他养他的马来西亚去。这实在不是非分的请求。当年他作为龙城市的市委书记,接受了北京一位老首长的亲自嘱托,让他安排海外爱国华侨巨商杨飞鸿先生的儿子在龙城上学。这位老首长是战争年代他的一位老领导。老首长没有向他讲述这件事的原因,他也从没有问过这件事的原因。长期养成的组织观念告诉他,他需要的是办好这件并不难办的事就行,仅此足矣。老首长不说的话,他无须多问一句。

可现在对杨儒荫回家的愿望,贺振却无法帮他一步到位。那阵子,想跨出国门,谈何容易?贺振想来想去,他只能帮杨儒荫去北京。他没有回家,又领杨儒荫到了邮局。他买了几张信纸,给北京的好几位朋友写了信,给当年把杨儒荫交付给他的那位老首长也写了信。他怕杨儒荫找不到那位老首长,拿上一封信碰了壁,在北京两眼陌生如何是好?所以给其他朋友的信,全是求他们帮杨儒荫找到那位老首长。他告诉杨儒荫,那位老首长的名字最近在报上也出现了,虽然杨儒荫是要回家,可现在就等于出国,不走北京的关系绝对办不到。他将身上所有的钱全部掏给了杨儒荫,除去买到北京的火车票,大概还够两三天的饭钱。他让杨儒荫买上今天的火车票马上就走。杨儒荫是私自跑出来的,在龙城多待一天,都可能引出意想不到的麻烦。

在贺振的帮助下，杨儒荫终于在北京找到了那位老首长。在那位老首长的帮助下，离家多年的杨儒荫，终于登上了飞往香港的班机。他重新回到了吉隆坡。热带美丽的风光，高高的椰子树和金黄色的海滩，还有临海的大房子，使他重新开始了另一种生活。在那间大屋子里，送他去大陆龙城读书的爷爷已经不在人世了。他无法向父母亲叙述清楚中国的"文化大革命"，更不愿多讲自己在龙山湾的苦难。他曾经向父母亲提到过温玉倩，甚至讲到让父母亲买的小提琴，就是送给这位女同学的礼物。他一次次希望父母亲能帮助温玉倩，将她也接到马来西亚来。父母亲其实已经明白了这个叫作温玉倩的女孩子，在儿子的心目中有着何等重要的位置。他们也努力过，但在那个年代，这无异于替儿子蹬天梯上月亮去寻嫦娥。当父亲劝儿子重新找个女朋友，把那个远在龙城的温玉倩忘掉时，杨儒荫便知道自己的梦已经碎了。

这便是他拖了许久才给温玉倩写出回信的原因。

在那封信上，他什么也没有说，只说他已经回了家。加上格式化的问候，一张信纸上也不过写了三行字。一是怕这封信落入别人手中，再给温玉倩带来新的灾难，二是他实在不知该说什么话才好。

许多年后，他终于在父母的催促下结了婚。妻子是新加坡人，受过良好的教育，父母全是这个花园国度的大学教授，父亲教华语，祖上是湘西人，热衷于中国楚文化的研究，母亲教英语，是研究莎士比亚戏剧的专家。对妻子，他没有任何可以挑剔的地方。在新婚的夜里，他甚至默默地在心里发誓，要忘掉远在龙城的那个女人。他努力这样做，有时也确实做到了。如水的时光冲淡了记忆中的往事，繁忙的人生也挤走了沉淀在心底的历史。人与人在交臂之间失去的东西太多，人与人在长期的共事之中恩怨得失也太多。可以说，在龙城的往事以及和温玉倩的初恋，他早就刻意要从心底抹去。他早已决心今生今世再不踏入龙城，将龙城作为另一个世界。这种决心也确实几乎抹平了龙城对他的记忆，同时也抹平了他对龙城那个女人的歉疚。直到老父亲突然决定要在龙城巨额投资，他才猛然从一下子泛起的记忆中，认识到在龙城的往事以及自己和温玉倩的初恋，其实并没有被他从心底抹去。特别是再度踏上龙城这块土地后,尘封在心底的历史,便被心底那喷涌而出的一种东西冲开。这东西便是父亲让他无法永远摆脱龙城的再次安排,还有这个内陆腹地古城给过他的欢乐和痛苦。

晚宴上的酒劲正在渐渐消失。

杨儒荫突然觉得想吃一点东西。他打开冰箱,里面没有他想吃的食品。山珍海味、生猛海鲜,这个世界上好吃的东西,他几乎全吃遍了。不是饿,仅仅是酒劲过后想吃一点东西而已。

他便想到了窝窝头。

人生第一次吃窝窝头是在龙城。逃离龙山湾的那一天,又是温玉倩塞给他的两个窝窝头,增加了他长途奔波的力量。第一次吃窝窝头时,那滋味好难吃哟!可最后吃的那两个窝窝头,那滋味好香哟!

那以后,他再没有吃过窝窝头。

他拿起电话,要通了服务台。他说想要一点夜宵。他特意说明,夜宵的内容是窝窝头,别的什么也不要。他听出服务台上的小姐似乎有为难的意思,但还是答应马上报告值班经理。

放下电话,他又想到了晚宴上的每一张笑脸,他们之中有谁能告诉他温玉倩的下落呢?

又过了一会儿,有服务员敲门进来。一脸笑容的服务员给他端来了夜宵,是一盘还冒着热气的窝窝头。不是他来龙城后第一次吃的那种窝窝头,那窝窝头他还记得,是大大的、圆圆的,下面还有个洞;也不是他逃离龙山湾时温玉倩塞进他怀里的那种窝窝头,那窝窝头他也记得,是大大的、扁扁的,下面没有洞。这一盘冒着热气的窝窝头一共六个,每个如半个鸡蛋大小。他尝了尝,味道真好。

然而,这窝窝头并没有他记忆中的那种味道。

这个晚上,杨儒荫没有睡安稳。他在似睡非睡中,往事和现实的种种叠印让他心序很难平稳。也许温玉倩早已记不起我来了,我何苦再去想当年与她的那些交往呢?他这样安慰自己,又去想晚宴上龙城诸位首脑人物对他表示的欢迎和热情。那些首脑人物中突然又出现了贺振,还有龙山湾的那位老公安员。我这是怎么了?他强迫自己入睡,刚闭上眼睛,就又看见了温玉倩。那女人瞪着他,脸上充满了对他的责备和怨恨。

我应该想办法找到她,起码能见她一面也行。

偌大一个龙城,谁又能帮我找到她呢?

怎么就找不到呢?我只要向市政府提出这个要求,看他们能不帮我?

有这个必要吗?他马上又否定了刚刚生出的想法。

就是在这种纷呈杂乱的思维状态下,杨儒荫度过了重返龙城后的第一个夜晚。

<h2 style="text-align:center">37</h2>

从杨儒荫的总统套房出来后,贺晓燕没有想到会碰上李小海。

她是从电梯口返回自己住的那一层时,在楼层过道的沙发上看见这位"小姐夫"的。李小海看见她从电梯口出来就起身迎了上去。小伙子新换了一身衣服,西装笔挺,皮鞋擦得锃亮。他彬彬有礼,且笑眯眯地对贺晓燕说,听说你们的大老板来啦?

贺晓燕很警惕。杨儒荫刚到,这个李小海就赶来找她,莫不是想见杨儒荫?她可不想让自己的老板和李小海接触。那四十万的事儿,李小海也是个当事人,这小子万一和杨儒荫说漏了这事,岂不是给她找麻烦?

你有事?贺晓燕问他。

让你那大老板投资,咱给他在龙山塑像的事儿,你得领我去说一说呀……

这小子是想见杨儒荫呢!贺晓燕急忙把李小海往自个儿屋里让。她不能让李小海去见杨儒荫,又不愿意太冷落了这位姐姐的内陆情人。

今天的天气,啊,越来越凉了,贺小姐可得注意身体哟。李小海有一句没一句地搭讪着进了贺晓燕的屋子,又盯住贺晓燕东拉西扯地说,你就是比晓春架衣服,你瞧你这身材,穿上啥衣服也能给人一种美感,你呀,就是一尊维纳斯。

贺晓燕就打趣地说,你是想让我把我这两条胳膊砍断?

啊呀呀,那我可舍不得呢。我这人,见别人杀只鸡都吓得紧尿,你可甭吓唬我。李小海盯着贺晓燕,脸上一副讨好的神态。

一道去飞机场送贺晓春时,贺晓燕就告诉姐姐和李小海,说四十万的广告宣传费已经打出。在李小海眼中,贺晓燕比起她的姐姐来,不但年轻和漂亮,而且更能干。贺晓燕帮他,分明是冲着她的姐姐哩。如果能让这姐妹俩全贴了心为自己服务,那⋯⋯这个念头他当时仅仅是一闪而过,而送走贺晓春后的这三天,这个念头却越变越浓。

为什么我就不能在这姐妹俩之间进行选择呢?

他甚至在他的那间独居小屋中,寻出贺晓春的那条短裤,捧在手里,反复地抚摸着、嗅着、幻想着这姐妹俩的皮肤和体味有何不同? 幻想着如果能将贺晓燕也领回自己这间小屋,在这张席梦思大床上与她做爱时,她将与她的姐姐有啥不同? 我能吸引贺晓春,怎么就不能吸引贺晓燕呢? 如此想去,便觉得和一个比自己大了好多岁的女人做爱,是何等乏味的事情。虽然那个女人愿意终生陪伴我,愿意想办法让我定居香港,可我怎么能一辈子陪着一个比我年龄大许多的女人生活呢? 如果我能搞定贺晓燕,那可就是另外一种情况了。这种想法让李小海觉得很刺激。这种刺激又让他抑制不住这种想法。

偏贺晓燕现在问起了他与贺晓春的事:

你和我姐姐的事,下一步准备怎么办?

我⋯⋯我就是来想听听你的意见的。

贺晓燕想,可真是个会顺杆子爬的主儿。她想激一下这个男人,便故意一撇嘴说:

以你的财力,你配不上我姐姐;以你的年龄,我姐姐又配不上你,以我姐姐在香港的身份和你在龙城的位置,我看你们两个不过是在商场上互相利用,在情场上逢场作戏罢了。

这话既让李小海吃惊,又让他觉得对自个儿的心思。他想都没想就说,你可真算是看对了。

贺晓燕心想,我姐姐刚走,他怎么就认可我的这话了呢?

她说,可我姐姐是真心待你呀。

操之过急的李小海太小看贺晓燕了。他急于要表白,急于要和贺晓燕说明他的心情。他像对待歌厅里的三陪小姐那样,突然伸出一只手去,抓住了贺晓燕的一只胳膊,瞅着贺晓燕说,晓燕,你听我说,我其实爱的不是你姐姐,我自打见到你,就爱上你了。你别生气,你知道我是怎么个想你爱你的吗?

贺晓燕没有抽回自己的胳膊,任李小海紧紧地抓着。她脸上露出淡淡的,却又十分羞涩的微笑,让李小海感到她更加妩媚更加动人。

你说的全是真的?

李小海点点头。

那你为啥还要和我姐姐好?

全是她主动的呀。

我可没主动呀!

你是一座美丽的冰山,你是一朵带刺的玫瑰,爬上冰山需要勇气,摘下玫瑰需要流血,晓燕,你和晓春不一样,你简直就是我梦中的女神,是我值得为之奉献终生的爱魂……

李小海这种如诗的表白,如果贺晓燕不打断,还会继续下去的。在那些文化程度不高,为生计所迫或为金钱所诱而操起皮肉生涯的女孩子面前,或在那些满脑子装满琼瑶的爱情故事,一心期盼身边出现一位白马王子的女大学生面前,他这种表白常常十分有效。

而他的这种表白现在却被贺晓燕打断了,她轻轻地抽出了被他抓着的胳膊,淡淡地说:

你要爱我,那你和我姐姐以后怎么办?

我听你的,她是你的姐姐,我们不能伤害她。

可我,只是个白领职员,不像我姐姐,有固定的资产。

晓燕,你说过,我和你姐姐的年龄,我们……我们……

我是怕我姐姐生气呀。

贺晓燕说出这句话来时似乎十分伤感。在那种伤感中,分明已经接受了李小海的爱,而又有一种对不住姐姐的味道。

晓燕,你听我说嘛,爱情本身就是残忍的幸福。我不能为了你的姐姐,活生生地扼杀了我心中对你的爱。你姐姐也不应该为了自己的爱,活生生地绞死了我心中对你的爱。命运叫我们相逢到一起,命运又叫我们不得不做出势必要伤害一方的选择。晓燕,其实我也是很痛苦的。可我不能让这种痛苦深深地埋在心里。我必须向你表白,向你倾诉,向你赎罪。晓燕……晓燕……

他想象着这个可爱的女人将被自己搂在怀里了。

然而,就在他将要扑向贺晓燕的那一刹那间,贺晓燕猛地挥动右臂,她那只纤细且白嫩的小手,便随着右臂划出了一个十分有力且十分美丽的弧型,又十分响亮地落在了李小海的脸上。

猝不及防的李小海可没有料到会遇上这一招。

他捂住了脸。他看到贺晓燕两眼嘲讽地望着他,两道目光竟如利剑,让他心里一阵战栗。

哈哈哈……贺晓燕朗声大笑。又说,爱情本身就是残忍的幸福!你可真是高明,这种残忍的幸福怎么样?

贺小姐,我的心……我的心……

你还有心? 你拿出来我瞧瞧是红的还是黑的?

贺小姐,你听我说嘛。

贺晓燕早过去把房门一把拉开了。又指指门外说,需要我去叫保安吗?

李小海讪笑着,退出了房间。

只听砰的一声,房门便被贺晓燕狠狠地碰上了。

第十章

38

程国庆带着秘书，早上八时整，直奔金龙大酒店。

他今天要会见的是一位亿万富翁。今天的见面能否成功，直接关系着龙山开发区的工作下一步能否顺利进行。虽然程国庆做了种种准备，心里还是没有底儿。

贺晓燕正在门内的前厅里恭候着。为了表示对总经理的尽职尽责，更为了再安顿程国庆几句，在陪着杨儒荫一道用过早点后，她就请总经理先上楼去，自己要在前厅里迎接程国庆。她看到程国庆穿着她送给的那一身西装，心里就对这个男人小看了三分。对方能接受并喜欢自己送的礼物，贺晓燕本应高兴才对。但这个男人是她想捕获的猎物，而这猎物竟对她丝毫没有警觉，她就觉得这对手实在太笨了一点。

浑身上下显得更加笔挺的程国庆，在秘书的引导下走进了前厅。当他一眼看见贺晓燕后，急忙迎上前去，将这女人当成主人一般，如方才秘书引导他进入前厅那样，伸手弯腰请贺晓燕先进电梯。程国庆本是个很爱摆谱儿的人，在几位副市长当中，他的工作能力强，在下属们面前架子也大。可现在,面对这个漂亮的女人,他一点也摆不出自己的首长架子了。

金钱和美色有时具有巨大的威力,能使权力变成仆人。

电梯口的门刚刚闭上,贺晓燕就对程国庆说,全准备好了吗?

程国庆很自信地点了点头。

秘书一旁插话说,昨天晚上,我又把所有的文件和整个方案,重新整理和归纳了一遍……

贺晓燕根本没有理睬秘书,只管对程国庆进行安排:

今天你和我们老板见面很重要也很关键,你们要长期合作呢,一定要给他留下个好印象。

程国庆很注意地听着,心里却有点失落。

作为龙城市的副市长,下属们无论是想和他谈工作,还是谈工作以外的事儿,全是到他的办公室里去晋见他,或是到他的家里去看望他。就连市委书记和市长找他有事,有时也是亲自到他办公室里来说,表示出对他的一种敬重。在龙城,他这个副市长主管的面广,担子重,加上多年来工作中得到的那种威望,在谈工作时,哪里有别人坐等他上门的道理?只有省里下来检查工作的领导,才能召见他,坐等他上门去见面汇报。今天呢,不是杨儒荫去他的办公室里见面,而是他到杨儒荫下榻的地方来见面。他杨儒荫算个啥?不过是个有钱的资本家。可我是龙城市的副市长,是堂堂正正的副地师级干部!关于这个见面的地点,他也和贺晓燕商量过,是不是可以请她的老板到他的办公室去?贺晓燕委婉地,却是十分坚决地否定了他的想法。贺晓燕说她的这种安排含着一种尊重,他便只好照办了。

他听见贺晓燕又安顿他说,我们总经理最讨厌婆婆妈妈,一定要谈大的方面,小的方面不必谈得过细。

贺晓燕就站在他的身边。

贺晓燕身上好闻的香水味儿,还有那种异性身上的气息,使程国庆感到很舒服。这女人本来是老板派出的代表,可她到现在还这么关照我,这可真是个好女人,他想。

因为身边的贺晓燕,方才从心底生出的失落感渐渐消失了。

我们老板喜欢听设想和看结果，不喜欢听别人汇报过程。

程国庆便看一眼贺晓燕，虽然对她说的"汇报"二字不感兴趣，但没有说什么。

聪明的贺晓燕便觉出自己方才的用词不当。

当然啦，你和我们老板是合作双方，是会谈，不存在谁向谁汇报的问题。不过……

程国庆忙说，你说你说，看看我还应该注意些什么？

贺晓燕说，其实也简单，不要多谈过程就行。比方说宣传方面吧，那家杂志要登什么啦，我们的经费如何处理啦，具体如何操作啦，根本就不必多说，说了他就会烦的。这些方面你有经验，能把握住宏观方面的情况就行。

程国庆点了点头。

这个年轻漂亮的女人再次给程国庆留下了好感，让程国庆觉得这个女人真和自己贴心。

电梯停稳了。贺晓燕领着客人来到了杨儒荫下榻的总统套房。金龙大酒店里有两套总统套房，但程国庆虽然位居副市长要职，还从没有进来过。以往省里来过领导，也在金龙大酒店住过，但他们从没有住这种房间。这种房间给程国庆的第一眼印象就很让他吃惊。一个人，有必要住这么多大屋套大屋的房间吗？我如果出差，敢住这种房间吗？那种消失的失落感突然又出现在心中。他不得不想到钱的作用了。他妈的，有钱就能这么个活法，没有谁能说人家什么闲话，人家是在花自个儿的钱呢！难怪像贺晓燕这样聪明的女人，也要到外面去挣钱呢！

杨儒荫正在等待程国庆，十分客气地将程国庆和他的秘书迎进了一间小会议室。小会议室里有一张椭圆形的会议桌，桌上摆着鲜花，那是贺晓燕让酒店值班经理一早从花市上新买来的。鲜红的玫瑰和金色的满天星，正喷吐着芬芳的馨香，外面的阳光射入室内，也射到花上，花朵和枝叶上的露珠儿，在阳光下闪闪如珍珠般可爱诱人。

一夜没睡好的杨儒荫，虽然精神振作，却无法洗去脸上的倦容。当程国庆问他昨晚休息得好不好时，他含笑说还好还好。

程国庆又客气地说，这里的条件是龙城最好的，龙城在内陆，比不得沿海城市，更无法和香港相比呀，请杨先生一定担待我们这里的具体条件。

对程国庆的这种客气，杨儒荫又付之一笑说，昨晚，我休息得挺好，真的挺好的。

他不愿让这位副市长窥破自己昨夜失眠的事实。即便要求助于程国庆帮他打听温玉倩的下落，也要寻找另外一种借口。本来，这事儿完全可以委托贺晓燕去办。她是贺振书记的女儿，又是他现在派驻龙城的全权代理。可他却又一点儿也不愿意让贺晓燕钻入自己的内心。他和贺晓燕有过巴黎那样的相遇，在香港他的办公室里，贺晓燕又那样明白地表示过要委身于他。在这一点上他很看不起这个女人，如果让她知道自己曾经在龙城有过一个女人，还有过和她的父亲贺振书记的那些交情，她便会认定他对她的一切全是应该的。她也许会加倍地好好工作，也许会凭着这种特殊的关系胡来。而以他对女人的了解，为钱而甘愿出卖自己肉体的女人，是什么都可以出卖的。对一个什么都可以出卖的女人，怎么能授之以把柄，委之以重任呢？说实话，要不是父亲亲自点将，派驻龙城的全权代理绝对轮不上贺晓燕。而如果是另外一名下属，也许他昨夜的烦恼会减少许多。他可以在这位下属来龙城之前，就让他到龙城后设法打听到温玉倩的下落。或给她带一笔钱，或安排与她见一次面，让别的下属帮他处理这种事儿，绝不会留下什么麻烦。

一阵寒暄过后，彼此就座，程国庆先提到了正题：

杨先生，是不是我先把情况介绍一下？

杨儒荫点点头，程国庆开始介绍情况。

秘书准备得极充分，程国庆也介绍得头头是道，有条有理。讲罢龙城的自然环境，再讲龙山开发区的自然环境，讲罢龙山公路的开通，再讲目前在龙山开发区的各项配套工程，然后就讲到了这一段与贺晓燕的前期工作情况。由于有贺晓燕方才的提醒，程国庆没有讲每项工作的具体操作过程，更没有提什么给《龙族》杂志宣传广告费的事儿。

杨儒荫一直没有插话，只是静静地听着。他现在已经排除了任何杂念,进入状态了。对程国庆的介绍,杨儒荫很满意。这项投资是父亲决定的。从经济效益上算,回收时间要长一些,从商业角度上讲,兴建一个橡胶制品基地,选择的地点也有不尽人意之处。但这种决定已无法更改,从程国庆的介绍中,也可以看出龙城市政府对这个项目,十分尽心也十分努力,基于此,他不准备再表示什么异议。

程国庆讲完了,看一眼坐在一边的贺晓燕,由衷地赞美起来:

小燕可真是个难得的人才呀!杨先生派出这么一位项目经理,对促进我们的前期准备工作帮助很大。小燕有什么补充的,请你也谈谈吧。

贺晓燕很严肃地说:

程副市长谈得很全面也很概括,我只补充一句,我们合资兴办一个企业,就是一种长远的合作。我作为杨先生派出的代表,自然要维护我们集团在这个项目中的利益。以后的工作中,希望能和程副市长求同存异,不要产生非让我们杨先生亲自来解决的难题才好。

这话说得很得体,杨儒荫很高兴。

程国庆听了这话,更感到了贺晓燕作为代表的权力。

贺晓燕要的就是这一石双鸟的作用。

程国庆的秘书将所有准备双方签约的文件全拿出来,请杨儒荫过目。程国庆的心情此时并未放松。虽说他对这位海外巨商的印象很好,但在介绍情况时这位合作者一声不吭,他生怕再出现什么意外情况。杨儒荫一一浏览一遍那些文件,提笔纠正了一些个别字句的提法,对这些文件表示满意。他将这些文件还给程国庆的秘书,也对程国庆赞美了一句:

强将手下无弱兵,程副市长的秘书看来也是个难得的人才呀!

程国庆的心情立即放松了,笑着对杨儒荫说,杨先生,我与你真是相见恨晚,一见如故……

从正式会谈转入了闲聊,杨儒荫便起身回到卧室,不一刻转身回来,手中拿着一个小小的首饰盒重新入座。

程副市长,初次相见,本来是应该赠送你一点纪念品的,但你们现在正搞反腐倡廉,我可不想让程副市长拒绝我的一点礼品而让我尴尬。我这回没有携太太同来，可临行前受太太之托，让我以她的名义，将这件小小的纪念品赠送给与我合作者的夫人，具体说，程副市长的夫人正是这个角色啦！这点小玩意儿，真是不成敬意，有点拿不出手的，但为了表示我太太对你夫人的一点心意，礼轻意浓，请程副市长万勿谢绝。

说着，微微欠身，将手中的小首饰盒顺着桌面，轻轻地推到了程国庆的面前。那首饰盒上有英文字母，可惜程国庆一个也不认识。但他却能想到，那个精美的小盒子里，不是装着一条金项链，就是一个金戒指。

程国庆知道，自己的妻子还没有一件这样的金货呢。这些年，女人的脖子上、手指上，戴上一条金项链和金戒指，已成了一种时髦。就连市委市政府机关的一些女干部，特别是一些年轻的女干部，脖子上和手指上也出现了这种金光闪闪的装饰。程国庆曾经和赵新华说过，要给她也买上一条金项链或者是金戒指。可赵新华坚决不要。我是个纪检干部，我脖子上戴条金项链，手指上戴个金戒指，那像个啥呀？赵新华的态度如此坚决，程国庆就遂了妻子，至今赵新华的脖子上和手指上，也从没有戴过这种金灿灿的东西。

他想谢绝，想和杨儒荫说明，自己的妻子是从不戴这种东西的。

这话已到嘴边，但他想了想，还是没有开口。

此时，贺晓燕已清清楚楚地看见了那个首饰盒上的英文。译成中文，那几个字是"纽约芭素娜狄首饰店"。这是一家世界知名的首饰店，创业百年来，这家首饰店以每样首饰只造一件，且价格高昂而闻名于美国的上流社会。在美国，乃至英法等国家，上流社会的贵夫人和小姐们，无不以拥有一件或几件纽约芭素娜狄首饰店的珠宝和首饰为荣。她投奔到南洋杨氏集团以后，有一年曾专门赴美国纽约，为老板在这家首饰店里购买了一批首饰，以备杨儒荫在重要场合赠送重要客人。在那家店里，最一般的首饰，定价也在四五万美元之间。

曾经多次到过纽约，且亲自在这家名店里为杨儒荫定购过礼品的贺晓燕，在看到首饰盒上那几个字时心头不由得一惊。

在这种场合，她却不便说什么。

似乎是看出了程国庆的犹豫,贺晓燕不失时机地给自己的老板进言:

程副市长的夫人我见过,与程副市长一样,和我一见面就能谈得来。您太太这礼物,她一定会喜欢的。

程国庆心想,这礼物看来我不收下不行啦,我不能驳了杨先生和贺小姐两个人的面子。

只听程国庆说,我替我的夫人先谢谢杨先生的太太啦!但愿日后她们两个也有机会相见,互相交个朋友。

有杨儒荫方才的那番话,又有贺晓燕的帮腔,程国庆没有推辞,收下了这件小礼品。双方都已经变得十分随便了。

中午杨儒荫留下程国庆和他的秘书一道进餐。贺晓燕早已做了安排,在一间小包间里准备了丰盛的美味佳肴。程国庆坐到餐桌上,还在琢磨着皮包里那个小首饰盒的分量。不经意间,他注意到在贺晓燕的脖子上和手指上,也有那种金光闪闪的东西。他便又想到了皮包里那个小小的首饰盒。又想到了妻子要是戴上这种金光闪闪的东西时是啥模样?

在回家的路上,他让司机先送秘书。秘书下车后,程国庆忍不住从皮包里取出那个首饰盒,打开,一个人坐在后排座上开始欣赏那首饰盒里的东西。太好了,是一条项链和一个戒指。他不懂这东西的好坏,但那项链和戒指做工很细,特别是戒指上那颗红红的宝石,无数个亮点上闪闪发光。妻子能接受这件礼品吗?他合上了首饰盒,重新将这小小的盒子放进自己的皮包。他突然觉得自己的妻子真是选错了职业。一个女人,搞啥的纪检呀?像人家贺晓燕,想怎么打扮就怎么打扮,谁能说什么?再往下想,又觉得也不能怨那种职业。搞纪检的女人多了,人家难道就都不能戴个项链和戒指?要是回家后把包里的这金项链和金戒指送给妻子,以赵新华那种脾气,她能往出戴?不戴不要紧,怕是还要盘问个没完没了,生怕收下这点儿东西,就把我给看成个腐败分子呢!我还没事呢,她倒要担惊受怕得受不了啦!想到这里,程国庆就觉得这东西今儿不能拿给赵新华。我先放着,等以后再说吧。拿定了主意,回家后他果然没有和妻子提起这事儿。

39

王红这几天总是心神不宁。

给公司写的那份稿子已写好了,但她不想去找林森交稿,偏林森也不来找她。自打下了决心和艾云摊牌以后,她一直等待林森来找她,想象着林森或生气,或忧伤,或为难,或已与艾云一刀两断后的种种情景。她也仔细想过,自己爱上林森,进而约林森的妻子来挑明她与林森的爱,是不是在扮演一个不光彩的第三者角色?为此她更注意报刊上关于当代爱情和婚姻的种种文章。中国几千年来的文化传统,对性的那种讳莫如深,正被当代中国的开放之风吹去。王红不赞成性解放,却赞成当代更为浪漫的爱情。婚外恋的大量出现,是对不合理婚姻的一种冲击,是对当代繁忙的现代人感情空白的一种填补。她最爱读报刊上那些花边文章中的这种观点。以这种观点去解释她自己的行为,她便认为自己的行为是光明磊落的,是合乎现代的婚恋道德标准的。我和林森结合后的完美既然超越了艾云和林森结合的完美,为什么不去打碎一个不完美,为重建一种新的完美而奋斗呢?

这天早上,她终于再也等不下去了。我为什么犯傻呢?我为什么不找林森去交稿件呢?把稿子扔给他,看他能不和我说话?

她精心打扮了一下自己,既不显出过分的妖媚,又对镜自照感到了那张经过化妆的脸上,显出了诱人的神采,这才拿起那份写好的稿子,去见林森。

林森果然在公司的办公室里。

林森指了指写字台对面的软椅子,王红就坐到了他的对面。

见林森避开了她的目光,她便把自己写好的稿件递了过去。

林森略翻了一下,就将她的文章放到了一边。不就是在《龙族》杂志上当个配稿嘛,以王红的文笔,林森完全信得过她写的这篇文章。林森显然不想就她写的文章说什么,这种态度,王红一眼就能看明白。她其实也不想与他说什么稿件的事儿。她干脆直来直去,逼视林森,直奔主题:

你不想谈谈咱俩的事儿?

林森没有答话，重新接住了她的目光。这真是个可爱的女孩子，可她几乎把我的生活搅成一团糟！她要是选中了别的一个已婚男人，那个男人将如何处理这种麻烦事儿呢？

可那是别人的事。大千世界，对我而言，只能有一个选择。

林森不再犹豫了。

王红，你今儿来了，我正想和你谈一个关于爱情的话题。

王红一下子变得高兴了，这正是她求之不得的话题呀！单独两个人面对面地谈爱情，虽说正规了一些，欠缺了一点浪漫，但这不是更显得正规吗？不是更显得让人难忘吗？这个林森，他一定是在我的进攻下别无选择了，要通知我他将与我建立一种正式的爱情关系了。林森呀林森，你可真是不同寻常的男人呀！

林森便慢慢地讲述起来：

事情得从1976年说起，那时，有个男人，在一个小县城的有线广播站工作。这个男人干的是编辑，和站里的一个女播音员搞上了恋爱。两个人全是中学的老三届，全到了乡下当了插队的新农民。有线广播站招工，两个人同时被站里录取，成了同事。有共同的人生经历，又到了一起工作，两个人就决定夏天结婚。

这种事儿太多，和咱们有啥关系？王红不解地问。

林森说，你不要急，这个爱情故事，和我，和你太有关系了。

王红没说话，瞪大眼睛往下听。

你一定知道，关于1976年国家出的那些事儿，报纸上刊物上介绍得多了。先是年初周总理去世，后来便是朱老总和毛主席相继也走了。那一年又闹唐山地震，"四人帮"又加紧篡党夺权，咱们中国那阵子正是乱哄哄的一团糟。那个当编辑的男人，那一年本来准备结婚的，没想到去北京出了一趟差，就闹了个大祸临头。

王红问道，闹了个啥祸？

林森说，就是去天安门广场抄了几首诗，结果被抓了起来。

他蹲了半年多大狱，后来就被送回原单位。当时单位的领导就给了他一个开除留用的处分。编辑不能当了,让他去做线路工,成天登高爬低地在线路上跑。站里的人们以为他和女播音员的恋爱这下子吹了。女播音员如果再和这个反革命恋爱下去,那不是自个儿砸自个儿的饭碗吗?就连这个男人,也认定和女播音员再不会有戏了。

王红说,要是我就不怕!只要是为了爱情,砸了饭碗不会重找一份工作?有啥大不了的?

林森说,说来说去,你还是不太理解那个年代呀!那年代叫突出政治,以阶级斗争为纲。多年的夫妻,都会因为一点点政治上的麻烦要坚决分手呢,何况这两个人仅仅是个恋爱关系?可偏偏事情的发展出乎人们的所料,也让这个男人意想不到。这个女播音员不但没有和这个男人中断恋爱关系,而且和这个男人在又一年的夏天举办了婚礼。

王红说,这个女人了不得,你是让我向这个女人学习哩,是不是?

林森笑着说下去:

婚是结了,结果可糟了。那个播音员也被调到库房里当了保管员。那阵子,这个男人是开除留用的反革命,要政治地位没政治地位,要经济地位没经济地位。可他就是遇到了一个好女人,他们爱情和婚姻的基础是在不幸的生活中奠定的,那种理解和那种感情在两个人的心中,根扎得实在太深了。再往后,这个男人被平反,国家恢复高考,他考上了外地一所名牌大学的哲学系,他的妻子,也考上了电大,成了带着孩子上末班车的大学生。再往后,龙城组建电视台,她一举考入电视台成了记者,她的男人也被分配到龙城社科院,以自己的研究成果,被破格评为副研究员。王红,你说这个男人能背叛这个女人吗?

王红越来越听明白了。

你是给我讲你和艾云的故事?她问。

林森点点头。

王红急了,问,你给我讲这些干什么?

林森说,世上有不念患难夫妻恩爱的男人,可是我做不到。世上也有让老婆在家中留守,自个儿在外面搞情人的男人,可是我也做不到。所以我必须告诉你,我做人的标准使我无法产生出对你的爱情,自然也不能接受你对我的爱情要求。

这个男人绕来绕去,竟说出这么个结果,王红的脸霎时憋得通红。

她不能就这样让自己的努力化作一阵浮云,更不甘心自己苦苦的追求和付出的情感像肥皂泡一般,被这个男人一番话就轻轻地吹走。

她觉得好委屈,也好伤心。

她几乎就要哭了。

在终于忍住泪水之后,王红向面前的男人打出了一阵排炮:

你错了,我从不否认你和艾云有过爱情,但那只是你的一次人生选择。人生最美满的爱情绝不全是一次选择成功的。男女心灵的碰撞,并不能按人生的时空顺序来决定,爱情是一种缘分,是一种付出和拯救。艾云当年那样对你没错,我今天如此对你也没错。错的是你,你用守旧来对待另一种迟到的爱,你宁愿被过时的枷锁铐着,也不愿使自己得到新生。爱是可以比较的,原先的爱也不是一成不变的。我都和艾云摊牌了,在爱情的角逐场上,她不过是比我早起步了一些。我完全可以追上去,你没有权利剥夺我的这种权利……你太自私,你太不理解我了。你……你太让我绝望了……

痛苦的王红不由得嘤嘤啼哭起来。

王红,你不要哭,你听我说。

林森想劝面前这个女孩子,王红却嗖地站了起来。

我不要听你说,我什么也不想听你说了!

她说罢转身走了出去,头也不回一下。

里屋的大写字台后面,林森用双拳擂着自个儿的脑门,难过得连连叹气。他一直怕伤害了这个可爱的女孩子,但最终还是不能避免掉这种伤害。

40

程国庆在市政府会议厅亲自主持了记者招待会。龙城新闻界二十来位记者集体采访了杨儒荫。

唯一不是记者的曾华也到会了。他不是新闻界的人,是程国庆安排秘书专门通知他到会的。曾华很珍重这个机会。他要主编《龙族》杂志,靠贺晓燕提供的那些香港报刊剪报,拼凑一两篇介绍南洋杨氏集团的文章,按说并不是一件难事,但那是侵权的事,贺晓燕和李小海可以主张他那样去做,他作为主编,却不能那样去做。那些文章只能摘编或者转载,而且必须注明出处。但仅靠些摘编和转载的文章去填塞刊物,既对不起读者,也对不起掏了四十万广告宣传费的南洋杨氏集团。能直接采访杨儒荫,就能获得第一手材料。亲自写一篇采访纪实,《龙族》创刊号也就有篇重头稿件了。即便被李小海拉上去主编《龙族》是个第二职业,即便此举的原动力是想挣点钱,曾华也十分注重和珍惜自己的名声。

通知是下午两点半准时开会,两点半前,到会的记者们已全部到齐。海外一个大财团来龙城投资,这个财团的总经理亲临龙城,对这样的新闻,敏感的记者们绝不会姗姗来迟。

艾云早就到了。一看见曾华进来,就过去和曾华坐到一块。

是程副市长特意请你来的吧? 她问。

曾华说,我这个作家,这阵子总和你们新闻界的人在一道厮混。

艾云说,你在龙山公路采访,一篇报告文学,把程副市长都写成龙城市的热点人物了,比新闻记者们写消息和报道,那份量不知大了多少! 你们作家写文章,又会渲染,又会刻画,记者们可比不上。

曾华指了指艾云放在桌子上的摄像机说,我和这些记者们,全是靠文章说话呢,谁也比不上你们能靠这玩意儿说话。又直观,又快捷,覆盖面又大,一下子就进入千家万户,论宣传功效,还是电视厉害。这些年,我们作家早就不那么吃香了,能有了点名气,还得靠作品变成电视剧才行。不像你这种扛机器的记者,越来越吃香。

两个人聊得很投机,也很亲密。

有人说,男女间的友情发展下去,必然会导致爱情。爱情是灵与肉的结合,男女间不导致爱情的友情不会长久。但曾华和艾云的友情却始终如一,既没有导致了爱情,也没有因为没有导致出爱情而中断了友情。人生在世,男人找一个女人做妻子很容易,女人找一个男人做丈夫也很容易。

但男女间能处成知己和至交,那可不是可遇可求的容易事儿。这里需要赤诚,也需要一种理智。

那是市政府刚刚决定了兴建龙山公路之后不久。

艾云和台里的一位小伙子扛着摄像机上了路,照例让曾华搭上了她的车。她没有向台里要小轿车,而是要了一辆北京212吉普车,为的是能尽量多跑些山路,多拍一些镜头。跑到第一个工区后,前面就再也没有公路了。要去龙山湾,只好坐马车。副市长程国庆那天正在这个工区开现场办公会议,艾云拍了很多镜头,龙城电视台已经开始了对龙山公路的连续报道,直到龙山公路胜利通车后,这个连续报道才顺利结束。中午无论是领导还是工程师,无论是体验生活的曾华还是下来采访的记者,全在工区吃的饭。那阵子工区刚建,条件差,伙房是露天搭起的,卫生设施就不能讲究。准是因为工作时满工区跑,吸了一肚子凉气,饭后不久,电视台的那个小伙子就肚疼得嗷嗷叫,艾云急得没法子,工区刚建,也没个卫生所,只好叫司机开上吉普车先把这个病号送回去。

艾云是个对工作很负责的人,原计划下午要去龙山湾,拍一下这个龙城至今不通路的乡政府所在地的封闭情况,助手不在了,她却坚持要完成计划。曾华也想去龙山湾看看,就和艾云结伴同行。工区的负责人没有找下马车,找下一辆正好要回龙山湾的牛车。于是她就和曾华坐上了十分原始的牛车,开始沿着崎岖的山路,直奔龙山湾。赶车的老乡不时跳到车下,牵牛走过险路,待路面又好走一些了,再跳到牛车上。

起初,艾云的精神挺好。

每逢赶车的老乡跳下去时,她也要跳到车下,扛着机器抢拍一些镜头。吱吱咕咕前行的牛车,赶牛车的老乡,坐牛车去龙山湾采风的作家曾华,还有高山深沟和窄窄弯弯的小路,日后的这些镜头被艾云编排得十分精彩。她将龙山湾的这种封闭条件,活生生地展现在荧屏上,让龙城的千百万观众对开通龙山公路的重要性,有了更直观的认识。具体到曾华而言,他亲眼看见了艾云扛着机器登高爬低的情景,更加认识到平时在荧屏上频频露脸的电视记者们,在实际工作中有时却十分困难和艰险。

后来艾云就觉得不对了,坐在牛车上,捂着肚子,脸色也越来越难看。

你怎么了? 曾华问她。

艾云难受地说,肚子,我的肚子也疼起来了。

赶车的老乡就急忙拉住了牛车。

可坐在车上的是城里来的记者,又是个女的,那老乡搓手跺脚,不知该如何办才好。

曾华问老乡,还得走多久才能到龙山湾?

老乡说,还得走三个时辰。

这路上前不着店后不着村,甭说寻医讨药,就是连口热水也找不下呀! 没法子,曾华只好请老乡赶上牛车继续上路。

吱吱咕咕的牛车就又动起来。坐在牛车上的艾云一手护着机器,一手捂着肚子,痛苦不堪。曾华真不知该怎么帮助她,就说,你偎在我身上吧,也许比坐着好受些。

艾云就偎在他的身上了。

曾华把机器拉到自己身边,用自己的身子挤住,以免摄像机被颠到车下摔坏。又用两只手紧紧地抱住了艾云。

你帮我揉揉胃吧。

艾云抬起头来对曾华说,眼中已浸出了泪花儿。显然,她的胃里正在绞痛,红红的嘴唇都被她自己咬破了。

曾华便腾出一只手来,一手拥着艾云,一手伸到艾云的衣服下,隔着内衣稍稍用力,顶住了她的胃部,帮她揉着。隔着衣服,他能感觉到她的肌肤。他甚至感觉到她的乳房和小腹也在轻轻地颤动。他的手就那样在她的胃部一直顶着、揉着,后来艾云说她感到好多了,他依然紧紧地拥着她,他的那只手却一直没有离开她的胃部。

牛车在山路上继续颠簸着。随着这种颠簸,艾云就一直偎在曾华的怀中。后来她竟然睡着了,还呼出了轻轻的,舒服的鼾声。他不敢放开她,或者说是不愿放开她,而是更加小心而用力地搂着她,使她如在晃动的摇篮中一般。

艾云钻在曾华的怀里,在这晃动的摇篮中任曾华紧紧抱着。

赶车的老乡回过头来对曾华说,你的婆姨没事了吧?你们城里人,吃上饭又吸了些凉气,是不习惯哩。换上我们山里人,吃饭就上些凉水也没事。

曾华就摇头,说她可不是我的婆姨。

那老乡便不好意思,又啧啧连声说,你要真能讨这么个女人做婆姨,倒也蛮般配哩。

老乡说罢又扭身向前,一心赶车。坐在车里拥着艾云的曾华,却被老乡那句话说得心里麻酥酥的。他仔细地看着艾云那张美丽的面孔,不时地泛起一种想去吻她的欲念。他想如果去吻她,她感觉到了可能会装作没有感觉。他又想她可能会睁开眼对他笑,任他去吻她。他为自己有了这种邪念脸上发烧,这种欲念却又让他不时冲动而更紧地抱住了艾云。欲念升起被他压下,压下又被他升起。他不知道自己是压下这种欲念对头,还是让这种欲念付诸行为更合理。直到快进村时,艾云醒了,看来肚子也不疼了,一骨碌从曾华怀里坐起来,不好意思地冲曾华笑一笑。

曾华记得很清楚,那一刻,艾云的脸上霎时就变得粉若桃花,一片灿烂无比。原本美丽的面孔,就更显得美丽动人。

刚才,真对不起,真不好意思……艾云说。

曾华说,看你后来睡着了,我就想,你的肚子一定好多了。

艾云眨着眼,小声问他说,你还想啥来?

曾华也压低了声音,尽量不让赶车的老乡听见,悄悄说,说实话,我刚才真想吻你。

你坏,你坏……

艾云那美丽的脸上更红更好看了。

曾华便叹口气说,如果我不曾有过黎萍,如果我能早几年和你相识,我一定会以当年对黎萍那样,勇猛地、发狂地去爱上你的,让你和我相伴终生。真的,我刚才虽然压抑了吻你的欲望,却无法压抑这种想法。

艾云就觉得一阵心跳。

多年来的电视记者生涯,艾云接触过形形色色的男人。有温文尔雅的学者也有腰缠万贯的老板。她也曾遇到过形形色色的男人向她表白,有的含蓄有的直白,意思全一样,希望和她的交往能更进一步。艾云已经是做了母亲的女人了。她从没有对丈夫以外的男人再动过心。现在这种心跳的感觉,却让她明白曾华在她心目中,有一种不同于其他男人的位置。

还好,曾华再没有往下多说什么。

那晚艾云和曾华就住在乡政府。艾云又拍了不少镜头,曾华也和乡党委书记和女乡长温玉倩聊了好长时间。艾云住到了温玉倩的办公室里,曾华住到了乡党委老书记的办公室里。第二天上午,乡里又给他俩找了一辆出山的马车,捎上他俩离开了龙山湾。一路上,他俩谁也没有再提起昨天临进村时的那个话题,在以后的不断交往中,这个话题也从没有再出现过。

曾华从不相信世界上会有至爱完美的婚姻。即便打碎一百次原有的婚姻,至爱完美的婚姻也不会降临。除了妻子,艾云实际上是他心中十分喜爱的一个女人。正是这种难言的喜爱,使他无法隔断和艾云的来往,却又不愿如世俗的一些男女那般,用偷情来满足彼此的一种欲望。他怕为了满足那种欲望而失去如今的艾云。更怕为了满足那种欲望,污秽了与这个红颜知己间纯洁的友谊。男女之间,为什么不能抑制那种欲望呢?为什么不能永远保持和这个女人纯真的友情呢?对于曾华这样的一个男人来说,生活中有艾云这样一个女人,如心田有一块绿洲永存,那也是一种美好的享受。

人呀人,人的情感可真是个莫名其妙的东西!男女之爱可以升华为爱情,爱情又可以导致男女两具肉体的结合。如果没有权力和金钱的诱惑和交换,婚后的男女交往,是克制这种情感的演变符合人性呢?还是让这种情感的演变突破克制更符合人性呢?传统的道德观念是对人性的一种制约吗?打破这种制约是对人性的一种释放吗?什么才是灵与肉的和谐?这种和谐有重组和调整的合乎道德的规范吗?

如果不是程国庆和杨儒荫准时进入会议室,曾华还会与艾云再聊一阵子。而现在,艾云立即扛起了摄像机,进入了工作的临界状态。在曾华眼中,她又是那么一位潇洒的、能给他以美感的女神了。他不再走神,开始琢磨如何充分利用好和杨儒荫的这次接触。

记者们的提问角度不同,内容也不同。曾华一直没有提问,只是静静地听着,不时将自己感兴趣的内容在小本子上记下来。后来,有一位记者请杨儒荫谈谈对中国国有企业如何改革的看法时,曾华立即对这个话题发生了兴趣。杨儒荫好一阵侃侃而谈,曾华又接着对这个话题进行了几番引申提问,使杨儒荫的回答也不断具体和深入。此时别的记者便一个个只顾听,只顾记,一位海外华人,能对中国国有企业的改革提出十分详尽的认识和建议,令所有在场的记者们心中惊诧不已。

41

这个晚上,曾华刚吃过晚饭就坐在了自己的那台电脑前。

在他的电脑屏幕上,便一行行地划过了如下的文字:

标题:海外华侨巨子杨儒荫先生访谈录

适逢南洋杨氏集团总经理杨儒荫先生来龙城,洽谈在龙山开发区投资项目之际,笔者与龙城其他新闻界人士一道,采访了杨儒荫先生。

南洋杨氏集团对大陆读者而言,可能十分陌生。然而在海外,特别是在海外的华商中,这个集团却以经济实力强,经商信誉高,以及杨氏几代传人的敬业精神,留下了极好的口碑。杨氏集团目前在龙城市龙山开发区投资巨额,要与龙城市当局共同兴办一个现代化的橡胶制品基地,再次显示了杨氏家族心系中华的传统美德。

海外有些传媒曾介绍过杨先生,且提到他少年时被父亲送回大陆上学,更有传媒说杨先生当年就在龙城读过书。当笔者向杨先生提出这一问题并希求其解答具体原因时,杨先生以此事无可奉告做答。但杨先生说南洋杨氏集团来龙城投资,虽然是他父亲的决策,他作为集团的总经理,将以最积极的态度,和龙城的政府和人民搞好这次合作。由此可以想象，杨先生的父亲这一决策，与当年让儿子回大陆就读一样，虽然至今如谜让传媒界不晓其底细，但杨氏爱我中华之心，却由此而让世人敬仰。

笔者以为，中国的改革进展至今，国有大中型企业的改革如何搞好，已成改革大业能否最后胜利之关键。杨先生作为一位海外华人企业家，他的一些真知灼见十分值得我们参考。现整理如下，供各界有识之士共同思索。

问：改革开放以来，中国的非国有经济包括个体经济、私营经济、外资经济等，私营企业发展很快，但作为国民经济主要支柱的国有企业，如何改革一直处在一个探索阶段。请问杨先生对此有何看法？

答：据我所知，祖国对国有企业的改革，目前正进入一个新的阶段。

第一个阶段，是从1978年开始。当时政府就对一些国有企业进行了扩大自主权的试验。当时流行的说法叫给企业松绑。又叫放水养鱼。这种最初的试验，在一定程度上改变了政府对企业管得过死的旧况，预示着中国政府要努力让国有企业摆脱旧体制束缚的决心。各位女士和先生们可以想一想，你即使有再好的拳术，但你却被绑住了手脚，你那一身功夫还能施展出来吗？这种最早的试验，说明中国的政府已经明白搞计划经济，政府给企业当婆婆的做法不太高明了。正是从这种反思和纠正开始，让中国的国有企业开始踏上了富有生机，追求经济效益的起跑线。

第二个阶段，在企业自主权扩大的基础上，国家又在国有企业进行了不少改革。诸如对企业的承包，诸如实行岗位责任制，实行上不封顶的经济奖励制，把企业和职工的经济利益，和干部职工承担的经济责任，以及企业的整体经济利益联系了起来。那时叫砸大锅饭，可以说也是对多年来平均主义的一次大冲击。

以我的看法，现在随着中国政府将计划经济向市场经济的过渡，随着这些年在国有企业改革中积累的正反两方面的经验，中国国有企业的真正改革正在进入第三个阶段。国有企业真正成为自主经营，自负盈亏,自我发展和自我约束的法人实体,真正进入市场的局面正在一步步形成。

问:请问杨先生,您以一位海外实业家的眼光看中国的国有企业改革,您认为当前存在的主要问题是什么?

答:我想主要存在以下几个方面的问题。

第一是政府机构的职能改革跟不上去。在计划经济时代,政府官员的权大得很,一句话或一个文件,不但可以决定一个国有企业的领导人选,还可以改变企业的生产内容。企业的领导人只要对政府负责就行了,乌纱帽就丢不了。在经济转型期,旧的体制势必还要以种种方式对新的改革进行抵制和抗争。有的政府机构精简了,但只是牌子换了一下,有的机构趁着还有权,利用权力去做生意,实际上对自己管辖的企业进行了剥夺。这种权力的干涉,直接破坏了企业真正进入市场。比如有的企业为了能适应市场竞争的需要,想进行技术改造,从立项到批准,层层是关口,图章盖了一个又一个。每个有关部门都不能拍板,但每个有关部门都有否决权。我在美国就碰到大陆一家国有企业的代表团,是到美国购置企业的技改设备的。结果这个代表团十八个人,十六个全是各个主管部门的行政领导,剩下两个是企业自己的人,一个是党委书记,另一个才是厂长。连厂里的总工程师都去不了,你说这设备购置中让谁来把技术关呀?有的外国商人,也正是瞅准了这个空子,把旧的、坏的技术设备当成新的和好的卖给中国有的企业。这种故事,诸位一定比我听到的多。再比如有的企业早已资不抵债,本来就该破产了。但一破产,当地的政府就有责任,于是就靠贷款年年维持也不能让破产。企业的头头脑脑照样坐着小车,要不就活动着去异地做官,结果这个企业这届政府推到那届政府,这个厂长交给那个厂长,这种企业龙城有没有我不敢妄言,但在其他省市我是确实见过的。

第二是各种经济立法还没有健全完善。中国正处在一个社会转型期,没有完善的经济立法是可以理解的,却是不可为此就忽视和任其缓慢下去。在世界上其他一些经济发达的国家和地区,各种经济立法是很严格的,也是极全面的。为了使企业成为一个独立的生产者和经营者,有企业法;为了有一个中央能调控的有效的金融体系,有银行法;为了保证国家的财政收入,有税收法;为了保证劳动力素质的提高和劳动生产率在科技保障下的增长,有企业教育法;为了保障劳动者在企业的优化组合,同时也保障劳动者就业时和失业后的种种基本生活待遇,有社会保障法。如此等等,林林总总,各种健全的法律就能保证让企业甩掉现有的种种负担,比较自由也比较轻松地进入市场经济的平等竞争之中。

第三是当前的社会保障体制和建立跟不上企业改革的步伐。过去的国有企业,每个企业都是一个社会,有学校,有幼儿园托儿所,有医院,还有职工的住房啦,职工的生老病死啦,企业全得包下来。中国又人多,最不缺的就是劳动力,于是就人多力量大,一个人的活儿十个人干,十个人的活儿要一百个人干。机关人浮于事,企业也是人浮于事。有的企业人数越来越多,包袱越来越重。跟打仗一样,人家是轻装上阵,他那里是老牛破车,像三国演义中刘皇叔走新野一样,妇孺老幼跟了几十里,你说他还能迈开大步?

第四是个关键问题也是个敏感问题了,那就是腐败。中国的国有企业和政府有着行政上管理上的种种关系,加上监督体系的不善,企业成了官员们谋私的仓库,企业的领导为了自身的利益,成了政府某些腐败分子的私人管家。工人们是当家不主事,主事的企业领导是只对上级政府的官员负责。整个社会对政府官员的监督体制不健全,在从阶级斗争转入经济建设后又没有遏制住拜金主义的盛起,贪污和腐败就成了一个突出的社会问题。有人说中国的腐败不得了啦!其实贪婪之心人皆有之,腐败之事,国皆有之,关键在于你能不能根除和敢不敢根除。好在中国的党中央正在不断加大反腐败的声势和力度,用一句老话来说,叫作道路是曲折的,前途是光明的。

问:你认为中国的国有企业进入市场的关键是什么?

答:自从有了人类社会,从原始社会的自然经济开始,就有了原始的市场经济。 中国搞了许多年的计划经济,有的人口头上说是进入市场经济了,但在思想深处的潜意识中,还停在计划经济上。海外的华商们对邓小平1985年8月28日会见津巴布韦非洲民族联盟主席、政府总理穆加贝时的一段谈话很注意。邓小平说:"社会主义是什么?马克思主义是什么? 过去我们并没有完全搞清楚。"无产阶级闹革命的目的,绝不是继续过穷日子。中国要搞的市场经济,也绝不是要导致两极分化。所以要让国有企业的职工明白,而且要在实践中真正做到企业富了职工也能富,从而提高企业职工与企业同生死的命运感。对企业的干部,一定要打破一个不行上级再任命一个的做法。

我个人以为,在企业的财产组织上,可以使国有企业变成国家控股的股份制企业。企业还可以利用部分土地、厂房,以及知识产权等,与外资结合,将国有企业改造成合资企业。我们杨氏集团在龙山湾兴建的大型橡胶制品基地,走的就是这种模式。

多年来,中国的国有企业如何深化改革,走出困境,从政府到各界有识之士都是十分关心的。因为以中国的经济现状而言,国有企业虽然面临着许多困难,但它们仍然处在中国经济的主体位置上。国有大中型企业通过改组股份有限公司,建立现代化的企业管理制度,一定能继续以各种经济成分中老大哥的身份,为中国的经济腾飞做出新的贡献。

问:请问杨先生对世界经济的发展有何预测?

答:我以为,将来在一个不短的时期内,世界经济的发展,将主要表现在中国经济的发展上。我曾在年初与美国政府的几位高级经济顾问进行过会谈。他们认为,在今后的二十至三十年内,中国是一个在经济上可以保持高速发展的国家。人民币现在已经进入了国际市场。中国的改革使广大的老百姓受了益处。现在就是有人要搞倒退,甚至还想搞"文化大革命",我看老百姓首先就会抵制,就会不答应。中国必须稳定,只有稳定,才能使中国的经济持续发展。我认识的许多外国大商人和不少海外华商,现在都在往中国跑呢。包括我,不是也坐到这里来了吗?为啥?说明中国也有了市场经济,也可以大把地挣钱了。以中国的经济发展的速度和蕴藏于中华民族内部的不甘后进的爆发力,21世纪必然是以中国为经济主导的世纪。

他山之石,可以攻玉。笔者将这次访谈整理成文,供有志于国有企业改革的各方有识之士参考。

十二点前,曾华写完了这篇文章。

将这篇文章打印出来,再浏览一遍,曾华突然觉得十分可笑。我这是在干什么呀?李小海办刊物的动机很明白,是要赚钱呢。《龙族》算个啥刊物呀?既不是官方的喉舌,又不是发行量大影响面广的杂志,一本靠蒙海外财主掏钱的内部刊物,登这种文章是让政府官员看呢?还是供国内企业家们学呢?我倒好,美滋滋兴冲冲地还"他山之石,可以攻玉"呢!还"供有志于国有企业改革的各方有识之士参考"呢!

中国的文化人总是有一种经邦济世的使命感,曾华也不能例外。牢骚话是要说的,动机有时也并不高尚,但具体到做起事来,偏又认真得绝不能欺骗自己。看着打印好的这篇文章,曾华安慰自个儿说,我主编李小海办的这份杂志,将来拿他李小海的钱时,也得对得起读者,对得起自己的良心才行。一本刊物,全登上些歌功颂德的大话空话,和华而不实言之无物的内容,那我当这主编的行为,与在大街上乞讨和行骗又有啥区别?

如此一想,便觉得今晚的加班还是值得。

42

饭吃完了,工作也安排完了,温玉倩还是不想回家。

她坐在自己的办公室里,一个人呆呆地想开了心事。

今天的《龙城日报》上有一条简短消息,说要在龙山湾投资的南洋杨氏集团总经理杨儒荫已经飞抵龙城。他既然来了,作为龙山乡的乡长和龙山开发区的副总指挥,她能不和他见面吗?一想到那个场面温玉倩的心里就发慌。

他还认识我吗？他要认出了我还愿意和我相认吗？他知道不知道他留下了一个自己的女儿？知道不知道我和女儿那些年是怎么活过来的？也许他根本就不认识我了呢！也许他认出了我也要故意做出不认识的样子呢！不，说不定他来投资正是冲着我来的呢！不对，我这全是胡想哩。他又不知道我还在龙山湾生活，怎么会冲我来呢？要冲我来，为啥不先找到我再说？可他怎么能找到我呢？他怎么就找不到我呢？国家开放都这么多年了，他要找我，早就回龙城来了！他的身份早已变了。我全是胡想呢，他来龙城投资和我一点都没有内在的关系。他是要表示一种衣锦还乡，要在当年受过屈辱的地方，显示一下自己如今的荣华和富贵。要真是这样，即便他还认识我，我又有必要与他相认吗？

思想上真乱。

乱得理不出一点头绪来。

不知过了多久。她听见有人低声喊她。她回过头去，才看见李老汉正站在她的身后。

她急忙伸手理理散在鬓角的一缕头发，似乎想掩盖自己的心事。她当初来龙山湾插队时，还年轻的李老汉，就是乡革命委员会的勤杂工。这院子里的干部换了一茬又一茬，她过去的那些事儿，别的干部不晓得，这李老汉的心里可是清清楚楚呀！

这李老汉是啥时进来的？看他那样子，好像有话要说呢。

温乡长……

李老汉欲言又止。

你坐，你老坐呀。

虽然温玉倩让他坐，李老汉却坚持站着，就是不坐。

有事，你就说吧。

温玉倩心想，这老人不定有啥事不好开口呢。

温乡长，刚才电视里……电视里演了……

她还是不知道李老汉说的是啥事。乡里的那台电视机就在会议室里，别的干部要加班时，不能回家，晚上就先坐进会议室里看新闻。李老汉每天都在,那台电视每天最固定的观众就是他。他光棍一个,这个院子就是他的家,加班的干部们一般看完新闻就走了,那台电视机的保留观众也天天是他。

电视里演啥了?她问。

演了他了。

谁?

就是来给咱们投资的那个人。

你是说杨儒荫?

对,对,他正和记者们说话呢,程副市长还坐在一边陪着。

是记者招待会?

我也不知道是啥会,我想看电视剧呢,可人家干部们要看新闻。他们就打开了新闻,我正准备走呢,等他们看完新闻去加班时,我一个人看电视剧也就没人和我争了。我一个下人,可不能和干部们争着看电视,干部们一个个多忙呀,我又没事儿加班……

温玉倩知道李老汉说着说着就会越扯越远,便打断他的话说,你说你看见他了?

对,对呀,就在电视里看见他了。

温乡长,我一直听完他说话,等那个节目完了我才过来。他一句也没有提在咱们龙山湾待过的话。

温玉倩抬起头来,他从李老汉的目光中,看到了一种发自内心的关切。

温乡长,刚才看电视的那些干部们全不认识他,干部们来来回回地换得快呀。可老百姓没有地方换。村子里比我大些和比我小些的人,哪一个能不认识他呀?温乡长,我是怕,怕你心里不好受。他是来给咱龙山湾送钱来了,可要是……要是……

她被感动了。她明白这个老人的用心了。

李老汉又说,温乡长,你是个好官,我在这个院子里见了多少个乡长大的官,那阵子是公社,叫社长,后来是革委会,叫主任,不论叫啥,那官全和你一样大,我也一个个地数不过来了。我这把年纪的人说话,说错了你也不要见怪。我……我……

你说吧，我明白你的好心。

九斤是个好人，你那个闺女也是个好娃，我是怕……唉！

温玉倩急忙对李老汉说，都多少年的事儿了，我的家不会有啥事儿的。

那你……不会因为避这件事儿，调走吧？

温玉倩笑了，连她自己也觉得笑得很难看。

她说，龙山开发区刚刚搞起来，我能调走？再说，我的家就在这儿，我往哪儿调呀？

她又安慰了李老汉几句，李老汉这才转身出去。临出门，又转回身来低声对她说，温乡长，你也快点回家吧。弄不好，九斤也在电视里看见他了。九斤心重，这事儿，只有你能开导他。

望着李老汉的背影，温玉倩的心里暖烘烘的。她突然觉得自己刚才的那许多想法，也有些太女人气了。不管怎么说，杨儒荫能回来，能给龙山湾投资，这总是件好事呀！说明他这些年过得好，说明他还没有忘了龙山湾，也说明国家现在的政策好了，龙山湾的条件也好了。有这么多好，为啥还要想自个儿和他过去的那点儿不好呢？为啥还要因为自己和他过去的恩爱，影响自己眼下的工作呢？杨儒荫呀杨儒荫，你这些年是怎么过来的？你心里还记得我吗？你真该早些回来呀！不，你根本就不该再回来呀！我不能这么想。他回来是给龙山湾投资的，我这么想不是太自私了吗？不管他怎么样，我一定要大大方方和他见面，如果他愿意，再大大方方和他谈谈红儿的事。红儿是他的，但红儿是九斤给养大的，他万一提出要认红儿，那我可不能答应。

她便想到了李老汉出门时对她的提醒。九斤这些日子心里就不痛快，今儿要也在电视里看见了杨儒荫，他还不定会怎样想呢？

我必须回家，赶快回家，再不能让九斤增加负担了，我得把所有的痛苦一个人承受下来，不能分给丈夫，更不能分给女儿，温玉倩想。

王九斤确实看到龙城台的新闻节目了。那节目让他再也吃不下饭去了，放下饭碗，一时间变得六神无主。那个杨儒荫会不会来龙山湾？会不会找我和玉倩来要他的红儿呢?

王九斤便觉得自己真是命苦。苦日子过去了,好日子到来了,偏偏又让他遇上了这事儿!他蹲在地上,苦苦地想心事,一锅子接一锅子地抽那苦涩的旱烟。妻子回来了,他不动,也不吭声。

温玉倩没有多说话,先去厨房里收拾了一通,才回到屋里,想和丈夫好好聊聊。要在以往,厨房里丈夫早就收拾过了。就是还没来得及收拾,丈夫也不容她伸手。可今晚丈夫一直蹲在那里,既没有收拾厨房,看她去收拾时也没有去拦她。

妻子已经坐到他的身边了,他才冷不丁地开了口:他来了。

你看过电视了?

王九斤点点头又问,他会不会来咱龙山湾?

他又不是老虎,你还怕他吃了你?

温玉倩故意用这种开玩笑的话,想冲淡方才两个人这种冷冷的对话。王九斤却叹了口气,并没有被妻子的玩笑话逗乐。

良久,他才说,是咱龙山湾对不起人家呀,要不……

温玉倩说,都过去的事了,你想它们干啥? 要不是你,他这回来龙城,怕想见还见不到我呢! 他要真的还记得当年和我的那些事,就得感谢你才是。

王九斤抬起头,看到了妻子温柔的目光。

你说,他会不会认咱们的红儿?

温玉倩知道这件事在丈夫心中是个难解的结。自从女儿上次回家,说到来龙山湾投资的人是杨儒荫之后,这个难解的结就结在丈夫的心头了。面对这个陪伴了自己多少年的男人,温玉倩深深地了解他对女儿的爱。女儿的身上流着的不是他的血,但女儿身上的每个细胞里,几乎全渗满了他的爱啊。

你放心吧,他就是要认,我也不让他见咱们红儿的。

她说这话,本来是想安慰丈夫的,却看见王九斤摇了摇头。

温玉倩一时解不开丈夫心中的谜了。

玉倩,王九斤站起来,拉过一把椅子来,坐到了妻子的对面,看来,他想正儿八经地向妻子吐一吐心事。

这些天，你也知道，我心里难过呀。刚才，我在电视上看到他了。这么多年了，可他那样子并没有大变，我一眼就认出他来了。我原以为咱红儿那些话是外面的人们诓传哩，可今儿在电视上一看见他，我就知道老辈人们的话算是说对了。三十年河东三十年河西，世道转来转去的，又该转到咱这龙山湾的风水宝地旺旺地发一发啦，要不，当年把人家害成那个样子，人家还能再回来？还拿上那么多钱给咱这儿办事？你当年和他是真好哩，又是同学，又都识字知理，肚子里文化水水多，你们谈恋爱，讲的是感情……

九斤……你……

她不知丈夫为什么要说这话。

她想打断他的话，他却反而打断了她说：

玉倩，你听我好好给你说一说嘛。

温玉倩只好听下去。

那阵子是啥世道？要不是那世道，要真是赶上了现如今改革开放的好世道的话，你俩不是般配的一对吗？就在那世道里，我和你站在一起，也不般配。不用你说，也不用咱村子里的别人说，我自己，心里明白。说我救了你，后来娶了你，那不假。可要说我是趁火打劫，要没经过那年月的人听起来，也信。不管旁人怎么说吧，反正这么多年了，我是你的男人，你是我的女人，你让我有眉有眼地好活了这么多年。我不会和你说啥的感情，但我心里时时放着你，一时一刻也离不了你呀。

温玉倩几乎要哭了。

玉倩，这些日子我也想过，你都是公家的官了，可我是啥？还是个只会种地的老农民。我有时真想让你离开我，你是场面上的人，我是你的男人，可是在场面上没法子给你撑面子呀。可我又怕你真的离开我。你要真的离开了我，我……我真怕我……

九斤，你别说了，我不会离开你的，一辈子不会离开你的……

温玉倩再也无法克制自己，一头扎在丈夫的怀中大哭起来。

玉倩，玉倩，你怎么了？是不是我说的话不对？我，我说的全是真话呀,你要生我的气,就骂我、打我……

温玉倩却哭得更伤心也更舒畅了。

自己的男人方才还说他不会说感情话呢,可他方才这话,哪一句不是情真意切?哪一句不是感人肺腑?他说他离不开我,难道我就能离开他吗?她感到自个儿的男人紧紧地抱住她了。她觉得自个儿的男人命苦,但人真好。

玉倩,玉倩……

王九斤轻声呼唤着她,捧起她的头,用他那粗糙的手,抚去了她脸上的泪花儿,又自顾说下去:

我原先就怕咱的红儿知道了我不是她的亲爹。村子的人们心好,谁都没有给她点破。要是这辈子杨儒荫不回来,也就罢了。可人家回来了,我不能坏了心。你本来就是人家的女人,你现在跟上我了。我舍不得你,也知道你不会丢下我的。可红儿是人家的女儿,我不能让红儿不认她的亲爹!

九斤,你……

丈夫这话让温玉倩出乎所料,她知道丈夫平时话不多,但那话只要说出来就不准备往回收了。他刚才这话,不定在心里来来回回地翻了几个周折了,真是难为了他呀。

早已想定了主意的王九斤又说:

玉倩,你听我的吧,以后你见了他,就看他是个啥想法吧。只要他想认红儿,你就让他认吧!那世道对不起人家,世道好了,我再不让人家亲骨肉见面团圆,我王九斤还算个人吗?这天底下还有个公道吗?

说这话时,这个男人的心里痛得滴血。

温玉倩被深深地感动了。

天底下,还有这么好的男人吗?

王九斤呀王九斤,你真是条顶天立地的汉子!

第十一章

43

平心而论,贺晓燕的安排很公道。

杨儒荫头一天来龙城,让市委市政府的头头脑脑们,到他下榻的金龙大酒店去拜会他,并设宴为他接风。第二天,杨儒荫在金龙大酒店接见程国庆,主人是杨儒荫。下午程国庆主持记者招待会,地点放在市政府,主人就是程国庆了。以此下推,龙山开发区总指挥部的全体领导与杨儒荫见面,地点是在金龙大酒店,而最后正式签署有关文件的仪式,地点是在市政府小会议室。这种安排,程国庆完全同意。

平心而论,程国庆的秘书在通知各位副总指挥时,也交代得清清楚楚,时间是今儿上午八点整,内容是指挥部全体领导与杨儒荫见面,地点是金龙大酒店贵宾接待厅。

但温玉倩却没有接到这通知。

绝不是秘书敢自作主张,违背总指挥的安排不去通知温玉倩。秘书记得清清楚楚,当程副市长让他通知各位副总指挥今天的活动时,程副市长先强调了时间观念。程国庆对他说,你记住,一定要让大家八点准时到,咱们和外商打交道,人家有时间观念,咱们也不能随随便便。八点开会九点到,十点不误听报告。谁明天要是犯了这号毛病,你告诉他,先把检查写好再迟到。

温玉倩呢?她那么老远的,再说,她是个乡长,又没有专车,是不是就不用通知她了?

是秘书先提出不通知温玉倩的。他当时这样请示程副市长,是带着明显倾向性意见的请示。

程国庆想了想说,按说,是应该通知她的,不过嘛,活动安排上有一项是去龙山乡,她这回不来也行。再说,她和其他副总指挥们的级别也不一样,你就看着办吧。

有程国庆这句话,秘书就看着办了。

这天早上,程国庆七点半就到了办公室。他等了五分钟,秘书才到。给秘书安顿了一些上午要办的事儿,程国庆最后才问副总指挥是不是全通知到了?秘书就说,除了温玉倩,我全通知了。程国庆当时也没有说什么,马上坐车去金龙大酒店。

由于地点定在金龙大酒店,贺晓燕又是早早地在前厅里恭候着程国庆。她告诉程国庆,今天杨先生和大家见面,只是相互认识一下,随便聊聊,中午杨先生还要请大家在金龙大酒店吃一顿。但程国庆和贺晓燕全没有想到,原先安排了一上午的活动,不但让杨儒荫擅自草草结束,而且下午原定的活动,杨儒荫也一人做主做了修改。

本来气氛是很好的。

本来杨儒荫也没有想到要变动双方认定的活动安排。

八点整,除了温玉倩,龙山开发区的总指挥和各位副总指挥就全部到齐。大伙坐在贵宾接待室里,等着和杨儒荫见面。贺晓燕去请她的老板,这功夫,不知谁就说了一句:怎么温乡长还没有来呀?

有一位就开玩笑说,她这回来,不会也给杨先生背上一包大红枣吧?

又有一位说,乡里的干部嘛,你让人家拿啥?

副总指挥们就笑,连程国庆也被逗笑了。

杨儒荫就是这时在贺晓燕陪同下进来的。他先和早已相识的程国庆握手，又在程国庆的介绍下，与其他副总指挥们一一握手。大家就座，杨儒荫便先开口说，刚才我进来时诸位笑得好开心，有什么好事，诸位是不是也让我开心呀？

话题一开始就很轻松，程国庆很高兴。

他便说，杨先生，刚才大家是说到了一包大红枣。

杨儒荫说，大红枣？大红枣可是好东西呀，在我们东南亚，大红枣是很值钱的哟！以后龙城的大红枣可以出口东南亚，大家发财啦。

大伙儿就笑。笑声中就感到杨先生平易近人。

程国庆接上杨儒荫的话题说，要早知道杨先生也喜欢大红枣，真该通知一下温玉倩，让她今儿也来，再带上一包大红枣。

什么？什么？程副市长刚才是说谁？让谁带一包大红枣？

见杨儒荫对这个话题挺感兴趣，程国庆只好做点解释。他说龙山成立开发区总指挥部以后，龙山乡的乡长温玉倩，也在指挥部挂了个副总指挥的职务。指挥部第一次开办公会，温玉倩就给大伙儿背来一包大红枣。他说杨先生方才的建议很好，龙城郊区盛产红枣，以后可以组织一下，抓一抓红枣的出口……

他还想就红枣问题再谈点认识，杨儒荫突然打断了他。

请问，你说的那位乡长，名字是哪几个字？

程国庆讨好地说，温暖的温，玉石的玉，倩影俏丽的倩。

这位乡长是不是一位女士？杨儒荫又问。

程国庆说，杨先生久居海外，对中国的这种名字，一听就能判断出是男是女，杨先生真是有学问的人呀！

听了这种夸奖，杨儒荫既没有表示谦虚，也没显示出高兴，而是继续追问道：这位乡长是上面派去的？还是土生土长的？

程国庆只好解释说，对这种基层干部，我也不太了解。听说，她以前是在龙山湾插队的学生，提拔这种干部，是区上的事儿，市里不过问。

程国庆记得很清楚，他当时就看到杨儒荫的脸色一下子变得很不好看。

紧接着杨儒荫就问,她今天怎么不来呀?

程国庆就说,是没有通知她。

为什么呢? 杨儒荫追问不舍。

程国庆惯有的思维便起作用了。他说,她不过是个乡长,这种场合,她不来也好。

这话分明让杨儒荫挺反感,而且反感得十分厉害。他没有想到在这种场合会突然听到温玉倩的消息。温玉倩竟然做了乡长,这是让他没有想到的。这种暗暗在心底油然而生的高兴,被程国庆那种看不起女乡长的口气激怒了。他强忍住不快,再没有多问,但那不好看的脸色却没有恢复过来。后来便聊其他的事儿,聊了不一阵子,杨儒荫就提出结束这次见面了。他先是客气地说感谢指挥部的诸位领导来看他,又客气地说自己的身体不适,今天的见面是不是到此结束? 贺晓燕已经看出她的老板神态不对,又不明原委,见杨儒荫给她递来个眼色,便站起来说,程副市长和诸位领导,今天的见面就到这里吧。

这种变故程国庆不知为何原因,其他副总指挥们更是一个个莫名其妙。

杨儒荫也站起来了,分明是要送客。

程国庆就对贺晓燕说,贺小姐,下午的活动……

按贺晓燕原先和程国庆的商定,下午是程国庆陪同杨儒荫游览市区。

贺晓燕已经觉察到杨儒荫的异常,便用目光去征询自己的老板。

她没想到杨儒荫脱口而出:下午的活动免了吧。

程国庆觉得有些无法忍受了,定好的事情,不私下商量,就这样随意改变怎么行呢? 他正想向杨儒荫提出委婉的意见,不料杨儒荫却先向他提出了自己的建议:

请程副市长安排一下我和那位温女士见面吧。

程国庆说,按咱们的计划,明天去龙山开发区视察,是不是明天请她向杨先生具体介绍一下情况?

杨儒荫略一思忖,摇摇头说,我和诸位全见过面了,我想下午单独见一下温女士。

程国庆说,可她……她……

杨儒荫冷冷地说,没什么,我可不计较什么官职。

这话针对什么,众人不言自明。

程国庆也觉察出自己方才话里的不妥之处了,他想解释,想坚持自己的意见,同时也保住自己的面子。他认定这位来投资的大老板是在挑他的刺儿呢。他以为是因为他没有把手下的副总指挥们全带来,杨儒荫才用让温玉倩单独来和他见面,表示对他失礼的一种抗议。

他再次解释说,她那地方路远,今儿上午没通知她来,绝不是因为什么官职……

杨儒荫于是就顺上程国庆的思路,再次打断了他的话,十分傲慢地说,今儿上午我是和总指挥部的全体领导见面的,既然你安排时缺了一位,下午我们补上就是了。

不等程国庆再说什么,他又转身对贺晓燕说,这事儿,你再和程副市长检点一下吧。

说罢便向程国庆伸出手去,又和其他副总指挥们一一握手,然后自己先离开了贵宾接待室。

程国庆觉得很扫兴。

其他副总指挥们也觉得很扫兴。他们在走出金龙大酒店以后就开始嘀嘀咕咕。有的说这位姓杨的大老板太牛气,也有点太傲慢了;有的说也不能怨人家杨先生,说好和指挥部的全体领导见面,为什么咱们要缺了一位副总指挥? 还有的说全怨程副市长的官本位,以为人家温玉倩是个乡长,可没有想到让杨先生挑了眼儿。当然,这些议论在各人钻进自己的小车后就宣告结束,程国庆一句也听不到。

程国庆没有随别的副总指挥们一道出来。他请贺晓燕留步,他希望能弄清杨儒荫犯了什么病? 但被他叫住的贺晓燕却先责怪了他一顿:

程副市长呀,你应该承认你的失误才对,杨先生说的是中国话,可他毕竟是个外国人呀。你们计较官职,可杨先生计较的是信用。说好是和总指挥部的全体领导见面的,你怎么能不通知温乡长呢?

程国庆只能怪自己这事儿没有办好。

贺晓燕对程国庆的那种埋怨和解释,不过是她的一种猜测。她将责任全推给了程国庆,转身就去找杨儒荫。她问杨儒荫下午会见龙山乡的乡长时,需要做什么准备?杨儒荫说什么也不需要。

贺晓燕愤愤地说,他们也太不尊重咱们了,我是不是找程国庆提出我们的意见,让他们杜绝类似的事情再次发生?

杨儒荫摇摇头。

贺晓燕又说,本来是他们的失误,可闹不好,那位温女士还以为是我们因为她官小,没有安排她见面呢。下午你们会面时,我是不是需要出面给她解释一下?

杨儒荫很满意贺晓燕这种细心,但又不想让自己的心事被贺晓燕知道,便说,我只想让程国庆知道,我是不以职位高低待人的。下午的会面,你就不用参加了。

打发走贺晓燕,杨儒荫一个人静静地待在屋子里,重重的心事,让他觉得时间犹如凝滞了一般。下午就要见到温玉倩了,这可真是意料之外的事儿呀!他突然觉得应该感谢程国庆才对。如果不是他的那种等级观念,如果在上午的那种场合突然见到了温玉倩,众目睽睽下,那种难堪和失态岂不会引起众人的猜测?

完全不知杨儒荫这个秘密的程国庆,一回到办公室,就将一肚子火气,全出到了秘书身上。

我问你,温玉倩今儿上午为啥不来?

我……我没有通知她呀。

你为什么不通知她?

……

秘书无言。秘书无法解释。他请示过程国庆,副市长是点过头的。但此时如果辩解,那还能算个好秘书吗?

程国庆的火气越大。

办事不周,你这是办事不周呀!

程国庆拍着桌子生气。

我……我……

秘书还想解释。

你给我马上通知温玉倩,叫她下午去金龙大酒店去见杨先生。

程国庆又拍着桌子下达了这个指令。

下午?下午不是你陪杨先生……

改啦!

看着副市长那脸色,秘书不敢再多问半句。

你务必通知到……你干脆现在就动身,去车队要辆车,亲自把她接来,两点半,把她送到金龙大酒店。

秘书点点头,立即转身去执行这件意外的任务。

44

自从开始执行父亲关于在龙城投资的决定,杨儒荫就想到了要寻找当年的恋人温玉倩,且多次设想过见面的情景以及要说的话。与他一样,自从知道了要在龙山湾投资的大老板是杨儒荫,温玉倩也多次设想过见面的情景和彼此要说的话。可以说,对这次相见,两个人都有足够的心理准备。但当两个人见面的那一刹那间,太多太深的往事却如骤然而来的狂涛,将这种准备全部冲溃,只留下了一种尴尬,似一道大墙,立在了两个人之间。

似乎早已想到了这种尴尬,温玉倩被程国庆的秘书送到金龙大酒店之后,便请这位秘书先回去,然后她才敲响杨儒荫那套总统套房的屋门。

当杨儒荫打开房门时,她便看到了一张已经不太熟悉的面孔和身影。这面孔和身影与心底那十分熟悉的面孔和身影渐渐吻合了,重叠了,而同样呆呆地望着她的杨儒荫,也正在用心底那个年轻美丽的女人形象,与面前这个中年女士的形象彼此叠印着,一时竟忘了请这位久等的客人进屋。

是温玉倩首先打破了这种无言的对视和打量。

杨先生不准备让我进去吗?

这话如狠狠的一击,击醒了杨儒荫。

请请请……他连连说着请字,将温玉倩让进了屋子。

温玉倩是第一回进这种豪华的总统套房,她默默打量了一下眼下的环境,随杨儒荫走进了一间会客室。她坐到了一张沙发上,杨儒荫便坐到了她对面的另一张沙发上。

喝茶,喝茶,是我刚才刚刚冲好的。

杨儒荫指指两个人面前的茶几,上面有两杯热茶,还有一包三五牌香烟。

温玉倩没有动那杯子。她看见杨儒荫在伸手指那茶杯时,伸出的那只手在微微颤抖。

她尽量将平和的目光送向面前的这个男人。面对这平和的目光,从来习惯于颐指气使的南洋杨氏集团的总经理,却不由得低下了头。

我……我可以抽支烟吗?他翻起眼皮,瞅了一眼温玉倩,又避开了那两道平和的目光。

客随主便嘛,温玉倩说。

她看见面前的这个男人从茶几上取出一支香烟,点着,狠命地吸了一口。那苦辣的烟味显然起到了一种镇定的作用,她看见面前这个男人的手不再那般微微颤抖了。

平时极少吸烟的杨儒荫,又狠狠地吸了一口烟,抬起头来。这回,他的目光和面前这个女人的目光相撞了。在那平和的目光中,他没有看到哀怨,也没有看到责备。他在烟灰缸里摁灭了手里的那支香烟,感到心里平静了许多。

你,你谈谈条件吧。

让对方谈谈条件,是他这么多年来处理各种棘手的事儿时,惯用的也是最起作用的一招。无非是一个"钱"字。无非是多付对方一些钱而已。事后连杨儒荫自己也不知道,当时怎么会突然冒出了这句话?他后来曾多次为这种潜意识的反弹而后悔不已。甚至感到了自己人格的低下。然而他当时却就是这样说了。在惯性思维指导下突然说出"谈谈条件"的杨儒荫,看见温玉倩的脸上即刻间出现了莫名其妙的神色。

他听见面前的女人开口了：

条件？什么条件？

温玉倩确实不知道杨儒荫突然说出的这句话是什么意思。就在她准备敲响杨儒荫的房间时，她还在想这个男人也许会向她忏悔，或者向她解释。她绝没有想到这个男人会让她谈谈条件。她甚至在一刹那中产生了错觉，认为杨儒荫要避开往事和她谈在龙山湾投资的条件了。如果是那样，温玉倩也许不会流泪的。如果他能忘掉过去，她还有什么不能忘掉的呢？

她一点也没有想到杨儒荫开口解释他的那句话了，她听见他说：

你说吧，让我怎么偿还你都可以。

杨儒荫在说罢这句话后，就看见温玉倩平和的目光一下子消失殆尽。温玉倩受到了刺激的同时，也受到了伤害。她的眼中突然就涌出了眼泪，想止也止不住。

你……你……

痛苦让她说不出话来。

他不知该怎么劝慰她。

她却越哭越伤心。

杨儒荫的话深深地刺伤了她。原来他是要让我向他提偿还的条件哩！她终于止住了痛哭，用充满愤怒的目光盯住了面前的男人。她看到了一个漫长的岁月。漫长的岁月已经改变了她，也改变了这个男人。她突然觉得，当年自己曾倾心倾情倾身的那个杨儒荫已不复存在了。她的面前，是一个海外的大老板，是一个只懂得用金钱来计算一切的陌生的男人。

她将心中猛生的愤怒一吐为快：

如果你不是来龙山湾投资的投资商，如果我不是龙山开发区的副总指挥，不是龙山乡的乡长，如果你仅仅是想偿还我点什么，我……我是决不会来和你见面的！我当年认识你时，绝没有想到会有今天。我当年催你逃离龙山湾时，也绝没有想到会有今天。如果我知道你今天会用"偿还"两个字来抹掉过去，我当年何必要付出呢？偿还，你能偿还得起吗？我知道你现在有钱,不是到我家里吃一顿细粮都感到满意的那个杨儒荫了,也不是揣上我省下的窝窝头,连夜出逃的那个杨儒荫了。你是大老板,住这种龙城最好的房子,龙城市的市委书记和市长们欢迎你,为你设宴接风,报上为你发消息,电视台为你拍新闻,你确确实实不是当年的那个杨儒荫了!亏你能说出让我谈谈条件的话来!我曾经有过的爱,我曾经有过的恨,我曾经有过的青春和光阴,你以为用你的臭钱就能偿还得起吗?

真是山呼海啸。

温玉倩在与杨儒荫见面前,从没有想到会冲这个当年自己那样喜欢过的男人,说出这么一番话。

杨儒荫感到无地自容。

在杨儒荫的种种设想中,与温玉倩的见面绝不是眼下的情景。他曾想到她会痛哭,会在痛哭中埋怨他,甚至会一见面就向他提出种种条件。比如让他带她出国,比如让他给她一大笔钱。他毕竟欠温玉倩的东西太多了。他甚至想,对温玉倩提出的种种条件他全部答应。他只是没有想过自己会说出那么蠢的话来,更没有想到温玉倩会如此这般地将他推到审判席上。

温玉倩站起来了。

她镇定了一下自己的情绪,又尽力改用了那种平和的目光看着杨儒荫说,我和你绝没有什么条件好谈,如果没有别的事,我要告辞了。

杨儒荫急了,一下子起身拉住了温玉倩,又绕过茶几,扑通一声跪到了她的面前。他此生还从没有下跪在一个与自己有过肉体关系的女人面前,但现在却身不由己地跪在了温玉倩的面前。

玉倩,你原谅我,原谅我吧……方才,我……我那些话……你知道,我其实不是那么想的……

温玉倩没有动,他不想理这个男人。

玉倩……玉倩呀!

她看到杨儒荫的眼中涌出了泪花儿,被那泪花儿笼罩的,是一对含满了愧疚的眼珠子。她的心里难受极了。这种眼神,才是她期盼的啊!而它却此时才出现,对温玉倩来说,杨儒荫的这种眼神出现得太晚了。

她不由得一把扶起了这个男人。

请你不要走,请你听我说,请你原谅我刚才的那些话吧……

那神态,那语调,简直是在向温玉倩乞求了。

温玉倩原谅了这个男人,重新坐到了沙发上。

杨儒荫也回到了自己的沙发上,却一直不敢正眼看面前的这个女人。往事如抑制不住的喷泉,从他的心底突突地往上直冒。往事也如龙河水哗哗而去,冲过了温玉倩的心头,让她无法阻隔。

他开始了喃喃的叙说,叙说他当年如何历尽了千辛万苦,才回到了马来西亚;叙说他如何求助于自己的父母,而父母却无意也无力向她伸出救援之手。在这种喃喃的叙说中他开始解释,为什么他在离她而去后那么久,才给她写去了那样一封信。

他哭了,掏出手帕来擦掉了眼中的泪珠。

他继续喃喃说,那时马来西亚和中国还没有建交,我将我们的事儿全告诉了父母亲,可是……可是……

她一直听着,听他提到了那封信,不由得想起了当时接到那封信时的种种情景。她终于开口了,平和地说,那时,我并没有怨你。

他抬起泪眼看她。

她说,我那时真怕你走不了,或者出了什么事儿。

他说,是我害了你。

她摇摇头,又说,是那个时代害了我们。

她忘不了那封信。她就是在收到他的那封信后,才在那个她同样难以忘怀的晚上,将自己的身子给了第二个男人,并从此再没有离开那个男人。

他说,我能想到,你为我受了许多苦。

她便问:你难道是为了过去的那一切才来投资的?

这回是他摇头了。

我想知道为什么?她又问。

他说,我后来结婚了,是父母帮我选择的妻子。我想尽力忘掉你,但又做不到。玉倩,我说的是真话,真的呀。天各一方,我无法忘掉你,却又不敢回来。这次,是父亲决定要来龙城投资的。也许父亲是为了我过去的那一切,他毕竟老了。可我,我不是不能再返龙城,我是怕再见到你,这些年才不愿回来呀!玉倩,说真话,这些年来,除了家里的妻子,我也有过其他女人,我早已不是你当年喜欢的那个杨儒荫了!可在这个世界上,在我这一生中,我真正纯洁的爱,是你给我的呀!玉倩,你能相信我的话吗?我一直想见到你,可又一直怕见到你。我明白,就是以我生命的全部,也无法赔偿你所失去的那一切啊!这种矛盾的心理,你能理解吗?

温玉倩默默地听着,从这个男人的眼中看到了真诚。

她说,从我收到你那封信以后,我就想忘掉你,真的,我就想忘掉你,从没有想到会再见到你的。

他说,可我们毕竟又相见了。

她说,然而你却想用一种偿还来抹平历史。

他于是用几近恳求的话说,玉倩,你难道一点也不能原谅我了?

她说,我可以原谅历史。

他说,玉倩,我知道我错了,历史是无法用金钱抹平的。

她望着他。

他又说,玉倩,能和我说说你的情况吗?

是为了对我表示同情?

不……不……玉倩,我知道在你的面前,我的任何表白都是苍白无力的,都无法洗尽我心中对你的负疚,也无法洗清我方才表现出来的鄙俗灵魂。

我……很好,她说。

那个老公安员呢?

他死了。

死了?

你走后不久他就死在医院了。

死有余辜,报应,报应啊。

你又错了。

我……

他是累死的,你大概还记得,他和我们一道劳动时,最能下死力气。

可他……

那是那个时代中国人患的通病。他不出面,也会有别人出面整我们的。

杨儒荫无言地望着面前的女人。

她虽然老了一些,但当年美丽的轮廓一点也没有改变。从她批评他的话中,他再次感到了这个女人的宽容和高尚。

玉倩,他轻轻地叫着她的名字问,你为什么还留在龙山湾?中国的知青后来全回城了,你为什么没有回城?

她说,我的家安在龙山湾了。

这正是他最想知道的事儿。

他问:他……他是个什么人?

她说,是农民,现在还是龙山湾的农民。

……

她又说,你走后,我本来不想在这个人世上逗留了,是他救了我,你应该认识他的。

他是谁?

王九斤。

杨儒荫迅速地扫描着脑海中残留的信息,时代的久远已让这些信息太模糊了,他一时竟记不起她说的这个男人是谁?

是那个放牛的,她提醒他,说得很平静。

他于是就想起来了。想起了那个为集体放牛的光棍汉子。他觉得心里一阵阵地疼痛。面前这个原本属于他的女人,竟成了那个放牛汉子的老婆。他认为无论对自己而言,还是对温玉倩而言,这未免都是太过于残酷的结局。他嗫嚅着,还有一个久久环绕在心中的话题,不知该如何吐露。自从他给她写去那封信后,就把自己永久地放到她的审判台上了。在她面前,他是背负十字架的罪人,是无法忏悔清心中的负疚和责任的受审者。

他难道有权利再过问她与他那爱的结晶吗？

她似乎看出了他在想什么，继续平静地说，我和他再没有生养，他是一位真正的父亲，对我们的孩子很好。

她看到了他瞪大了双眼，在那双眼睛中，闪过一丝喜悦，而更多的，却是一个男人，一个愧对儿女的男人幽幽的伤感和无奈的悲愤。

他急切地向她探过了身子，迫不及待地问道：

是男孩？还是女孩？

是一个女孩。

她……她还在龙山湾？

已经大学毕业了。

他眼中露出了一丝欣喜。

温玉倩说完这话就觉得心跳了。原本这是她最担心的话题呀！她知道这是绕不过去的话题，也是在这次与杨儒荫的会面中无法解决的一个难题。往事和历史全可以被现实冲掉或者取代，但往事和历史总会给现实带来它们遗留下来的问题。面前就是红儿的父亲，红儿能认这个父亲吗？这个父亲想认红儿吗？他早已成婚了。她不想过问和知道他妻子的情况，但她却知道他现在是丈夫也是父亲。

他该怎么办？他会怎么办？他又能怎么办呢？

温玉倩的心里乱成了一团。

刹那间，杨儒荫的心里也乱成了一团。

如果说他过去将与温玉倩的往事藏在心底的同时，也将一份男人的责任深埋在心底的话，此时那种责任却破土而出。如刀似剑，正在一点一点地切割着他。多少年来，对温玉倩他曾做过种种猜测。伴随着这种猜测，便想到了在那个小小的山洞里，他与她爱的结晶。或许那个小生命根本就没有出世，或许那个小生命在出世后就可怜地夭折了。在那个可怕的年代，她怎么会留下那个小生命呢？以这种猜测，他的心头只有遗恨。这遗恨也就同时冲淡了责任。现在，温玉倩已经证实了他与她有一个孩子，而且是一个女孩，那是在那个小山洞里他与她制造的小生命啊！他是这个女孩子的父亲,在这个女孩子还在母亲的腹中孕育着时,她其实就失掉了父亲。这种残酷的事实,让杨儒荫的心里开始滴血。他的心,正被那埋葬不掉的情感之刀切破;他的心,也正被那抛弃不掉的责任之剑刺穿。

许久,许久,杨儒荫低着的头不敢抬起来。在良心被一次次受审和自省之后,才颤抖着喃喃问道:

她……知道有我这么个……父亲吗?

温玉倩摇了摇头。

你……从没有告诉过她?……

温玉倩冷静地说,那个年代造成的悲剧,只应该由我们来承受。

杨儒荫感激地望着面前的这个女人。他的心里有一种无法咀嚼的滋味。

她没有埋怨我。她是一句也没有埋怨我呀!她承受了一切,将一切全归罪于那个年代了。可那个年代早已过去,这些年来,我可以在世界上的任何一个角落漫步,怎么就没有勇气回来看看她,问问她呢?如果不是父亲的这个决定,我还不会回来的。年复一年,老之将至,日后九泉之下,我将有何颜面见她们母女啊?

我该怎么办?我该怎么办呀?

对杨儒荫来说,在这次和温玉倩相见后,她假如向他提出了什么条件,他的心里也许会好受一些的。如果那样,他深埋于心底的所有自责,全可以伴着向她付出的一笔金钱而抹去。可她什么也没有提,而且在他一开始提出条件的话题后,她就那样愤怒地斥责了他。这种斥责,更让他加重了心底的自责。她的一言一行,使杨儒荫感受到了她的人格,也感受到了她那颗倍受创伤的心依旧那么磊落光明。

从面前这个男人的目光中,温玉倩也能感受到他那种复杂的心情。她曾那样深深地爱过他,面对活泼可爱的女儿时,她曾止不住地想到过他。对他从龙山湾的出逃,对他日后给她唯一的那一封信,她心里从没有生出过埋怨。她在那个年代以女人难得的宽容理解他,但在年代剧变之后,深深的爱和宽容的理解,渐渐变成了一种无法理清的恨。她认定杨儒荫如果还在人世的话,已经忘掉她了。她努力与王九斤营造自己的爱巢,从没有想到过让自己心爱的红儿知道在这个世界上,还有一个生身的父亲。现在这个男人突然又出现了,不管女儿愿意不愿意,她能抹去他还在人世的现实吗?

玉倩……

她望着他,看到他脸上的肌肉在痉挛。

他说,我能不能见见……咱们的女儿?

她说,这需要时间。

他说,按计划,我明天要去龙山湾。

她问说,这计划能不能改变?

他说,你是怕我们的女儿……

她说,我们的女儿不在龙山湾了。她大学毕业后分配在市里工作。

他说,那……

她说,龙山湾的乡亲们全认识你,你应当为我眼下的处境想一想。

他哑然了。

她又说,何况,我还没有和女儿说过你呢。

他点点头,表示明白了她的苦衷。她的话,已经表明了她同意让他见自己的女儿。也就是说,女儿接纳不接纳他这个父亲的权利,她将完全交给女儿。他想留她吃饭,但她拒绝了。她说要去看女儿,要去把女儿难以接受的现实摊在女儿面前。仅这一点,他就对面前这个女人充满了难言的感激。他当即给贺晓燕挂过去个电话,告诉贺晓燕,请她通知程国庆副市长,取消明天去龙山湾的活动议程。他这么做是要让温玉倩放心,他已经听从了她的话改变了明天去龙山湾的计划。

不明究竟的贺晓燕急忙在电话里问是什么原因,杨儒荫说了一句自己身体不适,没多解释就放下了电话。

45

爱情的痛苦几乎击垮了王红。

她不顾一切地奔上了爱情角斗场,不顾一切地挑选了艾云作为她的角逐对手,满以为在这场角逐中得胜的是她,败北的是艾云。她却没有想到事情的结果,是林森突然间向她画出了一个句号。她为林森那样对待她而悲愤欲绝。更为自己想得而没有得到的爱情伤心。

她病了。

以方便面充饥,整天躺在床上。

她幻想着林森会来看她。在这种幻想中想象着林森来看她时她该如何对待他。她想她应该扑到他的怀里,用痛哭来表示自己的痛苦,他会如那次一般,紧紧地拥着她。但那样岂不是太自轻自贱了吗?她想她应该横眉冷对这个男人才对,让他感到她绝不会乞求他。但那样岂不是正好遂了艾云的心?在她的这种幻想中并没有人来敲门。她又开始恨起林森来。心中暗骂这个男人,为什么就不能来看看她呢?

王红找不到人倾诉,她将心事全憋在心里。

天快擦黑了,她打开灯,从床头上拿起自己的一个小本子,想在上面记点什么。

无意中就看到了写在第一面上的那首诗。那是母亲的笔迹。她上初中时,语文老师出了一道作文题,叫《我的父亲》,她就用诗完成了这篇作文。爸爸不识字,她就将写好的诗让妈妈看,又让妈妈念给爸爸听。妈妈看了她写的那首诗,没说什么。后来妈妈特意把她的那本作文本要去了。她考上大学时,妈妈给她买了这个精美的小笔记本。妈妈送她这件小礼物时对她说,我把你的那首诗抄到上面了,你大了,但你要永远记住那份感情。

那诗中有她对爸爸的感情,又是妈妈亲笔抄到这本子上的,便也渗进了妈妈的感情。

那诗写得很嫩,但那份感情依旧。

　　你　是一棵老树,
　　你给我和妈妈一片绿荫,
　　你的树干是为我们而苍老的吗?
　　你的落叶是为我们而枯萎的吗?

我不懂妈妈如何面对你，
却知道你在妈妈的心里，
也投下了永远的绿荫，
扎下了无尽的深根。
我常常在这片绿荫下，
渴望你变得年轻，
渴望你能将绿荫留给自己，
在重塑自己的同时，
与妈妈再造一个明媚的春天，
重写一道人生爱的风景。

　　如果妈妈在身边就好了。妈妈没有能重写出一道人生爱的风景来，做女儿的要写出一道这样的风景。可这风景被林森摧毁了。林森呀林森，你又不是和我爸爸一样没有文化的男人，你怎么就不懂得我的心呢？你怎么也不敢重写一道人生爱的风景呢？

　　有人敲门。

　　敲门声又引发了王红的幻想。她以为门外是林森。那门本来就是虚掩着，她不理门外那人，把小本子放到床头，一把扯过被子蒙住了头。

　　这一招，她在整天的想象中却没有想象过。

　　她听到有人推开了门。

　　她动也没动，心里说，看你林森怎么办？

　　她听到有人朝床前走过来了。

　　她还是动也没动。

　　红儿，红儿……

　　她听到有人叫她。原来不是那个让她恨透了的男人。她猛地掀掉了被子，看到了站在床前的母亲。

　　妈——

　　王红一翻身从床上跃起，扑到了母亲的怀中，那一肚子委屈，就化成了

331

无数滴泪水,再也止不住了。

温玉倩紧紧地抱住了自己的女儿。她吃惊了,不知女儿是受了什么委屈,她轻轻地拍着女儿的背,任女儿的泪水沾湿了她的衣襟。

红儿,红儿,你这是怎么了? 你说,你说呀!

王红抽泣着,终于止住了哭泣。

红儿,红儿,你说呀,你这是怎么了?

女儿这猛不丁地一顿号啕,弄得温玉倩心里又紧张又难受,不知是什么样的大病大灾降到了女儿的头上。她先伸手替女儿理顺了散在鬓角的乱发,又掏出手帕来给女儿擦干了腮上的泪痕。她盯着女儿看,看到自己心爱的女儿脸色十分难看,一脸的憔悴,遮盖了昔日靓丽的容颜。

王红望着母亲,开始向母亲倾诉自己的不幸:

妈,我被人甩了。

你……你失恋了?

女儿难过地点点头,又悲哀地说:

中国没有廊桥,我不是有家的弗郎西丝卡,却遇上了一个不懂得爱情,又打不开自己家庭枷锁的罗伯特。

温玉倩一时没有听明白女儿的话。女儿在她面前常常说些新潮语言,她有时并不希望女儿这样,有时却又羡慕女儿的开放和见解。

妈,你怎么还不明白呀? 王红摇着母亲的手说,在爱情和婚姻上,我绝不能走你的路呀! 爸爸是个好人,可我不能按你的模式来选择我的男人。我选择了他,因为他是个副研究员,又是公司的经理。可他……他却舍不下他的妻子……

什么? 什么? 你原来是和一个有妇之夫在谈恋爱?

温玉倩一下子惊呆了。她方才还想着如何和女儿谈一谈思想上的误区。上次女儿和她大谈特谈的什么廊桥,那不是说一个男人和一个有夫之妇的婚外恋吗? 原先只当是女儿说疯话哩,现在她才明白,女儿实在新潮得太可怕,也开放得太过分了。原来女儿是在和一个有妻子的男人在搞婚外恋呀!

妈,你怎么不理解我的痛苦呢?

女儿那格外显出憔悴的脸上,被爱情煎熬出的痛苦,做母亲的这时已看得清清楚楚了。

她问女儿:他是谁?

女儿说,他是谁并不重要,重要的是我被他甩了。

看来,女儿不想说这个男人的名字,温玉倩也不便再问。但对女儿的担心使她不能不继续弄清情况,又问:他的妻子知道这事儿了吗?

我找过她。

你……是你找的人家? 没……没出啥事儿吧?

温玉倩确确实实地担心了。

王红却伤感地说,为了爱,我怕啥? 她不就是个电视台的记者嘛! 我的条件就是比她好,我怕啥?

她是谁?

其实你也见过她,电视里演过她在龙山乡采访你的节目。

是艾云?

妈,你说说,我的条件不比她好?

温玉倩又气又急,自个儿的女儿,怎么能去抢人家艾云的男人呀! 她认识艾云,那是个多么好的女记者啊! 她真想狠狠地责备自己的女儿,转念又想,还是先弄清事情的原委重要。

你……你和那个副研究员没什么事儿吧? 她担心地问女儿。

女儿望着母亲,看到了母亲眼中的焦虑。她渴盼着母亲的指点。女儿和母亲又有啥不能说的呢?

我亲吻过他,他也拥抱过我,可后来,他突然就和我说要结束我们的恋爱了。妈,你说,我现在该怎么办呀?

温玉倩明白了。一定是女儿找过了艾云,艾云给她的丈夫施加了压力,那男人才要中断和自个儿女儿的危险游戏。一定是这样。她感到一种失职。原以为女儿大了,作为母亲,不必再为女儿多操心了。现在看来,自己对女儿的了解太不够了,帮助女儿正确对待私人问题的关心也太少了啊。温玉倩的心里难过极了。

红儿，你怎么能做这样的事儿呢……

温玉倩的脸上露出无比的痛楚，王红以为母亲是在为她难过，又从床头拿出那个小本子，翻开一页，指着上面说：

妈，我现在真应上莎士比亚这首诗里说的情景了。妈，你说话呀，你给我出出主意呀！

温玉倩接过女儿的小本子，上面抄着莎士比亚在《威尼斯商人》中的一首诗：

> 告诉我爱情生长在何方？
>
> 还是在脑海？
>
> 还是在心房？
>
> 它怎样发生？
>
> 它怎样成长？
>
> ——回答我，回答我。
>
> 爱情的火在眼睛里点亮，
>
> 凝视是爱情生活的滋养，
>
> 它的摇篮便是它的坟场……

王红又说，妈，你不能看着我走进爱情的坟场呀！

女儿又抹起眼泪来了，好委屈，好伤心。

女儿的眼泪让温玉倩的心沉下去又翻上来，五味俱全，却又难得说清个中滋味。她翻到小本子的第一面，又看到了女儿当年那首诗和自己的字迹。女儿不愿重蹈母亲爱情和婚姻的模式，但女儿知道这"模式"的来历吗？知道在这"模式"的背后，她的母亲在历史上承受的爱情悲剧，以及她的母亲在现实婚姻中承受的难言辛酸吗？知道这种"模式"，原本就不是什么模式吗？母亲已经够悲够苦了，女儿怎么又陷入爱情的悲苦之中了呢？虽然这悲这苦与做母亲的那悲那苦不同，但女儿为什么要做如此选择？为什么要自己走入爱情的坟场呢？是女儿自己要去充当一个第三者？还是艾云的丈夫是那种时髦的男人,想将我的女儿拐成小秘？女儿呀女儿,你懂得什么是人生爱的风景吗？

她重新将女儿拥进了自己的怀中。

红儿,你跟妈说实话。你保证,行不行？

她看见怀中的女儿点了点头。

最初是那个男人选择了你？还是你选择了他？

女儿抬起头说,妈,你千万不要怨他,全是我主动的。

温玉倩便全明白了。

红儿啊,如果真是你主动的,那妈就要好好说说你了。

我知道你要说我,你就是守旧。

妈绝不是守旧,妈怎么能不希望你找一个志同道合的男人,做你的终身伴侣呢？如果志向相投,年龄大点,或者是离过婚的,妈也没有意见。可你要去做第三者,你要去拆散别人的婚姻,那怎么能行呢？

妈……

红儿,你认真听听妈的意见好不好？

温玉倩原本是来向女儿揭示历史的。一路上她曾担心自己早已默默承受了的那段历史,会让女儿无法承受。女儿能理解母亲吗？这个世界上突然冒出一个男人是她的亲生父亲,女儿能忍受这个事实吗？女儿从小就把王九斤当成一棵大树,虽说她对这棵大树从来就不理想,但女儿爱这棵大树,离不开这棵大树,这棵大树的根,扎在了她的心里,也扎在女儿的心里了啊！可现在,这棵大树一下子要从女儿的心里拔掉,女儿怎么能承受得了呢？她决定不和女儿再谈一句关于杨儒荫的事了。自己的女儿正在一场不该发生的爱情游戏中,痛苦得难以自拔,做母亲的还没有帮女儿跳出这个苦海,怎么能再把女儿推进另一个苦海呢？

这个晚上,温玉倩就住在女儿的宿舍里。明天一早还得搭早班车赶回龙山湾。她知道一时半刻也难治好女儿的心病,但任性的女儿,在母亲的劝慰下,紧锁的眉头终于渐渐舒展了一些。

46

李小海还从没有挨过一个女人的巴掌。贺晓燕的那个巴掌,让李小海感到自己失算了。在贺晓燕身上没有得手,那倒没什么,天底下的女人多的是,没有得到贺晓燕,并不影响他日后去追逐其他的女人。起先他就是这么想的,何况贺晓燕那纤纤细手,并没有让他的腮帮子疼痛难忍。当天晚上让他的经理助理陪他睡觉时,那女人侍候得他十分舒服,他几乎都忘记贺晓燕留给他的不快了。早上经理助理从他的被子里爬起来,给他去弄早点。歌厅全是下午开门,他睡得晚,也不想早起。躺在被子里想心事,就又想到了贺晓燕。

能搞得住姐姐,怎么就搞不住妹妹呢?还想靠妹妹在杨儒荫身上继续做文章呢,在龙山给杨儒荫塑像刻碑,要谈成了,那岂是四十万?杨儒荫眼下就在龙城,挨了妹妹一巴掌,她还能再为这事儿牵线搭桥,成全我的好买卖吗?

思路至此,李小海呼地坐起来,腮帮子也突然间觉得一阵发疼。

他妈的,真不该去找贺晓燕。她就是长得比她姐姐再好,再年轻,也不该贸然去撩逗她!越想这事儿越严重,越想眼下越得亡羊补牢不可。

李小海拿起手机,想了想,先要通了金龙大酒店的总机。

电话里便传来了标准的女声普通话:这里是金龙大酒店,请继续拨分机号码,查询请拨零。

李小海又按动了贺晓燕住的房间号码。

您好,找谁呀?

李小海听出来了,是贺晓燕的声音。

他捏住鼻子,嗲声嗲气地说,我找贺小姐。

贺晓燕显然没有听出是李小海的声音来,十分客气地说,我就是,您是谁呀?

李小海继续嗲声嗲气地说,我是市政府办公厅值班室。

什么事?

请问一下杨先生今天的工作安排,我们好安排车辆和食宿。

贺晓燕便有些生气了,大声说,你们这是怎么搞的嘛?我已经通知程副市长了,杨先生身体不适,今天的活动全部取消,你们怎么不互相通气呀?

对不起,对不起。这么说,杨先生今天不出门啦?

今天杨先生要休息,请你们不要再打扰了好不好?

我们工作上有点脱节了,请贺小姐原谅,谢谢,谢谢。李小海嗲声嗲气地说完了最后这句话,才松开鼻子,关上手机,长长地喘了一口气。情况已经探明,天赐良机,杨儒荫今儿不出门,这不正是个求之不得的空档吗?

他立即给曾华拨通了电话。这回是原声原调,不用再装腔。

曾老师,我是李小海。

曾华说,你有啥事?

李小海说,咱们得去见见那个大老板杨儒荫呀。

曾华说,我也正想再见他一次,写了篇访谈记,请他审看一下。可昨天给程副市长的秘书打电话联系,说今儿人家有活动安排,程副市长要陪杨儒荫去龙山湾视察呢。

可他们的计划又改了。

改了?

杨儒荫今天不去龙山湾了。

你怎么知道的?

好我的曾老师呀,你看来还不了解你的学生我呢。白道黑道官道,咱哪条道上没有几个哥们姐们呀?反正杨儒荫今天不出门,这情报没错。咱俩得瞅准这个空子和他拉拉关系去。

现在?

现在才九点多嘛,半个小时后,我在金龙大酒店前厅里等你。

等曾华那头一同意,李小海马上放下电话,急匆匆起床,又好一阵装扮。等他来到金龙大酒店前厅时,一头长发已被发蜡压得整整齐齐,西服笔挺,皮鞋锃亮,夹着一个小皮包,平时不修边幅的艺术家风度不见了,俨然变成了一副儒雅气派。

改变了计划的杨儒荫，今天果然没有出门。

昨儿晚上脑子里乱哄哄的，半醒半睡，起先是梦见在龙城大学温玉倩的家中，老教授夫妇正给他端来好吃的饭菜，温玉倩看着他吃。他狼吞虎咽，正吃得香甜，四周突然就被糊满的大字报遮盖了个严实。大字报满天地飘呀飘，那白纸上的一行行黑字就变成了一片片血污。血污中有累累白骨，有簇簇箭矢，还有一堆又一堆的红袖章。再往后，似乎又到了龙山湾的那个小山洞里。老公安员那雪亮的手电筒灯柱，罩住了他与温玉倩，灯柱外，是无数张他认识的不认识的面孔。下雨了。大海里波涛滚滚。他坐在一叶小舟上，四顾茫茫。有人喊他。他从小舟上往起站，脚下却如棉花般酥软，令他站不稳。极目不见边际的海水，正在变成光秃秃的无垠沙漠，他又看到了温玉倩领着一个孩子，在远处艰难地走着。似在大串联的途中，他追不上她们，狂风又抹去了沙地上她们留下的一行行足迹。电闪雷鸣，风声大作。有一个声音，是立体声音，正从四面八方响起：爸爸，你对得起我吗？你……对得起……我吗？那声音几乎击倒了他，举目偏一无所见。一夜与噩梦相伴，使他今天早饭后到现在一直心里烦乱，不知待在屋里该干什么。早饭时，贺晓燕关心地说他脸色不好，又说是不是陪他去去医院？他谢绝了她的好意。饭后她还要陪他一道坐坐，也被他谢绝了。他让她回自个儿房间去，让她不要打扰他，说自己要好好休息一下。身体不适是个借口，没想到借口变成事实了。电视里的节目，换了一个频道又一个频道，没有一个频道能让他全神贯注地看下去。原来想的是这回如何才能见到温玉倩，见到这个女人之后，心里反倒有了更沉重的负担，他真不知道如何才能使自己的心理调整过来。

杨儒荫听到有人敲门时心里很火。他在门外把手上已经挂上了写着"请勿打扰"的牌子。是谁这么无礼呢？心想不论是谁，也要请他立即走开。他说要休息，别人怎么能随便来打扰他呢？

他打开了门，看到了门外站着两位来访者。他上下打量了一下这俩人，突然认出了其中一位是龙城市的作家曾华。那天接受龙城新闻界的采访时，程国庆特意向他介绍了这位非新闻界的特邀人士。他记得，就是这位作家,抓住了中国国有企业如何深化改革这个话题,向他连续地提问了多次。长年养成的习惯,使他对文化人的尊重,远远超过了商场上的对手和官场上的官员。何况,现在是在龙城,不是在吉隆坡的家中,也不是在香港的公司,于是忍住了心中的不快,请这两位贸然来访的客人进了屋子。

在客厅里他请两位来访者就座。

李小海首先递上了自己的名片。

杨儒荫看到名片上那四个家的头衔,先就暗自一笑。在海外,商界的人对艺术家一般都是充满敬意的。但杨儒荫可不是天真的小姑娘,这种名片可以让她们对李小海仰目而视,他却觉得李小海如此年纪,自己给自己冠以如此高雅的四个头衔,未免有点冒充风雅。

曾华也递上了名片。

他的名片很简单,头衔只有一行:龙城市文联专业作家。虽然接受了李小海的聘请,做了《龙族》杂志的主编,但他并没有为此而专印名片。在曾华看来,这个主编无非是帮忙,无非是创作之外的一种第二职业,无非是为多一点经济收入,绝非长久的头衔。只有作家,那才是终生的职业。

杨儒荫对曾华说,我们见过面的。

曾华说,那天的记者招待会,我也参加了。

杨儒荫说,会上,程副市长介绍了你是位作家。杨儒荫又看看李小海的名片,用赞叹的语气不无讥讽地说,看来李先生比曾先生更了不起呀,年龄没有曾先生大,可又是雕塑家又是画家,又是书法家又是诗人,我还真不知龙城有如此年轻的艺术巨匠哟!

这话便让曾华替李小海脸红。

杨儒荫其实只是点到即止,遂即客气地说:不知二位来找我……

李小海先开了口:

一来嘛,我们想感谢杨先生对我们刊物的支持,二来嘛,我们想请杨先生继续和我们合作——

支持?合作?杨儒荫咀嚼着这两个词儿,一时没有明白过来。

杨先生,我们龙山现代石刻委员会和您有缘分呀,龙山石刻,您知道不知道？那地方风水好，又有唐代的石刻大佛，我这个委员会，就是想在那里给当代的各类精英人物树碑立像，教育世人，传之后代……

李小海喋喋不休地介绍个没完没了，说他那个委员会官方如何支持，说他的设想如何宏伟，说他的技术力量如何强大。但杨儒荫的思想却走神了。当年他去龙山湾插队时，去后山上玩过。那里的石刻大佛巍然的神态，还有大佛前文殊菩萨普贤菩萨和无头的观音菩萨，至今记忆犹新。就在他与温玉倩在山洞里有了男女之事以后，他还叫上温玉倩悄悄去过后山，给大佛和菩萨磕过头。他对温玉倩说，给大佛和菩萨磕了头，大佛爷和菩萨就能保佑他和她了。温玉倩不信。她说都"文化大革命"了，劝他别去磕头，他非要去，她才随他去的。他与她都跪在大佛和菩萨面前磕过头了，可大佛和菩萨那一回却没有保佑了他，也没有保佑了温玉倩。

曾华看出了杨儒荫的走神，用脚尖踢了一下李小海的脚。李小海也看出杨儒荫对他的滔滔不绝没有引起兴致，遂打住了话头。

曾华便说，我写了篇小东西，其实是记录了一下杨先生的谈话，想请杨先生过过目。

说着，便从衣袋里取出那份打印好的文章，双手递给了杨儒荫。杨儒荫接过来先扫了一眼题目，就说，那天我只是信口谈了些认识，没想到你倒把它整理出来了。

曾华说，先生是海外华人，不但关心中国的改革大业，还有许多认识和建议，我形成文字发表，完全是应尽的责任。

杨儒荫开始浏览那篇文章。曾华注视着杨儒荫的表情，从表情上，他已经看出杨儒荫对他整理出的文章认同了。李小海此时却抓紧机会举目四顾，被这豪华的总统套房吸引了。在龙城，只有金龙大酒店有这种房间，且只有两套。他早就听说过，这种套房住一天的费用是两千八百美元，按龙城的黑市兑换价，就是三万人民币。这真是最好的说服力。便想，让这个杨老板往我的石刻委员会扔上千儿八百万，在他，还不是小菜一碟？可这事儿要能成，对我，那不就发大了？发猛了？

杨儒荫看完了，将那篇文章还给曾华。

先生还有什么要补充的没有？曾华问。

杨儒荫想都没想便说，还有文化，一定要提一下文化的发展在经济发展中的作用和位置。刚才你们说到了龙山大佛，那是什么？那就是一种文化。那大佛何其宏伟，大佛前的文殊菩萨和普贤菩萨，那逼真的造型，简直可以和法国卢浮宫里的任何一件雕塑艺术品比美，还有那尊观音菩萨，可惜没有头了，但作为一件受到人为破坏的艺术珍品，其价值并不亚于断臂的维纳斯女神……

他显然又陷入了对往事的回忆。

曾华问：杨先生如此熟悉龙山石刻，莫非去过龙山？

杨儒荫一怔，未置可否。

他不想回答曾华的这个提问，继续说下去：

中国盛唐的经济发展和文化发展是同步的，是相辅相成的。这不仅仅是中国五千年历史的经验，也是海外所有国家发展的经验。教训也是有的。中国的"文化大革命"是干什么？是不要文化，是摧毁文化，结果在文化被破坏的同时，中国的经济也到了几近崩溃的边缘。香港的经济发达不发达？新加坡的经济发达不发达？这些地区的经济发达，恐怕世界上还没有人否认。但正是这些地区的文化界有识之士，认识到了经济发展如果不与文化发展同步，则有可能造成这些地区变成文化沙漠。一个民族，为了经济的发展而将自己的传统文化毁灭掉，便会成为殖民地。二位都是文化人，对此认识一定比我更直观。在抓经济时，特别是在经济腾飞之时，往往忽略了文化。用你们时髦的说法，叫一手硬一手软。对不对？

曾华点头认同。他十分佩服杨儒荫的见解。

李小海说，杨先生说得真好，杨先生支持我们办好《龙族》杂志，就是对我们文化工作的一个促进，如果杨先生能继续帮助我们的委员会在龙山开张，就是……

杨儒荫打断了李小海的话，反问一句：我如何支持你们的杂志？如何帮助你们的委员会，请能明示。

李小海高兴了，这不正是他要说的正题吗？便说：

杨先生，刊物你已经资助我们了，所以刊物就不用杨先生再破费了。

杨儒荫只是留神地听着。他并没有同意过资助什么刊物的事儿，此事被他作为一个疑问，暂时存在了心里。

李小海又说，我们想在龙山上为杨先生的集团立一座碑，再为杨先生塑一座像。先生您在龙山湾投资，功德无量呀！这点费用，对杨先生而言，无非是九牛一毛。

杨儒荫突然哈哈大笑。

李小海被这大笑弄得莫名其妙。

曾华却听出了这笑声如刀剑碰撞。

杨儒荫止住了笑容，十分严肃地说，我是个商人，商人的本质是什么？是要赚钱。有唯利是图的商人，但我们集团的宗旨是凡事必有利可图，绝不可唯利是图。有人有了钱，便去沽名钓誉，看看你们的报刊吧，那些广告文学有多少？可这种事儿我不会干的！还要给我立碑塑像，这与建生祠无异，我能干？再说，好好一座龙山，那是历史文化宝库，弄些不伦不类的现代景观，那叫干什么？深圳搞人造现代景观，先搞了个锦绣中华，以后又搞了许多，那是因为深圳原先就没有文化。深圳原先是什么？是个小渔村，是个小码头。甭说唐代的文物了，连民国的文物也找不见一个。可龙城不同。别的不说，一处龙山，那现存的古代石刻，就价值连城呀。我得和你们的市政府说一说，在龙山搞现代景观，那是得不偿失哟！

李小海急了，忙说，杨先生，我这个委员会好不容易才算弄下批文来，你这么一说，那不是砸我的锅吗？

杨儒荫寸步不让地说，可你找些有钱的主儿，他们出钱，你在龙山给他们立碑塑像，那不是砸了我们祖宗的锅了？请李先生不要忘记，我可也是个中国人呀！

李小海哑口无言。

杨儒荫问曾华：你是作家，你说我的认识如何？

李小海便看曾华，真怕曾华和杨儒荫唱起一个调门。

杨儒荫又说，作家该是讲真话的人，莫非曾先生也和这位李小先生一样,是属于下海的文人？是属于不想要文化了的那种文化人？

曾华不得不照实说,杨先生言之有理。

李小海的心底直往上翻晦气。

杨儒荫从身上掏出两张名片,先递给李小海一张。然后他掏出笔来,在另一张的背面签了个名字,才将这张特殊的名片递给了曾华。待曾华双手接住,杨儒荫才说,以后有什么事,你可以拿着它来找我。

李小海想不明白,怎么一样的名片,一张背后签字,一张不签呢？曾华却明白了这签名是一种待遇,道声谢谢,装好了名片。

杨儒荫起身说,如果没有别的事了,是不是——

曾华知道这是要送客了,可李小海还想再说些什么。曾华就拉了一下李小海说,我们和杨先生告辞吧。

出了杨儒荫的屋门,李小海便埋怨曾华:

这算个啥？还没个结果呢,你急得拉我走干啥？

没结果？人家态度那么明显,还说没结果？

可咱该再动员动员他。

再动员我看也白搭。

李小海生气了,责问曾华:瞧你,怎么刚才当着杨儒荫的面就站到我的对立面了？

曾华说,好端端一处风景和文物,给有钱人在那儿再弄些石碑石刻,那不是砸我们祖宗留下的锅是干啥？

李小海瞪一眼曾华,没有再说啥。

曾华说,你那个设想我原先就觉得不好。

李小海真不想再理曾华,但毕竟得叫曾华一声老师呢,再说,要为了这事儿,闹得曾华撂了挑子,一下子叫他找谁来主编刊物呀？直到两个人进了电梯,李小海再没提刚才的事。

47

杨儒荫和程国庆在市政府小会议厅举行了签字仪式。

仪式很隆重,龙山开发区的各位副总指挥全部到场。温玉倩也到了,是程国庆让秘书派车,一早就去龙山湾把她接来的。

仪式很简短,不过是一种形式。杨儒荫是在自己来龙城之前,就将前期投资两个亿的人民币注入了龙城,且直接进了由乔惠代管的开发区账目。这种方式在合资的企业中尚不多见。

仪式从上午十一点正式开始,杨儒荫和程国庆都做了简短而热情的讲话,然后在准备好的文件上签字。不到半个小时就全部结束。

中午是龙城市政府的答谢宴会,下午杨儒荫将乘机返港,市委书记和市长带着市委市政府的其他领导全部出席,频频举杯为杨儒荫饯行。

一切都很圆满。

宴席上所有的人全很高兴。

只有杨儒荫和温玉倩,尽力将心事藏在了心底,两个人已没有机会再私下说话。杨儒荫和诸位一一去碰杯,碰到温玉倩面前时,他盯着温玉倩的眼睛说,那件事有没有结果?

温玉倩平静地说,等待你下一次来吧。

杨儒荫的眼睛中就露出一片沮丧。

看出杨儒荫的担心,温玉倩又补充了一句,我还没有和当事人谈呢。

仅此而已,两个人再不能多说什么。只有杨儒荫明白,温玉倩所说的当事人是指谁。

他心领了。温玉倩是想让女儿认他呢。温玉倩绝不是要拖着不和女儿说。温玉倩是不想贸然去和女儿说,而是等待一种机会呢。他这样想,却又为下午将离开龙城却不能见女儿一面憾恨不止。

坐在程国庆身边的贺晓燕心情特别好。当杨儒荫离开这张桌子去另一张桌子敬酒时,程国庆对她说:

今天我还真怕杨先生又改变了主意呢。

贺晓燕不失时机地向程国庆表白说:

为了今天能按咱们的原计划办好,你知道我这两天在杨先生面前费了多少口舌?

程国庆连连点头,又低声问她,杨先生两次改变计划,究竟为啥?

贺晓燕便压低声音,十分信任又十分保密似的在程国庆耳边信口开河了:那天我说你的副手们全到,可你偏偏没有通知温玉倩来,他能不生气?我们杨先生,别的不多讲究,但礼节上讲究得很哩。以后你可得多听我的,要不,还得有闪失。怎么样和他打交道,你听我的就行,我这个人,实际上是站在你的立场上哩,别人不清楚,你还不清楚?

这话让程国庆听了心中更是感动。他急忙给身边的这个女人斟了杯酒,举起自己的杯中酒说,为了你对我的一片好心,咱俩干上一杯。

随着两个杯子哐当一声,贺晓燕的目光和程国庆的目光也相撞了。身边这女人那妩媚的目光里,送过来的不只是一片柔情,还有一种使程国庆感到比酒精流入了血管还舒服的蜜意。

这天下午,程国庆和各位副总指挥一起驱车,去机场送别杨儒荫。程国庆请温玉倩坐到他的车里,又一一检点,见手下的副总指挥们全到齐了才放心。杨儒荫原想让贺晓燕坐程国庆的车,让温玉倩与自己同乘一车,瞅路上的机会再和温玉倩说几句话,但见程国庆请温玉倩上了他的车,就知道没有机会了。只好任贺晓燕与自己坐在一个车里。贺晓燕先打开了前车门,准备坐在司机旁边,杨儒荫却让她和他一道,都坐在后排。对这种礼遇,贺晓燕心领神会,这分明是杨儒荫对她这一段工作表示出的一种态度,她便高兴地坐到了杨儒荫的身边。

车队开动,杨儒荫再次受到礼遇。

贺晓燕正想向自己的老板表示些什么话,杨儒荫却冷不丁地问道:

《龙族》杂志是怎么回事?

看着自己的老板那十分严肃的面容,贺晓燕的心里突然一咯噔。她毕竟是聪明人,知道杨儒荫绝不是问她这杂志是何单位主办?是谁当社长和谁当主编以及是新创刊还是老刊物?杨儒荫一定是听说这本杂志要宣传他了。那么,对此事他是认同呢?还是否定呢?

贺晓燕用一种似是而非的语气说:

他们指挥部有那个意思,我也就同意了。

这种含糊的话可以从多个方面解释,她想听听杨儒荫下面的话,再决定如何应答。

杨儒荫继续问说：什么意思？

贺晓燕说，他们想宣传一下咱们的投资项目。

她用了"咱们"二字，想表示出自己的立场。

他们想宣传，为什么要我们出资赞助？

杨儒荫这话让贺晓燕明白了。她想，他一定知道了什么。现在，这件事只有推到程国庆身上才行。

她说，是程副市长先同意了，我想宣传一下也有好处，就也同意了。

杨儒荫又问：出资多少？

贺晓燕觉得心跳加速了。她不能再说谎了。出资多少？那是有据可查的事儿。再说，她不说，杨儒荫也会问程国庆的，那样反而让自己在杨儒荫面前留下谎报军情或不报军情的坏印象。

她如实说，四十万。

依旧平静的杨儒荫语气却更加严肃了，说，你不知道我一贯反对沽名钓誉吗？

贺晓燕更慌了，喃喃说，他们说，还有广告宣传费，我……

杨儒荫马上责问：你不知道内地一般刊物的广告费标准？还是以为我不了解这个行情？

这简直就是一种揭穿。

贺晓燕忙说，这事儿，是我没有把好关。

杨儒荫收回了刚才那种严肃的语气，改用一种比较平和的语气说，知道了就行了，做生意赔和挣是常事，如果在这方面决策失误，我绝不怪你。但你同意支走这四十万，可不是用来做生意呀！为了防止这次合作一开始就出现不愉快，这件事我不准备干预了。记住，我不是慈善家，你更不是慈善家派在龙城的代表。如果是赞助，不是不可以，但那已经超越了你这个项目经理的业务范围，即便是赞助一分钱，你也得请示我才行。用四十万去一本杂志上面给我买名誉，这类事情，我绝不容许再次发生。

贺晓燕诺诺连声，再不敢多言。

秋日季节,是龙城最好的日子。国庆节后,在龙城大街上摆出的鲜花尚未撤掉,那些鲜花还在渐冷的寒风中支撑着,不愿将美丽的容颜毁去。杨儒荫已经不再想与贺晓燕谈过去的事了。他对自己的下属月薪和酬金都很高,但要求也很严。若是其他人,也许会因为这么一件小事,就被他取消了在龙城继续待下去的资格。但目前派驻龙城的却是贺晓燕,且是他的老父亲在病榻上亲自定下的人选。对她,这种事他不说一说不行,但说过也就算了。她是贺振的女儿,就凭这一条,他绝不能因这点失误去惩罚她。

送杨儒荫的车队已经开出了龙城,正向着郊外的飞机场急驶。车里的温度适中,杨儒荫侧目窗外,似在欣赏郊外的景色,不再理睬身边的贺晓燕。而坐在他身边的贺晓燕,却感到一股股冷汗湿透了自个儿的脊背。

在机场的贵宾休息室里,杨儒荫与众人一一握手告别时,送行者中的两个女人全觉得心中不是滋味。

一位是温玉倩。她和杨儒荫无言地对视了几秒钟,两个人都没有说话。

另一位是贺晓燕。她在杨儒荫和她握手时,不但没有说话,还躲开了总经理的目光。

第十二章

48

　　四周全是一片洁白，被英国整形大夫进行了局部麻醉的贺晓燕，虽然平躺在手术台上，将两腿高高架起，也能看得见那位口罩下显出高鼻梁的英国男人和他的那位中国女护士，正在她的大腿根底忙碌着。偶尔传来的器械响声，在贺晓燕听来，似乎很近，又似乎很远。被麻醉了的那个部位，虽然没有了丝毫疼痛感觉，但还能感觉到被手和器械的触摸。她尽量不去想自己的那个部位，这位英国大夫对她说过，这种修补手术是绝不会失败的，更不会带来什么后遗症。这位英国大夫甚至在她交付了手术费用后，对她调侃说，我保证在你的新婚之夜，你的先生对你会有一种真实的处女的感觉，如果他是一位结过婚的男人，他对你的感觉便将会更加美好。

　　这回从龙城飞回香港，是回公司参加年终的决算会议。南洋杨氏集团在外地的所有项目经理，全部赶回香港总部，先单独向总经理汇报自己负责项目的进展情况，再集体聆听总经理的训导，最后再一个个去总经理那里领取自己的红包。年终的决算会议完毕之后，杨儒荫让贺晓燕亲自承办，给龙城龙山开发区又注入两个亿的人民币。办完这事后，贺晓燕给程国庆挂了个电话。程国庆在电话里十分高兴,连连问贺晓燕,啥时回来?贺晓燕说她还有点小事要处理一下,又关切地对程国庆的身体和工作进行了一番问候,她能听得出来,程国庆十分感激她。其实她并没有啥事要处理了,还要办的一件事,就是来到了这个整形医院,且躺到了这个手术床上。

对程国庆的把握,使贺晓燕在这回返港时就想到了进行这种手术。程国庆不是那种利用权势寻花问柳的内陆干部。程国庆是那种羡慕资本主义却又痛恨资本主义的党员。她要想真正得到程国庆,就必须使自己变成童贞之躯,非如此,这个手中握有大权,且与她是合作伙伴的男人,即便和她上了床,也会把她当作资本主义,当作糖衣炮弹,当作化装成美女的毒蛇,反而会对她产生警惕的。而杨儒荫在对各地的项目经理进行训导时,再次就事论事地批评了花钱买宣传的做法,让贺晓燕坚定了必须赶快进行这种手术的想法。虽然杨儒荫没有点到龙城,没有点到《龙族》杂志,也没有点她的名字,但贺晓燕明白总经理不是看重她设法弄走的那四十万,而是她的这个行为在总经理心里挂了号,也就是说,这件事上她已给总经理留下了一个恶劣的印象。她必须安排一条退路,不论是总经理炒掉她,还是她炒掉总经理,她必须手中弄到一笔钱。只要有了一笔钱,在香港就可以不再依附于任何人。现在她是集团在外地的项目经理,在拥有权力的同时也有了背叛这种权力的机会。拥有这种权力老老实实为杨儒荫服务,她可以获得高额月薪和年底的高额红包。她已不再是当年在巴黎走投无路的那个女孩子了,她完全可以靠这种正常的方式积累财富。但这毕竟太慢了。她时时在寻求一种捷径,这捷径只有在背叛自己的人格中建造,同时在背叛恩人给她那点权力时获得。

贺晓燕是个任性的女人。她想这样做就这样做了,没和任何人商量,也没有任何人可以商量。在香港只有一个亲人是姐姐,但在她回到香港的这些日子,那位"大马猴"正好从英国飞来不久,整天厮守着贺晓春,让她和姐姐几乎没有说点悄悄话的机会。"大马猴"对贺晓燕十分客气,时时事事处处都彬彬有礼,显示出一副英国绅士风度。贺晓燕今早准备来这里进行手术时,姐姐和那个"大马猴"又出去了。她能想到那个"大马猴"挽着姐姐的情形,想到那个"大马猴"开着送给姐姐的那辆红色宝马小轿车。带着姐姐去兜风去办事的模样。她甚至想,姐姐在见识过李小海那样雄壮伟岸的男人后,再和又瘦又小的"大马猴"在一起还有啥味道?但扔掉这个"大马猴",那个李小海又不是个好玩意儿,姐姐怎么尽真心爱上些这种男人?她就想,姐姐真命苦。她在出门时给姐姐的卧室里塞进去一个便条。便条上只有一行字:我外出几天,请今晚十点钟等我的电话。

手术器械的响声终于消失。

那个始终一言不发的中国女护士,端着盛满手术器械的盘子走了出去。高鼻子的英国大夫站到了贺晓燕的面前,两只眼睛充满了得意。

蜜斯贺,您真是一件最完美的艺术品,唯一的缺憾现在已全部被我修补好了。我说过的,我给您的童贞,将会使您的先生在新婚之夜,从您身上得到一种最真实最美好的感觉……

她连声道谢,不想再听这个男人恭维。

中国女护士又走进来,默默地将手术床上的贺晓燕送进了病房,又帮她移上病床。按照大夫安排,她需要静躺七天。不然,那个敏感部位的修复手术,会因双腿运动导致肌肉的抽动而功亏一篑。

贺晓燕在病床上吃过了午餐,开始睡午觉。病房不大,却整洁安静,贺晓燕在这种静谧的环境中睡得十分香甜。这种手术,医院要为病人保密。在这个世界上,眼下还没有别人知道她住在这里。

当晚十点钟,她拨通了床头柜上的电话,告诉姐姐,她要在外面住七天才能回去。她不想告诉姐姐自己住在这里,更不想让姐姐知道她为什么会住在这里。

晓燕,你在哪里呀?姐姐问她。

我不便告诉你,姐姐。

是关系到你们公司的业务机密?

她就模棱两可地说,我得在这里连续工作七天呢。

可他后天就要飞回英国去了。

她知道姐姐说的"他"是谁,便问:他现在在不在你身边?

不在,他正在卫生间里洗澡呢。

那你后天就送他上飞机吧。

那……那就不再和他提分手的事了?

她真为姐姐的优柔寡断发愁,更为姐姐的命运而难受。在金龙大酒店她狠狠地给了李小海一个响亮的耳光后,就给姐姐挂了一个电话,让姐姐一定等她回香港见面后,再处理已经到手的那四十万。姐姐问为什么?她没有细说,只是让姐姐一定听她的。她不想过早地凉了姐姐对李小海的那一片痴心。这回一回来,正好碰上"大马猴"在香港。姐姐告诉她,已经和这个男人说过分手的话了,但这个男人好歹就是不依。她能看出来,"大马猴"整天围着姐姐转,那模样也怪可怜的。她没机会和姐姐细说,只能给姐姐出主意,说他不依你就甭再提分手的话了。现在姐姐又提到这事,看来姐姐是想把事情做在明处呢,先和"大马猴"正正经经地提出分手,再把李小海正正经经地弄到香港来结婚成家。

姐姐,你怎么就这么古板呢?

我……

你和"大马猴"又没有法律认可的婚姻,主动权在你手上,何必非要先说在嘴上呢?

那我……

没有找下好男人前,他来了,总还是个男人。一旦找下好男人,一结婚成家,"大马猴"还敢再登你的门?

可他说他这一次回去,一定再想想办法……

他莫非敢杀了他那洋太太洋老妈吗?

……

贺晓燕听见姐姐叫她呛得不吭声了,又说,我就不知道你是怎么搞的,处理这种事,还能打草惊蛇?他说要回去想办法,你就让他放放心心地回去想吧,怕啥?他想他的,你想你的,有了合适的,你蹦掉他不就得了?你要是舍不得他,那我这话就算是没说。

贺晓春再无话可说,就问妹妹由龙城打过来的那四十万,留多少?走多少？是从银行转回龙城呢？还是换成现金由贺晓燕带走？贺晓燕就对这事又反复叮咛，让姐姐千万不要动这四十万，说自个儿七天后就要和姐姐见面，到时她自有安排。临放下电话，她又调侃了姐姐一句："大马猴"也快洗完澡了，我的好姐姐呀，眼下没有人头马，白开水也得喝呀，你就今朝有酒今朝醉吧。

第七天头上，贺晓燕利利索索离开了那家整形医院。回到姐姐家，贺晓春没有出门，正在等她。她看得出姐姐的神色不好，这些日子和"大马猴"在一起，姐姐一定不开心。她很快就得返回龙城。作为在外的项目经理，她不可能再在香港一直闲住下去。趁"大马猴"不在，她想认认真真地和姐姐谈一谈，让姐姐断了想李小海那号男人的心思，更不要再做日后和那小子一道生活的打算。她对自个儿的好姐姐坦率地提出这个问题。她说姐姐咱们现在说说李小海的事儿好不好？贺晓春以为妹妹要说那笔钱，四十万人民币如何处理，事关李小海，她还真不明白妹妹打的是啥主意？

你是真想和李小海好，是不是？

贺晓春望着妹妹，不知妹妹为啥至今还怀疑这一点。

是他的床上功夫比"大马猴"强？

贺晓春的脸唰地红了。虽说是亲姐妹两个说私房话，贺晓燕这种赤裸裸的揭露也让她脸上挂不住。她不好意思地说，我觉得，他人也挺好的嘛。

贺晓燕就嘻嘻笑了。

你笑啥？

你觉得他人挺好，可我看他压根儿就不是个东西！

他……他怎么啦？你……发现他的啥事儿啦？

贺晓燕便把那晚在金龙大酒店的事儿全说了，一直详详细细说到她甩了李小海一个大嘴巴。说毕，才反问姐姐：你说吧，他对你的妹妹都是这样，这号男人，你还敢去真心爱她？

如闷雷击顶，贺晓春可没有想到李小海是这么一个男人。男人有点花花心思是可以理解也可以谅解的。但风度翩翩的李小海在和她刚刚度过床第之欢，在刚刚把她送上飞机之后，就打上了她妹妹的主意，这种事让贺晓春不能相信却又无法不相信。她面对的是自己的亲妹妹,妹妹怎么能编出这种荒唐的故事来呢?李小海的这种行为,她又怎么能容忍呢?

姐姐,李小海比你小得多,女人找个小男人,彼此玩玩可以,结成夫妻,小丈夫可靠不住呀!你不如意"大马猴",但他还是真心爱你的,找上李小海,我是怕他把你当成梯子,爬上去了,不用你了,那时你怎么办呀?你也不好好想一想,他李小海能看上你哪一点?莫非他真看上你这个年龄比他大许多的老女人了?

贺晓燕这话是刺痛了姐姐的心,可也正是这话,刺得贺晓春收回痴心,开始认认真真把自己摆到了一个恰当的位置,客观地琢磨起妹妹的话来。

姐姐呀,天底下的男人多得是,李小海那种男人,就像是你穿过的一双旧皮鞋,扔掉了事,再不要想了!

可他……他还让我……

贺晓燕便说,你呀,真是个好人,他不过给了你个空头衔,你倒真认起真来了!他让你当啥的海外总代理,是他想赚钱呢,你以为是让你赚钱?

可我答应过人家呀。

你在广州陪过他,还把他弄到香港,在这家里陪过他,他给过你一分钱没有?你去龙城住了好几天,天天陪着他,可吃喝住行全是花你自个儿的,他给过你一分钱没有?杜十娘陪李甲,周瑜打黄盖,过去不说钱可以,谁叫你当时愿意来?他要是个好主儿,你就是给他贴上也算了!可他刚下了你的床,就想上我的床扔掉你呢,这种王八蛋男人,咱还能再给他一分钱?他不给你付钱,就算便宜了他!我做主打过来的那四十万,他甭想再得到一个子儿。

贺晓春没法吭声了。她心里好难受。她想,我算个啥人呀?我又不是卖身的妓女,怎么妹妹能说"他不给你付钱,就算便宜了他"的话呢?可谁又能想到李小海是那么一个吃过姐姐还想吃妹妹的坏男人?可怜我的一厢真情化云烟,一片情意付东海了。妹妹也说得对,遇上这么个男人,在我身上已经逮尽了便宜,现在再给他送钱,我这不真成了二傻子了吗?

你说怎么办?贺晓春问妹妹。

贺晓燕说得十分干脆那钱已经打到你账上，你不往出拿，看他李小海能跑到香港来和你打官司？

他要真找来呢？贺晓春还是觉得这样有些不仁义。她现在也算商界的人，这么干，那不是赖账吗？

贺晓燕觉得姐姐也太有些那个了，就说，你要还以为李小海是个好东西，算我刚才的话全是白说。是他李小海先不仁，咱才不义的，就是摆到桌面上，你给他当海外总代理，社交活动费、请客送礼费，谁来掏？他难道能不付你报酬？先把这些一笔一笔让他算清楚再说。

这一回，贺晓春不吭声了，觉得妹妹的话不无道理。

贺晓燕又说，我明日就去广州，然后直飞龙城，你得从那四十万里给我提出八万来，我是中间人，抽百分之二十的回扣，最好全兑成人民币，我回龙城后有用。剩下那三十二万，我把话说到家了，你再细细品味品味。你要真是不听我的，非要找那么个小姐夫，甭说把那三十二万全给他汇去了，就是把人家"大马猴"在香港给你弄下的这些产业也全贴进去，那是你的事，你自己拿主意吧。

姐姐虽说处理事情没有妹妹果断，但妹妹此时的思路，已被姐姐全部接受了。

49

龙城市的市委书记要调到省里另有高就，市长要接任市委书记的消息，已经越来越明朗。省委组织部派来的考察组，在龙城正对书记和市长进行最后的考察，这几乎就是提拔干部中一道例行公事的程序，对所有瞄准市长空缺下来的位置，努力想坐上市长宝座的竞争者而言，频繁的活动正在暗中进行。面对这种局面，程国庆丝毫不动神色，认定在这场角逐中，别人都不是他的对手。这种感觉，在他向市委常委扩大会进行完那次工作汇报后，心里便更充分也更加靠实。

那次会上，市委常委们和副市长们全在。作为龙山开发区的总指挥，程国庆做了近两个小时的汇报。他从龙山公路的开通说起，对自己挂帅建成的龙山公路虽是一笔带过，但这一笔却将龙山开发区与龙山公路的因果关系理顺了。没有龙山公路，就不会有龙山开发区，而对全市经济起飞极具影响力的这两件大事，又全是在程国庆的直接领导之下。前一件已功德圆满，后一件正前程似锦。虽然程国庆口口声声不离市委市政府的正确领导这些字眼，但心中却想，这些本事，这种政绩，你们在座的谁有？

市委书记肯定了程国庆的工作汇报。市委书记说我们龙城市地处内陆，与沿海同等规模的城市相比，差距不仅仅是存在，而是很大很大。要缩小这种差距，要把我们龙城的经济搞上去，关键在哪里？程副市长刚才的汇报再次提醒我们，关键就在我们在座的领导干部有没有开拓意识？有没有进取精神？有没有实干的作风？我们市委市政府的班子，下一步可能会有一点人事变动，这是很正常的，谁开拓进取，谁实干能干，上级自然会考虑谁。可我们个别干部就是不信正的信邪的，一听说我和市长可能要动，就坐不住了，就东跑西跑地开始跑官了。现在有没有跑官跑成的？有！靠行贿做了官的人也大有人在，要不然，中央何必成天价花大力气反腐倡廉呢？可我要提醒同志们，要认定跑官就一定能跑成，那未免也太小瞧共产党了。共产党要全用上跑下的官，我这个市委书记敢断言，我们这个党恐怕就得完蛋。所以，我们还是要集中精力，努力工作。大家要都像程国庆副市长这么干，我看咱们龙城的经济腾飞就能指日可待。

市委书记的话真让程国庆听了舒坦。

这无疑是一个信息，市长腾出的位置，市委书记的意思是让谁去坐，还用再明说吗？

市长对程国庆的工作汇报也做了明确表态。市长说龙山开发区将来势必会成为龙城市经济起飞的一个龙头，搞好这个开发区的意义十分深远。市长在充分肯定龙山开发区总指挥部这一段的工作后，提到了要保护龙山历史文物的问题。市长说杨儒荫是个海外的资本家，但人家还懂得咱们龙山历史文物的价值。可我们有些人却不懂，要在龙山文物区搞什么现代石刻，说穿了，就是给有钱的人造墓刻碑，听说只要肯花钱，还可以在龙山塑像呢！这事儿都活动到杨儒荫名下了，干这种事儿的人，美其名曰是搞现代景观，实际上非把我们一个好端端的文物区破坏不可！杨儒荫和我提到这事后,我当即就和文化局打了招呼,请程副市长在开发区建设过程中也注意一下这件事,切不可为满足一些人的赚钱欲望,使龙山开发区的现代化建设形成之后,破坏了老祖宗给我们留下的宝贵文物。

市长的每一句话也让程国庆听了十分舒坦,肯定了分管的工作,不就等于肯定了具体干这项工作的人了吗?有我程国庆在,你们其他人莫非还想越过我去坐上市长腾下的位子?

心情很好的程国庆,这天晚上回到家里后,偏偏遇上了烦恼。

回家后妻子已经做好了晚饭,他边与妻子一道吃饭,边将今天常委扩大会上市委书记和市长的讲话说给妻子听。

赵新华一直一言不发地听着。

程国庆说罢了,就十分自信地问妻子:

你说这市长的位子,是不是也该轮上我坐一坐了?

赵新华还是没有说话。

他便问妻子:你怎么一点也不为我高兴呀?

赵新华这才开口说,我是怕你犯错误呢。

程国庆就哈哈大笑,几乎把刚吃到嘴里的一口饭菜喷出来。

笑毕,才说,你们纪检上不是查过我了吗?怎么样?查来查去,我不是由龙山公路指挥部的总指挥,又变成龙山开发区指挥部的总指挥了吗?再过些日子,怕是我这个副市长的副字也得去掉呢!还是人家市委书记那话说得对,干工作就难免出些差错,但这种干部比那些不好好干工作,一心想跑官的人要好得多!

没料到赵新华突然劈头问道:你说,那个首饰盒里的金项链和金戒指是怎么回事?那么贵重的东西放在家里,我怎么一点也不知道?

程国庆急了,真没想到妻子会看到那个首饰盒。他深知自己的妻子最讨厌描眉画鬓,挂金戴银,假如知道了这贵重东西又是他收下外商的礼物,不但不会要,恐怕还会逼他退回去不可。可这东西既已收下,怎么能再退回去呢?这小玩意儿,这些日子一直在他的公文包里放着。昨晚他在家里推敲今天会上的汇报提纲,赵新华已经睡了他还在加班。后来整理公文包,就把里面放着的这个小首饰盒取出来,放到写字台的大抽屉里。那个大抽屉,一直放着他平时带回家中的文件,妻子也时常把要加班处理的文件和材料带回家来,但两个人的这类东西,从不混放在一起。当时是怕常委扩大会上往出拿汇报材料时,把这个首饰盒带出来,那岂不是要给同僚们无端地生出一个话题?要早知道这事儿瞒来瞒去又让妻子知道了,这玩意儿还不如放在办公室里好。

程国庆由不得来了气,脱口就责备妻子说,你怎么能趁我不在,乱翻我的东西呢?

赵新华没想到丈夫会如此怪她。程国庆昨晚加班她知道,程国庆今天要开一天常委扩大会,且要在会上进行工作汇报,她也知道,这些事儿丈夫全告了她。程国庆一早就夹上公文包走了。她在上班前要收拾一下屋子。她在程国庆的写字台上看见一张纸片,上面写着一些文字。她心想这纸片儿也许丈夫还有用处,就顺手拉开那个大抽屉把这张纸片儿放进去。

就这样,赵新华非常偶然地发现了抽屉里的那个小首饰盒。

平时虽然没有戴过这些东西,但赵新华毕竟是女人,又是文化局的干部,女人们聚在一起比项链比戒指的场合经见得不少。她从那首饰盒里先取出那条金光闪闪的项链,看看那花纹式样,自个儿从别的女人脖子上从没见过。再取出那个金光闪闪的戒指,上面那颗宝石就耀眼夺目。有一次在剧团搞调研,和几位女演员闲聊天时,她们说到手上戴的戒指,除了比克数,再就是比上面的宝石。从她们嘴中她才知道,因为有了这小小的宝石,那戒指才会更贵重。程国庆怎么会有这么金贵的东西呢?

这种东西是属于女人的。她从不戴这种东西,一是为了自己是纪检干部的形象,二是也没有这种经济条件。这一点,丈夫清清楚楚,那么,这东西一定不是丈夫为她买的。那么,丈夫怎么会有了这种东西呢?一定是别人送的。他为什么要接受这么贵重的礼品呢?这难道不是受贿?丈夫为了这可耻的贿物,是不是已经办下啥的错事了呢?无头的思绪,真是剪不断,理还乱。

在心里憋了一天的话刚刚出口,赵新华就让程国庆那句充满责备和敌意的话惹火了。一肚子委屈,就如喷泉一般,再也压抑不住。

什么？我乱翻你的东西？我是你的什么人？你又把我看成什么人了？我乱翻你的东西？你那抽屉里是有党和国家的机密文件呢？还是放着见不得人的东西怕我看见呢？我以前也给你收拾过桌子,收拾过文件,那时你挺高兴呢,怎么今儿一下子急了？抽屉里藏下金货了,倒怕我看见了！倒嫌我乱翻开你的东西了！

程国庆自知失言,面对妻子的这一串连珠炮无言可对。

赵新华寸步不让,盯着丈夫说,你今儿非得把那东西的来路给我说清楚不可！

这事儿好难办,闹得程国庆心里直打转转。如实说吧,不行。杨儒荫是什么人？是海外华侨不假,可还有个资本家的身份呀。先不说赵新华绝不会把这东西挂在她的脖子上和戴在她的手指上,恐怕还会逼着他把这东西退回去呢。可不如实说吧,这东西已经让妻子看见了,说不下个所以然,这东西简直就是个定时炸弹,赵新华会轻易让他放在家里,或者拿到别处？

几个转转打下来,程国庆认定这事儿只有扯个谎才行。不扯个谎这事儿就没法办。不扯个谎妻子就会天天睡不好觉,她天天睡不好觉,这日子还怎么个过法？

程国庆的眼珠子便亮了。

他就哈哈大笑,十分随意地说,你呀,我是逗你玩呢,看把你紧张的。

赵新华被丈夫这种骤然间转变的态度弄糊涂了,依旧盯着丈夫,等他详细解释。

这是别人的东西,托我放一放,程国庆说。

谁的？赵新华追问。

程国庆早就想好了,张口就有词儿:这是人家贺小姐的。香港女人,这种东西是换着戴呢。人家回香港办事要走几天,零星东西就寄存在酒店里了,可这东西贵重,她这回又不戴,就让我给她保管几天。你说这点小事我能说个不字？那天送她走时接下她这东西,你说我不放在家里,还能整天装在身上？

他说这话时,看到妻子眼中的疑问正渐渐消除。

真的? 赵新华又问。

我还能哄你?

听丈夫这么说,赵新华就笑了。还笑着说,人家是为你怛惊受怕呢,瞧你刚才那副凶样子,倒像是真有啥见不得人的事似的。

程国庆忙说,你看你看,饭菜全凉了。

两口子就抓紧吃饭,不再提这事。

这天晚上睡觉时,赵新华显得十分温柔,偎在程国庆怀中,不停地亲吻丈夫,她在表示自己对丈夫曾有过的误解,期待着丈夫的回报。可此时他却平静如死水一潭,似枯木一截,对妻子这种求爱的信号没有任何回应。偎在他身边的,是他的妻子,是他深深爱过的女人。他从来没有过其他的女人,也从来没有想到过对妻子说谎。可由那台在别人也许绝不当回事的微波炉开始,他不得不用谎言来应付身边的这个女人。她是他的妻子。她却又在这些小事上那样地和他较真。别的女人是这样的吗? 他突然就想到了贺晓燕。妻子身上那种十分熟悉的异性气息,和贺晓燕身上散发出来的那种气息一点也不相同。她们都是女人,自个儿拥有的这个女人,身上的政治味儿确实太浓了。我是个搞政治的,妻子比我还政治,她要有些贺晓燕那种女人的味儿多好。

你在想啥呀? 妻子问他。

我……我没有想啥。

你知道我今天看到那小盒子后,都想了些啥呀?

啥? 他只好随了她的话题反问。

我怕你受贿犯错误呢。我还怕……

怕啥?

我还怕你在外面有了别的女人呢……

你呀!

他不想再说什么了,对妻子说今天开了一天会有些累了,想睡觉。妻子便最后给了他一个轻轻的吻,离开了他。不久,他就听到了赵新华轻微的鼾声。他却睡不着。暗夜里，尽管闭着双眼，可不知为什么，眼前总是晃动着贺晓燕的影子。

那个女人走了好多天了，也该回来了吧……

50

在曾华的精心编排下，《龙族》的创刊号印制完毕。刊物是图文并茂，倒也雅俗共赏，热热闹闹。在编排体例上，曾华集中一个叫作"海外游子情系中华"的栏目，用自个儿写的那篇访谈纪实压轴，再配以其他文摘，以及对龙山开发区不同角度的介绍，使杨儒荫先生和龙城市的龙山开发区形成了一个较为丰富的版块。

可惜只印了两千册。

现在龙城的印刷厂不交印刷费不给开印，企业欠债收不回来，弄得厂长们一个个全用这法子经营。李小海于是便定了谱儿，只印两千册。至于印刷费，他对曾华说，不是给林森的公司也登了一篇广告文学吗？他不是还要给点儿钱吗？先把那钱当成印刷费，他印刷厂还不给印？

可只有两千册……曾华对一份只印两千册的刊物很不满意。

李小海就劝他：有两千册就行，咱的刊物不靠发行量挣钱，得靠吃大户挣钱才行。

曾华依旧较真说，现在的企业家又不傻，知道你这刊物只印两千册，一点儿大的宣传面，人家谁肯给你掏钱呀？

李小海说，咱印上两千册，对外说时不会说是两万册？对了，干脆就说是二十万册不就得了？

眼下反正是没有钱，曾华只好按李小海说的意见办。

只印了两千册的《龙族》，倒也不难处理，给香港南洋杨氏集团总部寄了一百册，给贺晓春寄去一百册（李小海的意思是让她拿上刊物再去联系掏钱的大老板），给省市有关领导一人寄一册，再留下一百册库存以备急需，剩下的一千六百来册，找了个书商，让他按五折去代销了事。

创刊号是如期出来了，可第二期是啥内容，完全断了档。曾华也明白，按李小海的这种做法，找不下愿意掏钱的新主儿，是绝不会拿杨儒荫给的那些钱去出第二期的。何况,那笔钱至今还没有转到他李小海的手上呢。他本来犯不上着急,但稿件是他出面组来的,自己可以先不往出打稿费,别人的稿费得往出打了吧。

他便催李小海,每催一次,李小海都是一句话:再等一等。

李小海曾拿上印出来的刊物去找过贺晓燕,想和这女人再套套近乎,抹去自己给这女人留下的恶感。他把自己装扮一新,一路上想了许多好词儿,来到了金龙大酒店,才知道贺晓燕回香港去了。只好悻悻而归。想给贺晓春打个电话,又想还是等贺晓燕回来看看情况再说。如果贺晓燕把那一耳光的事儿告诉了她姐姐,贺晓春在电话上问起这事来,他如何说得清楚? 也许我是杞人忧天呢。也许贺晓春接到刊物后正忙着给我拉新的关系户呢。也许当姐姐的会把钱让妹妹给我捎回来呢。李小海心里不安,几乎天天要给金龙大酒店的那个楼层打个电话,打听贺晓燕回来了没有。而对待曾华,也就总是用"再等一等"的话应付。

终于,李小海得到了消息,那个楼层的服务员告诉他,贺晓燕刚刚回来。李小海放下电话,急忙像上回一样,把自己装扮一新,揣了一本《龙族》,直奔金龙大酒店。

贺晓燕确实回到了龙城。

返回金龙大酒店的第一件事,就是给程国庆挂去一个电话。她约程国庆晚上九点来,说是要谈事儿。程国庆在电话上十分爽快地答应了。她又故意绕了个话题说,走了这些日子,我有许多话要对你说呢,你可甭告诉你太太晚上是来我这里呀! 也省得人家替你挂心。程国庆还想和她多说些什么,她却压下了电话。约好了程国庆,贺晓燕想冲个澡,然后养精蓄锐,准备今晚与程国庆会面。对今晚所有的设想,她全部充满了自信。

她没有想到李小海会来找她。

她不想让这个男人进来,但李小海却嘻嘻笑着,双手捧着那本《龙族》杂志,一副谦恭的模样说,贺小姐,我们的刊物印出来了,我是天天盼您回来,要亲自给您送来样书,亲自来聆听你的指教呀。

她不得不让这个男人进门了。

你坐呀！她不等李小海就座，自己先坐到沙发上，两腿一跷，一只脚悬在空中上下踮着，脚后跟就离开了高跟鞋，那鞋随着脚尖也上下踮来踮去。如此坐下，并不去翻那本刊物，而是十分随意地将那本刊物往茶几上一扔，漫不经心地打量着李小海。

这女人的一副傲气真让李小海气愤。他真想扑上去把这个女人浑身的衣服撕光，在疯狂蹂躏她的同时，再偿还她几个耳光，让她痛苦地呻吟，痛苦地喊叫才好。但他很快又想到了自己来找这个女人的目的，不得不将做出的笑全堆在脸上。

那女人又瞪一眼还站着的李小海说，你不想坐，有啥事就快说吧。

李小海只好开口了，脸上依然堆着笑。

你这次回香港，见到晓春了没有？

贺晓燕眨眨眼说，她是我姐姐，怎么能不见面呢？

那好，好……李小海点着头，又问，我们那笔钱，她没和你说？

贺晓燕知道他就是来问这事儿的，偏故意装糊涂说，你们那笔钱？你是说啥钱呀？

就是杨儒荫先生资助我们的那四十万呀。

杨先生资助你们四十万？我怎么没有听说？

贺小姐，那不是你亲自给我们办的吗？李小海显然有些急了，两眼直盯着贺晓燕。

贺晓燕嘿嘿一笑说，你是说我给你们办的那四十万呀，对，对，我姐姐说她收到了。

那……

李小海想等下文，贺晓燕偏不言声。

李小海只好问下去：她怎么还没有给我们打过来呀？是不是这回托你捎过来了？

贺晓燕抬头望一眼李小海，回敬说，你们之间的事，我怎么能过问？

那你姐姐的意思……

贺晓燕指指茶几上的那本《龙族》说，你们这刊物不是出来了吗？还有啥事儿呢?

可那钱,是资助这刊物的呀!

可我姐姐给你当海外总代理也不是学雷锋呀!

你……

你甭急嘛,咱们办事都得有个规矩是不是?我给你们弄这四十万,该不该拿回扣?我姐姐给你们找人办事,空着手跑能行?能不送礼?能不请人喝早茶吃夜宵?她给你当总代理,你能不给她一笔开办费?要不,你当时让我把钱直接打进你的账户就行,何必让我把钱打到我姐姐账上呢?我们香港开支大,花来花去,那点钱也剩下没几个了。我姐姐收到你寄去的刊物后说,你的刊物办得不错,就是不知道发行量大不大?不知道这一期挣下多少钱?她还让我问你啥时再给她往过打些活动经费呢。

好一个精明的女人,一下子就将债权人变成债务人了。

贺晓燕的话说得轻飘飘的,可一句一句砸在李小海心上,让李小海明白了同时也傻眼了。

贺晓燕起身开始送客。

她说,你不是我的老板,我也不是你的雇员。至于你和我姐姐的事,你没有权利问我,我更没有义务过问你们的事情。

李小海还想再说几句,贺晓燕已经过去打开了屋门,一只手向门外一摆,很不客气地下了逐客令:

我是杨先生派来的项目经理,来龙城是和市政府进行合作的,请你以后再不要来打扰我了。不然,我将通知市政府对你进行干预。

气急败坏的李小海,这次虽然没有挨贺晓燕的耳光,但比上次挨了耳光还觉得晦气。也想发作又不能发作,一时竟没了主意,只好灰溜溜地离开了金龙大酒店。

51

晚上八点四十分,程国庆的司机准时来接他。

正在看电视的赵新华问程国庆,这么晚了还出去干啥?他说指挥部有个协调会议,尽是扯皮的事儿,弄不好今晚得加班解决。他让赵新华不用等他了,该休息就早点休息。这话是早就想好的,他说这话时很平稳,赵新华也没有细问。

一路上,程国庆的心里不断地纷飞着种种设想。贺晓燕在电话里约他时的那些话,让他对今晚的约会充满了一种急迫。

接到贺晓燕的电话后,程国庆就一直咀嚼着电话里这个女人说话的韵味。那韵味让他说不清楚道不明白,只觉得那韵味里面藏着一种可意会而不可言传的含义。她从香港一回来就约我见面,且是晚上见面,还不让我告诉赵新华,这种可意会而不可言传的含义,一直让他急盼着这次见面,这种急盼中似乎掺着男女交往中的预感。他总觉得今天晚上会有点什么事儿发生。这些年,社会上的大款大腕们,挎小秘搞情人的事儿,他也听说不少,就是在市委市政府的大院里,有的干部时不时地弄出点婚外恋的传闻来,也能传进他的耳朵。在五六十年代,一个领导干部如果和妻子以外的女人有了关系,那叫搞腐化,叫搞流氓,社会上不容许,组织上更会对当事人进行处置;到了70年代,这种事儿就变成了小节无害论;而现在,有了这种事儿,那叫第三者,叫婚外恋,报纸上还有人写文章,为这种现象的合理性大找理由呢。除了赵新华这个扮演着妻子角色的女人,程国庆活到如今,对别的任何女人都没有过非分之想和非分之举。他弄不清楚,为什么自结识这个贺晓燕后,这个女人在他的眼前总抹不去,在他的心底总驱不走。难道说,自个儿真喜欢上这个女人了?他身上穿的是这个女人送他的西服,他还接受过这个女人的现金馈赠,使他度过了因儿子出国,家中拮据的经济困境。身居要职执掌大权的程国庆,此时对自身的职务和权力,以及这种身外之物对贺晓燕的影响,真有些"只缘身在此山中,不识庐山真面目"了。他只想到了这个女人对他的种种好处。而一点也不去想她所以这样做的原因。为了自己没有能回报这个可心的女人,他急于去赴约,去向这个女人表白,甚至想着如何才能报答贺晓燕才好。

在司机将他送到金龙大酒店以后,程国庆就让司机回家。他对自己的司机说你也是有家的人,我没明没夜地工作,总不能让你也没明没夜地跟上我耗着不能休息。他说我开完会,有别人的顺路车,要不,叫个出租车也就回去了。司机很感动,还是坚持要等他,在他的一再催促下,才怀着对他的无限感激,开上车回家去了。

程国庆几乎是九点钟准时敲响了贺晓燕住的房门。其时贺晓燕画好了晚妆正坐在沙发上耐心地等他。这女人穿一身真丝睡衣,内里只穿着三角短裤和乳罩。身上所有曲线,在那薄如蝉翼般的真丝睡衣下或隐或显。她身上的香水味儿淡淡地弥漫在整个屋子里。

她听到敲门声后并没有起身,而是只说了一声请进。

走进屋子里的程国庆几乎惊呆了。

如果他此时急步退出屋子,也许贺晓燕这种精心的设计会陷入误区,期待的事情也不会发生。但惊呆了的程国庆,面对沙发上这个真丝睡衣下几乎赤裸着的躯体,不但没有闭目退出,而是将目光猛然扫过躯体后,停在了贺晓燕的脸上。他看到的,是一张向他张开了妩媚和充满了多情的笑脸。

贺晓燕从沙发上缓缓站起来。

那睡衣在她的身上飘拂着,那笑脸和睡衣下的躯体向站在门口的程国庆移动过来。贺晓燕随手关上了屋门。随着门上暗锁啪的一声响,她已转过身子,一只手轻轻地拉住了程国庆,用一种含满了柔情和蜜意的语气说,快坐下呀,你怎么还站着不动呀?

程国庆刚要就座,贺晓燕又一把拉住他说,瞧你,把自己包裹得严严实实的,我这里又没有晚宴和舞会,屋子里这么热,都随便点嘛。你还不快点脱掉衣服?

屋子里是热。暖气热,空调热,程国庆的心里也热。

在贺晓燕的帮助下,程国庆脱掉了西服上衣。在这女人拿着他的上衣往衣柜里挂时,他的目光,再次扫过了这个女人的躯体。这回是慢慢地,那目光几乎射穿了贺晓燕身上的真丝睡衣。这女人身上的曲线,是比赵新华身上的曲线更好看。除了自己的妻子,他还是如此逼真而又如此朦胧地看到了另一个女人身体的曲线,且是如此近在咫尺,他的心开始恍惚而摇震了。

这女人……这女人……

他想,别人他妈的花上钱买风流呢!少要稳重,老要张狂,我他妈的四十多岁了,还他妈的不知道别的女人是啥滋味呢!他又想,这女人今晚上这种打扮,她想啥?她要没操坏心,明明要约我来,能这副模样?他妈的权当我不花钱嫖了一回娼吧!权当我也开放一次,看看这个资本主义社会的女人是怎么一回事吧!

贺晓燕从衣柜那里转过身来了。

程副市长,这阵子你忙不忙?

忙……忙……

程国庆胡乱应答着,一对目光还在贺晓燕的身上扫着,且停在了她高耸的前胸上。那胸前的双乳,虽然被乳罩裹着,却在真丝睡衣下隐约可见。

程副市长,我这次回到香港,也不知怎么搞的,总是梦到你……

真的?

我和你啥时说过假话?

程国庆的一只手,已经抓住了贺晓燕的一只手臂。贺晓燕没有躲避程国庆的这种举动,而是避开了程国庆那刀子般的目光,一副娇憨的模样,且微微低下了自己的头。

程副市长,香港有钱的男人是不少,可是论气质,没有一个能比得上你。有一回我梦醒了,再睡不着了,就胡想……

程国庆抓紧了贺晓燕的那只手臂,情不自禁地追问说,你想啥呀?你说,你说呀。

我想……我想如果你没有赵新华多好,那……我也许……

程国庆再无法自持,抓紧贺晓燕的那只手一用劲,贺晓燕就顺势倒在了他的怀里。

晓燕……晓燕……

她听见程国庆在轻声地,急剧地呼唤她。她几乎能听到这个男人的心脏在怦怦地跳动。她甚至能感到这个男人抱紧她的两只手臂都在颤抖。经见过许多男人的贺晓燕立即印证了自己以前的判断:程国庆确实不是那种寻花问柳的老手。

她希望的正是如此。

她想,今晚的戏开的这个头真好。

贺晓燕顺着程国庆的手劲,将整个柔软的身体钻进了这个男人的怀中,口中却喃喃说,程副市长,我怕……这样……不好……

晓燕,我也是控制不住自己了……

她听到程国庆这话。她真怕程国庆在说这话时,突然用理智战胜欲念。她伸出双手猛地搂紧了这个男人的脖子,在程国庆低下头的同时,她已经用自己的双唇,对接上了这个男人的双唇。

我们……我们……

程国庆似乎想说什么,她却不容他说下去。

我们……我们就这么爱上一次,你说……好吗?

她如此说着,便感到程国庆那两只紧紧地抱着她的手臂,不再颤抖了。她听到这个男人急剧跳动的心脏,也渐渐平稳了。与此相伴而来的,是这个男人开始热吻她,一只手也开始伸向了她的前胸,探入了她的乳罩之下。贺晓燕故作娇喘,任程国庆的那只手一路畅行无阻。

我……我还是第一次……我也知道不该这样……可我……我……真的喜欢你……

贺晓燕不断地喃喃着。程国庆此时已经不再有最初的那种胆怯,心理障碍也被心底的欲火冲得一干二净。他一次又一次地吸紧了贺晓燕的舌尖,不容这个女人说下去。说真的,他此时根本不相信怀中这个女人的这些喃喃细语。第一次,鬼才相信你是第一次呢!你愿意我,我干吗犯傻呢?你是和我逢场作戏呢,我怎么刚才还心跳?还双手发颤呢?原来和别的女人也有这般乐趣呀!那好,今晚也该着我好好地乐上一回了。

汹汹的欲火越燃越凶。

当初伊甸园里的亚当和夏娃在偷吃了禁果之后,男女之爱使人类在快乐中得到了不断的延续。禁果给了人类这种快乐的私欲,同时也给了人类与这种私欲永远结伴的幸福与犯罪。程国庆现在只感到自己幸福极了。

他正进入一个自己尚未进入的领域。怀里的贺晓燕那般温顺。这是他的第二个女人。如品尝一盘从未见过的菜肴一般,程国庆被一种全新的感觉所笼罩,欲火正在促使他放荡,只有充分地放荡,欲火才能燃出新的欢乐和新的快感来。

紧接下去,一切就变得顺理成章。

程国庆的衣服一件一件也飞向地毯,做爱的地方由沙发上转移到了床上。生理上勃发的欲望,正在程国庆全身的细胞里膨胀。他如一头被情欲激起,亢奋异常的大健牛,奔驰在山丘和平原,且一路呼啸着进入了浓密的丛林。

一切全不复存在。只有贺晓燕那洁白细嫩的躯体和一阵阵欢快的呻吟,更加激起了程国庆的冲动。一艘即将入海的航船,正在船台上高高地昂起了船头。程国庆是船长。航船顺着船道向着大海飞滑而去,在船头直插海面的一刹那间,程国庆听到了贺晓燕从喉咙里猛然发出的一声尖叫声。似乎被无数条锁链猛地拉住了船身,飞滑下去的新航船骤然停止了前进。

程国庆决然没有想到的感觉竟然出现。

他从自己的感觉中意识到了。从身子下面这个女人的那一声尖叫声中也意识到了。而充满这种新意识的程国庆,突然浑身疲软,从山丘和平原上翻身坐起。

你……你怎么啦?你原来……原来……

她说,我……我疼。

她说着微微欠起身子,猛地惊叫一声:血!……我好怕呀!是血。

程国庆看清楚了,那洁白的床单上,果然见了红。

贺晓燕竟是第一个委身于他的姑娘,这可是始料不及的情况!

他傻眼了。

突发的事实竟与原来的那种潜意识截然不符,她说得对,没有哄他。她果真是第一次。程国庆在这一刹那间,就生出了一种犯罪感,这犯罪感又和一种负疚感和幸福感交织在一起,让他一时在心里理不清楚。

我好怕呀！我……我……贺晓燕喃喃着再次钻进了他的怀中。他紧紧地抱住了她,有点不知所措了。面前的事实,让程国庆在心中不能不承认,钻在自己怀里的这个女人,不是荡妇更不是娼妓。她是一个好女人。她是把自己的贞洁无条件地给了他了。他得到了她,这件事绝不和随意与一个别的什么坏女人有了苟且之事可以雷同。

他必须重新认识这个女人！

而在此之前,他根本没有想到贺晓燕会是第一次！

获得成功的贺晓燕开始轻轻地抚摸程国庆,并且重新与他相偎着躺下。她在他的脸上不断地落下一个又一个的吻,不断地向他喃喃诉说。说她如何见到他第一面时就喜欢上了他;如何事事处处想着他,就是在杨儒荫来到龙城后,也是由不得总是站在了他的立场上;说她对今天的这事儿一点也不后悔,一个女人找一个男人做丈夫容易,但一辈子能找到一个真正的男人,哪怕只是能得到一点爱而不能结合呢,也是一个女人真正的幸福;说他的气质是她多少年来梦寐以求的那种男子汉的气质;说她不是追求金钱和权力的女人,她去香港正是从爸爸身上看破了官场的虚伪和无情,有幸回到龙城,有幸结识了程国庆真是一种人生的缘分……

程副市长……

不,不,你还是叫我老程吧,要不,就叫我程哥也行。

程哥……

对,对,以后我们只要单独在一起,我就是你的程哥！

程哥,我是把自个儿全给了你了,你可得珍惜我们俩的缘分呀！只要我们两个真心好,就不愁成就不了一番事业。

晓燕,你真好。

程哥,你也真好,你听我说,人生在世,我们可能成不了夫妻,但我能找到你这么一个男人,就愿意一辈子做你的红颜知己。内陆现在也有情人的说法了,我愿意当你的情人,真的。这个世界上我该跑的地方全跑过了,我还缺什么呢? 得到你这么一个男人,我这一生也就知足了……

程国庆此时真恨不得把自己的心掏出来。他正拥着一个不但年轻美丽,而且善解人意的女人。他信这个女人所说的一切。这个女人把最宝贵的贞操都完整地给了他了,她的话,还有什么是不可信的呢?

在贺晓燕的亲吻抚摸和绵绵的情话中,程国庆再次亢奋了。

程哥,我是第一次……刚才……真对不起你。

这女人表白着自己,重新将自己横陈床上,再次迎候了她的程哥。风暴再起。亢奋的牛在那一片白净的山丘和平原上一路挺进。云儿在翻腾。暴雨似倾盆。高耸的船头插入海中,船身在海面上沉浮起伏。程国庆这回真是如鱼得水了,忘乎所以地横行穿越,将自己的整个肉体和灵魂,完全陷落在贺晓燕精心构制的陷阱里面。

事毕,贺晓燕依旧偎在程国庆怀中不想离去。

他说,晓燕,你真好。

她说,程哥,只要你对我好,我绝不逼你离婚的。

他说,真的?

她说,两情若是长久时,又岂在朝朝暮暮?

他便再次在她的身上落下狂吻。

她说,我真幸福,得到了你这么一个真正的男人。

他说,我真想不到,这辈子还能有你这么一个女人。

天色越来越晚,他恋恋不舍地起身要走。

她说,你不敢留下?

他说,我怕啥? 只是……

她便说,我知道你是怕赵新华等你呢。

他说,倒不是怕她,只是没和她说今晚加班不回家。

她便笑,便说,那好吧,你回去也好,省得她多心。

程国庆重新穿戴整齐以后,贺晓燕从床头柜里取出了一个纸包。对他说,把这个带走。

是啥? 他问。

贺晓燕便打开了纸包,里面是五沓子人民币百元大钞。她离开香港时,让贺晓春给她提出了八万元人民币现金。她决定拿出五万元来,作为一种投资,继续用在程国庆身上。至于这笔钱如何对程国庆解释,她早已想好了词儿。

这……一看见那么五沓子人民币,程国庆分明吃惊了。

怎么?你不敢要?我给你的也不敢要?又不让你打收条留字据,你发啥的愣呀?再说,这钱是我挣来的,干干净净的,你倒是怕啥呀?

可这钱……你得说明白是怎么回事?

贺晓燕便嘿嘿笑了。

你倒是说呀。

她说,我以前给你说过,我老爸辛辛苦苦一辈子,可临终落了个啥?门庭冷落不算,只给我留下六百元!你不知道,没有钱,在国外那是寸步难行呀。那种滋味,我当初可是尝尽了。你的儿子也要出国了,他要学习深造,靠打工挣钱,必然要影响学习。我现在已经成了你的人了,虽然不是你的正式太太,但我这颗心已经完完全全地给了你了。你的儿子见了我,总得叫我一声阿姨是不是?我俩有了今晚上这事儿,我这个当阿姨的,不给你的儿子尽点责任能行吗?这五万元,是杨先生给我的红包。我这个投资方的项目经理,能得这么个红包,还不是亏了遇上你当总指挥?要遇上个没有魄力的,我再着急,工作能进展得这么顺当?你不贪不沾是个地地道道的好官,靠你那点儿工资给儿子补贴,你儿子出了国还不是穷光蛋一个?这点钱你要不收下,我俩刚才那么好,莫非是假的?

程国庆真让贺晓燕这番话给打动了。

再说,我的经济实力比你要强得多,就是没有这个红包,我以后也得给你多想些办法呢。

她边说边将那个纸包重新包好,塞进了程国庆的怀中。

拿好,小心出去丢了。

她再次嘱咐,又在程国庆的脸上印了一个吻。

程国庆觉得怀里那纸包好重好重,不由得揣紧了这纸包。

时间已过午夜,街上依旧灯火通明。以往晚上有事出门上街,对大街上两旁高大建筑物上的装饰彩灯,程国庆总爱边欣赏边往出挑毛病。让龙城的夜晚亮起来,是他在市长办公会上提出的一条建议。在办公会议形成共识后,这事儿就又落到了他的工作议程之中。他果然一抓就抓出了成效。龙城市的夜晚果然变得亮起来了。他抓工作总是常抓不懈。下面反映说,要不是程副市长抓住不放,咱们龙城亮起来的夜晚还会黑下来,可现在谁家的彩灯坏了,你不抓紧修好,总得在程副市长那儿挨批。但现在程国庆可没有心思关注大街两旁建筑物上的彩灯了。怀里的纸包让他有一种负重感。

他的脚步越来越慢,在一处路灯下站住。

他想返回去,把这包钱还给贺晓燕。

可怎么和她说呢?方才和这个女人做爱时的种种情景,又在脑海中升腾而起。这个世界上哪里有搞了女人还挣钱的事啊?要是别人和他说有这种事,他是绝不相信的。他可能会说,这女人一定有其他目的呢!贺晓燕这么做,有什么目的呢?她是投资方代表,我是政府代表,她与我是合作共事的同伴,她能有什么目的呢?程国庆突然觉得自己也太敏感了,一个那么漂亮的女孩子,人家刚才把自己最宝贵的贞操都给了我了,我还对人家胡思乱想个啥呀?她要是坏女人,在香港那么个地方早就坏到家了,能还是处女?能从资本主义社会跑回来,看中我这么一个男人?

不能回去,绝不能再把这钱还给贺晓燕。

程国庆又迈开脚步往前走。

贺晓燕是个好女孩,现在她都是我的人了,我怎么还信不过她呢?她正是在资本主义那种社会待过了,才更懂得像我这样好的男人不可多得,要不,外面世界里有多少有权有钱的男人她不去爱,偏偏喜欢上我这么一个男人呢?她可和那些歌厅舞厅里的什么三陪小姐不同,她那么纯洁,那么一心要对我好,对我的儿子好,要不是一片真心待我,怎么能在和我上床后还要给我这么多钱!

可我是有妻子的人呀!

想到了赵新华,程国庆不由得感到一阵内疚。

不远处的歌厅里,正传出一阵阵浪里浪气的流行歌曲。夜已经如此深了,街头还有相拥相搂的男男女女走过。许是刚看毕夜场电影,许是刚在舞厅里跳罢舞出来。程国庆突然觉得自己太亏了。这些年一直在仕途上,简直就没有好好消闲一下。贺晓燕在床上和我说过,她不会破坏我的婚姻。她还说得到我这个男人就知足了。爱情,这莫非是我命中理应得到的第二次爱情?有了赵新华,我怎么就不能再有个贺晓燕呢?他突然感到自己过去有点太古板太守旧太对不起自己了。贺晓燕到过我家,赵新华和贺晓燕成了朋友,只要不捅破这层窗户纸,我怎么就不能拥有两个女人呢?何况,这个贺晓燕又给了我一种全新的感觉呢?

程国庆不再多想,拿定了主意,该有的,绝不再拒之门外。

程国庆拦了辆出租车回到家里时,卧室里床头的壁灯还亮着。他估计赵新华早已经睡着了,没有惊动妻子,先到书房,把怀里那个纸包放进了写字台的大抽屉里。想想又觉不妥,拿出纸包来改放在写字台的小柜里。再定定神,又把这平日并不上锁的小柜上了锁,心里才觉得踏实了一点。他又想到了大抽屉里那个小首饰盒。重新打开大抽屉,取出那个小首饰盒,放进了自己的公文包里。

回来得这么晚,还加啥的班呀?

从卧室里传出妻子的话,看来妻子并没有睡着。

快睡吧!妻子又催他。

程国庆急忙走出书房,去卫生间里简单洗涮一把,脱衣上床,顺手关灭了床头的壁灯。

妻子伸出一只胳膊,搭到了他的脖子上,问他,你的会刚开完?事儿还顺心吧?

还好,还好。他没有和以往一样任妻子这样搂着他睡,而是拿开了妻子的那只胳膊,又说,不早了,快点睡吧。

这一晚,他睡得极不安稳。

52

李小海连着给香港打了好几次电话,但贺晓春的家中一直没有人接。他急了,这天晚上十二点时,又用手机拨通了香港的长途,心想,贺晓春莫非也像她妹妹一样坏了心？你他妈的就是睡了，我也得把你弄醒说个长短不可。他哪里知道经过妹妹点拨的姐姐，现在对他可不像当初在床上一般百依百顺了。

那边的电话空音刚响了两下，他就听到了贺晓春的声音：

哈罗！哪一位？

晓春，晓春，我是小海呀！

你好。这么晚了，有急事？

我给你打了好几次电话，家里一直没有人接，我是说，咱们的事儿……

李小海还没有点破要说的事儿呢，那边的贺晓春就开始喋喋不休，将早已准备好的话一股脑儿倒给了李小海：

小海呀，刊物我收到了，办得挺好的。我这些天可忙啦，在香港到处找大老板们帮你洽谈业务呢。你瞧瞧，我这就是刚回来呀。今晚你知道我请的是谁呀？说出来能吓死你。算了算了，我现在也甭给你报功了，事儿没有谈成以前告你也是让你白高兴呢。你是不知道，为了你的事儿，我到处请客送礼，要不是为了你，我才不会贴上时间贴上钱的给你四处张罗呢……

她一股劲儿地只管往下说个没完没了，云山雾罩的，李小海却一句实际内容也没有听出来。

我说晓春，我是说，那笔钱……

贺晓春就又打断他的话：

不怕不怕，放到我这儿你还不放心呀？

我是说……

你的刊物都出来了，你急啥？到时我会一笔一笔给你报账的。

李小海急了，对着电话就喊：报账？报啥的账呀？

贺晓春说，我这个总代理，花了多少，该拿多少报酬，你还欠我多少，我最后不向你报账能行？你那刊物销路好不好？第一期挣了多少钱呀？

李小海已经知道坏了事了。贺晓春的这些话，和贺晓燕跟他说过的那些话几乎一样。照这姐妹俩的说法，他恐怕将来还得付她们一笔钱才对头呢。

晓春,晓春,你不能这样嘛……那笔钱,你该留多少,你留下,三七？你说,你说话呀……

对方没有答话。

要不,就四六分,你不知道,我这儿许多事还等这笔钱开支呢。

对方还是没有说话。

我看咱们对半分也行。这么吧,你赶紧给我寄回二十万来,晓春,晓春,我对你可是一片诚心啊……

诚心？我问你,晓燕给你的那个耳光还疼不疼呀？

贺晓春半天没有说话,但这句话说出来,就像一股强大的电流,从香港李小海曾经住过的那套公寓里,嗖嗖嗖地刺向了李小海的耳膜。他甚至能想象出这个女人说这话时,脸上愤怒加委屈的种种神态。贺晓燕呀贺晓燕,他恶狠狠地在心底叫着这名字暗暗骂道:你他妈的也真毒呀！老子我不过是有那么一点意思,老子我亲也没有亲你一口,摸也没有摸你一把,你他妈的这一口可把我咬死了呀！贺晓燕呀贺晓燕,你是要和你姐姐合伙,要独吞那笔钱呢！我他妈的堂堂七尺男儿,多少女人都经见过,没想到能栽到你们姐妹俩这一对婊子名下！

他想解释,但也明白此时再解释也无用。他还想勾起贺晓春和他的那些感情,对着电话大声呼唤晓春,想让贺晓春能回心转意。但他失败了。妹妹已经给姐姐点破了玄机,贺晓春对金钱的感情,早就战胜了对李小海的感情。

小海,你听我说,我和你好过,你说得不假,可我是你的总代理,好朋友清算账,钱的事情上咱们得说清楚才行啦。香港不比内地,干啥事的开销也大啦,那四十万,为了给你那刊物办事,我已经花得差不多了,你要是还想和我好,还想让我这个总代理给你办事,你就再给我筹备点钱汇来。要不,这钱一花完我的工作就得停下来,那可就是事倍功半的结果啦。

贺晓春已经操起广东腔来了。

晓春……晓春……

李小海还要呼唤远在天边的情人,那边已经放下电话了。

李小海的一肚子火气,能把肚皮憋破。

他咽不下这口气。一晚上没有合眼。他的那位经理助理在送走最后一拨唱歌的客人后,回到他的这间卧室里来睡觉。李小海心烦,这个晚上可没有一点点和她做爱的情欲。那女人百般挑逗,最后反遭到李小海一顿臭骂,只好一个人蒙头睡了。

第二天一早,李小海早早地就敲响了曾华的家门。

曾华家刚刚用过早餐,女儿和李小海道声早安,上学去了。她明年就要参加高考,早早地就要去学校上早自习。黎萍正收拾餐桌,一边请李小海坐下一边就冲书房喊曾华。喊罢,又对李小海说,你这人,无事不早起,一大早来敲门,是不是给我们送编务费和稿酬来了?

李小海坐在那里,苦笑不语。

曾华从书房里出来,接上黎萍的话,也问他是不是香港的钱打过来了?

李小海这才长叹一声说,曾老师,黎老师,出事了!

他那神态和腔调,让曾华夫妇由不得大吃一惊。忙问出了啥事?李小海这才从头说起,说他找见贺晓燕是什么态度,给贺晓春打电话,贺晓春又是怎么说的。叙述完这些,才又叹一口气说:

你们听听,她们姐妹俩这不是明摆着要坑人吗?

黎萍先就急了,冲李小海瞪着眼说,小海呀,当初我同意曾华给你去当主编,也是觉得这事儿总算个正正当当的第二职业,总比报上说的教授去卖馅饼儿好吧!那些日子,他给你当主编,把我用得团团转,简直就是他的一个主编助理!还有那些组来的稿件,全是他托朋友们写的。曾华和我给你白干了,算我们跟上你倒霉,可朋友们的那些稿费,你可不能赖账呀!

李小海先安慰黎萍说,黎老师,你说的那不过是些小小不言的零数,现在我是着急叫人家活活坑了的那个大数呢!曾老师,你说说,这事儿咱可怎么办呀?

黎萍火了,又说,你当初口口声声你是社长,社长负责制,你要管财务,让曾华挣你的一份儿钱,要不,他不用外人死用我,还不是想把你给的那点儿钱省在自己口袋里?出了这种事儿,我家曾华管不着!

李小海就央告起黎萍来，左一声老师，右一声师母，说我有千错万错，咱们好歹是一家人呀，现在的关键是想想办法，那笔钱，怎么才能让那姐妹俩给咱吐出来才是呀！

一直没有言声的曾华，以前就想不明白资助《龙族》的钱，为什么要打到香港贺晓春的账上？听了李小海的一番话，心想，这事儿，当初就办得有些蹊跷。便对李小海说，你弄了个香港的总代理，你想沾人家的便宜呢，没想到叫人家沾了你的便宜，这事儿，我有什么办法？

李小海挠着脑瓜儿说，曾老师呀，我想了一夜，这事儿你要不出面，我可是真的没有办法了。

黎萍说，你不是去过香港吗？你就不能再去一趟，找见贺晓春要回你的钱来？

李小海只是苦笑。

曾华对黎萍说，那钱是贺晓燕从龙山开发区的账上，给她姐姐打过去的，说的是资助《龙族》杂志，可往香港打，人家也能找下个说法。

啥说法？黎萍一时没听明白。

曾华说，你想想，贺晓燕的姐姐和李小海是啥关系？

李小海急忙嘿嘿笑着说，以前，以前我们倒是……

曾华说，我才不管你俩是不是有床上关系呢，那事儿和这事儿搅不清。我是说。贺晓燕的姐姐是你李小海聘用的人，也就是说，人家贺晓燕这钱，不管怎么绕，总是给了你《龙族》杂志了。

李小海点头说，就是就是，我是他妈的叫她们姐妹两个绕住了。

曾华这才对黎萍说，你听明白了吧！他就是到香港，那是他这个社长和他的总代理内部的事务，怕是法院也不好管呢。再说，他李小海和贺晓春的那种关系，恐怕他自己先就和人家扯不清楚。

黎萍就冲丈夫说，甭看他李小海是我的学生，你该跟他要编务费和稿酬，只管跟他要。

李小海又央告黎萍，说那点儿钱，我日后就是卖了歌厅，也要给曾老师还清。只要曾老师肯出面，贺晓春手上那笔钱，还可以要回来。只要那钱一要回来,我加倍付你和曾老师的编务费好不好?

黎萍说,你小子就会开空头支票。

曾华说,你口口声声让我出面,你让我出面干啥呀?

李小海这才端出自己的主意。昨晚他确实为这事儿动了脑筋,思来想去,解铃还得系铃人。这笔钱,是贺晓燕出面才弄出来的,谁能制约贺晓燕?只有杨儒荫。他是贺晓燕的老板。贺晓燕是他在龙城的代理人。如果能让杨儒荫干预一下这件事,贺晓燕就不敢不听。只要贺晓燕给她姐姐挂个电话,贺晓春总得把这笔钱再如数打过来。怎么请杨儒荫干预呢?最好是给杨儒荫写信。而给杨儒荫写信,当然非曾华莫属。

曾华说,你又不是没有见过杨儒荫,要写信,你出面就行了,干吗非拉上我?

李小海哭丧着脸说,好我的曾老师呀,当初咱俩见杨儒荫时,那情景你难道忘了?人家对你是啥脸色?对我是啥脸色?再说,咱的刊物也给他寄去了,你给他写的那篇专访也登出来了,你比我德高望重,在杨儒荫那里,你分明比我有脸面呀!

黎萍说,你就会给曾华戴高帽子。

李小海说,这可不是高帽子,人家杨儒荫给曾老师的名片上还签了个名字呢,说以后有事,可以拿上那签了名的名片直接找他。可给我的名片就是不签字。别的不说,就这一宗,黎老师你说说曾老师是不是比我德高望重,脸面大得多?

李小海是不达目的死不罢休,左说右磨,总算说得黎萍不吭声了,说得曾华进书房给他写信去了,这才在心底长长喘了一口气。听着书房里曾华噼噼啪啪在电脑键盘上敲打的声音,他才放心地摸出一支烟来,点燃,将一口浓烟慢慢地咽进了肚子里。

不一阵子,曾华就将给杨儒荫的信打印好了。

尊敬的杨儒荫先生:

寄上的《龙族》创刊号不知收到否?我们希望得到先生的具体批

评指正。现有一事要向先生具体汇报，并希望能得到先生的帮助。

先生是海内外知名的爱国华侨和企业界巨子，在我们《龙族》杂志创办之初，就得到先生的大力相助，并经先生派驻龙城的投资项目经理贺晓燕小姐承办，资助了我们四十万元人民币。对先生此举，我刊全体同仁铭记在心，在办刊过程中时时不敢忘怀。

贺晓燕小姐得知我刊要继续在海外拓展业务，就将这笔钱打到了我刊香港总代理贺晓春女士名下。后经我们证实，贺晓燕系贺晓春之胞妹。目前这笔钱尚未转回我刊，在我们催问贺氏姐妹时，这姐妹二人已明显地露出侵吞之意。致使我们的正常工作受到了延误。我们在向贺晓春催办的同时给先生写信，恳请先生能在百忙中过问一下此事，让贺晓燕小姐也能尽快通知其胞姐，将这笔钱转回我刊。先生资助我们的钱，与先生是九牛之一毛，与我刊发展则事关重大。

为这点小事打扰先生，还望先生海涵。

有幸与先生结识，先生的谈吐学识以及风采人格，均让我们钦佩不已。顺祝先生事业兴旺，身体健康。

此致

敬礼

李小海　曾华

×年×月×日于龙城

李小海看毕，只有一个意见，让曾华在信末的署名中，把他放在后面。黎萍看了就笑，说你们这信写得好酸呀！还铭记在心呢，还不敢忘怀呢，还钦佩不已呢！这年头，谁有钱谁的身份就不得了啦，但愿杨儒荫能给贺晓燕打个招呼。不过，信里说人家姐妹俩露出侵吞之意，这不是在杨儒荫那里把贺晓燕给告下了？我看，还是改得模棱两可些好。

曾华说，要写得模棱两可了，刊社的内部事务，人家怎么过问？

李小海也说，给她贺晓燕告上一状吧，怕啥？这样写就好！

在他的执意催促下，曾华只好重打印一份，将自己的署名放到前面。

李小海让曾华在名字上盖了名章，自个儿也摸出带来的名章盖上，这才拿上这封信，亲自去邮局寄发。

第十三章

53

程国庆晚上出去"加班"的次数越来越多了。

他在第二次出去和贺晓燕约会时,刚把贺晓燕拥进怀中,就从自己的口袋里摸出那个小首饰盒,放在了这个女人的手上。

贺晓燕立即就认出来了,这是杨儒荫和程国庆单独相见时,杨儒荫以自己太太的名义送给程国庆夫人的那件礼物。一阵惊喜立即从她的心底涌出。如此名贵的首饰,如此价格高昂的礼品,程国庆竟然送给她了!这个土老帽呀,他一定不知道这东西的价钱呢!

我那个老婆从来也不戴这种东西,你要是不嫌弃,就留下它吧。

程国庆边说边帮她打开了这个小小的首饰盒。贺晓燕于是看到了那条金光闪闪的项链,还有金光闪闪的金戒指,和戒指上那颗耀眼的红宝石。从心底涌出的窃喜顿时怒放。她抑制着心底的喜悦,故意娇滴滴地说,这……这怎么行呢? 要叫赵新华知道了……

程国庆就想起了那天对妻子的谎话,便说,她倒是看见这东西了,可你知道我怎么对她说的?

你说呀,我听着呢。

我当时就说,这东西是你的。

什么?什么?你怎么能这么说?

程国庆就笑,就把那天的情景,还有他对赵新华说的话,一样一样学说给贺晓燕听。

贺晓燕就笑了,说,你呀,真行。

所以说,你就把它们戴起来吧。就是赵新华看见了,我也保你没事。

程国庆说着就取出项链,要给怀里的贺晓燕往脖子里戴。贺晓燕又把他的手轻轻一推,故意娇滴滴地说,这东西,少说也得好几千块钱呢,这么贵重的东西,我⋯⋯我⋯⋯

程国庆就来了豪气,大声说,好赖也是我对你的一份心意呢,快戴上,快戴上。

贺晓燕便不再拒绝,心想,你要知道这玩意儿的价值,还舍得把这"心意"给我戴上吗?她含着妩媚的笑,任这个男人取下了她脖子上原先的项链,把这条金链子戴到了她白细的脖颈上。程国庆又取出那个宝石金戒指,抓住贺晓燕的小手掌,先吻了一遍,才把那戒指戴在了她的无名指。

让我再好好看看,他说。

贺晓燕就任他去摆弄自己脖子上的项链,任他替她脱去了上衣,任这个男人去抚摸她的双乳,去亲吻她的全身。

程哥,你说你能当上市长,当上市长,你还能对我这么好?

好我的小燕子呢,我真怕你哪一天一下子飞走了呢。

只要你还管开发区,我就不走。

真的?

你不信,你摸摸我的心。

贺晓燕就抓住程国庆的手,塞到自己的胸前。程国庆开始轻抚她酥软的胸脯和尖挺的乳头,心底的欲火就更加不能自持。

她又说,做官,其实也没啥好的。我父亲做了一辈子官,可他落了个啥下场?

好我的小燕子呀,叫你说,我就不用去争取再上一上了?

贺晓燕就在他的怀里撒娇说,我可没那么说。你当上市长,再当上省长才好呢。只要你不变心,那我还能不高兴!只要有我,你搞你的上层建筑,我帮你抓经济基础……

你帮我抓经济基础?你——程国庆的那只手突然从这个女人的胸脯上缩了出来。他听出这女人话中有话,莫非她对我果真有什么企图?

瞧你,瞧你,好像我要害你似的。贺晓燕也觉出程国庆心底产生的那种警惕了,又将这个男人的手重新抓住,放到了自己的胸上,对他说,我给你算笔账吧。

钻在程国庆怀里的贺晓燕抬起头,看着程国庆,慢慢说下去:

你不就是个副市长吗?就是再升上一格,也不就是个市长吗?你一个月的收入也不过五六百块钱,一年下来,正常的收入不过是六七千块钱罢了,就算你再干上二十年退休吧,退休时也不过只能累计收入十二三万人民币。我说得对不对?

程国庆听着,不知贺晓燕算这账干啥?

贺晓燕又说,在职时,我敢说,别人给你点钱你也不敢要,我给你你都怕成个啥似的,别人给你——

程国庆急忙说,说实话,我平时并没有什么非法收入,也没啥灰色的隐性收入。

贺晓燕就笑着说,我又不是你那干纪检的老婆,你不用给我解释!我是说你在职时还有车坐,有时请客吃饭,也不用你掏自个儿的腰包。可一退下来呢?不用我说,也不用和我死去的老爹比,你瞧瞧身边退下来的干部们是啥样子,就知道自己到那时是啥样子了!现在不搞点经济建设,自个儿给自个儿弄点经济基础,老了怎么办?你退休了,老了,我可不让你和我父亲一样,可怜巴巴地只有六百块钱。

你是说……

程哥呀,你可甭误会。你是共产党的官,你得在你的位子上养廉才行。经济上的事儿,有我出面就行。

你出面？

我出面你签字，咱俩啥事办不了呀？你又不往你的口袋里装，我的还不是你的？你的还不是我的？共产党再厉害，你工作中的决策失误，谁也拿你没办法吧？再说，你那个纪检老婆能管你，可她管不了我。你身体这么好，退休了也一定浑身是劲。到那时，只要咱俩有一笔咱俩能支配的钱，我呀，就整天陪上你去周游世界。咱俩天南海北地旅游，多好。

你不嫁人了？

只要你对我好，我就一辈子不嫁人！

这个女人信誓旦旦的话让程国庆疯狂了。他抱起贺晓燕，将她放到床上，一连声地说我对你一辈子好，一辈子也不变地好……

在俩人彼此的许愿中，两具躯体又如鱼似水一般，交融在一起，再难舍难分。贺晓燕觉得这个男人正在按她的设计，满足着她的欲望。疯狂的程国庆也在贺晓燕身上，得到了在赵新华身上从未得到过的快感。他意识到妻子过去给予他的，实在太平淡无味了。政治！一个女人实在不该和什么政治沾上边儿。

贺晓燕用两只酥软的臂膀再次搂紧了程国庆。她用双唇接住了这个男人喘息不停的嘴。

你累了？她问。

我不累，永远不会累的。他说着，再次如驾着战斗机一般，开始俯冲和升降。贺晓燕真喜欢这个男人对她的再次轰炸。一切都太棒了，她为自己，也为这个被她征服了的男人再次欢快地呻吟起来……

程国庆在金龙大酒店贺晓燕的房间里几次"加班"以后，由她建议由程国庆批示同意，从龙山开发区的账上，一下子打到深圳某公司三百万人民币。理由是名正言顺的，要投资开发一项龙山纪念品，以备龙山开发区日后即将兴起的旅游热做好准备。

这笔业务开支，没有任何合同。

承办这事的会计，是城建委负责龙山开发区账目的乔惠。

54

这天上午，文化书店一开门，刘亮就打发他的老婆去进货。今儿他约曾华来一趟，得在店里等这位作家。

曾华请他帮忙卖点《龙族》，他先要了一本回来审看，于是就看到主编和社长的名字在刊物的目录页上方印着，并排而列，一点没错。刘亮在自己的小书店里认识了曾华，一来二往，一个写书的，一个卖书的，不但找到了共同语言，两个人也交成了朋友。可李小海算什么东西？曾华怎么能和李小海这种人搭档做事呢？反过来又想，社会上现在讲双向选择呢，我看不上李小海，那是因为自己的表妹乔惠受了他的害。我不和李小海这种人搭档做事，别人怎么就不能和李小海搭档做事呢？扭正了自己的想法，便又想到了表妹乔惠和李小海久拖未离的婚事。这事儿，或许请曾华出面做做李小海的工作，自个儿再做做表妹的工作，一方把条件降一降，一方稍稍让一让，通过法律正式分了手，总比这么拖下去好。要找曾华帮忙，就得先和表妹再商量一下。刘亮找表妹商量，聊着聊着，表妹就说到开发区打到香港四十万和打到深圳三百万的事儿了。乔惠说，他李小海能没钱？他办了那么个破杂志，一下子就通过贺晓燕弄走四十万，那三百万弄不好他也在里面插着一手呢！他是个见了女人就想上手的家伙，天晓得是不是和那个香港女人也勾上了？要不，贺晓燕能出面给他办这事儿？我和他夫妻一场，人没有图上，钱也没有图上，不让他出点血就同意和他离婚，这不亏死我了？刘亮便奇怪，那三百万暂且不说，给《龙族》杂志的四十万，怎么往香港打呢？他出于好奇心，就问表妹，表妹是执行程国庆的批示，详情偏又给他说不清楚。表妹在与李小海离婚的问题上，总算听了刘亮的话，答应让一步，可表妹无意间提到的那两件事，叫刘亮心里挽了个疙瘩。

曾华如约赶到。刘亮还没说表妹的事，劈头盖脸先说起对《龙族》的评价来：你怎么编这种刊物呀？这种刊物，要让有文化的人去看，人家嫌水平低，要让文化不高的去看，人家又嫌水平高，要让一般读者消遣，人家嫌你里面没有打斗凶杀内容，也没有男欢女爱的描写，要让企业家们去看……算了算了，这些年大大小小的企业家，全他妈的钻到钱眼里去了，谁还看书呢？

听了刘亮对刊物的评价，曾华便觉这话说得深刻也有趣，就问说，叫你刚才一说，我这主编的办刊宗旨就没有定好，是不是呀？

刘亮说，哪里话，哪里话，那刊物我也认真翻了翻，你们的办刊宗旨我看明明确确的，主要靠有偿报告文学，糊弄住一个杨儒荫，用一个栏目和一个大版块，就能挣来四十万。我说曾老师呀，办这种刊物，绝不是你的初衷和本意，一准是那个李小海谋下的鬼道道。原先我还想，你怎么能和李小海这种人搞到一起？但看了你们那刊物我才明白。你当作家也得花钱过日子，这么弄钱，是比你吭哧吭哧地写文章，挣那点可怜的稿费来得快。

曾华便觉得让刘亮的话捅得心窝子里难受。

不过，刘亮又感叹说，在这种刊物上，你还借杨儒荫的嘴，想关心和干预一下国有企业的改革，不管这药方儿对症不对症，也不说有没有人重视你弄来的这药方儿，就凭这一条，我倒是看到了你的血还没有凉了。贺振临死只留下六百块钱，可现在接上贺振权杖的头头脑脑们，别的不说，一顿饭就能花出这个数去！

曾华打趣说，物价上涨了嘛。

刘亮便愤愤地反驳说，物价上涨不假，但你歌颂过的那位公仆，一挥笔就给你们打去四十万，这钱，要放在工厂，够多少工人开支过年呀？我说曾大作家呀，往深圳打出的三百万和你们没关系吧？

曾华听了就觉得奇怪，就问怎么回事，等刘亮说完，他也纳闷了。三百万，不是个小数呀！龙山开发区有多少事要办，怎么当紧的先办起旅游纪念品的开发来了呢？就是开发，怎么能用了三百万呀？

刘亮便感叹说，人家外商一番好心来投资，要知道国内弄权的，贪污的官儿这么多，人家还敢拿上钱来投资？一边是工厂的工人们开不了工资，一边是这些贪官污吏和混账王八们胡来，这……这怎么能行？老曾呀老曾，你可不敢也搅进那些混账王八们中间呀！

曾华说，要真有这事儿，就该反映一下……

刘亮说，谁反映？让我表妹反映？她还想不想吃那碗饭了？让我反映？我算个啥人？我一反映，那还不是怀念"文化大革命"，对改革开放不满？再说，贪污腐败的不正之风多呢，程国庆还是你在报上歌颂过的典型呢，反映啥呀？咱甭说这些官场上和商场上的事儿了，还是说说李小海的事吧。

曾华就问道：你也认识李小海？

刘亮说，你知道你那社长李小海和我是啥关系？

……

见曾华无语，刘亮才说，他是我表妹的男人。

曾华瞪着刘亮，奇怪地说，原来李小海和你还有这么一层关系，怪不得你的消息这么灵通呀，刚才我还奇怪，四十万的这股风，怎么就能刮到你的耳朵里呢？原来给开发区管账的是你的表妹呀！

刘亮说，可我和我这个表妹夫，早就不来往了。今儿我找你，就是为了他和我表妹的事。

曾华说，我倒不认识你那表妹，只是听李小海说过，他结过婚，又离了。没想到……

刘亮说，曾老师你原来还不知道，他李小海和我那表妹根本就没有办离婚手续呢！这小子，你以为他是个好货？他给你当社长，你和他搭档干事，他是辱没斯文呢，你怕是要跟上他斯文扫地呢！他是个啥货，别人不知道，我表妹可全告过我。要不，我表妹一个黄花大姑娘嫁了他，能不好好和他过日子？曾老师呀，我找你，就是想让你给李小海做做工作。他只要拿出三五万块钱来，我表妹说，她也就认了，立马和他去办离婚手续。我和我那表妹快磨破嘴皮子了，找下这号男人，你拖住不离婚，他才不怕呢，还不是亏了你自己？曾老师呀，这事，就算是你帮我个忙吧。

刘亮都把话说到这个份儿上了，曾华只好点头。

这个晚上，吃罢晚饭，曾华就出门去找李小海。反正离那个皇后歌厅也没有几站路，他没有骑自行车，漫步而行。李小海向他反馈了贺氏姐妹对那笔钱的态度，刘亮对他主编的这本刊物的看法，以及对他与李小海合作的认识，在曾华的脑海里搅成了一锅粥。他觉得需要认真清理偏又一时清理不出个头绪。大街上刮着一股一股的冷风,一年眼看着就又要过去了。明亮的路灯,还有大街两旁建筑物上的霓虹灯,加上顾客如云的酒楼饭店歌厅舞厅,川流不息的车辆和人行道上熙熙攘攘的行人,使夜色降临后的龙城依旧显出一派繁荣。

他觉得自己太渺小,也太可怜了。还想在那种刊物上给社会弄一张药方子呢!真是的,刘亮说得对,那种刊物谁买去看呀?已经或正在富起来的人们能想到那些发不了工资的企业职工吗?他又想到了80年代。比起80年代初他刚刚调入这个城市时,这个城市显然已经变了一番模样。曾华突然就想到了那阵子自己的心境。那阵子只想多读点书,只想多写出点好东西来。那阵子作家头上的光环还那般耀眼,每月领到工资,也不曾想到那点可怜的工资根本就不经花。真他妈的叫刘亮这小子说中了,办《龙族》这样一本刊物,符合我的初衷和本意吗?经济的兴起,把文化冲得支离破碎,但文化人的道德和人格却不该也被冲得支离破碎呀。杂志是什么?杂志是文化的载体,是文化市场上一种特殊的商品。单纯为了挣钱去办一份刊物,这样的动机能把握好这种文化的载体吗?能制作好这种商品吗?即便那四十万到手,轮到我名下也分上几万,可结果呢?我主编的这种刊物,不也就随之而沦落成一种挣钱的手段了吗?如此说来,我当这号主编,道德和人格何在?我的这种行为,又有什么文化价值和社会价值呢?

劝李小海了结与乔惠的婚事事小,向李小海表明自个儿辞去这个主编的事事大。

他突然觉得很冷。

四顾街上匆匆而过的各色行人,他不知道他们一个个在想什么。城市是改变模样了。城市里的人呢?如我这样的改变,是一种进步?还是退步?

身居繁华都市,他却油然生出一种孤独感。

前面不远处就是皇后歌厅。

突然从大街的尽头传来一阵警笛声。

两辆警车嘶鸣着警笛,在大街上呼啸而过。从秋季开始的严打斗争将会一直持续到春节。飞驰而过的警车,如果不是猛地在皇后歌厅前停下,曾华也许会继续他的思维的。但现在不远处发生的情形,让他不得不加快脚步要看个究竟。警车为什么停下?那里出了什么事情?

曾华飞快地赶过去时,从第一辆警车上跳下来的警察,已经冲进了皇后歌厅。从第二辆警车上跳下来的警察,有的也进了歌厅,有的去堵歌厅的那个后门,有的则在外面布岗,劝阻围观的行人散开。曾华看得清清楚楚,从第二辆警车上,还跳下来一男一女两位龙城电视台的记者。那男的手持话筒,他不认识。那女的肩扛摄像机,不是别人,正是艾云。

艾云——艾云——

他叫她。

她回眸看到了他,向他摆摆手,来不及和他说话,便和那位男记者一道,也进了歌厅。

曾华的心嗖地提了起来。他已经意识到李小海就是公安局这次突击行动的目标。他不能离开。他必须看个结果。

被抓获的人,一个个从歌厅里押出来了。打头的是李小海。他没有看见曾华,低着头被推进了第一辆警车。他那位描眉画眼,浓妆艳抹的经理助理,也被押进了第一辆警车。紧接着有五对男女也被押了出来,被推进了警车。有一位警察提出个皮箱来,又在皇后歌厅的门上贴上了封条。艾云跟在后面,不停地录下了这次行动最后的场面。

曾华抢前一步要和她说话,但艾云急着要上车,只留给他一句话:今晚等我的电话吧。

艾云最后一个钻进车里。刚关上车门,两辆警车就呼啸着开走了。

曾华自己也不知道是怎么走回家的。

他头昏,心乱。他无法抹去皇后歌厅前的那个场面,倒像是自己犯了罪一般。他向妻子叙说了事情的经过,黎萍半天没有吭气,临了才长叹一声说,真想不到李小海能挣这种脏钱……

快十二点时,电话铃骤响。

一直等待艾云电话的曾华急忙抓起了话筒。艾云说她刚刚回家。艾云说皇后歌厅容留妇女卖淫由来已久,这次案发,是一个曾给李小海当过经理助理的女人,在其他歌厅又卖淫时被抓获后交代出来的。她交代了以前和李小海有关系,以及给李小海当经理助理时的种种丑行。许多事儿,李小海刚进去就供认不讳了。

曾华一言不发地听着。

你那个社长呀,整个儿一个变态的大流氓,有些事儿,真让人恶心得不能说……

曾华说,你说吧,我过去瞎了眼,现在知道知道也好。

艾云就说,不知你看见没有,从他床下弄出个箱子来,一个警察提到车上了。那个先头抓了的坏女人说得一点没错,李小海那箱子里……

曾华急忙问:怎么?是毒品?

艾云说,他倒还没有贩毒呢,那箱子里,全是女人的裤衩,一个个还编了号码,你说说,这李小海还算个人吗?

本来就感到头昏心乱的曾华,不由得又生出一阵恶心。还好,艾云毕竟是个女人,再没有往下细说。

55

王九斤发现自个儿的老婆瘦了。

他真心疼自个儿的老婆。当一个乡长,在王九斤看来,那要管多少事儿呀!乡长这官儿已经够大了,没想到自家的老婆又当上了开发区的副总指挥,偏自己是个没本事的男人,老婆外面的事儿一点也帮不上忙,只能在家里处处给温玉倩更多的体贴。

但他也看出来了,温玉倩是有心事呢,是把心事装在肚子里,不和他说。有时吃饭,他把饭菜做得那么香,可温玉倩吃着吃着,似乎就呆呆地想起心事来了。就连晚上睡觉,他也发现自个儿的老婆睡着了也常常叹气。他不能问她。他认定老婆的心事全是那个杨儒荫给带来的。他看见妻子拿回一本书来,没事时,就一个人呆呆地看。那是程国庆的秘书给温玉倩寄来的一本《龙族》。现在开发区总指挥部有啥文件简报,他全要亲自给温玉倩寄上一份。上次没有通知这位乡长级别的副总指挥去开会,吃了一次亏,让这位秘书再不敢把温玉倩打入另册。王九斤识不得几个字,趁妻子上班后偷偷翻过那本书,里面有杨儒荫的照片,西装革履,笑眯眯地在和许多人说话。他问过妻子,妻子说那是杨儒荫在龙城开记者招待会呢。他说书里还说了些啥呀?妻子说没啥。没啥才怪呢。没啥的话,妻子能呆呆地看着那书发愣?

可再细细一想,自打那个杨儒荫出现后,老婆对他还是那么好,和过去一样,一点也没有变化。温玉倩白天在外面忙,晚上回来还是他的女人。但男人有男人的敏感。王九斤虽然不会说,心里却明如镜,清如水,老婆心里是装着心事不和他说,他能感觉出来。

你不说我也知道,还不是那个杨儒荫?!

这天一早,温玉倩和丈夫一道吃过早饭后,就上班走了。王九斤喂罢牛,把院门一关,一个人上了后山。

先去了后山的寺院里,花了五块钱,跟寺里的和尚请了一把香火,这才拿着香火,直奔龙山上的大佛而去。

山势陡峭,林木丛生。在半山崖上端坐的那尊大佛,顿时使前来朝拜的王九斤心绪平静了许多。他缓缓地沿着崎岖山道,上到了大佛端坐的平台,高大的佛便更显得高大,只有仰视,方可见到佛那远眺的面容,那面容是一种永久的笑和永久的宁静组成的一种永恒。在大佛前,如真人大小的三尊菩萨,护卫着大佛,伺供着大佛,陪伴着大佛。文殊和菩贤的面容和大佛一样,只有那断头的观音,不知当年的脸上,是否也是永久的笑和宁静,组成了一种不变的永恒。

王九斤跪下,开始焚香叩首。

山风吹来,被他燃着的香火冒出缕缕青烟,没有片刻,就被山风吹散了。

大佛爷呀,菩萨爷呀,我王九斤一辈子没有做过坏事,求你们保佑我一家平安吧……求你们给杨儒荫托个梦,捎句话,他过他的日子,我过我的日子,再不要回来闹得我一家不安心了呀……大佛爷呀,菩萨爷呀,求求你们,让我那老婆还和以前一样,跟我好好地往下过日子,让我那宝贝红儿不要跟上他的亲爹走了啊……

王九斤突然觉得自己很可怜,在向着大佛和菩萨们喃喃祈祷时,他一把一把地抹掉了脸上的泪花儿。

山风掠过,天气正变得越来越冷。

这天晚上温玉倩回来得很早,还买回来一大把大棚里长下的绿韭菜,还有二斤猪肉。不用王九斤动手,自己就先进了厨房。

你歇歇,你歇歇。你想吃啥,让我来干吧……

王九斤也要抢着动手,却被温玉倩推到了一边。

王九斤还是围着老婆的屁股转,多少年了,他可不能看着老婆动手干活,自个儿一旁站着。

温玉倩只好让丈夫和她一道拣韭菜。

你瞧瞧这韭菜多鲜嫩! 咱龙山湾通了车了,平川里的菜农们把他们大棚里的菜也拿上来卖了。今年冬天,咱们龙山湾也得搞起塑料大棚来,有了路,致富的门路越来越多。

有你这话,我就带这个头。今年冬天,就把蔬菜大棚搞起来。平川的人种大棚菜,可能挣钱呢。

温玉倩知道自己的丈夫是个说到做到的汉子。这事儿只要他带个头,再不用乡里出面去组织,龙山湾的农民谁也和人民币没意见,跟上搞大棚菜的人家一定多得很。

拣好了韭菜,看丈夫还是要陪她待在厨房,温玉倩只好给丈夫派活儿。

你非要帮我,你就和面吧。

和面? 吃啥呀?

包饺子。

这……又不是过节……

可今儿是星期六,我给红儿打了个电话,让她今晚回来。

红儿要回来啦?

温玉倩说,瞧你,一听红儿要回来,比啥都高兴。

王九斤就去和面。女儿又是好几个星期天没有回来了,女儿是城里的干部了,一准比她妈这个乡里的干部还忙哩。怪不得温玉倩又是买韭菜又是割猪肉的,原来今晚全家人要吃团圆饭呢。

温玉倩把韭菜猪肉馅调得喷喷香。王九斤把一团面和得精又精。夫妻两个就回到有套间的正屋,支起面案,相对而坐包饺子。温玉倩擀皮儿王九斤包,这个晚上的气氛被温玉倩刻意营造得真好。

外面的天色渐渐发黑,如果女儿坐最后一趟班车,再有一个时辰也就该到家了。

王九斤猜得一点不差,这些日子,温玉倩的心里,确确实实装着心事,只是这心事她不想和丈夫说。杨儒荫答应了她的请求,临走也没有见红儿一面。送杨儒荫上飞机时,特别是杨儒荫坐的那架飞机飞起来以后,她曾经自己问自己,这次不让红儿见她的亲生父亲,对杨儒荫是不是太残酷了?事后发生的一切,让她感到自己的这个决定还是对的。女儿正陷入一场情感游戏。在女儿没能跳出这场情感游戏之前,不让另外的刺激再伤害女儿的情感还是对的。关于女儿和林森的那些事,她一直瞒着丈夫。杨儒荫突然出现这一件事,就让丈夫难以承受了,她不愿意让王九斤的心灵再去承受别的重负。女儿爱上了一个有妇之夫,女儿要做一个有妇之夫的情人,进而去拆散人家的家庭,如果知道了这些,王九斤能不气死?她必须将女儿的这些事在自己手里化解。绝不能让丈夫再去操不该操的心了。利用去城里开会或是汇报工作的机会,温玉倩又去看过女儿几次。她看出女儿的心情比过去好多了。女儿那个不顾现实去追寻梦境中白马王子的梦,正在渐渐淡化。她觉得现在应该和女儿谈谈杨儒荫的事了。现在让女儿知道这个世界上除了王九斤,她还有一个亲生的父亲,不论谈过这件事后对女儿的打击如何大,会对女儿造成什么样的痛苦,这件事迟早得谈。而现在谈,或许会生出一种新的情感冲击波,对女儿彻底解开与林森扭在一起的情结起到催动作用。温玉倩经过左思右想,既然对女儿的这种打击和痛苦是难以避免的,她便决定叫女儿回来,在这个假日,当着女儿的面,重新揭开女儿并不曾知道的那一页历史。

她先为丈夫营造了一个温馨的氛围。她要在这种温馨的氛围里,得到丈夫的理解和配合。

我要跟你说件事。

她终于开口了。她看见丈夫突然用一种异样的眼神望着她,她便笑。在她的笑声中,王九斤那种异样的眼神渐渐消失了。

我知道你心里憋着事呢。啥事,你就说吧。

能有啥事?还不是杨儒荫的事儿?

你……你就只管说你的打算吧。

他已经成了外国人了,我能有啥打算?我是你老婆,你说我能有啥打算?我都多大年纪的人了,你说说,甭说他已经成家了,就是他还没有成家,你说我还能再跟上他走?

他感激地望着自个儿的老婆。他也想过,温玉倩是绝不会跟上杨儒荫走的。杨儒荫在温玉倩心中早就死了,这死人一下子又活了,又出现了,他把自个儿老婆的心全给搅乱了。把自个儿和温玉倩平静的生活也一下子搅乱了。温玉倩还会和他过,可她的心里那个死了的男人又活了。温玉倩曾经是那个男人的。可温玉倩后来成了他的老婆了。他的老婆现在心里又装进去一个男人,他能好受?这话他不能说,也不会表达。

他知道,老婆要说的事儿绝不是刚才的那些话。

我是想和你说说咱红儿的事呢!

王九斤的心一下子就提起来了。实际上,这才是他最关心的事情。这些日子,谁都没有接触的这个话题,其实正是谁都在琢磨着的实际内容。王九斤瞪着妻子,等她说下去。

温玉倩又缓缓地说,我想,红儿他亲老子既然又回来了,这事儿总得和红儿说清楚。

他跟你提过红儿?

我告诉他了。

他提出要认红儿?

我没有同意,可下次他要来了,我不想再拒绝他。

王九斤有些急了。这些时日已经磨去了他的一些焦虑,但这焦虑毕竟

没有消失。他认真地,却也是痛苦地对妻子说:

他没有管过她一天,没有给她端过一盆屎也没有给她倒过一盆尿。他有什么权利认咱的红儿? 你……你……他下次来了,你还是不能答应他!

你说得对,他是没有给红儿端过一盆屎也没有给红儿倒过一盆尿。可那能怨他这个亲生老子? 别人不知道,你还不知道? 他当时是怎么走的? 你怨他,我还恨他呢! 可咱们让他去怨谁? 让他去恨谁呀?

这话可真把王九斤给问住了,他一点也没法子争辩。

九斤呀,人心换人心,八两对半斤,咱们得将心比心哩! 我以前只当他是死了,不在人世了。可他还活着,还没有以怨报怨,还要回来投资,拿出那么多钱来帮咱龙山湾的乡亲们搞建设,你说说,咱现在还能做对不起他的事? 明明咱红儿的亲生老子想见见红儿,认认红儿,咱就是不让,就是瞒着红儿,那咱不是连红儿也对不住了? 你那一回不是跟我说过,同意他认咱的红儿吗?

王九斤觉得老婆的话没有一处不对的地方,没有一处不通情理的地方。他不得不点头了。

你说得都对……就是……他喃喃着不知说啥好。

你说嘛,我这不是和你商量嘛。

我是说……我是说……他认可以,我和你说过,我不让亲生父女俩相认,我还算个人吗? 可我是害怕呀。他……他会不会把咱的红儿领走?

温玉倩就笑了。她知道这是丈夫的一块心病。这事儿她不是没有想过,杨儒荫可能会提出领走红儿的话来,但红儿走不走,那是红儿自己的事情。红儿怎么能走呢? 红儿是自个儿的女儿,自个儿的女儿怎么能离开亲娘、离开她上学和工作的龙城,去远走异国他乡呢? 不会,不会,红儿是绝不会走的。

她一连声地对丈夫说,他怎么能把咱的红儿领走呢? 红儿又不是小孩子,他怎么能把咱的红儿领走呢?

温玉倩表现出了十足的自信。这种自信显然也感染了王九斤,是的,红儿怎么能跟上他姓杨的远走高飞呢? 一把屎一把尿带大的红儿,怎么能扔下他王九斤和亲妈不要,到什么马来呀西亚的鬼地方去呢? 他不能再违背老婆的任何意思了。

天大擦黑时,王红回到了自己的家。

她没有像往常那样大声喊一声"我回来了!"而是静静地推开了屋门,喊了一声妈,叫了一声爹。于是就洗手,就要帮父母亲一道干活。经过这段日子感情的波折,王红似乎变得老成了许多。王九斤和温玉倩不让女儿动手,一个挡,一个拉,这才把女儿支到一边坐下。

这顿饭,全家人一道吃得好开心。

晚上,按温玉倩的安排,王九斤把自己的铺盖搬到了另一间套屋,让女儿和温玉倩一个屋里睡。王红躺在母亲的身边,突然看见了母亲故意放到枕头边的那本《龙族》。

上面有我的文章呢,她对母亲说,但那样子并没有显出十足的高兴来。她已经在报刊上发过一些别的文章了。要是别的文章,她就会让妈妈给她提意见或者谈读后感。可这篇文章是写林森的。虽说全篇着眼于林森的公司,并没有对林森下过多的笔墨,但这篇文章她是饱含着对林森的一片深情写成的。文章是一字未改地登出来了,她对林森的那一片深情,却落了个付之东海,浪涛尽处,再难追寻。

温玉倩说,你那文章写得挺不错。

她说,可他伤了我的心。

母亲说,过去的事就让它过去吧,生活总得重新开始。

王红叫声妈,放低了声音说,有件事,我一直想问你,你也许不知道,那件事,其实和我的这件事有直接的联系。

母亲听不懂女儿在说啥。

王红又用很低的声音说,你说我是充当了一次不光彩的第三者,我说我是追求一种高尚而浪漫的爱情。这些日子,我也想过自己为什么会那样做? 不能否认的一个原因,就是我要越过你和父亲的生活层面,我不想在爱情上再走你的路子。妈,你给我说句真话,你和我的老爸有过爱情吗? 我知道你和我的老爸生活得挺好,可你知道什么叫爱情吗? 妈,爱情和简单的生儿育女能是一回事吗?

温玉倩听懂女儿的话了。

她知道,女儿不想让她母女俩说的话让王九斤听到。

对面套间里的王九斤并没有睡下。他呆呆地坐在炕头上,一锅子接一锅子地抽烟。先前还能隐约听到母女俩说话的声音,现在一句也听不到了,心里就乱。他忍不住赤脚下地,悄没声地走出来,蹲到了母女俩睡觉的套间门外。两只耳朵,尽力捕捉着门缝里的声音。

温玉倩问女儿:那好,你先给我说句真话,你爱不爱你那老爸?

王红想都不想就说,爱,当然爱啦! 他生我养我又疼我,我怎么能不爱他呢? 不过,你这是偷换概念。我爱老爸是父女之爱,这是天伦之爱,不在爱情包含的范围里面。

母亲说,可你不知道,在我们该有爱情的那个年代,我们偏偏不能有爱情呀。我起先并不曾爱过你的老爸,后来命运将我们两个连在了一起,我无可选择了,你老爸是好人,为了我,更是为了你,我只能去爱他。

王红就眨眼。母亲的话中分明有话呢,她想。王红一直想弄明白年龄、长相、文化基础全不般配的父亲和母亲,当初是怎样相爱,又是怎样结合在一起的? 现在,她觉得母亲正在和她接触这个话题了。

她听着,希望母亲能说下去。

红儿,妈也想和你说说你的事儿呢,你不小了,我和你老爸的有些事,你也该知道了……

王红的心一怔,却故意说,妈,我怎么越听越像是《红灯记》里的李奶奶要向李铁梅痛说革命家史了呢?

温玉倩却没有笑,而是伸出一只手,轻轻搂住了女儿的肩头,也压低声音说,红儿,妈今天就给你说实话吧。妈年轻时,也爱过一个人……

蹲在门外的王九斤就觉得心里一阵发酸……

温玉倩开始平静地给女儿诉说。

王红觉得心跳得厉害，但一声不吭，静静地听着。

母亲从她上中学时有了一个新同桌讲起，如在讲一个遥远的故事，她讲着、讲着，讲到音乐系当教授和讲师的父母亲双双惨死时，她的声音哽咽了，而女儿已低声抽泣起来。

母亲继续给女儿讲述那个遥远的故事。

她终于讲到了高耸于龙河岸边的那个崖头，讲到了她万念俱灰，纵身向龙河一跃而去时，拦腰被放牛人一把抱住的情形。她还要往下讲，但女儿已一个翻身坐起来，抹去泪花，扑到了母亲身上，紧紧地抱住了母亲。

妈，妈……你甭讲了……你甭讲了……我知道了，救你的人，就是我的老爸呀……

蹲在门外的王九斤也由不得抹去了脸上的泪珠子。

温玉倩再也无法控制自己，女儿的脸紧贴着她的脸，已弄不清是谁的泪水在两张脸上流淌。良久，女儿才重新坐起来，再次抹掉了泪花，又用枕巾给母亲也抹去了泪花。她望着母亲，大声问：

你告诉我，那个男人现在在哪里？

温玉倩拿起枕边的《龙族》，翻开了上面曾华的那篇文章，指着压题的照片说，他就是杨儒荫。

王红对母亲这句话的吃惊，远远超过了方才对那个遥远故事的所有意外。在《龙族》这本杂志中，她读到的杨儒荫是一位爱国的海外华侨，是一位有学识的经济界实力人物。杨儒荫在龙城投资一事，早通过种种传媒，使龙城的各界人士家喻户晓了。王红在电视上也看到过这位杨先生。他的彬彬有礼和那种高雅的谈吐和气质，不但让王红钦佩，就连王红最佩服的林森，也曾和她谈过对这位海外华侨谈吐学识以及风度气质的由衷钦佩。她怎么能想到，这位杨先生与她的母亲，与她，会有一种爱情和血缘的关系呢？而方才，她还从母亲讲述的那个遥远的故事中，对那个男人做着种种假设，在种种假设中，那个男人是值得同情的，但他的一去不回头却让她心中充满了对他的痛恨！他与母亲的爱情是无法挽回了,可他与我的血缘却是无法隔断的。想到这里,王红突然觉得有必要再仔细追问下去。

妈,他这回来龙城,是不是还有一个目的,找你,也找我?

她看见母亲摇摇头。

你说呀!

母亲说,历史让我原谅了一切,但我没有同意让他见你。

为什么?

因为那时,我还没有来得及向你说明白这一切……

女儿沉默了。

红儿,他还会来的。再来了,你同意见他吗?

王红把头一昂说,我为什么不同意呢?

可你,见了他以后,还爱你的老爸,认你的老爸吗?

妈,你也太小看你的女儿了！他杨儒荫就是美国总统,见面归见面,但我只有一个老爸,我也只爱我的一个老爸!

王九斤抹着泪花儿,踮着脚,又悄没声儿地回到了对面的套间里。

红儿,我就怕……

妈,你甭说了,你让我好好想一想,好好想一想……

温玉倩长出一口气,有女儿方才那句话,她放心了,又想,王九斤也该放心了。

第二天一早,温玉倩刚睁开眼,就见身边的女儿已经坐起来披上衣服准备起床。她便急忙起床,又对女儿说,早哩,你再睡一阵子吧。

女儿没言声,起得比母亲还快。

另一个套间里没有响动。一夜没有合眼的王九斤刚刚睡着不久,听到外间响动,急忙睁眼。

温玉倩在外间洗脸,就见女儿又打了盆洗脸水,端进了昨夜王九斤休息的那个套间。

王九斤正在起床,就听女儿说,爸,我给你把洗脸水放下了。

慌得王九斤跳到地上,不知该跟女儿说啥。

王红又说，爸，让我给你捶捶腰吧。

王九斤就摆手说，爸不累，爸不累，睡了一夜，身上舒展着呢。

可女儿不依，还是要给他捶。他眼里含着泪听从了女儿的摆布。

捶着捶着，王红就说，爸，昨晚上……

王九斤生怕女儿提昨晚上的事，就说，昨晚上我睡得早，也睡得好哩。

又捶了一阵，女儿站起来说，爸，你起来洗脸吧，我给你倒刷牙水去。

听女儿不提昨晚上的事了，王九斤就赶快洗脸。以往是他给宝贝女儿打洗脸水，倒刷牙水呢，今儿宝贝女儿却给他打来了洗脸水。那水怪烫的，烫得他心里热热的，热泪和热水混在了一起。

王红给打回刷牙水，牙刷上都抹上了牙膏，放到父亲身边，就跳到炕上，把王九斤的铺盖整理得周周正正。

王九斤洗罢脸了，也刷罢牙了，女儿又抢着闹着给他倒掉了洗脸水。放好脸盆，又说，爸，我帮你喂牛去。

王九斤说，不用不用，你快歇歇吧。

王红固执地说，爸，今儿你还有啥活？我给你当下手。

王九斤的心热了，更慌了，连声说，不行不行，你是回家过礼拜哩。

王红说，爸，以后我就不在城里过礼拜了，一过礼拜就回来，和你，和我妈在一起。

温玉倩在一边听了，乐得对王九斤说，你听听，你听听，咱红儿说，以后一过礼拜天，就回来和你和我在一起呢。

王红就冲母亲说，妈，我是当真和我爸说呢。

母亲能听出女儿的意思，便开玩笑说，你不嫁人了？

王红说，谁要让我嫁他，第一个条件就是不能丢了我爸和我妈！

这话分明是说给王九斤听呢，真让他听了心里欢喜。他想，是后山上的大佛爷和菩萨爷们一个个全开了眼，一个个全在保佑我呢！杨儒荫呀杨儒荫，天理良心，我可一点也没有亏了你呀！你想让红儿认你，红儿认不认你，怎么认你，那是红儿的事，你听见了没有？是我的红儿一口一声地喊我爸呢！是红儿一口一声地说她决不丢下我的话呢！

这一天,王红几乎就是寸步不离地和父亲在一起。昨晚母亲和她说的那些话,她没有再提起,温玉倩也没有再提起。王红已经是成人了,她在母亲亲口为她揭开身世之谜后,怎么能没有自己的想法呢?她心中确实充满了伤感,充满了痛苦,同时也充满了一种庆幸。毕竟自己的生身父亲是回来了。不但回来了,自己的生身父亲还是一位不同寻常的人物呢!她需要好好想一想。她需要时间,需要冷静。她明白,现在更需要的,是让老父亲定下心来。她领会了母亲选取了昨晚上和她谈话的原委,也清楚了这些日子里,她的老爸是在怎样一种心境中度过来的。

女儿选取的这种态度,果然使父母亲放了心。

事情看起来是解决了,温玉倩这么想。

看来我真是自己吓唬了自己一场,女儿不会离开我的,不会的,不会的!王九斤这么想。

56

曾华先生:

来函收到,专此回复如下。

杨氏集团靠几代人在海外创业,事业有成,声名远播,靠的是一种华夏子孙自强不息的精神,敬业才能创业,创业靠务实求信而绝不图虚名是杨氏几代人的传统。我继任父业,接替集团总经理之职后,常嘱下属,绝不可搞花钱买名声的花架子欺蒙世人,浪得虚名。所以,贺晓燕拨四十万人民币获贵刊对我集团赞誉一事,是其个人所为,违背了我集团的历来风气,其此举,我已当面对其进行了批评。四十万人民币既已属贵刊,此事我已不再追究。

关于贺氏姐妹有侵吞四十万人民币之意一事,感谢先生向我提及,对派出人员的恶劣行为,我公司一向不能容忍,此事我当着人调查。但贺晓春虽系我集团派出人员贺晓燕之姐,却是贵刊的驻香港总代理。贺晓春如何处理这笔钱当属贵刊内部事务,我不便过问,还望曾先生体谅。

曾先生文笔甚佳,谈吐学识令我一见如故。我虽身在商界,但一向敬重文化界人士。中华民族的文化源远流长,这种深厚的民族文化积淀,也正是海外华人能在别种文化的土地上得以生存发展的重要原因。先生主编的《龙族》创刊号业已拜读。我才疏学浅,以我之见,国人乃至海外华人,更需要一种播扬中华民族文化,从更深层面上发掘中华文化的文化载体来教育读者,传播中华文明。《龙族》之内容,实在有悖于《龙族》这样美好的刊名,如此冒昧的说法,只是我这个读者的一家之言,仅供参考而已。

上述意思请代转李小海社长,不再另复。

恭祝

编创俱丰

杨儒荫

×年×月×日于香港

这天下午,曾华收到了杨儒荫的这封回信后,突然想找人倾诉。

再读一遍这封信,小心地把信装回衣服口袋,他给林森挂个电话,约对方回家去等他。

你气色不太好哟!林森请曾华进屋时关切地看着他,又问:是不是因为李小海的事情?

曾华在客厅里坐下,叹口气说,你全知道啦?

林森说,艾云那天回来,先告了我,才给你打的电话。

曾华从衣服口袋里摸出杨儒荫的来信,问林森:艾云是不是又在加班呢?孩子怎么也没有回来?

林森说,我那丫头这几天又住到奶奶家了。爷爷奶奶退休了没事,整天就会想孙子。你是不是找艾云有事?

曾华便将那封信递给林森,又说,心里烦,也没啥事,找你们聊聊。

林森看过信,叹口气说,这事儿……这事儿……真没有想到出了这事儿!李小海他妈的进去了,这事儿……这事儿可该怎么办?

见曾华没言语,又说,你就在这儿吃饭吧,我给艾云先打个电话,让她早点回来，一块儿聊聊。

曾华说，算了算了，做饭麻烦，你给她打个电话，反正孩子也不在，咱们上街喝点酒去。

林森说，那就不如叫上黎老师一道去。

曾华说，她还得给我们那女儿做饭呢。

林森说，你那姑娘都中学生了，还能饿着？要不，把她也叫上。

曾华就摇头说，使不得使不得，当老子的走了麦城，还是在孩子们面前顾点脸面好。

林森说，那我安排吧。

他就去打电话。先要通了金龙大酒店，定下个小包间。又要通了艾云，艾云说正在编当天的新闻呢，林森让艾云抓紧点，说曾华有事，想今晚坐一坐，让妻子早点赶到金龙大酒店去吃饭。说着，又告诉了订好的包间房号。接着就给曾华家里挂去一个电话，那边黎萍刚接上话，林森就问曾华：是你说，还是我说？

曾华说，你说吧。

林森就把今晚聚一聚的事说了。曾华又赶紧接过话筒来对妻子说，把晚饭给孩子准备好，你可一定来呀。

放下电话，曾华对林森说，今晚我请客，这事得先和你说定。

林森说，你快算了吧！甭说你跟上李小海跑了几个月一分钱未到手，就是挣下几个，那是你自个儿的钱，比不得我。我好赖给单位管着个公司呢，公司公司，又公又私，公私兼顾，公而化私，私而充公，多往自己腰包里装点就是个事，可怎么消耗也没屌个事，你看看满世界公家和集体办的公司，哪一家的经理不是这么个干法？说实话，个顶个地比，我还真是个廉洁的好经理呢！

曾华不再多言，跟上林森出门。

两个人打的直奔金龙大酒店。

金龙大酒店里永远是食客如云。大餐厅里人已爆满，先后赶来的艾云和黎萍，加上她们的丈夫，两家四口，小包间里就显得十分宽松。

林森说,咱们少而精,酒要好酒,菜要高档菜,一为给我的公司节省,二为各自的肚子舒服,诸位如果同意,我就点酒点菜了。

艾云冲丈夫说,你少贫嘴,该要啥你要就是了。曾华和黎老师是想和咱们一道聊一聊呢,你以为是专门吃你的饭来了?

林森便向服务小姐点好了酒菜,又支走服务员,亲自给每个人倒了一杯酒说,咱们既不碰也不干,各自随意各自尽兴。

曾华连声说好。又说,我这些时是走了背运的人,要让小姐站在这里给咱服务,尽听我的笑话了。说着拿出那封信来,先递给艾云,又对黎萍说,你俩看看吧,这是杨儒荫给我的回信。

两个人看罢信不语,林森就对曾华说,商场似战场,有胜就有败,有赢就有输,你也甭总让自个儿心里压上不痛快的事儿。

黎萍说,他要真和你一样下了海也算,他这是画虎不成反类犬。

曾华接过信来,装好,对妻子说,不管画成只虎还是画成只狗,反正当初画时你也没有反对是不是?

黎萍说,倒好,怨我了不是?

曾华说,说到底,当初咱俩思想境界一般高,我想图钱呢,你也想让我图钱呢。

黎萍就觉得好委屈。

林森说,社会整个儿变了,别人图钱对,咱们图钱为啥就不对?有了钱日子才能过好,连我那小女儿现在都懂这道理。有次单位上来了几个人和我闲聊天,说有啥也不要有病,没啥也不要没钱。我那女儿就插上嘴了。说没钱有权也行,有权就有钱了。你们听听,屁大个小人儿,倒说这话!细想想也对,过去说,人生一世,名利二字,现在是人生一世,权利二字。这里不是力量的力,是利益的利。归根到底,还是个钱字。

艾云说,那也是受了咱们的影响,咱们整天骂社会上的权钱交易,骂得骂得就走了嘴,孩子听了有权就有钱,有钱能买权的话,还能不受影响?

林森说,别人咱不敢说,咱们四个全是文化人,论层次也不低,要不是我有这么个公司,想聚会怕也不敢来这里。

艾云说，曾华受了骗，咱是商量他的事儿呢，你烧啥？

我烧？我的难受你们是不知道呢！林森叹口气说，你们说我现在算个啥？说我是个副研究员吧，可我整天价干得是啥？说我是个经理老板吧，一想到自个儿再没有时间搞学问搞研究了，心里就憋得慌。要是我们社科院有充足的经费来源，大伙的奖金能月月照发不误，你们说我出面办这个公司干啥？我这还算好的呢。我有个同学，原先也是科研机关的干部，下海了，和单位彻底脱钩，真成个体户了。赚了钱，先就学会行贿了。问他为啥，他说咱又没权，挣下钱不去种钱，以后还能再有挣钱的路子？种钱呢，你们看形象不形象？没有钱的文化人想着法儿不务正业去弄钱，有了钱的文化人又成了这副德行，你们说，这他妈的算怎么回事呀！

说到肺腑处，林森蒙头就是一口酒，将杯中之物全倒进了肚子里。艾云要拦时，那杯子已空了。

曾华说，文化贬值，看来心理上不平衡的不止我一个。

黎萍说，我总觉得林森的路子对呢，没想到也一肚子苦水。

曾华说，李小海进去了，我这主编也绝不干了。浪子回头，凭国家给的工资，还不至于饿了肚子。再好好搞点创作，就不信国家能让知识分子总是清贫下去。

艾云说，这话对是对，但受了骗，这事就完了？

林森说，这事儿，关键在贺晓燕身上。李小海也下海多年了，怎么能让资助刊物的钱打到香港去呢？

艾云便说，你不说我倒忘了，今天我们有个记者搞跟踪采访，去了趟公安局。回来说那个李小海啥也交代了，那一箱子女人裤衩……

黎萍说，真恶心人，快别说了……

艾云打断黎萍的话说，恶心我也得说呢。公安局让李小海一条裤衩一条裤衩地交代，那个李小海交代来交代去，原来与贺晓春也有那号丑事儿！

林森就拍桌子说，难怪难怪！

曾华说，还有个情况你们也帮我分析分析。

他于是就说到刘亮告诉他龙山开发区的账上，最近又打到深圳三百万的消息。众人就议论,这事是从管钱的会计那里传出来的,看来不会有假,莫非是贺晓燕又要搞什么名堂?

林森说,这事儿可和那四十万不一样,要真有事儿,怕是就牵连到程副市长了。

艾云说,瞧你,说风就是雨的,怎么能牵连到程副市长呢?

林森说,你报道过的先进人物就全是拒腐蚀永不沾的钢铁战士?

艾云说,曾华也采访过程副市长,你叫他说。

曾华说,开发区指挥部的钱是杨儒荫的投资款,贺晓燕虽说是外商的项目经理,但财权在程副市长手里,她只有监督权。动这么大的款项,程国庆不批示是动不了的。刘亮说他问过他表妹,转这笔钱,确实有程副市长的批示。

黎萍对丈夫说,没法找贺晓春,你就不能去找贺晓燕?

艾云说,那倒也是。要不,我就帮你搞个电视曝光。

林森就冲妻子说,算了算了,你少逞能吧。要是那三百万也有问题,牵连到一位副市长。你想曝光,这种新闻台里先就批不准。得先等检察院立了案,定了性,到时你再报旧闻吧。要是只说那四十万,程国庆顶多是个错误,人家杨儒荫也说得对,那是杂志社内部的问题。弄不好,程国庆还要追究这事呢。我是资助本市的文化事业呢,你们怎么能让你们的总代理骗了?

艾云说,那咱就不能先查一下他那三百万。

黎萍忙摇头说,不行不行,咱怎么能查人家开发区的账呀?

曾华说,要有事,也得检察院出面。可谁就能空口无凭地说那三百万就是个事儿呢?

艾云就沉思不语。

话题至此,已经越扯越远。

黎萍就对曾华说,你快别乱扯闲篇了,还是请人家林森和艾云帮你想想法子,看那笔钱能不能多少要些回来。社长进去了,刊物塌下的窟窿,你这个主编不管能行?

林森说,无非是欠些稿费,朋友一场,我再帮你一把得了。

艾云说，那是下策，上策还是你再找一找贺晓燕，她就住在金龙大酒店，又不是找不见？你曾华又没干坏事，怕啥？

借着酒劲，曾华起身说，我怕她？我怕她个屎！你们等着，我这就去跟她讨句实话。

众人要拦没有拦住，曾华已经走出包间了。

他先去服务总台问明贺晓燕的房间号，径直进了电梯。

贺晓燕住的房间门，被曾华敲了好一阵儿才打开。浑身香水味儿的贺晓燕站在开启的门缝里，见敲门人是曾华，既没有请他进门的意思，也不好意思驱他离开，脸上堆起的笑容取代了愠怒后说，是曾先生呀，我正有事，请你明天再来吧。

她那身薄羊毛衫像是刚刚穿上，两肩的扣儿还开着。

曾华借着酒劲就说，我不误你多少时间的，就说一两句话。说着就往开推门，贺晓燕挡不住，曾华已擦着她的身子进了屋子。屋子里，床上很乱，而端坐在沙发上的那个人，让曾华由不得吃了一惊。

那人是程国庆。

被曾华惊扰了好事的副市长望着曾华，什么话也没有说。曾华却看到程国庆跷起二郎腿的一只小腿腕上，秋裤没有束进袜子里，松垮地吊在脚腕上。转回身来的贺晓燕急忙下意识地遮掩说，我们正研究事儿呢，曾先生你有啥话你就说吧。

曾华和贺晓燕都没有料到程国庆却先开了口。

我说曾华呀，你们那个李小海的事儿我听说了，你是怎么搞的嘛？你怎么和那号人搞到一起了嘛？你和他没什么事儿吧？

曾华无法回答，被副市长的这种质问搞得十分窘迫。

程国庆又对贺晓燕和曾华挥挥手说，你们有啥事，先说吧。

被程国庆打了一鞭子再放一码，曾华才有了说话的机会。他对贺晓燕说，我来问问贺小姐，你姐姐那四十万，到底啥时给打过来？

贺晓燕就冷笑一声说，曾先生原来是为这事儿来的呀！我听我姐姐说，那是她在香港给你们搞代办处的开办费和活动费劳务费，她为你们在

407

外面费了多大的劲儿呀,你们的刊物出事归出事,我姐姐在外面帮你们办事花了的钱,你怎么还能往回要呀?

曾华想,看来李小海那话没错,这姐妹两个是翻脸不认人了。

程副市长,你听听她这话……

程国庆就接住曾华的话头说,曾华呀曾华,要不是冲你,我还不同意资助你们办什么刊物呢!可你瞧瞧你们办的这事儿,让别人在外面给你们跑腿宣传呢,听贺小姐说,她姐姐在香港给你们可办了不少事儿呢,可你们倒好,社长也进了公安局了,怎么搞的嘛?

曾华说,可当初李小海说……

程国庆就是不让他往下说,又接上了他的话头:我当初就信不过那个李小海,原以为你们宣传开发区也是件好事,怎么能想到你们有人搞歪门邪道呢?我看你们现在关键是好好整顿一下内部,经济账事小,要多算一下政治账,你们在香港搞了个代办处,整顿内部时,更得多考虑一下政治上的影响才行啊!要把贺小姐再牵进去,影响了咱们开发区和外方投资商的关系,那政治影响可就更大了!你是文联的干部,听说那个李小海是文化局的干部,这事,要不要我和你们宣传口上的领导打个招呼呀?

这"招呼"二字很让曾华一时品味不出个名堂,但他能感到,这两个字里有太多的内容,有关切,也有压力,更有一种保护承办人贺晓燕的意蕴在内。曾华不想再说什么了。贺晓燕的态度已十分明确。意外地见到了程国庆,也意外地听到了程国庆那十分明确的态度,再瞅一眼那凌乱的床,他不想在这屋里待下去。

程国庆一直保持着原先的姿势动也没动。贺晓燕在曾华离开后,便将门重重地关上。

门外的曾华,感到脚下一阵失重。

在重新走进电梯后,一个判断怎么也无法从曾华的脑海里驱走。他不愿认同这个判断,不敢相信这个判断,但贺晓燕开门时的那种表情,凌乱的床,还有平素一贯衣冠整齐的程国庆,竟然有一条秋裤没有束进袜子里,这些,又让那个判断深深地刻在他的脑子里。作家们的思维,有时竟酷似侦探,要不,怎么能通过细节去刻画人物呢?

在回到包间后曾华已决定不提刚刚见到的场面。对着三张面孔上六只询问的眼睛,他只说了一句话:贺晓燕的态度很明确,不再过问这事了。

外面开始起风,风很大,呼呼呼地从龙城上空掠过,又穿街过巷,将黄土高原的黄尘带进了这个美丽的古城。两家人分手时,艾云和林森先上了一辆出租车。曾华突然想吐。他跑到一处地沟前蹲下,还没等妻子过来给他捶背,就将一肚子秽物哗哗地吐了个干净。

黎萍心急火燎地过来,又心疼又着急地问:你这是怎么啦? 也没有喝多少呀! 怎么? 还难受不难受了……

将一肚子秽物一吐而尽的曾华站起来,挺一挺腰板说,这他妈的才叫一吐为快呢!

说毕,也不用妻子去扶,一探身子,拦住了一辆面的。

57

程国庆出去"加班"的次数越来越多,有两回出门去"加班",竟然一夜未回,赵新华生怕丈夫叫开发区的工作压倒、压垮,特意给程国庆的早点增加了营养,每天早上除了原先的早点外,还要再给他荷包或油煎上一个鸡蛋,逼丈夫吃下去。

有一天,程国庆又出门"加班"去了。他刚走不久,规划局局长就来找程总指挥,还带着省里建筑设计院的两位总工程师。赵新华很热情,很客气,说老程开会去了。规划局局长就问开的啥会。听赵新华说是总指挥部开会,脸上就一副莫名其妙的神态说,今儿上午指挥部刚开过会,没说晚上还要开呀? 那两位总工程师看来很急,在一边表示,最好今晚上能见到程副市长,开发区工程设计中有两个关键问题,如果总指挥不能拍板,他们在下一步设计上就不好往下进展。规划局局长就是开发区总指挥部的副总指挥,心想,晚上指挥部要是开会,自个儿怎么能不知道呢? 就对赵新华说,要不我们等等程副市长吧。

赵新华生怕丈夫今晚又和过去出门一样,过了午夜才回来。叫人家客人等到那时不合适,误了人家的工作更不合适。于是就给程国庆的秘书打电话。先要办公室,没人接。又要家里,秘书接上了。赵新华问,程国庆晚上有啥会? 在啥地方开? 秘书说不知道。这事儿可就怪了。她就给小车司机家里打电话,司机也在家,说程副市长晚上就没有用车。赵新华在电话机旁忙了一阵,毫无结果,客人们看得清清楚楚。连副市长的老婆都不知道副市长开的啥会,在啥地方开会,他们只好自认倒霉,白跑了一趟。

送走客人,赵新华心里就乱了。

她又给程国庆的秘书家里挂通了电话,问哪天哪天晚上有啥会。以往的日子记不清了,但前几天丈夫晚上出去加班的日期她还记得。聪明的秘书大概听出一点名堂,文支吾吾来应付赵新华,气得赵新华放下电话,心里一阵大喘气。她也是个女人,丈夫晚上总是出去,她原先总是放着的那颗心现在不由得又猛悬起来。

如果不是儿子从北京打来了长途,这个晚上程国庆再向赵新华扯个谎,火山也不会在家中爆发。有些重要的会议,不能告诉秘书司机也不便和老婆多透露,赵新华或许也能理解也能相信。可偏偏这个时候电话响了。儿子告诉她出国留学的事儿已经办妥。对方现在需要一份他的最新材料。儿子说他去年参加全国数学竞赛的获奖证书,还有发表在上海一家学术刊物上的那篇论文,他想附在个人的材料中,请妈妈快点给他复印一份用快件寄来。

儿子的好消息冲去了赵新华刚才对心中疑问的不快,急忙问儿子,他的这些东西放在什么地方。儿子说他让爸爸给他保存着,又说你让爸爸听我说话呀! 听说爸爸不在家,儿子好急,一个劲催母亲在爸爸的写字台里找一找,说最好明儿一早就办好寄出快件,要不怕时间赶不上。儿子的事比啥都重要。在儿子的提醒下她也想起了往事。儿子放假在家时,那两件东西是同时收到的。儿子好高兴,让她看,又让程国庆看。她说,这是你的成就,可得放好,保不住啥时候还要用呢。程国庆当时也这么说,还对儿子说我替你保存好吧。赵新华答应儿子这事误不了,放下电话,就在丈夫的写字台上找儿子那两件东西。

她便发现写字台上有个小柜上了锁。

其他可以打开的抽屉她全看过了,没有儿子那两件东西。那么,儿子的东西一定在这小柜里。看看表,还不到九点,就想街上搞电脑搞复印的商铺多得很,邮电局晚上更不会关门。赶早不赶晚,儿子的事今晚上就办了不更好?可程国庆好端端的怎么就把个小柜子锁上了呢?一般人家里凡有锁的家具,买回来时总是先放起一把钥匙,以备常用的这把钥匙一旦丢了,好有个备用的。这写字台买回来好几年了,赵新华也记不清当时抽屉上小柜子上的钥匙,她是不是放起来一把?儿子的事催着她,就各处去找,果然在床头柜的抽屉里面,找到了一串不用的钥匙。也闹不清有没有写字台上的,只好一个一个去试。

后来那个小柜子就被她打开了,儿子的那两件东西果然放在里面。

也就在这时,她发现了一盒开启了封口的避孕套,还有那个纸包,看到了那五沓子百元人民币。

她顾不上出门办儿子的事了。赵新华用颤抖着的手先打开那个盒子,显然里面的那玩意儿不是原装的数目。她早就做了绝育手术,丈夫偷偷备用了这种玩意,足以说明了一个让她不愿相信不敢相信却是无疑的事实。她又用颤抖的手清点了一沓子人民币,是一万元。她不再清点了,小心地看着那个盒子和纸包,如看着两个随时都能引爆的炸弹。自打与程国庆结婚,她从没想到要对他隐瞒什么,也想不到他会对她隐瞒什么。这一盒子开始使用的避孕套,这五沓子百元大钞,让她意识到丈夫对她的一种可耻又可怕的隐瞒。

猛然间出现的这种意识,开始了和许多事儿的联系。

丈夫还在外面加班呢,他究竟是在加的什么班呀?

天在转,地在动,心脏在急剧地跳动。赵新华无法承受面前事实对她的打击,眼前冒出了一簇簇金星,竟一下子跌坐在地上,久久不能起来。

第十四章

58

这些日子,曾华陷入了极度的烦恼。

在极度的烦恼中更多的是曾华对自己灵魂的拷问。

如果那四十万没有落入贺晓春之手,而是进入了李小海的账目,曾华想,他必定会分到一点的。那时,他一定会堂而皇之地接过这笔钱来,绝不会有这笔钱该拿不该拿的疑问。而现在,这笔钱被别人鲸吞了,正是在我自个儿一分钱也没有拿到之时,我才想到了这笔钱来路不正,才想到了这笔钱的问题。就此而言,我的灵魂又和骗取了这笔钱的贺氏姐妹有何不同呢?

他便感到在不能原谅贺氏姐妹的同时,首先不应该原谅自己。

这天上午,黎萍有课,一早就走了,女儿上学,和妈妈一道出了门。曾华一个人待在家里,一边抽烟,一边又想开了心事。

艾云突然打来了电话,约他出去,让他带她去见一下刘亮。

你要干啥? 曾华问。

艾云没有细说,只是约好了见面地点,又敲定了一句:我等着你,便放下了电话。

约好的地点是在离文化书店不远的一处大商店门口。曾华急急赶到，见艾云已经等在那里了。

艾云让曾华带上她去找刘亮，说是要问问那三百万的具体情况。

你……曾华感到艾云话中有话。

艾云说她这个月有一趟去深圳的公差，说想顺便了解一下这件事。

可是……

艾云说，可是什么呀？我看你像是有心事似的。

曾华想说说自己这几天的心事，偏艾云拉他一把说，咱俩先去办事，再找个地方去聊天好不好？你看看，咱俩站在这里说话，都成了展览品了。

这里本是人来人往的繁华地方，曾华和一位美丽的年轻女士站着说话，果然引来了不少人的目光。

曾华便不再多言，领上艾云直奔刘亮的小书店。刘亮正好没有出门，被堵在了他的那间小套间里。听曾华说有事，又听曾华介绍了艾云，刘亮上下打量一眼这位常在电视里见到的记者，等曾华说下去。

曾华刚说完找刘亮的意图，刘亮就哈哈大笑。

艾云审视地看着刘亮。

刘亮避开了艾云的目光，对曾华说，这种事儿，本来该是检察院派人去正儿八经办的事呀！

曾华不知如何解释。

艾云却开口了：你说得不差，但那得有个举报人才行。这个角色，是你？是我？（艾云又指了指曾华）还是他呀？

刘亮说，我去当举报人？笑话。我是啥人？我去举报一位副市长，人家能信我？我把情况全给曾华说过，要去检举，得曾华出面才行呀！

曾华当时就急了。他怎么能去举报程国庆呢？那篇以程国庆为核心人物的报告文学是谁写的？是他曾华。他能认定程副市长从开发区打走的那三百万是一个问题吗？

曾华心底的那种犹豫，让他不敢说行，也不敢说不行。

艾云火了,对刘亮说,你要是不想帮忙,我就再找别的关系去,要不,我就直接找她乔惠去……

刘亮一听这话,就急,忙说,你可别去找乔惠,你这事儿,说不定后果是个啥呢,你一去找乔惠,别人只要看见,风儿不就吹出去了?你还是让我表妹少点麻烦好不好?你那点事,我不显山不露水地给你问出来不就得了?要真能从这儿揭出个贪官来,他曾华脸上挂不住,我又没有吹过他,怕啥?

他这话,先就让曾华脸上真挂不住了。

从小小的文化书店出来,艾云就对曾华说,这事你给我盯得紧些,他要不帮忙,我还得想别的办法。

曾华点点头。

艾云又说,我上午没其他事儿了,咱俩是不是找个地方聊聊?

曾华说,那咱就去公园坐一坐去吧。

两个人便直奔公园,找一处僻静处的长椅坐下。曾华刚诉说完自个儿这两天的烦恼,艾云就嘿嘿笑了。

你笑啥?

我笑你呀。

笑我?

笑你自个儿和自个儿过不去呢。现在的问题,是那四十万落入贺晓春手里了,是那三百万又从开发区打到南方,是不是有问题?我们既然知道这事了,我们就得弄明白,这才自个儿对得起自个儿。

可是,我总觉得程副市长不是个贪官的形象。

艾云说,我也没有说程副市长就是个贪官呀!也许,这里边还有别的事儿呢!那三百万没弄明白,咱且不说。就说那四十万吧,你也算个当事人哩,你就能眼睁睁看着被骗了而无动于衷?

曾华叹口气说,我们平时说起不正之风来,说起权钱交易来,挺义愤的,可我现在是自个儿也搅进这事儿里面来了,我不能不把自个儿摆进去想一想。

艾云望着曾华,突然觉得曾华是比自己更成熟。如果是另一个人处在曾华此时的位子上,恐怕只有自己被骗的愤怒,谁还会用逆向思维,反过来再想一想自己当初的心态呢?

你……你怎么这么看我呀?

曾华对艾云的目光不知所以然了,那是一对他十分熟悉的,可爱而又美丽的眼眸子,他一时弄不明白,在这对眼眸子中,藏着艾云的什么思维。

你……你不必自责。艾云开始安慰身边的这个男人,如以往她有啥想不开的事时,这个男人安慰她那样。艾云说你如果要思考,应该思考你为什么会和李小海成为搭档?应该思考贺氏姐妹为什么会走上与她们的父亲绝不相同的人生道路?应该思考程国庆为什么会失掉原则,同意用四十万去赞助李小海? 当然,也应该思考我们自己在社会转型时期,怎样才能建立起完善的人格。

曾华认真地听着。他再次感到面前的艾云是那么动人,那么可爱,又那么善解人意。

你怎么不说话了? 艾云问他。

你帮我开心呢,还让我说啥?

你一定想到啥了? 你说,马上说,不要想也不要编,我就想听听你脑袋里正在闪过的想法。

艾云连珠炮般地逼问曾华,他不得不开口了:

我刚才想……

你说呀!

我想,你永远不可能做我的妻子了,可你也永远不会走出我的心里了。

艾云的脸便一下子红了,宛若春天盛开的桃花一般灿烂无比。

第二天,曾华就把刘亮打听到的准确消息告诉了艾云。从开发区打走的那三百万,没有合同,只是程国庆的一个签字,接收单位是深圳市东方艺术精品开发公司。艾云就带着这么点情况出差走了。这段日子,曾华一直盼着艾云回来。他不希望真有什么事儿。程副市长怎么能有啥事儿呢? 顶多是个决策失误而已,他总是这样自己安慰自己。

他常常自己问自己:

你报道过他,你希望他犯错误吗?

胡说!我写过的正面人物即便有失误,他也能正确对待的。

你自己有求于他吗?

没有!

你无求于他,又是为他好,那你还怕什么?

我没有啥怕的。他是市里的领导,我写过他,他也希望我继续写他,那么,我为什么不该向他澄清一些事儿呢?如果他能坚持立场纠正过失,我为什么不能再将他作为我笔下的正面人物呢?

你如果惹下他呢?

扯淡!我头上又没有官帽,还怕他给我穿上小鞋,弄得我丢了自个儿的饭碗?作家只能是自己再写不出作品后,自己打倒自己,还怕别人打倒你吗?

他决定去见一见程国庆。

程国庆的心里,这些天也很烦,妻子和他闹得不可开交,家里的内战让他白天上班时常常心不在焉。虽然妻子还没有把内战的内容向外公之于众的行动,但程国庆太了解赵新华了,深知自己的这位妻子在无法解决与他的矛盾时,是会借助外界力量的。而外界的力量一旦介入他的家庭,他知道倒霉的只能是自个儿。这几天除了必办的事儿,他几乎概不会客,在办公室里一个人想招儿。

他想过是不是听听贺晓燕的意见?

他又否定了这个想法。要听贺晓燕的意见,就得把家里发生的事儿先告诉她,他还不想这么做。一个男人,家务事还处理不了,还配得上有情人吗?向情人诉说自己的无能,还算得上是个男子汉吗?

这天上午,秘书过来告他,说曾华来了,想和程副市长坐一坐。

程国庆狠狠瞪了一眼秘书说,你是怎么搞的?我不是说过,我要想事儿,不见客吗?

秘书嗫嚅着说,他说他要写你,想和你聊聊,要不,我对他说你忙,以后再安排吧。

秘书说着就要退出去,程国庆却在刹那间改变了主意。

你让他进来吧,他对秘书说。见秘书眨着眼看他,又说,曾华算个例外,其他人,你就不用过来请示了,该挡的全给我挡住就行。

程国庆是突然想到了那个晚上才改变主意的。那个晚上曾华闯进了贺晓燕的房间,曾华会不会有啥想法呢?曾华当时那眼神,分明有一种看出什么来的意思。他事后就想,得赶紧和曾华见个面,把那天的事儿解释一下,以免这个会写文章的主儿,把碰上他在贺晓燕房中的事当成茶余饭后的新闻信口扯出去,造成不好的影响。这几天因为脑子乱,竟把这事儿给忘了。

秘书出去不久,就将曾华送进了程国庆的办公室。

程国庆向曾华欠欠屁股,在他的那张大写字台后基本没动,伸手指了指沙发,表示了请客人坐下的意思。

曾华便坐下,又自己摸出一盒烟,对程国庆说,你也来一支?见程国庆摆手,就不再让,自己抽出一支,点燃了,深深地吸了一口。虽说来找程国庆前已想了许久,对这件事翻来覆去地也考虑了几个来回,现在他依然觉得心里没有把握。苦辣的烟味儿刺激了曾华的神经,他重新回味了一下自己早已想好了的那些话。

他抬头看一看程国庆,程国庆也正在看着他。

程国庆也在琢磨着该如何解释那晚的事儿呢。

自个儿在贺晓燕房间里,曾华敲不开门,天知道他是怎么想的。对!就从那个晚上说起才好。那个晚上我批评了他,我怎么能不批评他呢?我不但批评了他,在批评他之前,也就是说,在他敲贺晓燕房间的门之前,我根本就不是在贺晓燕的床上,而是正严肃地与贺晓燕谈话呢!对,就是这样。

曾华呀,理顺了思维的程副市长开口了,你知道不知道,你给那个李小海当主编,这事儿弄得我好被动哟!你那天晚上去找人家贺晓燕时,我正和人家谈话呢。这事儿是她经手办的,可李小海进了公安局,人家作为港

417

方的代表,对这事儿很有意见呀!

曾华眨眨眼说,当真?

你们文化人呀,有时就是书呆子气!咱们自个儿出了事,咱们就得自个儿找自个儿的毛病,贺晓燕说啥也是外人呀,这种事儿怎么能再向她张扬呢?你不能光算经济账,也得算算政治账呀!

程国庆看着曾华,觉得自个儿的话起作用了,又说,我看呀,你就不用再办你那份杂志了,如果你个人和李小海之间,还有些事儿不好处理或者说不清的话,我向公安局打个招呼也就没事儿了。

曾华又眨眨眼,想辩解而终于没有开口。他想听下去。程国庆对他的这一番开导,他可真是没有想到。

还是我上次给你提到的,你得写文章呀!写写我们与贺晓燕的合作,文章一登,大家的不愉快不是全消除了?曾华,你说呢?

曾华就点头,就说,程副市长,我是想写呢,而且也拉出个提纲来了,今天找你,就是想来征求一下你的意见。

程国庆便说,那好啊,你说,我听听。

副市长有点高兴了,毕竟算是处理妥当了一件事。

他看见曾华从口袋里取出两张纸片,就静静地准备听曾华的汇报。

程副市长,我想写一篇文章,既有纪实的成分,更偏重于反思。文章的题目,我也想好了,叫作《剖析一种丑陋的病态》。

程国庆心想,这叫啥的题目呀?

曾华继续往下说:

第一部分,我想从《龙族》这本杂志写起,写李小海的主导思想,写我的主导思想,写出国内一些文化人面对相对的贫穷,心态失衡的现状。当然,我与李小海的手段和方式有不同之处,但这种失衡的基础是一样的。第二部分,我想写由这本杂志联系到的几种社会层面。杨儒荫可以说是很有代表性的一种社会层面了。几代华人在海外奋斗,敬业创业,不忘中华,这是很值得我们敬重的。但还有一种社会层面,可能为数不多,但危害不少,比如说贺晓燕这种内陆外商……

程国庆不得不打断曾华的话了:什么? 什么? 你这话是什么意思?

曾华说,这些人现在的身份是外商,可几年前他们还在国内,他们对国内的现状太了解了,对国内一些人在拜金主义思潮下的心态也太了解了,所以他们能处处得手。所以,像李小海这种想向别人口袋里掏钱的人,掏出的钱还得被贺晓燕这种人骗回去……

你……你……程国庆显然发怒了。

有充分思想准备的曾华平静地继续说下去:

程副市长,请你能让我把话说完。我的第三部分,就是想写你了,而你,正是我这篇文章的主角。

程国庆一怔,瞪眼细听。

你是我们的政府官员,你是人民的公仆,你没有我们面对相对贫穷时那种失衡的心态,你能代表我们国家和民族的一种自强和自重,你不媚上,不媚俗,也不媚金钱铜臭,我想写出你的这种形象来。

程国庆觉得这话中听,却又不是味儿。

如果没有你的同意,那四十万绝对打不到贺晓春的账上。这里有李小海的问题,我也有自己的责任。挽回这种损失,现在只能靠你。你是龙山开发区的总指挥,你有权力和投资方的项目经理贺晓燕谈清楚这件事,解铃还得系铃人,打到她姐姐账上的那四十万,得让她从她姐姐账上再要回来,真正用在开发区的项目上。你有这个权力也有这个能力。你只要这样做了,你的形象,在我的笔下将变得十分高大,十分完美。

曾华把预想好的所有台词全说完了,又掏出一份复印件来,起身递给了写字台后面的程国庆,那是杨儒荫给他的信。

程副市长,你再看看这个,我将征得杨儒荫同意,在文章中公开这份私人信件。

程国庆拿起那份复印件来看了几个来回,脸上白了青,青了又白。曾华的话和这份杨儒荫的信,让他心里面是雪上加霜,一阵又一阵地发冷。他得到了贺晓燕展示在床上的身体,得到了贺晓燕先后馈赠的七万元人民币,可这些,是以贺晓燕的姐姐账面上得到四十万元为代价的。这事儿,这事儿怎么办呀？还有打入深圳的那三百万呢！曾华呀曾华，李小海都进公安局了，你怎么还咬住这事儿不放呀？

渐渐缓过神来的程国庆，突然间站起来了。

他走到曾华的面前，俯视着坐在沙发上的作家说，我劝你不要再过问这件事情了。杨先生说得对，这是你们刊社内部的事务，我们交往一场，你也不要再给我在这件事上出难题了，贺晓燕毕竟是外商代表，她和她姐姐毕竟是两个人两回事，我们还要长期合作，曾华同志，你能不能听我的话呢？

曾华抬起头来，对视着程国庆，心里便想，我那个晚上的判断没错，程副市长和那个贺晓燕的关系，一定深刻到床上去了，要不然，他何苦如此劝我？他笑了笑，对程国庆调侃说，这么说，你是宁可不追回损失，也要保护我们的外商代表了？

程国庆说，我们要尽量避免合作中出现不愉快嘛！曾华，龙山开发区以后就是你的生活基地了，你听我的好不好？

曾华知道自己设想过的几个结局中，自己最不愿意的那个结局出现了。他站起来说，程副市长，你不是我刚才描述的那种形象，对这种结局，我实在觉得太可惜了。

你……你……你坐下，咱们好好谈谈嘛。

曾华痛苦地摇了摇头。

你……你想干什么？

看着程国庆那张显出愤怒的脸，曾华没有言声。

无言的对视和沉默。

目光正碰撞出一阵阵响声。沉默正点燃出一团团烈火。

程国庆终于在这种对视和沉默中沉不住气了。他努力换上一副笑脸说，曾华同志，你坐下，咱们现在好好聊聊嘛。

曾华没有说话，转身走出了程国庆的这间大办公室。

程国庆好烦恼好痛苦。

这烦恼和痛苦又让他想不出消解的办法来。

59

烦恼的痛苦和痛苦的烦恼终结得很快也很意外。当一个酒后开车的卡车司机将油门的踏板当作刹车的踏板踩下去时,他的车头就和前面那辆自行车的车尾猛烈地相撞在一起。

时间正是下午两点半,街上行人和车辆很多。一个优雅而残酷的弧线在街面上划过,装着满腹心事无意中将自行车骑上快车道的那位女士,随着这弧线从自行车座上飞起,然后头部着地,身子又转了一个圈,才直挺挺地躺倒。

当市文化局的局长党委书记还有办公室主任一行人马,急匆匆赶到市人民医院时,不省人事的赵新华躺在病床上,正在接受医生的紧急抢救。随后赶到的是副市长程国庆,他的脸色很难看,带着好几天没有休息好的疲惫,呆呆地坐在病房隔壁的护士办公室里。

文化局党委的纪检委书记赵新华遭到这种意外,不但她本人没有想到,就是那位混蛋司机也没有想到。文化局的大小头目不知该如何安慰程副市长。谁不知道程副市长和他们的纪检书记是相恩相爱的一对夫妻呀?都说好人一生平安,为什么像赵新华这样的好人,偏偏要遇上这种意外的车祸呢?

程国庆听罢事故介绍后就一言未发。

他只是呆呆地坐着。隔壁正在进行抢救。医生们甚至来不及进来和副市长说点什么。出出进进的护士们一个个紧绷着脸,给异常紧张的局面更增加了不少紧张。后来市委书记就来了,市长也来了。主治大夫来到护士办公室,简单地介绍了赵新华的情况。大夫说情况很不好,是脑组织严重损伤。大夫说生命危险目前还没有,但病人有可能持续昏迷不醒,只保留生命的意识。听罢大夫的介绍,市委书记市长还有文化局的头头们,一个个对大夫发出了指示和恳求,请大夫们一定尽力抢救。

只有程国庆依旧一声不吭地呆呆坐着。

大夫们又忙病人的事去了。市委书记走到程国庆身边,将他拉出了护士办公室。两个人站在走廊上,市委书记拍了拍程国庆的肩膀。

程国庆说,这是飞来横祸,请市委放心,我能顶得住,不会影响工作的。你和市长不用为我多担心了。

市委书记突然问:你们两口子,最近没什么事儿吧?

程国庆一怔,望着市委书记说,没啥,没啥呀。

市委书记便不再多问,又安慰了程国庆几句,再没提刚才的那个话题。上午一上班时市委书记有个重要会议,开到十一点半才完。回到办公室后秘书告诉他,说是上午赵新华来找过他。他问秘书有啥事。一般来说,下面的干部找他,他如不在,秘书总会按他平时的要求,把对方要说的事儿记下要点,然后再向书记逐一汇报。秘书说赵新华没说具体事儿,只是说她要找书记说说自家家里的事儿。秘书说他还和赵新华开了句玩笑,说家里的事儿还用找书记?可赵新华说这事儿挺重要的,非得和书记亲自谈不可。

市委书记和市长要走,程国庆让文化局的几位头儿也走,说这里由他先守着,以后自个儿工作忙,怕还得请文化局派人来陪侍。文化局的局长和党委书记连声说回去就研究安排,请程副市长放心。甭说赵新华是副市长的夫人,又是局里的纪检书记,就冲赵新华平时的为人和工作,遇上这事,局里也要派人来陪侍的。

临分手时,程国庆突然拉住了市委书记的手,低声问他刚才那话是什么意思。市委书记没有介意。说上午赵新华找过他,没有见上面。程国庆听了就暗暗吐了一口长气。市委书记又说,我那秘书说她要找我说说你们家的事儿呢,我还以为你们两口子有啥不愉快的事呢。

程国庆就再次说没啥没啥,又叹口气说,我这阵子总是加班,太忙,没想到她……她会出了这事儿。

市委书记就安慰他,说赵新华这事儿,也不是因为你工作太忙造成的,不过,她出了这事儿,一定要影响你的工作了,你还得把工作和休息安排好,多注意自己的身体才行。市长也过来再次安慰了程国庆一番,说工作上有啥不好办的就只管说,赵新华既遇上了这号事儿,既来之则安之,太悲伤了帮不了她的忙,反而会弄坏自己的身体。

程国庆送走了客人，重新坐在护士办公室里。大夫和护士们还在对赵新华进行极力抢救，希望能出现转机，让病人睁眼，能开口说话。程国庆的心里很乱，乱得一团糟。赵新华上午竟然去找市委书记了，如果不是遇上车祸，她下午还会去找的。新华呀新华，你难道真的要了却咱俩的恩爱了吗？

　　在那个倒霉的晚上爆发的战火，这些日子就一直没有停息。程国庆和赵新华这对夫妻，在家里频频开战，还没有一个局外人知晓。这两口子是在同事和熟人朋友中有口皆碑的模范夫妻，谁能想到这两口子会反目为仇呢？

　　那个晚上程国庆回来得很晚。进门时还想，赵新华一定睡下了。或许没有睡着，还在等着他。这个傻女人呀，你就好好地睡吧，就是等我回来，我也没精神再和你做那种事呀！想到这里，就又在心里回味着躺在贺晓燕身边的种种情景，他可不想管妻子是否还没有睡着，更不想上床后再和妻子多说什么。他一上床就会闭上眼，在这种回味中酣然入睡。他绝没有想到，家里还亮着灯。客厅里，赵新华坐在沙发上，两只眼睛正望着他，分明一直等着他回来呢。从妻子那眼神中，程国庆马上觉察出气氛不对。他急忙收回心思，冲妻子笑笑，又说，你怎么还没睡呀？

　　赵新华没有说话，依旧那么怔怔地望着他。

　　你……你怎么啦？他问。

　　你说，你去哪里加班去了？

　　他一怔，又轻描淡写地说，事儿真多嘛，指挥部临时开了个会……我说你这是怎么了？我不是早就说过，工作上的事儿，你不用替我多操心嘛。

　　赵新华就冷冷地笑。

　　那笑只让他身上起鸡皮疙瘩。

　　我是不该多替你操心，你身上有了别的女人的香水味儿，我是不该替你操心；你天天晚上出去加班，我是不该替你操心，可你……可你去看看你写字台上的那两包东西，你说说是不是我也不该替你操心？国庆，自打我和你从恋爱到结婚,孩子都上大学了,你说说我操过你的歪心没有？在人前人后,我啥时不是说你好呀?! 我真没想到,你背着我干了些啥事呀?

我……我怎么了？你这是说些啥话哩嘛？

你还不认账呀？你……你去你那写字台上看看去呀! 国庆呀国庆,你要是真还和我没有二心,你就把实话实情全告诉我! 国庆,你让我怕,你让我怕得一晚上心跳呀……

程国庆来不及脱去上衣,被妻子这一顿闷棍,打得乱了方寸。妻子再次提到了写字台,写字台上能有啥东西让她这么伤心呢？他大步冲进书房,在写字台上看到了那打开的纸包,还有晚上出去"加班"时必备的那个纸盒里的玩意儿。程国庆倒吸一口凉气,一时竟手足无措。

他没法子解释。特别是那个纸盒子里的东西,不是能随便编个谎话就可以圆下来的。他不知在写字台前站了多久。那一刹那间他的脑子里全是空白。他恼恨妻子会翻他的东西。他后悔自己怎么能把那个盒子放在家里。他责备自己为什么不把那五万元存进银行! 如果早将它们变成一张薄薄的存单,妻子还能发现吗？他在混乱的思维中听到妻子在喊他,他转过身子,通过书房的门,看到坐在沙发上的赵新华,还在用那两只眼睛望着他。

他突然火了,冲面前的妻子吼起来:你想干什么？你说,你究竟想干什么？你说呀!

妻子却变得出奇的平静,那般平静地望着他,直到他吼完,才说,我什么也不想干,我就是想把你拉出火坑,好让你悬崖勒马,不要把事情办到不可收拾的地步。

如果赵新华向他啼哭,求他不要再在外面有别的女人,也许程国庆会软下来的。妻子那种平静的,居高临下的谈话让他生气了。他不能接受妻子这种教育式的训导。

我玩女人了,你说怎么办吧？我是接受别人的钱了,你说怎么办吧？

他说得很随便,想用这极随便的话了却眼下的局面。他转身要走,心想这就去洗脸,就上床,等妻子也睡下,再好好劝劝她消消气,都老夫老妻了,让她不要太认真算了。

被他这种样子再次激怒的赵新华,却从沙发上一跃而起,一把揪住了丈夫的衣领,她从没有这样生气过,连声说不行不行,今晚不说清就是不行!

他于是就转身一推。

他从没有那样用力地推过他的妻子。赵新华被这突然的一击就跌倒在沙发的扶手上。那种后跌的惯性一时收不住,身子又一偏,竟然从沙发扶手上又朝后一跌,倒在了地上。

你……你打我了……你……

妻子爬起来,呜呜地哭了,哭得好伤心。

他去劝她,想拉她去卧室,被她用力地推开。他不再拉她,一个人草草洗把脸,上了床。他总以为妻子闹过了,也哭过了,就会过来上床的。他等,却等不来妻子。那晚他回来时就即将午夜,上床后已经快黎明两点了。

他没有睡好。

妻子在客厅的沙发上和衣躺了一晚上,更没有睡好。

赵新华的思维还存在,只是无法言声。

她浑身疼痛不堪,却只能任由别人摆布。她被置身于一个黑暗的天地中,至今不知道是什么人或者是什么东西有那么大的力量,能将她冲撞得飞离了自行车的车座。随着那一下子猛力地冲击,喧闹的世界就不复存在了。

四周没有一丝一点儿声响。她只能感觉到自己的心脏还在有节奏地跳动。她弄不明白是这个世界突然变得宁静了,还是自个儿的双耳失去了功能,她不知道丈夫为什么不来看看她。在一片黑暗中她看不到任何事物,可她相信,如果丈夫出现了,她一定能看到他的。

这些日子好恨他。现在她却在恨自己。连自个儿的丈夫都没有管好的女人,那还能算个好女人吗?

那个晚上她是在客厅的沙发上度过的。自打和程国庆结婚成家,她还从来没有离开丈夫,独自一个人睡过,除非丈夫不在家,可那晚丈夫是在家的,她却躲在客厅里没有去上床。

她记得自己第二天一早就起来,破例没有给丈夫做饭。她拿起儿子的那个证书和登着儿子论文的那本刊物要出门。她听见程国庆叫她。

你……你是不是……

她回过头来,看见程国庆的脸上布满了惊慌。

你……你要去告我?

一个晚上几乎没有合眼,她是想过去告丈夫,找市委,找市纪检委,把这个晚上的事儿全盘儿交给上级。她后来又否定了这种想法。我是干啥的?我是搞纪检的,我又是他的妻子,我还没有弄清楚事情的全部内容呢,我怎么能去办这种事情?一旦迈出了那一步,还能和他再过下去吗?

我不会去告你的,除非你死了心,一直不跟我说实话。

她不知道程国庆听了她这句话是怎么想的。

她这话是留下了余地。她希望事情会变化。眼下社会上暗娼很多,丈夫在外面搞女人,也许是偶尔为之。丈夫是开发区的总指挥,下面的人送他点钱,他收下是不对,只要没有因为收了人家的钱而办了啥不可收拾的坏事,这事儿还是可以挽回的。把那钱原封不动退回去了事,总比把这事儿一下子捅给市委好吧。

她复印了儿子要的材料,又到邮局给儿子邮发了特快专递,赶到机关时已经迟到了。局党委正在开会。大伙儿看出了她神情疲惫,问她是不是病了,是不是身体不舒服。她连忙摇头说没事,说是昨晚睡得晚,没有休息好。她本来是为自己的神情找个借口,没想到她的顺口话让办公室主任抓住,趁势就开了她一个玩笑。赵书记你昨晚岂止是睡得晚,我看还有别的更深刻的内容哩。大伙就笑。她一时没有理解办公室主任的话,甚至心想,我没露出什么来呀?昨晚的事儿别人怎么能有觉察呢?看她还没有意识到自己的话,办公室主任就赤裸裸地点出来了:我说赵大姐呀,一夜酣战,颠龙倒凤,花开花落,弄得你一副好容颜,竟挂了满脸秋霜哟。众人就笑得更甚,局长一边就说,谁不知道咱程副市长是个护花使者。又对办公室主任说,你小子别胡扯别人了,党委委员里数你年轻呢,你不说自个儿,倒说别人,前一阵腰疼,我看就是肾亏。众人笑得更烈。要不是党委书记又提到开会的正题,保不住和赵新华的这玩笑还要扯到啥地方。

中午回家,赵新华立马动手做饭。她想在缓和中解决问题。程国庆中午也回来了,且主动进厨房去帮忙。两个人谁也不说话,直到吃饭时赵新华才开口说话。她好话说了一大堆,希望丈夫能把事儿原原本本告诉她,但程国庆就是不吭声。

程国庆也想定主意,要重新拿回主动权来。有了这种心理准备,赵新华问他啥他也不吭声,他要后发制人呢。

你怎么不说话呀? 赵新华忍着气问他。

他说,你都把我冤枉死了,还让我说啥?

程国庆努力做出的那一副委屈模样,倒真的让赵新华不明究竟了。她看着丈夫,程国庆脸上那种故意做出来的模样,让赵新华不信,但又很愿意相信。

你非说我在外面有别的女人,这事儿你让我怎么解释呀? 那盒子,是我那天去计生委办事,你知道不,搞开发区,不抓开发区老百姓的计划生育能行? 那里那玩意儿多呢,他们和我开玩笑,非要塞给我一包,你说,我能扔到大街上? 可你非要说我有了啥女人,你让我还说啥好呀?

赵新华不知该信,还是不该信。

那钱呢? 她问。

程国庆嘻嘻笑着说,那钱嘛,是几个朋友为我凑的。

是谁?

那你就甭问了好不好? 咱的儿子不是要出国吗? 贺晓燕给凑了点,其他朋友也凑了点。你可千万别胡想,你怎么能想到我在外面还有别的女人呢? 搞女人是花钱呢,哪有搞女人还挣钱的事儿?

赵新华追问他,那"其他朋友"是谁? 他就是不说,又绕着弯儿说,人家都是好意,说那些钱,让我们给儿子存着,儿子一出国,花钱的地方多呢。

赵新华不知该说什么才好。

程国庆又开口了:说到底,这不就是笔个人馈赠吗? 你要觉得留下不妥当的话,咱就退还给人家不就得了?

他说得好轻佻。

赵新华有些似信非信了。

他又说,我好赖是个副市长呢,朋友们给我点钱,要帮我,你倒让我摆官架子呀? 再说,人家谁也没有让我去干啥的坏事呀。

任程国庆说来说去,赵新华心里的疙瘩还是没有解开。

个人馈赠! 加上先前那两万,整整七万块钱呢! 真是有人钱多得没处扔了吗? 且不说丈夫和别的女人有没有那种事儿了,单就有人给他这么多钱,他要没给那人办啥出格的事儿,她说啥也理解不了。

战事稍停而矛盾未决。

晚上,赵新华早早回卧室去睡觉,却将屋门紧闭,且上了插锁。她突然觉得自己的男人很脏,一点也不想和他挨近。晚饭时程国庆说的那些话,并没有让赵新华的心事化解。这个晚上,她又是几乎一夜未眠。她想到了市委书记。想到了她为之奋斗为之理想为之健康而不停工作的组织。她知道组织的力量是强大的。如果那笔钱本身就是问题或者再引出其他问题的话……她不敢往下想,却又不能不往下想。她想在那时自个儿就得有一个抉择,对一个背叛自己也背叛组织的人,即便是自个儿的丈夫,又有啥可留恋的呢? 赵新华一个人在床上辗转反侧,程国庆进不了卧室,只好与妻子换了班,气咻咻地在客厅的沙发上过了一夜。

文化局的纪检委书记和副市长,与平常夫妻其实没啥两样,两口子就这样各怀心事,开始了冷战。

医生们的抢救无法一时奏效,有生命意识而又无生命功能的赵新华,依旧静静地躺在病床上。

程国庆的秘书给程国庆买来了许多食品,并且劝他多少吃一点,好赖填填肚子。程国庆却一点也没有食欲。他让秘书回去休息,一个人静静地守候在妻子的病榻前。

毕竟是结发妻子。当他在贺晓燕的床上翻云覆雨时,心里喷涌的快感可以让他忘掉或者压住对妻子的内疚。现在,望着被死神时刻即可夺走的妻子,程国庆的心里难受极了。他后悔,害怕。他希望自己的妻子醒来,又害怕自己的妻子醒来。她去找过市委书记了。他明白她去找市委书记的目的,以及要与市委书记谈话的内容。他更明白她能走这一步,那是以多年的婚姻基础做了抵押的。她的性格决定了她一定要弄清一切。而弄清了一切,她决不会再用别的牺牲去讨回那份抵押品。

他真希望她能马上醒来。

今儿早上一上班,他就给贺晓燕挂通了电话。

晓燕,出事了。

对方显然很紧张,忙问他出了啥事。

东窗事发,后院起火了,我那老婆,和我已经闹了两个晚上了。

她知道啥了?

倒⋯⋯倒没啥把柄,只是⋯⋯

都急死人了,你快说呀!

他没有说赵新华发现了那个小盒子的事,那事他开不了口。他嗫嚅着说,她发现你给我的那些钱了。

贺晓燕那边突然就哈哈大笑起来。

你笑啥呀?

我是笑你呢!

笑我?

那你就告她说,那钱是我给你们家的,让你们资助儿子出国呢。怎么?你那老婆真是个对人民币有意见的女人?

⋯⋯

要不,我就去找她。她要不想要,就给我退回来呀!怎么?你说话呀,你是不是把咱俩的事儿也交代了?

你说啥呀?你想我能交代?

那不得了!我还以为是出了啥事呢?怪吓人的。不就是我给了你点钱吗？个人馈赠，那算个啥事呀？你跟你那老婆说，我不是在你们家吃过饭吗？我们不是朋友了吗？那钱，你让她存起来不就得了？

贺晓燕说得既轻佻又自信，程国庆放下电话，一想也对。钱的事儿，不如干脆给妻子挑明，就是贺晓燕给的，看她能说啥？至于和贺晓燕的其他事儿，一概不认账，莫非自个儿的老婆真是个对人民币有意见的女人？

可他没想到自己的妻子竟要去找市委书记！如果市委书记知道了贺晓燕给了他那么多钱，这事儿能完？

他妈的，她是想把我毁了呢！

她如果死去呢？

这念头让他心中一阵发颤。

他不愿她死去，只是顺着思路往下想。我的妻子可能死去，但那不是我的罪责。到那时，我能和贺晓燕真正的结合吗？他为自己此时此刻竟能想到这种问题而脸上发烧，他不敢再想下去了。

60

艾云关于龙山公路的系列报道，在每年一度的全国城市电视台新闻评奖中获得了优秀节目奖。于年底召开的颁奖会将在深圳市举行。

她是匆匆飞去深圳的，一周后，她又匆匆飞回了龙城。她一改以往外出的习惯，没有从机场直接去台里向领导汇报会议情况，而是直接回到了家中。她几乎没有休息，一进家门就给林森打电话，让他马上回家，接着又挂通了曾华家的电话，让他也马上来她家一趟。曾华接到她的电话很想多和她扯上几句，但她重复了一遍自个儿的意思，就放下电话了。

艾云走了一周，曾华几乎为她牵肠挂肚了一周。他不知道她要办的事儿办得怎么样了，更不知道她会带回什么样的消息来。

曾华匆匆赶到艾云家时，艾云的丈夫林森已经到家。不等曾华说话，艾云就说，咱们先看一段录像好不好？深圳电视台的朋友们已经把片子转录到小录像带上了，二位坐好，咱们现在就开始。

曾华看看林森。

林森摇摇头，显然，他回来后艾云也没有先向他说明过什么。

艾云打开了电视机,又熟练地将录放像机和电视机连好,然后,从自己的包里取出一盒家庭用的录像带,放进了机子里。

她转身与曾华与林森一样,坐到了沙发上。

电视机的屏幕上开始出现了图像,且有不少同机声。

曾华和林森的眼睛死死地盯住了屏幕上的那些画面。

艾云和一胖一瘦两个男人上了一辆面包车。面包车上,印着深圳电视台的字样。司机开动了车,从车窗上可以看到街树和一幢幢高楼。

艾云对那个手拿话筒的瘦男人说,这事儿不管有啥结果,我都得感谢你们呀。

瘦男人说,你太客气了,将来我们有事到了龙城,还不是一样找你帮忙?你瞧瞧,怎么你还一个劲地录呀?

便有话外音说,我总得给人家艾云一个完整的记录吧。

艾云对林森和曾华说,为了这事儿,人家出动了三个人一辆车给我帮忙。我们这个行业,出去办事,就是有这么点儿方便。扛机子的那位朋友,你们就看不见了。

艾云和那个瘦个子男人下了车,前面是一家公司的大门,门前的牌子,一个大特写,上面是深圳市东方艺术精品开发公司几个大字。

艾云和那个瘦个子男人穿过走廊。

有话外音:是来拍电视的……你们找谁呀?

艾云问一个人:你们经理在不在?

那人指指前面。

艾云和那个瘦男人来到了挂着经理办公室的一间屋子里。

屋子里装修得很好。有一个胖胖的男人,穿着整齐,从写字台后站起来。那个瘦男人开始自我介绍:我们是深圳电视台的,请问您是不是东方艺术精品开发公司的经理?

那人请客人坐下,又对着镜头说,你们要采访什么呀?一进来就照个不停地让我好莫名其妙啦……

瘦个子男人:我们是采访一件小事,不是搞什么批评,还请经理放心。

请问经理贵姓？

经理：免贵啦，本人姓邱啦，邱少云的那个"邱"字啦。

瘦个子男人：请问邱经理，你们是不是和龙城龙山开发区有一笔三百万元的业务？

经理：这……这……我们公司的业务多啦，你们电视台采访这些没有必要啦。

艾云：我们只是想采访一下有没有这回事。

经理：我想说无可奉告啦。

瘦个子男人：邱经理要是无可奉告的话，我们只好请检察院的同志一道来了。如果是正常的生意，我想邱经理还是可以向我们介绍一下情况的。

经理：我们公司从没有违法经营啦。那三百万，我们是帮朋友的忙啦，过过账，这种事儿没什么啦。

艾云：这么说，那钱只是在你们公司过了一下账？

瘦个子男人：如果不是商业秘密的话，请邱经理能告诉我们，那笔钱又转到了什么地方？

从经理的面容上，看来他不想说。

艾云便拿出自己的工作证递给了经理。又说：我是龙城电视台的，邱经理如果不愿意讲也可以，但下次再来问邱经理的人，恐怕就不是我们记者，而是别的什么人了。

经理：我没有什么问题啦，这事儿随便来什么人也好讲啦。给朋友转转账我没有什么错误啦。

瘦个子男人：我再说一遍，如果不是商业秘密的话，请邱经理能告诉我们，那笔钱转到了什么地方？

经理：转到香港去了。

艾云：香港？是不是转到了贺晓春名下了？

经理：你们已经知道了还问我干什么呀？

艾云：是不是那个香港艺术精品开发有限公司？

经理：都是同行，我是帮朋友的忙啦。

电视屏幕上的画面就此结束。

艾云起身关机，又取出了那盒带子。

曾华和林森几乎同时喘出了一口长气。

事情已经清楚了，这笔钱，又落到了贺氏姐妹的手中。

艾云重新坐下，说，现在怎么办吧，我想听听你俩的意见。

曾华没有作声，林森也没有开口。

艾云说，我这回去开会，得了奖，可我的心情一直不好。我获奖的片子是对龙山公路的报道，片子里面程国庆的镜头和内容真不少。我真弄不明白，程副市长怎么能办下这号事情呢？别的还看不出来，但这起码是个失职吧。

林森说，以我在商界的经验，这不是一个失职的问题，恐怕里面还有别的更为深刻的内容哩。现在社会上物欲横流，克制欲望是一件很难的事儿。也不知道程副市长办这事时是怎么想的，或者说有啥目的。

曾华说，要害是我们怎么办？

艾云说，我一下飞机就找你来，就是想问你呢，你怎么反倒问起我来了？我要有主意，还让你们看片子干啥呀？

林森说，是得考虑考虑。

艾云说，照你说的，咱再去闹清程副市长怎么想的？有啥目的？我再去采访一下程副市长？

林森说，你这是和我抬杠呢。

艾云说，那你先说说怎么办？

林森说，其实也简单，这片子又不是你的采访任务，要管，就冒冒风险，要不管，消掉不就完了？

曾华说，那咱们的良心不是也叫狗吃了？

艾云说，你说呢？你可不要和林森一样，竟说些废话。

林森说，我那可不是废话。程国庆是啥人？他是个副市长，你们两个

433

全采访过他,让他上过电视上过报纸,听说他还可能当市长呢。这事儿谁晓得是个啥后果?要闹个有事儿变成没事儿,程国庆会对你们怎么样?我说的风险就是指这个。

艾云说,你是怕我和曾华一道被穿上小鞋?

曾华对艾云说,你别急,听林森往下说。

林森把手一摊说,可要消掉呢,那倒也应了曾华的话了。

艾云说,你还是说了些废话。

曾华说,他那话也不是废话,他那意思,是说咱们的心总不能让狗吃了才对。林森,我说得对不对?

林森未置可否,却说,我总觉得,我们这些人的良心,不能也叫狗吃了。要不,还活在这个世界上干啥?

曾华看着艾云,真想不到她的这一手这么厉害。事情已经十分清楚了,龙山开发区起码有两笔账,是被转入了香港贺晓春的名下。那四十万师出有名,这三百万似乎也师出有名。如果没有贺晓燕,程国庆可以说这是工作失误,决策失误,他就是吃了回扣也查不出来。可现在这两笔账全转到了贺晓春账上,贺晓春和贺晓燕又是姐妹俩,事情便再明白不过。曾华又想到了他在程国庆办公室时的情形,想到了他在贺晓燕房中见到程国庆时的情形,和自个儿当时对这一对男女关系的判断。那么,如果程国庆在这两笔账中一分钱的好处也没有拿,他起码是在帮贺氏姐妹鲸吞杨儒荫给开发区的投资款,这怎么能是失职呢?这是犯罪!

你在想啥呀?艾云问他。

曾华说,我在反思。

林森说,这事儿是副市长程国庆小的,你又不是个官员,你反思个啥?

艾云对丈夫说,你让人家说完好不好?

曾华就继续说下去:

对社会上的不正之风,对官场上的贪污腐败,我们恨不恨?我们无力安邦治国,只留下一个恨字,但在这个恨字中,却又引发出另一种可怕的行为,那就是我们也在拼命地利用和制造种种不正之风,好改变自己的贫穷。林森你搞公司,不管是被迫的还是有意的,你想想你顺迎和利用过这种不正之风没有? 不管是不是违心的,自己也搞过不正之风没有?

林森说,有倒是有,但多是违心的。

曾华说,违心不违心那是主观,我是说客观。甭说你了,说我吧。我答应给李小海当主编,动机是啥? 是为了繁荣文化? 是为了宣传龙山开发区? 狗屁不是,是为了挣几个钱! 如果那四十万不是被贺氏姐妹骗了,如果这钱李小海挣了后分给我一些,我还不是心安理得地收下? 那么一本杂志,对社会到底有啥价值? 对文化建设到底有啥价值? 我这是干什么? 人文精神何在? 这不是为了个“钱”字,也在助长不正之风吗?

艾云急了,说好我的曾华呀,咱得想一想程国庆和那三百万的事儿,你怎么越扯越远了呀?

曾华说,我其实没有扯远,我是说在那个共同的恨字中,有人一边骂一边也去胡来,有人虽然骂却对坏事听之任之,你艾云是什么人? 是无冕之王。我曾华是什么人? 是人类灵魂的工程师! 咱俩先自己把自己界定一下,看看咱俩够不够这个份儿?

艾云说,你怎么又自个儿美气起自个儿来了?

林森听出曾华的意思来了,对妻子说,你听他说完好不好?

曾华嗖地站起来说,不是自个儿美气自个儿,是咱得自个儿对得起自个儿,就好比在街上看见一个小偷在偷人,你说咱管不管? 那四十万的事儿,我也能算个当事人,这片子呢,又是你拍下的证据。不错,咱俩是歌颂过他程国庆,可现在是程国庆他要背叛他自己,不是咱俩要背叛他呀! 咱俩要连个举报和反映的勇气都没有,怕这怕那的,咱俩还算个人吗?

林森瞧着自个儿的妻子,看见艾云也在点头。

中国知识分子身上那种传统的正气和豪气,从他们心底油然升起。人心难死,人心不死,这正是中国之希望。

就在这天晚上,艾云、林森、曾华一道,敲响了市委书记的家门……

这年年底,在省报上刊出一篇本报记者的述评,题目是《贪欲:牵入罪恶泥潭之绳》。

其中写道：

  ……龙城市副市长程国庆，正是被贪欲之绳牵着，一步步陷入罪恶泥潭的。这位平时也做出一些政绩的副市长，在与外商投资项目经理的共同密谋下，先以资助某刊物做宣传为名，后以与外地某公司开发旅游纪念品为由头，将三百四十万元人民币打入香港，致使爱国华侨杨儒荫从香港投入龙城的资金，倒流出去进入了那位外商投资项目经理姐姐的口袋。现已查明，就是这位程副市长，得到了这位外商投资项目经理七万元人民币的贿赂，于是大笔一挥将三百四十万元人民币无端流失。

  政府官员的经济犯罪不得不让人深思。官仓里有这样的大老鼠真是让人触目惊心了。但还有更大的老鼠，穿的官服更华丽，贪婪的数量也更大更让人们恨之入骨了。这些个官儿们的级别，已不再是小小的芝麻官，或者是小小的七品官了，在揭露出他们的同时，如何建立有效的社会制约体制和制约机制，如何从根本上减少和防止腐败现象的产生，这应当是全社会都应该思考的大事……

《龙城日报》全文转载了这篇文章。

省报和《龙城日报》因为这篇文章，这一天的报纸成了抢手货。

这一回，程国庆算是大大地出了名。

61

原本计划春节再回马来西亚的杨儒荫，不得不提前飞回了吉隆坡。父亲病危，手头再有重要的商务活动也必须停下来，风尘仆仆的杨儒荫，一到家就直奔父亲住的那间大屋子，急切地来到了父亲的病榻前。

落地大窗外，海风吹海浪涌，天上没有一丝儿云彩，阳光很好。杨飞鸿老人躺在他的那张大床上，正在打吊针。老人的脸色极不好看，眼睛闭着，能听到轻微的喘息声。这些日子他病得不轻。

杨儒荫俯身在父亲的面前,低声地说,我回来了。

杨飞鸿老人睁开了双眼,看到了自己的儿子。他抬起那只没有挂吊针的胳膊,指指床边的椅子,让儿子坐下。又挥挥手,对站在一边的大夫和护士说,你们休息去吧,我要和儿子说阵子话。

大夫临退出去前,俯在杨儒荫耳边,告诉他老人的病不轻,让他不要过多地劳累了病人。杨儒荫点点头,没有言声。这间大屋里就留下他们父子二人了。豪华的大屋子一下子更显得冷清和宁静。杨飞鸿老人看着儿子,见儿子想站起来,他又摆摆手,让儿子不要动。

面对着生命垂危的老父亲,杨儒荫突然有一种世纪末日的感觉。

大夫和护士是不是都说我快不行了? 他听见父亲在问他。

杨儒荫摇头说,没有,没有,刚才大夫说你会好的。

我也只怕我快不行了呢,要不,我不会让你回来。我怕我熬不过春节,儒荫,有些话,也到了该和你交代清楚的时候了……

杨儒荫静静地听着,自从好几年前接替了集团总经理的职务后,集团的大小事情他已渐渐了若指掌,他不知道父亲这个时候还有什么不放心的事,要他特意赶回来专门叮嘱。

你……你去把那个录音机拿过来。

父亲的身体很虚弱,说这话时用手指了指窗前。那里的茶几上放着一台录音机。

杨儒荫听话地走过去,拿过那台录音机,放到了父亲的床头。

杨飞鸿老人又指指自己的枕头说,拿出来,下面有一盒磁带。

杨儒荫便从父亲的枕头下取出一盒磁带,装进了录音机里面。

打开,你自己听吧。

杨飞鸿老人交代了儿子,重新闭上了双眼。

杨儒荫打开了录音机,里面就传来了父亲的声音:

儒荫,这一阵子,我觉得身体越来越不好,我想趁我躺倒之前,把你爷爷的事儿给你说一说。你爷爷叫杨霄冷,大鹏展翅直上云霄的霄,四季冷暖交替的冷。我不这么解释,你爷爷这名字你也知道。可你爷爷原先并不叫这么两个字。这两个字是你祖爷爷给你爷爷改过来的。你爷爷原先叫杨小愣,小是大小的小,愣就是中国北方人常说的那个愣头青好汉的愣。你祖爷爷祖籍是福建泉川,可你爷爷祖籍是黄土高原上的龙城。你甭以为我是在说胡话,你要好好听着,也许你听完这些,就明白你爷爷为啥当年要叫你回龙城去上学,我为啥要让你给龙城投资,世事如流水,有许多事儿我们不必记在心上,但有些事儿,我们却是不能忘记的……

杨儒荫静静地听着。
录音机里父亲讲述的故事,把他带回了遥远的过去。

　　……你爷爷原本是龙山湾的人,十八岁就当了兵。他会骑马会打枪,枪又练得一打一个准,督军府的骑兵团团长就看中了你爷爷,把你爷爷调到了团部的警卫班。有一年骑兵团奉督军府命令去剿匪,你爷爷挥刀舞枪地冲在前头,浑身上下全溅满了血。他杀得性起,让一颗流弹穿过了小肚子。团长驱马上前,一把将你爷爷搂到他的马上,给你爷爷拣回一条性命。你爷爷伤好后,团长看他是条不怕死的汉子,就让他当上了自个儿的贴身卫士。你爷爷感激团长救他一命,团长简直就成了他的再生父母。那阵子骑兵团住在枣沟,枣沟有一座大教堂,大教堂里的传教士是个高鼻子蓝眼睛的洋人,和骑兵团的团长来来往往,成了朋友。1922年夏天的一个晚上,那个洋人又来到团部,先是和团长喝酒,酒席上两个人不停地嘀嘀咕咕,后来团长就把你爷爷叫去了。

　　小愣呀,你得给我去办个事,团长说着就取出五十个袁大头递给了你爷爷。团长平时待你爷爷挺好,你爷爷就想,团长他就是要我的命,我也不能打个含糊,这回让我去办事,怎么还给这么多钱呢?他不敢收钱,直着脖子问团长是啥事?

团长说,小愣呀,你得给我取三颗头回来。

你爷爷一听这话可就吃惊了。打起仗来杀人,那他不手软,可团长好好地就让他去取别人的头,且是三颗,你爷爷心里就打起鼓来了。

见你爷爷没吭声,团长就问说,你怕?

你爷爷说,我跟了团长,就再没个怕的事儿。团长你说吧,那三个人姓甚名谁?家住何方?

团长就笑,那个洋人也笑。

团长说你不是龙山湾的人吗?龙山上不是有一尊大佛爷吗?

你爷爷就点头。

团长又说,那大佛爷前不是有三个菩萨像吗?

你爷爷起小生在龙山湾,龙山上那大佛爷和大佛爷前的三尊菩萨,他不但知道,小时跟着你祖奶奶还常去烧香呢。

见你爷爷点头,那洋人就操着半生不熟的中国话解释说,我们不是让你去杀人,是让你去割下那三个菩萨的头来。

那菩萨是石头的,你爷爷可不知道那石头的头怎么能割下来,更不知道那个洋人要这些菩萨的头干啥。更让你爷爷不能接受的,是他怎么能又怎么敢去割掉菩萨的头呢?你爷爷起小生在龙山湾,龙山湾的人都知道,山上的那大佛和菩萨,保着龙山湾的风水呢。

看见你爷爷没吭声,团长就骂他。说你个小愣是不是怕了?你以为那菩萨是真的呀?那不过是石头刻下的,杀人流血你都不怕,石头人人你就怕了?告诉你,这事儿你干也得干,不干也得干。

你爷爷想问个明白,但团长不许他多问,更不许他把这事儿说出去。临了团长说,小愣呀,听说你家里还有个老娘哩,这五十块袁大头,是让你回去孝敬你老娘的。你要办好这事儿,以后要钱有钱要官有官,我再给你找上个女人成个家,不愁让你小子一辈子享福。可你要办不成这事儿,给我提不回那三颗头来,就提上你自个儿的头回来见我!这是命令,你听见了没有?

命令倒是听见了,可那是石头人呀,石头人的头,怎么往下割呀?

看你爷爷犹豫，那洋人就哈哈笑，取出一把钢锯和五根锯条来说，往下割这三个头不能用刀，只能用这个，你懂了吗？

你爷爷再不敢多说二话，拿起那五十块袁大头，提起钢锯和锯条，执行军令去了。

你爷爷回到龙山湾，将三十块袁大头交给你祖奶奶，又请来四个长辈在自个儿家里吃了顿饭，说自个儿在外扛枪吃粮，留下老母亲一个人在家，还望各位叔叔大爷们照料。说罢取出二十个袁大头，一人赠送了五个，喜得那四个长辈合不上嘴。一千个夸你爷爷，说龙山湾算是出了人才了，小愣现在就是侍候团长的人，跟上团长在外头再干上几年，小愣保不住也要带兵当官呢。你爷爷心里有鬼，他是想给老母亲留条后路呢！也就在这天晚上，趁着月黑风高，你爷爷就拿上钢锯一个人悄悄上了龙山。

你爷爷就是在那个晚上开始作孽的。

他拿着那把洋人给他的钢锯，第一个就锯起了观音菩萨的脑袋。

你爷爷锯呀锯，也不知是啥时辰了。风越来越大，云越聚越多。后来就雷电大作，下起了倾盆大雨。那闪电一个接一个，那炸雷一声接一声。你爷爷心里慌了。是不是大佛爷和菩萨爷发怒了？他是个当兵的，团长让他干的事儿他不能不干，可这从没见过的闪电和炸雷，真让他心怵。

后半夜，那颗观音头总算被你爷爷给锯下来了。闪电没有停，炸雷也没有停。你爷爷不敢再在文殊和菩贤的头上动锯子了，抱着那个观音头，跌跌撞撞地下了山。大雨还在下着。电闪雷鸣，伴着你爷爷回了家。他决然没有想到，家里屋门大开，你的祖奶奶在门外的泥水里躺着，半张脸和半个身子都被烧成了焦炭。

你爷爷跪在烧焦了的你祖奶奶面前，长跪不起，欲哭无泪。他说他真后悔呀！后悔给团长和那个洋人来干这号缺德事儿。他说他要是早知道老天爷要这么报应他，团长就是砍了他的头，他也不答应来砍菩萨的头呀！

儒荫呀儒荫，据你爷爷临死前对我讲，你那祖奶奶是被雷劈了，是被闪电投下来的天火烧了。你爷爷说，那是他作孽的报应呀，你祖奶奶的那副惨象，真是惨不忍睹呀！

你爷爷明白，是他作孽惹下大佛爷和观音菩萨了。说也怪，就在你爷爷回家不一刻，闪电停了，雷声也不见了，雨点儿一颗也不往下落了。风停月朗，万里长天又变得碧蓝碧蓝。第二天一早你爷爷就操办丧事，村里人还好，帮你爷爷设好了灵堂，又赶着置办了寿器。你爷爷哭你祖奶奶，哭得伤心，心里却不安。天晓得还会有啥报应轮到他呀？

你爷爷在家里办丧事呢，龙山下大庙里的钟就响得发了疯。不一阵子从庙里传出消息，说山上出了大事，观音菩萨的头被割掉了。

这事儿惊动了庙院的和尚也惊动了全村人。大佛前的平台上，庙里的和尚和全村的男女老少黑压压跪下一片。你爷爷也去了，他跪在人群里，一句话也不敢多说。村里几个老辈人和庙里的主持，当下就派出庙里的和尚和村里的青壮后生，到进山出山的几条路上去堵作孽的歹人，说下一抓到这挨千刀的，就在这大佛前将他乱石砸死。你爷爷怕极了，他想自个儿办下这事，在龙山湾日后还怎么做人？

村里没有人怀疑你爷爷就是作这孽的歹人。他们帮着你爷爷安葬了你祖奶奶，当晚，你爷爷一个人坐在家里呆呆想心事。那颗观音头就藏在家里，交到庙上，你爷爷必死无疑，就是不死，还有啥脸面再回村里？拿回去交给团长，想想大佛前那一片跪倒的乡亲们，想想自个儿被雷打电劈了的老娘，自个儿的良心莫非叫狗吃了？再说，团长要的是三颗头，就拿回去这一颗，那还不得把自个儿的头也贴上？

你爷爷他好为难哟。

给你祖奶奶办丧事花掉十个袁大头，你爷爷装起剩下的那二十个袁大头，渐渐拿定主意。当天夜里，你爷爷一把大火烧着了自家的房子，等到惊动了乡亲们来救火时，他早一个人悄悄地溜出了龙山湾。他不敢回枣沟，一个人远走高飞，走了一村过一村，能讨就讨，能要就要，再不就靠卖力气换碗饭吃。实在没法儿时，才动那二十个袁大头。你爷爷就这样漂流四方，到了武汉。他先在一条船上做苦力，又跟上那条船到了上海。

有一天，你爷爷在外滩上闲逛，看见两三个泼皮偷了一个人的皮包。那人身着西装，但两只手却又粗又大，他抓住那个偷他钱包的家伙，反被另几个泼皮团团围定，且动了拳脚。你爷爷看不惯，上去三拳两脚，将那几个泼皮打翻在地。这几个小子爬起来就溜，知道赖的碰上了狠的，三十六计还是先走为上。那穿西装的人感谢你爷爷见义勇为，仗义相助，执意要拉上你爷爷上他乘的英国轮船上去小叙一番。儒荫呀，按辈数，这个人就是你在马来西亚的祖爷爷呀……

杨儒荫听得有些糊涂了，他看看老父亲，见老父亲躺在病榻上，脸上十分安详。他想和老父亲说点什么，但老父亲摇摇头，示意他听下去。

……那人姓杨，告诉你爷爷他祖籍福建泉州，上两代就迁居在马来西亚，靠经营着一片橡胶园为生。听你爷爷说也是杨姓，就问起你爷爷的身世。你爷爷说他祖籍龙城，但现在没爹没娘，就自己光棍一个混日子。

小愣呀，你要愿意，就不要在这外滩上靠卖苦力吃饭了，只要你能信得过我，就跟我去马来西亚吧。那人说他是来上海谈生意的，生意已谈好，就要坐这艘英国轮船回马来西亚了。这轮船明儿就要起航，这人说他今儿上码头上散步，和你爷爷相识也是一种缘分。他诚心相邀，你爷爷无牵无挂，看这人一副善相，心想反正是靠卖力气为生，到哪里不一样。到了外国，团长再找不到自己，反而更安心。当下就答应了那人。那人给你爷爷办了一张船票，你爷爷就到了马来西亚。

你这位祖爷爷只有一个女儿，他相中了你爷爷的吃苦劲儿和忠厚义气，做主让他的女儿和你爷爷成了亲。他对你爷爷说，我姓杨你也姓杨，你没爹没娘的，做我的上门女婿也就是做了我的儿子吧。你爷爷二话没说，就有了你的奶奶。从那时起，你的这位祖爷爷给你爷爷改了个名字,你爷爷再不叫小愣了,他成了杨霄冷。儒荫呀,你这下子听明白了吧!

你这个祖爷爷留下的家业,在你爷爷手里就越闹越大。你爷爷说他最初出走时,心里还没啥。可后来有了钱了,也有了地位了,心里却渐渐地不安稳了。东南亚的华侨普遍信佛,你爷爷也开始念佛了。你爷爷说他一念佛就想到了故乡的大佛和那三尊菩萨,想到了自己在观音菩萨身上造的孽。你爷爷说他不知忏悔过多少次,可心里的负罪感就是洗不清。你爷爷说,他的这种痛苦是无法向我表达清楚的。

儒荫,你能理解和体会出你爷爷的这番话吗?

后来,你爷爷在香港结识了北京的一位大官,他就是通过那位在北京做官的朋友搭桥,执意要把你送回龙城读书。那阵子我不知道你爷爷为啥要送你回大陆上学,更不知道你爷爷为啥给你选了个龙城让你去读书。直到1966年你爷爷发病临走时,才告诉了我这些事儿。他说他是要让我通过你,和龙城再建立一种纽带。希望你了解龙城,让我有机会时,替他回龙山湾赎罪呀!可世事变化,那阵子,我一直找不到机会呀!你爷爷以前常说一句话,说我们是马来西亚人,可人家还是叫我们华侨。为啥?就因为我们是中国人,是永生永世无法改变的中国人啊!中国人的根在大陆。你爷爷临走前又加了两句话:泉州是我们的祖籍,龙城也是我们的祖籍。

儒荫,这下子你知道我为啥让你回龙城投资了吧。

前段时间我就觉得身体不好。我生怕我死前把你爷爷的事儿带走,我得把你爷爷的事儿告诉你。这是我们家族的秘密。你爷爷的事儿不必再让别的人知道了,包括你的子女们。只要在你的手中了结了你爷爷的心愿,这事儿就让它永久地封藏在你的心里吧!

对了,你爷爷还留下一句话,那个观音头,就埋在院子里的那眼枯井里。

录音机里没有声音了,只有空带转动的沙沙声。

杨儒荫想到了在这间大屋里，爷爷说让他去龙城读书的往事，想到他拿着贺振书记的那封信到了北京，千辛万苦找到那位刚刚复职的大官后的情形，想到了父亲让他去龙城投资时说到的人三鬼四那句话。纷呈的联想渐渐清晰了。父亲在录音机里为他准备好的故事，揭开了以往留在他心中的那些谜底。

他并没有过分的震惊。

他毕竟不是小孩子了。

岁月的沧桑，人生的积淀，使他早已学会了将一切藏在心底。

他关上了录音机。

他看到父亲睁开了双眼。

儒荫……儒荫，父亲喊着他的名字，断断续续地说，我可能……回不去龙城了……你无论如何……要找到观音菩萨的头……给你爷爷赎……罪……

他开始大喘，很疲惫地又闭上了眼睛。

吊针里的药液快要输完了。

杨飞鸿老人终于没有能够熬过这一年。无法准确计数的财产和金钱，留不住拥有者的生命，杨飞鸿老人的生命，不得不告别了其拥有的财产，最后化作了一缕青烟，飘走了，永久地飘走了。

62

对城里人来说，春节是休假五天，可在农村，从初一到十五，老百姓们一直认定是在过节。龙山湾的老百姓过罢了春节，就开始忙着过十五了，十五要闹红火，踩高跷、划旱船、舞龙灯、扭秧歌，这些事儿都要准备。从正月初六开始，乡政府的干部们就陆陆续续上班来了。温玉倩把干部们分成两拨，一拨下去和乡民们一道做闹红火的准备，一拨在乡里准备开发区橡胶制品基地的奠基仪式大会。

这天一大早，温玉倩和以往一样，早早地来到乡政府大院。她刚进院，就看见李老汉提着个水瓢，正从老书记的办公室里出来。

温乡长你快去看看,看看是谁来上班来了?

这些日子,回家过年的干部们都回来上班了,温玉倩就让李老汉这话说得莫名其妙。

李老汉见乡长挠头发,指了指乡党委书记空了多半年的那间办公室,高兴地说,你快去吧,咱们书记回来了,还给你弄来盆稀罕花儿呢。

这情况温玉倩可没有想到。她迈开大步,急忙推开了乡党委书记办公室的屋门,果然看见老书记正笑眯眯地擦他的那张办公桌呢。

办公桌上,有一簇开得正艳的水仙花,坐在一个笔洗里。

老书记抬头看一眼匆匆进来的女乡长,指了指桌上的水仙花。

好漂亮呀!温玉倩被那花映得眼睛一亮。再看老书记,气色也比以前好多了。

这花,是别人送我的,过了年才开,你瞧开得多旺!我来上班,想了想,把这花带来给你办公室摆上,你准保喜欢。一路上把它包在塑料布里,还真怕损了它的筋骨呢。这不,一进门就喊老李头给我找笔洗弄水,这花,不好侍候呢。

温玉倩挺为老书记这番话感动。

过年前,她专门去区上医院,给老书记拜了个早年。那阵子,老书记并没有说过了年要来上班的话呀。

乡党委老书记绕过桌子,先和温玉倩拉了拉手,又让温玉倩坐下,这才对她说,你甭担心,我回来上班,但工作还得你多干才行,实话对你说吧,要不是赌气,我还得再彻底治治我这病,可,可他们也太不像话了。

温玉倩就耐心地听老书记说下去。

你大概还不知道呢,咱这龙山乡现在可不比从前了!从前,谁想来这儿干呀?现在呢,区上想到这儿来谋个位子的人,多下啦。我这回算是看透了,年前组织部就劝我提前退休,又说我要不办手续也行,把我调回组织部养起来,到了年龄再退休也行。我以为是照顾我呢,过了个年,我才弄明白,想到咱龙山乡顶我这个书记位儿的人,在组织部打架呢!从前怎么就没有人来呀?从前怎么就不把我调回组织部养起来呀?

老汉说着说着就又咳嗽了起来。

温玉倩理解自个儿的这位搭档,起身给他倒了杯水。

我带着药呢。老书记取出几粒药丸,就着水吞进嘴里,咽下药丸,又说,我这回是倚老卖老了,过年时我给区委书记和区长都拜了个年,我说我一不提前退休,二不调回组织部,三呢,你们不给我正儿八经地选个接班人,我就是不离开龙山乡。我和他们都说了,我说温玉倩是个干事业的人,你们要弄个想捞油水,想把龙山乡当成跳板的人来顶替我当书记,第一关我这儿就过不了,区上谁是这号主儿,我这把老骨头,可是把他们一个个认得死死的。

说着,他自个儿先苦笑起来。

后来呢?温玉倩问。

后来?后来区委书记和区长就不得不给我让了点小权。

啥权?温玉倩又问。

他俩都表了态了,说我到了退休年龄,往龙山乡派党委书记时,他们让我参加研究人选的常委会,而且给我充分的发言权。我说玉倩呀,我倚老卖老地闹了这么一回,这不,就回来上班来了。

温玉倩感激地望着面前的老书记。这老头子的面色好了一些,但他刚才咳嗽时显出的病态还很严重。她十分敬重的这位老人,在她眼中的形象更加高大起来。她很想把这一段的工作和下一步要办的事情,一一向刚上班的乡党委书记汇报一下。但刚提起了这个话题,老书记便摆了摆手。

不说这些不说这些,我不是跟你说过吗,我回来上班,是和他们赌气呢,就我这咳嗽气短的样子,工作上的事,你能靠我?

温玉倩就笑了。

咱俩聊聊别的吧,老汉说着压低了话音问温玉倩:听说程副市长出事了?你在指挥部挂着个副总指挥呢,你快给我说说,我在区上也听说了一些小道消息,究竟是怎么回事?

温玉倩叹口气说,报上都登了,他那总指挥的位子,现在是市长自个儿挂上了,都是因为钱……

等温玉倩说毕,乡党委老书记不由感叹万端。良久,老汉突然给温玉倩提了一个问题:

你说说,别人不说,就说你我吧。如果我们也有了像程国庆那么大的权,我们会不会也跌在金钱面前?

温玉倩没有正面回答,而是反问说,甭说那么大的权了,就说咱龙山乡这么点小权吧,过去没人想来做官,现在怎么那么多人想来做官呢?

乡党委老书记逼视着女乡长说,你没有正面回答我。

温玉倩说,我想,这问题如果叫程国庆以前回答,他一定会否定自己会有今天的结局。所以,我想,我们要想不跌倒的关键,除了我们自己主观上的律己,还得在客观上形成让我们不得不时时律己的制约条件,当然,这些条件中也得包括提高各级干部的生活水平。

乡党委老书记说,照你这么说,你连自己也不敢保证?

温玉倩说,我只是说,仅仅靠保证是不行的。

乡党委老书记喃喃自语:程国庆这败类,太丢人……太丢人了……

温玉倩痛苦地低下了头,想了想,又抬起头来对老书记说,我其实也打了一个败仗。

你……乡党委老书记不由大惊。

温玉倩慢慢地说,九斤还不知道呢,可我那女儿,给我先交了底……

她怎么了?你说……你快说呀!乡党委老书记急得催个不停。

我总以为,我的红儿是不会离开我的,可……我还是错了。

她……你那红儿她……

她已经接受了杨儒荫馈赠的巨额财产,而且接受了杨儒荫给她办理出国定居的建议,假如我们龙山湾的条件,假如我这个做母亲的……

不!这是两码事!乡党委老书记拼命地摇头。

温玉倩说,是两码事,可我们即使保证了自己,没有一个完善的社会制约机制,没有一个高度发达的经济,儿不嫌母丑,狗不嫌家贫,光靠这种精神不行呀!

乡党委老书记默默地听着,陷入了沉思……

办公桌上,老书记给温玉倩带来的那一盆水仙花,正在以一片片浓绿和一簇簇鲜花,顽强地表现着自己的生命价值。

尾　声

清明刚过,龙山开发区橡胶制品基地奠基仪式,在龙山湾隆重举行。省里的头头脑脑来了不少,龙城市和区上的头头脑脑也来了不少。

被市委决定停职反省的程国庆,是在家里的电视里看到这个场面的。他还看到了当年在老乡家里吃饭时见到的那位老大娘。电视记者给了这个老大娘一个大特写,这个老太太脸上笑如秋菊怒放。

程国庆想,这段新闻一定是那个叫艾云的女记者拍的。他现在不恨这个女记者,只是恨那个贺晓燕。春节前贺晓燕就被杨儒荫召回香港,据说替换她的是一位十分精干的中年男人。他和这位新来的项目经理没有见面。新项目经理到任时,程国庆业已停职反省。方才的电视里,有这位项目经理讲话的特写镜头,如果是贺晓燕站在那里讲话,也一定很风光。

他便又想到了妻子。

她还能从病床上重新站起来吗?不管妻子还能不能重新恢复思维和活动能力,他知道他失去她已成必然。打入深圳的那三百万,他至今只承认那是一个决策失误,是听信了贺晓燕的建议,太相信资方派出的项目经理了。贺晓燕给他的那笔钱,他在妻子出事后就存进了银行。除了妻子,还没有人知道这笔钱的事。妻子如果在病床上变成了植物人,他等于失掉了妻子。妻子如果被治好,以赵新华的脾性,他知道她必然要将他的事全抖出来的,那结果,他罪加一等姑且不说,赵新华也绝不会再和他过下去了。

他在这段日子里常常盼妻子醒来,又怕妻子醒来。

医院的大夫们用高超的技艺,结束了程国庆心里的这种矛盾。赵新华没有变成植物人,她在大夫们的治疗下终于恢复了思维。得到通知后他去看过妻子;妻子见到他时,眼里流出了两行浊泪,然后就闭上了双眼,一句话也没有和他说。大夫告诉他,他的妻子已经思维清楚,且能言谈自如了。从走进妻子的病房直到离开,程国庆的双腿如灌了铅一般沉重。

几天后的一个上午,有人敲门,是文化局办公室的一位干事来访。他说是受赵新华委托而来,拿着赵新华从病床上写好的一份离婚协议书,请程国庆签字。小伙子客气地称昔日的副市长老程,且看着这位老程用颤抖的手,在那份协议书上签上了名字。

又一个夏天来到了。

在北方的另一个城市,市委市政府正在举行热情而隆重的招待会。被宴请的客人,是美国一家大公司派来洽谈投资项目的全权代表。这是一位漂亮且十分端庄的中国小姐,显得十分年轻,没有人能猜得准她的准确年龄。她操一口流利的广东普通话和同样流利的英语,作为这家美国公司的高级职员和全权代表,正被这个城市的官员们和企业界首脑们敬为座上贵客。

她叫贺晓燕。

当地记者采访她,且问到她在海外的经历时,她直言不讳曾在南洋杨氏集团总部待过。她把头一昂对记者们说,良禽择木而栖啦,在外面,像我们这些有能力的人,为了人才的流动,常常就把自个儿的老板给炒掉啦!

贺晓燕依旧活得潇洒。

新加坡。

在这个全球闻名的花园国度里,有一幢漂亮的海滨别墅。它的女主人叫王杨红,在一家私立大学任教。独居于此的年轻女主人,当她很孤独很苦闷时，就拿出一把很高档的旧小提琴来把玩，甚至拉上一阵子。她拉得并不好，却能在并不好的音乐调子中，宣泄出自个儿孤独苦闷的心情。她几次要将父亲和母亲从中国接来，让两位亲人在这个花园般的国家里消闲地住上一段日子。两位亲人早已答应，但行期却迟迟定不下来。

她常思念亲人和故土。

她想，龙山湾现在一定和城里差不多了。

确实，龙山开发区现在成了龙城最偏远也最繁华的地方。别的不说，单是那些各地来的游客，就每天在龙山那些石刻前流连忘返。现代的黏合技术使观音菩萨的头，与整个身子天衣无缝般地连在一起，菩萨脸上那微微的笑容，凝结着人间的沧桑和久远的历史。

1996年3月28日初稿毕

1996年10月8日改毕

1997年11月16日再度改毕

451

"三晋百部长篇小说文库"书目

经典作品：

- 李家庄的变迁·三里湾   赵树理
- 太行风云   刘　江
- 汾水长流   胡　正
- 草岚风雨   冈　夫
- 新星   柯云路
- 游戏   成　一
- 黑雪   哲　夫
- 世界正年轻   高　岸
- 玉龙村记事   马　烽
- 草青   吕　新

- 吕梁英雄传   马　烽　西　戎
- 跋涉者   焦祖尧
- 神主牌楼   张石山
- 咸阳宫（上、下卷）   林　鹏
- 生死门   晋原平
- 送葬   王西兰
- 白银谷（上、中、下卷）   成　一
- 北腔   毛守仁
- 巅峰对决   钟道新　钟小骏
- 母系氏家   李骏虎